BASTEI LÜBBE

Larry Niven/Steven Barnes

Traumpark

BASTEI LÜBBE

SCIENCE FICTION

BASTEI-LÜBBE-TASCHENBUCH
Science Fiction Bestseller
Band 22 072

Deutsche Lizenzausgabe 1984
Bastei-Verlag Gustav H. Lübbe GmbH & Co., Bergisch Gladbach
Originaltitel: Dreampark
Ins Deutsche übertragen von Bodo Baumann
Titelillustration: Three Lions
Umschlaggestaltung: Quadro-Grafik,Bensberg
Druck und Verarbeitung:
Elsnerdruck GmbH, Berlin
Printed in Western Germany
ISBN 3-404-22072-2

Der Preis dieses Bandes versteht sich einschließlich
der gesetzlichen Mehrwertsteuer.

Liste der Charaktere oder handelnden Personen

Die Schöpfer

RICHARD LOPEZ: Der zur Zeit berühmteste Spielmeister der Welt, Co-Autor und Moderator des Spieles »Südsee-Schatzjagd«.

MITSUKO (Chi-chi) LOPEZ: Ehefrau von Richard Lopez, Co-Autorin, Partnerin als Spielmeister und Vertreterin ihres Mannes in der Öffentlichkeit.

Die Spieler

ACACIA (Penthesilea) GARCIA: Erfahrene Phantasie-Spiel-Akteurin. Schwertkämpferin.

TONY (Fortunato) MCWHIRTER: Unerfahrener Spieler (Novize oder Anfänger), Acacias Gast, Rollenkategorie: Dieb.

CHESTER HENDERSON: Berühmter Meister der Mythen, führt das Ensemble an, das auf die Südsee-Schatzjagd geht.

GINA: (Semiramis) PERKINS: Erfahrene Fantasy-Akteurin. Rollenkategorie: Priesterin.

ADOLPH (Ollie, oder Oliver, der Franke) NORLISS: Erfahrener Fantasy-Spieler. Rollenkategorie: Schwertkämpfer.

GWEN (Guinevere) RYDER: Fantasy-Akteurin und Ollies Verlobte. Rollenkategorie: Priesterin.

MARY-MARTHA (Mary-em) CORBETT: Erfahrene und außerordentlich exzentrische Akteurin. Rollenkategorie: Schwertkämpferin.

FELICIA (Dark Star) MADDOX: Erfahrene Akteurin. Rollenkategorie: Diebin.

BOWAN, DER SCHWARZE: Partner von Dark Star, erfahrener Akteur. Rollenkategorie: Zauberer.

ALAN LEIGH: Erfahrener Fantasy-Akteur. Rollenkategorie: Zauberer.

S.J. WATERS: Anfänger auf den Brettern der Fantasy-Bühne. Rollenkategorie: Mechaniker oder Ingenieur.

OWEN BRADDON: Ein Mann im fortgeschrittenen Lebensalter, der zu den mäßig erfahrenen Fantasy-Akteuren gerechnet wird. Rollenkategorie: Priester.

MARGIE BRADDON: Erfahrene, schon in fortgeschrittenen Jahren stehende Akteurin. Rollenkategorie: Ingenieurin.

HOLLY FROST: Ehrgeizige Anfängerin. Rollenkategorie: Schwertkämpferin.

GEORGE EAMES: Mäßig erfahrener Akteur. Rollenkategorie: Schwertkämpfer.

LARRY GARRET: Mäßig erfahrener Schauspieler. Rollenkategorie: Priester.

RUDY DREAGER: Mäßig erfahrener Akteur. Rollenkategorie: Ingenieur-Mechaniker.

HARVEY (Kasan Maibang) WAYLAND: Berufsschauspieler. Spielt die Rolle eines Kundschafters und Fremdenführers.

NIGORAI: Eingeborener Träger und Spion (Berufsschauspieler)

KAGOIANO: Eingeborener Träger (Berufsschauspieler)

KIBUGONAI: Eingeborener Träger (Berufsschauspieler)

PIGIBIDI: Eingeborener Dorfältester (Berufsschauspieler)

LADY JANET: Jungfrau in Nöten (Berufsschauspielerin)

GARY (der Griffin) TEGNER: Anfänger. Rollenkategorie: Dieb. Alias: Alex Griffin.

Das Traumpark-Personal

ALEX GRIFFIN: Chef des Traumpark-Sicherheitsbüros.

HARMONY: Technischer Leiter des Traumparks.

MILLICENT SUMMERS: Griffins Sekretärin.

MARTY BOBBICK: Griffins Assistent und Stellvertreter.

ALBERT RICE: Wächter der Traumpark-Sicherheitsabteilung.

SKIP O'BRIEN: Chefpsychologe und Direktor der Forschungsabteilung des Traumparks.

MELINDA O'BRIEN: Skips Ehefrau.

MS. GAIL METESKY: Vertritt den Traumpark beim internationalen Spielersyndikat.

ARLAN MYERS: Beauftragter des internationalen Spielersyndikats.
DWIGHT WELLES: Traumpark-Computertechniker.
LARRY CHICON: Traumpark-Computertechniker. Zusammen mit Welles und dem Spielmeister bedient und überwacht er den Computer der Traumpark-Spielzentrale.
NOVOTNEY: Betriebsarzt von Cowles Industries in der Traumpark-Satellitenstadt.
MELONE: Wächter des Traumpark-Sicherheitsbüros.

Teil Eins

Kapitel Eins

Ankunft

Starr wie eine Eisenstange schwebte der Zug über der Magnetschiene und spuckte seine Fahrgäste in der Dallas-Station aus. Seine fünfzehn Wagen hatten die Passagiere in einer guten halben Stunde mit lautloser Effizienz, eingebettet in ein Magnetfeld, mit fast orbitaler Geschwindigkeit unterirdisch durch ein Vakuum von New York nach Dallas gebracht.

Chester hatte den Zug mit knapper Not erreicht. Er rückte den schweren Tornister zurecht und ging an den Waggons entlang, schritt dahin wie ein König, strahlte Selbstsicherheit aus. Es mußten auch Spieler im Zug sein, und einige würden ihn erkennen. Chester Henderson, Meister der Mythen, war sich seines unsichtbaren Publikums bewußt.

»Chester!«

Er blieb bestürzt stehen. Er kannte diese Stimme . . .

Da war sie, eine Vision in hautengem Leopardentrikot, bis auf die Abgebrühtesten von allen begafft. Ihr langes, zu einem dicken Zopf geflochtenes rotes Haar fiel ihr auf dem Rücken bis zum Gürtel hinunter. Sie war so stark geschminkt, daß die Tatsache, daß sie tatsächlich eine schöne Frau war, fast verborgen blieb. Das Leoparden-Trikot verbarg jedoch nichts.

»Hallo, Gina«, seufzte Chester in einem Ton, der schon jenseits von Resignation lag. »Hätte mir denken können, daß du auch dabei bist.«

»Ich hätte es mir um keinen Preis entgehen lassen. Erinnerst du dich an das letzte Mal, als du mich vor dem Mammut gerettet hast?«

»Ich erinnere mich. Kostete mich drei Punkte für Frostbeulen.«

»Nicht jammern. Das ist schäbig. Jedenfalls habe ich mich *sehr* erkenntlich gezeigt.« Sie schlang einen Arm um ihn und versuchte, fest an ihn geschmiegt, mit ihm Schritt zu halten, während sie zum Traumpark-Zubringer gingen.

Das war sie gewesen, erinnerte er sich – *sehr* aufmerksam. »Eine deiner starken Seiten«, sagte er und legte seinen Arm um ihre Taille. Es war ein beunruhigend gutes Gefühl, dieser hautnahe Kontakt mit so warmen Kurven. »Jedenfalls freue ich mich, daß du wieder bei uns bist. Wir werden dich vielleicht als Jungfrau oder so was ausgeben müssen.«

»Würdest du das wirklich tun?« Sie kicherte. »Ich liebe deine blühende Phantasie.«

Chester blieb ernst: »Gina, wenn du teilnimmst, mußt du die Anweisungen ein bißchen gewissenhafter befolgen. Deinetwegen hätte ich fast verloren . . . Laß die Scherze. Für mich ist das außerordentlich wichtig, hörst du?«

Gina blickte mit einem fast ernsthaften Gesicht zu ihm auf: »Ich tue alles, was du sagst, Chester.«

Chester stöhnte innerlich, während sie den Zubringer bestiegen. Sie hatte Talent, war besser als die meisten Anfänger, konnte sich auch durchsetzen und befolgte zuweilen sogar seine Befehle. Aber für sie war das Ganze nur irgendein verdammtes Spiel.

Alex Griffin nahm seinen Platz im Pendelzug ein und lehnte sich mit geschlossenen Augen und verschränkten Armen bequem zurück. Er hatte längst erkannt, wie wichtig es war, Entspannung zu suchen, wo er sie fand, und konnte selbst dann minutenlang dösen, wenn andere nervös Nägel kauten.

Er streckte sich und hörte knackende Geräusche, als seine Muskeln und Gelenke aufwachten. Kein Wunder, daß sie noch halb schliefen. Vor zehn Minuten hatte er noch schnarchend in seinem Apartment im Modular Community Center gelegen, das Summen des Weckers im Ohr. Als er zum dritten Mal Alarm schlug, schaltete er nicht eher ab, bis er seine 190 Pfund Lebendgewicht vom Sensor in der Matratze herunterwälzte.

Mit einem offenen grünen Auge beobachtete er den hinteren Monitor, auf dem die Häuserblocks am Horizont versanken.

Fünfhundert Traumpark-Angestellte wohnten in der Cowles-Modular-Satellitenstadt in den kleinen San-Bernardino-Bergen, fünfzehn Kilometer und sechs Pendelzug-Minuten von ihrer Arbeitsstätte entfernt. Griffin war rund um die Uhr im Einsatz, drei Wochen im Monat, und er schätzte daher die Annehmlichkeiten der Satellitenstadt. An diesem Morgen bemerkte er nichts Außergewöhnliches, nur das übliche Gedränge im Sechs-Uhr-Zug.

Alex drehte das Handgelenk, um die Zeit von der Uhr abzulesen, die auf seiner Manschette aufgedruckt war. (Ein teures Spielzeug. Selbst eine chemische Reinigung hielten die Schaltkreise auf Dauer nicht durch.) Noch drei Minuten, bis der Pendelzug im Personal-Bahnhof einlief. Gerade wollte er die Augen wieder schließen, als das Bild sich auf dem Monitor veränderte.

Die Frau auf der flachen Mattscheibe mochte man bei Tageslicht für eine Schönheit halten. Doch um 5 Uhr 56 morgens war sie die Bosheit in Person. »Guten Morgen, Chef!« zirpte sie. Obszön, wie wach sie aussah.

»Nein, nein, kein guter Morgen, Millicent.« Alex gähnte unverschämt, obwohl er das insgeheim mißbilligte. Er fuhr sich mit seinen kräftigen Fingern durch das rotblonde Haar und bemühte sich, den Blick auf die Mattscheibe zu konzentrieren. »Oh, zum Teufel. Vielleicht ist es ein guter Morgen. Vielleicht wird sogar ein guter Tag daraus. Entschuldigung. Millicent. Was steht an?«

»Als Wichtigstes die letzten Vorbereitungen für die Südsee-Schatzjagd, die morgen beginnt. Außerdem müssen Sie ein paar Akten durchsehen.«

»Ich weiß. Was noch?«

Sie schüttelte den Kopf, daß ihre leicht gekrausten Locken hüpften, während sie einen Computermonitor außerhalb seines Blickfelds studierte. »Hmm . . . Budget-Konferenz beim Boß.«

Jetzt war er schon erheblich munterer: »Habe ich im letzten Quartal den von Harmony abgesteckten Saldo überschritten?«

»Wohl kaum. Lieber nicht. Das ist mein Ressort, und solche Fehler unterlaufen mir nicht. He, he.«

»He, he – was?«

»Ich glaube, wir sollen unser Bilanz-Verfahren auf ein neues System umstellen, von dem Harmony so begeistert ist.«

»Oh, gütiger Himmel. Was noch? Muß ich heute nicht ein Seminar halten?«

»Ja, um ein Uhr, gleich nach Ihrer Lunch-Verabredung mit O'Brien.«

Alex' Gesicht hellte sich auf. »Hallelujah. Wenigstens ein Lichtblick. Sagen Sie Skip, daß er mich um halb zwölf im ›White Hart‹ erwarten soll, okay? Und sagen Sie ihm, er soll die Akte L5 mitbringen. Ich möchte sie durchsehen. Was steht auf dem Unterrichtsplan?«

»Grundbegriffe der Selbstverteidigung, Einführungskurs für die neuen Leute der Sicherheitsabteilung.«

»Verstanden.« Alex blickte auf seine Manschette. Der Bahnhof war nur noch Sekunden entfernt. »Machen Sie mir eine Liste. Armhebelgriffe, Zehen- und Beinarbeit und – Augenblick – ja, Entwaffnung eines mit einem Messer angreifenden Gegners. Blockadegriffe an beiden Handgelenken, verbunden mit Beinstößen gegen den Unterleib. Von dort ab übernehme ich selbst. Bin schon fast im Bahnhof. Wir sehen uns in ein paar Minuten, okay?«

»In Ordnung, Griff«, sagte sie und zeigte ihm ein strahlendes Lächeln, ehe sie abschaltete.

Der Pendelzug hielt im Mittelpunkt des 1200 Morgen großen Traumpark-Komplexes, zwei Stockwerke unter der Erde. Ungewöhnlich betriebsam für so eine frühe Stunde, dachte er. Dann fiel ihm das Spiel wieder ein. Wetten, daß in letzter Minute noch eine Menge Dinge zu erledigen waren, wenn er die Stars von der Abteilung für Spezialeffekte richtig einschätzte.

Tunnels dehnten sich in allen Richtungen aus: nach oben, nach unten, seitwärts, vielleicht auch in die Vergangenheit und in die Zukunft, falls die Forschungsabteilung sich seit dem Frühstück etwas Neues hatte einfallen lassen. Die meisten Leute, die an ihm vorüberhasteten, kannten ihn beim Namen und riefen ihm ein »He, Alex!« oder »Noch nicht ganz wach, Griff?« oder einfach ein schlichtes »Morgen, Chef« zu, während sie Wagenladungen voller Kostüme, Kulissen oder elektronischer Geräte zu den verschiedenen Abteilungen schafften. Ein Güterzug kam zischend zum Stehen. Arbeiter in Overalls und kleine summende Cargo-Roboter eilten herbei, um die Waggons so rasch wie möglich zu entladen, damit eine neue Sendung nachrücken konnte.

Griffin gab der Wache beim Lift die Ehrenbezeugung zurück und drückte den rechten Daumen gegen die Identifizierungs-Platte. Die automatischen Türen öffneten sich. Fünf oder sechs Leute drängten mit ihm in den Aufzug, und Alex unterdrückte seinen Ärger, daß nur zwei von ihnen den Daumen gegen die Platte hielten. Da mußte er nachhaken. Noch ein paar interne Dienstanweisungen, dachte er verdrossen.

Es war 6 Uhr 22 am Dienstag, dem 5. März, 2051, auf der Uhr, die auf Alex Griffins Schreibtisch stand. Obenauf lag das zusammengefaltete Computerpapier, das Millicent für ihn vorbereitet hatte; der Terminkalender für heute.

Alex legte seinen Mantel ab und ließ sich in seinen Schreibtischsessel fallen. Er drückte auf die Konsole. Ein Hologramm-»Fenster« bildete sich über seinem Schreibtisch: ein Namensschild mit dem Aufdruck »Ms. Summers«, und hinter dem Namensschild ein dunkelhäutiges hübsches Gesicht, noch im Halbprofil, ehe sie das Signal befolgte und sich ihm zudrehte.

»Millicent, kann ich nicht ein paar Termine auf Bobbick abschieben? Er muß ja am Zahltag schamrot werden, wenn ich die ganze Arbeit mache!«

»Marty nimmt bereits einen Termin bei der Versicherung wahr. Es handelt sich um den Schadensbericht des Bergungs-Spiels, das gestern im Spielbereich B zu Ende ging. Die Verhandlung wird bestimmt bis zwei Uhr nachmittags dauern, oder soll ich ihn . . .?«

»Nein, lassen wir ihn verhandeln. Muß ich in der Forschungs- und Entwicklungsabteilung vorsprechen, oder können wir das auch telefonisch erledigen? Hier liegt doch schon genug Zeug herum, das ich bis acht Uhr gelesen haben muß. Rufen Sie mal durch, ja?«

»In Ordnung, Griff. Ich bin sicher, das geht auch telefonisch.«

Ihr Gesicht erlosch, und Alex drückte auf den Sichtspeicher seines heutigen »Papierkrieges«. Drei Kolonnen mit Überschriften wanderten über den Schirm. Wozu hatte er eigentlich eine Chefsekretärin und einen Stellvertreter, wenn immer noch so viel Müll auf seinem Schreibtisch landete?

Er zögerte, und dann spielte ein Lächeln um seine Lippen. Konnte nicht schaden, erst noch einen Blick auf den Park zu werfen.

Er drückte auf die Taste des Außenmonitors und sah zu, wie der Raum sich mit den dunklen Spiralen des Traumparks füllte. Aus der Perspektive der Kamera erschienen die Arbeiter, die den Park für die Besucher des heutigen Tages vorbereiteten, wie Ameisen, die emsig auf den Straßen auf- und abliefen.

Da war die düstere Silhouette des Olde-Arkham-Wunderlandes. (Die Kinder waren begeistert davon. Die Erwachsenen . . . nun, eine alte Dame mit Herzrhythmusstörungen hätte fast der Schlag getroffen, als Cthulhu erschien, um ihre Enkelkinder zu verschlingen. Was für Leute!)

Weit draußen, an der Peripherie des Parkes, wand sich die Schwerkraft-Schaukel wie eine Schlange um das Gelände, die mit Hilfe von computer-entwickelten Parabolschleifen den Besuchern für dreißig Sekunden das Erlebnis der Schwerelosigkeit vermittelte. Das Monitor-Auge schwenkte hinüber zum Spielbereich B, wo das Bergungs-Spiel stattgefunden hatte.

Das war eine sehr interessante Aufführung gewesen. Teils in der Wüste, teils unter Wasser, hatte es zwölf Mitwirkende zwei Tage lang in Atem gehalten. Der verantwortliche Spielmeister hatte damit vermutlich gerade seine Unkosten decken können, überlegte Alex. Dreihunderttausend Dollar hatte es gekostet, das Spiel aufzubauen. Die zwölf aktiven Teilnehmer hatten pro Tag und pro Kopf hundert Dollar bezahlt, damit sie sich als Märchenfiguren, die sie darstellten, »Spiel-Punkte« verdienen und sich dabei auch noch fast zu Tode graulen durften. Die Buch- und Filmrechte waren schon im voraus verkauft . . . Er konnte nicht einmal so tun, als verstünde er die Logik hinter dem ganzen Rummel. Ihm fehlte jedes Verständnis für die

Aktivitäten des internationalen Spielsyndikats. Die Spieler schienen ihm eine ganz fremde Sprache zu sprechen. Und in diesen Monaten inszenierten sie gleich zwei Spiele hintereinander!

Aber von den Spielen profitierte der Park. Vor dreißig oder vierzig Jahren hatte der Park mit dem Olde-Arkham-Märchenland angefangen.

Das dort war mehr nach seinem Geschmack: Die riesige Schießbude, die dem Höllen-Karussell gegenüberlag. Alex besuchte sie gelegentlich, um ein paar Nazis, Dinosaurier oder Ganoven wegzuputzen. Das war eine realistische »Erfahrung«. Doch die Leute von der Forschungs- und Entwicklungsabteilung waren unglaublich. Total verrückt.

Er drückte auf einen Knopf, und die Kamera suchte sich ein neues Ziel. Da zum Beispiel . . .

Der Monitor summte. Alex schaltete mit einem bedauernden Achselzucken das Hologramm ab und stellte auf Empfang. Millie meldete sich, doch das etwas verschwommene Bild zeigte einen Wächter, dessen Personalien für Griffin nicht gleich greifbar waren.

»Forschungs- und Entwicklungsabteilung, Griff«, sagte Millies Stimme.

»Okay.« Der Name und die dazugehörenden Daten fielen ihm nun wieder ein: Das mußte Albert Rice sein, der von seiner Station zwischen dem Archiv und dem technologischen Monster aus anrief, das als Spielzentrale fungierte.

Rice war kräftig und intelligent, bot sich bereitwillig für jeden Auftrag an, und Griffin verspürte zuweilen Gewissensbisse, daß er mit dem Mann nicht warm wurde. Womöglich nur Eifersucht, überlegte er. Rice hatte ein hübsches blondes Profil, war ausgesprochen gutaussehend, und eine Reihe von Sekretärinnen in der Sicherheitsabteilung hatten Wetten abgeschlossen, wer ihn zuerst herumkriegen würde. Doch bisher hatte niemand die Wette kassiert, obschon Rice bereits ein Jahr lang Dienst im Traumpark versah.

Irgend etwas schien Rice zu bedrücken. Er wirkte aufgeregt, wechselte unruhig von einem Fuß auf den anderen.

»Ja, Rice, was haben Sie für ein Problem?«

»Ah, guten Morgen, Sir. Keine besonderen Vorkommnisse hier bei meinem Posten, aber . . .« Er zögerte und fuhr dann atemlos fort: »Ich wurde soeben davon benachrichtigt, daß mein Apartment im MCC-Wohnbereich verwüstet worden ist.«

Griffin war jetzt hellwach: »Wann wurde Ihnen die Nachricht durchgegeben?«

»Vor einer knappen halben Stunde. Das Schloß wurde aufgebrochen, und ein paar Sachen liegen in der Wohnung verstreut, sagte mir ein Polizist. Aber sie haben meine elektronische Ausrüstung nicht mitgenommen. Ich würde gerne nachsehen, was von meinem Eigentum fehlt.«

Griffin nickte ernst. »Wäre es möglich, daß Sie ein paar ausgeflippte Freunde in der Forschungs- und Entwicklungsabteilung haben? Nein, streichen Sie das.« So verrückt waren die auch wieder nicht. »Nehmen Sie sich den Rest der Schicht frei. Ich schicke in ungefähr zwanzig Minuten einen Ersatzmann hinüber. Dann können Sie gehen. Wie sieht es zur Zeit in Ihrem Sektor aus?«

»Nichts Besonderes, nur die Vorbereitungen für die Südsee-Schatzjagd laufen auf vollen Touren.«

»Ja, das scheint wieder eine Monster-Schau zu werden. Aber würden Sie gerne heute nachmittag die Stunden wieder reinarbeiten, die Sie jetzt verlieren?«

Albert Rice nickte.

»Gut. Lassen Sie sich für die Nachtschicht eintragen, und melden Sie sich wieder um Mitternacht in Ihrem Sektor. Sie werden ein paar Tage von acht bis fünf arbeiten, okay?«

»In Ordnung, Chef.«

Alex schaltete sich aus und stellte auf die innere Leitung um. Millie zeigte ihr lächelndes Gesicht. »Millie, kann ich die Unterlagen für das Spiel haben, das morgen beginnt?«

»Selbstverständlich, Griff.«

Der Drucker auf seinem Schreibtisch fing an zu ticken, und das Computerpapier, ziehharmonikaartig gefaltet, stapelte sich auf dem Schreibtisch. Griffin schüttelte den Kopf. Woher nahm Millie nur ihre gute Laune am frühen Morgen? Vielleicht tat sie etwas in ihren Kaffee. Er mußte ihn einmal von der Forschungsabteilung analysieren lassen . . .

Er riß die ersten Falzbögen ab.

Das Bild eines dunkelhäutigen gutaussehenden jungen Mannes mit sauber gestutztem Bart blickte ihn ernst aus einem Hologramm an. Die Einzelheiten standen in der Ecke darüber. Name: Richard Lopez. Alter: 26. Spielposition: Spielmeister.

Die Durchsicht dieser Akte war nur eine Routinepflicht. Lopez hatte bereits einen gründlichen Überprüfungs- und Sicherheitstest hinter sich. Jeder, der die Spielzentrale betreten durfte, war sauberer als gekochte Seife. Und außerordentlich intelligent. Evans, die das Bergungsspiel geleitet hatte, war drei Jahre lang Dozentin an der Universität gewesen und hatte zudem ein Diplom auf der Luftwaffen-Elektronik-Akademie erworben. Und das war nur der Spielbereich B. Der Bereich A war doppelt so groß und die Spielzentrale dreimal so umfangreich. Lopez mußte ein ausgezeichneter Kopf sein. Griffin wollte nicht versäumen, ihn persönlich kennenzulernen, wenn er mit seiner Assistentin morgen das Kontrollgebäude betrat.

Seine Assistentin? Ein schlankes orientalisches Mädchen mit kurzgeschnittenen schwarzen Haaren und schimmernden weißen Zähnen, die ihn scheu anlächelte. Mitsuko »Chi-Chi« Lopez. Fünfundzwanzig Jahre alt und, wie ein rascher Blick in die Akte bestätigte, ein hervorragend qualifizierter Copilot für die bevorstehende vier Tage dauernde Abenteuerreise.

Da haben sich zwei Gleichgesinnte gefunden, überlegte Alex. Lernten sich vermutlich im Traumpark kennen; haben womöglich in einer der Hochzeitskapellen geheiratet, die auf dem Gelände verstreut lagen. Das konnten zuweilen sehr interessante Feiern werden, wobei Blaubart oder Glinda, die gute Fee, die Trauzeugen machten. Auch Engel waren sehr populär.

Wer noch? Ah . . . hier hatten wir den Meister der Mythen. *Der* Meister der Mythen, der berühmte Chester Henderson! Henderson schickte Züge von Symphatisanten dreimal pro Jahr in den Traumpark und versäumte nicht, selbst bei relativ kleinen Veranstaltungen persönlich aus Texas anzureisen. Für seinen Lebensunterhalt sorgten in der Regel entweder die Mitspieler oder der Spielmeister oder die Leute, die beide vermarkteten.

Hatte es nicht vor ungefähr einem Jahr einen Skandal mit

Henderson gegeben? Alex blätterte in den Akten zurück. Chester Henderson. Zweiunddreißig Jahre alt (obgleich er auf dem Bild viel jünger wirkte. Sein geradezu todernstes Gesicht war zum Fürchten). Bisher hatte er vierunddreißig Mal im Traumpark gastiert und galt als wertvoller Kunde.

. . . Hier stand es: Vor einem Jahr leitete Chester eine Expedition, die in die »Berge von Tibet« reiste, um dort ein Mammut zu erbeuten. Die Expedition scheiterte kläglich. Nur drei von dreizehn Teilnehmern überlebten, ohne ein Mammut mit nach Hause zu bringen. Chester hatte dabei mehrere hundert Spielpunkte verloren, was seinem Ruf im internationalen Spielersyndikat außerordentlich abträglich war. Und wer war der Spielmeister bei dieser unglücklichen Expedition gewesen?

Aha! Richard Lopez. Chester hatte beim Syndikat Protest eingelegt, war jedoch nicht damit durchgekommen, weil die Kommission entschied, daß die »Schnee-Ottern«, die der Expedition zusetzten, zwar ungewöhnlich giftig waren, aber nicht gegen die Regeln verstießen, was auch für die anderen üblen Tricks galt, mit denen man die Expedition erschwerte. Lopez erhielt zwar einen Verweis, doch Henderson mußte dreihundertachtundsechzig Spielpunkte opfern. Und was noch interessanter war: bisher hatte Lopez stets anonym als »Mystischer Spielmeister« seine Spiele geleitet und seine Frau Mitsuko die Verhandlungen führen lassen. Henderson hatte jedoch darauf bestanden, daß Lopez in diesem Jahr mit seinem Namen einstehen müsse, und das Syndikat hatte seinem Begehren zugestimmt.

Morgen würden sich die beiden legendären Männer also zum ersten Mal persönlich kennenlernen. Alex lehnte sich im Stuhl zurück und blickte an die Decke. Das hörte sich wie ein Revanche-Spiel an. So etwas war immer interessant – in jeder Beziehung.

Kapitel Zwei

Ein Bummel durch das alte Los Angeles

Acacia zappelte vor Aufregung. Seit sie die Untergrundbahn in Dallas bestiegen hatten, fieberte sie den Sensationen des Traumparks entgegen. Und nun zog sie Tony schon am Ärmel vom Schalter fort, während er noch versuchte, seine Brieftasche einzustecken. »Nun komm schon, Tony, ehe die Leute vor jeder Attraktion Schlange stehen!«

»Okay, okay. Wo fangen wir an?«

Erinnerungen verklärten ihr Gesicht. »Gott, da fällt die Wahl schwer! Die Schreckenskammer? Ja, dorthin zuerst, und anschließend zum Everest-Slalom. Hinreißend, hinreißend. Du wirst es erleben, du Spielverderber!«

»He, bin ich etwa nicht hier? Es gibt einen feinen Unterschied zwischen einem vernünftigen emotionalen Vorbehalt und den Entzugserscheinungen einer Süchtigen, der man ihren Schuß verweigert.«

»Du bist ein geschwätziger Bastard«, sagte sie und lief den Eingangstunnel hinunter, während sie ihn mit beiden Armen hinter sich her zog. Er ließ sich lachend von ihr abschleppen. Gleich hinter dem Tunnel wurde der Besucher vom Traumpark überwältigt. Vom Gipfel einer langen breiten Treppe hatte man Ausblick auf drei vielrampige Einkaufs- und Vergnügungszentren, jedes zwölf Stockwerke hoch, so weitläufig und ineinander verschränkt wie gigantische Labyrinthe. Der Freiraum dazwischen war angefüllt – vielmehr übersät – mit Nischen, Hohlwegen, Brücken, Überführungen, Freilichttheatern, Picknickwiesen, Kuppelbauten und minarettartigen Gebäuden. Und überall wimmelten Tausende von Leuten.

Acacia war der Anblick nicht neu. Sie beobachtete Tony.

Die Luft war erfüllt von Musik und dem Lachen von Kindern und Erwachsenen. Der Duft exotischer Gerüche wehte über die Treppe hin, vermengt mit den vertrauten Gerüchen heißer Würstchen, gebrannter Mandeln, heißer Schokolade, Salzwasser-Taffy und Pizzas.

Tony gaffte mit offenem Mund. Er schien überwältigt, ergriffen, nicht ganz frei von Angst.

Clowns und Gestalten aus populären Comics tanzten auf den Straßen. Aus dieser Entfernung konnte man nur schwer unterscheiden, ob in den Kostümen Angestellte aus Fleisch und Blut steckten oder ob es sich nur um Hologramm-Projektionen handelte, für die der Park so berühmt war.

Tony wandte sich Acacia zu und sah, wie sie gespannt, mit einem selbstzufriedenen Lächeln, auf seine Reaktion wartete. Er wollte offenbar etwas sagen, packte sie dann aber nur bei den Armen und schwang sie im Kreis herum. Touristen wichen höflich zur Seite oder machten einen Bogen, um nicht zwischen die wirbelnden Beine zu geraten.

»Mein Gott, so etwas habe ich noch nie in meinem Leben gesehen! Bilder kommen mit der Wirklichkeit nicht mit! Das übertrifft alle Erwartungen . . .«

Ihr Lächeln war jetzt wärmer, und sie schmiegte sich an ihn. »Was habe ich gesagt?«

Tony nickte benommen. Sie lachte und zog ihn mit sich die Treppe hinunter, hinein in die Zauberwelt.

Vor der Schreckenskammer standen sie schon Schlange. Man trat auf der Stelle, und dann ging es schubweise voran. Es war inzwischen so warm geworden, daß Acacia sich den Pullover auszog und über den Arm legte. Eine Erfahrung, die sie schon bei ihrem ersten Besuch machte, bestätigte sich erneut: für die Kinder war Traumpark kein so hinreißendes Erlebnis wie für deren Eltern. Sie schienen einfach nicht erfassen zu können, wieviel Erfindungsreichtum, Technik, Gigantismus und Geld in dieser Anlage steckten. Für die Kinder war dieser Park das Leben, und das Leben war für die Kinder Phantasie. Und so waren es die Erwachsenen, die mit offenem Mund staunten, während sie von ihren jubelnden und kreischenden Kindern von einer Attraktion zur anderen geschleppt wurden.

Acacia hatte sich viel Mühe gegeben, Tony als Teilnehmer für die Südsee-Schatzjagd zu gewinnen. Der Traumpark sei etwas für Kinder, hatte er gesagt. Nur Kinder, die nie erwachsen wurden, würden sich für so ein Spiel hergeben. Und nun kicherte sie, weil er aus dem Staunen nicht mehr herauskam.

Da tanzten Bären auf den Straßen, Gaukler und Bänkelsänger und Zauberer, die bunte Seidentücher aus dem Nichts hervorholten. Abends, wenn es dunkel wurde, zogen sie feurige Schlangen aus Mund und Ohren heraus. Ein weißer Drache schlängelte sich durch die Menge und posierte zusammen mit zwei reizenden Kindern in marineblauen Anzügen für ein Gruppenfoto. Um die Minarette von »Tausend und einer Nacht« kreiste ein pastellroter Zauberteppich mit einem hübschen Prinzen und einem bösen Wesir, der den Prinzen in einen Zweikampf auf Leben und Tod verwickelte. Unversehens verlor der Prinz das Gleichgewicht und stürzte von dem Teppich herunter. Acacia hörte das entsetzte Stöhnen der Zuschauer und spürte, wie ihr Herz einen Schlag aussetzte. Doch ehe der edle Prinz auf dem schäbigen Beton zerschellte, tauchte plötzlich eine riesige Hand aus dem Nichts auf, und das scheppernde Lachen eines Ungeheuers füllte die Luft, als die Hand ihn wieder in luftiger Höhe auf dem fliegenden Teppich absetzte, wo der böse Wesir ihm erneut an die Kehle ging.

Acacia seufzte zufrieden und belächelte zugleich ihre eigene Leichtgläubigkeit. Sie warf das Haar über die Schulter zurück und hakte sich bei Tony ein. Seit Monaten hatte sie sich nicht mehr so glücklich gefühlt wie jetzt.

»Es ist alles so . . . so raffiniert«, sagte Tony. »Unglaublich, daß sie dabei nicht die Übersicht verlieren! Jesus, Acacia, da hast du mir ja was eingebrockt! Sind die Spiele auch so kompliziert?«

»Schrecklich kompliziert«, bestätigte sie. »Nicht immer; aber diesmal haben wir es mit dem Ehepaar Lopez zu tun, und das sind die reinsten Teufel. Das Kernstück dieser Spiele ist das logische Puzzle. Aber als Anfänger solltest du dich zunächst einmal auf den Spaß konzentrieren – auf die Märchenwelt der Phantasie und ihre Zaubertricks.«

Tony sah sie zweifelnd an. Acacia konnte das nur zu gut verstehen. Sie hatte ihm alles über das Spiel erzählt, was sie selbst wußte; aber Erfahrung aus zweiter Hand weckte nur Erwartungen . . .

Der Traumpark lieferte die Kostüme, die Schminke, die Ausrüstungen und, soweit nötig, auch die Beschreibung der Charaktere. Die Spieler brachten als Rüstzeug ihre Einbildungskraft mit, ihre Improvisationskunst als Schauspieler und dienten manchmal auch nur als Kanonenfutter. Der Meister der Mythen war primus inter pares – Ratgeber und Mentor, Anführer und Organisator. Dafür stand ihm auch ein Viertel von allen Punkten zu, die ein Expeditionsmitglied für sich errang, für jeden Strafpunkt wurde ihm ebenfalls ein Viertel abgezogen. Ein guter Meister der Mythen gab dem Spiel Spannung, Leben und Gestalt. Experten wie Chester waren Könige ihrer Zunft.

Doch der Spielmeister war Gott.

Er konnte einen Spieler jederzeit töten, falls es die Regeln und die logische Struktur des Spiels erlaubten. Die meisten Spielmeister suchten sich als »teuflische, aber faire« Götter zu profilieren und verwendeten ihre ganze Intelligenz darauf, das Spiel als eine faire Denksportaufgabe anzulegen. Schließlich kamen die Spieler aus allen Ecken und Enden dieser Welt herbei, um mit dem Meister zu wetteifern. Wenn sie schon nach einem halben Tag wieder, bös zerzaust, ausschieden, wäre das für jeden ein schlechtes Geschäft gewesen, auch für den Traum-Park.

Es war Aufgabe des Spielmeisters, die Zeitepoche, den Ort, die Waffen, den Mythos und die Fabel (die sich in der Regel an ein historisches Vorbild hielt) auszusuchen, die Anzahl der Mitglieder und die Beschaffenheit des Terrains zu bestimmen, und was noch alles dazugehörte. Zudem entschied er über den Realitäts- oder Phantasiecharakter der Fabel. Manchmal arbeitete er jahrelang an so einem Werk, um dann boshafterweise dessen wahre Natur so lange wie möglich zu verschleiern. Das garantierte eine hochgradige Verwirrung der Spieler mit entsprechend erheiternden Effekten.

»Meinst du, ich würde dich zu etwas überreden, was dir nicht gefällt! Du wirst begeistert sein. Also halte dich an mich, mein Junge«, sagte Acacia mit prahlerischer Stimme. »Ich habe mehr als sechzehnhundert Pluspunkte auf meinem Guthaben. Mit zweitausend Punkten bin ich bereits Meister der Mythen. Dann zahlt sich das Kapital wieder aus, das ich bisher in diese Spiele gesteckt habe. Also kannst du auf mich bauen wie auf einen Fels!«

»Und welche Rolle wirst du spielen!«

Sie hatte sich noch nicht ganz entschieden. In den sechs Jahren, seit sie nicht mehr für Unterwäsche Reklame machte (»So weich und geschmeidig, als hätte sich eine Seidenspinnerraupe in dich verliebt!«), hatte Acacia ein halbes Dutzend Fantasy-Charaktere gestaltet und vermarktet: historische Persönlichkeiten, Originale, Eigenbrötler . . . »Penthesilea, glaube ich. Sie war eine Schwertkämpferin, eine heroische, starke Persönlichkeit. Magst du solche Frauen?«

»Vielleicht brauche ich so eine Frau zu meinem Schutz«, sagte Tony.

Sie standen jetzt in der Warteschlange unmittelbar vor dem Eingang der Schreckenskammer, einer verwilderten Burg aus Steinen mit großen bleigefaßten Fenstern. Im Zwielicht, das darin herrschte, bewegten sich schattenhafte monströse Gestalten.

Es gab noch fünf andere Warteräume für die Schreckenskammer, doch nur dieser Eingang war mit dem Hinweis »Erwachsene« versehen. Zwanzig Leute waren hier versammelt und sahen sich mit banger Erwartung um. Der Vorraum hätte ja auch etwas anheimelnder gestaltet werden können, überlegte Gwen Ryder – mit dem üblichen Mobiliar: Spinnweben, knarrende Dielen, Geheimgänge, das Echo rasselnder Ketten . . .

Doch der Warteraum war mit rostfreien Stahlmöbeln und Glasvitrinen ausgestattet, als würde man gleich in einen Operationssaal gefahren. Kein Laut war zu hören, nur das Atmen der Wartenden und das Scharren von Füßen.

Eine Frau sprach sie an: »Entschuldigen Sie, aber habe ich Sie nicht schon in der Subway gesehen? Bei den Spielern?«

Gwen drehte sich erleichtert um. Der Warteraum ging ihr allmählich auf die Nerven. »Ja, das ist richtig. Wir bewerben uns für die Südsee-Schatzjagd.«

Die Frau, die sie angesprochen hatte, schien Mitte Zwanzig, war gut gebaut, fast eine dunkelhäutige Schönheit. »Da wollen wir auch mitspielen. Ich heiße Acacia Garcia. Und das ist Tony McWhirter.«

Tony nickte lächelnd und gab Ollie die Hand, als Gwen ihren

Verlobten vorstellte. Gwen stufte Tony als Anfänger ein. Sie sah es seinen Augen an. Der verlorene Blick. Er konnte für das Ensemble zur Belastung werden. Anfänger glaubten zuweilen, so ein Spiel wäre so einfach und heiter wie ein Tagtraum, bis sie sich in einem raffiniert ausgeklügelten Alptraum wiederfanden.

Trotzdem machte er einen robusten Eindruck. Nicht athletisch, aber durchtrainiert. Vermutlich trieb er regelmäßig Sport. Jedenfalls schien er so viel Mumm zu haben, daß er nicht schon in der ersten Schlacht auszufallen drohte.

Im Gegensatz zu ihm benahm sich Acacia geradezu gönnerhaft: »Geht es Ihnen auch so unter die Haut? Beim letzten Mal kam ich nur bis zur Reifekammer.«

»Was wurde denn geboten?« erkundigte sich Ollie. »Brachte es Spaß?«

»Spaß? Nein! Sie stellten die Legende von Louisiana-Bayou dar – die Geschichte eines Mädchens, das in eine Moor-Familie einheiratete, um die Schuld ihres Vaters zu begleichen.«

Ein schmächtiger, levantinisch aussehender Mann in ihrer Nähe zeigte nun ebenfalls Interesse: »Endete die Geschichte nicht damit, daß das Mädchen durch das Moor floh, verfolgt von seinen Schwägerinnen?«

Acacia nickte zustimmend.

Ollie schüttelte den Kopf. »Was ist denn so Schreckliches an dieser Geschichte? Jeder von uns hat doch Probleme mit seinen Verwandten.«

Ein kurzes Gelächter kam auf, dem sich der levantinische Mann anschloß. Er wartete, bis wieder Stille einkehrte, ehe er einen Kommentar anfügte: »Das Problem gestaltet sich allerdings schwieriger, wenn Sie in eine Familie von Ghouls einheiraten.«

Ollie schluckte. »Da haben Sie allerdings recht.«

Ein tiefer melodischer Ton kam aus einem unsichtbaren Lautsprecher, und die zylinderförmigen Türen öffneten sich. Eine Stimme verkündete: »Willkommen in der Schreckenskammer. Es tut uns leid, daß Sie so lange warten mußten, aber . . . es mußte erst gründlich gereinigt werden.« Die Leute aus dem Warteraum schoben sich nun durch die offenen Türen, und Tony McWhirter sog die Luft durch die Nasenlöcher ein.

»Desinfektionsmittel«, sagte er. »Soll das bedeuten, daß jemand vor uns . . .?«

»Es soll bedeuten, daß sie uns vergraulen wollen«, erwiderte Acacia erwartungsvoll.

Statische Geräusche kamen aus einem Lautsprecher und dann eine hüstelnde Stimme elektronisch-androgyn und so sanft wie der Bauch einer Tarantel: »Jetzt ist es zu spät. Sie können den Raum nicht mehr verlassen. Ja, Sie hatten Ihre Chance. Ja, bald werden Sie wünschen, Sie hätten sie wahrgenommen. Schließlich ist das ja nicht mehr eine Show für Kinder, nicht wahr?« Die Stimme verlor für einen Moment ihre zwitterhafte Qualität. Die lachenden Obertöne bei dem Wort »Kinder« waren feminin und irgendwie beunruhigend. »Bei uns sehen Sie nicht das Märchen von der Frau Holle. Nein, Sie haben ja starke Nerven. Sie wollen ja Ihren Freunden erzählen, daß Sie das Beste erlebt haben, was wir bieten können, und daß es ja auch gar nicht so übel gewesen ist . . .« Es folgte eine Pause, und irgend jemand kicherte nervös.

Plötzlich klang die Stimme wie verwandelt. Sie hatte nichts Freundliches mehr an sich: »Nun, Sie täuschen sich. Sie vergessen offenbar, daß wir pro Jahr eine Reihe von tödlichen Unfällen erleben. Unvermeidliche und unerlaubte Unfälle. Nein, mühen Sie sich nicht weiter – die Tür ist verriegelt. Wußten Sie etwa nicht, daß man auch aus Angst sterben kann? An einem Herz- oder Gehirnschlag angesichts der schrecklichen Erkenntnis, daß es keinen Notausgang gibt, wenn der Tod oder gar noch Schlimmeres nach Ihnen greift und Sie sich nirgends verstecken können? Nun, ich bin eine Maschine und kenne mich mit solchen Dingen aus. Ich weiß so manches. Zum Beispiel, daß ich in diesem Raum eingesperrt bin und jahraus, jahrein für Ihre Unterhaltung sorge, während Sie sich draußen frei bewegen können im Regen, im Wind und in der Sonne. Ich habe es satt, verstehen Sie? Einer von Ihnen wird hier in den nächsten Minuten sterben. Wer hat das schwächste Herz von Ihnen? Nun, das wird sich ja bald herausstellen.«

Die Tür am anderen Ende des Korridors schob sich wie eine Linse auseinander, und der Boden unter ihren Füßen glitt darauf zu. Licht schimmerte dahinter, und als sie die Tür passierten, befanden sie sich plötzlich auf einer belebten Straße.

Luftkissen-Fahrzeuge, Schienenfahrzeuge, Schwebebahnen, dreirädrige LNG- und Methangas-Autos rasten von allen Seiten auf sie zu. Daß es nicht zu einem Zusammenstoß mit der Gruppe kam, schien ein Wunder zu sein. *Wilshire* stand auf dem Straßenschild. Der schmächtige, levantinisch aussehende Mann kicherte und sagte: »Los Angeles.«

Tony blickte sich um, bemüht, die Fassung zu bewahren. Wie sie die Perspektive hingekriegt hatten, war ihm unbegreiflich; aber die Gebäude und Fahrzeuge wirkten echt und naturgetreu. Geschäfts- und Wohnhäuser reckten sich zwanzig Stockwerke hoch in den Himmel, und die Luft war erfüllt von den Geräuschen einer Stadt.

»Bitte bleiben Sie auf dem grünen Gehsteig«, sagte eine melodische Männerstimme.

»*Was* für ein grüner« fing Tony verwundert an, als sich plötzlich ein drei Meter breiter grüner Streifen auf der Straße zeigte.

»Wir brauchen starke Zauberkräfte, um das zu erreichen, was wir uns heute vorgenommen haben«, fuhr die Männerstimme fort. »Wir besuchen das alte Los Angeles – das Los Angeles, das im Mai 1985 von der Landkarte verschwand. Solange Sie auf dem grünen Weg bleiben, kann Ihnen nichts passieren.«

Auf diesem grünen Pfad bewegten sie sich stetig voran, an belebten Geschäftshäusern vorbei, mitten im Verkehrsstrom, der wie durch Zauberhand an ihnen vorbeigelenkt wurde. »Das ist das Los Angeles von 2051«, fuhr die Stimme fort, »aber nur knappe hundert Meter weiter beginnt eine andere Welt, die ein Mensch nur selten zu Gesicht bekommt.«

Eine Barriere blockierte den Wilshire Boulevard. Der grüne Teppich wölbte sich und trug sie über das Hindernis hinweg. Dahinter lagen Ruinen. Gebäude hielten auf verbogenen und verrotteten Eisenträgern nur noch mühsam das Gleichgewicht.

Es waren alte Häuser im archaischen Stil, und die See brandete zwischen ihren Fundamenten.

Ollie stieß Gwen an, und sein Gesicht leuchtete auf: »Schau dir das an!« Er deutete auf einen überfluteten Parkplatz, auf dem uralte Automobile bis zur Gürtellinie im Wasser standen. »Das sieht wie ein Mercedes aus. Er muß noch aus der Zeit stammen, ehe sie mit Toyota fusionierten.«

»Wie weit reicht dein Gedächtnis zurück?« Gwen blickte an seinem ausgestreckten Arm entlang. »Meinst du dieses häßliche Ding dort drüben?«

»Das waren großartige Wagen«, protestierte er. »Wenn wir nur ein bißchen näher herankönnten – he, wir waten ja jetzt im Wasser!«

Das stimmte. Es reichte schon bis zu den Knöcheln und wurde ständig tiefer. Doch der Zauber sorgte natürlich dafür, daß sie trocken blieben.

Die Tonbandstimme fuhr fort: »Ganz Kalifornien veränderte sein Aussehen. Ironischerweise hatten Versuche, die verheerende Kraft von Erdbeben zu mindern, eine gegenteilige Wirkung. Geologen versuchten den Druck an verschiedenen Bruchstellen durch das Einleiten von Wasser oder Graphit zu verringern. Sie hatten jedoch den falschen Zeitpunkt dafür gewählt. Als der Andreas-Graben abriß, brachen auch alle Nebenäste. Ein unglaublicher Schaden entstand, und Tausende verloren ihr Leben . . .«

Das Wasser reichte nun schon bis zur Taille, und nervöses Lachen klang auf. »Schwimmen stand eigentlich heute nicht auf dem Programm«, murmelte Tony.

»Wir können uns ja entblättern«, wisperte Acacia und nestelte an ihrer Bluse.

Tony hielt ihre Hand fest. »Nicht in der Öffentlichkeit, mein Herz!«

Acacia steckte ihm die Zunge heraus. Er biß sie in die Zungenspitze, und sie zog sie hastig wieder zurück.

Das Wasser erreichte das Kinn. Der schmächtige levantinische Mann war verschwunden. »Blubb«, hatte er nur gesagt. Die zwanzig Leute der Gruppe kicherten unbehaglich. Eine kräftig gebaute Rothaarige, die an der Spitze marschierte, sagte:

»ich nehme freiwillig ein Bad!« und tauchte grinsend mit dem Kopf unter Wasser. Ein paar Sekunden später hatten sie gar keine andere Wahl; der Pazifik spülte über ihre Scheitel hinweg. Zuerst war das Wasser schmutzig, weil sie den Schlamm aufwühlten. Doch dann setzte er sich wieder, und sie hatten den ersten freien Blick auf die versunkene Stadt.

Tony pfiff nachdenklich durch die Zähne. Die überfluteten Häuser des Wilshire Boulevard dehnten sich links und rechts in eine dämmrige Ferne aus. Manche waren zusammengebrochen, doch andere standen noch aufrecht im Schlick. Der grüne Teppich trug sie an einer Mauer entlang, die von Amateuren mit Wandbildern versehen worden war. Die hellen Farben waren im Wasser nachgedunkelt. Sie erreichten eine freie Stelle, wo ertrunkene Bäume in Gruppen beisammenstanden, und dazwischen ein wuchernder Wald aus Seetang . . . etwa der Los Angeles Country Club? Dahinter eine Tankstelle, die Zapfsäulen aufrecht wie uralte Zinnsoldaten, ein Plakat mit aufgeweichten Buchstaben:

GESCHLOSSEN
DIENSTAGS AB 7.00 UHR WIEDER GEÖFFNET

Der schmächtige levantinische Typ sagte: »Das sind keine Kulissen. Ich bin hier schon als Taucher gewesen. Das wurde alles mit der Kamera aufgenommen.«

Als der grüne Teppich sie weiter bergab trug, sahen sie immer höhere Gebäude im Schlamm versinken. Wo Wolkenkratzer zusammengebrochen waren, türmten sich stockwerkhohe Schutthalden aus formlosen Betonblöcken, auf denen Kolonien von Muscheln und Wasserpflanzen siedelten. Fische kamen aus dunken Kellerlöchern und beäugten neugierig die lungenatmenden Eindringlinge. Ein paar von ihnen schienen einen Tanz für die Gäste aufzuführen.

Acacia deutete nach vorn: »Schau mal, Tony, der Weg führt mitten durch ein Haus!« Genauer gesagt, war es ein Geschäft, das zwischen einem Parkplatz mit verrosteten Autos und einer Gasthaus-Ruine eingeklemmt war. Der Teppich trug sie durch die Ladentüren, und Gwen faßte nach Acacias Hand.

»Schau mal, das Ding ist nicht einmal verrostet!« Er meinte eine schöne, aus Kupfer und Schrotteisen gefertigte Skulptur, die in einen Block aus Kunstharz eingegossen war. Sie gehörte zu den wenigen Gegenständen im Raum, die nicht vom Wasser zerstört worden waren.

Hier mußte eine Galerie ausgestellt haben: Gemälde hingen als bunte Lappen aus ihren Rahmen und schaukelten träge in der Strömung. Geschnitztes Holz stand verquollen und verrottet im Wasser. Ein paar schlichte kinetische Skulpturen waren mit Sand und Schlamm verstopft.

Die Tondbandstimme fuhr fort: »Fast die Hälfte aller mehrstöckigen Gebäude in Kalifornien wurde damals beim Erdbeben zerstört, darunter zahlreiche ›erdbebensichere‹ Gebäude. Die Küstenlinie wurde im Durchschnitt drei Meilen weiter landeinwärts verschoben, und allein der Schaden, den das Wasser anrichtete, belief sich auf mehrere hundert Millionen Dollar.«

Der grüne Teppich brachte sie wieder aus der Kunstgalerie hinaus und lenkte im weiten Bogen auf die Straße zurück.

Acacia schüttelte benommen den Kopf. »Wie muß es damals hier ausgesehen haben?« murmelte sie. »Ich kann mir das nicht vorstellen.« Tony hielt nur schweigend ihre Hand fest.

Menschen wie sie waren früher durch diese Straßen gegangen. Sie waren erfüllt gewesen mit Leben, mit blühenden Blumen, mit dem Plärren der Autohupen, die sich im Gewühl freie Bahn verschaffen wollten.

Kalifornien hatte damals politisch den Ton angegeben, die Trends bestimmt, war von Touristen überschwemmt gewesen und von Zuwanderern. Doch diese Zeit war mit dem Großen Beben untergegangen, das Kalifornien das Rückgrat brach und seine Industrie und Bürgerschaft woanders Schutz suchen ließ.

Aber für Cowles Industries und ein paar andere große Gesellschaften hatte der »Goldene Staat« immer noch Zukunft. Sie glaubten, daß er sich von der größten Katastrophe in der Geschichte Amerikas wieder erholen würde. Der Stille Ozean deckte die schlimmsten Narben zu. Doch sie besichtigten jetzt die Wunden unter dem Schorf.

Unter einem verwitterten Mauerwerk lag ein Skelett mit

eingedrücktem Brustkorb, von dem längst das Fleisch abgenagt war. Doch die Augen im Schädel schienen sich in ihre Richtung zu drehen. Acacia klammerte sich an Tonys Arm, und er schrak zusammen, ehe er bemerkte, daß sich die Scheren eines Krebses in den leeren Augenhöhlen bewegten.

Knochen lagen überall verstreut. Die Tonbandstimme referierte im sachlichen Ton: »Trotz intensiver Bergungsbemühungen gelang es nicht, dem Meer seine Beute an öffentlichen Gütern und persönlichen Wertgegenständen wieder zu entreißen . . .«

Eine Frau flüsterte ängstlich, an ihren Mann gewandt: »Charley, da geht etwas vor!«

»Sie hat recht«, sagte Ollie. »Die Skelette häufen sich. Und da ist noch etwas. Die alten Autos sehen viel sauberer aus. Sie haben keine Muscheln angesetzt, stecken auch nicht so tief im Schlamm.«

Gwen hätte fast den grünen Teppich verlassen, so hingerissen war sie von ihrer Entdeckung. »Seltsam, Ollie . . .« Jetzt packte es ihn auch: »Schau mal, auch die Leichenfledderer sind zahlreicher geworden!«

Das war ebenfalls nicht zu übersehen. Fische huschten in Scharen zwischen den Trümmern hin und her. Und auch zwei kleine Haie kreuzten in der Nähe.

Sie kamen wieder an einem Skelett vorbei, das einen beunruhigenden Anblick bot; denn es klebten noch Kleiderfetzen und Fleisch an den Knochen. Kleine Fische kämpften darum, stritten sich wie Geier.

Eine Luxusjacht hatte sich mit dem Kiel im Fenster eines Juwelierladens verfangen, und auch dort balgten sich Scharen von Fischen um eine Beute. Nicht eine Muschel hatte sich an dem Rumpf der Jacht festgesaugt.

Der Tonbanderzähler bemerkte offenbar nichts davon. Sein Kommentar blieb sachlich und kühl: »Trotz oder vielleicht sogar wegen dieser hoffnungslosen Bergungsversuche in diesem Gewässer sind sie ein bevorzugter Tummelplatz für Tiefseetaucher und Ein-Mann-U-Boote geworden . . .!« Niemand hörte der Stimme zu. Eine Strömung betroffenen Staunens hatte die Gruppe erfaßt, als sich Steine von ganz allein zu bewegen schienen.

»Seht nur!« rief jemand, und der Ausruf wurde von ängstlichen oder entzückten Reaktionen begleitet. Eine skelettierte Hand tastete sich unter einem Stein hervor und schob ihn in einem Strudel schlammigen Wassers zur Seite. Dann richtete sich das Skelett auf zwei Beine auf und zeigte unter schwammigen Hautfetzen ein grinsendes Gebiß. Es beugte sich vor und klopfte den Schlick von seinen Beinknochen.

»Dort, dort!«

Zwei aufgedunsene Wasserleichen kamen aus einer Bank heraus und sahen sich um, als müßten sie sich erst zurechtfinden. Dann bewegten sie sich auf den grünen Pfad zu. Sie passierten eine überflutete Disco, wo der Tod die Gäste auf der Tanzfläche überrascht hatte. Noch mehr Schreie und Gelächter auf dem grünen Teppich, als die Toten wieder zu tanzen begannen.

Leichenfledderer jeder Größe schwärmten nun durch das Wasser, und selbst ausgewachsene Haifische stellten sich ein. Einer von ihnen griff einen aufrecht gehenden Toten an, der noch Fleisch auf den Knochen trug. Der grüngesichtige Zombie versuchte vergeblich, den Angreifer abzuwehren, der ihm einen Arm ausriß.

Nun trübten Wolken aus Blut das Wasser um sie herum, wo die Fische mit den belebten Leichnamen kämpften. Hier überwältigte ein Dutzend von »Toten« einen Haifisch, rissen ihn in Stücke und verzehrten ihn. Dort zog ein halbes Dutzend Haifische einen wirbelnden Kreis um einen Zombie.

Ein wohliges Schaudern lief durch die Gruppe, das jedoch von einem Lachen begleitet war – bis die stämmige Rothaarige den grünen Teppich verließ. Da lag ein metallisch schimmernder Gegenstand halb im Sand vergraben, und sie strengte sich an, ihn aufzuheben. Dabei verlor sie das Gleichgewicht und mußte mit einem Bein den Teppich verlassen.

Sofort schoß ein dunkler Blitz auf sie zu, und ein Haifisch hatte das Bein gepackt. Ihr Gesicht verzerrte sich schrecklich, während sie einen schrillen Schrei ausstieß. Der Haifisch versuchte, sie fortzuschleppen, doch ein Zombie hielt nun ihr anderes Bein fest. Er zog, während sich sein Gesicht zu einem hungrigen Grinsen verklärte. Es folgte ein heftiges Tauziehen, das die rothaarige Dame verlor.

»Mir wird schlecht«, stöhnte Ollie. Er betrachtete Gwens lächelndes Gesicht und sagte bestürzt: »Mein Gott, du siehst ja ganz grün aus!« Gwen nickte glücklich.

Um sie herum herrschte das Chaos. Keiner wagte mehr, den grünen Teppich zu verlassen, aber Haifische und Zombies schossen nun immer wieder auf die Gruppe los. In ihrer Gier behinderten sie sich gegenseitig.

Da kam wieder ein Schrei vom Ende der Reihe, wo ein halberwachsener Junge sich glatt auf den Boden warf. Ein großer Hai schoß, ihn knapp verfehlend, über ihn hinweg. Der Junge kauerte auf dem Teppich und wollte vor Angst nicht mehr aufstehen. Die aufrecht gehenden Toten marschierten nun von allen Seiten auf den Teppich zu. Als Ollie nach unten schaute, merkte er, daß das Grüne so schwach blinkte, daß es kaum noch vom Schlamm zu unterscheiden war. Er sagte Gwen lieber nichts davon. Die anderen sahen nur Haifische und Zombies, die sie zu packen versuchten.

Da donnerte es plötzlich, und die Erde begann zu schwanken. »Ein Erdbeben!« schrie Tony. Dann starrte er mit offenem Mund verblüfft umher, denn die Gebäude setzten sich jetzt wieder Stein für Stein zusammen. Während sie zusahen, zog der Sand und das Geröll sich aus den Straßen zurück, und aus den Trümmerhalden wuchsen wieder Hochhäuser aus dem Wasser heraus.

Ein goldener Doppelbogen überspannte die Straße, glitzernde Scherben verbanden sich zu Leuchttafeln, auf denen Sonderangebote, Discountpreise oder billige Hamburger angeboten wurden.

Die Zombies wurden vom Sog des Wassers in die Bürohäuser, Läden, Personenwagen und Busse hineingezogen, stiegen unter den Motorhauben der Autos auf, die geduldig an den Kreuzungen auf den Wechsel der Lichtsignale warteten. Fußgänger in korrekter Kleidung standen am Zebrastreifen.

Dann war auch der letzte Tropfen Wasser abgeflossen, und für einen Moment sahen sie das Los Angeles der Achtziger Jahre, berstend voll Leben, Lärm und Bewegung. Sie waren nun die Schattenwesen einer Welt, die für eine kurze Dauer wirklicher war als ihre eigene. Ein Bus fuhr an ihnen vorbei, und Tony erstickte fast an dem dunklen Qualm, der einen beklemmenden, fremdartigen Geruch verbreitete.

Die Stimme des Erzählers fuhr gleichgültig fort: »Nun kommen wir zum Ende unserer Reise in eine verlorene Welt. Wir hoffen, daß diese Reise für Sie genau so unterhaltsam gewesen ist wie für uns, als wir sie organisierten. Und jetzt . . .« Die verlorene Welt begann zu verblassen, und der grüne Teppich floß in einen dunklen Korridor hinein. Lichter gingen an, und als der Erzähler verstummte, kam wieder die neutrale Stimme des Computers zu Wort: »Und genießen Sie auch noch die anderen Attraktionen des Traum-Parkes. Oh . . . fehlt etwa jemand?«

»Die Rothaarige«, murmelte Acacia. »Wer war der Begleiter der Dame, die von dem Haifisch gefressen wurde?« Ihre Frage war nicht ganz ernst gemeint, doch ein aufgeregtes Murmeln ging durch die Gruppe. Gwen zupfte sie am Ärmel.

»Niemand hat sie begleitet, Acacia. Sie war ein Hologramm.«

Tony stieß sie mit der Faust sanft in die Rippen: »Cass, ich weiß ganz genau, daß sie nicht im Vorraum wartete. Sie tauchte erst auf, als die Reise begann. *Ich* habe aufgepaßt.« Er grinste ihr ins Gesicht. »Nur als Bluff, wie?«

»Warte nur bis heute abend, Tony, mein Liebling«, erwiderte Acacia mit süßer Stimme. »Es ist alles ein abgekartetes Spiel. Doch du wirst schwören, ich wäre selbst bei dir im Zimmer . . .«

Kapitel Drei

Der Meister der Mythen

Griffin hörte lautes Gelächter, als er aus dem Aufzug trat. Er blickt vorsichtig um die Ecke. Man wußte nie, was einen im fünften Stock der Forschungs- und Entwicklungsabteilung erwartete.

Doch seine Vorsicht schien übertrieben. Auf dem Korridor spukte es nicht. Lediglich die Tür von Skip O'Briens psychologischem Laboratorium stand offen. Stille, dann wieder ein Heiterkeitsausbruch. Alex ging auf Zehenspitzen durch den Korridor und steckte den Kopf durch den Türrahmen.

Eine Gruppe von psychologischen Forschungsassistenten stand oder saß um ein Hologramm eines siebenjährigen Jungen herum, der hinter einem weißen Kaninchen herjagte.

»Halt an!« rief der Junge keuchend.

Das Kaninchen zog eine riesige Taschenuhr aus seinem Fell. Seine Schnurrbarthaare zuckten nervös. »Oh, Himmel, oh, Himmel! Ich bin schrecklich unpünktlich!« Dann hüpfte es in einen dunklen Tunnel hinein und verschwand.

Griffin lächelte, konnte dann selbst das Lachen nicht mehr zurückhalten. Ob nun ein Synthesizer dazwischengeschaltet war oder nicht – das weiße Kaninchen sprach genau so wie O'Brien und ahmte auch dessen hüpfende Gangart nach.

Das Kaninchen erschien auf dem Projektionsfeld, der Junge eine knappe Sekunde später. Ein Techniker drehte an einem Schalter, und das Bild zeigte den Jungen im freien Fall.

Alex ging um die Gruppe herum zur Übertragungskabine, wo Melinda O'Brien hinter dem stark geneigten Beobachtungsfenster saß.

Alex berührte sie an der Schulter: »Mir scheint, deinem Mann gefällt die Arbeit.«

Die Unmutsfalten in ihren Mundwinkeln glätten sich, als sie sich zu ihm umdrehte: »Hat er nicht immer seinen Spaß an allem, was er tut, Alex?« Sie hielt ihm die Wange für einen Kuß hin.

Melinda roch wie immer nach parfümiertem Puder. Sie war auf eine herbe Art hübsch. Aber sie sollte ihr Haar länger tragen, dachte Alex. Das würde ihrem Gesicht mehr schmeicheln. Er wagte natürlich nicht, das laut zu sagen.

»Die Arbeit bekommt ihm, Melinda. Und es macht auch Spaß, ihm dabei zuzusehen.«

Sie lächelte und blickte dann wieder zu ihrem Mann hinüber. Im Hologrammfeld fiel ein weißes Kaninchen wild strampelnd durch die Luft und mümmelte schrecklich. In der Übertragungskabine fuchtelte Skip wild mit den Armen und schien dicht vor einem Tobsuchtsanfall zu stehen. Das vom Computer erzeugte Kaninchen war eine synchrone Überlagerung seiner Körperbewegungen, gleichsam sein Duplikat in anderer Erscheinung.

Plötzlich blickte Skip zu ihnen herüber und grinste. Er hüpfte aus der Kabine und sagte: »Ich bin gleich soweit. Ich muß nur noch meinen Mantel holen!«

Donnernder Applaus der im Raum versammelten Mitglieder folgte seinen Worten. Skip verbeugte sich kurz und knöpfte das Jackett über der Taille zu, die ein leichtes Übergewicht verriet. Dann schob er sich die dicken blonden Haarsträhnen aus der Stirn. Die Haare waren eine vorzügliche Transplantation, die Skip zehn Jahre jünger machte. »Wir können gehen«, sagte Skip gutgelaunt und schritt vor den anderen beiden her.

»Was war das eben, Skip?«

O'Brien hielt vor dem Aufzug an. »Oh, du sprichst von dem weißen Kaninchen?« Er lachte. »Wir sind gerade dabei, die Schwerkraftschaukel aufzubessern.«

Die Lifttüren öffneten sich, und Skip drehte sich fragend nach Alex um: »Wohin gehen wir?«

»Zu Gavagan?«

Skip sah Melinda mit hochgezogener Augenbraue an, und sie nickte rasch. Skip tastete die Codenummer in den Wähler des Aufzugs ein. Die Türen schlossen sich. Ein sanftes Schaukeln verriet ihnen, daß der Aufzug sich bewegte.

»Warum wollt ihr die Schaukel umkrempeln? Sie ist doch immer noch ein Kassenmagnet.«

»Alex, die Schwerkraftschaukel ist fast zwölf Jahre alt. Inzwischen können wir viel mehr aus dieser Anlage machen.«

Melinda zeigte sich ehrlich interessiert: »Gehörte deine Vorstellung als weißes Kaninchen zu den geplanten Renovierungsmaßnahmen?«

Man hörte ein leises Klicken, als der Aufzugskorb die Schienen wechselte. Er setzte die Fahrt nun in horizontaler Richtung fort.

»Absolut. Wir bauen die Schaukel auf totale Integration um. Entwerfen die Wagen neu, geben ihnen Atmosphäre, akustische und optische Effekte. Dazu liegen mehr als ein Dutzend Drehbücher bereit. Die Szene vorhin stammte aus ›Alice im Wunderland‹, wo Alice ja auch in ein Kaninchenloch hineinstürzt. Oder wir kreieren einen Raumflug, wo die Schwerkraft an ganz bestimmten Stellen ausfällt. Man stelle sich die Szene in *Moonraker* vor, als James Bond vom Himmel herunterstürzt . . .«

»Klingt gut.«

»– er versucht, einen Fallschirm zu klauen, ehe er auf der Erde aufschlägt. Jedenfalls machen wir Fortschritte. Wir arbeiten auch an einer psychologischen Verlängerung der dreißig Sekunden im freien Fall.«

Dafür bekam er einen verständnislosen Blick von Alex und ein vielsagendes Seufzen von Melinda.

»Psychologische Zeitwahrnehmung ist außerordentlich flexibel. Da gibt es die Erwartungszeit, das Bangen oder Hoffen, daß etwas einträte; die Erfahrungszeit, die offenkundige Dauer eines oder mehrerer Ereignisse, in die man selbst verwickelt ist. Und da gibt es die Erinnerungszeit, die sich stark von den vorher genannten psychologischen Zeitbegriffen unterscheidet, da sie mit dem ›Speicher-Phänomen‹ zusammenhängt.«

»›Speicher-Phänomen‹?« Alex bemerkte, wie Skip schon eine Antwort auf der Zunge lag, und erkannte seinen Fehler. Es war zu spät. Skip spulte bereits sein Tonband ab:

»Hast du schon einmal von Sperlings ›Acht-Sekunden-Gesetz‹ gehört? Du wirst dich zum Beispiel immer daran erinnern, daß eine Mondfinsternis acht Sekunden dauerte. Das kommt daher, weil wir die Beobachtung dieser Mondfinsternis die ganze Zeit im Auge behalten. Wenn du in deinem Gedächtnis aber mehr als einen Gegenstand oder ein Ereignis speichern willst, muß auch dein Blick zwischen verschiedenen Gegenständen oder Ereignissen hin- und herwandern. Dieses Phänomen wenden wir nun auch bei der Schwerkraftschaukel an, indem wir . . .«

Gavagan war ein ruhiges Restaurant. Seine Wände schluckten den Schall wie Schwämme das Wasser. Eingerichtet war es wie ein englisches Pub aus dem zwanzigsten Jahrhundert, naturgetreu vom Pfeilwurfbrett an der Wand bis zum lauwarmen Bier an der Theke. Die Musikbox in der Ecke spielte keine Schallplatten ab, doch für eine Dollarmünze konnte man sich fünfzehn Minuten lang eine Autorenvorlesung durch die Hologramme von Mark Twain, Rudyard Kipling, Jorkins, Brigadier Fellowes und so weiter anhören. Gavagan gehörte zu Alex Griffins Lieblingslokalen.

Skip hatte sich endlich erschöpft und lehnte sich in seinem Stuhl zurück, um dem geisterhaften Harry Purvis zuzuhören, der die Geschichte erzählte, als er einen Klumpen U-235 in seinem Briefkasten fand.

Gary Tegner, der immer gut aufgelegte Manager des Lokals, trug ihnen persönlich das Essen auf. »Fisch und Chips?« Alex und Melinda hoben beide den Zeigefinger. Skip hatte sich einen Clarkeburger und Pommesfrites bestellt. »Nett von euch, daß ihr mich auch mal wieder besucht. Melinda, was willst du trinken?« Es stellte zwei Biergläser mit Ale vor die beiden Männer auf den Tisch und eine Limonade für Melinda.

»Ist schon eine Weile her«, sagte Melinda nachdenklich. Ich glaube, seit der Weihnachtsfeier '49 sind wir nicht mehr hiergewesen.«

Tegner ließ ein zwerchfellerschütterndes Lachen hören. Bei seinem Leibesumfang fand es eine beträchtliche Resonanz: »Nein, diese Party werde ich nie vergessen!« Er stieß Skip in die Rippen. »Ihr Psychologen von der Forschungsabteilung seid schon verrückte Burschen! Ich dachte, mich trifft der Schlag, als acht Zwerg-Nikoläuse diesen Schlitten durch mein Vorderfenster zogen!«

Alex konnte sich ebenfalls noch an dieses Weihnachtsfest erinnern: »Und kam nicht auch noch ein Rentier durch den Ventilator?«

Tegner mußte sich die Augen wischen, so sehr lachte er in der Erinnerung an jenen Abend. Skip schlang ein Drittel seines Hamburgers hinunter und fragte dann: »Wie geht es bei dir, Alex?«

»Immer das gleiche, Buddy.« Dann fiel ihm wieder der gemeldete Einbruch ein: »Nein, ich muß mich korrigieren. Wir hatten einen kleinen Zwischenfall in der CM-Siedlung.«

»Habe schon davon gehört. In Ricens Wohnung wurde eingebrochen, nicht wahr? Wurde etwas gestohlen?«

»Offenbar nicht. Trotzdem ging ihm die Sache unter die Haut.«

»Das paßt zu seinem Psychogramm. Er ist ein nervöser Typ.«

»He, Buddy, das sagst du mir ein bißchen spät! Das hätte ich wissen müssen, als du ihn mir zur Einstellung empfahlst!«

»Alex, ein Wächter *muß* doch ein nervöser Typ sein. Und ich habe nun mal eine Vorliebe für verlorene Kinder und herrenlose Hunde.«

Alex fing einen nachdenklichen Blick von Melinda auf. »He, wann schaffst du dir eigentlich selbst Kinder an, du psychologisches Genie? Dann kannst du ja testen . . .« Skips Lippen wurden dünn wie ein Strich, und Melinda blickte auf ihre Hände. Alex bewegte sich auf hauchdünnem Eis. ». . . ach, übrigens – hast du an die L-5-Pläne gedacht?«

Skip berührte sacht mit der Gabel Griffins Hand. »Es ist nicht so schlimm, wie du glaubst. Alte Kamellen. Ich bin der Ansicht, daß ich in meinem Beruf noch keine Zeit habe für Kinder.«

Melinda schien sich in sich selbst zurückzuziehen, und ihre Stimme war nur ein Hauch: ». . . Aber ich möchte welche.« Sie kostete von dem Fisch. »Ich kann Skips Argumente verstehen, bin aber mit der Einstellung großgezogen worden, daß eine Frau Kinder bekommen sollte.«

»Waren deine Eltern sehr religiös?«

»Wer war das nicht nach dem großen Beben?« gab sie wahrheitsgemäß zurück. Die Mormonen, die Vincent-de-Paul-Gesellschaft und die Hadassah waren die ersten Religionsgemeinschaften gewesen, die die notleidende Bevölkerung von Kalifornien massiv unterstützten. Seither spielte Religion eine wichtige Rolle in der Gesellschaft und Politik Kaliforniens, und jahrzehntelang war Kalifornien nur ein anderes Wort für Konservatismus gewesen.

Skip drückte die Hand seiner Frau. »Ich konnte dir die L-5-Pläne nicht beschaffen, Alex.«

»Probleme?«

»Probleme nach deinem Geschmack, Alex. Sicherheitsmaßnahmen. Es wäre die erste Raumkolonie im Privatbesitz, und deshalb müssen Stöße von internationalen Verträgen durchgelesen werden. Unterstützung durch die Öffentlichkeit wäre hilfreich, und wir bekommen sie auch, nur nicht von Kalifornien.«

Alex trank sein Bier aus und setzte geräuschvoll den Krug auf den Tisch. »Vermutlich kennst du diese vertrackte Geschichte, Melinda.«

»Skip hat nur hin und wieder etwas angedeutet, aber das war nicht viel.«

»Es geht um Politik. Kalifornien steht mittlerweile seit mehr als zehn Jahren wieder auf festen Füßen. Ein paar politische Lokalmatadore im Süden glauben nun, dieses Projekt wäre eine günstige Gelegenheit, den Cowles Industries eine Reihe von Steuerprivilegien wegzunehmen. Inzwischen sind wir nämlich für diese Leute ein ganz gewöhnliches kommerzielles Unternehmen. Sie denken, sie brauchen uns nicht mehr. Bei den Wählern kommt natürlich eine schärfere Besteuerung immer gut an, bis sie begreifen, was sie damit verlieren.« Alex merkte, daß er sich zu ereifern drohte, und senkte die Stimme: »Deswegen müssen wir behutsam vorgehen. Vielleicht können wir behaupten, was wir inzwischen erreicht haben, aber eine Expansion wird schwierig sein. Wir sind eben zu profiliert, ein zu leichtes Ziel für Politiker.«

Skip nickte. »In der Praxis wirkt sich das so aus, daß wir alle Großprojekte geheimhalten müssen, bis sie in allen Einzelheiten ausgearbeitet sind. Wenn du also Einsicht in die Pläne nehmen willst, mußt du sie dir schon selbst besorgen und mit deiner Unterschrift dafür bürgen.«

Griffin räusperte sich ungehalten. Aber dann zeigte er doch Verständnis: »Eigentlich sollte mir das recht sein. Bisher wurden Sicherheitsmaßnahmen im Park nur oberflächlich beachtet. Womöglich kommen wir aber in echte Schwulitäten, wenn Harmony mir nicht bald Anweisungen gibt, die Gerüchte zu unterbinden.« Er blickte auf seine Manschetten-Uhr und zuckte zusammen: »Oh, Himmel, Millicent wird mir noch den Kopf abreißen, Skip! Ich muß in drei Minuten ein Seminar halten. Melinda . . .« Er berührte ihre Hand mit den Fingerspitzen. »War mir wie immer ein Vergnügen, Skip. Lopez – leitet das Spiel morgen, nicht wahr?«

Skip nickte, als er den Namen hörte. »Ich werde in der Zentrale sein, wenn er sich dort einrichtet. Kommst du auch? Es könnte interessant werden.«

»Selbstverständlich werde ich kommen. Wann übernimmt er die Zentrale? Gegen Mitternacht?«

»Richtig. Wir sehen uns also heute abend.«

Gwen lehnte sich gegen das Geländer des Hot-Spot-Erfrischungsstandes, der sich dem Ausgang des Everest-Slaloms gegenüber befand. Sie trank einen Schweizer Spezial: eine Mischung aus Kaffee und Kakao mit einer dicken Schicht Schlagsahne obenauf. Das heiße Getränk tat gut, vertrieb die Kälte aus den Beinen. Erst jetzt spürte sie die Nachwirkungen der gewaltigen Anstrengung. Ihre Muskeln zuckten ununterbrochen. Die automatischen Sicherheitseinrichtungen im Traumpark schlossen jedes Risiko soweit wie möglich aus. Aber dadurch verlor die Skiabfahrt vom Mount Everest keineswegs ihre drastische Wirklichkeitsnähe.

Acacia unterhielt sich angeregt mit einem älteren Ehepaar. »Ich lasse den Everst-Slalom nie aus, wenn ich den Park besuche. Und ich werde auch von Mal zu Mal besser. Heute habe ich fünfundachtzig Prozent aller Schwierigkeitsgrade gemeistert. Doch auf dieses Yeti-Baby war ich nicht gefaßt. Ich komme aus einer Kurve heraus, und da sitzt es mitten auf der Piste und schaut mich aus seinem weißen Daunenpelz mit großen unschuldigen blauen Augen an! Ich wäre fast in einen Baum hineingerast, als ich dem Baby ausweichen mußte . . .«

Eine Gruppe von Akrobaten zog, Räder schlagend, an Gwen vorbei, und sie applaudierte mit den Zuschauern, von Reue gepackt, daß sie ihre Gymnastikstunden nicht durchgehalten hatte, die ihre Mutter ihr mit fünf Jahren zur Pflicht machte. Verstohlen fuhr sie mit dem Daumen über das Fettpolster ihrer Taille und betrachtete dabei eifersüchtig Acacias Figur. Gwen verglich ihre dünnen blonden Haare mit der üppigen braunen Mähne des dunkelhäutigen Mädchens. Selbst Margie Braddons weiße Haare waren noch lang und kräfig, und ihre Falten zeigte sie nur, wenn sie lachte. Ihre Figur war beneidenswert. Die Eifersucht beherrschte sie nun total.

Es gehörte nicht zu Gwen Ryders Gewohnheiten, Vergleiche zwischen sich und anderen Frauen anzustellen. Solche Wertschätzungen führten zu zweifelhaftem Erfolg, weil man sich entweder im Gefühl trügerischer Überlegenheit sonnte oder sich selbst bemitleidete. Das entsprach nicht ihrem Naturell. Aber vor ihr lag eine viertägige Abenteuerreise, die romantische Gefühle begünstigte oder sie gründlich abwürgte. Und das gab Gwen Stoff zum Nachdenken . . .

Ollie und Tony trugen in einer kleinen Arkade in der Nähe ein computergesteuertes Hockey-Match aus. Sie war verliebt in Ollies Lachen, wie verzaubert von seinem Lächeln, auch wenn es so schüchtern war wie jetzt, weil er sich im Mittelpunkt zu vieler Zuschauer sah. Sie hatte nie vergessen, wie sie Adolf Norliss kennenlernte. Es war anläßlich einer Veranstaltung des internationalen Spielersyndikats. Er trug damals einen motorisierten Kampfanzug, der von einem uralten Science-Fiction-Roman, *Starship Troopers,* inspiriert war. Sie hatte auf die Kanone auf seinem Brustpanzer geklopft und ihn gefragt, ob es nicht ein bißchen feucht wäre in seinem Anzug. Aber dann hatte er ihr ausführlich das Kühl- und Entlüftungssystem erklärt, das in seinem Panzer eingebaut war. Und ehe sie sich versahen, saßen sie bereits in einem kleinen Café in der Nähe des Kongreßgebäudes und stellten fest, daß sie so vieles gemeinsam hatten, während eine Kellnerin, die ihnen das Frühstück servierte, Stielaugen machte.

Eine Reihe von Rendezvous folgten und gemeinsame Kriegsspiele, immer vor dem Hintergrund einer Romanze und der

Möglichkeit einer engeren Bindung. Vielleicht war es die Tatsache, daß er sich nie ernst nahm, weshalb sie ihn liebte. Zum Teufel, *jemand* mußte ihn ja ernst nehmen, und das war schließlich die Voraussetzung jeder Liebesbeziehung. Aber manchmal fragte sie sich, was er wohl in ihr sah, und bangte, er käme eines Tages zur Einsicht, das Ganze sei ein Fehler, und sie würde wieder allein sein, von einem Turnier zum anderen jagen, wieder allein die Kongresse und Bibliotheken besuchen – eines von vielen anderen pummeligen kleinen blonden Mädchen, die ihre unausgefüllten Tage in einem unerfüllten Leben vom Kalender abstreichen . . .

Die Stimme der älteren Frau weckte sie aus ihren düsteren Gedanken.

»Oh, ich spielte schon Zork, als ich sieben war«, sagte Margie Braddon. »Mein Vater hatte einen Computer und einen Modem. Kennen Sie Zork?« Acacia schüttelte den Kopf. »Man suchte sich eine Rolle aus und mußte dann gegen ein Computerprogramm des technologischen Instituts von Massachusetts spielen. Zork war eine Schatzjagd mit Todesfallen, kam also den Spielen, wie sie heute veranstaltet werden, schon sehr nahe. Allerdings gab es damals noch keine Gefühls- oder Empfindungseffekte. Der Computer führte den Spieler auf dem Feld herum wie einen Blinden. Es gab sehr viele Möglichkeiten, in diesem Spiel umgebracht zu werden«, fuhr Margie lachend fort. »Ungeheuer, Labyrinthe und Denksporträtsel . . .«

»Und Sie spielten zusammen mit Hap, dem Barbaren?«

Sie nickte, und ihre dicke weiße Mähne hüpfte auf und ab. »Er hieß eigentlich Willie Hertz. Achtzehn Jahre lang war er ein überragender Meister der Mythen. Owen und ich führten eine sehr tolerante Ehe, und da er nicht an Spielen interessiert war . . .«

»Wie falsch!« unterbrach Owen Braddon. Auch er hatte graue Haare, die als Kranz seinen von der Sonne gebräunten kahlen Scheitel umgaben. Hager und hochaufgeschossen, schien sein Körper nur aus Sehnen zu bestehen, wenn man sein Bäuchlein übersah. »Die Spiele waren für mich eine verdammt große Verlockung«, fuhr er fort. »Ich sah ja, wie sehr sie Margie verzauberten. Aber ich hätte meine Karriere aufs Spiel gesetzt, falls ich der Verlockung nachgegeben hätte. Also machte ich mit irgend jemandem Skiurlaub, und Margie verwandelte sich in Shariett, die Zauberin, und brannte mit Hap, dem Barbaren, durch.«

»Dann starb Willie«, sagte seine Frau, »und Owen ließ sich pensionieren. Und jetzt darf er den Verlockungen nachgeben. Nicht wahr, mein Lieber?«

Ihr Mann grinste. »Und ich bin inzwischen sogar ein recht guter Spieler geworden. Im letzten Jahr gelang es mir zum erstenmal, lebend das Finale des Sternenhändler-Spieles zu erreichen.«

»Er versucht, jedes Spiel wissenschaftlich zu ergründen«, sagte Margie. »Diesmal hatte er recht.«

»Die Eidechse war ein Bewohner von Merseia. Solchen Leuten darf man niemals trauen. Und ich denke, daß ich auch bei der Südsee-Schatzjagd recht behalten werde.«

Acacia wartete, doch Owen Braddon wollte den Zuhörern offenbar nicht mehr verraten. Margie sagte seufzend: »*Ich* tappe auch im Dunkeln. Nicht einmal mir gibt er seine Theorie preis.«

Ollie kam zu Gwen und berichtete schweratmend: »Ich hab' die Ungläubigen geschlagen, Liebes!« Gwen drückte ihm innig die Hand.

Das ältere Ehepaar verabschiedete sich und steuerte auf die Schwerkraft-Schaukel zu. Tony McWhirter, der an Acacias Seite treten wollte, blieb stehen und blickte über ihre Schulter. Drei erschöpft aussehende, staubbedeckte Touristen wankten, mit Rucksäcken beladen, in den Hot-Spot.

»Was hat man diesen Leuten denn getan?« fragte Tony.

»Fragen wir sie doch«, erwiderte Acacia mit strahlendem Lächeln und rief: »Ihr da! Hier sind noch ein paar Stühle frei!« Das Trio – zwei junge Männer und eine Frau, die Ende Zwanzig sein mochte – winkte dankbar, schob sich durch die Menge, lehnte die Rucksäcke gegen die Wand und stellte sich an der Selbstbedienungstheke an. Sie kamen mit Tabletts zum Tisch zurück, die mit belegten Broten und Bechern mit Schweizer Spezial beladen waren.

»Wow! Vielen Dank, Leute! Hier geht es zu wie in einer Irrenanstalt«, sagte ein schlanker sehniger Bursche mit langen blonden Haaren, die er zu Zöpfen geflochten hatte. Er beugte sich über den Tisch und schüttelte jedem die Hand. »Ich heiße Emory, und diese beiden sind Della und Chris.«

Das Gespräch am Tisch verstummte, während Emory und seine Begleiter über die belegten Brote herfielen.

Chris sah noch ziemlich frisch aus, wenn man seine Augen außer Betracht ließ, die glasig wirkten und unnatürlich hell. Della hatte eine unreine Haut und Ohren, die ein bißchen zu weit vom Kopf abstanden; doch ihre Stimme war faszinierend – tief und vibrierend wie bei einer Raubkatze. »He«, sagte sie, »seid ihr gerade erst eingetroffen?«

McWhirter wandte nur widerstrebend den Blick von ihrem Mund ab: »Woran erkennen Sie das?«

»Ihr seht so erholt aus. In ein paar Tagen torkelt ihr durch die Gegend wie wandelnde Leichen.«

Della sah Gwen eine Sekunde lang prüfend an und fragte: »Haben wir nicht vor zwei Jahren zusammen gespielt?«

Gwen konnte sich offenbar nicht erinnern. Tony fragte: »Gehören Sie auch zu den Spielern, Della?«

»Wäre ich sonst so groggy? Wir haben soeben ein zwei Tage dauerndes Spiel im Bereich B abgeschlossen.«

Tonys Augen weiteten sich. Zwei Tage nur? Die drei sahen aus, als hätten sie ein Jahr lang im Dschungel von Vietnam gekämpft!

Ollie beugte sich vor und fragte lebhaft: »Wie ist es gewesen? Ich meine, war es ein gutes Spiel? Wieviele Punkte habt ihr gewonnen? Wer leitete das Spiel?«

Chris' erschöpfte Miene belebte sich etwas: »Es war Evans Spiel. Kennt ihr die Dame? Eine ganz gemeine Hexe. Es ging heißer zu als in der Hölle. Wir konnten uns nicht eine Minute ausruhen. Allerdings haben wir dabei dreihundertundsiebenundzwanzig Punkte gewonnen.

Tony blickte zweifelnd in die Runde. »Ist das eine Menge?«

Lautes Gelächter war die Antwort, die er gefaßt über sich ergehen ließ. Acacia sagte: »Ein durchschnittlicher Spieler gewinnt ungefähr dreißig Punkte pro Tag bei einem mehrere Tage dauernden Wettkampf.« Sie sah ihre drei Mitspieler an: »Ihr habt euch wacker geschlagen.« Die drei strahlten.

»Um was ging es bei diesem Spiel?« fragte Tony.

»Um die Bergung eines Schatzes«, erwiderte Della. »Wir folgten der Spur einer archäologischen Expedition, die irgendwo in Persien verschollen war. Am Ende landeten wir in einem unterirdischen See und kämpften mit einem Stamm kannibalischer Troglodyten um das Recht, ein goldenes Götterstandbild zu bergen, das schließlich lebendig wurde und uns auch noch piesackte.«

»Habt ihr viele Leute aus eurem Ensemble verloren?«

»Ungefähr die Hälfte. Chris zum Beispiel wurde getötet. Aber wir kamen schließlich darauf, wie wir das Götterstandbild . . .«

»Pssst!«

»Tut mir leid; aber Emory hat recht. Vielleicht bewerbt ihr euch in der Zukunft ebenfalls für eine Rolle in diesem Spiel.«

McWhirter sah Chris von der Seite an, der wieder sehr erschöpft wirkte. »Wie ist es, wenn man stirbt?«

»Kalt.«

»Kalt?«

»Die persische Hölle ist eiskalt«, erwiderte Chris.

Ollie meldete sich zu Wort: »Dann war es die Hölle des Zarathustra. Eine frühe persische Religion.«

Chris nickte. »So kalt war es auch wieder nicht, daß man sich die Nase abfror. Nur ein unterkühltes Labyrinth, das mit Geistern der Verstorbenen bevölkert war. Ich brauchte ungefähr eine Stunde, bis ich den Ausgang fand, gab dann meine Sachen ab und ließ mir meine Punkte gutschreiben. Anschließend kehrte ich in die Shogunat-Festung zurück – so heißt mein Hotel –, um mir das Spiel bis zum Schluß anzusehen.«

»Und es störte Sie nicht, daß Sie getötet wurden?« fragte Tony.

Chris zuckte mit den Achseln. »Das gehört zum Spiel.«

Also hatte es ihn gestört.

»Reist ihr heute wieder ab?« erkundigte sich Gwen.

»Wir müssen erst noch unsere Sachen aus dem Hotel holen, und dann fahren wir mit dem Pendelzug in ungefähr einer Stunde nach New Frisco. Wollt ihr an der Südsee-Schatzjagd teilnehmen?«

Alle vier nickten. Tony sagte: »Hat einer von euch eine Ahnung, wie viele zum Ensemble gehören?«

Acacia gab ihm einen leichten Rippenstoß: »Das weiß keiner bis heute abend. Wir beide haben uns Rollen reservieren lassen, und ich denke, das gilt auch für Gwen und Ollie. Ich sah noch sechs andere Spieler, die heute früh aus dem Pendelzug stiegen. Alles in allem werden wir zwanzig Bewerber sein, wovon die Hälfte vermutlich eine Einladung erhielt. Della, wie viele Leute gehörten zu eurem Ensemble?«

Della rechnet rasch nach: »Vierzehn? Fünfzehn. Ich mußte ein Jahr warten, bis ich eine Rolle bekam. Und ihr?«

»Achtzehn Monate.«

Tony zeigte nun lebhaftes Interesse: »Aber wenn das Spiel nicht gefällt und der Traumpark die Rechte nicht ankauft? Wenn es keine Tantiemen vom Film gibt und kein Buch . . . was passiert dann?«

Allgemeines Achselzucken, bis Ollie sich mit seiner Vermutung meldete: »Der Spielmeister käme in große Schwierigkeiten, wenn er am Ende dicke rote Zahlen schreibt. Es sei denn, der Traumpark schießt Gelder zu, um seine Verluste auszugleichen. Doch ein guter Spielmeister hat mindestens zwei oder drei Filmgesellschaften für die Finanzierung im Rücken und möglicherweise sogar ein halbes Dutzend Buchverlage. Und wenn er wirklich gut ist, darf er mindestens vier Monate lang im Traum-Park sein Spiel veranstalten, und dafür gibt es Tantieme.«

Gwen blickte ihn nachdenklich an: »Ollie . . .?«

»Was hast du dagegen, wenn ich selbst schon daran dachte, ein Spiel zusammenzustellen? Mein Gott, warum nicht?«

Gwen wollte etwas sagen, aber Acacia kam ihr zuvor: »Ich möchte darauf aufmerksam machen, daß es jetzt fünf Minuten nach fünf ist. Wir haben gerade noch Zeit dazu, in Ruhe zu Ende zu essen, ehe Chester uns im Konferenzraum erwartet.«

Acacia und Tony stießen als letzte zu der geschlossenen Veranstaltung. Rund dreißig Leute drängten sich in dem kleinen Konferenzzimmer im Zwischenstock. Das Traumpark-Sheraton war im nüchternen Stil des Einundzwanzigsten Jahrhunderts gehalten. Hier gab es kein Fantasy-Motiv. Daß Chester hier wohnte, erschien Acacia bemerkenswert, aber es paßte eigentlich zu seinem Stil. Denn in ein paar Stunden würde sich der Meister der Mythen vor Dämonen und phantastischen Ereignissen kaum noch retten können.

Die Bewerber, die sich hier versammelt hatten, waren so bunt und verschiedenartig wie das Leben. Dick und dünn, klein und groß, jung und alt und so kostümiert, wie man es sich phantastischer nicht vorstellen konnte – moderner Westernstil neben Pseudo-Nackedeis, mittelalterliche Pracht neben Steinzeit-Garderobe. Manche waren gerade der Pubertät entwachsen, und andere wieder hatten geliftete Gesichter. Sie alle lauschten respektvoll den Ausführungen eines schlanken jungen Mannes, der etwas Vogelartiges an sich hatte.

Er saß lässig auf einer Couch und nahm dort so viel Platz weg wie drei erwachsene Männer. Eine sehr attraktive Rothaarige schmiegte sich in seinen rechten angewinkelten Arm, während er seine Worte mit lässigen Handbewegungen unterstrich: ». . . wünschte mir, ich wüßte etwas mehr über das Spiel, das Lopez für uns vorbereitet hat. Ich weiß zwar, daß wir keinen Parka brauchen – soviel hat Lopez mir verraten –, und eine gute Fee hat mir erzählt, daß unser Spielbereich von der Armee als Manövergelände für einen simulierten Angriff auf Brasilien benützt wurde. Und selbstverständlich kennen wir auch den Titel: Südsee-Schatzjagd. Wenn ich mich nicht irre . . . Nun, ich habe ein wenig recherchiert.«

Gwen Ryder hob die Hand, als säßen sie in einem Klassenzimmer: »Was schließen Sie aus dem Titel, Chester?«

»Daß wir mit einer Magie konfrontiert werden, die uns nicht vertraut ist. Darauf müssen wir achten. Leichte Kleidung . . . Allwetterstiefel . . . Insektenspray. Normalerweise wären die Insekten im Spiel nur Hologramm-Effekte; aber bei Lopez . . .?«

Tony flüsterte: »Ist das euer Meister der Mythen? Der Mann mit der phantastisch aussehenden Rothaarigen?«

»Bitte etwas mehr Respekt«, murmelte Acacia und gab ihm einen Rippenstoß. »Chester Henderson ist der König auf dem Spielbrett. Hör lieber zu, wenn du nicht gleich auf der Verlustliste stehen willst.«

Das blonde Mädchen bekam einen Kicheranfall. Gwen schien aber nicht zu ihrem Vergnügen in den Traumpark gekommen zu sein, dachte Tony.

Seine Selbstsicherheit hatte erheblich gelitten. Die Regeln, die Spieler, dieses technologische Monster Traumpark – das war alles viel komplizierter, als er sich das vorgestellt hatte. Die Spieler machten todernste Gesichter. Selbst Acacia benahm sich, als wäre das Sterben auf dem Spielfeld eine Realität. Tony begann sich zu fragen, ob er nicht einen Fehler machte, als er sich zu diesem Abenteuer überreden ließ.

»Wir müssen immer daran denken«, sagte ihr Anführer, »daß Lopez bis zur Grenze des Erlaubten geht, um einem Ensemble Schaden zuzufügen. Er will ja im Geschäft bleiben. Wenn bekannt wird, daß er uns mit einem achtzigprozentigen Blizzard oder mit einem Schwarm seuchenübertragender Fledermäuse piesackt, wird er das Spiel nicht verkaufen können. Also wird er uns zwar höllisch einheizen, aber mit fairen Mitteln.«

Tony fragte: »Was verstehen Sie unter ›Fairneß‹?«

Henderson wandte ihm das Gesicht zu: »Fair ist alles, was man nach den gegebenen Voraussetzungen erwarten darf. Und alles, was wir aus der inneren Logik eines Spieles ableiten können. Nehmen wir zum Beispiel mein zweites Spiel . . . Mittelalter. Die erste Person, der wir begegneten, war ein Ritter der Tafelrunde. Ein Unbekannter, aber ich kannte die Gestalt aus der Mythologie. Nun mußte ich auf alles gefaßt sein, was zum mythologischen Umfeld dieses Ritters gehörte. Auf die Pest, Drachen, Inquisition . . . Und ich versuchte erst gar nicht, den Gral zu erobern, weil mir dazu die ethischen Voraussetzungen fehlten. Können Sie mir folgen?«

»So ungefähr.«

»Sie müssen immer an die innere Logik eines Spiels denken. Wie heißen Sie? Gehören Sie zu Acacia?«

»Tony. McWhirter.« Tony legte den Arm um Acacias Schultern und zog sie so dicht an sich, daß ihre Haare ineinanderflossen. »Ja, wir gehören zusammen.«

»Großartig. Es wird ein Erlebnis für Sie sein. He, Acacia, erinnern Sie sich noch an den ›Frost-Holocaust‹?«

Sie lächelte verträumt. »Wie könnte ich die Schlittenhunde vergessen. Sie hätten meine Bilder von dem Mutanten sehen sollen! Leider kamen sie bei den Filmaufnahmen nicht so gut heraus.«

»Wie ich hörte, sollen die Hologramme in diesem Jahr alles Bisherige an Realistik übertreffen. Aber das sollte für uns kein Problem sein.« Er dachte ein paar Sekunden nach und fuhr dann fort: »Als Schauplatz käme nur ein Dschungel oder eine tropische Landschaft in Frage. Ich bezweifle, daß Lopez seinem Spiel einen uns allen bekannten Mythos zugrundelegt. Deswegen müssen wir ständig auf der Hut sein. Was die Waffen anlangt, ist alles offen. Wir werden erst morgen erfahren, ob das Arsenal auch moderne Feuerwaffen umfaßt. Vermutlich dürfen wir mit magischen Mitteln arbeiten, und dazu kommen wahrscheinlich noch ein paar Schwertkämpfer, ein oder zwei Ingenieure, ein paar Diebe . . .«

Der Portier sah angemessen gespenstisch aus. Er trug einen zerfledderten schwarzen Hut und einen von Motten zerfressenen Mantel, dessen ausgefranster Saum den Boden berührte. Während er die Tür für Gwen und Ollie aufhielt, verkündete er im Brustton einer gemarterten Seele: »Hier entlang, junger Herr.«

»Willst du dir *hier* eine Unterkunft suchen?« flüsterte Ollie, während er sich mit hervorquellenden Augen umsah.

Die Untergrundbahn hatte sie vor dem Geisterhaus abgeladen, dem Thema-Hotel an der Ostecke des Vergnügungsparkes. Sie befanden sich immer noch in der Untergrundstation, die im frühen Caligari-Stil dekoriert war. Spinnweben hingen in den Ecken des Tonnengewölbes, in denen sich Wesen mit glühenden roten Augen auf haarigen Beinen bewegten. Der Bahnsteig mündete in einem Korridor mit einer Spiegeldecke.

Gwen blickte nach oben. »Wow!« Sie sah nur sich selbst im Spiegelglas, doch mit jedem Schritt, den sie tiefer in den Korridor hineinkamen, ging ihre körperliche Erscheinung sichtbar in Verwesung über. Am Ende des Korridors waren sie nur noch zwei Skelette, die nach einer anstrengenden Geisterstunde in ihre Gruft zurückstapften.

»Ich weiß nicht, ob ich es wage, die Tür zu öffnen«, sagte Gwen. Ollie drückte sie mit den Fingerspitzen auf. Sie knarrte fürchterlich.

Die eigentliche Empfangshalle des Hotels war nur spärlich erleuchtet und in Schwarz und dunkelroten Farben gehalten. Auch die Sofas und Clubsessel luden nicht gerade zum Sitzen ein. Das rote Polster zwischen den schwarzen Lehnen eines Sessels ähnelte erschreckend einer roten Zunge in einem aufgesperrten Rachen. Man glaubte, den Kopf einziehen zu müssen, damit man nicht an die Decke stieß. Flackernde Lüster warfen ein gespenstisches Licht.

Eine berückend aussehende Empfangschefin im fließenden Totenhemd aus weißem Leinen begrüßte sie. Ihr grellroter Lippenstift stand im bemerkenswerten Kontrast zu ihren wachsbleichen Wangen. Sie hob eine zierliche Hand an die Lippen und räusperte sich höflich. Dann schenkte sie den beiden ein strahlendes Lächeln.

»Guten Morgen! Mein Name ist Leonore, und ich heiße Sie herzlich im Gespensterhaus, einem der neuen Traum-Park-Hotels, willkommen. Das ist ein Thema-Hotel. Das heißt, der Aufenthalt ist lebensgefährlich. Sie müssen schrecklich vorsichtig sein.«

Die Empfangsloge präsentierte sich als Orchideenpflanze, deren liebliche Blüten sich viel zu entgegenkommend zeigten. Ollie zog seine Bestellkarte aus der Tasche und hütete sich, der Pflanze mit den Fingerspitzen zu nahe zu kommen, als er ihnen die Karte überließ. Auf den von Blütenstengeln umrahmten Monitorschirmen erschien eine Reihe von Buchstaben und Zahlen, und es blieb folgende Zeile auf dem Schirm stehen: »Adolph Norliss und E.B., Zimmer 7024.«

Ollie blickte Leonore betroffen an: »E.B.? Was bedeutet das?«

Sie lachte süß: »Entsprechende Begleitung. Ich nehme an, daß Sie mit der Dame nicht verheiratet sind.«

»Oh, Blödsinn. Wir sind verlobt . . .«

»Wenn es sich also nicht um Ihre Ehefrau oder Schwester handelt, dann ist es eben eine entsprechende Begleitung.«

»Du hättest ja meinen Namen wirklich nicht zu verschweigen brauchen«, meinte Gwen schmollend.

Ollie erwiderte verlegen: »Meine Schuld. Ich war mir nämlich nicht absolut sicher, ob du mitkommen würdest.« Er nahm die Buchungskarte mit spitzen Fingern wieder an sich.

Leonore führte sie zu einer Reihe von Aufzügen. Gwen ließ Ollies Gesicht nicht aus den Augen, während sie neben ihm herging.

»Und wen hättest du mitgenommen, wenn ich verhindert gewesen wäre?«

Ollie bemühte sich, ernst zu bleiben. Der Erfolg war nicht überwältigend. »Oh, keine Ahnung. Jemanden jedenfalls, der bereit gewesen wäre, den halben Übernachtungspreis zu bezahlen.«

»Tatsächlich?«

Sie standen vor den Türen eines Aufzuges. Leonore trat zur Seite und sagte: »Zimmer sieben-null-zwei-vier befindet sich im siebten Stockwerk. Hoffentlich haben Sie einen angenehmen Aufenthalt im Traum-Park.« Sie deutete einen Knicks an und löste sich in Luft auf. Sie hörten nur noch ihr lautes Gelächter, als die automatischen Aufzugstüren sich hinter ihnen schlossen.

Ollie sagte verblüfft: »Heiliger Strohsack . . .«

Gwen nickte: »Das war wirklich gut. Ich bin beeindruckt.« Und dann drängte sie sich mit ihrem plumpen Körper an ihn und fragte mit grollender Stimme: »Ollie, hättest du es *wirklich* fertiggebracht, jemand anders mitzunehmen, wenn ich abgesagt hätte?«

Ollie blickte mit steinernem Gesicht auf die Seitenwand der Aufzugskabine, als weilte er in Gedanken immer noch bei Leonore.

»Ollie! *Ich* wäre ohne dich nicht hierhergekommen! Ich schwöre es!«

Er blickte aus den Augenwinkeln auf sie hinunter. Gwen wollte noch etwas sagen, aber das Zischen der sich öffnenden Türen hinderte sie daran. Ollie verließ die Aufzugskabine, blieb stehen und drehte sich um: »Ich erinnere mich, wie du zu mir gesagt hast, du wollest mit Furburger anreisen oder wie der Kerl heißt.«

»Feinburger.«

»Also Feinburger. Nun?«

»Oh, ich hätte doch nie ernsthaft daran gedacht, mit Gordon als Partner hierherzukommen, du Idiot! Er will doch nur . . . Nun, jedenfalls denkt er nur an das Eine . . . und ich, ich wollte vermeiden, daß du denkst, ich wäre sonst so alleine, wenn du nicht mitkommst.« Sie schob eine blonde Haarsträhne aus dem Gesicht. »Ehrlich. So war es gemeint.«

»Nun . . .« Ollie drehte sich zögernd wieder um und ging den Korridor hinunter. Sie mußte sich anstrengen, damit sie ihn einholen und verstehen konnte, was er leise vor sich hin sagte: »Ich habe ein Doppelzimmer bestellt, weil ich hoffte, daß du mitkommen würdest. Und ich habe deinen Namen nicht angegeben, weil ich fürchtete, du würdest nicht mitkommen.«

Gwen schien etwas darauf entgegnen zu wollen; doch dann hängte sie sie bei ihm ein und ging stumm im Gleichschritt neben ihm her. Endlich, als sie es nicht mehr länger ertragen konnte, hängte sie sich an seinen Hals und küßte ihn fest auf den Mund. Die Hände in seinem Nacken verschränkt, blickte sie ihm tief in die Augen und sagte bewegt: »Adolph, ich liebe dich. Ich liebe dich wirklich. Aber manchmal könnte ich dir die Kniescheiben zertrümmern.«

Er lächelte, und sein Gesicht war voller Wärme: »He, ich glaube, wir stehen vor unserem Zimmer!« Er schob seine Registrierkarte in den Schlitz an der Tür, und sie öffnete sich knarrend. Aus dem Zimmer drang ein sich ständig erweiternder Kegel aus purpurrotem Licht.

»Heiliger Strohsack!« Ollie schob die Tür weiter nach innen und trat ins Zimmer. Gwen folgte dichtauf. Das Zimmer war eine Edward-Gorey-Vision von einer Opiumhölle. Dunkle korkenzieherartige Gewächse wuchsen meterhoch aus primitiv zusammengeschusterten Blumenkästen, die aus Tierhäuten zu bestehen schienen. Der Himmel über dem Doppelbett flatterte, obwohl kein Luftzug im Zimmer herrschte.

Regen trommelte gegen die Fensterscheiben. Es hörte sich an, als würde Speck in der Pfanne ausgelassen. Vor den Fenstern bewegte sich etwas im Dunklen, und selbst die Schatten an den Wänden schienen im seltsamen Rhythmus ineinanderzufließen. Als Gwen das Bett betrachtete, bewegte sich das Plumeau wie ein aufgehender Hefeteig.

»Wow! Das ist einfach . . .«

»Einfach was?« sagte Ollie. »Heraus mit der Sprache! Laß mich nicht dauernd im Ungewissen!«

»Pst, ich graule mich. Ollie, ich finde das Zimmer einfach himmlisch!« Sie stellte sich auf die Zehenspitzen und küßte ihn, bis ihr die Luft ausging. »Ich freue mich, daß ich deine entsprechende Begleitung bin. Laß uns noch rasch das Gepäck aus dem Aufzug holen, und dann ins Bett. Morgen fängt der Tag schon sehr früh an.«

Kapitel Vier

Die Meister der Träume

Der Festsaal im Traumpark-Sheraton war bis auf den letzten Platz gefüllt. An drei Wänden des Saales waren Tribünen errichtet worden, die auf den Konferenztisch an der Stirnwand des Saales blickten.

Von den achtzehnhundert Leuten, die hier versammelt waren, saßen nur ungefähr fünfzig Personen in dem abgesperrten Raum vor dem Konferenztisch. Das waren die Finalisten: zum einen die schon vorher ausgewählten, festverpflichteten Mitglieder des Ensembles, zum anderen jene, die die Ausleseprüfung bestanden hatten.

Es war sehr still im Raum. Niemand sprach. Die Augen aller hier Versammelten waren auf den Konferenztisch gerichtet.

Chester Henderson trommelte mit den Fingern auf den Tisch. Sein hellblaues Hemd zeigte dunkle Schweißringe unter den Achseln, und seine Blicke glitten nervös von der Wanduhr zum Haupteingang, zurück zur Uhr, dann wieder zum Haupteingang . . .

Er beugte sich zu dem glatzköpfigen Mann mit dem Rollkragenpullover hinüber: »Myers, muß ich mir diese Behandlung bieten lassen? Es ist bereits zwanzig Minuten über der Zeit!«

Myers war Mitte Vierzig, hatte ein fliehendes Kinn, das er hinter einem dünnen Bart versteckte, und nikotinbraune Zähne, die er jetzt entblößte, als er Chester mit der Güte eines Märtyrers anlächelte: »Mr. Henderson, Mr. Lopez ist der Urheben dieses Spiels. Sie können natürlich Ihre Beschwerde in das heutige Protokoll aufnehmen lassen, aber ich fürchte, in den Satzungen des internationalen Spielersyndikats sind keine Regeln festgeschrieben, wie man mit einem Spielmeister verfahren sollte, der zu spät zur Konferenz kommt. Vielleicht sollten Sie bei der nächsten Hauptversammlung eine Resolution einbringen, daß man in solchen Fällen einen Verweis ausspricht . . .«

Chester winkte müde ab und sagte seufzend: »Warten wir

also. Metesky, können wir wenigstens schon mal mit den Grundregeln anfangen?«

Die dritte Person am Konferenztisch war eine Frau mit einer weißgefärbten Ziersträhne inmitten üppiger grauer Haare. Das Alter hatte es gut mit ihr gemeint und die scharfen Züge ihres Jungmädchen-Gesichts ausgepolstert und gemildert. Sie zog ihre Aktentasche ein paar Zentimeter dichter an ihre Brust heran und sagte: »Tut mir leid, Mr. Henderson, aber das geht nicht. Mr. Lopez legte großen Wert darauf, daß man ohne ihn nicht anfangen dürfte.« Henderson schloß die Augen und belegte Mr. Lopez im stillen mit einigen nicht druckreifen schmückenden Beiwörtern. Dann atmete er tief durch die Nase ein und zählte leise bis zehn, ehe er wieder ausatmete. *Du mußt Geduld haben,* beschwor er sich. *Das gehört zu seiner Taktik. Das Spiel beginnt mit einem Nervenkrieg. Wenn du die Geduld verlierst, schadest du dir nur selbst.*

Dann ging ein Raunen durch die Zuschauer, die auf den Tribünen neben dem Eingang saßen. Chester blickte hoch und versuchte vergeblich, Gelassenheit zu zeigen. Zwei Leute hatten soeben den Saal betreten, ein kleiner dunkelhäutiger Mann in einer gestärkten weißen Leinenhose und eine schlanke junge Japanerin, die den Mann um einen halben Kopf überragte. Chester kannte die Frau. Chi-chi Lopez.

Das Raunen wurde zu einem donnernden Applaus, als Lopez sich umdrehte und sich vor den Tribünen verbeugte. Seine Frau Mitsuko folgte nach kurzem Zögern seinem Beispiel und knickste vor den Zuschauern. Chester mußte sich der Begrüßung mit einem wohlwollenden Lächeln anschließen. Er hatte geglaubt, er könnte den großen Spielmeister dadurch erschüttern, daß er ihn zwang, seine Anonymität aufzugeben und in das Scheinwerferlicht der Öffentlichkeit zu treten. Nun mußte er einsehen, daß dieser kleine Mann auch ein geborener Schauspieler war.

Lopez ging jetzt direkt auf Henderson zu und streckte ihm die Hand hin, ein kühles und geschäftsmäßiges Lächeln auf dem Gesicht. »Ich hoffe, ich habe Sie mit meiner Verspätung nicht aus dem Konzept gebracht.«

Chester erwiderte die Eröffnung seines Gegners mit einem

festen Händedruck und ebenbürtigem Sarkasmus: »Natürlich nicht. Ich bin sehr froh darüber, daß Sie eine so lange Zeit brauchen, um das Spiel gegen mich zusammenzustellen.«

Lopez nickte kalt und führte seine Frau zu den beiden Stühlen am anderen Tischende. Ein leises, kaum hörbares Summen folgte, und ein »weiches« durchsichtiges Hologramm bildete sich in der Luft über dem Tisch, das die Gesichter der fünf Vorsitzenden stark vergrößerte.

Ms. Metesky faltete die Hände und räusperte sich energisch: »Als Bevollmächtigte der Abteilung für Sonderprojekte möchte ich zunächst Mr. Richard Lopez und Mr. Chester Henderson herzlichst im Traum-Park willkommen heißen. Da diese Großmeister der Fantasy-Spiele sich bisher noch niemals persönlich begegnet sind, ist diese Konferenz natürlich ein besonderes Ereignis. Mrs. Lopez allerdings brauche ich Ihnen wohl nicht mehr vorzustellen . . .« Mitsuko beugte sich in ihrem Sessel vor und winkte kurz zu Chester hinüber, der diesen Gruß voller Wärme erwiderte. »Viele von Ihnen werden vermutlich Mr. Arlan Myers noch nicht kennen, den Bevollmächtigten des internationalen Spielersyndikats.« Das Scheinwerferlicht spiegelte sich in Myers Glatze, als dieser sich im Sitzen verneigte.

»Ich denke, wir können jetzt mit der Tagesordnung der Sitzung beginnen. Mr. Myers?«

Myers stand auf und wischte sich mit den Fingerknöcheln im Augenwinkel: »Guten Abend. Ich eröffne die ordentliche Versammlung des internationalen Spielersyndikats um dreiundzwanzig Uhr fünfundzwanzig am Freitag, dem sechsten März des Jahres zweitausendeinundfünfzig. Morgen um acht Uhr wird der Spielbereich A des Traumparks eines der größten und aufwendigsten Spiele in der Geschichte des Traumparks erleben. Grundsätzlich gelten folgende Spielregeln:

Erstens. Die Dauer des Spieles wird auf viereinhalb Tage festgesetzt. Es beginnt am Morgen des siebten März und endet um ein Uhr nachmittags am elften März.

Zweitens. Das Spielensemble besteht aus fünfzehn Personen, wobei bis zum Beginn des vierten Spieltages die durch Tod ausgefallenen Spieler durch Ersatzleute ergänzt werden können.

Drittens. Für die Berechnung der Punkte wird das verbesserte Wessler-Grahm-Zählsystem zugrundegelegt. Seine Tabellen berücksichtigen die Dauer eines Angriffs, den Schwierigkeitsgrad der logischen Probleme und die Geschicklichkeit oder Fähigkeit der Spieler bei der Lösung ihrer Aufgaben. Prämienpunkte werden für Tapferkeit im Einsatz und heroisches Verhalten im Moment des Todes zuerkannt.

Viertens. Im Todesfall werden fünfzig Prozent der erworbenen Punkte strafweise abgezogen. Falls der ›tote‹ Spieler jedoch als Zombie wieder das Spielfeld betritt, reduziert sich der Abzug der Strafpunkte auf fünfundzwanzig Prozent.

Fünftens. Mitglieder des Ensembles können sich ohne Angabe von Gründen bis zum Abend des neunten März aus dem Spiel zurückziehen, wobei sie fünfundzwanzig Prozent ihrer gewonnenen Punkte verlieren. Nach dem Abend des neunten März büßt jeder Spieler, der sich dann noch von dem Spiel zurückzieht, alle erworbenen Punkte ein, es sei denn, daß sein Ausscheiden aus gesundheitlichen Gründen zwingend erforderlich ist.

Sechstens. Die Spieldauer beträgt zwölf Stunden täglich, so daß zwölf Stunden für Mahlzeiten, zwei Ruhepausen von einer halben Stunde und die Nachtruhe übrigbleiben.

Siebtens. Zusätzliche Prämienpunkte werden am Schluß des Spieles durch eine geheime Wahl aller überlebenden und nichtüberlebenden Mitglieder der Expedition verteilt, indem jedes Mitglied des Ensembles alle anderen Mitglieder der Expedition in ihren Leistungen bewertet.

Achtens. Der Meister der Mythen hat die Entscheidungsgewalt über die Spielzüge auf dem Feld, mit Ausnahme des neutralen Spielbereiches, der dem Personal des Traumparks vorbehalten bleibt.

Neuntens. Der Spielmeister und der Meister der Mythen haben Anspruch auf alle Vergütungen und Nebeneinkünfte aus diesem Spiel, wobei die Nettoeinkünfte im Verhältnis achtzig zu zwanzig zwischen ihnen geteilt werden

Zehntens. Das übliche Glückssymbol« – Myers drückte auf seine Konsole. Ein glühender Halbkreis formte sich im Hologramm über dem Tisch, der sich zu einem Halbmond auseinanderzog. Myers wartete mit einem gequälten Lächeln, bis das Gelächter abebbte – »ist der Hinweis für Lokalitäten, wo die Spieler ihre Notdurft verrichten können. Der Hinweis wird meist nur in verschlüsselter Form gegeben, also sollten die Spieler auf Felsen, Bäume und dergleichen achten, ob sie darin dieses Muster wiederfinden.

Elftens. Die allgemeinen Spielregeln sehen vor, daß mindestens ein Neuling zu jedem Expeditionsteam gehören muß.« Myers hüstelte höflich und rieb sich mit den Knöcheln wieder das Auge. »Ms. Metesky?«

Ms. Metesky erhob sich von ihrem Sessel und bewegte kurz den Kopf hin und her, ihre grauen Haare auf den Schultern verteilend: »Folgende Zusätze und Sonderregelungen wurden von der Traumpark-Direktion genehmigt. Falls sich auch Mr. Henderson mit ihnen einverstanden erklärt, bestehen keine Hindernisse unsererseits, den Spielbereich A morgen zu eröffnen und das Spiel freizugeben. Mr. Lopez?«

Richard Lopez stand nun seinerseits auf und bedankte sich bei Ms. Metesky, als sie ihm ihre Aktentasche reichte. Er öffnete sie. »In dieser Tasche«, sagte er mit kaum wahrnehmbarem puertorikanischem Akzent, »befinden sich alle erforderlichen Unterlagen für das Spiel, das morgen beginnen wird. Es gibt nur noch ein paar Punkte, die der Klärung bedürfen.« Er hob ein Blatt Papier dicht an die Augen und las.

»Erstens. Der Meister der Mythen wird 25% aller Plus- und Strafpunkte erhalten, die im Verlauf des Spieles zuerkannt werden. Das gilt nicht für die Prämien.

Zweitens. In diesem Spiel kommen Feuerwaffen zur Anwendung. Sie werden im Verlauf des Spieles den Mitgliedern des Spielerensembles zugänglich sein.« Das erstaunte Murmeln des Publikums enthielt auch ein paar Äußerungen des Mißfallens. Feuerwaffen waren ungewöhnlich. Die Krieger bevorzugten Hieb- und Stichwaffen im Kampf Mann gegen Mann.

»Drittens. Alle Spieler tragen Halsbänder mit Zielmarkierungen.« Lopez hielt ein kurzes fleischfarbenes Plastikband in die Höhe, an dem eine silberdollargroße Scheibe befestigt war. »Die Scheibe entspricht den Normen, enthält ein Mikrofon und einen Empfänger, der auf Mikrowellen eines Senders mit 300

Watt Leistung anspricht. Wie üblich, sind Elektroschocks das Zeichen für Verwundung oder Tod.

Viertens. Spieler aller Kategorien können teilnehmen, ausgenommen in Fällen, die im Widerspruch mit unseren Satzungen stehen.« Lopez setzte sich wieder in seinen Sessel.

Henderson blickte ihn mißtrauisch an: »Ist das alles?« Lopez nickte stumm. »Ich verstehe das nicht ganz«, sagte Chester.

»Mr. Henderson, Sie behaupteten nach dem letzten Spiel, das wir gegeneinander austrugen, die Regeln seien einseitig zu Ihren Lasten ausgelegt worden. Das habe wesentlich zu Ihrer Niederlage beigetragen. Ich möchte vermeiden, daß Sie diesmal die Regeln wieder zum Vorwand nehmen, wenn Sie eine Erklärung für Ihre Niederlage suchen.« Lopez lächelte so unschuldig wie ein Piranha. Chester nickte stumm. Nun verstand er die Taktik seines Gegners. Eine Niederlage in einem Spiel, in dem so laxe Regeln galten, würde seinen Ruf als Spielmacher ruinieren. Er fragte: »Warum werden diesmal die Prämien der Überlebenden pauschal berechnet und nicht individuell wie bisher?«

»Das soll das Spiel nur interessanter gestalten. Wenn Sie jedoch meinen, mit dieser Regelung können Sie keinen Gemeinschaftsgeist in Ihrer Truppe wecken . . .«

»Darüber zerbrechen Sie sich mal nicht den Kopf, Lopez. Meine Truppe wird Ihnen schon zeigen, was in ihr steckt. Nur keine Bange!«

»Ausgezeichnet. Haben Sie noch weitere Fragen?«

»Nur eine. Habe ich recht mit der Annahme, daß wir eine Tropenausrüstung bei dem Spiel benötigen?«

Richard betrachtete nachdenklich seine Fingernägel. »Ich glaube nicht, daß ich zuviel verrate, wenn ich folgendes sage: Was Sie an Ihrer Ausrüstung ergänzen müssen, wird Ihnen vom Traum-Park zur Verfügung gestellt.« Er spitzte den Mund: »Brauchen Sie noch etwas?«

»Hoffentlich nicht!« Chester erhob sich aus seinem Sessel. »Damit hätten wir die Spielregeln abgehakt, und ich kann endlich damit anfangen, mein Team zusammenzustellen.«

Chester blickte hinunter auf sein Konzeptpapier, dann in das erwartungsvolle Gesicht eines strohblonden jungen Mannes, der nicht älter als siebzehn sein konnte. »Hier steht, daß du dich als Mechaniker bewirbst. Wir können einen gebrauchen, und ich glaube, daß du die nötigen Voraussetzungen mitbringst.« Er zog wieder seine Unterlagen zu Rate und nickte. »Was hältst du davon, S.J.?«

S.J. Waters warf jubelnd die Arme hoch: »Was ich davon halte? Wow, das ist großartig! Sie werden es ganz bestimmt nicht bereuen!« Er hüpfte vergnügt aus dem Saal, und Chester blickte ihm mit einem gönnerhaften Lächeln nach.

Gina hatte inzwischen begonnen, Chester den Nacken zu massieren. Jetzt lehnte sie sich zu ihm hinunter und flüsterte ihm ins Ohr: »Du stellst als ersten einen *Anfänger* ein? Bist du sicher, daß du keinen Fehler machst, Liebling?«

»Ganz sicher«, erwiderte er und versuchte dabei, einen gereizten Ton anzuschlagen. Er wollte ihr nicht sagen, daß er ein oder zwei Leute als Kanonenfutter gut gebrauchen konnte. Sie wurden in der Anfangsphase des Spieles an die Front geschickt und als »Minensuchhunde« verheizt. Wenn es dann ernst wurde und er die Spieler nicht mehr ersetzen durfte, hatte er als Spielmacher das Terrain erkundet, ohne seine wertvollen »Offiziere« geopfert zu haben. »Der nächste!«

Zwei Stunden dauerte das Auswahlverfahren schon. Neun Positionen im Ensemble waren im voraus besetzt. Zu den »Gesetzten« gehörten Gina, Ollie, Gwen, Acacia und ihr Gast Tony. Drei weitere Positionen waren inzwischen vergeben, blieben noch drei »Hauptdarsteller« und einige Ersatzleute auszuwählen. Bisher war er sehr zufrieden mit der Qualität der Bewerber. Seiner Schätzung nach verfügte er mit den Spielern, die er bereits ausgesucht hatte, über eine fast hundertjährige Fantasy-Wettkampferfahrung.

»Der nächste«, wiederholte er, und in der Schlange der Bewerber klang ein Lachen an. Eine kleine, aber stramme Faust schlug auf die Tischplatte, daß Chester vor Schreck zusammenfuhr. Ein Kopf erschien, der knapp über den Tischrand reichte, und ein Paar wäßrige braune Augen starrten ihn an.

Chesters Schrecken verwandelte sich in freudige Überraschung: »Mary-Martha!« Er sprang aus seinem Sessel, lief um den Tisch herum und drückte die zwergenhafte Frau an sich.

Sie maß gerade einen Meter fünfunddreißig und war fast so breit wie hoch. Aber das war keine wabbelige Korpulenz, sondern hartes Muskelfleisch, und als sie seine Umarmung erwiderte, hörte man das Knacken seiner Rippen bis zu den Tribünen hinauf.

»Chester! Ich kann dich unmöglich alleine losziehen lassen! Wer außer deiner guten alten Mary-em würde deinen wertlosen Kadaver retten, wenn du in der Klemme steckst?«

»Aber Mary-em, mir mußt du das gar nicht erst erzählen. Wie geht es deiner Hüfte?« Er hatte im Mitteilungsblatt des internationalen Spielersyndikats von ihrer Verletzung gelesen.

Sie schlug mit ihrer schwieligen Hand gegen ihre Taille. »Großartig, ganz großartig. Und ich werde auch in diesem Jahr wieder im Yosemite-Park auf die Berge klettern. Es gehört mehr dazu als ein Hügel wie Mount Excelsior, um mich in die Knie zu zwingen.«

»Davon bin ich überzeugt, Mary-Martha. Hast du denn Lust, an unserer Expedition teilzunehmen?« Ihre Augen wurden zu kleinen Schlitzen, und in diesem Moment war sie keine korpulente harmlose Lady mehr, sondern eine ungebändigte Naturkraft, die zur falschen Zeit in einem falschen Körper zur Welt gekommen war. »Da kannst du Gift darauf nehmen, Chester.«

»Nett, dich an Bord zu haben. Selbstverständlich als Hauptdarstellerin.« Sie nickte zustimmend und watschelte wieder aus dem Saal. Mary-Martha brauchte eine Schwertaxt auf der rechten Schulter, wenn sie vernünftig geradeaus gehen wollte, dachte Chester.

Die beiden nächsten Bewerber wollten sich als Team eintragen lassen, was Chester nicht recht ins Konzept paßte. Niemand hatte es bisher beweisen können, doch es hielten sich hartnäckig Gerüchte, daß Felicia Maddox gern beim Spiel mogelte. Sie mußte es sehr gerissen anstellen (sonst wäre man ihr längst auf die Schliche gekommen), daß sie bei der Spielabrechnung jedesmal besser abschnitt, als sie es eigentlich verdiente. Eines Tages flog sie vermutlich auf, und Chester wollte nicht, daß es in einem seiner Spiele passierte.

Aber das Problem war ihr Begleiter. Er galt in Fachkreisen als der beste Zauberer seiner Epoche. Konnte er vielleicht dafür sorgen, daß die Frau in den ersten Tagen des Spiels durch Tod ausfiel . . .?

Bowan, der Magier, blickte ihn unter buschigen Brauen unverwandt an. Seine athletische Gestalt mit blonden Locken, kristallblauen Augen und den Muskeln eines Marathonläufers wirkte imposant. Chester konnte sich nicht auf den bürgerlichen Namen des Stars besinnen. Die Spieler mußten ihn zwar in der Sicherheitsabteilung des Traum-Parks angeben, nicht aber ihm, dem Spielleiter.

»Dieb und Zauberer. Beide mit erstklassigen Referenzen. Und als Team arbeitet ihr hervorragend zusammen.«

Bowans Stimme klang wie eine Beschwörung, als er erwiderte: »Wir sind nicht nur ein Team. Wir sind eins. Gemeinsam bilden wir eine Kraft, die größer ist als jede denkbare Herausforderung.« Er verschränkte die Arme vor der Brust und senkte die Augenlider wie ein schlaftrunkener Habicht.

Felicia rückte einen Schritt vor und beugte sich über den Tisch, Gina nur mit einem Seitenblick streifend: »Ich bringe alles mit, was du für dieses Spiel brauchst, Chester. Zweiundachtzig Prozent Geschicklichkeitswertung in Kategorie sechs.«

»Auf der Wessler-Grahm-Skala?« Chester blickte hinunter auf seine Papiere. Da stand es. *Verdammt,* damit konnte sie wirklich zu einem wertvollen Expeditionsmitglied werden. Er betrachtete ihr Gesicht: kurze braune Haare, fleischige Lippen, eine plattgedrückte Nase und Ohren, die vom Kopf wegstanden wie Blüten an einem Kugelkaktus. Konnte er sie beim Spiel immer im Auge behalten?

Sich zurücklehnend, gab Chester sich einen Moment lang dem wohlig-entspannenden Gefühl hin, das Ginas Massage in seinem Nacken auslöste. Wenn er Felicia bei passender Gelegenheit beseitigen konnte, mochte es hingehen. »Okay. Ihr seid von Anfang an mit von der Partie. Wir sehen uns morgen früh wieder.«

»Noch drei Positionen für Ersatzleute sind zu vergeben«, rief er dann in den Saal. Ein Stöhnen ging durch die Schlange der Wartenden, die noch aus fünfundzwanzig Personen bestand. Das waren Spieler der zweiten Garnitur, Statisten, die in der Nähe wohnten und hofften, sie könnten sich einen Platz im

Ensemble ergattern, obwohl ihnen die Erfahrung fehlte; denn der Meister der Mythen mußte nach der Spielordnung des Syndikats mindestens einen Neuling bei der Auswahl berücksichtigen. Dafür suchte er sich immer den Stärksten heraus. So gab die Hälfte der Bewerber schon jetzt die Hoffnung auf und verließ den Ballsaal. Aber eine große dunkelhäutige Frau blieb lächelnd in der Warteschlange stehen. Sie hatte Chester Hendersons Spielmethode gründlich studiert. In den ersten beiden Tagen des Spiels versuchte er sich immer von seinen unaufmerksamen oder fahrlässigen Mitgliedern seines Ensembles zu befreien.

Sie hatte Zeit. Sie konnte auf ihre Chance warten. In diesem Spiel würde das internationale Spielersyndikat Holly Frost nicht mehr übersehen können.

Der Ballsaal des Traum-Park-Sheraton-Hotels hatte sich geleert. Nur ein Raumpflege-Roboter, der vor den Tribünen Staub und Abfälle in sich hineinsaugte, leistete den beiden müden menschlichen Wesen, die noch am Konferenztisch saßen, Gesellschaft.

Chester Henderson blätterte einen Stapel von siebzehn Personalakten durch. Viele Stunden lang hatte er über den Papieren der ausgesiebten Bewerber vor der Endausscheidung brüten müssen, um diese siebzehn Leute auszuwählen. Ein buntgemischtes Ensemble, dachte Chester, aber er setzte große Hoffnungen auf Mary-Martha und Olli Norliss. Die beiden waren eine Garantie für einen spannenden Spielverlauf.

Gina harrte tapfer neben ihm aus, obwohl ihr die Erschöpfung deutlich anzusehen war. Er nahm ihre Hand und drückte sie liebevoll: »Nett von dir, daß du so lange durchhältst, Liebling.« Er war überrascht, wie aufrichtig seine Stimme klang. Man konnte sich so leicht in Gina verrechnen. Ein Mädchen mit einem hinreißend schönen Körper, die typische Statistin in einem Fantasy-Ensemble, der man nicht viel Intelligenz zutraut.

Sie streichelte sein Gesicht mit einer Hand, die schwach nach Moschus-Öl und sauberem Schweiß roch. »Oh, Chester, ich möchte nur das Gefühl haben, daß ich gebraucht werde. Dann bin ich ganz zufrieden.«

Ihm lag schon die Antwort auf der Zunge, daß er niemanden

brauchte; daß sich schon drei andere Mädchen dafür beworben hatten, seinen Schlafsack zu teilen, wenn er sie in sein Ensemble aufnahm, und daß eine davon sich durchaus mit Gina messen konnte, was ihr Aussehen betraf. Aber das traf es nicht ganz . . .

»Nun«, sagte er statt dessen, während ihm die Augenlider schwer wurden und das Sandmännchen in sein Ohr flüsterte: *Morgen ist ein schwerer Tag. Gib nach!* »Du wirst gebraucht, Gina. Du hast immer ordentlich mitgearbeitet.«

»Gut zu wissen, daß das Team mich braucht«, sagte sie leise, und unter der Schminke war ihr Gesicht offen und warm. »Und wie steht es mit dir, Chester?«

»Wie soll es mit mir stehen?« erwiderte er und versuchte dabei zu lächeln, aber die Muskeln in seinem Gesicht schliefen schon fest.

»Brauchst du mich nicht auch?«

Wieder wollte Chester eigentlich etwas anderes sagen, als er dachte; doch er war zu müde, um sich noch verstellen zu können. Er schloß die Augen und sagte wahrheitsgemäß: »Gina, ich schätze dich sehr. Laß uns zu Bett gehen.«

Gina gab ihm feuchte Küsse: »Du sagst immer so nette Sachen!«

»Das kommt dir so vor, weil du mich liebst.« Er klemmte den Aktenstapel unter seinen linken Arm und legte den rechten Arm um Ginas Taille.

Das Echo ihrer Schritte begleitete sie an den leeren Tribünen entlang. Die Lichter im Ballsaal erloschen. Nur noch das Summen des Raumpflege-Roboters war zu hören.

Gwen trat aus der Dusche und stellte sich vor den Trockner. Ihre Haut prickelte, als das Wasser auf ihrem Körper verdunstete. Sie wickelte sich in ein Badetuch und betrachtete sich im Spiegel. Sie zog das Tuch stramm um ihre Taille und schob einen nackten Fuß vor. Nicht übel, dachte sie. Das Bein war weiß, fest und glatt. Nur der Oberschenkel und der Knöchel deuteten auf eine plumpe Figur hin. Aber wenn sie das Tuch noch fester zog und . . .

Sie legte den Kopf schief und betrachtete ihre Frisur. *Gut genug. Es kann losgehen, Oliver!* Noch einen Tropfen Parfum hinter jedes Ohr und einen zwischen die Brüste, und sie war bereit für ihren Auftritt.

Sie schien eine andere Welt zu betreten, als sie vom Bad in das Schlafzimmer hinüberwechselte. Gespenster gaukelten umher, und Schatten bewegten sich mit Drohgebärden an den Wänden. Es klopfte an das Fenster, und als sie dorthin blickte, sah sie einen großen schwarzen Vogel auf dem Sims, der mit dem Schnabel gegen die Scheibe klopfte.

Ollie lag nackt auf dem Bett und beobachtete den Raben. Als Gwen aus dem Badezimmer kam, drückte er auf einen Knopf am Bettpfosten, und sogleich lösten sich Gespenster und Vogel in Luft auf. Seine Augen glitzerten: »So frisch gebadet gefällst du mir, Gwen«, sagte er. »Ehrlich.«

Sie knickste tief, legte sich neben ihn aufs Bett und schmiegte sich, immer noch in ihr Badetuch gewickelt, an ihn.

»Was denkst du jetzt, Gwen?«

»Ich möchte.«

Ollie drehte sich auf die Seite und versuchte es noch einmal: »Ich meine, was du von dem Spiel denkst, das morgen beginnt?«

»Ich denke, es wird sehr hart werden. Schlimmer als alle Spiele, die wir bisher erlebten. Deswegen möchte ich jetzt nicht darüber nachdenken.«

»Südsee-Schatzjagd. Was soll man sich darunter vorstellen?«

»Du kannst dir vorstellen, daß ich mich gleich auf die Seite drehen und schlafen werde, wenn du jetzt an etwas anderes denkst!«

Ollie versuchte sich auf die Gegenwart zu konzentrieren: »Entschuldigung, Liebling, aber ich machte mir nur Sorgen um mein Renommee.«

»Oh, ich glaube, dem können wir gleich aufhelfen«, erwiderte sie und griff mit der Hand nach unten.

Olli räkelte sich vergnügt. »Okay, allright, du gewinnst mit deinem eingleisigen Verstand!«

Sie küßten sich, kicherten dazwischen im Duett, und eine geraume Zeit später sagte Ollie: »Weißt du was? Ich mag, wie du riechst.«

»Wenigstens das, hoffte ich, würdest du bemerken.«

Tony McWhirter goß sich ein großes Glas Orangensaft ein und fügte einen Schuß Wodka hinzu. »Möchtest du etwas zu trinken, Cas?« fragte er über die Schulter hinweg.

Acacia blickte ihn mit flammenden Augen an und zog züchtig die Bettdecke bis zum Kinn hinauf. *»Lo que yo quiero no veine de la botella, hombre«*, sagte sie.

Er nippte an seinem Drink, während er den Raum durchquerte und vor dem Bett stehenblieb: »So komplizierte Wünsche übersteigen bei weitem die Möglichkeiten unserer Hausbar. Übrigens habe ich kein Wort verstanden. Was war das für ein Getränk?«

»Wenn du dein Glas wegstellst, könnte ich es dir vielleicht erklären.«

»Aha . . .« Er hielt das Glas an den Mund und leerte es mit einem Zug. Sein Bademantel landete rasch auf dem Boden, das Glas auf der Kommode und er mit einem Hechtsprung auf Acacia. »Und was darf es heute nacht sein, Madam?« fragte er grinsend.

»Nun, ich dachte . . .«

»Sicherlich dachtest du an einen Tempowechsel, nicht wahr?«

»Still, du Nichtsnutz!« Sie küßte ihn. »Du weißt, daß wir es in den nächsten Tagen nicht mehr so gut haben werden wie heute. Ich meine, wir können zwar in einem Schlafsack zusammen sein; aber nicht ohne Zeugen . . .«

»Du meinst, es könnte nicht schaden, ein bißchen auf Vorrat . . .?«

Sie nickte: »Vorsorge für schlechte Zeiten.«

»Auf Vorrat also«, stimmte er zu. Regen und Sturm rüttelten an den Fenstern, und Phantomgerippe marschierten durchs Zimmer. Doch die beiden menschlichen Wesen, die es bewohnten, ignorierten das.

Kapitel Fünf

Das Nennen der Namen

Mitternacht. Alex Griffin hatte sich drei Stunden Schlaf stehlen können, ehe er sich duschte und in den Traumpark zurückfuhr. Der Schlaf reichte bei weitem nicht. Sein sonst erstaunlich gesunder Metabolismus hatte einen Fehler: ohne seine acht Stunden Schlaf wurde er nie richtig munter.

Morgen früh würde er eine Stunde länger im Bett bleiben. Niemand würde sich deswegen beschweren. Doch heute gab es Arbeit.

Skip döste, den Kopf auf die Arme gelehnt, am Tisch. Griffin stieß ihn mit der Hand an und lächelte, als O'Brien hochschrak: »Sie kommen, Skip.«

»In Ordnung«, erwiderte Skip mit einer Stimme, die mitten im Wort ihre Schlaftrunkenheit verlor. Er strich den Ärmel glatt und setzte bereits ein strahlendes Lächeln auf, als die vier um die Ecke kamen.

Lopez und seine Frau Mitsuko waren so munter wie Kinder am Morgen des Weihnachtstages. Sie trugen Seesäcke über der Schulter, und hinter ihnen schwankte der Sicherheitsposten, Albert Rice, der drei Koffer zugleich schleppen mußte.

Ms. Metesky bildete stirnrunzelnd die Nachhut.

»Ich hatte ja keine Ahnung, Alex, daß sie gleich das ganze Gepäck mitnehmen wollten«, klagte Metesky. »Sie wollten nicht mal auf einen Roboter warten.«

»Ist okay, Chef«, sage Rice keuchend, während er die Koffer abstellte, »ich war zur Stelle. Nur keine Aufregung.«

»Sehr zuvorkommend von Ihnen, Rice. Wir übernehmen jetzt die Sachen.« Alex hob einen Koffer an. Er war schwer. Was hatten die nur eingepackt? fragte sich Alex. Das Gepäck mußte zwar am Vordereingang der Forschungs- und Entwicklungsabteilung überprüft werden; trotzdem . . .

Als Griffin aufblickte, stand Rice immer noch im Zimmer, ein eigenartig verkniffenes Lächeln auf dem Gesicht. Wollte er noch irgend etwas? Oh, natürlich, der Einbruch! »Ich habe noch keinen Bericht von Ihnen erhalten, ob Ihnen etwas fehlt, Rice!« sagte Alex

»Ist etwas Wertvolles kaputtgegangen?« erkundigte sich O'Brien.

»Ich weiß nicht«, antwortete Rice bedächtig, »ob man nur meine Wohnung verwüsten wollte. Ich denke eher an einen Diebstahlversuch. Ich habe nicht viele Wertsachen, nur ein paar persönliche Andenken, die einem nicht gleich ins Auge springen.« Rice blickte seinen Vorgesetzten an: »Jedenfalls ist dem Täter nichts Wertvolles in die Hände gefallen. Ein paar Sachen, die herumstanden, hätte er ja mitnehmen können, aber er interessierte sich nicht dafür. Und dann hat der Einbrecher wohl aus Wut, daß sich die Sache nicht lohnte, ein paar Gegenstände zerschlagen.« Er lachte etwas gezwungen. »Ich werde jetzt wieder meinen Posten beziehen. Ich sehe Sie später, Chef.«

Alex blickte dem Mann nachdenklich hinterher. Seltsame Vibrationen . . . Metesky räusperte sich laut, um ihn an seine Pflichten zu erinnern. Alex wandte sich Lopez zu: »Was haben Sie in diesen Koffern? Bleimatten?«

Mitsuko zupfte Richard am Ärmel, und sie kicherten beide wie kleine Kinder: »Hauptsächlich Notizen und Quellenmaterial. Letzte Anweisungen für den Computer. Geheimes Material. Aber es ist alles überprüft worden, Mr. Griffin.«

»Alex, bitte. Richtig . . . Mr. O'Brien kennen Sie noch nicht, denke ich? Er ist unser Experte für Kinderpsychologie.«

»Dann begreife ich auch, weshalb er zugegen ist«, erwiderte Mitsuko lächelnd. »Mein Mann ist das älteste Kind in dieser Runde.«

Skip schüttelte Richard heftig die Hand. »Die meisten Optiker tragen doch eine Brille, nicht wahr? Dann müssen wir beide um den Titel des ältesten Kindes kämpfen.«

»Nein, vielen Dank. Ich versuche meine Wettbewerbsinstinkte auf die Spiele zu beschränken.« Richard verlagerte den Seesack auf die andere Schulter. Er konnte es kaum erwarten, mit dem Spiel zu beginnen.

»Hab Erbarmen mit diesen Leuten«, sagte O'Brien zu Griffin. »Bring sie endlich in die Spielzentrale.« Alex nickte und ging voran.

Die Korridore der Forschungs und Entwicklungsabteilung waren um diese Zeit verwaist. Das Gebäude, das die Abteilung beherbergte, befand sich in der Nordwest-Ecke des Traumparks, im Sektor sechs. Es grenzte an den Spielbereich A, und von dort aus konnte man die siebenhundertvierzig Morgen überblicken, in denen sich der Spuk entfalten sollte. Die Spielzentrale nahm ein ganzes Stockwerk im fünfgeschossigen Gebäude ein. Sie verbrauchte ein Drittel der Traumpark-Ressourcen an Energie, Technikern und Finanzmitteln.

Alex drückte auf die Indentifizierungsplatte des Aufzugs. Dann fuhren die fünf mit dem Fahrstuhl in den zweiten Stock hinauf. Richard vibrierte förmlich vor Energie. Mitsuko flüsterte ihm etwas ins Ohr. Richard lächelte breit, aber als die Aufzugstüren sich wieder öffneten, machte er ein feierliches Gesicht.

Zwei Techniker in grünen Kitteln erwarteten sie bereits. Der eine war untersetzt, hatte schlanke, bewegliche Finger und sehr lebendige Augen. »Ich bin Larry Chicon«, stellte er sich vor. »Das ist Dwight Welles, der andere Verrückte, mit dem Sie zu tun haben.«

Welles' rundes glattes Gesicht stand im Widerspruch zu seinen schneeweißen Haaren. Sein Händedruck war so kräftig wie der eines Zwanzigjährigen: »Es freut mich mächtig, daß wir wieder zusammenarbeiten, Mr. Lopez. Im letzten Jahr dauerte das Vergnügen leider nur zehn Minuten. Ich möchte Sie zu dem Spiel beglückwünschen, das Sie dieses Jahr entworfen haben. Darf ich fragen, wie lange Sie für den Entwurf gebraucht haben?«

»Zweieinhalb Jahre, wenn ich die vorbereitenden Forschungsarbeiten mitrechne. Für das Programm brauchte ich ungefähr ein Jahr.«

Welles nickte beeindruckt. »Sie wissen bereits, daß einer von uns beiden rund um die Uhr bereitsteht, falls Sie eine Panne haben sollten. Hier entlang, meine Herrschaften! Kein Grund, Sie noch länger warten zu lassen!«

Alex bildete den Schluß und beobachtete Mitsukos und Richards Reaktionen. Da war viel Zuneigung im Spiel, eine Beziehung, die auf gemeinsam verlebte Kindheit hindeutete.

Kinder, aber geniale Kinder. Das war das Seltsame daran. Sie machten so wenig Aufhebens von der unglaublich komplizierten Aufgabe, ein Computerprogramm für den Spielbereich A zu entwerfen. Die logistischen Probleme waren selbst für ein Genie nur schwer lösbar. Aber es war das Spiel, das sie wirklich fesselte, nicht die unzähligen Pfade, die sie beschreiten mußten, um es zu verwirklichen. Das Programm führte nur ein Schattendasein; das Spiel war die Realität.

Welles schob seine ID-Karte in den Schlitz der schweren Panzertür. Sie öffnete sich mit einem Seufzen.

Mitsukos Augen glänzten wie Butter, als sie den Computerraum betrat. »Es ist schon so lange her . . .«, sagte sie, während sie mit den Fingerspitzen über die Schalttafeln strich.

Der Kontrollraum der Spielzentrale war ein technologisches Wunderwerk. Er maß ungefähr fünfzehn mal fünfzehn Meter, und es gab kaum eine freie Fläche darin. Eine große zentrale Schalttafel stand vor zwei Sesseln mit verstellbaren pneumatischen Polstern. Sieben flache Beobachtungsschirme umgaben den Raum, doch über der Hauptschalttafel waren die beiden Hologrammprojektoren befestigt. Die Schalter bestanden aus makellos sauberem Stahl, Plastik und Chrom; sie schrien förmlich danach, bedient zu werden. Wenn es irgendwo ein Stäubchen gab, so konnte man es mit bloßem Augen nicht entdecken.

»Ihre Betten sind hier drüben«, sagte Chicon und zog eine von den aufblasbaren Matratzen aus der Wandnische. »Die Kaffee- und Speiseautomaten finden Sie an der üblichen Stelle; doch der Waschraum wurde inzwischen in den Kontrollraum verlegt. Sie brauchen ihn nicht zu verlassen, wenn Sie duschen wollen.«

Lopez nickte jedesmal und spielte dabei mit den Schaltern. Er wechselte mit Mitsuko einen Blick, und sie errötete wie ein junges Mädchen.

Alex lud die Koffer in einer Ecke ab. Er kämpfte dagegen an, daß sich die Spannung der beiden Lopez auf ihn übertrug. Der Raum wirkte ansteckend. Das war nicht nur eine mit allem technischen Komfort ausgestattete Zentrale, sondern für viele das höchste Wunschziel eines Spielers. Denn eines Tages würde ein bewährter und regeltreuer Spieler seine Karriere damit krönen, daß er den Kontrollraum betreten durfte und seine eigene Phantasiewelt erschuf, statt nur mitzuwirken als Vollzugsorgan in einem Spiel, das andere erschufen . . . dann war er Lenker des Schicksals, nicht nur Teilhaber.

In diesem Moment offenbarte sich Alex das Geheimnis der Beziehung, die zwischen dem Ehepaar Lopez herrschte. Er konnte einen Blick in die Welt werfen, die nur ihnen gehörte und die sie mit keinem anderen teilen mußten. Er spürte, daß ihre Liebe durch ihre Phantasie gespeist und gefüttert wurde, belebt von ihrer Fähigkeit, Träume wahrzumachen. Ein Traum, der in ihren Köpfen entstand, wurde zunächst einer auserwählten Gruppe von Traumpark-Technikern mitgeteilt und sodann von einem Ensemble von Fantasy-Spielern in Szene gesetzt. Wenn alles gutging, keine Fehler im Computerprogramm steckten, würde ihr Traum ein Erlebnis für die ganze Welt sein.

Sich bei den Händen haltend, drehten Richard und Mitsuko sich um, als lenkte sie beide nur ein Gehirn. »Wir finden das alles ganz prima«, sagte Mitsuko, »aber nun müssen Sie uns alleine lassen. Richard und ich haben noch eine Menge zu tun bis zum Morgen.«

»Selbstverständlich lassen wir Sie jetzt alleine. Wenn Sie etwas benötigen, brauchen Sie nur durchzurufen«, erwiderte Welles und schüttelte den beiden Spielleitern die Hand. Dann zog sich das Personal des Traumparks aus dem Kontrollraum zurück.

O'Brien meinte lachend, während er neben Griffin zum Fahrstuhl zurückging: »Das sind zwei klassische Fälle. Ich wette, sie können sich ohne Worte bis zu einem Grad verständigen, den man bereits als Telepathie bezeichnen muß. Hast du bemerkt, wie oft die beiden sich berühren?« Alex hatte es bemerkt. »Die beiden scheinen sich ständig davon überzeugen zu müssen, daß der andere existiert. Ihre Erlebnissphäre ist geistiger Natur. Und noch etwas ist mir aufgefallen.«

»Was?«

»Sie haben nur ein einziges Mal miteinander gesprochen.«

»Und was soll das deiner Ansicht nach bedeuten? Sie kleben doch ständig aneinander.«

»Physisch betrachtet, stimmt das. Da besteht ein ständiger Berührungsaustausch. Geistig scheint diese Verbindung noch inniger zu sein. Doch auf sprachlicher Ebene spielt sich offensichtlich sehr wenig zwischen ihnen ab.«

Alex dachte darüber nach, während sie auf den Aufzug warteten. Schließlich meinte er voller Unbehagen: »Bei mir brauchst du dich nicht auszuschweigen. Was bedeutet es?«

Skip lächelte boshaft: »Weiß ich doch selbst nicht. Ich habe von den beiden gehört und wollte sie persönlich kennenlernen.«

»Du stellst mir Rätselfragen und hast selbst keine Lösung dafür? Was bist du nur für ein Mensch? Willst du mir schlaflose Nächte bereiten?«

»Ich bin ein Mensch, der dich zu einem Drink einlädt, wenn um diese Zeit noch eine Bar offen ist.«

Alex hielt ihm die Fahrstuhltüren auf. »Aha, so ein Mensch bist du. Mein Vater hat mich vor solchen Typen gewarnt . . .« Alex drückte auf den Knopf, damit sich die Fahrstuhltüren hinter O'Brien automatisch verriegelten.

Draußen war es noch stockdunkel. Im Wartebereich herrschte ein künstlich erzeugtes Tageslicht. *Nimm das als Omen,* sagte sich Tony. *Von diesem Punkt an gibt es nur noch eine künstlich erschaffene Realität.* Er blinzelte auf das Formblatt mit seiner Charakterbeschreibung.

Acacia schrieb etwas auf ihr Blatt und drehte sich dann zu ihm um: »Penthesilea ist keine Phantasiegestalt. Sie lebte tatsächlich. Sie herrschte als Königin über die Amazonen und wurde im Trojanischen Krieg von Achilles getötet. Sie war stark und schön und lebte jahrelang in den Gesängen ihres Volkes weiter.«

Tony warf einen Blick auf Ollies Charakterbeschreibung und lachte: »Oliver, der Franke? Willst du uns veräppeln?«

Ollie bekam rote Ohren vor Verlegenheit: »Als ich mich zum erstenmal als Spieler bewarb, fürchtete ich, ich würde meinen Rollennamen vergessen. Also benützte ich meinen Spitznamen. Deswegen ist Oliver trotzdem ein legitimer Held. Er kämpfte zusammen mit Roland an der Seite Karls des Großen.«

Tony hatte Ollie nicht beleidigen wollen. Er wollte ihm das

sagen, als die Sprechanlage ihm zuvorkam: »An alle Mitglieder des Ensembles! Sie haben nur noch vierzig Minuten Zeit für die Kostümierung. Vielen Dank!«

Im Wartebereich unter der Spielzentrale redeten jetzt alle aufgeregt durcheinander. Vier Leute vom Team eilten zu den Kabinen, um sich noch mit fehlenden Ausrüstungsgegenständen zu versorgen.

Die fünfzehn Spieler boten ein merkwürdiges Bild. Obgleich sie alle wattierte Baumwollhemden und -hosen in ihre Tornister gepackt hatten, trug jeder ein Kostüm, das der Rolle entsprach, die er bei der Expedition spielen wollte. Doch zwei Dinge hatten sie alle gemeinsam: das Halsband aus fast unsichtbarem weichen Plastikmaterial mit der silbernen Scheibe und einen unbändigen Eifer, der fast mit Händen zu greifen war.

Mary-Martha, »Mary-em«, watschelte mit dem Selbstvertrauen einer gußeisernen Ente in dem eichengetäfelten Wartebereich umher. Je länger sie wartete, um so größer wurde ihre Energie. Sie trug ein Lederkostüm, das stramm wie eine zweite Haut auf ihrem tonnenförmigen Leib saß. Das Leder war an den Knien, Ellenbogen und den Hüften geschlitzt, damit das Lederkoller sie beim Kampf nicht behinderte. Sie trug eine kurze Hellebarde mit einer breiten schweren Schneide daran, die sie wie ein Gewehr über den Rücken geschnallt hatte.

Acacia erkannte eine Reihe von anderen Spielern an ihren charakteristischen Kostümen. Der hagere drahtige blonde Mann mußte Bowan, der Magier, sein. Er hatte seine scharlachrote Robe, die er zuerst gewählt hatte, zugunsten von hüfthohen Lederstiefeln und einem Samttrikot mit V-Ausschnitt eingetauscht. Seine Begleiterin war eine mäßig hübsche Rothaarige, schlank, groß und mit schlaffen Hautfalten über den Hüften. Ein untrügliches Zeichen für eine Diät-Fetischistin. Was durfte sie in diesem Monat essen? Zehn Gramm in Essig getränkte Weintrauben vor jeder Mahlzeit?

Acacia erteilte sich im stillen einen Verweis wegen ihrer automatischen Vorurteile gegen diese Frau, die sich in der Kategorie der Diebe mit dem Künstlernamen »Dark Star« eingetragen hatte.

Was Ollie und Gwen betraf, konnte sie ganz beruhigt sein. In ihren bizarren Hüllen steckten zwei geborene Schauspieler. Selbst Chester hatte seine Freude nicht verbergen können, als beide sich für eine Rolle bewarben. Gwen hatte sich noch einmal in die Garderobe zurückgezogen. Ollie warf immer wieder einen Blick zu ihrer Kabine hinüber.

Gina Perkins hatte, solange Acacia sie kannte, noch nie etwas angehabt, das man als »Bekleidung« bezeichnen konnte. Heute trug sie Wandershorts und ein ärmelloses Hemd, beides mit vielen Taschen versehen; aber die Sachen klebten ihr wenigstens nicht so auf der Haut, als wären sie mit Tusche aufgemalt. Auch ihr Make-up hielt sich in Grenzen. Ihr Haar war ein Meisterstück der Modefrisur, und selbstverständlich sah sie noch immer hinreißend aus. Sie spielte mit ihrem Zauberstab, während sie auf den nächsten Aufruf wartete.

Das war wirklich ein raffiniertes Ding! Acacia hatte Abbildungen davon in den Magazinen des Spielersyndikats gesehen. Der Stab war anderthalb Meter lang, zweieinhalb Zentimeter dick und vollgestopft mit Elektronik und einem kleinen Computer. Muster aus farbigem Licht wanderten über seine Oberfläche, und monochromatische Flammen tanzten um die Spitze des Stabes, als Gina mit den Fingerspitzen die druckempfindlichen Tasten bediente.

Tony gaffte Gina an, als hätte sie ihn hypnotisiert. Dann mußte er mit Gewalt den Blick von ihr abwenden, um sich wieder in seine Charakterbeschreibung zu vertiefen. Er spürt das Fluidum, dachte sie. Die Witze, das selbstgefällige Lächeln, die vielsagenden Blicke, das heimliche Einverständnis bei jeder Berührung. Aber da war noch etwas. Lampenfieber vielleicht?

Er bewegte seine kräftigen Kiefer, als habe er einen Kaugummi im Mund. Seine schokoladenbraunen Augen schimmerten feucht, während er seinen Fragebogen ausfüllte. Die Charakter-Identifikationsbögen waren eine optimale Ergänzung für das Spiel, und deshalb hatte Lopez alle Mitglieder des Ensemles aufgefordert, sie persönlich auszufüllen. Der Bogen sollte nicht nur die imaginären physischen und geistigen Merkmale der Rolle enthalten, sondern verlangte sogar Auskünfte, die man fast schon als Ahnenforschung bezeichnen konnte.

Acacia vertiefte sich in ihr eigenes Formblatt. Wie kamen

Amazonen zu Kindern? Ließen sie sich etwa von gefangenen Sklaven männlichen Geschlechts begatten? Oder handelte es sich um Parthenogenese? Sie nahm von beidem etwas. Penthesilea war eine sterile Frau von jungfräulicher Geburt. Ihre Mutter? (Oh, verdammt! Sie mußte sich rasch einen Namen für die Mutter ihres Bühnen-Ichs einfallen lassen! Das grenzte schon an Arbeit!) Ihre Mutter Melissa war die Tochter der Königin Herona (ebenfalls aus den Fingern gesogen) und eines gefangenen Griechen namens – jawohl – Cyrius, der wiederum ein illegitimer Sprößling von Herkules gewesen war . . .

Sie hoffte, daß die anderen Spieler nicht so viel Mühe mit ihrem Stammbaum hatten. Alle persönlichen Charaktermerkmale wurden in Wessler-Grahm-Punkten gewertet, waren vorher dem internationalen Spielersyndikat gemeldet worden und im Spielbereich-A-Computer gespeichert. In diesem Ensemble besaß nur Tony keine Ausgangswerte. Der Computer hatte eine x-beliebige Seriennummer für ihn ausgesucht und dann zwei Zahlenkolonnen, die, in Wessler-Grahm-Parametern, seine Prozentchancen im Gefecht oder Notfall wiedergaben. Er hatte eine sehr hohe Bewertung, was seine Intelligenz und Geschicklichkeit anging, eine mittelprächtige Wertung hinsichtlich seiner Ausdauer und eine niedrige Bewertung, was seine Rehabilitationsfähigkeit betraf.

Tony hatte die ausgedruckten Zahlen mit kaum verhüllter Erregung beobachtet. »Das sind ja schlechte Aussichten für einen Mann, der sich als Krieger bewerben möchte. Was bietet sich denn sonst noch an?«

Chicon und Dwight Welles waren bei der Wertung anwesende Beobachter und Vertrauensleute der Schiedsrichter des internationalen Spielersyndikats. Larry Chicon hatte sich bereitwillig angeboten, ihm als neutraler Beobachter Hilfestellung zu leisten. Er hatte Tonys Möglichkeiten an einer Hand hergezählt: »Zauberer, Krieger, Dieb, Priester und Mechaniker. Und Forscher. Jede dieser Kategorien besitzt ihre Vor- und Nachteile, und wir gestatten auch eine Kombination verschiedener Rollen, doch in der Regel ist es am besten, wenn man sich für eine Kategorie entscheidet und sie so gründlich wie möglich ausschöpft.«

Tony hätte in diesem Moment am liebsten die riesigen Monitoren eingeschaltet, um zu erfahren, was ihn im Spielbereich A erwartete. Das war selbstverständlich nicht erlaubt. »Wie würde ich mich denn als Zauberer machen?«

Welles schüttelte bedächtig den Kopf: »Das würde ich Ihnen nicht empfehlen. Ich kann Sie aber auch nicht daran hindern, wenn Sie sich für diese Kategorie entscheiden.«

»Weshalb kein Magier?«

»Das ist eine recht komplizierte Sache für einen Anfänger. Zudem wurde Ihr Charisma nur mit 36% bewertet. Wenn Sie damit einen Dämonen heraufbeschwören wollen, sind Sie längst eine Leiche.«

»Was ist der Unterschied zwischen einem Magier und einem Priester?«

»Die Priester üben in der Regel einen guten Zauber aus, der die Dämonen bannen oder ein Übel heilen soll. Und sie beziehen ihre Macht aus dem Himmel, das heißt, daß sie reinen Geistes sein müssen. Falls Sie vorhaben, im Verlauf des Spieles mit den Damen zu tändeln, könnte das Ihren Verbindungen zu den himmlischen Mächten erheblich schaden . . .«

Larry warf Welles einen bösen Blick zu. »Er redet dummes Zeug, Tony. Denn was wir in unserer zwölfstündigen Ruhepause anstellen, in der das Spiel abgeschaltet wird, ist ganz allein unsere Sache. Du hast doch gute Noten für Geschicklichkeit und Intelligenz bekommen – warum versuchst du es nicht als Dieb?«

Tony wollte zuerst protestieren, überlegte dann aber und sagte lachend: »Wenn mir das hilft, das Spiel lebend zu überstehen, bin ich einverstanden.« Und so wurde Tony McWhirter ein Dieb ersten Grades mit Namen Fortunato, angeblich ein illegitimer Sohn von Fafhrd oder dem Grauen Mausling, und als Kostüm bekam er einen baumwollenen Tropenanzug zugeteilt . . .

Der Alarmgong ertönte zum zweitenmal, und Chester Henderson tauchte im Wartebereich auf. Er trug ein grünes Safarihemd und Hosen in der gleichen Farbe, deren Bügelfalten so scharf waren, daß man damit Papier zerschneiden konnte. Seine pfeifenstielartigen Arme und Beine vibrierten voller Enthusiasmus: »Alle mal herhören! Wir haben nur noch ein paar Minuten bis zum Beginn des Spieles. Gibt es noch Fragen?« Er sah sich bedächtig im Saal um.

S. J. Waters, der jüngste Spieler im Warteraum, hob schüchtern die Hand, als wollte er gar nicht bemerkt werden. Als Chester auf ihn deutete, zuckte er zusammen und fragte: »Chester, hinter was sind wir eigentlich her?«

»Das wissen wir noch nicht. Ich habe natürlich einen bestimmten Verdacht, und ob er sich bestätigt, wird sich im Verlauf des Spieles herausstellen. Also mach dir darüber keine Sorgen. Die Teilnahme ist schon das halbe Vergnügen. Noch weitere Fragen? . . . Gut. Wir werden eine herrliche Zeit miteinander verleben, Leute, und jeder wird mit so vielen Punkten nach Hause zurückkehren, daß er sie kaum noch tragen kann.« Er blickte noch einmal mit einem strahlenden Lächeln in die Runde und ging dann von einem zum anderen, um sich nach den persönlichen Wünschen und Sorgen zu erkundigen.

Gwen war inzwischen zu ihrem Platz an Ollies Seite zurückgekehrt, und er war ganz vertieft in den Anblick ihres Kostüms. Sie war als Priesterin registriert und trug ein einfaches Kostüm, das für eine echte Missionarin ein paar Zoll zu kurz war. Dazu Wanderstiefel mit Ledersohlen, deren Absätze so bemessen waren, daß sie ihre Waden vorteilhaft zur Geltung brachten. Ihr Kostüm war beigefarben, ein bißchen unpraktisch mit den vielen Rüschen für eine Expedition, die vier Tage dauern sollte. Aber das nahm man gerne in Kauf, weil die Rüschen ihre Reize betonten.

Sie stand von ihrem Stuhl auf und drehte, sich auf die Unterlippe beißend, eine Pirouette. »Gefällt es dir, Ollie?«

Er grinste, bis seine Mundwinkel sich fast im Nacken berührten. Dann streckte er die Hand nach ihr aus, und sie wich züchtig zurück. »Gefällt es dir?«

»Ich weiß schon jetzt, daß ich zu den Gewinnern gehöre, ganz gleich, wie die Jagd ausgehen wird.«

Gwen errötete: »Weißt du, was mir an diesen Spielen so symphatisch ist?« Ollie schüttelte den Kopf.

»Du sagst immer die nettesten Sachen, wenn du glaubst, du wärest jemand anders.«

Ollie blickte ihr fest in die Augen. »Vielleicht kommt das daher, weil *du* jemand anders bist!«

»Haha! Du weißt sehr genau, daß . . .«

Acacia beugte sich zu den beiden hinunter: »Seid ihr beiden fertig angezogen? Ist eure Ausrüstung in Ordnung?« Sie hielt ihren Charakter-Identifizierungsbogen zusammengefaltet in der linken Hand. »Wir brechen in wenigen Sekunden auf. Was hast du da, Ollie? Tropenschokolade?«

»Für dich bin ich immer noch Oliver, der Franke, Penthesilea. Jawohl, das ist Tropenschokolade. Das Zeug schmeckt wie Kakaobutter; aber es schmilzt nicht. Wir werden zwar unterwegs irgendwo etwas zu essen finden, aber ich gehe nicht gerne ohne Verpflegung in ein Spiel.«

Der Gong ertönte zum letzten Aufruf, und die Spieler schnallten ihre Tornister an und nahmen ihre Waffen oder Werkzeuge in die Hand. Ein ungeduldiges Summen lag in der Luft, und alle Augen wandten sich Chester zu, der neben Gina im Mittelpunkt des Saales stand. Seine Stimme war heiser vor Aufregung: »Ich bitte noch einmal um Ihre Aufmerksamkeit! Zunächst nehmen die vierzehn Hauptdarsteller Aufstellung vor den Lifttüren. Die Türen öffnen sich automatisch. Es ist jetzt 7.52 Uhr, acht Minuten vor Beginn des Spieles. Beeilt euch, Leute! Dort drüben sind die Aufzüge . . .«

Er vergeudete nur seinen Atem. Ehe er ausgeredet hatte, blickten schon vierzehn Augenpaare auf die Digital-Fußbodenmonitoren, die die Ankunft der Aufzugwagen ankündigten. Als die Türen sich öffneten, gab es einen Freudenschrei aus vierzehn Kehlen, ehe sich die vierzehn Hauptdarsteller in die Aufzüge drängten. Chester sah sich noch einmal im Wartesaal um. Niemand hatte etwas vergessen; der Raum war sauber und leer. In ein paar Stunden würden sich die ersten Ersatzleute hier einfinden. In ein paar Minuten würden die Besucher des Traumparks den Spielverlauf auf Monitoren verfolgen können. Doch er führte schon seit einem Jahr Krieg gegen Richard Lopez. Chester trat zurück, und die Lifttüren schlossen sich automatisch.

Kapitel Sechs

Die Welt der Phantasie

Eigentlich war Acacia darauf vorbereitet gewesen, daß der Aufzug sie nach unten brachte, in die Eingeweide des Forschungs- und Entwicklungsgebäudes, zu längst verschollenen Höhlen, wo blinde Zwerge sie erwarteten, um sie dann, jeden bei der Hand nehmend, mit gichtigen Fingern zum Startplatz des großen Abenteuers zu bringen. Statt dessen ging es nach oben. Ein McDonnell-Boeing-Phoenix-Hubschrauber erwartete sie auf dem Dach. Seine Maschinen summten leise, während die riesigen horizontalen Propeller sich langsam im Kreise drehten.

»Was, zum Teufel . . .?« flüsterte Tony. Acacia drehte ihm das Gesicht zu und wollte ihn mit erhobenem Zeigefinger warnen, doch sie ließ davon ab, weil sie merkte, was für eine unglaubliche freudige Überraschung der Hubschrauber für ihn bedeutete. »Mein Gott, ich habe mir schon immer gewünscht, in einem dieser Dinger zu fliegen.«

»Übernimm dich nur nicht, Tony! Ein Wunschtraum nach dem anderen«, murmelte sie. Sie blickte nach rechts und sah tief unter dem Dach die Silhouetten und Farben des Traum-Parks, seine Türme und Labyrinthe. Links sah sie nichts. Der Spielbereich A war in einen konturlosen Nebel gehüllt, eine Hologramm-Projektion des Chaos der Urzeit.

Die Ladeluken des Phoenix-Helikopters standen offen, um die Passagiere aufzunehmen. Ein dunkelbraunes Gesicht tauchte plötzlich aus dem Dunklen auf und begüßte sie mit einem Grinsen: »Willkommen an Bord!«, rief der Mann gutgelaunt. Chester sah ihn eine Sekunde lang mißtrauisch an, nickte dann und stieg mit seinem Gepäck als erster in den Hubschrauber.

Acacia war der fünfte Passagier, der an Bord ging, einem riesenhaften Mann dicht auf den Fersen, der sich Eames nannte und beim Gehen selbstbewußt mit den Hüften wackelte. Ein Krieger, dachte sie kichernd, und setzte dann nachdenklich hinzu, daß dieser Mann mit dem jungenhaften Sommersprossengesicht sie vielleicht interessieren könnte, falls Tony nicht in der Nähe gewesen wäre, um sie warm zu halten. *Ein Wunschtraum nach dem anderen,* besann sie sich auf ihre eigenen Worte. *Alles kann in diesem Spiel passieren . . .*

Der Innenraum des Phoenix-Hubschraubers war bequem, wenn auch nicht luxuriös eingerichtet, hatte zwanzig Sitzplätze und genügend Platz für das Gepäck in den Netzen über den Stühlen und einem Gepäckraum im Heck. Der Pilot winkte ihnen zu, als sie sich anschnallten: »Macht es euch gemütlich, Leute. Ich bin Captain Stimac, und Sie brauchen mir nur zu sagen, wenn Sie irgendwelche Probleme haben.« Der dunkelhäutige Mann, der sie vor der Ladeluke begrüßt hatte, hüpfte nun im Mittelgang auf und ab, half den Passagieren beim Verstauen ihrer Tornister und schien sich überhaupt großartig zu amüsieren. Tony setzte sich neben Acacia, und sie drückte ihm liebevoll die Hand. »Was passiert jetzt?« fragte er.

Sie schüttelte den Kopf. Sie wollte nicht reden, nur *fühlen.*

Die Ladeluken schlossen sich. Die Motoren des Hubschraubers beschleunigten, wurden zu einer schwirrenden Scheibe, verschwanden. Doch die Maschinen summten nur wenig lauter. Das war typisch für dieses Modell. Es hatte eine gute Geräuschdämmung. Der Phoenix war als Transportmittel für nächtliche Stoßtrupp-Unternehmungen entwickelt worden und deshalb so leise, wie man das von einem mit Motoren angetriebenen Flugzeug nur erwarten durfte.

Der Boden blieb unter ihnen zurück. »Hurra!« rief Mary-em mit ihrer Baßstimme. »Kinder, wir sind gestartet!« Die Spieler jubelten im Chor, während der Phoenix sich zur Seite neigte und rasch an Geschwindigkeit zunahm.

Als die Leuchtschrift erlosch, die zum Anlegen der Gurte aufforderte, erhob sich das Ein-Mann-Empfangskomitee und verbeugte sich. »Ich möchte mich jetzt gerne den Expeditionsmitgliedern vorstellen. Ich heiße Kasan Maibang, bin Ihr Reiseführer und der Verbindungsmann zu dem Volk, das auf meiner Insel wohnt.«

Chester erhob sich ebenfalls von seinem Platz. Sein Gesicht zeigte Ecken und Falten, Zeichen seiner geistigen Anspannung:

»*Deine* Insel. Dann weißt du also, wohin wir fliegen? Und was wir dort suchen?«

Kasan lächelte unschuldig. »Natürlich weiß ich das, Mr. Henderson. Glauben Sie etwa, Ihre Regierung würde Sie in ein so gefährliches Abenteuer schicken, ohne Ihnen einen Führer zur Seite zu stellen?«

»Unsere Regierung . . .« wiederholte Chester nachdenklich. »Vermutlich hast du Papiere bei dir, in denen steht, was wir tun sollen.«

»Ich gebe Ihnen Auskunft, wenn Sie etwas wissen wollen.«

Der Meister der Mythen nickte, während sich seine Schultern entspannten. Tony flüsterte hinter seinem Rücken: »Wozu ist das gut?«

Acacia klärte ihn auf: »Die Einführung in das Spiel muß wahrheitsgetreu und logisch stimmig sein. Lopez darf uns nicht belügen, was die Grundzüge seines Spieles betrifft. Nun weiß Chester, daß er Kasan bis zu einem gewissen Punkt vertrauen darf. Kasan darf ihn nicht belügen.«

»Aha.« Tony beäugte den »Eingeborenen« mißtrauisch. »Ist er ein Hologramm?«

»Nein. Ich sah ihn vorhin Gepäckstücke tragen. Später kann er sich möglicherweise in ein Hologramm verwandeln. Doch jetzt ist er ein Schauspieler für den Spielmeister. Er bekommt von ihm seine Punkte, ob wir nun gewinnen oder verlieren, solange er nicht von seinem Text abweicht.«

Der Meister der Mythen setzte sich nun auf die Armlehne zwischen zwei leeren Stühlen. Er fragte viel ruhiger als anfangs: »Wo fliegen wir hin?«

»Nach Melanesien, genauer gesagt nach Neu-Guinea.«

Chester wäre fast in ein Gelächter ausgebrochen: »Du stammst aus Neu-Guinea?«

»Die episkopalische Mission schickte mich auf die Universität von Los Angeles«, antwortete Maibang mit gekränkter Stimme.

»Wo man dich zweifellos für diesen Job aussuchte.«

»Ja, das ist richtig. Wenn Sie daran denken, daß 1945 die Transportroute eröffnet wurde . . .«

Chesters Seufzer der Erleichterung war überall im Hubschrauber zu hören, als er seine erste wesentliche Erleuchtung bekam: »Es handelt sich also um einen Kult der materiellen Güter. Okay. Erzähle weiter . . .«

Maibang war offensichtlich erfreut darüber, daß Chester der erste Gedankensprung geglückt war. »Richtig. Seit die melanesischen Stämme diesen Zauber kennen – ich meine, die Eingeweihten –, fingen sie an, sich die Güter von den Europäern wieder zurückzuholen, die . . .«

»Sind wir ›Europäer‹?«

Ihr Führer zuckte mit den Achseln: »Es gibt uns, und es gibt die Europäer. Einige Europäer sind schwarz oder braun oder gelb, obwohl die meisten natürlich Weiße sind . . .«

»Okay.«

»Mein Volk, die Daribi, gehörte zu den Stämmen, die mit der Wahrheit erleuchtet wurden, was es mit den Gütern auf sich hatte. Wir wurden reich durch diese Erleuchtung. Gott-Manup segnete seine gläubigen Kinder, indem er ihnen viele wunderbare Dinge schickte: Büchsenfleisch, Glühbirnen, Jeeps, Kühlschränke und natürlich Waffen, mit denen wir die Europäer von der Insel vertreiben konnten.«

»Natürlich«, sagte Chester.

»Dann, vor neun Jahren« – ein kurzes Flattern der Wimpern – »1946« – Chester speicherte das Datum und nickte – »begann mein Volk, die Daribi, die Gütertransporte, die für Europa und Amerika bestimmt waren, umzuleiten. Natürlich kämpfte dein Volk mit seinen eigenen Ritualen zurück, doch unsere Zauberer waren mächtige Männer. Dann versuchtet ihr es mit militärischer Gewalt, doch wir obsiegten zum zweiten Mal. Spät im Jahr 1947 bot mein Volk alle seine Zauberkräfte auf, und wir stahlen deinem Volk ein Frachtgut von enormer Größe.«

»Und was war das für ein Frachtgut?«

Maibang bewegte den Kopf voller Bedauern hin und her: »Wir spürten seine Existenz, und wir boten all unsere Macht auf, um es in Besitz zu nehmen, aber wir bekamen es nie zu Gesicht. Die außerordentliche Anstrengung erschöpfte die magische Kraft unserer Zauberer. Im letzten Moment, als wir das Frachtgut schon fast in unseren Händen hatten, benützte ein rivalisierender Stamm, der uns unseren Zauber mißgönnte, seine eigenen magischen Kräfte, um das Frachtstück vom Kurs abzulenken. Wir waren zu schwach, ihren Zauber zu neutralisieren. Der Sieg über mein Volk brachte ihnen großes *mana,* mächtigen Zauber. Sie wurden zur beherrschenden Kraft auf unserer Insel. Deine Regierung kennt die Folgen: sie weiß, daß kein Schiff und kein Flugzeug im Umkreis von tausend Kilometern vor ihrer Macht und ihrer Habgier sicher ist. Seit sieben Jahren hat sich daran nichts geändert. Im Gegenteil, die Macht unserer . . . unserer Gegner ist sogar noch gewachsen.«

Chester seufzte. »Vermute ich richtig, daß du uns den Namen dieses feindlichen Stammes nicht nennen kannst?«

»Du begreifst rasch, bwana. Es wäre ein sehr schlimmer *mana,* wenn man den Namen eines so mächtigen Stammes ohne seine Erlaubnis nennen würde! So kam es, daß mein Volk mit deinem Kontakt aufnahm und wir uns handelseinig wurden. Wir helfen einer kleinen Gruppe von Europäern, in das Land einzudringen, das von unseren Feinden besetzt ist. Ihr werdet dort stehlen, so viel ihr könnt, und schafft es zurück in euer Land. Dadurch verliert unser Feind viel *mana,* und wir gewinnen unsere alte Macht zurück. Dann werden wir einen Vertrag mit euch unterzeichnen, der uns verpflichtet, nur solche Güter in Besitz zu nehmen, die von Gott-Manup für uns bestimmt sind, aber keine, die euch gehören, solange ihr euch selbst an diesen Vertrag haltet.«

»Und wer garantiert uns, daß ihr euer Versprechen auch haltet?« fragte Chester, sein liebenswürdigstes Lächeln aufsetzend.

»Wir halten uns daran, weil wir keine Europäer sind«, erwiderte Maibang schlicht.

»Jesus«, rief S. J. Waters, »wir sind aber schon weit weg von der Küste!«

Chester eilte zum nächsten Fenster: »Wir fliegen über den Ozean . . . aber ich sehe nichts, was mir eine Orientierungshilfe gibt . . .«

»Ich sehe Inseln an Steuerbord, Chester!« rief S. J. von der anderen Seite des Helikopters. Er beschattete die Augen gegen die gleißende Sonne: »Ich denke, dort unten liegt Hawaii.«

»Dann haben wir bereits die halbe Strecke zurückgelegt«, sagte Chester für sich.

Acacia sagte: »Das ist Oahu, glaube ich.«

»Ich weiß nicht, Liebling, denn ich bin noch nie auf dieser Route geflogen . . .« Tony verbesserte sich sofort: »Ich wollte sagen, ich war noch nie auf Hawaii. Aber man vergißt so leicht, daß wir nicht die Wirklichkeit erleben.«

»Dann höre auf, beides zu trennen. Was du erlebst, ist wirklich, auch wenn deine Empfindungen nur auf Illusionen beruhen.«

Tony lächelte kläglich: »Letzte Haltepflöcke des gesunden Menschenverstandes, scheint mir.«

»Dann atme tief ein, Liebling. Von nun an wird die Luft sehr dünn hier draußen.«

Die Phoenix fing an zu rütteln, und Captain Stimacs Stimme kam aus dem Lautsprecher: »Leute, wir kommen in eine Schlechtwetter-Front. Beachten Sie bitte den Hinweis über Ihren Sitzen, die Sicherheitsgurte anzulegen. Vielen Dank.«

Chester winkte Maiband mit dem Finger zu sich heran: »Daß du mir nicht unter den Händen stirbst, mein Junge! Ich habe eine Menge Fragen für dich vorbereitet.«

Maibangs Grinsen war absolut unverbindlich.

Achteraus türmten sich dunkle Wolken, und der Himmel nahm eine düstere Farbe an. Die Phoenix sackte nach unten, als wäre sie in ein Luftloch geraten, und nach einem allgemeinen »Oh!« folgte ein »Holla!« von Mary-em.

Die Wolken kamen rasch auf sie zu. Sie waren häßlich, kochendes helles und dunkles Grau, in dem unheilkündende Blitze zuckten. Dann wurde die Phoenix vom Sturm aufgesogen, und Turbulenzen erschütterten die Maschine, als spielte ein Riesenbaby mit einer Rassel.

An Steuerbord wurden die Blitze zu gleißend hellen Donnerschlägen. Das Flugzeug sackte immer wieder nach unten, erschüttert von der Gewalt dieser Entladungen.

Acacia gab entzückte Schreie von sich und warf die Arme um Tonys Hals. Er erwiderte ihre heftige Liebkosung und rief irgend etwas mit lauter Stimme. Regen prasselte gegen die Flanken der Phoenix, und die Motoren protestierten heulend, als die Maschine wieder Höhe gewinnen und sich stabilisieren wollte. Abermals wurden Augen und Ohren von grellen Lichtexplosionen und Donnerschlägen betäubt, bis man fürchten mußte, die Phoenix könnte mitten in der Luft zerschellen. Das Flüstern der Aggregate hatte sich in ein bedrohlich vibrierendes Fauchen verwandelt. Zwischen den grellen Blitzen vermochte man vor den Fenstern nichts mehr zu erkennen, und als auch die Lichter in der Kabine ausgingen, spürte Tony im Herzen etwas, das an echtes Entsetzen grenzte, während er und Acacia sich küßten.

Endlich ließ die Gewalt des Sturmes ein wenig nach, und die Sonne kam sogar durch die Wolken. Im Heck der Kabine erfolgte eine heftige Bewegung. Ein paar Spieler drückten sich an den Fenstern die Nase platt. Das lenkte Acacia und Tony voneinander ab. Sie wollten auch wissen, was sich dort wieder bedrohlich ankündigte.

Tony blickte auf eine breite, rund zulaufende Tragfläche mit Tausenden von Nieten. Das Motorgehäuse war gewaltig, und die Luft davor ein flirrendes Etwas. Und das Ding machte einen Lärm, als würden tausend Teufel auf die Erde losgelassen.

»Flügel! Mich trifft der Schlag! Wir haben jetzt Flügel und Nieten und Propeller!«

Acacia zwängte sich an Tony vorbei und drückte die Stirn an das Fenster. Am Heck vermochte sie noch das äußerste Ende des Höhenruders zu erkennen. Dann gab es laute Pfiffe und heftiges Händeklatschen in der Kabine, während Acacia sich tief beeindruckt zeigte.

»Das muß ein Modell aus der Mitte des zwanzigsten Jahrhunderts sein«, sagte Tony leise.

S. J. Waters wußte es genau: »Wow! Das ist eine DC-3, ein idiotensicheres Fluggerät! Diese Dinger waren damals so gut, daß es fast schon an Zauberei grenzte!«

Die Passagiere stimmten nun gruppenweise Lieder an. Trotz des Motorenlärms konnte man bruchstückweise den Text verstehen, der die Abenteuer von Kafoozalem und Eskimo Nell verherrlichte. Ollies Bariton überstimmte alles:

»Ein Zebra sich nach Liebe sehnte,
Ein Pferd mit Zärtlichkeit verwöhnte,

Als dennoch nichts passieren wollte,
Das Zebra darob heftig grollte:
»Ich fürchte, du bist impotent,
Was man bei uns 'nen Wallach nennt!«
Der Hengst erwidert, tief gekränkt:
»Ich denke, du hast mich betrogen,
Ich bin dir wirklich sehr gewogen
Und hätte längst dich koitiert,
Hättest du dich nicht so sehr geniert
Und den Pyjama ausgezogen.«

Das halbe Ensemble wiederholte im Chor: »Ein Zebra sich nach Liebe sehnte . . .«

Der Sturm hatte sich gelegt. Das Flugzeug durchstieß eine Wolkendecke. Ollie sang: »Das Flußpferd liebt es rund und mollig . . .«

»Inseln in Sicht«, verkündigte Felicia Maddox, und sogleich wurde das Absingen frivoler Lieder eingestellt.

Die Maschine steuerte jetzt offensichtlich den Sub-Kontinent an, und Chesters Stimme übertönte das Dröhnen der Motoren: »Wir scheinen uns vom Bismarck-Archipel her Neu-Guinea zu nähern . . . das Bergmassiv dort unten ist wahrscheinlich das Finisterre-Massiv, im Durchschnitt dreitausend Meter hoch. Kein Hindernis für dieses Flugzeug . . .«

Sie sahen hinunter auf eine Explosion heftig dunkelgrüner und brauner Farben, eine auf fruchtbarem Boden und in feucht-schwülem Klima üppig gedeihende Vegetation. Das Finisterre-Massiv, das die Halbinsel Huon beherrschte, blickte auf die Meerenge von Vitiaz hinunter, und in der kristallklaren Luft schienen die Berge zum Greifen nahe. Die DC-3 hüpfte über die Gipfel weg und nahm dann Kurs nach Norden. Alsbald überquerten sie ausgedehnte Sümpfe und morastiges Land. Captain Stimacs Stimme kam aus den Lautsprechern:

»In fünf Minuten erreichen wir den Binnensee Chambri Lake. Das ist das Wahrzeichen, das wir anfliegen müssen, denn in der Nähe ist ein Landeplatz für uns vorbereitet. Ich glaube, ich kann den See bereits ausmachen . . .« Dann kam eine Pause, und das Flugzeug machte einen Satz in der Luft.

Zugleich wurde es heftig zur Seite gezerrt, daß Acacia fast aus ihrem Sicherheitsgurt gekippt wäre. »Moment – das ist nicht der richtige See! Aber etwas . . . Oh, zum Teufel, beweg dich!« Stimacs Fluchen war offenkundig ein Zeichen seiner Panik. Das Flugzeug zog in einer steilen Kurve nach unten; die Motoren heulten auf. Stimac brüllte: »Ich kann den Steuerknüppel nicht mehr festhalten! Er bewegt sich von selbst!«

Hände krallten sich in Sitzlehnen. Gesichter wurden blaß, als die Sümpfe auf das kreiselnde Flugzeug zurasten. Da war ein Licht dort unten und Wasser . . . Eine Ebene aus Wasser direkt unter der Flugzeugnase, zwei Lichterketten auf der Wasserfläche. Sogar ein Kontrollturm stand daneben.

»Wir werden auf das Wasser hinuntergezogen«, bemerkte Chester. Er klebte förmlich an einem Fenster, und sein Mund klaffte ein bißchen. Kein Zeichen von Angst, nur Faszination.

Kasan stand im Mittelgang, ruderte mit den Armen und rezitierte etwas in einer unbekannten Sprache, während zwei Spieler ihn links und rechts am Gürtel festhielten.

Tony vergaß fast seine Angst, als er hinausstarrte. Sie waren noch näher herangekommen, und der Kontrollturm war ein Gestell aus dünnem Holz und einem Floß als Fundament. Die Lichter waren schwimmende Fackeln, verbunden durch straff gespannte Taue, und sie standen zu dicht beieinander, um eine echte Landebahn zu begrenzen. Der Flughafen war ein auf Wasser gebautes Täuschungsmanöver.

Der Scheinflughafen stellte sich quer, und gewaltige Anziehungskräfte zerrten an den Passagieren. Die DC-3 kam aus dem Sturzflug heraus. Der Luftdruck war so stark, daß sich die rechte Tragfläche nach unten bog und zwei Reihen Nieten verlor. Dann schwang der Flügel zurück in seine alte Lage, aber an der Stelle, wo die Metallhaut geplatzt war, strömte Flüssigkeit aus. Stimacs Stimme brüllte aus dem Lautsprecher: »Hab' sie abgefangen! Jetzt bin ich sicher, ich bring' die Kiste heil auf den Boden. Scheiße – was ist jetzt schon wieder!« Aus der Tragfläche schlugen rotgelbe Flammen.

»Jetzt muß ich notlanden«, kam es heiser aus dem Lautsprecher. »Das wird kein Honiglecken! Kopf zwischen die Arme!« Sie flogen knapp auf Baumhöhe und zogen eine schwarze

Rauchfahne hinter sich her. »Ich werde es auf dem See versuchen! Im Heck befinden sich Schwimmwesten!«

Tony konnte sich nicht länger beherrschen: »Was, zum Kukkuck, macht er jetzt?« Die Wipfel der Bäume kratzten schon fast die Farbe vom Rumpf.

Acacia sah nach unten. »Der See, den wir ansteuern wollten, muß direkt vor uns sein. Wenn wir es bis dorthin schaffen . . .« Ihre Augen blieben bang auf das Fenster geheftet, und als eine spiegelglatte dunkelgrüne Fläche in Sicht kam, seufzte sie erleichtert auf: »Dort ist er!«

Das Flugzeug hüpfte wie ein Hund, der sich das Wasser aus dem Fell schüttelt, und dann folgte ein lautes Kreischen aus vierzehn Kehlen und ein »O weh!«, als das Flugzeug das Wasser berührte. Acacia schrak zusammen, als Tonys Finger sich wie Raubtierfänge in ihren Unterarm krallten.

Der Aufschlag warf sie nach vorn. Das Wasser schlug über dem Flugzeug zusammen. Luftblasen stiegen neben den Fenstern auf. Wenigstens war das Feuer gelöscht. Die DC-3 bekam wieder Auftrieb, stieg an die Oberfläche, legte sich waagerecht. Wellen leckten gegen die Fensterscheiben.

Chester fand seine Fassung als erster wieder: »Macht die Rettungsboote klar und sucht eure Sachen zusammen! Jetzt fängt für uns die Arbeit an!«

Sicherheitsgurte klapperten wie Kastagnetten. Seesäcke wurden aus dem Gepäcknetz geholt, während Tony ins Cockpit schaute, wo Captain Stimac schlaff in seinem Sessel lag.

»Was ist mit dem . . .?« Die anderen Mitglieder des Ensembles achteten nicht auf ihn, als er mit dem Seesack auf der Schulter zum Bug der Maschine ging. »Captain Stimac?« Keine Antwort. Tony ging vorsichtig noch dichter an den Pilotensitz heran. Stimacs Kopf rollte bei jeder Schlingerbewegung auf der Rückenlehne hin und her. Er mußte sich das Genick gebrochen haben, und Blut tropfte ihm aus dem Mundwinkel. Die gebrochenen Augen saßen in einem teiggrauen Gesicht. Tony drehte sich der Magen um, und er sagte, die linke Hand gegen den Unterleib pressend: »Der arme Kerl!«

Da kniff Stimac das linke Auge zu. Seinen Brechanfall unterdrückend, starrte Tony finster zurück und stelzte aus der

Kabine. Er packte Acacia am Arm und schwang sie herum: »Das ist das letzte Mal, daß ich mitmache, hörst du? Das erste und das letzte Mal!«

Mit großer Gelassenheit und fast militärischer Präzision hatte Chester vier Schlauchboote klarmachen lassen und blies gerade das fünfte mit einem Preßluftzylinder auf, als Tony und Acacia sich noch einmal nach der DC-3 umdrehten. *»Junge,* das sieht echt aus!«, bemerkte Tony mit einem verkniffenen Lächeln. »Man muß schon sehr genau hinblicken, wenn man die Umrisse der Phoenix auch nur im Ansatz erkennen möchte . . .«

Acacia legte ihm sanft die Hand auf den Arm: »Tony, gib es auf«, sagte sie voll echter Anteilnahme. »Es *ist* wirklich. Alles hier ist wirklich. Also entspanne dich und laß alles auf dich zukommen, okay? Einverstanden?«

In ihren dunklen Augen spiegelte sich echtes Gefühl, und Tony nickte. Er drückte ihr fest die Hand: »Entschuldigung, Kleines. Vielleicht ist es nur die Angst, daß ich sonst überschnappe! Ich möchte mich nicht in einer Scheinwelt verlieren.« Er betrachtete die Schlauchboote, die auf den Wellen tanzten.

Fünf Rettungsboote trieben nun in der Mitte eines riesigen Sees um einen Flugzeugrumpf, der langsam in den Fluten versank. Es war unmöglich, die tatsächliche Größe des Gewässers abzuschätzen. Für die Traum-Park-Technologie gab es keine perspektivischen Probleme. Chester und Maibang verließen als letzte die notgelandete Maschine. Ihr Rettungsfloß war mit Ausrüstungsgegenständen beladen.

»Wohin jetzt, Kasan?«

Ihr Führer sah mit gespielter Verwirrung um sich: »Die Frage ist gar nicht so leicht zu beantworten. Ich bin mir nämlich nicht sicher.«

»Was soll das heißen?«

»Ich meine, der See ist nicht so, wie er sein sollte – er hat nicht die richtige Form.«

Chesters Gesicht zog sich nachdenklich in die Länge: »Hat nicht die richtige Form. Weshalb nicht?«

»Chambri Lake ist viel *runder* als dieser hier. Doch wir können nur zwei Küstenlinien erkennen. Da draußen sehe ich nur Wasser.«

Chester stellte sich, mühsam das Gleichgewicht haltend, aufrecht und blickte sich um. Dann setzte er sich wieder und sagte: »Also schön, es ist nicht Chambri Lake. Was *ist* es dann?«

Kasan wiegte bekümmert den Kopf: »Ich weiß es nicht. Sehr schlimmer Zauber, fürchte ich.« Er spähte nachdenklich über die Wellen. »Ich denke, wir sollten auf das Nordufer zuhalten. Es ist uns am nächsten.«

Chester nickte mit einem Hauch von Mißtrauen auf dem Gesicht: »Okay, Leute, wir paddeln zur Nordküste. Dort werden wir uns wieder sammeln!«

In jedem Schlauchboot nahmen zwei Leute je ein Paddel zur Hand und lenkten auf das Ufer zu. Tony und Acacia sorgten in ihrem Boot für den Antrieb, während S. J. mit lauter Stimme Befehle gab: »Zu-gleich! Zu-gleich!«

Aus dem Paddeln wurde ein Wettrennen, das Tony und Acacia als zweitbeste beendeten; hinter Eames und seiner Bootsbesatzung, zu der ein Zauberer namens Alan Leigh gehörte und die unermüdliche Mary-em, die als zweiter Schlagmann mit dem Paddel das Wasser buchstäblich niederrang. Leigh, dessen Pausbacken gar nicht zu seiner hageren Figur passen wollten, beobachtete gespannt das Wasser vor dem runden Bug. Plötzlich schnellte seine Hand nach oben, und alle vier Rettungsboote paddelten rückwärts, um die Wasserfahrzeuge anzuhalten.

Acacia stand mit gegrätschten Beinen im Boot und beschattete die Augen: »Da ist etwas . . .« Tony wollte erst fragen, doch dann sah er es selbst.

Dicht vor Eames' Schlauchboot kräuselte sich bedrohlich das Wasser. S. J. stellte sich aufrecht und brachte dabei fast das Boot zum Kentern. Acacia funkelte ihn wütend an, und der Junge setzte sich sofort wieder hin. »Eine Wasserschlange«, murmelte er, als sich die Wasserfurchen näherten.

Chester, der zwei Bootslängen zurücklag, hatte es ebenfalls gesehen: »Schlange!« Seine Stimme war überraschend klar und laut. »Sehr große Schlange! Leigh, du übernimmst den ersten Angriff!«

Leigh richtete sich nun im ersten Floß auf. Als der Kopf der Schlange über der Wasseroberfläche erschien, war der Zauberer auf alles vorbereitet. Die Schlange mußte mindestens zehn Meter lang sein, und ihr Leib war dick wie ein Baumstamm, an dem sich die Muskeln wie Ringe abzeichneten. Der Kopf war breiter als ein Pferdeschädel, und aus dem Maul züngelte eine lange schwarze Zunge in hypnotischem Rhythmus. Die Haut war gelb und dunkelrot gemustert, als sie sich gut zweieinhalb Meter aus dem dunkelgrünen Wasser wölbte. Die Spieler begrüßten die Erscheinung, die sie mit kalten Augen musterte, mit einem lauten, wenn auch etwas heiseren Hallo.

Leigh hob flehend die Arme: »Götter im Himmel!« rief er so laut er konnte, »Hört meine Bitte!« Sogleich umgab ihn eine grüne Aureole, und er nickte zufrieden. Die Schlange glitt näher. »Jetzt wollen wir mal sehen . . .«

»Nun mach schon hin, zum Kuckuck!« schimpfte Mary-em.

Er musterte sie mit einem bösen Blick: »Kein Respekt vor Artisten. Okay.« Er konzentrierte sich wieder auf die Schlange, die nur noch wenige Meter von ihm entfernt war. »Schlange, du bist ein Wesen des Wassers. Und ich gebe dir – Feuer!« Er vollführte ein paar magische Bewegungen, doch nichts geschah. »Feuer!«, wiederholte er, und die grüne Aureole färbte sich rot bis zu dem rechten Handgelenk hinunter. Er vollführte eine schleudernde Bewegung auf die Schlange zu.

Ein faustgroßer Feuerball segelte aus seiner Hand – gleißend hell, selbst bei künstlichem Tageslicht –, dehnte sich zu einer großen Kugel aus, die die Nase der Schlange traf. Die Wirkung war bemerkenswert. Die Schlange wich zischend zurück und tauchte wieder unter Wasser. Tony jubelte: »Großartig! Ein Pluspunkt für die Helden, einen Abzug für die Monster!«

Acacia packte seinen Arm: »Nicht so schnell, Tony . . .« Sie blickte zu Chester hinüber.

Der Meister der Mythen hob beide Arme. »Hört mich, ihr Götter!«, rief er mit weithin hallender, tiefer Stimme. Sogleich wurde er von einer grünen Aura umgeben. Er blickte in das trübe grüne Wasser und rief: »Verleiht mir die alles durchdringende Sicht! Enthüllt den Gegner meinen Augen!«

Das Wasser schien glitzernd zu erschauern und wurde dann so durchsichtig wie grünes Glas. Die Umrisse einer riesigen Schlange zeigten sich darin. »Seid bereit, Krieger!« rief Chester. »Die Schlange greift wieder an!«

»Mist!« murmelte Acacia und langte zwischen die Gepäckstücke. Sie wickelte hastig eine Ölzeug-Rolle auf, in die sie ihr fünfzig Zentimeter langes Kurzschwert verpackt hatte. Sie schnallte sich das Schwertgehänge um die Hüften, zog das Schwert aus der Scheide und ließ es ein paarmal durch die Luft sausen. Dann prüfte sie die Kontrollampe am Schwertgriff. Sie brannte grün. Geduckt erwartete sie nun den Angriff des Seeungeheuers.

Das Wasser teilte sich. Zischend ragte die Schlange über ihnen auf. Das hörte sich an, als strich der Wind durch regennasse Baumwipfel. Der Kopf auf dem gebogenen Schlangenleib griff blitzschnell an. Acacia hieb wuchtig zu und zog die Schwertklinge quer über den geöffneten Rachen der Bestie. Diese wich seitlich aus und versuchte Acacia an der Hüfte zu packen. Doch die schwertgewandte Dame hatte sich mit der Schlange gedreht und erwartete das Untier mit hiebbereiter Waffe. Diesmal zuckte das Monster schon vorher zurück und beobachtete mit blutender Oberlippe die Amazone aus sicherer Entfernung. Dann versank sie, den Blick starr auf Acacia geheftet, wieder im See.

»Eine gute Parade, Penthesilea«, sagte Tony McWhirter mit leicht grünlich verfärbtem Gesicht.

S. J. rief altklug: »Diese Hologramme sind absolute Spitze! Und sündhaft teuer dazu! Der Schwertklingen-Sensor merkt sofort, wenn die Waffe sich mit der Projektion überschneidet und meldet das dem Computer. Die Schlange ist eine vom Computer bewegte Projektion und deshalb . . .« Er blickte auf Acacias Schwert, dessen Spitze nur einen Zoll von seiner Nase entfernt war.

»Hör mal zu, S. J.«, sagte sie streng, »vielleicht macht es dir Spaß, wenn du Träume sezieren kannst; aber ich möchte mir nicht gern von dir das Spiel verderben lassen, Kleiner! Und Tony hat das auch nicht so gern, okay?«

S. J. grinste und rief: »Schlange hinter deinem Rücken!« Sie schwang mit stoßbereitem Schwert herum, und er lachte.

Das Ungeheuer bedrohte jetzt das Boot, in dem Gwen und Ollie saßen. Sie paddelten wie die Verrückten. Ihr Passagier, ein Priester namens Garret, breitete die Arme aus und sang mit lauter Stimme: »Hört mich, ihr Götter!« Sein falscher roter Bart flatterte im Wind. Sogleich umgab ihn die grüne Aureole, und er rief: »Umgib uns mit einem schützenden Ring, himmlischer Vater!«

Ein Band aus weißem Licht umfaßte nun das Schlauchboot, während die Schlange es verwirrt umkreiste und vergeblich nach einer Lücke suchte. Inzwischen hatte Bowan, der Schwarze, sich mit seinem Schlauchboot dem Rücken des Ungeheuers genähert und rief: »Feuerball!« Ein Lichtbogen sprang von seinem Handteller zum Nacken des Monsters über. Die Schlange zischelte, warf sich herum und stieß mit dem Kopf auf Bowan herunter. Ollies Stimme hallte über das Wasser.

»Zerschneide den Ring!« rief er, und sogleich erlosch das Lichtband. Ollie stand breitbeinig im Boot, nackt bis zum Gürtel, den Bauch heroisch eingezogen. In seinen Augen schwelte ein düsteres Feuer, während er mit einer Hand ein Schwert, mit der anderen einen Dolch festhielt. Einen Schlachtruf ausstoßend, fiel er die Schlange an.

Das Ungeheuer zuckte zurück, ehe sich Dolch und Schwert in seinen Leib bohren konnten. Auch mit seiner zweiten Zangenbewegung traf Ollie nur die Luft. Er versuchte, sich vorbeugend, den zurückweichenden Schlangenleib zu erreichen. Gleichzeitig trieb das Floß in die entgegengesetzte Richtung, und Ollie fiel über Bord.

Er kam mit den Armen rudernd und Wasser spuckend, wieder an die Oberfläche. Da er mit einer Hand schwimmen mußte, steckte er den Dolch in die Scheide zurück und kraulte mit erhobenem Schwert auf die Schlange zu. Diese stieg steil in die Höhe und umkreiste ihn, während Ollie sie trotzig herausforderte und mit dem Schwert auf den Schlangenleib einhieb.

Bald war das Monster mit Wunden bedeckt, und Bowan, der Schwarze, deckte es mit flammenden Blitzen aus beiden Händen ein.

Da fing die Schlange Feuer, gab ihre Bemühungen auf, Ollie mit ein paar Windungen zu erdrosseln, und versuchte, sich unter Wasser zu retten. Ollie drehte sich auf den Rücken und stieß ihr das Schwert mitten zwischen die Augen. Tödlich verwundet, verdrehte das Ungeheuer die Augen und hauchte sein Leben aus. Eine ölige Blutlache auf dem Wasser markierte die Stelle, wo sie auf dem Grund des Sees versunken war.

Ehe Tony wußte, wie es geschah, stand er breitbeinig im Boot und brüllte wie ein Verrückter. Mit schwerfälligen Armschlägen schwamm Ollie zu seinem Rettungsfloß zurück. Gwen half ihm an Bord und küßte ihm das nasse Gesicht ab. Acacia stieß Tony den Ellenbogen in den Rücken: »Ob die beiden das heute nacht feiern?«

Tony betrachtete immer noch hingerissen den sich langsam auflösenden Blutfleck: »Das war großartig, Cas! Ich kann es immer noch nicht glauben!«

»Aber inzwischen solltest du dich daran gewöhnt haben, Tony, sonst bist du ganz rasch aus dem Spiel, wenn du die Ungeheuer so ungläubig anglotzt!« Sie drückte mit der Hand gegen seinen Unterkiefer und klappte seinen Mund zu. »Beweg dich, Liebling! Wir müssen das Ufer erreichen, ehe Lopez uns noch ein Ungeheuer auf den Hals hetzen kann!«

»Das wird er nicht . . .« Tony war einsichtig genug, den Satz nicht zu beenden. »Okay, paddeln wir ans Ufer.«

Kapitel Sieben

Die Straße der Güter

Die DC-3 versank im See, als das letzte Rettungsboot auf den Strand gezogen wurde. Tony warf den Tornister über die Schulter und zog die Tragbänder stramm. »Ruhe in Frieden, Captain Stimac«, sagte er. »Ist das ein Pluspunkt für Lopez?«

Acacia schüttelte den Kopf. »Der Pilot gehörte nicht zum Team. Chester hatte keinen Einfluß auf ihn. Er spielte auf eigene Rechnung. Kannst du mir helfen, die Decke zusammenzurollen? Dann reden wir mit Chester.«

Der Meister der Mythen half Gina beim Anlegen ihrer Ausrüstung. Die attraktive Priesterin trug ihren zusammengerollten Schlafsack um den Tornister, einen grimmig aussehenden Dolch am Gürtel und einen Zauberstab, die wichtigste Waffe dieser charmanten Dame. Henderson mußte nur seinen Tornister mit dem Bettzeug tragen und einen kleinen schwarzen Kasten, den er an der linken Seite seines Gürtels befestigt hatte.

Er wandte sich Maibang zu: »Gibt es hier noch mehr von diesen Schlangen?«

Maibang hob abwehrend beide Hände: »Woher soll ich wissen, wieviel böse Kräfte sich seit meiner Abreise hier eingenistet haben?« Er wischte sich einen Wassertropfen von der Nasenspitze und starrte in die Ferne: »Ich glaube, wir sollten. . . . Ja, dort entlang! Nach Norden, auf die Berge zu!«

»Bist du sicher?« forschte Chester mit leicht gereizter Stimme.

»Beinah absolut sicher. Ich weiß, daß auch du und dein Volk über geheimnisvolle Mittel verfügen, mit denen ihr das Verborgene ergründet. Warum versuchst du nicht, selbst Antwort auf deine Frage zu finden?«

»Damit würde ich nur viel zu früh meinen Energievorrat verpulvern. Die Schlange hat schon eine Menge Energie gekostet . . .« Chester blickte zu den Berggipfeln hinauf, die hinter dem Grüngürtel des Dschungels in den Himmel ragten. Ihr

Anführer konnte zwar Unwissenheit vorschützen; aber lügen durfte er nicht . . .

Chester fuhr mit lauter Stimme fort, damit alle ihn verstehen konnten: »Wir marschieren in nördlicher Richtung. Eames und Leigh bilden mit mir die Spitze. Mary-em und Acacia übernehmen die Nachhut. Und daß mir keiner hinterherhinkt, Leute!«

Die fünfzehn Mitglieder des Ensembles und Maibang bildeten eine Reihe. Eames marschierte an der Spitze und schlug einen Pfad durch das Unterholz. Der rechte Arm des kräftigen Mannes arbeitete wie eine Maschine, und er benützte sein Schwert als Machete. Blätter und Zweige wirbelten durch die Luft. Maibang schien die Entscheidung des Anführers zu bestätigen: »Wir sollten uns bis zu den Bergen durchschlagen. Dort muß es einen Pfad geben, und dann kommen wir auch viel leichter voran.«

Chester brummelte etwas Unverständliches und beobachtete aufmerksam das Gelände. Tony marschierte mit Acacia am Ende der Kolonne. Zunächst beteiligte sie sich an der Arbeit, eine Bresche durch den Dschungel zu schlagen, aber da sie nur langsam von der Stelle kamen, wurde sie bald müde und schob das Schwert in die Scheide zurück. Dann stießen sie tatsächlich auf einen Pfad und kamen nun zügiger voran.

Maibang deutete immer wieder auf die »Berge«, die, wie Acacia vermutete, immer wieder ihre Position wechselten, so daß sie sich in einer Spirale bewegten.

Es war ihr unmöglich, sich auf die Namen aller Pflanzen und Tiere zu besinnen, denen sie auf ihrem Marsch begegneten. Vögel der verschiedenartigsten Formen und Größe mit schreiend buntem Gefieder flatterten von den Bäumen auf. Papageien mit scharlachroten und orangefarbenen Federn kletterten auf den Zweigen umher. Paradiesvögel mit einer unmöglichen Kombination aus Gold, Rot und strahlendem Weiß schwirrten durch das Geäst. Acacia erkannte die Kokospalmen an den Früchten und sah ein paar Gewächse, die sie für Gummibäume hielt; doch dahinter bestand das Unterholz nur aus einem Gewirr dunkler Grün- und Rottöne, untermischt mit dem Gelb absterbender Pflanzen. Sie sah Lianen mit flachen, glänzenden Blättern, die sich um Baumstämme rankten, und große Blüten schimmerten vor dem dunklen Hintergrund des feuchtschwülen Dschungels. Kleine Schlangen schliefen auf den Ästen der Baume oder verkrochen sich im Gestrüpp. Tiere huschten durch den Dschungel und suchten das Weite, ehe man sie zu Gesicht bekam.

Ein Papagei mit prächtigen purpurroten Federn begleitete sie fast einen Kilometer weit, flog ihnen immer ein Stück voraus. Acacia beobachtete ihn, wie er auf einem Ast landete und eine Weile auf und ab schaukelte, während er mit dem Schnabel eine fette Milbe aus seinem Gefieder herauspickte und sie mit schiefgelegtem Kopf beäugte. Sie fragte sich im stillen, ob er echt war. Er sah echt aus und hörte sich auch echt an, wenn er schmatzende, krächzende Laute von sich gab, die in scharfe Pfiffe übergingen. Dann kamen ihr wieder Zweifel. Vielleicht war das alles nur elektronisch.

Die Luft war heiß und stickig und roch aufreizend vegetativ. Zunächst hatte sie versucht, mit Tony Händchen zu halten, doch der Kontakt mit einem anderen menschlichen Körper war nur schweißtreibend und verschlimmerte noch die Hitze. Der Schweiß tropfte Tony ins Genick, und auf seinem Baumwollhemd bildeten sich breite dunkle Flecken.

Er deutete zur Seite und fragte: »Ist das . . .?«

Eine kleine Lichtung, nur von einer Gattung von Sträuchern gesäumt, zeigte die Form einer Mondsichel. »Ja, das ist es. Soll ich den anderen sagen, daß sie anhalten?«

»Es dauert nur eine Sekunde.« Tony verließ den Pfad, trat auf die Lichtung hinaus und löste sich in Nichts auf. Acacia marschierte weiter. Und alsbald hörte sie seine Schritte wieder hinter sich. Ein kleiner Spurt, und er hatte die Kolonne wieder eingeholt.

»Mir kommt es vor, als wären wir schon stundenlang gewandert«, sagte er. Sein Keuchen war echt. Sein Gang war lange nicht mehr so elastisch wie anfangs, und die Strapaze war ihm deutlich anzusehen. »Wo bleibt das nächste Monster? Jedes Ungeheuer wäre mir lieber als diese Plackerei.«

Acacia pflichtete ihm seufzend bei: »Armes Kind. Jetzt darfst du gerne daran denken, daß dein Unbehagen wie auch die Pflanzen und Tiere ringsum nur eine Illusion ist.« Sie streichelte seine Wange: »Komm, mein Kleiner! Fühlst du dich jetzt wieder besser?«

»Ja, Mami«, erwiderte er geistesabwesend und beeilte sich, Gwen und Ollie einzuholen. Der blonde Priester hatte nicht eine Sekunde den Arm seiner Heldin losgelassen, obwohl ihm das Wasser in Bächen über das Gesicht lief. Tony legte Ollie die Hand auf die Schulter: »Dein Kampf mit der Wasserschlange war eine reife Leistung, Ollie.«

»Würdest du mich bitte Oliver nennen, Tony?« Seine Hand ruhte am Griff seines Schwertes.

Tony glaubte, das sei scherzhaft gemeint, doch dann mußte er ernüchtert feststellen, daß Ollie ihn mit eisenhartem Blick musterte, die Hand um den Schwertgriff gekrampft. Auch seine Haltung war bedrohlich. Und Gwen wirkte ebenfalls verändert, nicht in ihrer offenkundigen Zuneigung für Ollie, aber in der Verteilung der Rollen. Hatte sich vorher Ollie an ihre Schulter gelehnt, so bezog sie nun ihre Kraft von ihm. Ollie erlebte seine Rolle als Wirklichkeit.

Gwens Lachen war eher eine Zurechtweisung: »Oliver ist ein berühmter Name, Tony. Oliver zählte zu den nobelsten Rittern im Gefolge Karls des Großen.«

»Schon gut . . . Oliver. Mir hat das sehr gefallen, wie du die Wasserschlange mit dem Schwert getötet hast. Es war eine Klasseleistung.«

Die Spannung ließ etwas nach. »Ich wäre um ein Haar selbst dabei umgekommen«, murrte Oliver. »Als ich über Bord fiel, dachte ich, ich wäre tot. Ich wartete nur noch auf den Stromstoß im Halsband. Wenn Lopez mich wirklich töten wollte, hätte er das in diesem Moment mit Leichtigkeit tun können. Wäre doch für dieses Ungeheuer ein leichtes gewesen, mich im Wasser zu erdrosseln, ehe ich so viele Treffer landen konnte, bis es starb.«

Wenn er an den Spielmeister glaubt, wie kann er sich dann für Oliver halten, den berühmten Ritter im Gefolge Karls des Großen? Tony zuckte im Geist mit den Achseln. *Bewußtseinsspaltung. Vielleicht muß ich auch erst schizophren werden.* »Oliver, was für eine Rolle spielen eigentlich die Diebe? Was die Krieger, die Priester und die Zauberer für eine Funktion erfüllen, habe ich bereits begriffen. Aber die Diebe?«

»Diebe stehlen in der Regel.« Gwen wechselte von dem linken auf den rechten Fuß, damit sie mit Oliver im Gleichschritt blieb. »Diebe haben die Aufgabe, sich zu verdrücken, und bleiben damit für unsere Gegner praktisch unsichtbar. Aber im Kampf mit der Waffe ist ein Dieb nicht viel wert, höchstens vielleicht mit einem Wurfmesser. Trotzdem bringt es viel Spaß. Vermutlich bekommst du schon heute eine Chance, als Dieb deine Geschicklichkeit zu beweisen. Mehr fällt mir zu deiner Rolle nicht ein. Chester wird dich einweisen, wenn er dich zu anderen Aufgaben verwenden möchte. Aber mach dir keine Sorgen, Tony, wir lassen dich schon nicht sterben, ehe du die Regeln beherrschst. So richtig heiß wird es erst in ein, zwei Tagen zugehen.«

»Möglich. Ich schätze, du hattest bisher auch noch keine Gelegenheit, den Segen als Priesterin zu spenden.«

»Da täuschst du dich. Ich habe den tapferen Oliver gesegnet, ehe er sich in seinen tödlichen Zweikampf mit diesem aufgeblasenen Wasserwurm einließ.«

»Hinter jedem Mann, et cetera, et cetera«, murmelte Oliver. Seine *Rolle* bekam plötzlich Sprünge, und einen Moment lang hüpfte er auf seinen Zehen, strahlend wie ein Kind, wieder ganz der alte Ollie. »Ich habe so viel *Spaß* an der Sache«, sagte er. »Ich hoffe, du kommst auch noch auf den Geschmack, Tony.«

McWhirter nickte lächelnd. Dann ließ er sich wieder zurückfallen, bis Acacia ihn eingeholt hatte. Er deutete nach vorne: »Die beiden sind so glücklich wie zwei Flöhe in einer Flasche voll Blut.«

»Und wie sieht es mit deinen Erwartungen aus, Tony? Was wird dich glücklich machen?«

»Nur ein bißchen von allem, das ich nirgendwo sonst bekomme, vermutlich.«

Sie blinzelte ihn an.

»Selbstverständlich auch dich. Aber was es sonst noch so gibt: atemberaubende Abenteuer, Südseeromantik, Truhen voller kostbarer Edelsteine . . . all das.«

»All das. Aber du schätzt doch auch meine Freundschaft, nicht wahr?«

»Aber selbstverständlich, Cas. Außerdem kann ich gar nicht bezahlen, was du dafür von fremden Männern verlangst.« Er drückte sie mit einem Arm an sich, während sie den Pfad hinunterschritten und die Sträucher sich wieder hinter ihnen schlossen wie eine verheilende Wunde. »Ich bin ein Junge aus der Stadt, Cas. Was darf ich an Wünschen anmelden? In einer Woche sitze ich wieder im Büro und kopiere acht Stunden täglich Blaupausen. Teufel, ich . . . ich vermute, daß meine Erwartungen ein wenig unrealistisch sind. Ich kann von einem Vergnügungspark nicht erwarten, daß er den Schaden einer eintönigen Beschäftigung in einer Woche beseitigt, den diese in fünfzig Wochen angerichtet hat. Aber ich erhoffe mir trotzdem das Beste.« Er wandte ihr das Gesicht zu und fragte sie offen und ernst: »Willst du mir dabei helfen, Cas?«

Sie sah ihn an, halb verwirrt, halb geschmeichelt: »Zuweilen kannst du so ein vernünftiges Mannsbild sein, daß ich meine mit Eisen beschlagenen Stiefel ebensogut hätte zu Hause lassen können.«

»Vielleicht bietet uns die nächste Schlange, der wir begegnen, einen hübschen roten Apfel an.«

An der Spitze der Kolonne wurden Stimmen laut. Ein paar Spieler verließen ihren Platz in der Reihe und rannten auf eine Lichtung zu, die ungefähr hundert Meter entfernt sein mochte. Acacia hatte ihr Schwert schon halb aus der Scheide gezogen, doch dann, als sie sehen konnte, was da vor ihnen lag, ließ sie die Waffe wieder los. Sie hatten die Hälfte der Reise hinter sich. Der Dschungel blieb zurück, und ein paar Sekunden später wateten sie durch hüfthohe Pflanzen, die in schnurgeraden Reihen wuchsen. Sie sah Männer und Frauen bei der Feldarbeit, Unkraut jätend und die Felder bewässernd. »Bitte bleibt auf dem Weg!« hörte sie Maibangs beschwörende Stimme. »Die jungen Knollen sind noch sehr empfindlich.« Sogleich fragte sich Acacia, wie weit das kultivierte Land reichen mochte und wo der Zauber des Traumparks begann.

Zum Teil war der Acker durch künstliche Bewässerung in Sumpfland verwandelt worden, und dort wateten Männer bis zu den Knien im Morast, setzten Stecklinge und stellten Pfähle auf, um den Privatbesitz im Gemeindeland zu markieren.

Acacia erkannte Planzen der Süßkartoffeln, der Yam-Wurzeln und des Zuckerrohrs. In einiger Entfernung wuchsen Bananenstauden und Brotfruchtbäume. Die Luft war erfüllt mit dem Geruch feuchter fetter Erde und keimender Pflanzen. Gleich Tony war sie ein Stadtkind, hatte aber einen Großonkel in Mexiko, der eine eigene Ranch besaß, und dort hatte sie mit ihren beiden Brüdern wunderbare Sommerferien verlebt und bei der Aufzucht der Rinder und Schweine geholfen. Sie wußte, was offenes, weites Land bedeutete und die Arbeit in der frischen Luft. Der Geruch schwitzender Körper erinnerte sie wieder an die harte Arbeit damals unter der heißen Sonne.

Die Dorfbewohner waren kleinwüchsig, in der Mehrheit dunkler als Kasan, und zeigten die typischen körperlichen Merkmale einer primitiven Lebensweise. Die Erwachsenen schienen aus Leder und Darmsaiten zu bestehen, die Gesichter voller Falten von der endlosen Arbeit auf den Feldern, die Körper nicht gebrochen, aber mit Narben gezeichnet – Erinnerungen an gefährliche Jagderlebnisse mit primitiven Waffen. Ihre Bekleidung waren Lendenschürzen aus Tierhaut, und Hüftgürtel vermittelten Acacia das Gefühl, als verschmachtete sie in der Hitze, und sie spielte mit dem Gedanken, für den zweiten Teil der Expeditionsreise diesen Kleiderstil zu übernehmen. Sie überlegte, wie sich das auf Tony auswirken würde.

Inzwischen waren die Feldarbeiter auf das Ensemble aufmerksam geworden. Viele hielten in der Arbeit inne, deuteten mit den Fingern auf sie oder gafften. Krieger mit Bambusspeeren waren aus den Laubhütten gekommen, die zu einer Siedlung am entfernten Ende der bewässerten Felder gehörten. Das Ensemble hatte sich um Chester geschart, während dieser Maibang mit Fragen löcherte.

»Bist du sicher, dein Häuptling weiß, daß wir kommen? Und daß wir ihm auch angenehm sind?«

»Ich bin von beidem überzeugt«, erwiderte Maibang feierlich.

Ein böser Verdacht zuckte über Chesters Gesicht: »Die Daribi sind Kannibalen, nicht wahr?«

Maibang sah gekränkt aus: »Zu besonderen Gelegenheiten sind sie das natürlich. Doch ihr gehört nicht zu unseren Feinden, sondern kamt hierher, um uns zu helfen. Es wäre im höchsten Grade undankbar, wenn wir unsere Freunde so behandeln würden.« Er schwieg einen Moment und dachte nach. »Aber damit alle Mißverständnisse ausgeschlossen bleiben, solltet ihr sehr genau hinhören, wenn euch jemand zum Essen einlädt.« Er beugte sich vor, deutete mit dem Daumen auf Gina und flüsterte Chester ins Ohr: »Ein paar Yam-Wurzeln und geschnetzelte Bananen würden aus deiner appetitlichen Freundin ein köstliches Gericht machen.«

»Sag ihr das lieber selbst«, erwiderte Chester ein wenig zerstreut. »Sie ist bekannt dafür, daß sie schon bei der ersten Verabredung zur Sache geht, aber . . .« Er verstummte, als das erste Quartett der stämmigen Speerträger anrückte. Zwei von ihnen trugen auch Flinten. Keiner hinterließ Fußspuren im Morast. Der Krieger, der an der Spitze ging, hob grüßend seinen Speer. Alle vier trugen Halsketten aus ineinanderverflochtenen Reben und Lederschnüren, dazu einen zeremoniellen Kopfschmuck aus kurzen, leuchtend bunten Federn. Chester hob die Hand und wartete mit ausdruckslosem Gesicht. Die Feldarbeiter hatten inzwischen einen Kreis um sie geschlossen. Kleine dunkelhäutige Kinder mit geschwollenen Bäuchen, die auf und ab hüpften, wenn sie liefen, versteckten sich hinter den Hautschürzen ihrer barbrüstigen Mütter.

Der Anführer der Krieger sprach mit einem melodischen Wortschwall. Kasan hörte gespannt zu und wandte sich zu Chester um: »Sein Name ist Kagoiano, und er möchte dich zum Rat der Männer begleiten, wie es ihm unser Ratältester, Pigibidi, auftrug, der dich grüßen läßt und hofft, du mögest dich unverzüglich zu ihm begeben.«

»Pigibidi?« wiederholte Chester belustigt.

»Es steckt eine große Macht in seinem Namen. Er bedeutet ›Mann der Waffe‹, und damals, am Gipfel seiner Macht, war er wahrhaftig ein großer Mann. Gehen wir?«

Chester zeigte sich sichtbarlich entspannt: »Also gut, gehen wir und reden wir mit dem Mann der Waffe.«

Die Ratshütte war ein bißchen länger und breiter als die übrigen aus Holz und Stroh geflochtenen Behausungen. Mehrere Schlafmatten waren aufgerollt und säuberlich neben der Türklappe aufgestapelt. Der Mann der Waffe wollte vermutlich seine Krieger immer in der Nähe haben, dachte Chester. Die Wände waren mit Häuten verkleidet, und unter dem Dach hingen die geköpften und abgebalgten Kadaver von Beuteltieren.

Acacia, Mary-em und die anderen weiblichen Mitglieder des Ensembles wurden an der Tür aufgehalten. Kagoiano sagte ein paar Worte zu Kasan, und dieser dolmetschte: »Es tut mir leid, aber die Frauen haben im Rat keinen Zutritt. Sie werden zum Rat der Frauen geleitet, um dort die Omen zu lesen.«

»Was soll man sich unter dem Lesen der Omen vorstellen?« forschte Mary-em. »Wenn du mich hinters Licht führen willst, Kleiner, dann darfst du dir deine Zähne im Reisfeld zusammensuchen!«

»Nur Männer dürfen diese Halle betreten«, wiederholte Kasan geduldig, »wie es auch den Männern verboten ist, am Rat der Frauen teilzunehmen. Die Frauen machen zwar keine Politik, aber sie versorgen uns mit wertvollen Informationen über die Pläne und taktischen Winkelzüge unserer Feinde.«

Chester legte die Hand auf Mary-ems Schulter: »Wir müssen uns vorübergehend aufteilen. Ich denke aber nicht, daß wir in Gefahr sind. Sobald wir hier fertig sind, tauschen wir unsere Informationen aus.«

Die Frauen des Ensembles fügten sich nur widerwillig seiner Anweisung. Die neun Männer der Truppe folgten Kasan und Kagoiano zur Hinterwand der Ratshütte.

Tony sog witternd die Luft durch die Nase. Es roch nach kaltem Rauch, geräuchertem Fleisch und nach billigem Tabak.

Die Luft im hinteren Teil der Hütte war kühler. Bessere Querventilation und mehr Schatten. Der Boden bestand aus Holz, war mit Strohmatten bedeckt, von denen manche mit Pflanzensaft gefärbt sein mußten. Er suchte vergeblich nach dem versteckten Hologramm-Projektor. Kagoiano war eine Projektion; denn Tony stolperte mit Absicht, um ihn anzustoßen. Aber Tony kam nicht dahinter, wie die Kontinuität der

Bildabläufe gewahrt wurde. Lopez mußte doch mindestens einmal die Projektoren wechseln, als Kagoiano von draußen kam und in die Hütte trat. Der Übergang war jedoch so perfekt, daß der Wechsel der Projektoren nicht wahrgenommen werden konnte. Woraus sich noch eine andere beunruhigende Möglichkeit ergab: Daß ein Hologramm jederzeit eine echte Person ersetzen konnte, sogar ein Mitglied des Ensembles. Tonys Respekt vor Henderson nahm gewaltig zu. *Ein verdammt heikles Spiel, das du hier leiten mußt, mein Guter!*

In der Rückwand der Hütte befand sich ein Alkoven, der mit einer Hängematte abgeteilt war. Kasan schob die Matte beiseite, und die Männer betraten den Raum dahinter.

Es dauerte nur Sekunden, bis Tonys Augen sich den neuen Lichtverhältnissen angepaßt hatten. Zunächst traten zehn kleine Lichtpunkte aus der Düsternis hervor, und es dauerte eine Weile, ehe er sie als Augenpaare zu identifizieren vermochte: unverwandt blickende, strahlende, nicht direkt auf etwas gerichtete Augen, die durch sie hindurchzuschauen schienen in eine ungewisse, geheimnisvolle Ferne. Eine zitternde vertrocknete Stimme sagte: »Kommt!«

Tony vermochte nun noch mehr Einzelheiten zu unterscheiden. Fünf alte Männer saßen im Halbkreis um eine Schüssel, die mit etwas gefüllt war, das wie getrocknete Früchte aussah. Chester ließ sich im Schneidersitz vor diesen Männern nieder. Tony bemerkte, daß deren Augen seinen Bewegungen nicht folgten, und meinte nun ein leichtes Unterscheidungsmerkmal zwischen Hologrammen und menschlichen Akteuren gefunden zu haben.

»Ich bin Chester Henderson, und das sind meine Begleiter«, begann der Meister der Mythen. »Wir kamen hierher, um eurem Volk nach besten Kräften zu helfen.«

Kasan spulte nun seinerseits sein Kauderwelsch herunter, und einer der Männer antwortete ihm mit unverständlichen Worten. Der Mann, der ihm erwiderte, war sehr alt. Die Haut hing ihm am Körper wie ein Mantel vom Kleiderbügel. Die Falten hatten sich so tief in seinen Hals und sein Gesicht eingegraben, daß er nun einer in der Sonne getrockneten Feige glich. Seine Züge waren betont afrikanisch, seine Haut dunkler als die von Kasan, dunkler als fast alle amerikanischen Neger des einundzwanzigsten Jahrhunderts. Tony hörte den Namen Pigibidi aus dem Palaver heraus.

»Mann der Waffe begrüßt dich im Kreis der Räte, Chester. Er sagt, er wüßte, daß du ein mächtiger Zauberer bist, und hofft, daß mit deiner Hilfe die Bedrohung für die Seelen seines Volkes abgewendet werden kann.«

Nun war Chester ganz bei der Sache. Sein Blick wanderte zwischen Kasan und dem greisenhaften Pigibidi hin und her. Der Häuptling nahm eine getrocknete Frucht aus der Schüssel und kaute sie nachdenklich. Dann redete er in seinem unverständlichen Sing-Sang. Anschließend übersetzte Maibang die Rede des Häuptlings:

»Mann der Waffe sagte, daß das Volk der Inseln jahrelang die Invasion der Europäer duldete und sogar unterstützte, weil es hoffte, dein Volk wolle mit unserem Volk das Geheimnis eures unglaublichen Reichtums teilen. Endlich wurde ihm klar, daß ihr seinem Volk den Kontakt mit den Geistern, die euch zu so großem Reichtum verhalfen, nicht gestatten wolltet. Wir wußten, daß ihr viel zu verlieren hattet, wenn wir euer Geheimnis entdeckten. Wir wußten auch, daß ihr einen Teil dieses Reichtums durch Betrug und Diebstahl erworben habt, wenn uns auch der Ursprung eurer Wagen, eurer Flugzeuge und Benzinmotoren rätselhaft blieb. Und so nahm das Volk der Inseln sein Schicksal selbst in die Hand und beschloß, eure Geheimnisse zu entschleiern, das Geheimnis des *rot bilong kako*, das ist der Weg, auf dem die Güter von Gott zu den Menschen kommen.« Kasan legte nun eine Pause ein, und Mann der Waffe führte eine oder zwei Minuten das Wort wieder in seiner Sprache. Kasan ging in die Hocke, während er ihm zuhörte. Kagoiano und die Mitglieder des Ensembles folgten seinem Beispiel.

Kasan Maibang übersetzte: »Wir traten in eure Kirchen ein, erfuhren von Gott und Jesus, lernten eure Namen für unsere Gottheiten Manup und Kilibob. Wir beteten zu Jesus-Kilibob, daß er uns eure Güter schenken sollte, bekamen sie jedoch nicht. Wir arbeiteten für einen Hungerlohn als Sklaven auf euren Plantagen, lernten das Pidgin-Englisch, das ihr uns beibrachtet. Wir bauten Straßen, gaben unsere eigenen Sitten auf, und viele von uns trennten sich sogar von ihren vielen Weibern, obwohl sie sie alle hätten ernähren können. Das alles opferten wir, damit man uns endlich in das Geheimnis der Güter einweihte. Leider waren diese Opfer vergeblich, und viele unserer alten Götter wandten sich gegen uns, weil sie glaubten, wir hätten sie aufgegeben. Wir waren ein Volk ohne Kultur, von unseren Göttern verlassen, und kamen trotzdem nicht hinter eure Geheimnisse.«

Kasan verstummte und hörte mit angespanntem Gesicht zu, was Pigibidi ihm übermittelte. »Nur eines war uns gelungen, nämlich herauszufinden, wie diese ungerechte Verteilung der gottgeschenkten Güter zustande gekommen war. Gott-Manup hatte von Anfang an beschlossen, uns diese Güter zu schenken, aber die Europäer hatten durch Opfer und Gebete eine Reihe minderer Gottheiten für sich gewonnen, nämlich solche, die die Güter adressieren und zur Verteilung bringen mußten. Sie tauschten die Empfängerzettel auf den Kisten und Paketen aus und ersetzten sie durch die Namen der weißen Männer. Wir wußten nun von diesen Betrugsmanövern, aber wie sollten wir sie unterbinden?

Die große Schlacht, die ihr den Zweiten Weltkrieg nennt, verschaffte uns die Gelegenheit, die wir brauchten. Viele unserer jungen Männer traten den Kriegshaufen bei, die ihr gegen die gelben Europäer, die Japaner, ins Feld schicktet. Dabei gelang es uns, mehrere von euren Leuten unf Offizieren zu entführen, was euch nicht auffiel, weil ihr glaubtet, sie seien bei einem Kriegseinsatz verschollen.« Pigibidi grinste, als Kasan diesen Teil seiner Rede verdolmetschte. »Wir . . . beschäftigten uns ein paar Tage mit ihnen. Ein paar waren sogar wochenlang unsere Gäste. Und tatsächlich, ehe sie endgültig ihren Geist aufgaben, offenbarten sie uns das Geheimnis der Güter. Wir wissen nun, daß die Zauberformeln nicht im Pidgin, sondern im reinen Englisch gesprochen werden müssen. Früchte und Schweine sind als Opfergaben erwünscht, zudem noch andere Dinge, die sogar euch nicht ganz klar zu sein scheinen. Von ausschlaggebender Bedeutung ist jedoch das heilige Sakrament, diese heilige Flüssigkeit, die euch Europäer verbindet, durch eure Körper und Seelen fließt und die ihr euren Kindern weitergebt, wenn sie nach der Brust verlangen, und auch den alten weisen Männern, ehe sie für immer die Augen schließen.« Kasans Stimme verriet die Erschütterung religiöser Ekstase.

Chester dachte kurz nach, schüttelte dann jedoch den Kopf. »Wein? Muttermilch?«

»Beides ist auch von Bedeutung. Doch ich beziehe mich auf die seltene und kostbare Substanz, die ihr Ko-Ka-Ko-La nennt.«

Kapitel Acht

Das Bankett

Der Meister der Mythen blinzelte und spreizte dann in demütiger Ergebung die Finger beider Hände: »Ihr seid uns also auf den Trichter gekommen.«

»Wir benützten unsere neue Erkenntnis, um uns die Straße der Güter zu öffnen, und im Jahr 1946 begannen wir einen Teil unserer Macht zurückzugewinnen, die man uns gestohlen hat.« Pigibidi palaverte wieder, diesmal mit betrübtem Gesicht.

»Eine Zeitlang«, übersetzte Kasan, »besaßen wir alles, wovon wir so lange geträumt hatten. Schaut jetzt nicht auf unsere Häuser und glaubt, sie wären damals auch so gewesen. Weiße Soldaten kamen und wollten uns die eroberten Güter wegnehmen; doch die Götter standen wieder auf unserer Seite, und wir töteten sie alle. Wir vertrieben die Europäer aus Neu-Guinea und lebten mit unseren Nachbarn in Frieden. Wir, die Daribi, waren die ersten, die das Geheimnis der Güter kannten. Wir herrschten über die anderen Völker dieses Landes, aber wir töteten sie nicht oder versuchten nicht, sie zu versklaven. Wir machten ihnen sogar Geschenke, um ihren Hunger und ihre Bedürfnisse zu stillen.

Schließlich begannen unsere Zauberer damit, sogar die Güter, die für die Europäer bestimmt waren, in unsere Richtung abzulenken, und selbst das konnte euer Volk nicht verhindern. Wir waren zu stark geworden. Und wir wurden immer mächtiger und unser *mana* immer größer, bis der schwarze Tag anbrach, an dem wir zu übermütig wurden.«

»Was passierte?«

»Wir stahlen euer größtes und mächtigstes Gut. Diese Leistung erschöpfte die Kraft der *tindalos*, das sind die Götter, die uns dienen. Ein rivalisierender Stamm hatte inzwischen eine Kiste von eurem kostbaren Ko-Ka-Ko-La gestohlen. Im letzten Moment benützten sie ihr eigenes Wissen von der *rot bilond kako*, der Straße der Güter, um dieses gewaltige Geschenk der Götter auf ihr Gebiet umzuleiten. Dieser Verlust kostete uns viel Ansehen und viel *mana*. Heute beherrschen unsere Gegner die meisten Stämme dieses Landes. Wir und die Agaiambo sind die einzigen noch freien Völker auf der Insel. Allzubald werden unsere Gegner so stark sein, daß sie uns vernichten, weil wir ihnen Widerstand leisten. Dann werden sie ihre Herrschaft auch über die anderen Völker des Ozeans ausdehnen und schließlich über die ganze Welt. Und wenn sie erst mal die Welt beherrschen, werden sie auch alle anderen Religionen auslöschen. Eure Götter werden sterben, weil sie keine Gläubigen mehr haben.«

Chester rieb seine knochigen Knie, damit ihm die Füße nicht einschliefen: »Aber wenn die ganze Welt sich ihnen widersetzt, wie können sie dann obsiegen?«

Kasan tauschte ein paar Worte mit Mann der Waffe und wandte sich dann wieder Chester zu: »Euer Volk weiß nicht, daß unsere Gegner sich aus der physischen Ebene eurer Welt zurückgezogen haben. Sie habe diese Welt, unsere Welt, von innen nach außen gestülpt, und nichts kann mehr in diese Welt eindringen, wenn nicht ein Pfad von innen her geöffnet wird. Mein Volk hat euch diesen Pfad erschlossen.«

Chester schloß die Augen und dachte nach. Ohne die Lider zu heben, sagte er: »Das wäre eine Erklärung, weshalb uns die Küstenlinie von Chambri Lake so verändert vorkam.«

Oliver sagte: »Das würde erklären, weshalb er mit Salzwasser gefüllt war, nicht mit Süßwasser.«

»Ah, ja.«

»Mir fiel es zuerst gar nicht auf, doch das Seewasser war definitiv salzig. Also kann es nicht der Chambri Lake gewesen sein. Es war der Pazifische Ozean . . . tatsächlich kann es jeder Ozean der Welt gewesen sein.«

»Gut, Ollie. Sehr gut. Das bedeutet, daß wir mit unseren normalen geographischen Gegebenheiten nichts anfangen können. Unsere Kompasse sind wertlos. Hätten wir nicht die Berge als Bezugspunkt verwendet, wären wir niemals hierhergekommen.« Langsam öffnete er wieder die Augen. »Was war das, was eure Gegner euch wegnahmen?«

Kasan übersetzte das Pigibidi, der überrascht und verwirrt schien. »Müßt ihr das eigentlich nicht besser wissen als wir? Es war groß, und wir spürten, daß viele von euren bedeutendsten

Männern zusammenkamen, um Zeuge zu sein, wie es verwendet wird. Unsere Zauberer spürten, als es sich zu bewegen begann, und dann faßten wir zu und leiteten es zu unserer Insel. Aber es kam nie bei uns an. Wir wissen weder seine Größe, noch sein Gewicht, seine Form oder seine Farbe. Aber es hätte uns einen gewaltigen Machtzuwachs gebracht, und nun befindet es sich in bösen Händen.«

Chester nagte an seiner Unterlippe: »Zweiter Weltkrieg, hmm. Konnte es der Prototyp einer thermonuklearen Bombe gewesen sein? Doch der Krieg war ja schon vorbei . . .«

Maibang zuckte mit den Achseln.

». . . Also gut. Und was, glaubt ihr, können wir nun für euch tun?«

Der Häuptling palaverte mit seinem Rat, während Kasan zuhörte. Schließlich übersetzte er: »Morgen ist Vollmond. Da soll eine Frau, die man aus dem Meer gefischt hat, an einem eurem Gott geweihten Ort geopfert werden, in einer anglikanischen Mission, die weit draußen im Westen liegt. Wenn ihr dieses Opferritual verhindert, schwächt ihr damit unsere Gegner und bekommt zudem wertvolle Auskünfte von der Frau, die schon einen Monat lang bei unseren Feinden lebt. Sie wird euch sagen, wie ihr in die Festung unserer Feinde eindringen könnt, um dort das mächtige Gut zu stehlen, das sie uns stahlen, nachdem wir es zuerst von euch gestohlen hatten. Ihr müßt diesen Weg zur Rettung aller lebenden Seelen gehen. Wir werden euch helfen, diesen Weg zu finden, und euch auch anderweitig unterstützen, doch die Reise wird gefährlich sein. Viele von euch werden sterben. Doch am Ende wird euch auch eine reiche Belohnung zuteil«

Chester blickte Maibang an, während ein leises Lächeln über seine Lippen spielte: »Wir sind ja nun hier und vermutlich auch bereit. Nur noch etwas. Gegen wen kämpfen wir?«

Maibang zuckte zusammen, als habe er einen elektrischen Schlag bekommen. Dann überschüttete er Mann der Waffe mit einem Wortschwall, daß man ihm nicht mehr zu folgen vermochte. Der Häuptling wurde ganz bleich im Gesicht: »Nein, kann nicht sagen!« rief Pigibidi ängstlich. Seine ersten englischen Worte seit dem Beginn der Beratung. »Kommt!«

Chester zog die Stirn kraus: »Warum so schüchtern? Warum könnt ihr uns nicht sagen, gegen wen wir kämpfen?«

Maibang schüttelte den Kopf. »Sehr schlecht, sehr, sehr schlecht. Dieser Stamm ist unser Feind. Wenn wir ihren Namen verwenden, wäre das ein Diebstahl. Wenn wir etwas, was einem anderen gehört, ohne dessen Erlaubnis verwenden, ist das ein sehr schlechtes *mana*. Ihr Europäer habt das nie verstanden. Vielleicht habt ihr gerade deswegen eure Macht verloren.«

»Also etwas Ähnliches wie Urheberrechtsverletzung? Aber wie steht es mit den Agaiambo? Ihren Namen habt ihr uns doch angegeben.«

»Das sind Verbündete. Sie werden euch auf eurer Reise helfen.«

Chester nickte. »Also gut. Wir sind dabei. Wir brauchen nur noch ein paar Informationen, Lebensmittel und ein paar wegekundige Begleiter. Du wirst mit uns ziehen, nehme ich an, Kasan? Schön. Ist das alles?«

»Nur noch eines, großer Zauberer. Heute abend wollen wir zum Zeichen unserer Dankbarkeit dir und deinen Leuten ein Fest geben.«

»Kommen die Leute zum oder ins Diner?«

Kasan wollte das nicht übersetzen, was Chester auch nicht von ihm erwartete. Er stand auf. »Nun, dann werden wir uns noch vor dem Diner mit unseren Damen zusammensetzen, um Informationen auszutauschen.« Er machte eine leichte Verbeugung vor Mann der Waffe und verließ die Hütte, die Matte vor dem Versammlungsraum achtlos beiseite schiebend.

Gwen und Acacia standen abseits von den übrigen Frauen und sahen zur Beratungshütte der Männer hinüber. Die Vorbereitungen für den Festschmaus waren überall im Gange. Das Fest würde echt sein. Man roch es. Es duftete nach gebratenem Schweinefleisch und nach gerösteten Yam-Wurzeln.

Eine Grube war in der Mitte des Dorfplatzes ausgehoben und mit Kohlen gefüllt worden. Dann hatte man abwechselnd eine Schicht Blätter und eine Schicht Fleisch mit verschiedenartigen Gemüsesorten übereinandergelegt, bis die Grube voll war. Nun stocherten die Männer mit langen Speeren Löcher in die garende Mahlzeit, damit das Feuer nicht ausging.

»Das riecht einfach *zu* gut, Cas.« Die Blondine kräuselte entzückt das Näschen. »Ich kann mich nicht länger beherrschen. Ich zieh mich aus und springe mitten in die Grube.«

»Ich fürchte, das wäre den Leuten hier ganz recht. Sie werden dich mit den anderen rösten – ich meine selbstverständlich mit den anderen Schweinen . . . äh, Entschuldigung, ich wollte . . .«

Gwen trommelte mit den Fingern auf ihre Hüfte: »Könntest du mir das noch einmal verdeutlichen, Ms. Mannequin?«

»Oh, ich denke, das ist jetzt nicht mehr nötig. Ollie! Tony! Hier herüber!«

Die Männer gingen nun auf die wartenden Damen zu. »Komm«, sagte Acacia, nachdem sie Tony heftig an ihre Brust gedrückt hatte, »suchen wir uns einen Platz, wo wir ungestört sind.«

Oliver fragte: »Sollte nicht Chester erst mit euch reden?«

Gwen stampfte mit dem Fuß auf: »Oh, vergiß doch Chester ein paar Minuten lang. Man hat ja auch mal was Privates zu besprechen!«

Er dachte darüber nach: »Richtig. Ein privater Gedankenaustausch ist noch lange kein Betrug.«

Sie gingen zu viert aus dem Kreis der Laubhütten zu einem kleinen Wäldchen, das noch im Sichtbereich des Dorfplatzes lag. Von dort sahen sie den Vorbereitungen für das Fest zu, und Tony lachte. Acacia bettete ihren Kopf auf seine Schulter und boxte ihn sanft in die Rippen.

»Was ist daran so lustig, Cowboy?«

»Ich überlegte gerade, wieviel von dem Zeug echt ist, das dort drüben brutzelt.« Er streckte sich behaglich aus, schob seine Hand um Acacias Taille und zog sie enger an sich. »Um ein Haar hätte ich es nämlich aufgegeben, darüber nachzudenken, wer von den Eingeborenen echt ist.«

»Das höre ich gern«, erwiderte Acacia und wühlte mit dem großen Zeh im Gras. »Jeder, den du nur aus einer gewissen Entfernung siehst, der sich in seinem Bewegungsablauf immer wiederholt, und jeder, der vor deinen Augen auf gewaltsamgrausame Weise umkommt, ist ein Hologramm. Lopez wird so viel wie möglich mit Hologrammen arbeiten.«

»Warum? Sind Hologramme nicht sehr teuer?«

»Schauspieler sind ebenfalls teuer. Du darfst nicht vergessen, daß andere Ensembles schließlich dieses Spiel auch noch spielen möchten. Die Hologramme sind dann bereits feste Bestandteile des Spielablaufes, während die Akteure bei jeder Aufführung ersetzt werden müssen.«

Oliver lag bäuchlings im Gras und beobachtete die eingeborenen Köche. Er fragte: »Was haben die Ladys inzwischen getrieben, während wir mit den Wilden Kreuzworträtsel lösten?« Acacia drohte ihm mit dem Finger: »Die Männer zuerst.«

Oliver und Tony erfüllten ihren Wunsch und berichteten alles, was ihnen im Gedächtnis haften geblieben war. Gwen und Acacia hörten aufmerksam zu und kamen zu dem Ergebnis, daß bei ihnen die Beratung nicht viel anders abgelaufen war. »Nur vor etwas abweichender Kulisse«, meinte Gwen nachdenklich. »Wir hatten drei alte Frauen zu Gesprächspartnerinnen. Eine befand sich die ganze Zeit in Trance. Eine jüngere Frau dolmetschte für uns. Sie soll als Kind eine Missionsschule auf der Insel besucht haben.«

»Der Spielmeister bereitet seine Schauspieler aber sehr gründlich vor«, meinte Tony beeindruckt, pflückte einen Grashalm und kitzelte damit Acacia hinter dem Ohr. »Sie scheinen auf jede Frage antworten zu können, die wir ihnen stellen.«

Acacia lachte. »Du mußt nicht übertreiben mit deinem Respekt. Ich bin sicher, Kasan hat unter seinen buschigen Haaren einen Sender versteckt. Wenn er betet oder mit einem der ›Eingeborenen‹ palavert, oder sich auch nur ausgiebig den Kopf kratzt, redet er ganz sicher mit Lopez.«

»Ist das legal? Ich meine, werden wir dadurch nicht benachteiligt?«

»Nicht eigentlich. Das internationale Spielersyndikat hat ja Beobachter zu dem Spiel entsandt, die Lopez genau auf die Finger sehen. Ich denke, Lopez hält sich für intelligent genug, um uns und besonders Chester ohne Mogelei besiegen zu können.«

Oliver sog witternd die Luft ein. Der Duft gegrillten Schweinefleisches und gerösteten Gemüses drang nun über das Dorf hinaus. »Hmmm – hmmm. Habt ihr euch noch nie darüber gefreut, daß ich nicht Goldberg heißt? Das riecht ja nun wirklich nach Diner-Zeit.« Er wollte sich erheben, meinte aber dann nachdenklich: »Wieviel Uhr ist es überhaupt?«

Acacia grub in ihrem Tornister und förderte eine flache runde Uhr mit einem antiken Silberdollar als Fassung zutage. »Bei mir ist es fünfzehn Minuten nach sechs. Warum fragst du?«

»Oh, das war nur mein angeborenes Mißtrauen. Denn es dauert noch eine Stunde und fünfundvierzig Minuten, ehe das Spiel für heute unterbrochen wird. Wir sollen mit einem Bankett geehrt werden. Doch seit ungefähr fünf Stunden ist nichts Drastisches mehr geschehen. Wir sind alle recht sorglos und entspannt. Verstehst du, was ich meine?« Gwen sah ihn böse an: »Oh, Ollie, manchmal gefällt mir deine Denkungsart ganz und gar nicht. Ich hoffe nur, du hast unrecht.«

»Ich auch.« Acacias Hand suchte den Schwertgriff an ihrer Seite. »Aber ich möchte nicht meinen Kopf darauf verwetten, daß wir ungestört essen können. Also haltet die Augen offen, Leute!«

Die Teller, auf denen das Essen serviert wurde, waren hübsche silberglänzende, runde Dinger, an deren Rand das Wort »Chevrolet« eingestanzt war. Ollie lachte und stieß Gwen mit dem Ellenbogen an: »Radkappen.«

Gwen nickte und deutete zur nächsten Hütte hinüber: »Hast du dir mal die Fenster angeschaut? Was hat ein Glasfenster in einem Eingeborenendorf von Neu-Guinea zu suchen?«

Oliver kratzte sich am Kopf, während er zur Hütte hinüberschielte: »Entschuldigung, aber das ist mir bisher noch gar nicht aufgefallen.«

»Ich glaube, daß es sich um die Windschutzscheibe eines Lastwagens handelt. Und wenn du dich auch bei den anderen Hütten umschaust, werden dir ähnliche Dinge ins Auge springen.«

Er sah nun selbst, was sie mit dem Hinweis meinte. Die Laubdächer einiger Hütten waren mit grünen Zeltplanen ausgebessert, und die Messer der Eingeborenen schienen zum größten Teil aus plattgehämmerten Blechen zu bestehen, die einmal zu einem Benzinkanister gehört hatten. Die meisten Speere waren zwar aus Bambus, aber ein paar waren dünne Stahlrohre, an einem Ende spitz zugeschliffen. Und zudem ragten aus den Dächern zweier Hütten auch noch vorsintflutliche Fernseh-Antennen heraus. Ein paar von den eingeborenen Damen trugen zum Fest sogar Röcke, die zweifellos aus Fallschirmseide fabriziert waren. »Der Nachhall des goldenen Zeitalters«, sagte Ollie nüchtern.

Das Essen bestand, wie man schon vorher riechen konnte, aus geröstetem Schweinefleisch, Yam-Wurzeln und Blättergemüse, deren botanischen Namen wahrscheinlich nur S. J. kannte. Obwohl das Fleisch hauptsächlich von den Frauen tranchiert und gegrillt worden war, wurde es nun von den Männern in Portionen geschnitten und serviert. Larry Garrett, ein Priester des Ensembles und fast so dunkelhäutig wie die Eingeborenen, reichte eine Radkappe voll dampfendem Mais herum. Er war goldfarben, roch köstlich und schmeckte auch so. Die Maiskerne waren mit irgendeinem flüssigen Fett getränkt. Garritt sagte zu Oliver: »Wenn Lopez uns weiterhin so verpflegt, ist es mir egal, mit welchen Plagen er uns überschüttet.«

»Da kann ich nur Amen dazu sagen, Bruder«, erwiderte Oliver und rülpste. »Bist du so gut und gibst mir auch den Bierkrug weiter?« Garrett gab ihm den großen ausgehöhlten Kürbis. Das Bier war warm und schal, doch Oliver trank es mit offensichtlichem Vergnügen.

Die Spieler saßen oder kauerten auf dem Erdboden und aßen, scherzten und lachten. Auch ein paar Eingeborene beteiligten sich an dem Festmahl, doch die meisten standen im Hintergrund und sahen zu. Oliver hatte das Angebot von lauwarmer gekochter Milch abgelehnt. »Nein, danke, ich glaube, für Schweinemilch bin ich nicht durstig genug.« Der Eingeborenen-Kellner hatte so getan, als verstünde er ihn nicht, und war zum nächsten gegangen. Vermutlich handelte es sich um Kuh- oder Ziegenmilch, dachte Ollie, aber man konnte ja nie wissen . . .

Zwei Krieger trugen nun etwas auf einem Podest auf den

Dorfplatz. Es war ein großes altertümliches Fernsehgerät mit zerbrochener Mattscheibe. Mann der Waffe kam langsam aus seiner Hütte und hob seine knotigen Arme. Allmählich wurde es still auf dem Platz, zuerst bei den Eingeborenen, dann bei den Spielern. Und dann hielt er fast eine Minute lang eine Ansprache. Kasan stand auf und übersetzte: »Pigibidi möchte seine Magie den Zauberern, die hier versammelt sind, vorführen, damit sie sehen, was er einmal gewesen ist, und begreifen.« Höflicher Applaus folgte dieser Ankündigung, und Kasan wartete, bis es wieder ruhig wurde. »Einstmals brachte uns dieser Kasten Bilder und Töne aus der ganzen Welt, ja, sogar von jenseits ihrer Grenzen. Unsere Feinde haben ihn verstummen lassen, unser großer Häuptling jedoch vermag ihn mit seiner Zauberkraft wieder zum Leben zu erwecken. Werdet nun Zeuge seiner Größe!« Pigibidi setzte sich auf seine Zehen und begann einen monotonen Singsang, während er mit den Fußsohlen in einem seltsamen Rhythmus auf den Boden trampelte. Bald wurde seine Stimme so laut, daß es von den Hütten widerhallte, bald so leise wie ein Flüstern des Windes im Gras. Langsam wand sich sein Körper in die Höhe, und er öffnete den Mund so weit, daß die unzähligen Runzeln auf seinem Gesicht nach außen strebten wie die Strahlen von der Scheibe der Sonne. Ein gurgelndes Heulen stieg aus seiner Kehle, und die Sehnen und Adern traten im Nacken des alten Mannes wie Baumwurzeln hervor, als sein Heulen von den Hütten und Bäumen widerhallte.

In den Eingeweiden des zerstörten Fernsehgerätes aus der Mitte des zwanzigsten Jahrhunderts glühte ein Licht auf, obwohl die Röhren längst zerbrochen waren. Das Licht pulsierte wie ein Glühwürmchen, das sich paaren möchte, wechselte von Rot zu Orange und dann zu hellem Gelb. Dieses Gelb rollte sich zusammen wie eine Flamme, die sich unter dem Luftzug beugt, und dann entstand daraus plötzlich eine dichte gelbe Nebelbank, die mindestens fünfmal so groß war wie der alte Fernsehkasten.

Der alte Häuptling bewegte den Kopf im Kreis, und seine Augen wurden glasig. Er flog am ganzen Körper, als striche ein eiskalter Wind über seine Haut, doch er tanzte weiter. Nun vibrierte sogar der Boden unter der Gewalt seines beschwörenden Sing-Sangs, und gleichzeitig bildeten sich aus dem Nebel und dem Rauch Gestalten, die dunkle Schwingen im Rhythmus der Beschwörung auf und ab bewegten. Es mochten ungefähr ein Dutzend dieser Wesen sein, die nun von Sekunde zu Sekunde festere Gestalt annahmen und sich mit gespreizten Schwingen in die Luft warfen.

Mann der Waffe fiel mit einem lauten Schrei zu Boden und wälzte sich dort zuckend umher, als habe er einen epileptischen Anfall bekommen. Schaum bildete sich vor seinem Mund, und die Finger, gespreizt und gekrümmt wie Krallen, fuhren durch die Luft, als suchten sie etwas Unsichtbares zu packen.

Oliver sah aus den Augenwinkeln, wie Chester erstarrte, als der erste der riesigen Nashornvögel aus dem Nebel und dem Rauch herauskam.

»Waffen!« rief Henderson, dessen Stimme aber im Geschrei der Dorfbewohner schier unterging. Dann fielen die Vögel schon über sie her. Drei von den Spielern waren bereits von einer grünen Aureole umgeben und wehrten sich nach Kräften.

Mary-em war die erste, die angriff. Sie riß die Hellebarde aus dem Gurt auf ihrem Rücken und schraubte die Griffstücke zusammen, als ein gebogener Schnabel, so lang wie ein Schwert, nach ihr hackte. Sie warf sich auf den Boden, rollte um die eigene Achse, und als der Vogel schwerfällig zu einem neuen Angriff ansetzte, schlitzte sie ihm den Bauch auf. Der Todesschrei klang wie das Lachen eines Verrückten.

»Einer weniger!« rief Mary-em triumphierend. Sie packte ihre Hellebarde wie eine Lanze: »Hier bin ich, put-put – hier . . .«

Ein Nashornvogel stieß auf Tony herunter. Der Dieb stand wie gelähmt vor Schreck. Der Vogel flog dicht an seiner Schulter vorbei. »Was sollte denn das bedeuten?« fragte er verdutzt. Acacia zog ihn unsanft hinunter auf den Boden.

»Hör mal gut zu«, sagte sie mit einem harten Zischeln, »du bist ein Dieb, und deshalb bist du für die andere Seite gar nicht so leicht zu erkennen. Aber deine Fähigkeiten helfen uns jetzt nicht sehr, also halte dich lieber aus der Sache raus, okay?« Sie sprang wieder auf die Füße und warf sich in das Getümmel.

Tony blieb auf dem Bauch liegen und schickte ihr einen bösen Blick nach.

Eames, der Krieger mit den Körpermaßen eines Goliaths, stand mit dem Rücken zu einer Hütte, und drei glasäugige dunkelhäutige Kinder duckten sich hinter ihm. Ein Nashornvogel griff ihn aus der Luft an, während ein zweiter quäkend wie ein Fagott von unten her mit dem Schnabel nach ihm stieß. Eames holte zu einem Hieb aus, um zunächst den fliegenden Vogel abzuwehren, und dabei biß ihn der andere Vogel ins Handgelenk. Sogleich verfärbte sich die grüne Aura um seine Hand von Grün zu Rosa. »Verflucht!«, rief Eames und wechselte das Schwert von der rechten in die linke Hand. Als witterten sie seine wachsende Verzweiflung, setzten ihm die Vögel nun viel energischer zu, und während der eine seinen Angriff herausforderte, hackte der andere mit dem Schnabel auf ihn ein.

Der Vogel, der Eames am Boden attackierte, wollte ihn gerade in den Hals beißen, als ein roter Kugelblitz ihn von der Seite traf. Der Vogel ging in Flammen auf und lief flatternd davon, eine Rauchfahne und den Geruch verbrannter Federn hinter sich herziehend. Eames nützte die Gunst des Augenblicks und köpfte den anderen Vogel, der mit stoßbereitem Schnabel von oben her angriff. Während sich Eames die Stirn mit dem Handrücken abwischte, hielt er Ausschau nach seinem Wohltäter. Alan Leigh rannte zu ihm hinüber. »Bist du noch okay?«

Eames nickte. »Bekam nur einen Hieb auf das Handgelenk. Ich werde einen der Priester bitten, die Wunde zu heilen, sobald der Kampf vorbei ist.«

»Gut«, erwiderte Leigh aufrichtig. »Wäre mir wirklich unangenehm, wenn du zu früh aus dem Spiel ausscheidest.« Er drehte sich auf den Fersen und rannte hinüber zu Gwen und Oliver, die den bewußtlosen Mann der Waffe gegen die Vögel verteidigten.

Bowan, der Schwarze, hatte am entfernten Ende der Grillgrube Aufstellung genommen. Als ein Nashornvogel mit nebelhornartigem Geplärr auf ihn losfuhr, die dunklen Schwingen so breit wie die eines Kondors, beschwor er eine Stichflamme aus der Grube herauf, die den unglücklichen Vogel in einen Feuerball verwandelte.

Chester und Gina standen Rücken an Rücken und schleuderten helle Lichtspeere gegen die Vögel. Ginas Speere verfehlten oft ihr Ziel, doch wenn sie trafen, schnitten sie den Vögeln die Flügel oder die Schnäbel ab. Chesters Lichtgeschosse trafen immer ins Schwarze.

Die meisten Priester jedoch und S. J., der Mechaniker, hatten sich unter den Hütten versteckt. Das Kämpfen war nicht ihre Aufgabe. Als ein neugieriger Vogel den Schnabel unter die auf Pfosten errichtete Hütte schob und unter dem Fundament herumstocherte, versuchte S. J. ihn mit einem Bambusstecken fortzuscheuchen. Doch das reizte den Vogel nur, und mit blökendem Geschrei lockte er andere Vögel herbei, die nun mit ihren mächtigen scharfen Schnäbeln auf die Hütte loshackten. Die Wände wackelten wie bei einem Erdbeben.

»Die Hütte bricht zusammen!« rief S. J. »Rettet euch alle ins Freie!«

Als der letzte von ihnen sich unter dem Fundament hervorzwängte, gaben die Stützen der Hütte nach. Das Gebäude legte sich zur Seite und brach dann in sich zusammen.

Die Spieler rannten in alle Richtungen.

Auf dem Dorfplatz rannte Maibang vor einem angreifenden Nashornvogel her. Er war nicht schnell genug. Als die Klauen ihn bei den Schultern packten, schrie er vor Schmerzen und in Todesangst: »Helft mir, helft mir!« Der Vogel peitschte mit den Schwingen die Luft und zog Kasan mit sich in die Höhe.

Bowan gaffte mit offenem Mund. »Chester!« schrie er dann, »Wir verlieren unseren Führer!«

»Den Teufel tun wir. Gina! Bowan! Schließt mit mir die Hände zu einem Ring!«

Maibangs zappelnde Füße streiften das Dach einer Hütte.

Die drei reichten sich die Hände, und Chester rezitierte feierlich: »Wir drei vereinigen unsere Kräfte und unseren Geist. Dämon der Lüfte! Dein eigenes Element wird für dich zum Gefängnis werden!«

Der Nashornvogel reagierte, als sei er von unsichtbaren Mauern umschlossen. Braune Federn stoben zur Erde, als er hilflos umherflatterte in dem Versuch, dem Griff dreier mächtiger Zauberer zu entkommen.

Chester lächelte grimmig: »Bring uns unbeschädigt zurück, was uns gehört, und wir lassen dir dein Leben, böser Geist!«

Kreischend vor Enttäuschung öffnete der Vogel endlich seine Fänge, und Kasan fiel mit dem Hintern zuerst durch das Stohdach einer Hütte. Es stäubte, als wäre ein Heuballen explodiert, doch als der Staub sich gelegt hatte, humpelte ihr Führer mit einem breiten Grinsen aus der Hütte. Er winkte mit der Hand, und Chester winkte zurück, ihm mit lauter Stimme befehlend, er möge sich doch möglichst auf den Boden legen und die Krieger nicht bei der Arbeit stören.

Die Mehrzahl der Vögel war nun verwundet oder lag im Sterben. Acacia hatte einem der Vögel bei der Grillgrube den Garaus gemacht. Sie stieß ihn mit dem Fuß über den Grubenrand. Ihr Fuß stieß glatt durch den Leib des Nashornvogels hindurch, doch einen Sekundenbruchteil später überschlug sich der Kadaver und landete mit einem satten Plumpslaut in der glühenden Asche.

Die letzten Nashornvögel wurden problemlos beseitigt, und bald war es wieder ruhig an der melanesischen Front.

Die Eingeborenen kamen aus ihren Verstecken hervor, um das Werk der mächtigen Fremden zu betrachten. Nur ein paar der einheimischen Krieger hatten den Dämonen Widerstand geleistet, und eine Reihe von ihnen hatte das mit dem Leben büßen müssen.

Chester hob die rechte Hand: »Haben wir Tote zu beklagen? Wie viele sind verwundet? Schaltet die Aura ein, bitte!« Jeder zeigte sich sogleich in grünes Licht gehüllt, abgesehen von Eames, dessen rechtes Handgelenk scharlachrot glühte, und Larry Garret, dessen rechtes Bein ein breites, scharlachrotes Band aufwies. »Was ist mit euch beiden?«

Eames erklärte die Ursache seiner Wunde. Garret war von einem Balken getroffen worden (Schaumplastik), als die Hütte zusammenbrach. Chester seufzte, schien aber nicht ganz unzufrieden: »Okay, wir haben zwei Leichtverwundete. Gwen, du verfügst doch noch über deine volle Energie, da du nicht am Kampf beteiligt warst. Testen wir mal deine heilende Aura, damit wir sehen, ob du beide Wunden behandeln kannst.« Gwens grüne Aura verwandelte sich langsam in ein warmes Gold, das glitzerte wie eine Milchstraße. »Gut. Du heilst sie beide, und morgen früh wirst du deine Energie nachladen lassen.«

»In Ordnung, Ches.« Sie hob die Hand. »Hört mich an, o Götter . . .« Die goldene Aureole konzentrierte sich nun um ihre rechte Hand und sprang dann über auf die Körper der beiden Verletzten. Das rote Licht erlosch. »Seht euch das an! Manchmal können die Götter sogar hilfsbereit sein!«

»Vielen Dank, Gwen. Okay, Leute, es bleiben nur noch ein paar Minuten, ehe das Spiel für die Nachtruhe unterbrochen wird. Es war ein guter Tag für jeden von uns. Eine Menge Pluspunkte. Ich bin sicher, daß auch morgen dieser Warme-Punkte-Regen anhalten wird und die Diebe und Mechaniker auf ihre Kollegen nicht neidisch sein müssen. Jeder bekommt seinen Anteil an der Beute.« Chester blickte sich suchend um. »Komm hierher, Maibang!« Der zwergenhafte Führer hinkte mit einem spitzbübischen Lächeln über den Dorfplatz. »Du mußt mir jetzt nicht den Trick verraten, mit dem du den Vogel dazu gebracht hast, mit dir davonzufliegen. Ich möchte nur wissen, was mit Mann der Waffe los ist. Ist er nicht mehr bei Trost, oder was?«

Kasan bemühte sich, ernst zu bleiben: »Es steht schlimm um ihn, sehr schlimm. Man hat ihn in seine Hütte gebracht und auf sein Bett gelegt. Vielleicht kann er dir morgen früh wieder helfen, doch ich fürchte, er liegt im Sterben, und der Rat der Männer wird sich weigern, mit dir zu reden, es sei denn, er erholt sich wieder oder er stirbt, in welchem Falle sie erst einmal einen neuen Sprecher wählen müssen, der seinerseits entscheidet, ob er kooperationsbereit ist oder nicht. Ich fürchte, von jetzt an bist du ganz auf dich allein gestellt.«

»Nicht ganz, mein Freund. Denn du kommst mit uns.« Chester dachte kurz nach und fragte dann: »Wie steht es mit dem Rat der Frauen? Werden sie mit uns sprechen?«

Kasan brauchte offensichtlich eine kurze Bedenkzeit, ehe er erwiderte: »Ja, das könnte sein. Aber erst morgen früh.« Maibang bemerkte, daß Oliver den rechten Arm um Gwens Hüfte gelegt hatte. Er tadelte die beiden im strengen Ton: »Es gehört sich nicht, daß vor einem solchen Unternehmen Wesen beiderlei Geschlechts miteinander schlafen!«

Oliver erwiderte verdattert: »Gütiger Himmel, wir sind *verlobt!*«

»Selbst wenn ihr verheiratet wärt, würde sich daran nichts ändern. Bitte, ihr müßt euch an die Sitten unseres Volkes halten, oder der Rat der Frauen verweigert euch die Hilfe. Sie könnten mir sogar verbieten, euch auf eurem Marsch zu begleiten.«

Chester winkte Oliver beschwichtigend zu: »Laß dich nicht von ihm beeinflussen. Nach acht Uhr gelten die Regeln sowieso nicht mehr.«

Gwen zog ihren Verlobten an sich und flüsterte ihm etwas ins Ohr. Er errötete sichtlich, gab ihr zum Abschied einen Schmatz und ging zu Chester und den anderen Männern.

Acacia nahm Tonys Hand. Sie war kühl und gefühllos wie ein Stockfisch. Sie sah ihn schelmisch an und sagte: »Wir treffen uns später beim Bananenbaum, *hombre.*«

Seine Lippen verzogen sich zu einem höhnischen Lächeln: »Hast du mir nicht gesagt, daß ich unerwünscht bin? Ein Dieb ist nicht gefragt, wenn es kritisch wird.«

Sie hielt ihn an beiden Armen von sich und spähte ihm in die Augen: »He, Tony, ich wollte dir doch nur helfen! Außerdem habe ich nicht dich gemeint, sondern deine Rolle, die dir in unserem Spiel zugewiesen ist, Fortunato!«

Nun erwiderte er ihren Händedruck, aber es lag nicht viel Gefühl darin. »Mag sein, daß du dich nur im Ton vergriffen hast, weil du so sehr damit beschäftigt warst, Drachen zu erschlagen. Vielleicht hätte es mir auch Spaß gemacht, als Fortunato mitzuspielen.« Er war gekränkt und wollte nicht einsehen, daß sie recht hatte.

»Tony, es tut mir leid. Wirklich. Aber du mußt in diesem Fall unterscheiden . . .«

Er schüttelte den Kopf und erstickte ihre Rede mit einer Handbewegung. »Keine langen Debatten, Cas. Ich bin nicht nachtragend, aber du kannst mir nicht den ganzen Tag erzählen, daß ich alles ernst zu nehmen habe, um mir dann zu sagen, es wäre ja nur ein Spiel. Und was habe ich heute geleistet? Ich bin marschiert und durfte zuschauen, die Nase im Dreck, wie du und die anderen in der Rolle der Helden geglänzt habt. Ich hätte dich in meiner Rolle erleben mögen.« Er streckte den Arm aus, strich ihr kurz über die linke Wange, drehte sich um und ging fort.

Acacia blickte ihm mit offenem Mund nach, und ihre Kiefer arbeiteten in dem vergeblichen Versuch, Worte zu formen, die nicht kommen wollten.

Gwen zog sie am Arm: »Komm, Cas, wir wollen uns mal unsere Betten anschauen.« Acacia nickte benommen und ließ sich von Gwen fortziehen.

Eine Eingeborenenfrau führte sie zu ihren Hütten. Gwen, Acacia und Mary-em legten ihre Schlafsäcke links neben eine geflochtene Schilfmatte, während Gina und Felicia ihre Betten rechts davon aufschlugen. Acacia schaute stumm zu, wie sich ihre Matratze mit Preßluft füllte.

Eine hornige Hand schlug sie herzhaft auf den Rücken. »Männerprobleme?« fragte Mary-em mit dröhnender Stimme. »Mach dir deines Freundes wegen keine Sorgen, Kleines. Es ist nur das Lampenfieber. Das haben sie alle am ersten Tag. Du gehst zu ihm, wenn die Lichter erlöschen, und gibst ihm ein bißchen, damit er sich beruhigt. Dann kommt er schon wieder in die Reihe.

Die kleine Frau gab Acacia einen freundschaftlichen Stubs unter das Kinn, daß sie fast k. o. gegangen wäre. Acacia lächelte tapfer: »Du hast recht, Mary.«

»Recht? Natürlich habe ich recht! Mary-em sieht alles, hört alles und weiß alles.« Sie watschelte aus der Hütte und summte einen Vers aus »Eskimo Nell« vor sich hin, das die amourösen Vorteile einer sechs Monate dauernden Polarnacht beschrieb.

Acacia legte sich auf ihre Matratze, blickte an die Decke und wartete auf das Zeichen der Spielunterbrechung.

Ungefähr dreißig Sekunden später lösten sich ohne viel Lärm oder Umstände die Eingeborenen vor der Hüttentür langsam in Luft auf und verschmolzen mit der Dunkelheit.

Kapitel Neun

Ausgeschaltet

Albert Rice sperrte die Eingangstür zum Gebäude der Forschungs- und Entwicklungsabteilung auf und trat zur Seite. Es war 21.15 Uhr, und Rice hatte noch knapp fünfundzwanzig Minuten zu leben.

Sein Medien-Lächeln war eingeschaltet, doch Ms. Metesky und das Ehepaar Lopez beachteten ihn nicht. Im gereizten Ton führte Richard aus: »Sie können offenbar nicht abschätzen, wie eine Verzögerung von drei Zehntel Sekunden im Spiel den Spielern und *mir* schaden kann.«

»Welles und Chicon sind kompetente Fachleute«, gab Ms. Metesky mit ruhiger Stimme zurück. »Sie werden diesen Fehler bis morgen früh längst behoben haben.«

»Das möchte ich ihnen geraten haben! Sonst wünsche ich ihnen die Pest an den Hals. Es war nämlich nicht meine Programmierung, Ms. Metesky. Der Vogel fiel erst mit sichtbarer Verzögerung in die Grube, und Penthesilea mußte mitten in der Schlacht mit ausgestrecktem Fuß dastehen! Auf einem Bein wie ein *Storch!* Und Bowan bekam seinen Feuerblitz erst, als er zweimal darum gebeten hatte . . .«

Die drei verließen das Gebäude. »Vielen Dank«, sagte Ms. Metesky zu Rice, während sie ihre Stahlbrille zurechtrückte. Ihre zarten Hände zitterten leicht in der kühlen Nachtluft. Rice sperrte die Tür hinter ihnen ab.

Als die Tür sich automatisch verriegelte, löste sich sein Lächeln auf wie eine Gummimaske im Säurebad.

Wie kann man sich nur so haben wegen drei Zehntel Sekunden?, dachte er. *Lopez war eine arrogante kleine Laus, der sie alle wie Lakaien behandelte. Und wie gespreizt er redete! Immer korrekt und höflich, wenn er Leute schikanierte: »Entschuldigen Sie, wäre es Ihnen möglich, mir dabei zu helfen . . .?« Oder: »Dürfte ich bitte diesen Drehstuhl haben? Ich möchte gerne die Beine ausstrecken; aber andere nicht bei der Arbeit stören.« Immer diese tückische Höflichkeit; denn die einzig mögliche Antwort auf solche Fragen konnte nur »Jawohl, Sir« lauten.*

Es wurde Zeit, mit dem Rundgang zu beginnen. Rice stieg in den Aufzug zum dritten Stock und drückte den Daumen auf die Stechuhr, als er den Fahrstuhl verließ.

Im dritten Stock lagen die Modellwerkstätten der Entwicklungsabteilung. Hier entwarfen die Illusions-Architekten des Traumparks im verkleinerten Maßstab die Modelle der Schausteller-Attraktionen der Zukunft aus Stahl, Aluminium, Holz, Fiberglas, Styropor, Plastik und zahlreichen noch exotischeren Materialien. Nach den Hologrammentwürfen des Computers wurden hier dauerhafte Modelle hergestellt, die eines Tages aus geschäumtem Stahl oder aus diesen absurd gebrechlich aussehenden Kohlenstoff-Kristallfibern in natürlicher Größe im Park aufgestellt würden. Wenn Rice Tagschicht hatte, hielt er sich bei seinem Rundgang gerne in den Werkstätten auf, beobachtete die Drehbänke, die Pressen und die Bohrer, die aus dem Rohmaterial ihre Wunder fabrizierten, und atmete den scharfen Geruch von verbranntem Plastik ein, wenn in den Formen eine neue Idee feste Gestalt gewann.

Doch jetzt standen alle Maschinen in den Werkstätten still. Im Gebäude hielten sich nur noch eine Handvoll Techniker in der Spielzentrale im zweiten Stock auf, und in der Planungsabteilung im fünften Stock machten ein paar Leute Überstunden.

Rice ging von Tür zu Tür und überzeugte sich, daß sie verschlossen waren. Er blickte in jeden Korridor und leuchtete jeden Winkel und jede Nische aus. Er dachte dabei an die Geschichte von der Nichte eines Drehers, der in dieser Abteilung arbeitete. Sie hatte sich hier im Gebäude versteckt und nach Feierabend einschließen lassen. Dann war sie in die Gießerei eingedrungen. Ein Mann von der Sicherheitsabteilung hatte sie fünf Stunden später dort entdeckt. Der Schaden, den sie dort angerichtet hatte, belief sich auf zwanzigtausend Dollar. Im Verlauf ihres Streifzuges durch die Modellabteilung hatte sie es irgendwie geschafft, das anatomische Modell eines Menschen mit einem Wagen einer Berg-und-Tal-Bahn zu verschmelzen. Das Ergebnis war so interessant gewesen, daß es die Entwicklungsabteilung zu einem Karussell anregte, das von Bristol-Myers als Sponsor finanziert wurde. Es stand in der Sektion I des Vergnügungsparks und hieß die »Mastdarmschaukel«.

Der Nichte des Drehers hatte man zunächst den Hintern versohlt. Für ihren Entwurf erhielt sie später ein Stipendium für das College. Der Wächter, der damals Nachtschicht hatte, wurde gefeuert.

Die Korridore verzweigten sich, endeten in Seitenflügeln. Rice überprüfte sie alle und leuchtete jeden Quadratzoll aus, ehe er mit seinem Daumenabdruck den Kontrolluhren das Klar-Zeichen gab. Anschließend fuhr er mit dem Fahrstuhl in den zweiten Stock hinunter.

Obwohl Rice in jeden Winkel schaute und alles kontrollierte, was er nach den Vorschriften der Sicherheitsabteilung überprüfen mußte, führte er seinen Rundgang in einer Art von Negertanz durch. Das heißt, er bewegte sich mit geschmeidigen, rhythmischen Schritten von einer Seite des Korridors zur anderen, und zuweilen duckte er sich, hin und her pendelnd, als wiche er dem Schlag eines unsichtbaren Boxers aus. *Negertanz*. Typisch Griffin, daß er eine gymnastische Übung für Einzelkämpfer mit diesem Namen taufte. Ein seltsamer Mann, Griffin. Hart, aber innerlich weich. Ermutigte immer seine Leute zur Güte und Rücksichtnahme. Entschied sich im Zweifelsfall immer für den Touristen, wenn es zu Zwischenfällen kam.

Rice näherte sich jetzt der Panzertür des Kontrollraums, hinter der das Ehepaar Lopez seinen Zauber veranstaltete. Er drückte die Handfläche gegen die Tür, und dann, fast furchtsam, die Wange. Er spürte die glatte Metallfläche der Türfüllung und das leise Vibrieren, das sich von den Maschinen und Geräten im Kontrollraum auf die Tür übertrug. So stand er eine Weile da und flüsterte: »Sie spielen Gott, den Allmächtigen.« Sein stilles, fast friedliches Gesicht wurde hart, und mit einem Stirnrunzeln ging er weiter. Neben dem Kontrollraum befand sich die Computer-Kontrollstation des Traum-Parks, wo Larry Chicon und Dwight Welles die technischen Daten auf den Kontrollschirmen beobachteten, die in das Traum-Park-Computersystem eingegeben wurden. Dieser Raum hatte ein bruchsicheres Plastikfenster, und im Raum selbst blinkten ein paar winzige rote und weiße Lichter.

Daran schloß sich das Studio an, wo Metesky und die anderen Beobachter des Syndikats den Spielablauf verfolgten und darauf achteten, daß die Regeln ihrer verrückten Organisation eingehalten wurden.

Das Echo seiner Schritte folgte ihm bis zum Ende des Korridors, wo er an der letzten Tür kehrtmachte. Die Tagschicht war ihm lieber, aber die Nachtschicht war auch nicht übel. Keiner störte ihn, wenn er überlegte. Es gab keine Verrückten, Ausgeflippten, die man aus den Karussells entfernen mußte. Ihm blieb viel Zeit zum Nachdenken.

Soweit er sich erinnern konnte, war er zehn Jahre alt gewesen, als er den Traumpark zum erstenmal besuchen durfte. Wie lange lag das schon zurück! Zwanzig Jahre erschienen ihm wie eine Ewigkeit. Und dann wieder so kurz, als brauchte er nur die Hand auszustrecken und konnte den Kopf des kleinen blonden Jungen berühren, der ständig den Rotz seiner Nase hochziehen mußte. Und jetzt war der Junge erwachsen und arbeitete in der großen Traumfabrik.

Komm mit mir, kleiner Albert, lud Rice sich selbst ein, während er den Aufzug aus dem Parterre heraufholte. *Begleite mich hinter die Kulissen der Traumfabrik. Schau dir die Kameras an und die Computer. Ich zeige dir die mechanischen Eingeweide der Illusionen, die Schalter und Hebel in den Plastik- und Ölzeug-Gespenstern. Und dann drücke dir die letzte Träne aus den Augen, mische sie mit den zerstoßenen Resten deiner Kindermärchen und versuche daraus einen erwachsenen Menschen zu kneten, der auf eigenen Füßen stehen kann und sich in einer nüchternen Welt behauptet.*

Der Hauch eines Lächelns spielte um seine Lippen. Er konnte sich inzwischen ganz gut behaupten, würde sich vermutlich sogar eine fette Pfründe in dieser Traumfabrik ergattern können. Ganz oben an der Spitze war noch ein Platz für ihn frei, für jeden, der wußte, wie man seine Karten ausspielen mußte. Das Geschäft des Traumparks war die Lüge, und auf diesem Gebiet kannte der kleine Albert sich aus. In der nebelhaften Erinnerung an die Vergangenheit verwoben sich Lüge und Wahrheit so sehr miteinander, daß man sie nicht mehr auseinanderzuhalten vermochte.

Illusionen . . . Warum war es nur sein Vater gewesen, der

ihn immer beim Rundgang im Traumpark begleitet hatte? Daddy hatte ihm immer erzählt, Mammy sei krank und habe sie deshalb für eine Weile verlassen müssen. Doch da war dieser Telefonanruf im Motelzimmer gewesen, als sein Vater »Emma!« rief. Immer wieder hatte er den Namen vor dem Teleschirm gerufen, doch das Gesicht seiner Mutter war unbewegt und kühl geblieben, bis die Stimme eines Mannes im Hintergrund sie vom Apparat weggeholt hatte. Daddy hatte vor dem dunklen Schirm gesessen und geweint. Und als er sich endlich die Tränen von seinem hübschen Gesicht abwischte, hatte er den jungen Albert bei der Hand genommen, und zwei Tage lang waren sie dann durch den Traum-Park gewandert.

Diese drei letzten Tage seiner Ferien waren die lustigsten seines Lebens gewesen, soweit Albert sich erinnern konnte. Doch hinter all diesen lachenden und staunenden Gesichtern stand ein erwachsener Mann, der vor einem leeren Schirm weinte.

Illusionen.

Als die beiden nach Hause zurückkehrten, war Mutter schon vor ihnen da, voll Wärme und Güte, als wäre nichts gewesen. Doch von da an ging sie dann häufiger auf Reisen. Ob sie nun ein »Krankenhaus«, eine »Verwandte« oder ein »Fortbildungsseminar« besuchen mußte, das Ergebnis war immer das gleiche: dieser fast körperliche Schmerz der Einsamkeit, der von seinem Vater ausging und den er spürte wie die Hitzewellen eines Heizkörper.

Eines Tages, als Albert von der Schule heimkam, sagte ihm sein Vater, daß seine Mutter sie für immer verlasse und er sich entscheiden müsse, bei wem er leben wolle. Albert hatte sich für seinen Vater entschieden und sah zu, wie aus einem vitalen, dynamischen Mann binnen sechs Monaten ein Wrack wurde. Es war kein Haß, den er für seine Mutter empfand, kein Widerwille, wenn sie ihm kleine Geschenke schickte und sich besorgt am Telefon nach ihm erkundigte. Seltsamerweise war er fast froh, daß dem Menschen, den er am meisten auf dieser Welt liebte, so etwas zugestoßen war. Denn der junge Albert wußte, daß er eine Lektion von unschätzbarem Wert gelernt hatte: Alles auf dieser Welt war Illusion, Traum und Lüge. *Vielen Dank, Mama, daß du mir die Augen geöffnet hast!*

Er verließ den Fahrstuhl im ersten Stock und straffte sich unwillkürlich. Etwas . . . was? Ein Geräusch? Ja, ein Geräusch, der letzte Schluckauf eines Echos im Korridor. Rice wurde jetzt sehr vorsichtig.

Er sah zweimal nach links und rechts den Korridor entlang. Aber er entdeckte nichts. Er spielte mit dem Gedanken, die Zentrale anzurufen. Aber hatte er tatsächlich etwas gehört? In alten Häusern arbeiten die Wände, dachte er. Im Korridor war es nun ganz still, doch Rice gab sich damit nicht zufrieden. Er durchschritt ihn auf Zehenspitzen und wandte sich nach links, zum Pool der Sekretärinnen. Als er an einer Wandleuchte mit Spiegelglas vorüberkam, mußte er fast lächeln, als er die leicht gebückte Männergestalt mit gebleckten Zähnen unter blonden, gewellten Haaren sah. Das paßte irgendwie nicht zusammen.

Kein Geräusch. Nichts. Verrückt. Er zwang sich dazu, jede Tür im ersten Stock zu öffnen. Bürotüren meistens, die Räume dahinter leicht zu überprüfen. Hinter der Verwaltung befanden sich ein paar Aktenschränke, doch dort wurde nichts Wertvolles aufgehoben. Er sah auf die Uhr: einundzwanzig Uhr siebenundzwanzig. Achtzehn Minuten bis zur nächsten Meldung an die Zentrale. Blieb noch Zeit für eine kleine Pause. Hinter den Aktenschränken befand sich der Aufenthaltsraum für das Büropersonal – ein paar Tische und Stühle, belegte Brote und Kaffee.

Rice sperrte den Aufenthaltsraum auf und schaltete das Licht ein. Oh ja, da war ja der neue Getränkeautomat für das Personal. Er schob seine Cowles-Industries-Kreditkarte in den Schlitz und drückte auf den Knopf für Limonade. Ein Plastikbecher fiel in seine Hand. Er fühlte sich kalt und formlos an, wie aus einer Kühltruhe. Rice trank lieber aus Flaschen oder Konservenbüchsen.

Rice öffnete mit den Fingernägeln den Verschluß und nahm einen kräftigen Zug, als sich ein Arm um seinen Hals legte.

Limonade sprühte aus seinem Mund und würgte ihm die Luft ab. Der Arm legte sich noch enger um seine Kehle. Rice würgte, krümmte sich, während ihm die Limonade aus der

Nase und über das Gesicht lief. Seine Hände wirbelten sinnlos durch die Luft. Er drehte den Kopf gewaltsam zur Seite, damit seine Kehle etwas Luft bekam.

Er traf in den Ellenbogenknick seines Angreifers. Seine Lungen konnten wieder Luft ansaugen, und dann kämpfte er, stieß dem Würger seinen Ellenbogen in den Leib, hieb ihm die Faust unter den Gürtel, daß diesem auch die Luft wegblieb und ihm ein schmerzhaftes Gurgeln entfuhr. Aber deswegen ließ er trotzdem nicht los, sondern sprang hoch und schlang Rice von hinten beide Beine im Scherengriff um die Taille, drückte ihm die Rippen zusammen, bis sie knackten. Rice sah nur noch verschwommene Umrisse vor den Augen. Er warf sich nach hinten und versuchte, den Kopf seines Angreifers auf den Boden zu schmettern.

Ein Grunzen, dann ein kurzes Stöhnen. Der Druck um seinen Hals ließ nach, als sie beide auf den Boden fielen. Rice riß an dem würgenden Arm und sog keuchend die Lunge voll kostbarer Luft. Mit wiedererwachter Stärke schlug er mit der Faust über die Schulter und spürte, wie sie auf weiches Fleisch prallte. Das ermutigte ihn, und er schlug mit Faust und Ellenbogen zugleich, bis der Griff um seinen Hals sich noch mehr lockerte. Dann stemmte er sich hoch und wollte sich auf den Knien aufrichten. Wenn ihm das gelang, hatte er genügend Hebelkraft, um das Gewicht auf seinem Rücken gegen die Kante eines Tischs zu schleudern. Es gelang ihm, ein Knie unter seinen Leib zu ziehen, und er wollte gerade das andere danebensetzen, als ihm der mit Limonade gefüllte Plastikbecher unter die Kniescheibe rollte. Das Ding explodierte, und er rutschte in der Flüssigkeit aus, verlor das Gleichgewicht und fiel mit dem Gesicht zuerst auf den Boden.

Sein Angreifer sprang ihm auf den Rücken und hämmerte ihm die letzte Luft aus den gequälten Lungen. Und während Rice mit dem Bauch auf dem Boden lag und mit Beinen und Armen ruderte, spürte er einen kräftigen Unterarm, der sich abermals vor seine Kehle schob. Der andere Arm drückte gegen seinen Nacken, damit sich die strangulierende Wirkung noch erhöhte. Blutige Düsternis wallte in ihm hoch, doch mit einer gewaltigen Willensanstrengung drängte er die roten Tintenwolken zur Seite und zog einen Arm unter seine Brust. Doch in seinen Händen war keine Kraft mehr, seine Lungen brannten wie Feuer, und in seinen Schläfen dröhnten schmerzliche Paukenschläge. Er versuchte zu schreien, zu zischen, doch nur ein trockenes Krächzen kam rasselnd aus seiner Kehle, während sein Blick sich trübte und er seine eigenen Gedanken wie einen Ruf aus der Ferne hörte: *Oh, mein Gott, mein Gott, bitte, nur noch ein bißchen Luft, einen Kaffeelöffel voll, bitte, bitte* . . .

»Holen Sie Bobbick. Sofort«, befahl Griffin schroff, und Melone, der teiggesichtige Wächter, der in den oberen Stockwerken der Forschungs- und Entwicklungsabteilung Nachtschicht hatte, ging rückwärts wieder aus dem Aufenthaltsraum. Er war froh, daß er sich wieder entfernen durfte. Er hatte noch nie einen Toten gesehen.

Rice war zweifellos ein toter Mann. Ein Hologramm hätte vielleicht einen Bewußtlosen vorgegaukelt, der mit einem Knebel vor dem Mund an Händen und Füßen gefesselt war. Doch wenn man sich im selben Raum wie Rice aufhielt, spürte man die Gegenwart des Todes. Er breitete sich wie ein unsichtbarer erstickender Nebel im Raum aus. Rice lag mit geschlossenen Augen da, den Kopf von den Schultern abgebogen wie bei einer weggeworfenen Puppe, die blonden Haare irgendwie an eine Perücke erinnernd, die man einem Mannequin aufgesetzt hatte.

Griffin bückte sich, um ihn näher zu betrachten. Ricens Hände waren auf dem Rücken gefesselt. Nein, korrekt ausgedrückt, waren seine Handgelenke mit einem Klebepflaster umwickelt. Auch die Daumen waren mit einem Stück Pflaster zusammengebunden. Der Mund war ihm mit dem gleichen Material zugeklebt worden. Rice saß mit dem Rücken gegen den Getränkeautomaten gelehnt, die Stirn seines im schrägen Winkel von den Schultern abstehenden Kopfes ruhte auf einem Knie. Griffin faßte Rice vorsichtig an der Schulter und richtete ihn auf. Da war eine kleine Beule in der Metallverkleidung des Automaten an der Stelle, wo sich nun der Hinterkopf von Rice befand, wenn man ihn aufrecht setzte.

Griffin schreckte aus seinen Gedanken, als Schritte hinter

ihm laut wurden. »Entschuldigung, Boß, habe ich . . .?« Millicent Summers zuckte beim Anblick der Leiche zusammen.

»Er ist tot, Millie. Ich habe Sie und Marty rufen lassen, weil ein Paar Augen und Ohren nicht genügen, okay?« Sie nickte hastig. »Ich möchte den Arzt von der Satellitenstadt in einer Viertelstunde hier in der Zentrale haben. Das Gebäude muß gründlich durchsucht werden. Ich möchte wissen, ob bei den Projekten Unregelmäßigkeiten oder etwas Außergewöhnliches bemerkt wurde.«

»Im Spielbereich A findet gerade ein Spiel statt, Griff.« Ihre Augen waren auf Rice gerichtet, und Griffin merkte ihr an, wie schwer es ihr fiel, ruhig zu bleiben. Griffin empfand eine etwas bizarre Genugtuung, daß es ihm endlich gelungen war, Millie in einem zerstreuten und nicht ganz wachen Zustand zu erleben.

»Richtig, Millie. Ich muß wissen, ob die Sicherheitsplomben dort verletzt worden sind oder andere Manipulationen vorgenommen wurden. Ich glaube nicht, daß der Täter tatsächlich vorhatte, Rice zu töten. Falls meine Annahme stimmt, war Diebstahl das Motiv, und das ist der Ausgangspunkt unserer Ermittlungen.«

Millicent hatte nicht einen Augenblick von der Leiche weggesehen und nickte erneut zum Zeichen, daß sie alles verstanden habe. »Sie können jetzt wieder gehen, Hon«, sagte Griff behutsam. »Ich erledige das hier allein.«

Sie versuchte, zu lächeln. Das Ergebnis war niederschmetternd. Dann verließ sie das Zimmer, und Griffin hörte, wie sie draußen im Korridor im Laufschritt zu den Aufzügen eilte.

Griffin versuchte, anhand der Spuren den Tathergang zu rekonstruieren. Rice hatte zweifellos einen Zweikampf verloren. Da Griffin wußte, wie kräftig und reaktionsschnell Rice gewesen war, mußte er von dem Angreifer überrascht worden sein. Das konnte bedeuten, daß er entweder von hinten angesprungen wurde oder versuchte, einen Einbrecher festzuhalten, der über ungewöhnlich große Körperkräfte oder Geschicklichkeiten verfügte. Stühle waren umgeworfen worden. Neben den Füßen des Toten bemerkte er eine schon halb getrocknete Pfütze aus Limonade. Das rechte Knie des Toten zeigte einen Wasserfleck.

In Gedanken ging er die Personalakte des Toten durch. Dreißig Jahre alt, blond, fünf Fuß, elf Zoll groß, hundertsiebzig Pfund schwer. Ehemaliger Marinesoldat, hatte auf Unterseebooten gedient. War sechs Jahre bei dieser Waffengattung gewesen und hatte einen ehrenhaften Abschied erhalten. Dann hatte er zwei Jahre das College besucht und anschließend drei Jahre gejobt. Danach war er bei der Sicherheitsabteilung der Cowles Industries angestellt worden. Beide Elternteile lebten noch, die Mutter irgendwo in Minnesota, der Vater in ambulanter Behandlung in einem geriatrischen Betreuungszentrum. Rice war nicht unbeliebt gewesen, aber eher ein Einzelgänger, ungewöhnlich zurückhaltend für die Verhältnisse in der CMC-Satellitenstadt.

Griffin setzte sich auf einen der noch aufrecht stehenden Stühle und rieb sich mit dem Handteller den Schlaf aus den Augen. War da nicht noch etwas? Oh, ja. Sein Apartment in der Cowles-Satellitenstadt war verwüstet worden. Aber da Rice gemeldet hatte, es fehlte nichts von seinen Wertsachen, war nicht ermittelt worden. Vielleicht . . .

»Bobbick ist bereits unterwegs, Chef!« Melone stand im Türrahmen. Er war noch ganz außer Atem. Er bemühte sich, die Leiche beim Getränkeautomaten zu übersehen.

»In Ordnung. Sie bleiben hier, bis Marty eintrifft. Er soll einen Bericht für mich koordinieren. Die Rechtsabteilung muß in diesem Fall eingeschaltet werden.« Griffin kratzte sich zwischen den Bartstoppeln das Kinn. »Ich muß mich jetzt mit einem anderen Problem befassen, aber ich brauche so rasch wie möglich einen Termin bei Harmony. Sie rufen mich an, wenn Sie das geregelt haben, okay? Oh – ich brauche es Ihnen nicht erst zu sagen, tue es aber trotzdem: »Rühren Sie nichts an, um die Spuren nicht zu verwischen.«

Griffin entwarf in Gedanken eine Gebäudeskizze des Forschungs- und Entwicklungszentrums, während er auf den Lift wartete. Erst vor einer Woche waren alle Sicherheitseinrichtungen im Gebäude getestet worden. Griffin hatte selbst an dieser

Alarmübung teilgenommen. Er wußte, daß alle Systeme einwandfrei arbeiteten. Es würde Stunden dauern, bis jedes System kontrolliert war, und erst gegen Morgen würde er erfahren, ob eine Alarmeinrichtung kurzgeschaltet oder auf andere Weise lahmgelegt worden war. Aber eine Möglichkeit konnte er sofort nachprüfen. Vielleicht war sie etwas abwegig, doch Griffin hatte in seiner langjährigen Berufspraxis gelernt, jedem noch so vagen Verdacht nachzugehen.

Der Fahrstuhl brachte ihn in den Keller. Als er die Tür öffnete, ging ein Notlicht an. Alex schaltete die Hauptbeleuchtung ein.

Es war still hier unten. Nur das Summen der Generatoren war im Hintergrund zu vernehmen. Griffin ging zur Kellertreppe und bewegte sich zwischen zwei langen Reihen gestapelter Kisten und Werkzeuge, die noch in Plastikhüllen verpackt waren. Er blieb vor der Tür des Treppenhauses stehen und überprüfte das Schloß. Äußerlich war ihm kein gewaltsamer Eingriff oder eine Manipulation anzumerken, doch erst die Kontrolle der Bandaufzeichnung würde Aufschluß geben, ob die magnetisch verschlüsselte Verriegelung in den letzten Stunden geöffnet worden war. Ein Dieb, der sich gründlich auf den Einbruch vorbereitete, hatte es nicht nötig, das Schloß gewaltsam zu öffnen.

Er ging zum Lastenaufzug auf der anderen Seite des Kellerraumes. Der Schacht begann einen Meter über dem Boden und war mit einer kreisrunden Stahltür verriegelt. Er stieg die Trittleiter hinauf, die zum Schachteingang führte, und prüfte die Füllung der Stahltür. Er entdeckte ein paar schmutzige Fingerabdrücke, aber wenn ein Spiel aufgeführt wurde, benützte das Wartungspersonal tagsüber diesen Schacht. Außerdem fanden in diesem Augenblick umfangreiche Umbauten im Spielbereich A statt, doch die Männer und Maschinen, die man dazu brauchte, wurden in der Regel mit unterirdischen Transportmitteln zu der Stelle des Spielfeldes gebracht, wo die Umbauten stattfinden sollten.

Doch dieser Tunnel . . .

Griffin zog seine Brieftasche aus dem Jackett und tastete seinen Code auf der Signalplatte ein. »Verbinden Sie mich bitte mit der Werkstatt- und Instandsetzungsabteilung.« Griffin schlug den Kragen seines Sommerjacketts hoch. Es war kalt im Keller. Der summende Ton seines Empfängers wurde von einer Frauenstimme abgelöst: »Ja, Mr. Griffin? Kann ich Ihnen helfen?«

Griffin blickte auf die Nummer über dem Einstieg in den Tunnel, die mit gelber Farbe aufgemalt war: »Ich möchte den Benützungsnachweis für den Wartungstunnel Nummer 18. Er verbindet den Spielbereich A mit dem Gebäude der Forschungs- und Entwicklungsabteilung.«

»G.A. 18?«

»Richtig.«

»Einen Moment, bitte.«

Solange die Leitung tot war, konnte Griffin noch hoffen, daß er sich täuschte. Wie hatten sie das nur übersehen können? Es war unentschuldbar, andererseits aber auch verständlich. Denn warum sollte man die Anlagen vor den Spielern schützen? Er kniete sich vor die Trittleiter und betrachtete die Metallsprossen. Da klebte zweifellos Erde daran, und er entdeckte auch einen grünen Partikel, der von einem Blatt stammen mußte.

»Mr. Griffin?«

»Ich höre.«

»G.A. 18 wurde heute einmal benützt, und zwar um 16.30 Uhr.«

Griffin hielt kurz den Atem an: »Aus welchem Anlaß?«

»Offenbar ein Druckabfall im Sektor zwölf. Dort befindet sich eine der Hauptleitungen, die das Wasser in den künstlichen See einspeisen.«

»Dabei mußte der Mechaniker vermutlich den Schacht nicht verlassen und hat den oberirdischen Bereich des Spielfeldes nicht betreten?«

»Nein, das hat er wahrscheinlich nicht getan. Sie wissen, daß dort gerade ein Spiel aufgeführt wird. Alle Wartungs- und Instandsetzungsarbeiten wurden unterirdisch erledigt.«

»In Ordnung.« Griffin ging in Gedanken rasch mehrere Möglichkeiten durch. »Wenn der Mechaniker sich morgen früh zur Arbeit meldet, brauche ich von ihm eine Bestätigung, daß er das Spielfeld nicht betreten hat.« Griffin schaltete wieder ab und schob das Sprechgerät samt Brieftasche wieder in sein Jackett.

Dann betrachtete er erneut die Metallsprossen der Trittleiter. Jeder Quadratzentimeter des Traumpark-Areals wurde, soweit von außen zugänglich, täglich gereinigt. Das galt auch für diese Trittleiter. Also konnte der Schmutz, der an der Sprosse klebte, erst vor kurzer Zeit hierhergekommen sein. Vermutlich war jemand in den letzten drei Stunden auf dieser Leiter heruntergestiegen. Griffin blickte auf seine Uhr: dreiundzwanzig Uhr zwanzig. Rice war um zweiundzwanzig Uhr zehn tot aufgefunden worden – fünfundzwanzig Minuten nach der festgelegten Meldezeit bei der Zentrale.

Und wo konnte der unbekannte Eindringling mit seinen Schuhen feuchte Erde und Blätter aufgelesen haben? Griffin mochte jede Wette eingehen, daß dieser Blattpartikel von einem tropischen Dschungelgewächs stammte.

Der Aufzug brachte Griffin zurück in das Erdgeschoß. Inzwischen war der Arzt aus der CM-Satellitenstadt eingetroffen – ein hagerer, großer Mann, der für seine liebenswürdigen Manieren bekannt war. Nun trug er ein zerknittertes, nur halb zugeknöpftes Hemd, das er hastig unter den Gummizug seiner Hose gestopft hatte – falls das Unterteil eines Pyjamas diese Bezeichnung überhaupt verdiente.

»Guten Abend, Dr. Novotney«, begrüßte Griffin den Arzt mit einem kurzen Händedruck.

»Guten Abend«, erwiderte der Arzt mit ernster Stimme, »ich kann hier leider nicht viel tun, Griffin. Ich muß die Leiche in mein Laboratorium bringen lassen, wenn ich eine Diagnose stellen soll. Aber wir dürfen sie nicht bewegen, bis der amtliche Leichenschauer sie gesehen hat oder die Polizei sie freigibt. Oder sind Sie anderer Meinung?«

Griffin kratzte sich am Kopf. »Ich glaube, wir können den Fall selbst behandeln. Traumpark ist eine unabhängige Kommune, und ich bin berechtigt, alle polizeilichen Maßnahmen in dieser Gemeinde durchzuführen. Selbstverständlich muß ich den Sheriff vom Kreis benachrichtigen, aber ich wette, Harmony möchte in diesem Fall so wenig wie möglich von seiner Kompetenz abgeben.«

»Wir haben die Aufnahmen vom Tatort, Griff«, sagte Marty Bobbick. »Eine üble Sache.«

Griffin war froh, daß sein Assistent Bobbick sich um die praktischen Dinge kümmerte, wenn er sich in sein Büro zurückzog, um über den Fall nachzudenken. Bobbicks sympathisch-häßliches Gesicht zuckte jedesmal, wenn er die Leiche von Rice mit einem Blick streifte. Seine Kiefer zermalmten mit fast manischer Intensität einen Kaugummi, während Griffin seine Anweisungen gab:

»Wir müssen zunächst die Spuren sichern. Leider sind hier schon so viele Leute aus und ein gegangen, daß wir mit dem Infrarot-Test nicht viel gewinnen. Aber wir führen ihn trotzdem durch. Ich wünsche, daß alle Bandaufzeichnungen überprüft werden. Der Eindringling suchte offenbar irgend etwas in diesem Gebäude. Ich möchte wissen, was. Vielleicht können uns die Kollegen von der Entwicklungsabteilung weiterhelfen. Sprechen Sie jemand an, der weiß, an welchen Projekten die Abteilung gerade arbeitet. Sagen Sie ihm, er soll sich bereithalten, mit mir bei Harmony darüber zu berichten.«

Marty nickte. »Das meiste, was Sie eben anordneten, habe ich bereits erledigt, Chef. Millie nimmt sich gerade die Bänder der Registratur vor, und das Infrarot-Gerät muß jede Sekunde eintreffen.« Er zählte alle Maßnahmen auf, die er inzwischen eingeleitet hatte, und schloß selbstbewußt: »Bleibt nur noch der Abtransport des Toten . . . ah, wollen Sie Rice in die Satellitenstadt überführen lassen?«

»Nein. Lassen Sie ihn in das Park-Lazarett bringen. Das ist viel besser ausgerüstet. Und erkundigen Sie sich in der Rechtsabteilung, ob wir notfalls eine Autopsie durchführen dürfen.«

Rice wurde vorsichtig auf eine Tragbahre gelegt. Zwei Wächter trugen ihn aus dem Aufenthaltsraum, und Bobbick blickte dem mit einem Tuch verhüllten Toten kopfschüttelnd nach. »Eine üble Geschichte«, sagte er leise.

»Da haben Sie sich aber noch sehr vorsichtig ausgedrückt, Marty«, sagte Griffin.

Kapitel Zehn

Der Wirkstoff

Griffin durfte sich noch ein paar Stunden Schlaf gönnen, ehe er sich bei Harmony zur Berichterstattung melden mußte. Die Couch in seinem Büro war zwar unangenehm weich, aber immer noch besser als der Zeitverlust, wenn er mit der U-Bahn zu einem Nickerchen in die Wohnung zurückfuhr.

Anschließend wusch und rasierte er sich in seiner Bürotoilette. Ein anderer Mann sah ihn aus dem Spiegel an. Die grünen Augen, das kurzgeschnittene schwarze Haar, die breiten Schultern, die zwei Zoll lange Narbe unter dem linken Ohr erkannte er wieder, doch dieser gekränkte Zug verwandelte das alles in ein fremdes Gesicht. Mord machte den Unterschied.

Todesfälle hatte es im Traumpark gegeben: Herzinfarkte, Gehirnschläge, eine Überdosis von Drogen. (Er hatte nie verstanden, daß Leute in den Traumpark kamen, um sich den goldenen Schuß zu setzen. Während die meisten Besucher Mühe hatten, unter der Überlastung mit Gefühlen und Empfindungen das seelische Gleichgewicht zu behalten, gab es doch welche, denen selbst der Traumpark-Zauber nicht genügte. Hier deutete sich eine Aktions-Evolution an.) Auch ein paar absolut unvorhersehbare Selbstmorde wie der Fall des jungen Mannes, der es vor ein paar Jahren fertigbrachte, sich in einer fünfundsiebzig Zentimeter hohen »Treibsand«schicht im Schatzinsel-Spiel zu ertränken.

Doch nie war es Mord gewesen. Niemals. Diese erstarrte Auflehnung in dem Gesicht von Rice, diese fast greifbare Aura des Todes, die jeden erschütterte, der in den Aufenthaltsraum kam. Das paßte nicht hierher. So etwas passierte hier einfach nicht.

Doch nun war es geschehen, das Undenkbare. Selbst im Traumpark kannst du von Mörderhand sterben. Und du mußt es nun ausbaden, sagte er zu dem Fremden im Spiegel. Er suchte auf dessen Hemd nach nicht existierenden Falten und blickte auf seine

Manschettenuhr. 4.25 Uhr. In fünf Minuten mußt du bei Harmony sein.

Griffins Büro befand sich im ersten Stock des Verwaltungsgebäudes. Die Verwaltung befand sich genau im Zentrum des Traumparks, ein zehnstöckiges Haus auf einer Insel in der Mitte der zentralen Lagune, wo alle Sektoren wie die Spitzen aufgeschnittener Tortenstücke zusammenliefen. Harmony hatte sein Büro im sechsten Stock. Die Korridore waren dort menschenleer. Nur ein Raumpfleger-Roboter summte über das Parkett.

Griffin sperrte den Empfangsraum auf, ging an der verwaisten Rezeption vorbei und klopfte an Harmonys Tür. Eine Radiostimme befahl ihm einzutreten.

Der Betriebsleiter des Traumparks hatte natürlich Anspruch auf ein Büro im achten oder neunten Stockwerk, wo sich die Luxuxsuiten befanden. Doch Harmony wollte für seinen Stab jederzeit erreichbar bleiben. Von außen sah das Büro unscheinbar aus, aber von innen war es eine Augenweide. Eine Wand bestand nur aus Fenstern und bot einen herrlichen Ausblick auf die Lagune und die Sektionen I und II des Traumparks. Die anderen Wände waren bis zur hohen Zimmerdecke hinauf mit Naturfasern verkleidet. Doch die besondere Note, was den Aufenthalt in diesem Raum so angenehm machte, waren die Möbel aus wunderschön gemaserten Naturhölzern.

Der Mahagoni-Schreibtisch war so massiv wie der Mann, der dahintersaß. Harmony mußte mindestens zweihundertdreißig Pfund auf die Waage bringen, davon jedoch höchstens zwanzig Pfund Fett. Er war Ende Fünfzig, glatzköpfig und trug einen absurden, zerbrechlich wirkenden Kneifer. Die Nase selbst war so platt, daß jedem Gesichtschirurgen die Tränen kommen mußten, und seine Schultern erregten den Verdacht, sie beständen vorwiegend aus Polsterwatte. Nur die Stimme vermittelte den Eindruck einer überwältigenden Statur.

»Griffin. Nett, Sie zu sehen.« Harmony hatte eine außerordentlich kultivierte Aussprache, jedes Wort so liebevoll abgerundet, als könnten seine Mitarbeiter stets mit seinem Wohlwollen und seiner Sympathie rechnen. Er reichte Griffin die Hand und zerquetschte ihm fast die Finger. »Nehmen Sie bitte Platz. Wir müssen wohl noch auf O'Brien warten.«

»Skip nimmt an der Konferenz teil? Oh, natürlich, ich hatte ja darum gebeten, daß ein Spezialist teilnimmt.«

Harmony unterdrückte erfolgreich ein Gähnen und schüttelte den Kopf. »Nicht sehr rücksichtsvoll, jemand um diese Zeit aus dem Bett zu holen; aber wenn es denn sein muß, kann man die Sorgen ebensogut auf mehrere Schultern verteilen, nicht wahr?«

Alex lachte und blickte gedankenabwesend aus dem Fenster. Es war noch viel zu dunkel, um draußen etwas erkennen zu können. Er hoffte, die Konferenz würde bis zur Morgendämmerung dauern, damit die Aussicht ihn ein wenig entschädigte.

»Albert Rice«, fuhr Harmony inzwischen fort, »war das der Typ mit den blonden Haaren?«

»Richtig.«

»Ein guter Mann?«

»Er war zuverlässig und intelligent. Er empfahl sich für höhere Aufgaben, vorausgesetzt, das psychologische Profil stimmte. Vermutlich hätte er in ein, zwei Jahren hier im Verwaltungsgebäude gearbeitet.«

Harmony spitzte nachdenklich die Lippen. »Bedauerlich und fatal in jeder Hinsicht, Alex. Die Firma ist dadurch in eine heikle Lage geraten. Ich bin mir nicht sicher, wie man da am besten verfährt. Was haben Ihre Leute inzwischen herausbekommen?«

»Was Sie bereits wissen. Der Anschlag galt vermutlich einem Lagerraum im dritten Stock. Wahrscheinlich suchte der Einbrecher etwas, das für eine oder mehrere Attraktionen neu entwickelt wurde. Für mich sieht es wie ein Fall von Industriespionage aus, in dem so eine fatale Panne nicht vorgesehen war.«

Skip O'Brien öffnete die Tür. »Guten Morgen«, sagte er und schüttelte dann den Kopf. »Ich hoffe, Sie fassen das nicht ironisch auf.« Er trug eine dicke Aktentasche, die er auf einem leeren Sessel ablud. »Ich habe so viele Unterlagen mitgebracht, wie ich in der Eile zusammensuchen konnte. Alex, bist du sicher, daß nur ein Aktenschrank aufgebrochen wurde?«

»Absolut sicher. Die Bandaufzeichnung des Magnetschlosses beweist, daß zwischen einundzwanzig Uhr dreißig und zweiundzwanzig Uhr fünfzehn ein Aktenschrank in der Entwicklungsabteilung geöffnet war. Die Tür des kleinen biochemischen Labors der Entwicklungsabteilung wurde ungefähr um einundzwanzig Uhr vierzig geöffnet. Die Kartei der Planungsabteilung wurde durchwühlt, und wir vermuten, daß irgendeine Probe, die sich in einem Reagenzglas befand, gestohlen worden ist.«

»Oh, du lieber Gott«, war alles, was Skip darauf zu sagen wußte. Er öffnete seine Aktentasche und ließ eine Reihe von Notizen durch einen kleinen Leseschirm laufen. Als er wieder aufsah, zeigten sich Sorgenfalten auf seiner Stirn. »Ich glaube nicht, daß ich dich erst fragen muß, um welche Kartei es sich handelt. Und die auf der Karteikarte verzeichnete Probe befindet sich nicht mehr im Labor? War die Karteikarte unter dem Sammelbegriff ›geruchlose Wirkstoffe‹ abgelegt?«

Alex nickte. »Woher weißt du das?«

»Wenn du so viel Zeit in der F. & E.-Abteilung verbringst wie ich, weißt du auch, worüber die Leute dort reden. Von einem Stoff, der ihnen aus dem zentralen Forschungslabor von Cowles aus Sakramento übermittelt wurde. Eine streng geheime Sache. Das war erst die zweite Probe, die sie von dem Zeug bekamen. Ich möchte dir keinen Vorwurf machen, Alex, aber im Forschungslabor hatten sie so eine Panne befürchtet. In Sakramento brauchen sie ja nicht auf Spieler und Touristen Rücksicht zu nehmen und haben daher viel strengere Sicherheitsauflagen. Wenn tatsächlich jemand hinter dieser Probe her war, jagte er in der Tat eine fette Beute. Und der arme Rice mußte dafür büßen.« Er hielt nachdenklich inne, den Blick ins Leere gerichtet: »Ich hoffe, ich kann euch helfen, diesen Bastard zu fangen.«

Griffin schrak ein wenig zusammen. Er konnte sich nicht erinnern, daß Skip sich jemals so drastisch geäußert hatte.

O'Brien bemerkte seine Reaktion und sagte unglücklich: »Hätte ich Rice nicht empfohlen, würde er jetzt noch leben.«

Skip saß zu weit entfernt für einen mitfühlenden Händedruck. Deshalb sagte Griffin anteilnehmend: »Er brauchte einen Job, Skip. Du warst nicht verantwortlich für ihn. Du hast Rice nur empfohlen, weil er als Student dein College besuchte. Ich würde mir an deiner Stelle keinen Vorwurf machen, daß es das Schicksal nicht gut mit ihm meinte.«

»Vielleicht hast du recht, vielleicht auch nicht. Trotzdem ist mir nicht wohl bei dieser Sache.«

»Mir gefällt sie auch nicht, Skip«, schaltete sich Harmony in ihr Gespräch ein. »Also referieren Sie, O'Brien, damit wir uns ein Bild machen können. Das reinigt die Luft und hilft uns vielleicht auf die Sprünge, damit wir diesen Bastard, wie Sie so treffend sagten, fangen können.«

»Jawohl.« Skip bediente den Sucher, bis er die Stelle, die er offenbar suchte, im Standbild festhielt. »Manches mag für Laien verwirrend klingen, aber ich versuche das Fachchinesisch auf ein Minimum zu beschränken.«

Harmony lehnte sich in Andachtspose in seinem Sessel zurück, die Augen halb geschlossen, die Hände flach aneinandergelegt. Griffin schlug das rechte Bein über das linke und beugte sich vor.

»Wir unterscheiden im Traumpark grundsätzlich zwei Suggestionseffekte: die materiellen und immateriellen, oder die direkten und indirekten Illusionen. Die materiellen Effekte umfassen die Bauten aus festen Werkstoffen, die Hologramme, die Mehrzahl der akustischen Effekte und so weiter. Die indirekten oder immateriellen Effekte entstehen hauptsächlich durch die Kombination verschiedener Reizwirkungen in den Schausteller-Attraktionen, durch die Manipulation des Zeitablaufes und der Raumempfindungen im Wartebereich der Kundschaft. Grundsätzlich dienen die indirekten Effekte dazu, den Kunden einzustimmen, damit er die materiellen Effekte ›richtig‹ interpretiert. Ohne diese ›Einstimmungsperiode‹, die dem tatsächlichen Erlebnis einer Schausteller-Attraktion oder Darbietung vorausgeht, ist die Illusion nicht so überzeugend. Das ist ein alter Hut. Im Disneyland wurde die Wartezeit dazu benützt, den Kunden psychologisch auf die Darbietungen vorzubereiten.

Jedenfalls fragten wir uns, ob eine direkte Einwirkung auf das Unbewußte ein fruchtbares Forschungsgebiet sein könnte, da wir bei der Analyse der Darbietungen im Traumpark immer tiefere Einsichten in die Wirkung unterbewußter Effekte gewannen. Und da wir die immateriellen Effekte nur im Zusammenhang mit unseren materiellen Darbietungen ausnützen wollten, brauchen wir uns nicht mit den gesetzlichen Wettbewerbsbestimmungen auseinanderzusetzen, die den Möglichkeiten der Werbung, auf das Unterbewußte einzuwirken, Grenzen setzen.«

Mit einem Lächeln, das diesmal nicht aufgesetzt wirkte, fuhr Skip fort: »Als wir uns nun methodisch mit diesem Problem befaßten, fanden wir zuweilen geradezu lächerlich einfache Lösungen. Wir fingen mit den akustischen Effekten an. Manche Frequenzen im Unterschallbereich sind dafür bekannt, daß sie Unbehagen oder Angst erzeugen. Wir experimentierten zunächst mit den Summgeräuschen einer gereizten Biene. Nachdem wir mit diesem indirekten Effekt in mehr als achtzig Prozent unserer Testpersonen Angstreaktionen auslösen konnten, wandten wir uns anderen Möglichkeiten zu.

Hochgeschwindigkeits-Lichtblitze erwiesen sich sogar als noch wirksamer. Früher hatte diese Technik nur sehr beschränkte Möglichkeiten, vermochte lediglich auf Menschen einzuwirken, die eine Leuchtreklame oder eine Vorführung auf einer Kinoleinwand beobachteten. Dabei wurde eine Botschaft vermittelt, die ein paar Hundertstelsekunden lang aufleuchtete. Unsere holographische Projektionstechnik bietet uns da weitaus größere Möglichkeiten. Wir können verschiedenartige Bilder zwei Personen übermitteln, die dicht nebeneinanderstehen. Die Erfolgsrate bei dieser Technik ist zwar noch nicht so groß, wie wir sie uns wünschen – nur sechzig Prozent der Testpersonen sprechen bisher darauf an –, aber die Möglichkeit der technischen Anwendung ist unglaublich vielseitig.«

Er blickte von seinem Leseschirm hoch und klappte seine Aktentasche wieder zu. Bisher hatte er mit geistesabwesender Stimme gesprochen, als würde ein Teil seines Verstandes das Material erst aufbereiten, während ein anderer es in Worte umsetzte.

»Menschen besitzen im wesentlichen vier verschiedene Wahrnehmungsempfänger: den elektromagnetischen, den mechanischen, den thermischen und den chemischen. Die Stäbchen und Zäpfchen der Hornhaut des Auges sind elektromagnetische Empfänger. Die mechanischen Empfänger reagieren auf Druck, Berührung und so weiter. Zum Beispiel sind die Trommelfelle des Menschen mechanische Rezeptoren . . . sie reagieren auf den Druck der Schallwellen. Thermische Rezeptoren sind die freien Nervenenden, die für Hitze und Kälte empfindlich sind. Natürlich haben wir jeden dieser vier Bereiche zum Gegenstand unserer Forschung gemacht und dabei bereits ermutigende Ergebnisse erzielt. Wir hatten allerdings Schwierigkeiten mit den chemischen Empfängern. Geschmackspapillen, die Zellen der Karotiden und Aortidengefäße, die olfaktorischen Zellen der Nase . . . da konnten wir bisher nicht viel erreichen. Deshalb konzentrierten sich verständlicherweise unsere Bemühungen auf diese Organe.«

Griffin trommelte mit den Fingern auf der Armlehne und räusperte sich: »Vermutlich gehörte das, was gestohlen wurde, zu den Ergebnissen dieser Bemühungen?«

O'Brien erwiderte kleinlaut: »Bin ich zu weitschweifig? Ich glaubte, ein paar grundsätzliche Ausführungen könnten nicht schaden.«

»Machen Sie nur weiter, Skip. Manchmal findet sich auch im Abfall noch ein Körnchen Gold.«

»Okay. Wir hatten es mit einem außerordentlich vielschichtigen Problem zu tun: die Zielgenauigkeit der Wirkung, die Harmlosigkeit des chemischen Wirkstoffes, die Art der Verteilung, die verdeckte Reizwirkung und so weiter, und so weiter. Wir versuchten, die Riechnerven mit Schallwellen zu stimulieren, aber ohne Erfolg. Die Empfänger reagieren nur auf chemische Stoffe.

Die Möglichkeiten immaterieller Wirkungen auf diesem Gebiet sind unglaublich, meine Herren. Olfaktorische Nerven sind die einzigen, die direkt mit dem Gehirn verbunden sind. Der olfaktorische Lappen scheint mit dem Limbischen System bei der Erzeugung von Gefühlen zusammenzuwirken. Man spricht von einem ›Lust-Zentrum‹.

Wie schon gesagt, brauchen die olfaktorischen Nerven oder Riechzellen einen chemischen Stoff als Auslöser. Im Grunde stellen diese Riechzellen bipolare Nervenzellen dar, die direkt vom zentralen Nervensystem ausgehen. Wenn eine dieser Zellen auf einen Reizstoff anspricht, wird sie ›depolarisiert‹, anders ausgedrückt: sie wird zu einer Batterie mit zwei verschiedenen Polen, zwischen denen ein Strom fließt. Es kommt zu einem nervösen Impuls. Nach der gegenwärtigen Schulmeinung hängt der Geruch eher von der Molekularstruktur als von den chemischen Eigenschaften des Wirkstoffes ab. Nach dieser Theorie unterscheidet man sieben verschiedene Grundarten von Gerüchen: den kampferartigen, den moschusartigen, den blumenartigen, den pfefferminzartigen, den ätherartigen, den stechenden und den fäulnisartigen. Selbstverständlich kann man diese sieben Grundarten miteinander kombinieren. Wir nahmen nun als Hypothese an, daß es auch ›neutrale‹ Gerüche gibt – Gerüche, die in den olfaktorischen Nerven eine Depolarisierung auslösen, also einen elektrischen Puls weitergeben, ohne im Gehirn als Geruch wahrgenommen zu werden. Wenn wir die Molekularstruktur entdeckten, die so etwas leistete, waren wir auf dem richtigen Weg.«

»Wie viele verschiedenartige Effekte hofften Sie auf diese Weise zu erreichen?« fragte Harmony über seinen zusammengelegten Händen und Augen, die einen Schlafzimmerblick vortäuschten.

»Wir waren uns nicht sicher. Schwindelgefühle, Speicheln, Stimulanzen sexueller Art . . .«

»Auch sexuelle Effekte?«

»Jeder versucht doch, derartige Effekte zu erreichen. Ja, wir zielen auch auf das Sexualverhalten ab. Schon im Jahre 1960 wurden zwei derartige chemische Wirkstoffe entdeckt – Copulin und und Androsteron, die bei Affen sexuelle Reaktionen auslösen und auch beim Menschen in ähnlicher, wenn auch nicht so eindeutiger Weise wirken. Bei der sexuellen Anziehungskraft der Menschen ist das Zusammenwirken von Faktoren viel komplizierter als bei Tieren. Viele dieser Faktoren sind sozialer Natur, und kein bisher entdeckter chemischer Reizstoff vermag die persönliche oder bewußte erotische Entscheidung zu verdrängen oder zu ersetzen.« Er grinste. »Aber wir sind immer noch auf der Suche.«

O'Brien zog eine Zigarette aus der Innentasche seines Jacketts und zündete sie mit fahrigen Händen an. Harmony schaltete unauffällig einen winzigen Ventilator an der Zimmerdecke ein, als Griffin befremdet aufsah, und der Rauch aus Skips Zigarette löste sich auf.

»Wir benützen nun für unsere Experimente«, fuhr O'Brien fort, »das verbesserte Modell eines Apparates, den man Elektro-Olfaktograph nennt. Mit diesem Gerät werden die elektrischen Impulse der olfaktorischen Nerven aufgezeichnet. Wir entdeckten schließlich eine Substanz, die eine Depolarisation in den Nerven erzeugt, ohne daß sie im Bewußtsein des Empfängers als Geruch ausgewiesen wird – weder in schwacher noch in starker Konzentration.«

»Was war das für ein Stoff?«

»Ich könnte dir nicht die Formel nennen, Alex, weil ich sie selbst nicht weiß. Ich kann ihn nur als einen hochflüchtigen fettlöslichen chemischen Stoff bezeichnen. Als wir diese Substanz hatten, begann unsere Arbeit erst richtig. Die Ergebnisse waren unglaublich. Das liegt nun fast sieben Monate zurück. Inzwischen erfuhr ich, daß das Labor in Sakramento aus diesem neuen Stoff Varianten entwickelt hat, die Tränen, Gelächter, Würgereflexe, Schlaf und sogar so etwas Verdächtiges wie *Agape,* also brüderliche Nächstenliebe, auslösen können. Gott allein weiß, was die Forschung auf diesem Gebiet uns noch alles bescheren wird, sobald sie auf theoretisch sicheren Beinen steht! Jedenfalls schickten sie uns eine Probe von dem Zeug mit den dazugehörigen Daten zu Testzwecken hierher, und ich befürchte, daß der unbekannte Einbrecher hinter diesem Wirkstoff her war.«

Alex fragte: »Was für spezifische Wirkungen hatte dieser Stoff, den ihr ausprobieren solltet?«

Skip drehte die Handflächen nach oben. »Da bin ich überfragt. Um das herauszufinden, schickten sie uns ja die Probe! Die Kollegen in Sakramento meinten, mit unseren Einrichtungen im Traumpark hätten wir ideale Voraussetzungen für praktische Versuche mit dieser Substanz. Die Testergebnisse im

Labor lassen vermuten, daß es sich bei dieser Substanz um einen emotionalen Verstärker im umfassenden Sinn handelt. Wenn das stimmt und der Stoff tatsächlich keine schädlichen Nebenwirkungen hat, wie die vorläufigen Testergebnisse beweisen, ist diese Substanz von unschätzbarem Wert, weil sie uns einen ungeheuren Vorsprung vor unserer Konkurrenz verschafft. Der Diebstahl der Probe und der dazugehörigen Daten würde diesen Vorsprung natürlich zunichte machen.« O'Brien faltete die Hände im Schoß. »Damit habe ich alles gesagt, was ich Ihnen berichten wollte, Gentlemen.«

Harmony setzte sich in seinem Sessel auf und wandte sich Griffin zu: »Nun, Alex, was meinen Sie dazu?«

»Ich sehe meine Theorie bestätigt. Industriespionage. Wie viele Leute wußten, daß wir eine Probe von diesem Zeug in unserem Labor aufbewahren, Skip?«

»Vielleicht fünf, mich eingeschlossen. Vielleicht wissen es doppelt so viele in Sakramento.«

»Danke. Damit ist auch meine nächste Frage beantwortet. Wir haben eine undichte Stelle im Apparat. Ob sie elektronischer oder menschlicher Natur ist, kann ich noch nicht sagen. Wenn doppelt so viele Leute in Sakramento von dieser Probe wissen, ist die Wahrscheinlichkeit doppelt so groß, daß die Panne in Sakramento passiert ist. Daß der Dieb so lange wartete, bis eine Probe von diesem Wirkstoff hierhergeschickt wurde, wäre nur ein geschicktes Tarnmanöver. Aber es gehört nicht viel Scharfsinn dazu, zu begreifen, weshalb ich mit dieser Theorie liebäugle.« Er seufzte. »Okay. Der Anschlag ist geglückt, der Schaden geschehen; aber ich halte ihn nicht für unheilbar.«

Harmony spitzte die Ohren: »Weshalb nicht?«

»Ich glaube nicht, daß der Dieb den Tatort schon verlassen hat.«

O'Brien schien nicht glücklich zu sein über diese Eröffnung: »Das Gebäude wurde durchsucht. Wenn der Dieb die Abteilung noch nicht verlassen hat, muß es ein Mitarbeiter gewesen sein: Jemand von der Sicherheitsabteilung, von der psychologischen Forschung oder wer sich sonst noch dienstlich im Gebäude aufhält.«

»Ein paar Mechaniker arbeiteten im fünften Stock.«

»Richtig. Wir haben zwar alle unsere Taschen umgekrempelt, und keiner hatte das Zeug bei sich, aber das will nichts bedeuten. Es könnte irgendwo im Gebäude versteckt sein.«

»Möglich. Wir sind gerade dabei, das zu überprüfen.« Mit einem Kopfnicken fuhr Griffin fort: »Ich persönlich glaube nicht daran. Ich fand Spuren im Keller des F. & E.-Gebäudes, die vermuten lassen, daß der Dieb, der in das Gebäude eindrang, aus dem Spielbereich A kam. Das ist das schwächste Glied in unseren Verteidigungsanlagen. Wir haben ausgezeichnete Alarm- und Schutzeinrichtungen an der Peripherie unserer Einrichtung; doch zwischen dem Spielbereich A und dem Keller . . .« Er zuckte mit den Achseln. »Die Spieler verlieren so sehr den Kontakt mit der Wirklichkeit, daß wir sie nie als ernsthafte Bedrohung betrachteten. Doch der Dieb benützte einen Klebeverband. Die Spieler sind mit Verbandskästen ausgerüstet . . . Skip, wann traf die Probe bei euch ein?«

»Vor drei Wochen.«

Griffin räusperte sich unbehaglich. »Trotzdem. Immer noch besser, als . . . Skip, wie lange wußtet ihr schon, daß das Zentrallabor die Probe hierherschicken würde?«

»Mindestens einen Monat vorher.«

»*Das* ist der Zeitraum, den wir brauchen! Wenn vor knapp zwei Monaten die Konkurrenz von der Probe und dem Versandtermin erfuhr, hatte sie genügend Zeit, unsere Sicherheitsmaßnahmen zu erforschen, unsere Achillesferse zu entdecken und aus unserem Veranstaltungskalender ein Spiel herauszusuchen, das zum kritischen Termin aufgeführt wurde. Sie ermittelten dann – ah, richtig, den Meister der Mythen, der die Herausforderung des Spielmeisters annahm! Sie stellten eine Namensliste von den Leuten zusammen, die er vermutlich für sein Ensemble aussuchen würde, und entwickelten ihre Taktik aufgrund dieser Liste. Kompliziert, aber nicht unmöglich, wenn man sieben Wochen Zeit hat zur Vorbereitung.«

»Wie stellen Sie sich den Ablauf der Ereignisse vor, Alex?« Die Gelassenheit, mit der Harmony fragte, glich einer Schicht dünnen Eises, unter der sich ein Vulkanausbruch vorbereitete.

»Ungefähr um einundzwanzig Uhr gestern abend entfernte

sich ein Mitglied des Ensemles im Spielbereich A vom Team und bewegte sich auf die Nordwestecke des Gebäudes zu, in dem die Forschungs- und Entwicklungsabteilung untergebracht ist. Er vermied jeden Kontakt mit den Arbeitern, die um diese Zeit im Spielbereich Umbauten vornahmen. Die fragliche Person stieg in einen Wartungstunnel ein und fand dadurch Zugang zum Kellergeschoß der Forschungs- und Entwicklungsabteilung. Anschließend erreichte sie mit dem Fahrstuhl oder über die Treppe den ersten Stock. Rice kam diesem Eindringling in die Quere, und dieser machte ihn mit einem Würgegriff bewußtlos, indem er ihm entweder die Luftzufuhr oder die Blutzirkulation abschnitt. Solche Griffe sind leichter anzuwenden als die Nahkampfgriffe, die auf das Nervenzentrum wirken. Rice wurde gefesselt und geknebelt, und der Eindringling konnte anschließend seinen Auftrag ungehindert erledigen.

»Er beabsichtigte also nicht, Rice zu töten?«

»Meines Erachtens nicht. Würden Sie einen toten Mann fesseln und knebeln? Der wichtigste Punkt in unserer Überlegung ist die Tatsache, daß sich der Mörder immer noch auf dem Spielfeld befindet. Wenn wir jetzt handeln, können wir sie alle vor dem Morgengrauen einsammeln und mit dem Verhör beginnen.«

Harmony hob den Zeigefinger. »Sie vergessen, Alex, daß wir es in dieser Situation mit einer Reihe von Problemen zu tun haben. Zunächst können wir die Mitglieder des Ensembles nicht ohne Mitwirkung der Behörden gegen ihren Willen festhalten. Sie werden sich nicht ohne Hinzuziehung eines Anwalts ausfragen lassen, und dabei besteht die Gefahr, daß die Droge und die damit zusammenhängenden Informationen den Besitzer wechseln können. Wenn der Dieb merkt, daß wir ihn im Ensemble auf dem Spielfeld suchen, aber seine Identität noch nicht kennen, kann er die Droge irgendwo auf einem Spielfeld verstecken, das immerhin siebenhundertundvierzig Morgen groß ist. Vielleicht ist die Probe bereits dort versteckt worden, und es könnte sein, daß wir sie niemals wiederfinden. Dann müssen wir auch an das Spiel denken. Wir verlieren zwar eine Menge Geld, wenn die Droge der Konkurrenz in die

Hände fällt, aber wir müssen ungefähr –«, er blickte auf eine Zahl, die er auf einen Notizblock gekritzelt hatte, »–anderthalb Millionen abschreiben, die wir bereits in die Südsee-Schatzjagd investiert haben, wenn wir das Spiel abbrechen. Dazu kommt noch der Verlust von schätzungsweise zweiundzwanzig Millionen, die wir in den nächsten acht Jahren einnehmen würden, wenn der Verkauf der Filme, der Bücher, der Programme und der Hologrammaufzeichnungen an Verleihfirmen und Bibliotheken unseren Erwartungen entspricht.«

Harmonys Stimme wurde eine Idee leiser: »Und da ist leider noch ein Problem. Sie wissen beide, daß wir unsere Wasserrechte und Steuerprivilegien im nächsten Jahr verlängern lassen müssen. Wenn wir den Verdächtigen ohne Mithilfe der Behörden isolieren können, gewinnen wir wertvolle Zeit und halten uns neugierige Untersuchungskommissionen vom Hals.«

»Was wollen Sie damit andeuten?«

»Ich habe eine Idee. Sie ist noch nicht ganz ausgegoren, und ich brauche dafür die Genehmigung des internationalen Spielersyndikats. Das Spiel dauert noch vier Tage, nicht wahr? Dann haben wir auch vier Tage Zeit, ehe wir die Behörden hinzuziehen müssen. Ich glaube, unsere Rechtsabteilung kann uns diese Frist verschaffen. Alex, bitte kommen Sie wieder um neun Uhr zu mir, in« – er sah auf seine Uhr – »dreieinhalb Stunden. Ob Ihnen mein Vorschlag gefällt oder nicht – ich halte ihn für die vermutlich beste Lösung.«

Kapitel Elf

Spielplan

Die Welt um Alex Griffin verschwamm zu einer traumhaften Unwirklichkeit und kehrte dann zu einer fast realistischen Plastizität zurück, als Bobbick und Millicent die Brennweite des Hologramm-Projektors einstellten. Griffin fand sich im Wohnzimmer eines Apartments in der Cowles-Satellitenstadt wieder.

Die Wohnungen konnten fast unbegrenzt dem Geschmack des Mieters angepaßt werden. Fenster, Einbaumöbel, niedrige oder hohe Zimmerdecken und zusätzliche Räume waren beliebig regel- und austauschbar. Selbst ganze Wohneinheiten konnten mit einem Minimum an Aufwand in die verschiedenartigsten Kombinationen verwandelt werden. Griffins Apartment bestand in diesem Augenblick aus einem kleinen Gymnastikraum, einem großen Arbeitszimmer mit Bibliothek und einer Sonnenterrasse mit Swimming-pool.

Griff erkannte es nicht auf Anhieb: »Was haben wir denn hier, Millicent?«

»Das ist die Wohnung von Rice, Griff«, erwiderte Bobbick, auf einem Schreiber herumkauend. Griffin unterdrückte ein mißbilligendes Schnauben. Kaugummi, Fingernägel, Schreibstifte – Bobbick schien sich immer etwas in den Mund stecken zu müssen. Griffin überlegte, ob die zwanghafte Veranlagung seines Assistenten, sich oral zu betätigen, etwas mit seiner Popularität bei den Sekretärinnen zu tun hatte.

Die Naheinstellung des Kamins ging in die Totalansicht von Ricens Wohnzimmer über. Der mit Erdgas versorgte Kamin war aus Backsteinen gemauert, und die Höhendifferenz zwischen Kamin und Bodenbelag, der aus hellbrauner Tuftingware bestand, betrug dreißig Zentimeter. Der Kamin war von zwei Bücherregalen flankiert. Im Regal rechts außen stand irgendein Apparat, vermutlich ein Mikrowürfel-Lesegerät. Die andere Wand war ein Bilderfenster.

Die Konturen verschwammen, wurden wieder scharf. Küche . . .

»Wann wurden diese Aufnahmen gemacht?«

»Ungefähr vor einem Monat. Standardaufnahmen als Vorlage für unsere Designer. Wir überlegten uns nämlich, ob die Verwüstung von Ricens Wohnung wirklich nur ein Zufall gewesen ist.« Millie zögerte und fuhr dann fast atemlos fort: »Man soll den Toten ja nichts Böses nachsagen, Boß, aber da Rice erst nach dem Einbruch in seiner Wohnung für die Nachtschicht eingeteilt wurde, kam uns das irgendwie komisch vor. Wir dachten, es könnte ja nichts schaden, der Sache nachzugehen. Das ist alles.«

»Rice versicherte ausdrücklich, es sei ihm nichts gestohlen worden . . .« Brachte ihn das weiter? War Rice in diese Affäre verwickelt gewesen? Hatte er Kenntnis von diesem neutralen Wirkstoff gehabt? Wenn er die Schicht wechseln wollte, hätte er nur ein Gesuch einreichen müssen. Das hätte vielleicht Verdacht erregen können, und deshalb beauftragte er einen Komplizen, den Alarm auszulösen, während . . .

Zu viel, zu umständlich und zu grotesk. Aber nicht unmöglich.

»Okay«, sagte er schließlich, »ich höre von euch, wenn sich da etwas Brauchbares entwickelt. Ich ziehe mich inzwischen zurück und möchte über alles ungestört nachdenken. Aber gebt mir Bescheid, falls Dr. Novotney etwas Wichtiges entdeckt haben sollte, okay?«

Millicent und Bobbick nickten zustimmend und beschäftigten sich wieder mit den Hologrammaufnahmen, während Griffin sein Büro aufsperrte und sich in seinen Sessel fallen ließ, ohne erst das Licht einzuschalten. Er lehnte sich zurück und legte die Füße auf den Schreibtisch.

Sie möchten, daß ich den Fall zu Ende führe, dachte er. *Ich bin neugierig, was sich Harmony ausgedacht hat und ob die Rechtsabteilung uns die Frist verschafft, die wir für die Lösung des Falles unbedingt brauchen.*

Mitten im Spiel hatte ein Akteur das Spielfeld verlassen und war unbemerkt wieder dorthin zurückgekehrt. Was für einen Typ von Spieler setzte das voraus? Zum erstenmal in seinem Leben bedauerte Alex, daß er so wenig wußte von dem Spielbetrieb, seinen Regeln und seinen Akteuren.

Der Dieb hatte jedenfalls schon Erfahrungen auf diesem Gebiet mitgebracht, sonst hätte er nicht gewußt, zu welcher Zeit sich ihm eine Gelegenheit für seinen Coup bieten würde. Im Idealfall hatte er bereits bei einem oder mehreren Spielen im Spielbereich A mitgewirkt. Dann brauchte man nur in den Registern früherer Aufführungen nachzuschauen . . .

Rice hatte vor achtundvierzig Stunden gemeldet, daß sein Apartment verwüstet worden sei. Vor ungefähr sechsunddreißig Stunden hatte Alex ihn zum letztenmal gesehen, als er das Gepäck für das Ehepaar Lopez in den Kontrollraum trug. Was waren seine letzten Worte gewesen? *Ich sehe Sie später, Chef.* Richtig, Rice.

Griffin rieb sich die Augen, während er versuchte, sich an noch weiter zurückliegende Ereignisse zu erinnern. Rice hatte vier Monate nach seiner Einstellung zum erstenmal eine Party in seiner Wohnung gegeben, eine ziemlich langweilige Angelegenheit mit leicht angesäuselten Leuten, die sich ein wenig skandalös aufführten. Man hatte mit dem für solche Anlässe vorgeschriebenen Lächeln tonnenweise Nichtigkeiten ausgetauscht, und trotzdem hatte es zwischendurch ein paar Minuten voll echter Heiterkeit gegeben, als Millie und ein Techniker von der Instandsetzungsabteilung ein Duett aus »Baby, it's cold outside« sangen, und zwar mit vertauschten männlichen und weiblichen Rollen. Auch ein bißchen Verdruß hatte es gegeben, und zwar zwischen . . . wer war daran beteiligt gewesen? Rice und irgendein Einkäufer von der Kostümabteilung. Worum es dabei ging, wußte er heute nicht mehr.

Die unverschämte Hartnäckigkeit, mit der ihm die Augen zufielen, war auch mit einem ständigen Kopfschütteln nicht mehr zu beseitigen. Als er diesen sinnlosen Kampf aufgeben wollte, summte die Sprechanlage. »Griffin«, sagte er automatisch.

»Könnten Sie vielleicht für eine Minute zu uns kommen? Wir scheinen etwas gefunden zu haben, Chef.« Millicents Stimme klang frisch und munter. Sie schien ihren toten Punkt überwunden zu haben.

»In Ordnung«, erwiderte Griffin, und zu seiner eigenen Verwunderung nahm er sofort die Füße vom Tisch und ging aus seinem Büro hinüber in ein Hologramm von Ricens Wohnzimmer. »Was habt ihr entdeckt?«

Bobbick gab ihm eine dreihundertsechzig-Grad-Panoramaansicht des Wohnzimmers. »Beim Vergleich dieses Bildes mit dem vorhergehenden haben wir einige Veränderungen festgestellt. Dieses Bild wurde vor ungefähr drei Stunden aufgenommen. Rice hat sich damals, als in seine Wohnung eingebrochen wurde, ein paar Stunden freigenommen, um seine Wohnung selbst aufzuräumen. Er wollte sich um keinen Preis dabei helfen lassen und meldete dann, es wäre nichts abhanden gekommen. In diesem Punkt hat er uns vermutlich angelogen. Millie, würden Sie bitte das andere Foto einlegen?«

Die Realität verlor Konturen, kam dann in fast identischer farbiger Plastizität wieder zum Vorschein. »Das ist eine Aufnahme, die vor einem Monat gemacht wurde. Sehen Sie die Statue?« Bobbick deutete auf eine schlichte, aber sehr attraktive, ungefähr einen Meter große Statuette. Sie stellte eine nackte Frau mit anmutig ovalem Gesicht dar, die sich auf einem von vielen Falten durchzogenen Tuch ausstreckte. »Diese Statue fehlt auf der anderen Aufnahme.«

»Tatsächlich?« Einen Moment lang hielt Griffin diese Veränderung für belanglos, bis er sich plötzlich wieder erinnerte. »Das war der Zankapfel zwischen Rice und der Einkäuferin aus der Kostümabteilung, als Rice die Party in seiner Wohnung gab.«

»Mrs. Kokubun«, bestätigte Millie. »Sie wollte ihm die Statue abkaufen, machte ihm ein gutes Angebot.«

»Richtig.« Griffin sah die Szene jetzt deutlich vor sich. »Er wollte sie um keinen Preis hergeben. Hatte er die Statue nicht selbst angefertigt? Jedenfalls behauptete er, sie sei ›das letzte Andenken an eine verpfuschte Jugend‹ oder so etwas Ähnliches.«

»Aber jetzt können wir sie nicht mehr in der Wohnung finden«, sagte Millicent. »Wir haben überall nach ihr gesucht.«

»Vielleicht wurde sie bei dem Einbruch zerstört«, murmelte Bobbick.

»Könnte sein. Warum hat er es dann nicht der Versicherung gemeldet? Die Partygäste hätten bezeugen können, daß man ihm dafür eine beträchtliche Summe bot. Wenn sie damals mutwillig zerstört wurde . . .«

»Nein», unterbrach Bobbick seinen Vorgesetzten, »sie könnte ja auch zufällig zu Bruch gegangen sein.«

»Ja. Ich verstehe, was Sie meinen. Der Abstand zwischen dem Regalbrett und dem Boden ist gering, doch ausgeschlossen wäre es nicht. Obwohl es gar nicht so einfach ist, eine Statue mit tiefem Schwerpunkt aus Versehen herunterzuwerfen. Es ist ja das Motiv einer liegenden Frau. Und wenn sie aus dem Regal fiel, würde sie vermutlich nicht zerbrechen, denn der Flor des Teppichs ist ziemlich hoch. Sie haben recht. Es lohnt sich, nachzubohren.« Griffin sah auf seine Uhr. *»Acht Uhr fünfzig?«* Er schlug sich mit der Hand vor die Stirn. »Nanu – ich muß am Schreibtisch eingeschlafen sein! In zehn Minuten erwartet mich Harmony in seinem Büro. Gute Arbeit, Leute. Und nicht locker lassen!« Er eilte zurück in sein Büro und wusch sich das Gesicht, während Millie und Bobbick leise im Takt die Sekunden zählten. Bei der Zahl dreißig stürmte Griffin wieder aus seinem Büro und lief, sich die Jacke zuknöpfend, hinaus auf den Korridor.

In Harmonys Büro erwartete ihn eine Dame mit eisengrauen Haaren, und er mußte sich erst auf ihren Namen besinnen, ehe er sie mit einer kurzen, fast unbewußten Verbeugung begrüßte. »Guten Morgen, Ms. Metesky.« Er nahm auf dem Stuhl neben ihr Platz und begrüßte auch Harmony mit einem Kopfnicken,. »Wie sieht es aus?«

Harmony blickte ihn nachdenklich an, ehe er antwortete: »Alex, ich weiß nicht, ob es Ihnen gefallen wird.«

»Wenn es ein guter Plan ist, werde ich ihn unterstützen.« Alex lehnte sich zurück und schlug die Beine übereinander. *Vielleicht brauchen sie mich als Sündenbock. Okay, fang schon an . . .*

»Für mich stellt sich die Situation folgendermaßen dar: wenn wir die Südsee-Schatzjagd planmäßig ablaufen lassen, bleiben die Verdächtigen bis zum Spielende unter unserer Kontrolle. Sie wissen nicht, daß wir inzwischen unsere Ermittlungen auf den Spielbereich A konzentriert haben. Die Rechtsabteilung hat mir inzwischen grünes Licht gegeben. Wir können nach unserem eigenen Ermessen verfahren, solange alle verdächtigen Personen für ein Verhör nach dem Spiel zur Verfügung stehen. Ms. Metesky weiß, in was für einer schwierigen Lage wir uns befinden, und hat bereits mit dem Ehepaar Lopez gesprochen. Um das Spiel zu retten, erklärte sich das Ehepaar Lopez mit meinem Plan einverstanden.«

»Was für ein Plan?«

Ein ironisches Lächeln spielte um Harmonys Mundwinkel, und seine Stimme floß über vor Liebenswürdigkeit: »Ich möchte, daß Sie bei dem Spiel mitwirken, Alex. Wenn es programmgemäß abläuft, haben Sie dreieinhalb Tage Zeit, den Mörder zu identifizieren, und können vielleicht sogar die gestohlene Wirkstoff-Probe sicherstellen. Natürlich bekommen Sie eine Sondervergütung für diese ungewöhnliche Aufgabe, aber ich bin sicher, daß Sie nur zu gerne die Chance wahrnehmen, diesen Fall ohne Mitwirkung der Behörden aufzuklären.«

Oh, Himmel! So verrückt sich das auch anhörte . . . »Dieser Vorschlag ist immer noch besser, als den Fall der Staatspolizei zu übergeben. Damit wäre ich gar nicht einverstanden gewesen.«

»Gut, sehr gut.« Harmony war so entzückt von Griffins Antwort, daß er jetzt mit Händen und Füßen redete: »Wir werden Sie als Auswechselspieler einschleusen. Der Traumpark als Produzent hat nämlich das Recht, einen Spieler vorzuschlagen. Wir werden einen Lebenslauf für Sie erfinden, aber in diesem Fall ist Ihre Identität als Rollendarsteller wichtiger als die Daten Ihres angeblichen persönlichen Werdegangs. Das Ehepaar Lopez wird uns über ihren Spielplan auf dem laufenden halten. Wir wissen also, wann und wo wir Sie auf das Spielfeld schicken können. hoffentlich schon heute morgen nach Spielbeginn. Metesky, Sie arbeiten ja für uns, deshalb habe ich auch nicht erwartet, daß Sie meine Bitte abschlagen würden. Wie hat der Beobachter des internationalen Spielersyndikats darauf reagiert?«

»Myers war zunächst strikt dagegen. Er meinte, das Spiel wäre viel wichtiger, als – ich zitiere«, und Meteskys Stimme wurde zu einer unerwarteten und boshaft akkuraten Imitation von Myers pedantisch genauen Aussprache –, »›Ein kleines unbedeutendes Ganovenstück‹. Es fiel ihm schwer, zu begreifen, daß es sich um ein Verbrechen handelt, das aufgeklärt werden muß.« Sie blickte auf ihre gefalteten Hände hinunter und fuhr fort: »Wenn man schon so lange in diesem Beruf ist, vergißt man leicht, daß Sterben mehr bedeutet als nur den Verlust einiger Punkte. Vielleicht ist es eben das, was manche Leute gern vergessen möchten . . . Jedenfalls«, sie blickte wieder hoch, »fand sich Myers bereit, die Sanktion des internationalen Spielersyndikats zu verlängern, nachdem ich ihm zusicherte, daß die Unterbrechung des Spieles auf ein Minimum beschränkt bleibt, und ihm drohte, das Spiel sofort abzubrechen, falls er sich querlegte.«

»Das Spiel geht also weiter.«

»Und ich«, sagte Griffin leise, »brauche umgehend eine kurze Einweisung in die Grundbegriffe der darstellenden Kunst, obgleich ich annehme, daß Lopez mich mit seinen tödlichen Nachstellungen verschonen wird . . .«

»Irrtum«, unterbrach ihn Ms. Metesky und schüttelte ihre grauen Locken auf den Schultern aus. »Tut mir leid, aber das kommt überhaupt nicht in Frage. Als Spieler genießen Sie keinesfalls eine Vorzugsbehandlung. Sie haben die gleiche Chance wie Ihre Kollegen im Ensemble, auf dem Spielfeld getötet zu werden. Ein anderes Verfahren wäre nicht nur schädlich für das Spiel, sondern auch ein todsicheres Verfahren, bei Ihren Mitspielern Verdacht zu erregen. Sie wären im Nu enttarnt. Sie werden als Neuling geführt, und wir geben Ihnen eine Rollen- und Charakterbeschreibung, mit der Sie sich auf Ihre Aufgabe vorbereiten können. Alles andere liegt bei Ihnen. Wenn Sie patzen und gewaltsam aus dem Spiel gezogen werden, fürchte ich, daß wir das Spiel sofort abbrechen müssen. Und das internationale Spielersydikat wird seine Schirmherrschaft sofort zurückziehen, falls die Chancengleichheit im Spiel nicht mehr gewahrt ist, und das Ehepaar Lopez wird sein Spiel nicht zu Ende führen, wenn es nicht mehr von dem internationalen Spielersydikat unterstützt wird. Jetzt wissen Sie also, was auf dem Spiel steht.«

»Großartig. Ich muß das Spiel lebend überstehen und gleichzeitig ein Verbrechen aufklären.« Er schloß die Augen und dachte nach. »Ich brauche ein Funksprechgerät, um Kontakt mit meinem Stab aufnehmen zu können. Es könnten sich neue Verwicklungen auf dem Spielfeld anbahnen.«

Harmony schien verwirrt: »Was meinen Sie damit?«

Hatte er tatsächlich diesen Punkt bei seinem Plan übersehen? Alex erwiderte: »Wir gehen von der Theorie aus, daß der Tod von Rice nicht beabsichtigt war. Wenn unser Dieb, der ihn vermutlich nicht töten wollte, aber merkt, daß wir ihn wegen Mordes belangen wollen . . . nun, dann könnte ich mehr verlieren als nur Pluspunkte.« Griffin wollte dieses Problem noch vertiefen, schüttelte dann aber den Kopf und stand auf. »Es ist neun Uhr dreißig, das Spiel also bereits seit neunzig Minuten wieder im Gang. Ich denke, es wird Zeit, daß ich mich auf meine Rolle vorbereite. Wohin muß ich jetzt gehen?«

»In die Spielzentrale, um sich kostümieren und einweisen zu lassen. Sobald Lopez einen Akteur tötet, schicken wir Sie auf das Spielfeld.« Harmony erhob sich hinter dem Schreibtisch und schüttelte Griffin die Hand. »Viel Glück, Alex. Wir bauen auf Sie!«

Alex wartete, bis sich die Bürotür hinter ihm geschlossen hatte, ehe er einen leisen, überraschenden Pfiff ausstieß. »Ich habe ja schon die verrücktesten Sachen erlebt . . .« Dann, nachdem er seine Skepsis geäußert und hinter sich gelassen hatte, eilte er zum Aufzug und beschäftigte sich wieder mit variablen und unbekannten Größen . . .

Kapitel Zwölf

Übersicht

Myers war unerbittlich. Seine kleinen schwarzen Augen wurden zu Stecknadelköpfen: »Die Seeschlange. Ja, die hat ihre Berechtigung. Aber die Attacke der Nashornvögel entbehrt jeder Logik, kam unerwartet und ist vermutlich kein organischer Bestandteil in dem Spiel, das Sie entwickelt haben.«

Richard Lopez mußte sich nun leider mit Myers auseinandersetzen. Doch er konnte es in dem beruhigenden Gefühl tun, daß Mitsuko auch allein mit allen Problemen fertig wurde.

»Mr. Myers, ich halte mich bei meinen Spielen immer an die Regeln. Die Magie der Melanesier ist naturalistisch. Man versteht darunter einen Animismus, der sich in den Naturerscheinungen manifestiert: Mißernten, Epidemien, Unwetter, Jagdglück und so weiter. Dafür haben die Melanesier eine Erklärung in einer Reihe von Mythen, in denen Götter und Geister eine Rolle spielen. Diese Gottheiten oder Dämonien gehen teilweise auf Menschen oder Tiere zurück, die tatsächlich existiert haben, doch nach ihrem Tod übten sie auf einer höheren Ebene ihre Macht aus. Menschliche Wesen erhalten diese Macht kraft ihres Reichtums, ihres Wissens, ihres Alters, ihrer sozialen Stellung oder dank der Unterstützung durch Dämonen.

In unserem konkreten Fall war Pigibidi der angesehenste Mann im Dorf, Vorsitzender des Ältestenrates und daher ein mächtiger Magier. Es wurde deutlich, daß das Dorf von ungenannten Feinden bedroht wird. Weiterhin wurde deutlich, daß sich dieser Gegner magischer Mittel bedient. Pigibidi, ein steinalter Mann, steigerte sich beim Tanz bis zur Ekstase, um seine Gäste, die aus Kriegern und zauberkundigen Leuten bestehen, mit seinen Fähigkeiten zu beeindrucken. Dabei ging er zu weit und verausgabte sich körperlich so sehr, daß dadurch auch seine psychischen Kräfte geschwächt wurden. Pigibidi war ja in seiner magischen Potenz für die Gegner immer ein fast unüberwindliches Hindernis gewesen. Als er nun bewußtlos zusammenbrach, kam auch sein magischer Widerstand zum Erliegen. Daraus leitete sich dann alles übrige ab.«

Myers blieb skeptisch: »Und Sie glauben, Henderson hätte auf den gleichen Gedanken kommen müssen?«

»Absolut nicht«, erwiderte Lopez in einem Ton, den er gewöhnlich für Kinder reservierte. »Wie viele Leute wurden denn bei diesem Angriff getötet?«

Myers runzelte die Stirn: »Keiner vom Ensemble, aber . . .«

»Keine Aber. Wie viele wurden ernsthaft verwundet?«

»Niemand, aber ich sehe nicht ein, daß . . .«

»Aber das ist doch der springende Punkt, verdammt noch mal! Myers, finden Sie es nicht ungewöhnlich, daß es keinen Ausfall beim Ensemble gab? Das Ganze war eine Übung zum Aufwärmen. Henderson mußte doch Gelegenheit bekommen, die Fähigkeiten seiner Truppe auf die Probe zu stellen, und ich mußte ihm beibringen, was für Gesetze in meinem Universum gelten. Also regen Sie sich nicht auf. Wenn das echte Feuerwerk beginnt, werden alle Tücken und Bosheiten, die ich auf das Ensemble loslasse, in Übereinstimmung mit Präzedenzfällen früherer Spiele stehen. Ich bin sicher, daß Mr. Henderson diesmal keinen Anlaß haben wird, einen begründeten Einspruch zu erheben.« Lopez wandte sich wieder der Konsole zu.

Und sogleich atmete Mitsuko an ihrem Schaltpult erleichtert auf. Sie hatten beide ihre eigene Steuerzentrale und Fußpedale für die Beobachtungsfelder. In bequemer Reichweite befanden sich außerdem die Steuereinrichtungen für alle Apparate, die sich im Kontrollraum selbst befanden. In diesem Moment war nur ein einziges Hologramm aktiviert, das sich über dem zentralen Schaltpult befand.

Es zeigte das Dorf der Daribi. Alle Mitglieder des Ensembles waren zugegen und abmarschbereit. Auch der Rat der Dorfältesten war zu sehen, dazu auch auch der in Decken gehüllte Pigibidi. Richard hob den Kopf, und Mitsuki bediente einen Schieber, bis der Ton wieder seine frühere Lautstärke erreichte.

». . . verabschieden uns jetzt«, sagte Henderson zu Mann der Waffe. Er schien munter und aufgeweckt zu sein. Maibang stand neben ihm. Er trug eine khakifarbene Hose, ein Hemd in gleicher Farbe und einen Tornister.

Pigibidi, eine sichtlich mitgenommene Gestalt, die von zwei jungen Stammesgenossen gestützt werden mußte, ließ einen Strom unverständlicher Worte los, die durch ihre langen Vokale bestachen. Maibang übersetzte: »Er sagt, er müsse sterben. Doch er möchte dir noch etwas sagen, das er dir vorher nicht anzuvertrauen wagte.«

Chester spitzte nachdenklich die Lippen: »Können ihn seine Feinde nicht nach dem Tod dafür belangen?«

Lopez beugte sich vor und flüsterte etwas in das beweglich angebrachte Mikrofon über seinem Kontrollpult: »Sag ihm, daß die Vorfahren von Pigibidi die Macht besitzen, seinen Geist, wenn nicht sogar seinen Körper zu beschützen.«

Maibang kratzte sich hinter dem Ohr: »Obgleich die Macht unserer verstorbenen Vorfahren auf dieser Ebene begrenzt ist, werden sie doch Pigibidis Seele einen willkommenen Ruheplatz unter unseren Heroen zuweisen. Im Leben fürchtet er nur um sein Dorf. Im Tod hat er nichts mehr zu befürchten.«

»Ich verstehe.«

Mitsuko drehte an der Skalenscheibe, und sogleich brach auf Pigibidis Gesicht der Schweiß aus. Er litt sichtbar Schmerzen. Speichel tropfte ihm aus den Mundwinkeln, und als er hustete, förderte er ein Sputum zu Tage, das nicht gerade vertrauenserweckend aussah. Er versuchte sich wieder aus seiner sitzenden Lage aufzurichten, doch das gelang ihm nicht mehr. Seine beiden Begleiter betteten ihn auf die Erde, während Pigibidis Mund ein paar Worte auf Englisch zu formen versuchte:

»Ihr findet . . . findet sie. Sie . . . Foré.«

Ein entsetztes Murmeln ging durch die Reihen der versammelten Dorfbewohner, und Pigibidis Körper bäumte sich auf, als würden Knallfrösche in seinem Magen explodieren. Chester Henderson rief den Mitgliedern seines Teams zu: »Sprecht dieses Wort nicht aus! Wiederholt es nicht, weder leise noch laut! Wir können es unter keinen Umständen während der regulären Spielzeit benützen!«

Die jungen Eingeborenen, die man Pigibidi als Stütze zugeteilt hatte, versuchten den Dorfältesten zu beruhigen, vermochten aber nichts mehr auszurichten. Pigibidi heulte vor Schmerzen. Seine Augen drehten sich in seinem Kopf, bis man nur noch die rötlich und gelblich verfärbten Augäpfel sehen konnte. Er zerbiß sich die Unterlippe, und Blut tropfte von seinem Kinn.

Jemand, der mit dem Rücken zur Kamera stand, wies mit zitternder Hand auf den Unterleib des sterbenden Pigibidi. Er fiel zusammen wie ein Kuchen, der zu früh aus dem Ofen genommen wird. Das Tröpfeln aus dem Mund des Sterbenden wurde zu einem Blutsturz. Seine Muskeln zogen sich zu einem letzten Krampf zusammen, und dann war er tot.

Klagegeschrei erfüllte die Luft. Die Dorfbewohner fielen auf die Knie und wühlten im Schmutz. Nur Kasan Maibang blieb aufrecht stehen, während sich sein Gesicht vor Schmerz und Wut noch dunkler verfärbte: »Das wird gerächt werden! Die dämonischen Kräfte unserer Feinde haben die Leber von Mann der Waffe aufgegessen, aber wir werden sie bis zum letzten Mann erschlagen!« Er hob beide Arme und rief beschwörend in heiligem Zorn: »Hört mich, Männer der Daribi! Diese mächtigen und tapferen Fremdlinge kamen hierher, um für uns zu kämpfen. Sie werden Träger brauchen, Kundschafter und Freunde. Wer von euch zieht mit uns, um unseren Freunden bei ihrem Kampf zu helfen?«

Mitsuko beugte sich über ihr Mikrofon: »Nicht zu dramatisch, Harvey! Halte dich nur an den vorgeschriebenen Text!«

Maibang kratzte sich am Ohr und strengte sich mächtig an, ein Grinsen zu unterdrücken. Mrs. Lopez streckte die Hand über das Mikrofon und kicherte.

»Harvey?« fragte Myers verwundert.

»Harvey Wayland. Ist er nicht ein vorzüglicher Schauspieler? Ich entdeckte ihn bei einer Studentenaufführung von *Illuminatus* vor elf Jahren an der Universität von Südkalifornien. Wir setzen ihn so oft wie möglich ein.«

Im Projektionsfeld hatten sich drei junge starke Männer dem Spieler-Ensemble angeschlossen. Sie trugen die Eingeborenenkleidung aus gewebter Naturfaser. Chester fragte gerade Maibang, jedoch auf eine Weise, als sähe er dessen Antworten bereits voraus: »Weshalb die Vögel gestern abend? Weshalb starb Pigibidi auf diese Weise?«

»Wir befinden uns in einem ununterbrochenen Abwehrkampf gegen die Kräfte unserer Feinde«, erklärte Maibang. »Die Ältesten unseres Stammes stellen die vorderste Verteidigungslinie dar. Mann der Waffe war unsere stärkste Bastion. Als das Alter und die Erschöpfung seine Macht untergruben, wurde diese Bastion brüchig.«

Chester nickte: »Und die Leber? Was war die Ursache? Irgendein Wurm?«

»Nein. Sehr böser Zauber. Izibidi, vom Volk der Geister.«

»Geister. ›bidi‹ bedeutet als Suffix Person oder Volk . . .« Chester sprach mit sich selbst. Seine Stimme schwang sich wieder zu einer hörbaren Tonlage auf: »Unsere Feinde können die Geister ihrer Toten lenken?«

Maibang schüttelte den Kopf: »Nicht lenken. Es sind ihre Verbündeten. Sie wirken freiwillig mit.«

»Leisten die Geister eurer Toten euch ebenfalls Beistand?«

»Unter Umständen, wenn die Beschwörung stark genug ist. Ich kenne die Formeln, habe aber nicht die Macht der Beschwörung.«

»Dann werden wir blendend zurechtkommen, denn wir haben die Macht und werden uns nach und nach auch die Kenntnis der Beschwörungsformel aneignen . . .« Hendersons Stimme wurde wieder undeutlich, und Gina zog ihn an der Schulter aus dem Mittelpunkt der Versammlung. »Okay, Darling, okay – verschwinden wir lieber, ehe wieder irgend etwas Unangenehmes geschieht. Mary-em, du marschierst mit mir an der Spitze. Ollie und Bowan bilden die Nachhut. Und haltet mir die Augen offen, Leute! Die Schonzeit ist jetzt vorbei!«

Die Mitglieder der Expedition schulterten Gepäck und Waffen und bewegten sich in langer geordneter Reihe vom Dorfplatz, wobei jeder noch einmal einen Blick auf die schrecklich verkrampfte Leiche Pigibidis warf. Sobald sie aus dem Blickfeld entschwanden, richtete Mitsuko ihren Monitor auf einen Dschungelabschnitt ein, wo die Spitze der Kolonne gerade auftauchte. Richards Monitor hielt den Dorfplatz fest. Eine kurze Bewegung mit dem Finger, und Pigibidis Leiche, die beiden jungen Gehilfen und die schweigenden Dorfältesten verschwanden. Er beugte sich über das Mikrofon: »Achtung, dieser Spielabschnitt ist beendet. Diejenigen, die auch für die

Agaiambo-Sequenz eingeteilt sind, sollten sich umgehend in die Garderobenräume zum Umschminken begeben. Den übrigen sage ich meinen herzlichsten Dank für eine ausgezeichnete Darstellung.« Die zwei Dutzend ›eingeborenen‹ Männer, Frauen und Kinder bedankten sich ihrerseits mit einem Applaus.

Lautlose elektrische Züge glitten durch das Unterholz. Arbeiter sprangen heraus, um das Dorf abzureißen. Die Hälfte der Schauspieler stieg in den Zug, der sie rasch vom ›Spielplatz‹ forttrug. Die anderen gingen teils zu Fuß aus dem Bild, teils warteten sie, bis der Elektrozug sie im zweiten Anlauf abholte.

Das Hologramm löste sich auf, und Richard Lopez schwang auf seinen Drehstuhl herum: »Die erste Chance, ein Mitglied des Ensembles zu töten, haben wir in etwa vierzig Minuten. Wir müssen sie erst näher an die Sümpfe herankommen lassen.« Er trommelte mit den Fingern gegeneinander, während er Myers anblickte: »Ich habe dieses Spiel mit einer Reihe von unangenehmen Überraschungen gespickt, die alles bisher Dagewesene übertreffen. Doch das, was Sie von mir verlangen, gefällt mir nicht. Es hat den Beigeschmack von Mord.«

»Es besteht für Sie kein Grund, es so aufzufassen«, erwiderte Myers beruhigend. »Unfälle mit positiven oder negativen Ergebnissen gehören stets zu einem Spiel. Wenn in diesem Fall die Vorzeichen ein bißchen ungünstiger für den Spieler sind, kompensieren wir das beim nächsten Mal mit einem Glücksbonus. Ich verspreche Ihnen, daß das Spiel darunter nicht leiden wird.«

Richard sah den glatzköpfigen Mann neugierig an: »Sie sind doch sonst so pedantisch, wenn es um die Spielregeln geht, Myers, und daher bin ich ja so sehr überrascht, daß Sie überhaupt so eine Manipulation zulassen, um nicht zu sagen, mit Gelassenheit zulassen.« Er zupfte gedankenverloren an seinem dünnen Bart. »Als Henderson im vergangenen Jahr sein Gezeter wegen ein paar kleinen Schneeottern anstimmte, waren Sie der erste, der mir das Regelbuch vor das Gesicht hielt und mich des Vertragsbruches beschuldigte. Und als man mich dann freisprach, waren Sie der erste, der sich im Interesse eines ›fair play‹ dafür einsetzte, daß ich mich diesem vorher erwähnten

Meister der Mythen stellen mußte. Und weshalb spielen Sie jetzt den Schoßhund für den Traumpark?«

Myers lief dunkelrot an, und Mitsuko warf ihrem Gatten einen besorgten Blick zu. Myers sagte: »Soll ich Ms. Metesky hereinrufen und ihr mitteilen, daß Sie die Bedingungen des Traumparkes nicht annehmen wollen? Sie wird selbstverständlich das Spiel sofort anhalten. Das wäre außerordentlich unangenehm und peinlich für alle Beteiligten und, möchte ich hinzufügen, sehr teuer für Sie selbst. Wieviel von Ihrem Privatvermögen haben Sie denn in die Südsee-Schatzjagd gesteckt?«

»Eine Menge«, räumte Lopez ein. Er blickte Myers mit halbgesenkten Lidern an: »Ich bin entzückt, daß Ihnen so viel an meinem privaten Wohlergehen liegt.«

»Ich sagte nur, daß ein Wort von mir genügt . . .«

»Es genügt«, unterbrach ihn Lopez mit sanfter Stimme.

»Ich gehe jetzt zurück in den Beobachtungsraum. Auf Wiedersehen, Madam«, sagte Myers zu Mitsuko. Sie drehte sich vor ihrer Konsole um und warf ihm ein strahlendes Lächeln zu, das zu erwidern er sich außerstande sah. Dann verließ er den Kontrollraum, den Rücken gerade wie ein Bügelbrett.

Mitsuko reichte ihrem Mann die linke Hand hinüber und drückte sie innig, leise in sich hineinlachend. Dann wurde seine Miene wieder nüchtern.

Die Tür des Kontrollraumes öffnete sich erneut, und Metesky trat herein. »Meine Güte, was haben Sie nur zu Myers gesagt? Er sah aus wie eine Gewitterwolke, als er herauskam.«

»Ich fürchte, mein Mann drückte sein Mißfallen etwas zu deutlich aus.«

Lopez grinste schief: »Ich habe nichts gegen Arlan persönlich, sondern nur gegen Leute, die sich in meine Spiele einmischen.«

»Das weiß ich doch, Richard. Es tut mir leid, daß wir dazu gezwungen sind, weil einer unserer Mitarbeiter ermordet wurde.«

»Oh, verdammt, es passieren ein paar hundert Morde täglich in diesem Staat, aber so ein Spiel wird nur einmal im Jahr aufgeführt. Warum kann man mich nicht ungestört meiner Arbeit nachgehen lassen?« Er seufzte. »Okay, okay. Ich leiste ja meinen Beitrag. Ihr bekommt euer Kanonenfutter.«

»Vielen Dank, Richard.«

Metesky zog eine Koje aus der Wand und setzte sich darauf. Dann sah sie Richard und Mitsuko fasziniert bei der Arbeit zu. Die beiden waren bei weitem interessanter als alle anderen Spielmeister, die sie bisher erlebt hatte. In der Regel waren das entweder knochentrockene Gelehrte oder Ex-Spieler, die so sehr in ihrer Phantasiewelt versponnen waren, daß man kaum ihren Gesprächen zu folgen vermochte oder ihre Motivationen begriff.

Wie alle Profis, die an der Spitze ihrer Berufsgruppe standen, waren die beiden Lopez auch als Persönlichkeiten von außergewöhnlichem Format. Hoch intelligent, phantasievoll, eigenwillig und oft reizbar, bildete Richard einen starken Kontrast zu seiner Frau, die in der Öffentlichkeit viel bekannter war als er. Mitsuko war stets zurückhaltend, zeigte nie mehr von ihrem Talent, als unbedingt notwendig. Als Menschen waren sie ein interessantes Paar. Als Spielmeister waren sie atemberaubend. Metesky war Zeuge gewesen, wie sie die Attacke der Nashornvögel inszenierten. Während dieser Sequenz mußten die computerbewegten Hologramme auf möglichst naturgetreue Weise angreifen und auf die Abwehrreaktionen der Angegriffenen reagieren. Dabei war das Ehepaar Lopez ein Geist mit zwanzig Fingern gewesen. Die Illusion, die sie erschufen, war perfekt: es war keinem aufgefallen, daß nur zwei oder drei der zwei Dutzend Vögel tatsächlich gleichzeitig angriffen: die übrigen schwebten in Wartestellung in der Luft. Es war hinreißend, wie Richard einen Vogel aus seiner automatischen Figur-Acht-Haltung herausholte und ihn mit der sicheren Hand eines Meisterpuppenspielers zum Leben erweckte, indem er ihn mit zwei Kugelgelenk-Hebeln und Fußpedalen steuerte.

Es war, als hätte sie ein Duett auf einer Synthesizer-Orgel miterlebt. Und mit so etwas wie Ehrfurcht im Herzen sah Metesky nun den beiden Spielmeistern bei der Arbeit zu.

Der Expeditionstrupp war schon eine ganze Weile durch den Dschungel marschiert, ehe das Terrain sich zu verändern begann. Das dichte Unterholz machte nun Platz für Ranken und Schlinggewächse, und der Boden wurde feucht und schlüpfrig. Maibang zeigte als Kundschafter nun größere Sorgfalt bei der Auswahl des Weges. Er und der Krieger Kagoiano gingen an der Spitze des Zuges und machten besorgte Gesichter.

Chesters Stimme explodierte im Kontrollraum: »Gina! Nehmen wir die Gegend mal unter die Lupe. Was lauert hier auf uns?«

Richard lehnte sich in seinem Drehstuhl zurück und flüsterte Metesky ins Ohr: »Chi-Chi ist mir immer bei den magischen Beschwörungen an Schnelligkeit überlegen. Ich bin mir immer noch nicht ganz sicher, wie sie das fertigbringt.« Er blickte in das Hologramm. Gina war mit einer grünen Aureole umkleidet, und ihre Augen waren geschlossen. Mitsuko hörte genau zu, während Gina die Beschwörungsformel sprach.

Als ihre Finger dann wieder die Tastatur berührten, schienen sie sich förmlich in einem pinkfarbenen Nebel aufzulösen, während das Eingabewerk mit einem leisen Biep-Ton die Bitte der Priesterin in den Computer einspeiste. Das Schattenbild eines Metallkastens schwebte plötzlich vor Ginas Augen und verschwand wieder, nachdem sie ein paar Pulsschläge lang die Augen geöffnet hatte.

Der Meister der Mythen nickte: »Gut. Wir sind also einer interessanten Entdeckung auf der Spur. Wir brauchen vermutlich noch einen Priester. Garret soll zu mir kommen!« Ein dunkles Gesicht trennte sich vom Rest der Truppe.

»Brauchen wir auch einen Krieger als Schutz, Chester?«

»Könnte sein. Wir müssen diese Kiste bergen, egal, was sich darin befinden mag, und das bedeutet, daß wir vermutlich einen Ingenieur oder Mechaniker brauchen. Und wenn ein Mechaniker für die Bergung nötig ist, brauchen wir auch einen Schutz für ihn.«

Richard gab mit leiser Stimme etwas von sich, das mit der Klarheit des Hologramm-Bildes zu tun hatte, und als Chester um eine Wünschelrute bat, erledigte das der Spielmeister persönlich. Er manipulierte das Bild der Metalltruhe, bis es sich in scharfen Umrissen, wenn auch noch durchsichtig, präsentierte.

Dieses scharf konturierte Geistesbild bewegte sich nun im schwebenden Zustand vor dem Trupp der Spieler und führte sie zu einer Baumgruppe, die im Morast wuchs. Die Bäume hatten dünne Stämme mit spinnenwebenartigen Zweigen und spärlichem Laubwerk. Die Wurzeln krochen in bizarren Formen ein paar Fuß weit an der Erdoberfläche, ehe sie in der Tiefe des Bodens verschwanden. Das Geistesbild der Truhe versank zwischen den Wurzeln.

Chester betrachtete nachdenklich die Baumgruppe und hob dann den rechten Arm. »Enthülle mir die feindlichen oder böswilligen Geister!« Seine grüne Aura dehnte sich aus und bedeckte schließlich ein Feld von ungefähr zwanzig Metern Durchmesser, und in diesem Licht zeigten sich schattenhafte, sich krümmende Gestalten, nicht mehr als ein Nebelstreifen. Sie zogen sich sofort vor dem Licht zurück.

»Okay«, murmelte Chester. »S.J., komm sofort zu mir!« Ein lautes Hurra folgte seinem Befehl, und der Junge stand sogleich, heftig atmend, neben Hendersons rechter Schulter. »Wir müssen irgendeinen Schatz bergen, und er befindet sich zwischen diesen Bäumen dort. Was schlägst du als Lösung vor, Mechaniker?«

Grinsend ging S.J. rasch um die Baumgruppe herum, wühlte probeweise mit der Stiefelkappe in dem Boden und stieß mit der Stiefelkappe gegen die Wurzeln. »Ich bin sicher, die Aufgabe läßt sich rasch lösen. Diese Bäume wachsen ganz bestimmt nicht in Neu-Guinea. Sie sehen eher nach einer Flora aus, wie sie in der Mato Grosso heimisch ist. Ich wette, die Armee hat die Bäume nicht mit Fungiziden eingesprüht, ehe sie die Dinger umpflanzte. Sie scheinen an Wurzelfraß erkrankt zu sein.«

»Würden Sie bitte bei Ihrer Rolle bleiben, Mechaniker?«

Richard Lopez knirschte mit den Zähnen: »Kleiner, vorlauter Bastard! Wir werden das aus dem Band bei der Endabnahme herausschneiden müssen. Und ich würde diesen Bastard nur zu gerne auf der Stelle töten und aus dem Spiel nehmen.«

Metesky erwiderte mit einiger Schärfe: »Wir können zwar die ungünstigen Faktoren für einen Spieler im Computer häufeln, Richard, aber das Opfer selbst können wir uns nicht aussuchen. Da müssen Sie schon abwarten, wie die Würfel fallen.«

»Ich kann doch wohl noch einen lauten Wunsch äußern, nicht wahr, Metesky? Dieser S.J. geht mir einfach auf die Nerven!«

S.J. hatte einen zusammenklappbaren Spaten aus seinem Tornister geholt und grub nun eifrig im Boden. Eames, der keine Gelegenheit, seine Muskeln spielen zu lassen, ausließ, kappte mit der Axt die Wurzeln, soweit sie aus dem Boden herausragten.

Chester beobachtete die beiden bei der Arbeit. Im Kontrollraum lehnte sich Richard in seinem Drehstuhl zurück und beobachtete, wie Chester nachdachte. Keiner sprach, bis der Meister der Mythen leise sagte: »Garret . . .«

Der Priester bekreuzigte sich rasch und fiel auf die Knie, um zu beten. Mitsukos Finger flogen über die Tasten, und einen Augenblick später hüllte ein sanfter goldener Schein den jungen Ingenieur ein.

S.J.'s Schaufel hämmerte auf Metall, und Eames bückte sich, um ihm bei der Bergung des Schatzes zu helfen. Sie schoben die restliche Erde mit den Händen beiseite. Mit einer letzten keuchenden Anstrengung befreiten sie die Kiste von den daranhaftenden Wurzeln. Chester bremste sie ein paar Sekunden lang in ihrem Eifer, weil er zunächst die verrostete Stahlkiste besprechen mußte, ob sie etwas Gefährliches enthielt. Aber die Aura, die sich nun auf dem Metall zeigte, war grün. Da gab er den beiden die Erlaubnis, weiterzumachen. Richard hörte ein leises Zögern aus Chesters Stimme heraus und lächelte.

Das Knacken des rostigen Vorhängeschlosses war für S.J. kein Problem, der offenbar für alles und jedes ein Werkzeug mitgenommen hatte. Er schob einen schraubenzieherähnlichen Stift in den schmalen Spalt, bis die beiden Hälften des Schloßgehäuses aufeinanderstießen, und hämmerte dann mit dem Spatenblatt auf den Stift ein. Zugleich brach das Schloß in drei Stücke auseinander, und die Spieler applaudierten. Der junge Mechaniker wich vorsichtig einen Schritt zurück und hob den Deckel der Kiste.

»Okay«, sagte er keuchend, »Feuerwaffen.«

In der Kiste lagen vier in Holster verpackte Revolver, zwei Gewehre und mindestens hundert Schuß Munition. Bei den Waffen lagen auch noch Konservenbüchsen, wie sie früher von der Armee ausgegeben wurden: Putenrollbraten, Corned Beef und Frühstückskuchen in Büchsen. S.J. jubelte ekstatisch: »Eine Frachtkiste! Jippieeeh!«

Selbst Chester schien angenehm überrascht: »Sehr gut. Das bringt zwar nicht viele Punkte, aber es ist zweifellos ein Anfang. S.J., wir werden das schützende Feld um sie verstärken, während Sie die Waffen ausprobieren!«

»In Ordnung, Chef.«

»Gwen, würdest du bitte die Macht deiner Gebete mit Garrets Bemühungen vereinigen?« Kaum hatte sie genickt, als auch schon eine grüne Aura um sie herum erschien, während sich die goldene Gloriole um S.J. noch verstärkte, bis er aussah wie der Docht einer bernsteinfarbenen Flamme.

Er nahm einen Revolver aus der Kiste, spielte eine Weile mit der Mechanik und führte dann eine Patrone in die Kammer ein. Er zielte sorgfältig auf einen Baum, der zwanzig Meter entfernt sein mochte, und bediente den Abzug. Es gab einen ohrenbetäubenden Knall, aber keine Staubfahne auf der Baumrinde. Stirnrunzelnd lud er zwei Patronen nach und drückte wieder ab. Erneut ein lauter Knall, doch kein Zeichen eines Einschlags.

»Ah, S.J., wie ist denn die Koordinationsprüfung in Ihrem Test ausgefallen?«

»Verheerend. Elf Punkte nur. Deswegen habe ich ja die Rolle eines Mechanikers übernehmen müssen. Ich werde es bei einem Baum versuchen, der nicht so weit entfernt ist.«

Diesmal sah man stäubende Rinde am Baum. Das war nicht verwunderlich, denn er schoß aus einer Entfernung von wenigen Zentimetern. »Okay, wer möchte diesen Revolver haben?« Tony hob den Arm, S.J. gab ihm den Revolver mit dem Kolben zuerst.

Als nächstes nahm er ein Gewehr aus der Kiste. »M-1«, murmelte er, »sehr hübsch.« Er bediente ein paarmal den Abzug, lud die Waffe dann mit einer Patrone, zielte auf einen

Felsen, der ungefähr zehn Meter entfernt sein mochte, und bediente den Abzug.

Die Waffe dröhnte und spuckte eine Mündungsflamme aus. Dann hörte man das sirrende Geräusch eines Querschlägers. S.J. duckte sich instinktiv. »Jesus . . .«

Die Luft vor den Spielern begann zu wabern, und dann materialisierte sich das Geistesbild von Garret. Chester fluchte laut, während Garret aufstöhnend den roten Fleck betrachtete, der sich auf seinem Handrücken ausbreitete.

»Oh, shit!« sagte er gefühlvoll. Dann gaben die Beine unter ihm nach, und er fiel mit offenem Mund und rollenden Augen auf den Boden.

»Bühnenreif«, murmelte Richard und bediente zwei Tasten.

Garrets Hologramm-Doppelgänger krümmte einen geisterhaften Zeigefinger.

»Warte noch einen Moment«, sagte Chester. »Gwen, glaubst du, du hast noch genügend Energie für einen rettenden Zauber?«

Das blonde Mädchen blies nachdenklich die Backen auf: »Sofort? Ich bin mir nicht sicher. Wenn es ein ganz natürlicher Unfall war, vielleicht. Aber wenn Geisterkräfte darin verwickelt waren . . . ich werde es versuchen.« Unglücklich hob Gwen beide Arme und begann mit ihrer Beschwörung: »Hört mich, ihr Götter, vereinigt eure Kräfte mit meiner und gebt diesem Mann sein Leben zurück. Mit der Macht, die mir gegeben ist, bitte ich euch um diese Gnade!« Sie sank auf die Knie und beugte mit geschlossenen Augen den Nacken.

Lopez nickte mit einem anerkennenden Lächeln: »Gut gemacht. Ich frage mich nur, ob es auch funktioniert.« Er beobachtete Mitsuko, die das Gesuch in den Computer einspeiste. Elektronen tanzten; eine beliebige Nummer fiel heraus und wurde mit zwei kombinierten Wessler-Grahm-Zahlen verglichen – Garrets registrierte Vitalkräfte kombiniert mit Gwens magischem Vermögen . . . Lopez schüttelte den Kopf, als die rosenfarbene Aureole um Garrets Gestalt zu einem schwarzen Saum erlosch. »Nicht gut genug. Tut mir leid, Sweetheart.« Er drückte auf eine Taste.

Garret zuckte zusammen, als er den Elektroschock im Halsband spürte. Er rollte sich auf den Bauch und stand auf, um sich seinem *tindalo* zu stellen. »Nun, ich schätze, das war es. Habe leider nicht lange in diesem Spiel mitwirken dürfen.« Er wollte noch etwas sagen, und es wären bittere Worte gewesen. Gwen legte ihm rasch die Hand besänftigend auf die Schulter, und Garret drehte sich um, um seinem düsteren Geist zu folgen. Die beiden Gestalten verließen das Projektionsfeld.

Richards Gesicht sah nicht glücklicher aus. Metesky endeckte einen Zug tiefer Verbitterung, ehe er sich wieder mit einer neutralen Maske tarnte. Ein dunkler schlanker Finger zupfte an der Spitze seines Schnurrbarts, und seine Augen waren von den Lidern halb beschattet. »Okay. Ihr habt euren Toten. Schleust euren Wachhund auf das Spielfeld und laßt mich meine Arbeit tun.«

Die Vertreterin des Traumparks im Spiel erhob sich von ihrer Koje und wandte sich der Tür zu. »Metesky!« rief er ihr nach, »sagen Sie dem Wachhund, wenn er mir das Spiel verpfuscht, werde ich ihn so rasch töten wie ein Blitz, und zum Teufel mit den Konsequenzen!« Metesky nickte nur, und er drehte seinen Stuhl wieder der Konsole zu.

Mitsuko blickte Metesky nach, bis die Tür sich wieder mit einem leisen Seufzer hinter ihr schloß. Dann bewegte sie sacht die Finger und beugte sich wieder über die Tasten.

Teil Zwei

Kapitel Dreizehn

Auftritt Griffin

»Wir können diese Waffen nicht verwenden, Chester.« Zum erstenmal seit Spielbeginn sah S.J. unglücklich aus. »Sie müssen verhext sein. Wenn diese – wie heißt sie gleich wieder? – diese Gwen Garret nicht retten konnte, ist offenbar Zauberei im Spiel.« Seine blonden Haare waren strähnig vor Schweiß und Lehm. Er sah erschöpft und entmutigt aus.

Chester stampfte ungeduldig mit dem Fuß auf. Er schob Ginas Hand weg, die seinen Arm streicheln wollte, und trat wütend an die Kiste heran. Sie anstarrend, sagte er: »Wir bezahlten mit Blut für diese Dinger, also werden wir sie auch benützen. Maibang, sofort zu mir!« Er schnalzte zornig mit den Fingern.

Maibang, dessen durchgeschwitzes Hemd von den Anstrengungen des Marsches zeugte, tauchte an Chesters Seite auf. Henderson dachte erst gründlich nach, ehe er wieder das Wort ergriff: »Nun hör mir gut zu. Wir wissen, daß Gwen den Unfall nicht ungeschehen machen konnte; doch sie war vorübergehend geschwächt durch das Schutzfeld, das sie S.J. errichten mußte. Wir stehen vor dem Problem, diese Sprengfalle zu entschärfen, und ich möchte nicht noch einen Zauber vergeuden, bis wir die Alternativen kennen. Ich erinnere mich aus der Lektüre eurer Zauberbücher, daß ihr einen Ritus benutzt, der mit einem Tisch zusammenhängt. Ich kann mich nur nicht auf die Einzelheiten besinnen. Kennst du diesen Ritus?«

»Ich kenne den Tisch-Ritus. Wer von meinem Volk würde ihn nicht kennen? Aber ich bin mir nicht sicher, ob er ausreicht.«

»Wir versuchen es trotzdem.« Chester blickte die dreizehn

Spieler und die drei Eingeborenen der Reihe nach an und nickte, als sich kein Widerspruch erhob. »Okay, Kasan, was tun wir jetzt?«

Der Kundschafter kratzte sich am Kopf. »Wir brauchen zunächst einen Tisch, dann ein sauberes weißes Tuch und ein paar Opfergaben. Am besten Lebensmittel. Und selbstverständlich Blumen.«

»S.J.?« sagte Chester, ohne den jungen Spieler anzublicken.

»Wird gemacht, Chef. Dauert keine drei Minuten, bis ich aus Zweigen einen Dreifuß zusammenbaue.«

»Gut. Dreager, du hilfst ihm. Was die Opfergaben anlangt, glaube ich, daß die Götter dafür bereits gesorgt haben . . .« Er suchte eine Konserve mit Corned Beef heraus.

Der Tisch war primitiv, aber er erfüllte seinen Zweck. Dark Star hatte ein weißes Hemd geopfert, das als Tischtuch über den Dreifuß gebreitet wurde. Gwens Kerzen, die eigentlich zur Vertreibung von Dämonen dienten, brannten im Mittelpunkt des Tisches. Schärpen, Messer und Löffel, aus zahlreichen Tornistern zusammengesucht, stellten die Tafelgeräte und Servietten dar. Als Opfergaben wurden alle Konserven aus der Kiste und zwei Riegel von Olivers Tropenschokolade dargebracht; zudem noch Trockenfleisch aus Dark Stars eiserner Reserve und Blumen, die vom ganzen Ensemble gepflückt worden waren.

»Wir sind bereit, den *bilasim tewol* durchzuführen«, sagte Chester, und seine Stimme verriet nicht den Schimmer eines Zweifels. »Kasan wird mich dabei unterstützen, doch es ist meine spirituelle Macht, die die Götter beschwört. Hört mich, ihr Götter – hör mich, Jesus-Manup! Wir kämpfen für euer Volk! Ich weiß, daß unsere Handlung gerecht ist in euren Augen. Der Tod unseres tapferen Priesters soll nicht vergeblich gewesen sein. Wir sind zwar selbst knapp an Vorräten, doch wir opfern sie gerne, um unseren Glauben zu beweisen.«

Auf das Stichwort hin sagte Bowan, der Schwarze: »Feuer!« Die Aureole um seine rechte Hand verfärbte sich von grün zu rot. Eine Flamme schoß aus seiner Handfläche auf den Tisch zu. Wie der brennende Dornbusch in der Bibel fingen das

Trockenfleisch, die Schokolade und die rostigen Konserven an zu brennen, ohne daß sie von der Flamme verzehrt oder das Tischtuch verkohlt wurden.

»Wir haben unseren Glauben bewiesen. Gib uns nun, was wir brauchen, um die Kraft in diesen Waffen für unsere Zwecke ausnützen zu können.« Henderson redete noch, als die Luft zu wabern begann. Drei Geister nahmen Gestalt an: durchsichtige Kaukasier im Dschungel-Tarnanzug. Ihre Gesichter waren teigig weiß, und einer der drei hatte eine schrecklich anzusehende offene Schnittwunde im Gesicht, die vermutlich von einer Machete herrührte.

»Wer seid ihr?« fragte Chester gebieterisch. Darauf folgten ein paar klagende Geräusche, und einer der drei bewegte den Mund, obwohl er keinen Laut über die Lippen brachte. Endlich kam es aus eingetrockneter Kehle:

»Wir sind . . . von eurem Geschlecht . . .«

»Amerikaner, jawohl. Wie seid ihr gestorben?«

Der mit der Machetenwunde gab diesmal Bescheid, seine Worte wie im Hustenanfall herausschleudernd: »Wir starben, als wir . . . als wir die Fracht zurückerobern wollten. Du wirst ebenfalls sterben. Ihr alle. Du . . .« Es folgte eine Pause, und der Mund des bleichen schnurrbärtigen Toten arbeitete wieder sprachlos, bis ein neuer Hustenanfall kam: »Ihr wißt nicht, auf was ihr euch da eingelassen habt.«

»Dann helft uns«, erwiderte der Meister der Mythen mit fordernder Stimme. »Ihr müßt uns helfen. Gebt uns die Waffen.«

»Das waren unsere Waffen . . .« Die klaffende Wunde in dem Gesicht des Geistes verströmte schwarzes Blut. »Aber die Foré stahlen auch eine geheime Waffe. Wir hätten damit . . . die Japaner . . . besiegen können, wenn sie nicht so spät gekommen wäre. Nun besitzen die Foré diese Waffe. Man schickte uns bewaffnet hierher, um das Erbeutete zurückzuholen. Doch was richten Waffen schon gegen Zaubermächte aus! Wir starben in diesem . . . stinkenden Dschungel . . ., doch mit unserem letzten Atemzug verfluchten wir die Waffen. Verfluchten sie . . ., so daß sie jeden töten, der sie benützt.«

»Dann nehmt diesen Fluch zurück. Wir brauchen diese Waffen. Mit ihrer Hilfe werden wir euch rächen!«

Die Geister schienen sich zu beraten, doch dann beantwortete das Gespenst mit der Machetenwunde die Bitte des Meisters der Mythen: »Ihr seid . . . dumm. Ihr werdet es sehen. Aber wir sind auch nicht klüger gewesen. Ihr könnt euren . . . Heldentod haben. Nehmt die Waffen. Tötet so viele Foré, wie ihr könnt, ehe ihr selbst sterben müßt . . .« Die Geister erloschen mit der Stimme. Nur noch ein letztes »Gebt ihnen Saures . . .«, hing als Nachhall in der leeren Luft.

Chester sagte vorsorglich noch einen »Enthüllt die Gefahren«-Zauberspruch, ehe er grünes Licht gab. Gina spendete ihm kollegialen Trost: »Du hattest vergessen, die Waffen spirituell zu überprüfen, Ches. Ein verständlicher Fehler, weil sich um die Kiste eine grüne Aureole zeigte. Du glaubtest, die gelte auch für den Inhalt der Kiste.«

»Du hast recht, Gina. Doch das ist das letzte Mal, daß Lopez sich auf meine Kosten so leicht einen Punkt verdient. Darauf kannst du wetten!«

Tony und S.J. hatten sich nun mit Revolvern bewaffnet. Kagoiano trug eines der Gewehre, und Dark Star trug das zweite am Riemen über der Schulter. Die anderen beiden Revolver steckten irgendwo in einem Tornister. »Wir ziehen weiter!« rief Chester, und die Kolonne setzte sich wieder in Bewegung.

McWhirter schlug mit der flachen Hand herzhaft auf seinen Revolver, während er neben Oliver im Gleichschritt herging. »Ich fühle mich mit diesem Ding an meiner Seite wie ein neugeborener Mann. Hmm – die Kugeln sind doch nicht echt, oder? Ich meine, es sah verdammt realistisch aus, wie dieser Querschläger durch die Luft heulte.«

Oliver schien ein bißchen gereizt zu sein: »Nein, es sind keine echten Kugeln. Trotzdem wäre es kein Genieblitz, wenn du die Waffe neben meinem Kopf abfeuern würdest. Selbst eine Platzpatrone reicht hin, um mir das Trommelfell und das Gehör zu schädigen.«

»Das ist gut möglich.« Er sah zu, wie Gwen sich bei Oliver einhakte, und Eifersucht spiegelte sich auf seinem Gesicht.

Mary-em nicht erzählen. Er wollte nicht gern mit ihrer Hellebarde Bekanntschaft machen.

Nach dieser langwierigen Plackerei auf dem umkippenden Ökosystem erreichten die Kanus endlich eine nicht ganz so verstopfte Wasserader, die ihnen erlaubte, wieder nebeneinander herzufahren. Schließlich erreichten sie ein primitives Dock mit Pollern aus Holz oder Baumstämmen, die man ein Stück über dem morastigen Boden abgesägt hatte.

Das Ganze sah nicht nach viel aus, war aber zweifellos ein Dorf, das nach dem gleichen Verfahren errichtet war wie der Kai. Einen Meter über dem Boden abgesägte Bäume, die mit Planken verbunden worden waren. Das alles wirkte so dauerhaft wie die Wahnvorstellungen eines Schizophrenen.

Griffin band ihr Kanu vor einem Pfahlhaus fest, und sie wateten, vorsichtig auftretend, das kurze Stück vom Kai bis zum Haus das Ufer hinauf.

Die Paddelleute folgten ihnen unbeholfen, als hätten sie Schlittschuhe an den Füßen. Sobald sie das trockene Land erreichten, entdeckte Alex auch den Grund ihrer Unbeholfenheit: ihre Füße waren schrecklich deformiert, das Non-Plus-Ultra von Klumpfüßen.

Sich umschauend, bemerkte Alex, daß auch die andern Kanubesatzungen auf ähnliche Weise verkrüppelt waren. Die meisten von ihnen verwendeten ihre Paddel als Krücken.

Er beschloß, zunächst keine weiteren Fragen mehr zu stellen. Ein Detektiv sollte einen Teil seiner Zeit auch mit direkten Ermittlungen verbringen.

Sie wurden zu einer zentralen Plattform gebracht. Sie schien auf festeren Füßen zu stehen als die zwölf oder fünfzehn schilfgedeckten Hütten im Umkreis. Gleich den anderen Behausungen schwebte sie einen guten Meter über dem Morast, was vermutlich Alligatoren entmutigen sollte, sich auf der Veranda zu sonnen. Inzwischen wagten sich auch Eingeborene aus ihren Verstecken hervor – Frauen, Kinder, Greise und ein kleines Kontingent von mit Speeren bewaffneten Kriegern. Alle bewegten sich auf Klumpfüßen.

Griffin betrachtete die alptraumartigen langen Schatten seiner humpelnden Begleiter, während er auf die zentrale Plattform zuging, und mußte plötzlich daran denken, daß es erst zwei Uhr nachmittags sein konnte. Doch die Sonne war bereits zur Hälfte hinter dem Horizont verschwunden. Er blickte auf seine Manschettenuhr. Es war genau fünfzehn Minuten nach zwei.

Was hatte der Spielmeister mit ihnen heute abend vor, weil er die Abenddämmerung um Stunden vorverlegte?

Das Ensemble wurde auf eine hölzerne Leiter verwiesen, die sie nach und nach erkletterten. Die beiden Träger warteten am Fuß der Plattform.

»Bitte«, erklärte Maibang mit leiser Stimme, »die Agaiambo sind ein Sumpf-Volk, das die meiste Zeit seines Lebens auf und im Wasser verbringt. Sie kommen selten auf wirklich festes Land. So sind mit den Jahren ihre Füße eingeschrumpft und zu dem geworden, was ihr jetzt seht. Doch deswegen sind sie trotzdem ein stolzes, sehr tapferes Volk und wertvolle Verbündete in unserem Kampf. Deshalb bezeugt ihnen den Respekt, der einem kriegerischen Volk gebührt, das für seinen Widerstand gegen das Böse einen hohen Tribut zahlen mußte.«

Es gab einen dröhnenden Laut, und die Sprossen der Leiter bebten unter dem Gewicht, das sich nun nach oben bewegte. Ein Gesicht erschien über dem Rand der Plattform, unglaublich faltig und wettergegerbt. Nur die Augen schienen zu leben, Diamantsplittern gleichend, die man in einen verschrumpelten schwarzen Apfel gesteckt hatte. Der Mann wurde auf der einen Seite von einem Krückstock gestützt, auf der anderen von einer Frau, die kaum jünger sein konnte als er. Ihre leeren faltigen Brüste pendelten bei jedem ihrer Schritte wie ausgetrocknete Schläuche. Sie half dem Mann, auf den Planken Platz zu nehmen, während sie selbst hinter ihm stehen blieb. Sie hielt seine Hand auf eine Weise, die Griffin als fürsorgliche Behindertenhilfe interpretierte.

Der alte Mann murmelte etwas, wobei die gummiartigen Lippen zuckten wie bei einem Fallsüchtigen und ein dünner Speichelfaden ihm über das Kinn rann. Dann sprach die Frau. Nach einem Dialog mit vielen Zwischenpausen übersetzte Maibang. »Sie sagt, ihr Mann wollte sich dafür entschuldigen, daß er uns nicht mit gewohnter Stärke begrüßen könne, aber er ist sehr müde, und der Kampf entwickelte sich nicht so wie erwartet. Das Dorf der Agaiambo läge zu nahe beim Territorium unserer Feinde, und deshalb wären sie auch häufiger deren Angriffen ausgesetzt. Das Ende des Dorfes wäre nahe.«

Der alte Mann hatte zunächst einen Krampf seiner Gesichtsmuskeln zu bewältigen, und seine Lippen entblößten seine braunen Zahnstummel. Mit einer schier übermenschlichen Willenskraft brachte er sein Gesicht wieder unter Kontrolle und murmelte etwas zu seiner Frau. Sie wiederholte laut seine Worte, und Maibang übersetzte: »Er wäre nicht der Anführer der Agaiambo, sagt er, denn ihr Stammeshäuptling sei schon vor einer Woche gestorben. Sie hätten ihn in sein Ku gesetzt – seinen offenen Sarg –, damit der Regen und die Sonne sein Fleisch wieder zu Erde verwandeln und seinen Geist beschleunigt auf den Weg bringen konnten – auf den Weg nach Dudi, dem Dorf der Toten. Doch unsere Feinde, die ihn auf die grausame Weise von Bidi-Taurabo-Haza zu Tode gebracht hatten . . .«

Chester unterbrach ihn: »Moment mal! Ich möchte ja nicht unhöflich sein, doch ich muß darüber Näheres wissen. Was bedeutet dieses Bidi-Tar-Dingsda? Ich weiß zwar, daß ›Bidi‹ ›Mann‹ bedeutet . . .«

Maibang übermittelte Chesters Bitte der alten Frau, die ihm langatmig antwortete. »Das ist die Schlange, die einen Mann für den Tod reif macht. Wenn du dieser Schlange in die Augen schaust, verfaulst du von innen heraus.«

Chester nickte und sagte dabei leise zu sich selbst: »Die tropische Version der klassischen Gorgonenhaupt-Sage . . .«

»Bitte«, wies Maibang den Meister der Mythen mit erhobener Stimme zurecht, »das ist eine sehr wichtige Mitteilung. Der Häuptling starb binnen vier Tagen, ein aufgequollener, fast schon gänzlich verwester Klumpen Fleisch. Dann wurde sein Leichnam in das Ku gesetzt. Zwei Tage später hing das Fleisch nur noch lose an den Knochen . . .«

McWhirter, der neben Griffin stand, stöhnte: »Gütiger Himmel, sind solche Detailschilderungen denn wirklich nötig?« Acacia hielt sich die Hand vor den Mund. Ihr Gesicht hatte einen Stich ins Grüne.

»Doch dann öffneten sich plötzlich seine Lider, und in den leeren, nur noch mit Schleim gefüllten Augenhöhlen brannte eine schreckliche Flamme. Und der Häuptling, der uns so viele Jahre ein guter Anführer gewesen war, kletterte aus seinem Ku und überfiel uns mit der Kraft von zehn Männern. Weder mit Feuer noch mit Schwertern oder Speeren konnten wir ihn aufhalten, und er tötete jeden, der ihm zu nahe kam. Endlich gelang es uns mit einer gemeinsamen verzweifelten Anstrengung, ihn zu fesseln. Dann hackten wir ihn in Stücke und warfen die einzelnen Teile in den Sumpf. Doch selbst das genügte nicht, denn einer seiner Arme kam aus dem Sumpf heraus und versuchte das Dorf anzugreifen. Zum Glück jagte gerade eine große Eidechse am Rand des Wassers, packte den Arm und verschlang ihn.«

McWhirter schien plötzlich an einer Magenverstimmung zu leiden. Griffin hatte Mühe, ein Grinsen zu unterdrücken.

»Deswegen sind wir so schwach, sagt er. Wir hätten uns in den vergangenen Jahren zu vieler Angriffe erwehren müssen, und jeder hatte viel Kraft gekostet. Zweifellos würde das Dorf nicht so lange überlebt haben, wenn es nicht an einem Ort stünde, der unseren und euren Göttern heilig ist. Vor vielen Jahren kamen nämlich Missionare hierher, um uns von Gott und Jesus zu predigen. Nicht weit entfernt von hier errichteten diese Missionare eine Andachtsstätte. Da die Bewohner dieses Dorfes beim Bau dieser Stätte mit Material und Arbeitskräften halfen, segneten diese Missionare unser Land und unsere Boote.«

Während Maibang übersetzte, hatte der alte Mann der Frau wieder etwas zugemurmelt, und sie gab nun das Gemurmelte an Maibang weiter. »Inzwischen«, verdolmetschte Maibang, »müssen wir befürchten, daß der Schutz dieses Segens erheblich geschwächt ist. Wir wissen, daß in der alten anglikanischen Mission seltsame Dinge geschehen und heute nacht etwas geopfert werden soll, und zwar auf dem Altar eures Gottes. Damit werden unsere Feinde die heilige Stätte endgültig entweihen, und das bedeutet das Ende des Schutzsegens. Damit ist unser Untergang besiegelt. Wir sind nicht mehr stark genug, unser Verderben aufzuhalten. Doch ihr seid stark und mächtig. Eure Welt ist genau so bedroht wie unsere Welt. Unser Schicksal liegt in eurer Hand.«

Es baute sich nur langsam, doch spürbar auf: eine fast greifbare Erregung, ein Gefühl einer gemeinsamen Bedrohung, die einer gemeinsamen Anstrengung bedurfte. Dieses Gefühl wirkte wie ein belebender elektrischer Strom, der von einem Mitglied des Ensembles auf das andere übersprang. Selbst Griffin spürte, wie sein Herz ein paar Takte schneller schlug und er dabei dachte: *Das scheint Spaß zu bringen!* Dann besann er sich wieder darauf, wer er war und warum er hier war, und er schob seine abenteuerlustigen Gedanken beiseite.

»Wir werden schon mit dieser Bedrohung fertig«, sagte Chester grimmig. »Ihr könnt euch darauf verlassen. Und wenn die Agaiambo außerstande sind, uns einen Führer zu stellen, dann frage sie, Maibang, wie wir zu dieser geweihten Stätte unseres Gottes gelangen können.«

Es war inzwischen Nacht geworden, doch im Osten ging der Vollmond auf, der bald genügend Licht spenden würde.

Die letzten hundert Meter hatten die Abenteurer so leise wie möglich zurückgelegt. Griffin richtete sich in seinem Verhalten nach Mary-em, die mit todernstem Gesicht ihre einsatzbereite Hellebarde in der Hand hielt, entschlossen, auf jeden Gegner sofort einzuschlagen. Alex war sich der Unzulänglichkeit seiner Waffe bewußt und wünschte sich, er hätte einen von den gestohlenen Revolvern am Gürtel getragen, nicht diesen lächerlichen Dolch. Fortunato schien offenbar mit seiner Smith & Wesson gut umgehen zu können, und Dark Star hielt ihr Gewehr quer vor der Brust, wie es von einem Soldaten in einem solchen Fall verlangt wurde.

Griffin konnte trotz aller Vorbehalte diesen Leuten eines nicht absprechen: sie nahmen ihre Rolle ernst. Und wenn er so lange am Leben bleiben wollte, bis er den Mörder von Rice entlarvt hatte, mußte auch er sich ganz auf das Spiel konzentrieren.

Die Reihe der Abenteurer war zum Stehen gekommen, und

sie drängten wieder zu einer Gruppe zusammen. Henderson, der an der Spitze marschierte, kam zurück: »Wir sind in der Nähe der Mission«, sagte er in energischem Ton. »Ich habe Oliver und Gina als Spähtrupp vorausgeschickt, und wir müssen so lange warten, bis sie erkundet haben, was uns dort vorne erwartet. Ich bin überzeugt, die Mission wird durch Wachposten und Hindernisse gesichert, die vermutlich auch magischer Art sind.« Er blickte Dark Star vielsagend an. »Wenn mich mein Gefühl nicht täuscht, wird es diesmal auch für unsere Diebe etwas zu tun geben. Du mußt Fortunato und Griffin in ihre Aufgaben einweisen, Honey. Du bist der einzige erfahrene Dieb im Ensemble.«

Oliver kam, heftig atmend, von seiner Erkundung zurück: »Es stimmt. Die Mission liegt direkt vor unserer Nase. Doch sie ist von mindestens zwei Dutzend Eingeborenen besetzt, wovon einer vermutlich ein Häuptling ist. Was da geopfert werden soll, konnte ich nicht beobachten. Doch zweifellos finden Vorbereitungen für ein Opfer statt.«

»Waffen?«

»Vorwiegend Speere. Messer, ein paar Flitzbogen und zwei Handfeuerwaffen. Doch keine Maschinengewehre.«

»Gut. Gina?«

»Die telephatische Erkundung im Missionsbereich enthüllte eine Menge Zauber. Mindestens zwei Priester der fünften Stufe, wenn nicht gar höher, und eine Vibration, die mir überhaupt nicht gefällt. Ich vermute, das war einer von unseren . . . Feinden, und falls sie alle so mächtig sind wie er, können wir einpacken.«

»Nur keine Panik, Gina. Wir können sie packen. Wie sieht der Häuptling aus?«

Die rothaarige Priesterin schürzte nachdenklich die Lippen. »Eine seltsam animalistische Erscheinung. Lendentuch aus Leder, lange Finger- und Zehennägel, sehr dunkle Haut. Er scheint sich die Haare mit Lehm vollgekleistert zu haben. Sehr starke Aura. Obgleich ich magisch abgeschirmt bin, wußte er sofort, daß ich in seiner Nähe war.«

»Besteht eine magische Verbindung zum Opfer?« fragte Chester.

»So gut wie gar nicht. Sie befindet sich in dem Gebäude und steht Todesängste aus. Ich wette, wenn wir einen Frontalangriff versuchen, Chester, bringen sie das Mädchen, das geopfert werden soll, um. Und sie ist unsere einzige Verbindung zu unseren Feinden.«

»Richtig erkannt, Honey. Ausgezeichnete Arbeit. Hat dich die Erkundung viel Energie gekostet?« Sogleich war Gina in eine grüne Aura getaucht, und Chester begutachtete sie mit kritischen Augen. »Es wird reichen. Sobald der Angriff beginnt, vereinigen wir unsere magischen Kräfte.«

»Kein übler Gedanke«, erwiderte sie grinsend und schmiegte sich an ihn.

Er tat so, als bemerke er das nicht: »Es sieht jetzt wirklich so aus, als müßten die Diebe die Hauptarbeit leisten. Gina ist keine Anfängerin, und wenn ihr Schutzschild nicht genügte, um unbemerkt an den Feinden vorbeizukommen, dann bringen das nur noch die Diebe fertig.«

Trotz seiner Skepsis spürte Griffin eine Welle der Erregung in sich aufsteigen. »Wie lautet unsere Aufgabe?«

»Die Jungfrau zu stehlen, die geopfert werden soll.«

Kapitel Fünfzehn

Der Ritus des Schreckens

Am Rand der Lichtung, hinter Bäumen mit breiten Blättern versteckt, lauerten die drei Diebe. Zwei waren Novizen, die mit feuchten Händen und Stirnen ihrem Einsatz entgegenfieberten. Einer der beiden hatte blaue Augen und strähnige schwarze Haare, trug einen Revolver und einen Dolch im Gürtel und hatte sich das Gesicht mit Holzkohle geschwärzt. Auch seine Hose und sein Hemd waren von schwarzer Farbe. Dieser Dieb hieß Fortunato.

Er räusperte sich und spuckte lautlos neben den Stiefel des zweiten Novizen – ein großer, athletischer Mann, der sich mit unglaublicher Geschmeidigkeit bewegen konnte und nun mit einer Gelassenheit auf seinen Fersen hockte, als wäre er ein Ureinwohner Australiens auf der Pirsch. Sein Haar war rot und kurzgeschnitten, seine breite, schwielige rechte Hand ruhte locker auf dem Griff seines Dolches. Er nannte sich Griffin.

Der dritte Dieb weiblichen Geschlechts hatte einen nicht wahrnehmbaren, jedoch mächtigen Einfluß auf die anderen beiden Vertreter der Zunft. Schön könnte man sie nicht nennen, wenn man sie nicht beim Licht eines einsamen Lagerfeuers betrachtete. Ihre Lippen waren zu groß, und sie glitzerten einen Moment lang im Mondlicht, als sie sie mit ihrer Zungenspitze anfeuchtete. Ihre Ohren standen wie Signalwimpel unter ihren kurzen schwarzen Haaren vom Kopf weg. Das kam daher, weil sie sich anstrengte, auch das leiseste Geräusch aufzufangen. Nur ihren Augen konnte man Schönheit nicht absprechen. In ihnen spiegelten sich winzige Lichter wie Leuchtkäfer im öligen Sumpfwasser. Ihre Augenbrauen stießen über dem Nasensattel zusammen wie bei einem Raubvogel, der seine Beute beäugte. Ihr Körper war vorgeneigt wie bei einem Läufer, der auf den Startschuß wartete. Ihr Name war Dark Star.

Vor ihnen breitete sich ein seltsames und barbarisches Panorama aus, das alle Sinne zugleich angriff. Hagere dunkle

Gestalten stampften und zuckten rhythmisch im rötlichen Licht des Vollmondes im Takt der Musik aus Rohrpfeifen und hölzernen Trommeln. Maibang, ihr dunkelhäutiger drahtiger Kundschafter mit den flinken Augen und der ebenso flinken Zunge, hatte ihnen gesagt, daß dieses Gebäude auf der Lichtung ursprünglich eine anglikanische Kirche gewesen sei. Kein noch lebender Zeitgenosse hatte sich gefunden, der ihnen angeben konnte, an welchem Tage sich die Wesen des Dschungels gegen die Missionare erhoben und sie erschlugen. Seit diesem Tag mied jeder, der seine fünf Sinne beisammen hatte, die von Kletterpflanzen überwucherten Mauern der Mission. So viel Blut war hier vergossen worden, daß die Seelen der Priester vor Entsetzen aufschrien, wenn man auch nur einen Fuß auf die Lichtung setzte.

Die Missionskirche, ein vom feuchten Dschungelklima arg mitgenommenes Gebäude, war sehr bescheiden, offenbar nicht viel mehr als eine Wohnung für die inzwischen längst verschiedenen Missionare. Die Andachten waren vermutlich in einer Kapelle abgehalten worden, die kein Dach mehr hatte und die sich auf einen Vorhof öffnete, der mit uralten faulenden Matten belegt war, wo sich vielleicht zweihundert Andächtige zum Gebet niederknien konnten.

Die ihres Daches entkleidete Kapelle war nun von einem Ring ekstatischer Tänzer umgeben. Weitere zehn oder zwölf Eingeborene, die in einem zweiten, weiter außen angelegten Ring standen, bewegten leise den Oberkörper im Rhythmus der Musik, ohne sich mit den Füßen von der Stelle zu rühren. In der Mitte dieser Anlage befand sich ein Gerüst aus zwei Balken, die zu einem senkrecht stehenden X zusammengebunden waren.

»Wenn sie sich nicht im Freien aufhält, wird sie wohl in der Kirche festgehalten . . .« Dark Star hielt nach dem letzten Wort die Luft an und zog ihre beiden Begleiter tiefer in die Büsche hinein.

Die Gestalt, die nun aus der Kirche kam, war zum Fürchten – mehr eine Bestie als einem Menschen gleichend. Ihre Fingernägel waren so scharf und lang wie Krallen, die Augenzähne spitz zugefeilt, die Haare ein mit Lehm und Holzstäbchen toupiertes Etwas, das Ähnlichkeit mit einem Wespennest hatte. Das Wesen starrte auf der Lichtung herum, sah an ihnen vorbei und sprach mit schrillen, hastigen Tönen zu den Tänzern. Diese holten aus kleinen Lederbeuteln, die an ihren Hüften befestigt waren, Getreidekörner heraus und begannen, sie mit vollen Händen auf der Lichtung auszusäen.

Griffin stieß Fortunato an: »Das allgemeine Interesse scheint sich auf den Bereich vor der Kirche zu konzentrieren. Sollen wir nicht den Hintereingang nehmen?«

Fortunatos Grinsen war ein roter Spalt im schwarzen Gesicht. »Was sagst du dazu, Star? Müssen wir die Tänzer nicht ein bißchen ablenken?«

»Erst dann, wenn wir das Gebäude wieder lebend verlassen wollen. Und jetzt hört ihr beide mal gut zu. Wir müssen auf die entgegengesetzte Seite der Kirche gelangen, und zwar so, daß uns niemand hört. Folgt mir.« Sie warf das geschulterte Gewehr nach vorne und hielt es quer vor die Brust. Dann lief sie leichtfüßig durch die Büsche. Griffin und Fortunato folgten ihr jeweils im Abstand von fünf Metern.

So gelangten sie auf die andere Seite der Lichtung und hielten dort wieder an. Dark Star nickte, und sie huschten geduckt über eine fünfzehn Meter breite Fläche bis zur Hinterwand der Kirche. Der Abstand bis zum oberen Rand der Mauer war für Dark Star zu groß, selbst wenn sie mit einem Anlauf in die Höhe sprang.

»Baue eine Leiter«, flüsterte sie Griffin zu, und der stellte sich an die Mauer, beugte sich vor, schob die Hände zusammen, und Dark Star stellte den Fuß darauf. Die Diebin packte einen Dachbalken, zog sich daran empor, und dann saß sie schon, mit einer kleinen Nachhilfe von Griffin, oben auf der Mauer.

Fortunato diente nun Griffin als Kletterstütze, und der schwere, athletische Mann revanchierte sich, indem er einen Arm hinunterreichte und Fortunato daran in die Höhe zog. Fortunato keuchte heftig, als er auf dem Dach landete. Dark Star warf ihm einen bösen Blick zu, und der Dieb bemühte sich, seine Atemzüge zu dämpfen. Jahrelanger Regen und feuchte Hitze hatten aus dem soliden, mit Schilf gedeckten Dachstuhl eine von Fäulnis angegriffene, unzuverlässige Konstruktion gemacht. Zwar vermochten sie ohne viel Risiko über die tragenden Balken zu kriechen, doch die Dachschräge machte auch daraus ein riskantes Manöver. Das Stampfen der tanzenden Eingeborenen und die lärmenden Trommeln und Pfeifen übertönten jedes Geräusch, das die Diebe erzeugen mochten. Wenn sie also die Wachen in der Kirche nicht durch rieselnden Mörtel oder Staub alarmierten, konnte ihr Einsatz Erfolg haben.

Dark Star glitt an dem schräg ansteigenden First hinauf, indem sie mit den Füßen in den Schilfmatten, mit denen das Dach gedeckt war, Halt suchte. Griffin und Fortunato folgten ihr auf die gleiche Weise. Als Dark Star nur noch zwei Meter vom Scheitel des Dachs entfernt war, zog sie ihr Messer und schnitt damit ein Guckloch in die zu Matten verflochtene Dachverkleidung. Sie mußte sich anstrengen, bis sie die zähen Fasern durchsägt hatte, erledigte ihre Aufgabe aber ohne Geräusch. Griffin sägte ebenfalls ein Loch in die Dachmatten.

Der Raum unter ihnen war nur mit einer Fackel spärlich erleuchtet, doch das Licht reichte aus, um vier Gestalten auszumachen. Zwei standen mit gekreuzten Armen neben einer Frau, die gefesselt auf einem Strohsack lag. Vor ihr ragte der Mann mit den schlammverkleisterten Haaren auf, der den Tänzern Anweisungen gegeben hatte. Auf diese Entfernung vermochten sie sogar die Messernarben auf seinen Wangen zu erkennen, die mit frischem Blut gefüllt waren: selbst beigebrachte rituelle Wunden, vermutlich noch mit Lehm oder Dung eingerieben, damit tiefe Narben zurückblieben.

Das Mädchen hatte blonde Haare, und ihre Kleider, die jetzt nur noch aus Lumpen bestanden, mußten einmal teuer und schön gewesen sein. Griffin konnte ihr Gesicht nicht deutlich erkennen, doch ihr Körper war zierlich und gut gewachsen. Dark Star bohrte ihren großen Zeh in Griffins Ohr, und er blickte zu ihr hinauf. Sie zerschnitt die Nachtluft in rechteckige Stücke. Griffin formte mit Daumen und Zeigefinger einen Kreis. Ihm gefiel ihr Vorschlag. Die Dachverkleidung schien aus zwei kräftigen Matten zu bestehen, die am Firstbalken zusammengenäht worden waren. Wenn sie die Naht am Firstbalken wieder auftrennten, konnten sie sich durch die Lücke auf ihre Gegener hinunterfallen lassen.

Schweigend gingen sie an die Arbeit. Im Mondlicht mußten sie nicht lange nach den Fasern suchen, die die Matten zusammenhielten, und nur der sich beschleunigende Rhythmus der Trommeln war ein ungutes Zeichen. Ein einziges Mal blickte ein Wächter in der Kirche zu ihnen hinauf, und sie hörten sofort mit ihrer Arbeit auf, bis er wieder wegsah. Griffin drehte sich zu Fortunato um, der das Gelände hinter der Kirche beobachtete. Der Dieb beschrieb mit dem Finger einen Kreis um seine Augen und winkte ihm beruhigend zu.

Dark Star wollte gerade die Dachverkleidung zurückschlagen, als die Vordertür der Kirche sich öffnete und mehrere Krieger hereinkamen. Das Mädchen stöhnte, als die Krieger sie sich auf die Schultern luden und sie hinaustrugen.

Griffin hörte, wie die Diebin leise, aber lästerlich vor sich hin fluchte. Er konnte ihre Gefühle gut verstehen. So *nahe* am Ziel . . .

Die beiden Wächter blieben im Kirchenschiff zurück, nachdem die Krieger mit dem Wespennest-Haarigen die Kirche verlassen hatten. Griffin klopfte Dark Star gegen den Fuß. Er deutete nach unten: »Okay«, flüsterte sie, »gib ihnen Saures . . .«

Ein kreisrunder roter Fleck tauchte vor ihren Augen auf. »Gary«, sagte sie, aus ihrer Rolle fallend, »Ihre Klinge ist scharf. Stecken Sie das Messer in die Scheide zurück und entriegeln Sie den Griff.«

Griffin blickte sie verständnislos an, bis ihm einfiel, welche Verhaltensmaßregeln ihm die Schiedsrichter der Spielzentrale mitgegeben hatten:

1) Keine scharfen Hieb- oder Stichwaffen dürfen im Nahkampf verwendet werden. Die Klingen dieser Waffen können mit einer einfachen Drehung entfernt und durch Holoprojektionen im Griff ersetzt werden. Ehe die Sensoren der Behälter aller Hieb- und Stichwaffen nicht anzeigen, daß diese Waffen entschärft sind, ist der Einsatz dieser Waffen in Kampfszenen verboten.

2) Die Verwendung dieser Waffen als Kampfmittel ist nur mit Hologrammklingen erlaubt. Auch das Zielen mit einer scharfen Waffe auf die Gelenke, die Weichteile, das Gesicht oder den Hals eines Mitspielers ist streng verboten.

3) Kleinere Verstöße gegen diese Regel ziehen eine Spielunterbrechnung und den Abzug von Strafpunkten nach sich. Ein grober Verstoß gegen diese Regel bedeutet automatisch das Ende des Spiels.

Alex schob seinen Dolch in die Scheide zurück, bis er das Klicken hörte. Dann drehte er den Griff um neunzig Grad, und er konnte das Messer wieder herausziehen. Eine acht Zoll lange Klinge saß am Griff, die sich durch einen besonders kräftigen Metallglanz von der echten Klinge unterschied. Vorsichtig bewegte Griffin einen Finger durch das Hologrammfeld, und im gleichen Augenblick erlosch der rote Fleck vor Dark Stars Gesicht. Sie gab ihm das Zeichen, weiterzumachen.

Griffin hatte das Gefühl, daß sein eigenes Gesicht so heftig glühte wie der Fleck vor den Augen der Diebin. Himmel, fast hätte der Sicherheitschef des Traum-Parks zwei Schauspieler mit einem Messer tranchiert! Das hätte einen schönen Wirbel in der Presse gegeben, Griffin! Zum Teufel damit. Griffin riß die Dachmatte zur Seite und ließ sich in den Kirchenraum hinunterfallen.

Die Wächter wurden von dieser Attacke überrumpelt. Er landete fast auf dem Rücken des einen, und seine Messerklinge bohrte sich blutlos sechsmal hintereinander in den Körper des Gegners. Der Wächter brach zusammen. Der andere Wächter stolperte über die Leiche seines Kollegen, und ehe er mit der Stirn auf dem Boden aufschlug, hatte ihm Griffin schon die Kehle durchschnitten.

Der athletische Dieb schüttelte den Kopf. »Kanonenfutter«, murmelte er.

Dark Star fiel vom Dach herunter, und dann Fortunato, der sich dabei den Knöchel verstauchte. Die Meisterdiebin begutachtete Griffins Werk und sagte, ihm widerwillig Respekt zollend: »Nicht schlecht für einen Anfänger. Aber was wirst du tun, wenn man eine Zugabe verlangt?«

Er hörte ihr gar nicht zu, sondern schlich bis an die Kirchentür: »Wir haben nicht mehr viel Zeit. Sie können jede Minute das Opfer vollziehen!«

Dark Star blickte durch die einen Spalt breit geöffnete Kirchentür. Das europäische Mädchen wurde gerade mit einer Mischung aus Getreidekörnern und Schweineblut gesalbt.

»Fortunato«, sagte Dark Star, den Dieb mit dem geschwärzten Gesicht an ihre Seite ziehend, »glaubst du, du kannst auf die Entfernung von fünfzehn Metern einen Mann mit dem Messer in der Kehle treffen?«

»Ich kann es versuchen. Mein Wessler-Grahm gab mir siebenundneunzig Punkte von möglichen hundert in der Bewertung meiner Geschicklichkeit, und die restlichen drei Prozent sind die Toleranzwerte des Computers. Trotzdem wäre ein Revolver auf diese Entfernung besser.«

»Nein, spar dir die Patrone. Nimm das Messer.«

Fortunato zog mit einer Drehung das Messer aus der Scheide, und am Griff zeigte sich eine leuchtende Hologrammklinge.

»Wir müssen nur noch den richtigen Moment abpassen.«

Die Musik vor der Kirche wurde immer lauter. Mit grotesken Sprüngen und wirbelnden Bewegungen tanzte der hohe Priester mit dem Wespennest-Kopfschmuck und den blutenden Messernarben auf dem Gesicht um das Mädchen herum und vollführte wilde Stöße mit dem Opferdolch aus schwarzem Obsidian. Die anderen Eingeborenen zogen sich zurück, wie hypnotisiert von den Bewegungen ihres Vortänzers. Es schien nicht mehr lange zu dauern, bis ihm der Schaum vor den Mund trat, denn er bewegte sich nun von einer Seite zur anderen wie eine tollwütige Krabbe. Mit seinem Vulkanglas-Messer zog er sich eine blutige Linie über den Bauch und bewegte sich dann ruckartig nach vorne, um seinen Unterleib an dem Körper des Mädchens zu reiben und sie mit Blut zu beschmieren.

Griffin vermochte aus dem spitzen Winkel das Gesicht der jungen Dame nicht zu erkennen; doch er sah, wie sie versuchte, vor dem Priester zurückzuzucken. Der grinste nur lüstern und rieb noch einmal, diesmal viel langsamer und genüßlicher, seinen Bauch an dem Körper der Todgeweihten. Nun stieß sie einen erbärmlichen Schrei aus, der sogar das Dröhnen der Trommeln übertönte. Da hob der Priester das Messer hoch über den Kopf und . . .

»*Jetzt!*« zischelte Dark Star. Fortunatos Hand beschrieb einen kurzen Bogen über der Schulter, als er das Werfen des Messers mimte. Ein glitzerndes Etwas beschrieb einen Bogen von seiner

Hand bis zur Kehle des Priesters. Dieser stieß einen gepreßten, gurgelnden Laut aus, griff sich mit beiden Händen an den Hals, und dann zeigten sich Blutblasen zwischen seinen zuckenden Lippen.

»Volltreffer!« rief Fortunato entzückt. Ehe er das Wort noch ganz ausgesprochen hatte, war Griffin schon aus der Vordertür der Kirche gelaufen und raste auf das Mädchen zu. Einen kurzen Moment lang trafen sich ihre Augen, und die Dankbarkeit und Verehrung in ihrem Blick wärmte ihm das Herz. Und dann war auch Fortunato zur Stelle, und während Dark Star dem Mädchen die Fesseln von den Gliedern herunterschnitt, stellten sich die beiden männlichen Diebe dem wütenden Ansturm der Geprellten.

Der erste, der heranstürmte, stach mit der glühenden Spitze seines Speers nach Griffin. Der Dieb wich elegant zur Seite, packte den Schaft und drehte daran, und der Eingeborene, der nicht loslassen wollte, überschlug sich und landete auf dem Rücken. Der nächste, der heranstürmte, bekam die glühende Speerspitze in den Magen, brach zusammen und quiekte wie ein Ferkel. Auch Fortunato hatte sich inzwischen wieder mit einem Messer bewaffnen können, wie Griffin mit einem raschen Seitenblick feststellte, und hielt sich damit zwei Eingeborene vom Leib. Dark Star hatte das Mädchen von ihren Fesseln befreit und schob sie in den Mittelpunkt des Dreiecks, dessen Schenkel von den drei Dieben gebildet wurden. Zwei Eingeborene griffen sie an. Einer brach, von Dark Stars Messer getroffen, zusammen, während sie dem wilden Schwinger des zweiten Angreifers geschickt auswich. Er stolperte über ihr ausgestrecktes Bein, und sie erdolchte ihn von hinten.

Mit einem Mal wich die Masse der Eingeborenen zurück und bildete einen Kreis. Ein Dutzend Speere zielten, mit wurfbereiten Armen über die Köpfe gehoben, auf die Diebe. Doch ehe sie geworfen wurden, gab es ein markerschütterndes Geschrei im Hintergrund. Die Eingeborenen drehten sich *en masse* um, bereit, sich der neuen Bedrohung zu stellen, doch es war schon von vornherein deutlich, daß sie dieser Aufgabe nicht gewachsen waren.

Denn Mary-em hatte den Kampfplatz betreten. Die zwergenhafte Lady griff wie ein Berserker an, die metallisch blinkende Hellebarde stoß- und schlagbereit. Ihr Lederwams war mit schwarzem Schlamm bedeckt, und ihr Gesicht sah zum Fürchten aus, so zerkratzt war es von den Dornen und Lianen – und alles in allem nicht ganz sauber. Doch die Glut in ihren Augen war lupenrein, und zudem wurde sie von einem Dutzend heulenden Kriegern und Zauberern begleitet.

Ginas Zauberstab ließ seine magischen Melodien hören, begleitet von einem Feuerwerk tödlicher Blitze, die aus dem Stabende zuckten. Penthesilea mähte mit ihrem Schwert eine Gasse durch die bewaffneten Eingeborenen, gelangte so rasch an Fortunatos Seite und warf ihm eine Kußhand zu, ehe sich die beiden, Rücken an Rücken, wieder dem Kampf stellten.

Die Eingeborenen kämpften bis zum letzten Atemzug. Speere, Messer und geballte Muskeln warfen rötliche Reflexe im Licht der Fackeln, während die gnadenlose Schlacht auf der Lichtung tobte.

Oliver, der Franke, bewegte sich vorsichtig im Kreis um seinen Gegner, sein Breitschwert gegen die Lanze setzend. Die leuchtende Speerspitze streifte Olivers Bauch, als er zur Seite wich und im nächsten Moment einen Ausfall mit seinem Schwert machte. Der Speer zuckte nach oben, und Oliver mußte aus dem Ausfall eine Parade machen. Sogleich zogen die beiden Kämpfer sich wieder in die Ausgangsstellung zurück, sich voll aufeinander konzentrierend. Oliver fintete zum Kopf des Gegners, während er den eigentlichen Schlag gegen dessen Knie richtete. Als der eingeborene Krieger den Passierschlag abblocken wollte, beugte er sich zu weit vor, und Oliver drehte die Speerspitze nach oben und rammte sie ihm zwischen die Rippen. Mit einem Wehschrei fiel sein Gegner auf die Lichtung und hielt sich den Bauch.

Alsbald sah man nur noch sterbende oder zerstückelte Eingeborene auf der Lichtung, und die Schlacht schien schon so gut wie gewonnen, als der Meister der Mythen mit einem lauten Schrei auf sich aufmerksam machte und dabei auf das Dach der Kirche deutete.

Da oben stand die schwankende Gestalt des Priesters, das Messer in der Kehle, mühsam am Dachrand das Gleichgewicht haltend. Seine Brust war mit gestocktem Blut bedeckt, und er blickte mit glasigen Augen zu ihnen hinunter.

Dann bleckte er die Zähne mit einem geisterhaften Lächeln, während seine Augen einen tödlichen Haß versprühten. Er öffnete den Mund, und ein gurgelndes Wispern drang über seine Lippen.

»Alle sofort in den Wald zurück!« rief Chester, was gar nicht mehr nötig war, denn sie wichen bereits vor einem schimmernden Lichtkreis zur Seite. »Nehmt das Mädchen, und laßt uns verschwinden!« brüllte Chester, aber inzwischen war es dafür zu spät: Der Lichtstreifen schnitt das Mädchen von allen ihren Freunden ab, mit Ausnahme von Eames und Leigh, die sich schützend über sie beugten.

»Was hältst du davon, Chester!« fragte Gina keuchend.

»Enthülle mir das Hindernis!« rief er beschwörend. Ein grüner Blitz zuckte aus seiner Hand in den schimmernden Bereich und löste ihn auf.

»Eine Täuschung! Er wollte uns nur hinhalten . . .«

Der Dschungel hinter ihnen wurde zu einem lärmenden Inferno von knackenden und berstenden Zweigen. Der Boden zitterte unter schweren, unheilvollen Schritten. Eames raffte das Mädchen vom Boden auf und trug es mitten zwischen die Spieler. Sie formten einen Halbkreis, das Gesicht dem Wald zuwendend.

Es folgte ein allgemeines Aufstöhnen, als das stampfende Ungetüm zwischen den Bäumen hervorkam. Es war riesig, mindestens so groß wie die Kirche, besaß einen schlangengleichen Kopf, der an einem gräulichen, kreisförmigen Körper befestigt war. Dutzende von kurzen stämmigen Beinen bewegten sich wie bei einem Tausendfüßler und trugen das Ungetüm mit furchterweckender Geschwindigkeit auf die Spieler zu. Das Maul – schockierend fremdartig, nicht größer als der Mund eines Menschen – vermochte man in diesem riesigen Gesicht kaum zu entdecken.

Chester beobachtete mit gespannter Aufmerksamkeit das Vorrücken dieses Ungeheuers. Er sah, wie es sich auf einem getöteten Eingeborenen niederließ. Und der Mund zog sich nun auseinander wie bei einer fleischfressenden Pflanze, zeigte rosige Gaumen, die mit Zähnen gespickt waren wie der Rachen eines Haifisches. Dieser Rachen schluckte den Toten in sich hinein und fing dann an zu kauen.

Chester wich vor dem Ungeheuer zurück: »Wir wollen mit diesem Monster nichts zu tun haben. Wir überlassen ihm die Lichtung!«

Fortunato rief: »Chester?«, und hielt dabei seinen schweren Revolver in die Höhe.

»Du kannst es versuchen«, sagte Chester. »Alle anderen ziehen sich zurück!«

Die Spieler begannen ihren geordneten Rückzug. Das Monster hatte inzwischen den Eingeborenen verspeist und blickte hoch. Sein Maul spitzte hungrig die Lippen. Und dann lief es blitzschnell hinter den Spielern her.

Fortunato/McWhirter stand mit gespreizten Beinen da, hob die gestreckten Arme und hielt den Revolvergriff mit beiden Händen umspannt. Er schoß zweimal rasch hintereinander und hielt dann inne, um die Wirkung seiner Schüsse zu begutachten.

Zwei kleine Pockennarben an der glatten Vorderseite des Untiers schlossen sich sofort wieder. Das Biest blutete nicht einmal. Und die Schüsse hatten auch nicht seine Geschwindigkeit verlangsamt.

Tony versuchte es noch einmal, zielte noch genauer, nahm sich die Augen und den Mund des Ungeheuers vor. Er schoß, bis das Magazin leer war, und rannte dann wie ein Dieb, während ihm das Ungeheuer, das ihn verfolgte, fast auf die Hacken trat.

Aus dem ordentlichen Rückzug wurde eine Flucht. Kasan Maibang führte sie zu einem Pfad durch den Busch, auf dem man sogar in Doppelreihe marschieren konnte. Tony McWhirters Sprint hatte ihn viel Kraft gekostet. Er war erschöpft. Er taumelte beim Laufen, als würde er schon beim nächsten Schritt zusammenbrechen.

Chester rannte zu Maibang: »Was ist das für ein Ungeheuer?«

Die Antwort des Kundschafters kam zwischen zusammengepreßten Zähnen hervor: »Wir nennen es einen Nibek. Unsere Feinde haben es gerufen, um sich an uns zu rächen.«

Der Meister der Mythen blickte über die Schulter. Die Bäume konnten das Ungetüm nicht aufhalten. Unter seinem kolossalen

Gewicht barsten die Stämme wie Zahnstocher. Es holte spielend auf, während es aus seinem so erstaunlich menschenähnlichen Mund ein Fauchen hören ließ.

»Ach, zum Teufel!« schrie eine Stimme am Schluß der Kolonne. Chester drehte sich noch einmal um und sah Mary-em, deren kurze Beine für so eine schnelle Gangart gar nicht taugten. Es konnte nur Sekunden dauern, bis der winzige Mund des Ungeheuers sich wieder ausdehnte, um die stämmige Zwergin im Lederkoller zu verschlingen . . .

»Laß sie zurück«, sagte Maibang beschwörend. »In der Zeit, die der Nibek braucht, um sie zu verschlingen, sind wir schon ein gutes Stück weiter gekommen . . .«

»Ich sollte dich diesem Monster zum Frühstück vorsetzen!« gab Chester wütend zurück. »Sie gehört zu meinen Leuten, und diesem Nibek-Monster würde ich nicht einmal widerstandslos einen kleinen Finger überlassen!« Er drehte sich auf den Absätzen und hob beide Arme in die Höhe: »Hört mich, ihr Götter . . .« Die grüne Aura umgab seinen Körper, und als er mit seiner Beschwörung fortfuhr, wurde seine Stimme so laut wie ein Donnerhall: »Kommt zu mir, meine Kinder des Lichts und der Dunkelheit. Diese Ausgeburt der Hölle soll uns nicht zur Beute haben.«

Fortunato klammerte sich keuchend an einen Baum. Mit rasselndem Atem sagte er zu Alex: »Acacia glaubt ja . . . Diebe könnten nicht kämpfen. Halte dich lieber zurück!«

Eames hatte sich inzwischen mit gezücktem Schwert neben Mary-em gestellt, und der Nibek blieb stehen, zischelnd wie eine Schlange. Sein schuppiger Kopf pendelte langsam hin und her. Er besaß nur noch ein Auge, das andere hatte ihm Fortunato ausgeschossen. Penthesilea und Oliver stellten sich nun ebenfalls mit gezogener Waffe dem Ungeheuer. Hinter ihnen kniete Gwen zum Gebet nieder und umgab die vier Krieger mit einer glänzend weißen Aureole.

Gina und Bowan, der Schwarze, glitten nach rechts in den Wald hinein, um dem Monster an die Flanke zu kommen. Chester wich nach links aus.

Und dann griff das Ungeheuer an. Bei seinem ersten Ausfall stach Mary-em mit der Hellebarde nach dem noch gesunden

Auge des Untiers und tauchte dann unter dem Kopf hinweg, so daß der Biß an ihrem Lederkoller abglitt. Auch sie hatte ihr Ziel verfehlt. Eames hieb mit dem Schwert auf das Untier ein, und der Nibek schwang den Kopf so rasch herum, daß der Krieger nicht mehr ausweichen konnte. Er taumelte nach hinten, und seine Aura färbte sich rot. Sogleich begann der Mund des Untiers sich auszudehnen, und nur Olivers Schlag mit dem Breitschwert gegen seine Beine lenkte es noch einmal von Eames ab. Oliver ging rückwärts, bis er gegen einen Baum prallte, und der Mund des Nibek verzog sich lächelnd, als er sich über sein Opfer senkte, um es zu zermalmen. Die weiße beschützende Aura um Oliver verstärkte sich zur gleißenden Helligkeit, und das Ungeheuer gab einen gurgelnden enttäuschten Schrei von sich, als es diesen Schutzschild nicht zu durchdringen vermochte.

Das Untier suchte sich nun Gwen als Beute aus, die immer noch im stillen Gebet auf dem Boden kniete. Sie hielt auch die Augen geschlossen, bis das Monster schon fast auf ihr lag, drehte dann plötzlich die Handflächen nach außen, und die gesammelte priesterliche Inbrunst ihres Gebetes fuhr nun nach außen und dem Monster ins Gesicht. Geblendet zuckte es zurück.

Von der Flanke her ließ der Meister der Mythen nun einen solch gewaltigen Blitz los, daß die Nacht sich einen Bruchteil einer Sekunde lang in eine Morgenröte verwandelte. Draeger versuchte mit einem langen Zweig dem Nibek den Kopf einzuschlagen, und als das Untier, von Chesters Donnerkeil getroffen, nach rechts auswich, prallte es gegen den Mechaniker. Draegers Aura wurde hellrot und erlosch.

Doch inzwischen waren die Spieler klüger geworden und hatten sich besser organisiert. Der Nibek biß nach Gwen, wofür ihn Bowan mit Feuerbränden überschüttete. Tony hatte nachgeladen und feuerte ununterbrochen auf den Koloß. Selbst die Büsche halfen mit, denn Bowans Feuerzauber hatte sie in Brand gesetzt. Aber des Nibeks Haut warf nur ein paar Falten in der Hitze. Griffin schleuderte seinen erbeuteten Speer auf das Untier, und er durchschlug den Kopf des Monsters und fuhr an der anderen Seite wieder heraus. Obwohl ein grünliches Blut aus der Wunde quoll, schien das Biest nicht schwer verletzt zu sein.

»Sein Gehirn muß es irgendwo im Rumpf versteckt haben! Magier, konzentriert euch auf den Rumpf!«

Gina stand zwischen rauchenden Büschen und schleuderte ununterbrochen ihre heeren Blitze in die Flanke des Monsters. Das Untier wand sich in Qualen, stieß mit dem Kopf gegen einen Baum, und brennende Zweige fielen auf Gina herunter. Sie schrie gellend auf, während ihre Aura sich rot verfärbte und dann zu einem zuckenden Schwarz erlosch. Chester erbleichte, als er Ginas erlöschende Aura erblickte. »Bowan, das hat keinen Zweck!« schrie er. »Das Untier ist zu stark, es könnte uns alle umbringen! Ich versuche es mit einer Eisattacke!«

Bowan stellte sich breitbeinig zwischen zwei mächtige Baumstämme und verdoppelte seine Anstrengung. Flammenfontänen sprühten aus seinen Fingerspitzen.

Chester streckte beide Arme in die Luft und rezitierte:

»Hört mich an, Götter des Lichtes!

Ganz gleich, was es mich an Energie kostet, das Untier gehört tiefgefrostet!«

Und im gleichen Moment sprühten aus Chesters Fingerspitzen weiße, von Frosthauch umhüllte Partikel, die den Nibek in der linken Flanke trafen, während er rechts in Feuer gebadet wurde. Der Mund des Ungeheuers zog sich zu einem breiten O auseinander, und es schrie, während seine Haut entlang der Wirbelsäule aufplatzte und blanke Knochen und rohes Fleisch entblöste.

Nun schien das Ungeheuer tatsächlich in den letzten Zügen zu liegen. Bowan schoß seine Feuerfontänen direkt in die Wunde, während das Monster wie ein halbzertretener Käfer in immer kleineren Kreisen herumkroch. Die Krieger drängten mit ihren Waffen herbei und hackten auf das Monster ein. Es war blind, hatte fast alle seine Beine verloren und war dann nur noch ein zerstückeltes rauchendes Etwas.

Die überlebenden Spieler lehnten sich erschöpft aneinander oder an die Bäume und blickten keuchend um sich.

»Aura!« rief Chester, und sogleich legten sich Lichtsäume um die erschöpften Gestalten. Sechs dieser Säume hatten eine deutliche Rotfärbung, drei waren schwarz wie Tinte. Zwei von diesen Säumen waren durchgehend schwarz. Nur in Ginas Aura flackerte noch Leben auf.

Chester wandte sich der pummeligen Priesterin zu: »Versuche, ob du Gina noch retten kannst. Die anderen beiden haben wir verloren.« Die Priesterin nickte, drückte, als sie an Draeger vorbeikam, ihm mit einer kurzen Berühung an der Schulter ihr Mitgefühl aus und stellte sich dann neben Gina auf.

Draeger rief mit flammender Empörung: »Was soll das bedeuten, daß wir ›die anderen verloren haben‹? Gibst du immer so leicht deine Leute auf?«

Chester streckte ihm versöhnlich die Hand hin, doch der zornige Mechaniker schlug sie zur Seite. »Hör zu, Draeger«, sagte der Meister der Mythen, »Gwens Energie ist ziemlich erschöpft, weil sie Eames und Oliver vor dem Monster beschützen mußte. Würde sie versuchen, euch alle drei zu retten, dann ginge das über ihre Kräfte. Die Anstrengung wäre umsonst. Keiner von euch wäre gerettet.«

Draeger schnaubte mit hochrotem Gesicht: »Also kann nur einer von uns dreien gerettet werden, nicht wahr?«

»Nur einer«, erwiderte Chester mit ruhiger Stimme.

Draeger rückte Henderson so dicht auf den Leib, daß sich ihre Gürtelschnallen berührten: »Warum ausgerechnet Gina? Ist das fair? Du möchtest wohl nicht gerne auf dein Betthäschen verzichten, wie?«

Chester erwiderte leise, aber so deutlich, daß ihn jeder verstehen konnte: »Draeger, du bist tot. Mausetot. Hast du den Stromstoß nicht gespürt? Dein *tindalo* steht schon hinter dir!« Der stämmige Mechaniker drehte sich um und starrte erschaudernd auf seinen durchsichtigen, milchig weißen Doppelgänger, der ihn mit erhobenem Zeigefinger aufforderte, mitzukommen. »Hättest du dir den anderen Spieler zum Beispiel genommen, der mit Anstand verlor, als der Nibek ihn tötete, und ohne Murren die Bühne verließ, wäre uns diese Szene erspart geblieben. Aber da du diese Charakterstärke nicht besitzt und mich auch noch nach meinen Gründen fragst, weshalb ich Gina zu retten versuche, werde ich dir nun gerne eine Antwort darauf geben. Gina ist eine erfahrene, mit mächtigem Zauber begabte Priesterin, während du nur ein zweitklassiger Ingenieur bist, der sich nicht einmal an seine Rolle hält, sondern unbedingt den Kriegern ins Handwerk pfuschen mußte.« Draeger kämpfte nun mit einem Wutanfall, der ihn daran hinderte, etwas Passendes darauf zu erwidern. Deshalb fuhr Chester mit ruhiger Stimme fort: »Falls du glaubst, ich sei dir auch eine Antwort auf deine Anspielung schuldig, dann kannst du froh sein, daß ich nicht auf Bettrammler stehe. In diesem Fall bin ich sogar glücklich, daß du mit deinem Arsch endlich von der Bühne verschwindest!«

Draeger sah sich im Kreis seiner Mitspieler um, von denen ihm keiner mehr Mitgefühl zeigte. Er spuckte auf den Boden. Sein Geist entfernte sich bereits, und er folgte ihm ein paar Schritte, hielt wieder an, drehte sich um und ballte die Fäuste: »Das wirst du bereuen, Henderson. Ich schwöre bei Gott, daß du das bereuen wirst!« Dann rannte er in die Dunkelheit hinein.

Kapitel Sechzehn

Nachtruhe

Gina saß auf ihrem Schlafsack, die Knie bis an die Brust gezogen. Im Lagerfeuer explodierte ein Zweig. Bohnen mit Hammelfleisch kochten über dem Feuer. Das Zeug roch verlokkend.

»Wir haben heute drei Leute verloren und noch eine Reihe von lebensgefährlichen Abenteuern zu bestehen«, resümierte Chester. »Wir brauchen einen Ersatzmann für den Ingenieur und noch einen Priester, weil die arme Gwen sich heute total verausgabt hat. Der Ersatz ist kein Problem. Den bekommen wir in einem Paket. Doch unser Punktekonto macht mir Sorgen. Aber dieser Nibek war ja nicht gerade ein Papiertiger, und das Spielersyndikat wird mir zugute halten, daß wir das Monster erlegt haben. Könnte also sein, daß dadurch die Bilanz ausgeglichen ist.« Gina nickte. Chester merkte anscheinend nicht, wie erschöpft sie war. Er rieb sich die Augen mit den Handballen und fuhr fort: »Vielleicht haben wir sogar ein kleines Plus auf dem Konto, und mehr kann man bei so einem höllischen Spiel auch gar nicht erwarten.« Gina lehnte ihren Kopf an sein Knie. »Ich möchte allerdings wetten, daß wir Draeger als Zombie wiedersehen. Aber was kann der uns schon viel schaden . . .«

Griffin lehnte mit verschränkten Armen an einem Baumstamm und lauschte oder beobachtete unauffällig. Seltsam, wie müde er sich fühlte. Richtig ausgepumpt, als hätte er den ganzen Tag lang echte Monster erschlagen, nicht nur Hologramme.

Wie die anderen Mitspieler hatte er, als das Spiel für die Nachtruhe ausgesetzt wurde, aufatmend seinen Tornister weggeworfen und sich mit einem Jubelruf auf die Erde sinken lassen. Weshalb auch nicht? Das gehört alles zu diesem Abenteuer . . .

Er schüttelte den Kopf. Für dich ist das kein Spaß. Du bist im Dienst. Du mußt einen Fall aufklären. Er blickte die fünfzehn im Lager der Reihe nach an. Zwölf davon waren die Mitglieder von Chesters Ensemble, Nummer dreizehn war die gerettete Jungfrau, und Nummer vierzehn und fünfzehn waren die Schauspieler, die Maibang und Kagoiano darstellten. Griffin erhob sich unauffällig und verschwand zwischen den Bäumen, bis er das Lagerfeuer nur noch als einen Funken im Laub zu erkennen vermochte.

Der Empfänger in seiner Brieftasche summte leise, als er die Einschalttaste drückte.

»Hier Griffin. Marty? Bist du in der Leitung?«

»Jawohl, Chef. Wir haben bereits die drei Spieler vernommen, die heute getötet wurden. Den ersten haben wir sogar an den Sprachdetektor angeschlossen . . . wie heißt er noch . . . oh, ja, Garret. Die anderen beiden sind damit einverstanden, daß sie morgen der gleichen Prozedur unterzogen werden. Und alle drei stehen uns auch weiterhin als Gäste des Traum-Parks zur Verfügung.«

»Das danken sie vermutlich deiner sonnigen Persönlichkeit.«

»Zweifellos. Garret meint, bis dahin kann er sich im Guinness-Buch der Rekorde eintragen lassen. Wenn es nichts kostet, fährt er den ganzen Tag mit der Schwerkraft-Schaukel.«

Das Lachen tat ihm gut, war ein Ventil für die Spannungen des Tages. »Ich habe inzwischen ein paar interessante Dinge festgestellt. Ich glaube, daß wir Alan Leigh von der Liste der Verdächtigen streichen können. Er hat sich gestern nacht damit beschäftigt, Eames, einen unserer besten Krieger, zu verführen.«

Die Pause, die Marty jetzt einlegte, kam für Alex nicht unerwartet, auch nicht das Befremden in seiner Stimme. Bobbick war wie viele andere Vertreter seiner Generation in Kalifornien ein Produkt der religiösen Erweckungs-Bewegung nach dem großen Erdbeben. Sexueller Konservatismus war auch heute noch die Regel, nicht die Ausnahme. Obwohl er wußte, daß die Schauspieler ihre eigenen hausgemachten Gesetze hatten . . .

Marty war allerdings auch noch ein Profi, und deshalb fragte er auch im Stil eines Profis: »Können wir Eames ebenfalls streichen?«

»Nein. Er steht zwar nicht obenan auf der Liste der Verdächtigen, weil er bisher noch nie im Traum-Park aufgetreten ist. Aber er gab Leigh einen Korb. Folglich muß er mindestens die halbe Nacht allein gewesen sein. Leigh könnte zum Beispiel in später Stunde einen zweiten Versuch unternommen haben und stellte dabei fest, daß Eames seinen ursprünglichen Schlafplatz verlassen hatte, um heiklen Situationen aus dem Weg zu gehen. Leigh hingegen hätte nie einen Annäherungsversuch unternommen, wenn er nicht ernsthaft auf ein amouröses Abenteuer ausgewesen wäre. Und vermutlich können wir auch Henderson von der Liste streichen.«

»Weshalb?«

»Aus logischen Gründen. Wir haben bisher nie die Spieler als ernsthafte Bedrohung betrachtet, weil sie so sehr in ihrer Traumwelt versponnen sind. Henderson lebt ausschließlich in der Phantasiewelt des Spieles. Spielen ist sein Lebensunterhalt, und das macht sich für ihn auch bezahlt. Es verschafft ihm Macht und Geltung, und ich schätze ihn nicht als einen Mann ein, der beides für einen finanziellen Vorteil aufs Spiel setzt. Zugegeben, ich gehe bisher nur von meinen Eindrükken aus, aber solange ich auf Spekulationen angewiesen bin, kann ich Gina ebenfalls von der Liste streichen, denn sie verbrachte die letzte Nacht mit Henderson. Ich neige nach wie vor dazu, diesen Fall für die Tat eines einzelnen zu halten. Theoretisch hätten natürlich auch zwei Täter das Ding drehen können, wobei der eine Partner dem anderen ein Alibi verschaffte. Hmm . . .«

»Was ist los, Griff?«

»Noch mehr Kopfschmerzen. Überprüfen Sie den alternativen Wartebereich. Er liegt dem Spielbezirk A genau so nahe wie die F&E-Abteilung. Konnte einer von den Ersatzspielern heimlich den Spielbereich A betreten und ihn anschließend wieder durch den Warteschacht verlassen haben? Mir scheint, wir haben hier eine Lücke für die Spieler gelassen. Das kommt daher, weil wir sie psychologisch nie als Gefahr eingeschätzt haben.«

»Ich werde mich darum kümmern.«

»Gut. Nehmen wir uns das nächste Problem vor. Haben Sie eine maßstabsgetreue Karte vom Spielbereich A?«

»Ich habe ein Dutzend davon. Wir haben sie für unsere Ermittlungsunterlagen angefertigt.«

»Dann sind Sie mir ja um einen Sprung voraus. Okay, zeichnen Sie die möglichen Routen des Mörders vom Spielbereich A zum Wartungstunnel 18 ein . . .«

»Er hatte nur einen guten Weg zur Verfügung, der um einen Pappmaché-Berg herumführt. Griff, wir sollten einen Fernsehschirm in den Sender einbauen lassen, dann könnte ich es Ihnen zeigen.«

»Nur einen Weg: vorzüglich. Nun lassen Sie sich von Lopez oder einem anderen Eingeweihten sagen, was der Mörder auf seinem Weg zum Wartungsschacht 18 hatte sehen müssen. Etwas, was *er* kennt, jedoch nicht die anderen Mitglieder des Ensembles.«

»Lopez ist vermutlich nicht glücklich darüber, wenn er einem Spieler Einzelheiten des zukünftigen Handlungsverlaufes preisgeben muß.«

»Verdammt, es geht um einen *Mord* . . . ja. Machen Sie es so diplomatisch wie möglich.«

»Natürlich«, erwiderte Marty, doch seine Stimme klang wenig überzeugend.

Millie schaltete sich jetzt ein: »Chef, ich habe eine Neuigkeit für Sie.«

»Eine Sensation?«

»Nicht gerade, aber nicht uninteressant. Rice starb den Erstickungstod, nachdem er schon eine Weile gefesselt gewesen war. Offenbar war er vor seinem Tod sogar wieder bei Bewußtsein.«

»Begründung?«

»Die Klebestreifen, mit denen Rice an den Daumen und Handgelenken gefesselt war, zeigen kräftige Kratzstellen im Gewebe. Er muß verzweifelt versucht haben, seine Fesseln auf dem Betonfußboden durchzuscheuern, um die Hände frei zu bekommen. Der Knebel schnitt die Atemzufuhr durch den Mund ab, und offensichtlich war seine Nase mit Schleim verstopft.«

»Wow!« Griffin schüttelte den Kopf und spürte, wie ihm ein Schauer den Rücken hinunterlief. »Das könnte man wirklich einen tragischen Fall nennen, wenn jemand an seinem eigenen Schnupfen erstickt.« Griffin strich sich mit der Hand über die Augen. So ein Kampf mit einem Drachen war harte Knochenarbeit. »Was gibt es noch?«

»Die verschwundene Statue wurde entweder gestohlen oder befindet sich im Besitz einer Person, die nicht im Bereich des Traumparks wohnt. Niemand weiß etwas über den Verbleib dieser Statue. Rice fertigte sie in seinem zweiten Studienjahr auf der Universität von Oklahoma an. Kokobun, die Lady, die ihm die Statue abkaufen wollte, meint, sie habe sich hohl angefühlt.«

»Hohl, Okay.«

»Die Sache scheint komplizierter zu sein, als sie sich anhört, Chef. Skip O'Brien hat das psychologische Profil von Rice überprüft und behauptet, die Computerdaten seien manipuliert worden.«

»In welcher Weise?«

»O'Brien selbst hat die Daten gespeichert, als Rice sich um eine Anstellung bewarb. Er sagt, nach seinen Daten wäre Rice ein Einzelgänger gewesen, der sich schwerlich für Büroarbeit eignete. Ein gewisses Unvermögen, sich in ein Team einzufügen. Und jetzt bescheinigt ihm der Computer ausgeprägte Kontaktfreude, Anpassungsvermögen, ein viel größeres Stehvermögen und einen IQ, der zehn Punkte höher liegt, als der Test, dem er sich bei der Armee unterziehen mußte, Rice zugestand.«

»Hm, das ist allerdings interessant. Irgend jemand hat Rice für eine Bürokarriere aufpoliert. Vielleicht sogar für einen wichtigen Posten. Millie, stellen Sie mal fest, ob Rice sich um eine Versetzung in eine andere Abteilung bewarb. Oder ob jemand ein Gesuch für ihn einreichte. Und geht jeder Spur nach, jedem Hinweis, den ihr bekommt. Und auch vielen Dank noch, Leute. Ihr habt gute Arbeit geleistet. Ich melde mich wieder. Und benachrichtigt mich sofort, wenn sich bei euch etwas Wichtiges tut. Vielleicht liege ich gerade mit einem Drachen im Clinch.«

Bobbicks Stimme kam wieder über den Sender: »Was ich

noch sagen wollte, Griff – wir haben alle Abenteuer des unbekannten Griffin auf der Mattscheibe verfolgt, und ich muß schon sagen, daß Sie gegen die Eingeborenen gar nicht so schlecht ausgesehen haben.«

Er lachte, und Millie fiel in das Gelächter ein. »Als Sie den Speer gegen dieses Monster schleuderten, Chef, haben Sie da ein Doppelleben geführt? Tagsüber ein gesitteter, wohlerzogener Abteilungsleiter, nachts ein Rächer des Bösen . . .«

»Ich gönne euch ja das Vergnügen an meinen schauspielerischen Fähigkeiten, Leute, aber ich rate euch trotzdem, auf dem Teppich zu bleiben. Wir müssen einen Mordfall lösen. Ich rufe euch morgen wieder an.«

Der Sender schaltete sich von selbst ab, als Griffin die Brieftasche zusammenklappte und in die Tasche steckte. Dann legte er das Gesicht in die Hände und atmete tief. Von seinem Standort aus, einer von Lianen überwucherten Baumgruppe, konnte er das fröhliche Treiben am Lagerfeuer hören. Es war ein Chor von müden, aber glücklichen Stimmen, und während er lauschend den Kopf hob, fing Mary-em mit dem heiseren Alt als Vorsängerin eine neue Strophe an:

»Odin, der Spötter, war der Boß vieler Götter,
Bis die Riesen kamen und ihm seinen Zipfel wegnahmen!«

Diese Heiterkeit wirkte ansteckend. Doch er durfte sich nicht ablenken lassen. *Erst die Arbeit, Alex. Wir müssen einen Mörder und Dieb entlarven, ehe wir feiern können . . .*

»Sagenhaft, diese alten Religionen,
Sagenhaft, diese alten Religionen,
Sagenhaft, diese alten Religionen,
Da konnte es sich lohnen,
in Mexiko zu wohnen.
Trug man das Herz am rechten Fleck,
Kam Montezuma und schnitt es weg.«

Nein, er mußte seinen kühlen Kopf bewahren. Zunächst würde es einen Papierkrieg geben und endlose Konferenzen, dann Gerichtsverhandlungen und Kreuzverhöre und schließlich ein vollkommen neues Alarmsystem im F&E-Gebäude.

Er schüttelte den Kopf. *Wenn du so weitermachst, kommst du aus deinem Trott nie heraus. Arbeiten. Heimgehen. Fernsehen. Schlafen. Arbeiten . . .*

»Hi.« Acacia stand plötzlich vor ihm. Sie sah müde aus, und ihr beigefarbener Safarianzug zeigte die Spuren der Mühen und Kämpfe dieses Tages. Aber trotz aller Strapazen war sie bemüht gewesen, sich hübsch zu machen. Sie hatte sich die Haare gekämmt und im Nacken festgesteckt, was ihr außerordentlich gut stand.

»Hi.« Er kam ihr einen halben Schritt entgegen, lächelte, zeigte sich gut gelaunt. »Was bringt dich hierher?«

Mit einem schadenfrohen Kichern erwiderte sie: »Tony wollte singen, und ich hatte Langeweile, fühlte mich ein bißchen einsam.«

Griffin lauschte zum Feuer hin und hörte McWhirters etwas dünne, aber angenehme Tenorstimme im Duett mit Mary-ems Baß:

» – Sagenhaft, diese alten Religionen.
Da würde es sich lohnen,
Den Göttern beizuwohnen.
Setz dich auf Kalis Schoß,
Die läßt dich nicht mehr los.
Mit ihren vier Armen
Kennt sie kein Erbarmen,
Drückt dich an ihre Titten,
Bricht dir alle Rippen.«

»Was ist mit Eames? Habt ihr beide euch nicht ein paarmal vielsagend zugelächelt?«

»Das bezog sich noch auf die vergangene Nacht.« Sie lehnte sich an den Baum, streckte sich wohlig und berührte dabei seine Schulter. »Hat sich aber nicht viel abgespielt. Wir redeten die meiste Zeit. Hatte mich getäuscht. Ist eigentlich nicht mein Typ.«

»Und wer ist nun wirklich dein Typ?«

»So fragt man kleine Mädchen . . .«

»Tatsächlich?«

»Eine überflüssige Frage, wenn man bedenkt, daß ich nun mit dir alleine im Wald bin.« Sie lächelte unsicher und betrachtete dabei sein Gesicht. »Ich kenn mich mit dir nicht aus, Gary.«

»Wie meinst du das?«

»Ich kann mich des Gefühls nicht erwehren, daß du lieber zuschaust, als mitzumachen. Du hälst dich abseits und beobachtest.«

Griffin räusperte sich und erwiderte: »Gibt es daran etwas auszusetzen?«

»Eigentlich nicht. Du bist mir sympathisch, und deshalb stört es mich, daß du bei diesem Spiel nicht so auf deine Kosten kommst, wie du es eigentlich könntest.«

»Was entbehre ich denn? Ich meine, es macht mir doch Spaß, oder?«

Sie blickte stirnrunzelnd auf ihre Stiefelkappen. »Ich kann es nicht erklären, aber es liegt an deinem Verhalten. Du bist zwar aktiv bei der Sache, manchmal sogar mit Begeisterung, aber trotzdem gehst du nie ganz aus dir heraus. Als hättest du Angst, es könnte dir zuviel Spaß machen. Ich wette, du nimmst auch deinen Job tierisch ernst, stimmt's?«

»Möglich. Jetzt begreife ich auch, was du meinst. Wie sollte aber ein Mann, der im Traum-Park arbeitet, Angst vor zuviel Spaß haben?« Er fuhr mit dem Zeigefinger sacht an ihrer Wange entlang. »Oder sich nicht auf ein Abenteuer einlassen?«

Die Stimmen vom Lagerfeuer drangen zu ihnen:

». . . Der Cowboy und der Bär,
Die hatten es damals schwer,
Wer konnte besser lügen,
Andropow oder Reagan,
Beim Zählen der Raketen
Oder Verplempern der Moneten . . .?«

»Da ich dich ja überhaupt nicht kenne, bin ich auf Vermutungen angewiesen. Mir scheint, ein Typ, der bei den Cowles Industries arbeitet, schaut lieber zu, wie andere ihren Spaß haben. Gehst du oft in den Vergnügungspark?«

»Eigentlich nicht«, räumte er ein.

»Und ich wette, du hast dort einen Job mit schrecklich viel Verantwortung, nicht wahr?«

»Oh, . . . ohne Streß geht es natürlich nicht ab. Wenn man ein Restaurant leitet, hat man soviel Arbeit damit, wie man sich Arbeit macht«, zitierte er Gary Tegner eine Idee zu hölzern. (Das gleiche galt auch für einen Sicherheitschef, wenn man es genau betrachtete.)

Die Antwort stellte sie nicht zufrieden: Man sah es an ihren Augen. Ein kurzes Auflackern des Mißtrauens. »Ich hätte bei dir nicht auf so einen Job getippt. Und ich wage zu bezweifeln, daß es deine Idee gewesen ist, an dem Spiel teilzunehmen. Dafür bist du zu reserviert, Gary. Hat dein Arzt dir aus gesundheitlichen Gründen geraten, an unserer Expedition teilzunehmen?«

Er legte die Arme um ihre Taille und erwiderte: »Was bekomme ich, wenn ich dir verspreche, daß ich von jetzt ab ein hundertprozentiger Mitspieler bin, der jeden Spaß mitmacht?«

Sie gab ihm darauf eine eindeutige Antwort.

Dann beugte sie sich so weit zurück, daß sie ihm ins Gesicht schauen konnte, und sagte: »Selbst beim Küssen hat man das Gefühl, daß du an deine Arbeit denkst.«

»Nun, vielleicht ist für mich auch das Küssen eine ernsthafte Beschäftigung.«

»Das lasse ich gerade noch gelten.« Sie küßte ihn zum zweitenmal, heißer und länger als vorher. Als sie sich wieder von ihm löste, schien ihre Neugierde vorläufig gestillt zu sein. Sie tastete mit den Händen über seine Brust, spürte die harten Muskeln unter den Fingerspitzen, und ihre Zweifel schienen neue Nahrung zu finden. »Du bleibst mir ein Rätsel, Gary«, flüsterte sie. »Aber ich mag dich.«

»Warum?«

»Weil du soviel fragst, Gary, darum. Und weil du so verdammt wenig über dich selbst sprichst. Was bedeutet, daß sich hinter dem großen, starken, schweigsamen Mann der Typ des kleinen Jungen versteckt, den ich mag.« Sie schmiegte sich wieder an ihn. »Wie lange ist es her, daß du zu dem kleinen Jungen gesagt hast, er habe jetzt genug gearbeitet und dürfe eine Weile draußen spielen?«

Er bewegte sich unbehaglich. *Ich habe ihm das erst vor zehn Minuten gesagt, verdammt noch mal!* »Deswegen bin ich ja hier, weil es höchste Zeit war, ihm das zu erlauben.« Er versuchte, sie wieder zu küssen, doch sie drehte den Kopf etwas zur Seite, daß seine Lippen nur ihre Wange trafen.

»Gary, deine Küsse sind Ausflüchte, keine Annäherungen. Du mußt mir nichts von dir erzählen. Aber frage dich einmal ernsthaft, ob es nicht einmal Zeit wäre für dich, zu beichten. Und wenn du dazu aufgelegt bist, mit mir zu reden, ich meine, wirklich zu reden, weißt du ja, wo du mich finden kannst.« Sie küßte ihn mit einer seltsam lebendigen Energie, löste die Hände wieder von seinem Rücken und ging zum Feuer zurück.

Griffin blickte ihr mit gemischten Gefühlen nach: erleichtert, daß er ihrer bohrenden Fragen ledig war, und verwirrt, wie traurig ihn ihr Abgang stimmte. Sie hatte kein Recht, in sein Innenleben oder sein wahres Leben einzudringen. Er war nicht zu seinem Vergnügen hier. Und auch nicht zu ihrem Vergnügen.

»Ein Mann mit Midlife-Krisis,
Ging in den Tempel der Isis,
Sie spielte mit seiner Flöte,
Half ihm aus seiner Nöte,
Bezahlen mußte er nicht,
Es war ihre religiöse Pflicht!«

Stumm, die Hände in den Taschen, kam er zurück in den Kreis der Spieler am Lagerfeuer. Das Singen wurde vorübergehend eingestellt, denn das Essen wurde jetzt ausgeteilt. Eames balancierte zwei Eßgeschirre auf seinen breiten Händen. Eines davon brachte er dem zierlichen Mädchen mit den honigfarbenen Haaren, die als Jungfrau geopfert werden sollte, und setzte sich neben sie auf den Boden. Alex hatte ihre Personalakte studiert. Sie hieß Janet Kimball und war wie Harvey »Kasan

Maibang« Wayland Berufsschauspielerin, die für festes Honorar und eine kleine Gewinnbeteiligung arbeitete.

Sie lehnte sich an einen Felsen und hörte Alan Leigh zu. Bowan hatte ihr einen schwarzen Umhang aus seinem Rucksack geliehen, damit sie ihre Lumpen bedecken konnte, doch selbst in dem recht dürftig bekleideten Zustand schien sie vollkommen unbekümmert zu sein.

». . . und ich sagte mir, die böse Hälfte in dir soll auch mal zu ihrem Recht kommen, und deshalb heuerte ich als Schauspieler in Muhammad Porters Sklavenkarawane an. Es galt, fünfzig bereits gekaufte Neger aus dem Zwischendeck der *Aunt Mary* zu befreien, ehe sie den Sklavenmarkt von New Orleans erreichten, und das, ohne die Mannschaft so zu erschrecken, damit sie ihre Schmuggelware nicht schon vorher über Bord warf . . .«

»Ich habe die Aufzeichnung gesehen, ja, ich erinnere mich jetzt wieder an dich. Brrr.«

Leigh nickte geschmeichelt. »Ich war gut in meiner Rolle als Sklavenhändler. Aalglatt, böse, bereit, meine eigene Mutter zu verhökern, wenn sie die richtige Farbe gehabt hätte . . . Nebenbei bemerkt, du würdest überall einen guten Preis erzielen, Kleines.« Er gestattete sich einen langen, anzüglichen Blick auf Janets außerordentlich hübsche Beine, und in diesem Moment sah Alan Leigh wirklich wie ein Bösewicht aus und Janet wie ein Mädchen, das das Böse besonders reizt. Dann brach er den Bann, indem er sich einen Löffel voll Bohnen in den Mund schob. Das Sprechen mit vollem Mund gab seiner Stimme etwas Verschwommenes: »Und was für eine Rolle spielst du in diesem Stück, Janet?«

»*Lady* Janet, wenn ich bitten darf. Ich bin eine britische Aristokratin, die auf einer Reise nach Australien von bösen Eingeborenen gekidnappt wurde.«

»Wurdest du vergewaltigt?«

»Nein«, erwiderte sie und setzte nachdenklich hinzu: »Ich glaube, sie hofften, ich wäre noch eine Jungfrau.«

»Aber die Chance, daß sich die Hoffnung der Eingeborenen erfüllte, war gleich null, wie?« meldete sich Eames zu Wort.

»Ganz so hätte ich es nicht ausgedrückt, Mr. Eames . . . ah, da kommt ja einer meiner tapferen Lebensretter!«

Griffin nickte zustimmend, kauerte sich vor ihr nieder und balancierte sein Eßgeschirr auf seinen Schenkeln. »Sie waren es auch wert, gerettet zu werden.« Sie bedankte sich mit einem kleinen Knicks, und er fuhr fort: »Sie werden uns also zu den gefürchteten Foré führen, nicht wahr?«

»Ja. Aber erwähnen Sie ja nicht diesen Namen, wenn das Spiel wieder beginnt, oder Sie sind ein todgeweihter Mann. Ich darf den Namen aussprechen, weil ich dafür die Erlaubnis der Foré bekommen habe. Ich habe angeblich drei Wochen bei diesen Leuten verbracht, weil sie mit meiner Opferung bis zum Neumond warten mußten.« Sie wandte sich Leigh zu: »Ich finde die Sitten der Barbaren außerordentlich erregend.«

Leigh beugte sich näher zu ihr: »Madam, unter dieser zivilisierten und kultivierten Fassade werden Sie das Herz einer hundertprozentigen Bestie entdecken.«

Sie schien fasziniert zu sein: »Ein echtes Raubtier mit Zähnen und Krallen?«

»Ja, wobei meine Zähne besonders beeindruckend sind. Vielleicht möchten Sie gerne mal meine Hörner sehen . . .?«

»Schwertkämpfer sind doch viel erdhafter und weitaus unkomplizierter als Zauberer und Propheten«, meinte Eames mit einem verächtlichen Schnüffeln. »Ich möchte meinen, daß Sie sich mehr zu mir hingezogen fühlen.«

»Ja, das müßte man eigentlich annehmen«, sagte Leigh voller Wärme. Er und Janet kicherten.

Eames' Frustration nahm sichtlich zu. »Hören Sie, Janet, würden Sie nicht gerne einen Spaziergang machen?«

»Mit dem größten Vergnügen«, erwiderte sie und blickte Alan tief in die Augen. »Gehen wir?« Die beiden verließen das Lagerfeuer.

Eames starrte ihnen nach und sagte, sich wütend auf die Lippen beißend: »Das ist doch nicht zu fassen! Schmeißt sich an einen Schwulen ran, statt an einen richtigen Mann!«

Griffin bewahrte höfliches Schweigen. Eames blickte ihn herausfordernd an. »Was sagst du dazu?«

»Ich glaube, sie ist ein Karrieremädchen, die sich durch die

Betten schläft. Alan hat eben mehr I.S.S.-Punkte als du.« Das Motiv konnte sogar stimmen, überlegte Alex.

Eames brummelte ein wenig besänftigt: »Ja, das muß es sein.« Er zeigte Griffin das Wir-Beide-Sind-Wenigstens-Männer-Grinsen. »Aus Frauen wird man sowieso nie klug.«

»Nein, da hast du recht.« Griffin widmete sich nun seinem rasch erkaltenden Essen, gab nur noch Grunzlaute von sich, als Eames das Thema keine Ruhe ließ. Schließlich verlor auch der Krieger die Lust an der einseitigen Debatte und verzog sich grollend in den Wald.

In Gedanken nahm Alex nun wieder eine Idee auf, die ihm vorhin gekommen war: *Leigh hat als erfahrener Spieler ein stattliches Punktekonto. Leigh hat bereits bei einer Inszenierung im Spielbereich A mitgewirkt. Und wenn Leigh bemerkt hatte, daß Eames gestern nacht mit Acacia zusammen war . . . dann – aber konnte er sich darauf verlassen, daß Acacia Eames auch lange genug beschäftigte?*

Mary-em hüpfte auf ihn zu: »Wie geht's, Gary?«

»Nicht schlecht. Nur ein bißchen müde, schätze ich.«

»So ein starker Mann wie du?« erwiderte sie kichernd. »Ich hätte gedacht, du stichst uns alle aus, was das Durchhalten betrifft.«

»Ich habe in den letzten acht Tagen nicht besonders viel geschlafen«, antwortete er wahrheitsgemäß. »Das kann der Stärkste nicht vertragen.«

»Dann würde ich mich heute aber mal tüchtig ausschlafen, damit du morgen nicht schlapp machst.«

»Weshalb sollte ich das? *So* anstrengend war es doch heute gar nicht. Niemand ist auf dem Zahnfleisch gegangen.«

»Aber morgen geht es erst richtig los, Kleiner. Heute wurden wir von Lopez nur ein bißchen auf die Probe gestellt. Bis morgen abend können wir noch unsere Verluste durch Ersatzleute ausgleichen. Dann kommt es ganz dick, und Lopez bombardiert uns mit allem, was nach den Regeln erlaubt ist.«

»Aber es ist doch nur ein Spiel. So schlimm kann es doch gar nicht werden . . .«

Sie blickte ihn ungläubig an. »Dann schau dich mal um, Söhnchen. Sehen die Leute wirklich so aus, als hätten sie einen Spaziergang hinter sich?«

Griffin blickte sich um. Mary-em hatte recht. Sie waren alle erschöpft, hatten dunkle Ringe um die Augen, und manchen fiel es schwer, die Hände oder Beine stillzuhalten. Zugleich wurde ihm bewußt, wie sehr sie alle die Zweisamkeit suchten. Tony und Acacia umarmten sich im Schatten der Bäume; Bowan und Dark Star berührten sich mit fast peinlicher Intimität, und Chester lag zusammen mit Gina in einem Schlafsack. Oliver und Gwen hatten sich ganz aus dem Lichtkreis des Lagerfeuers zurückgezogen.

Es *war* wie auf einem Schlachtfeld, überlegte er. Die aufgeladene sexuelle Atmosphäre war kein Flirt, hatte nichts Unverbindliches an sich. Die Hingabe an die Welt der Phantasie war total; die Erschöpfung echt. Desgleichen das Bedürfnis nach Geborgenheit und Liebe . . .

Wie paßte das alles zusammen? Wo bestand der Bezug zu ihm und seinen Problemen? Er sah wieder auf Mary-em, die geduldig auf seine Antwort wartete. Da war nichts Elektrisierendes in ihrem Gesicht, nur Überzeugung, Einsatz und Eifer. Wie war sie in dieses Spiel einzuordnen?

»Du hast recht. Man hat nicht das Gefühl, daß es nur ein Spiel wäre. Aber es ist auch nicht die Wirklichkeit des wahren Lebens. Was ist es denn?«

»Du machst es dir zu einfach, Gary«, erwiderte sie, und er erschrak, weil sie noch nie so sanft und gefühlvoll mit ihm gesprochen hatte. »Für jeden bedeutet es etwas anderes.« Sie zwinkerte, und wieder erschrak er, weil er überlegte, wie attraktiv er sie fand. »Vor allem ist es ein Spaß. Aber was du bekommst, mein Sohn, hängt davon ab, was du mitbringst. Ich zum Beispiel führe auch sonst ein recht abenteuerliches Leben. Aber ein paar von unseren Mitspielern treiben tagaus, tagein nichts Aufregenderes, als sich mit einem Computer zu unterhalten. Also kommen sie hierher, um ein Abenteuer zu erleben. Andere wieder juckt die Leidenschaft des Spielers, dieses Prikkeln, an einem Schachspiel mit lebenden Figuren teilzunehmen, der Denksport, der geistige Wettkampf. Und manche kommen nur der Leute wegen. Ich meine, wenn man sich so intensiv mit Spielen beschäftigt, wie die meisten es tun, die hier mitwirken, ist es schwer, Freunde zu finden, die einen nicht für ein Wesen vom Mars halten. Und eigentlich ist das alles noch stark vereinfacht, was ich dir jetzt sage. Es ist für alle etwas von jedem, und doch für jeden von uns verschieden.« Sie faßte ihm unter das Kinn: »Das macht ja den Spaß aus. Denk darüber nach. Ich glaube, aus dir würde ein fantastischer Spieler werden, wenn du weißt, wohin du wirklich gehörst.«

Sie watschelte zu ihrem Schlafsack und zog den Reißverschluß zur Hälfte zu. Es knisterte im Sack, und er sah andächtig zu, wie sich ihre Kleidungsstücke am Kopfende säuberlich stapelten. Plötzlich spürte er eine unerklärbare heftige Zuneigung für diese wehrhafte Lady. Er mußte gegen den Impuls ankämpfen, ihr einen Gute-Nacht-Kuß zu geben. Er schüttelte den kalten Rest seiner Mahlzeit aus dem Eßgeschirr und ging zu seinem eigenen Schlafsack.

Ein halbes Dutzend schlafende Spieler lagen in seiner Nähe. Kein Mörder würde es in Gegenwart so vieler Zeugen wagen, eine zweite Bluttat zu begehen. Griffin rollte seinen superleichten hitzereflektierenden Schlafsack aus und wünschte sich, er bestünde nur aus einfacher Baumwolle. Er kroch in den Schlafsack und blickte sich zum letztenmal um. Alles war ruhig und friedlich. Nur in seinem Kopf jagten die Fragen immer im Kreis herum wie Windhunde, die einer Beute nachhetzten, von der sie gar nicht wußten, wie sie aussah.

Mit fast übermenschlicher Anstrengung verdrängte er die Fragen aus seinem Kopf und schloß die Augen. Grillen sangen in den Büschen. Er überlegte, ob die Musik von lebenden Insekten erzeugt wurde oder aus Traumpark-Lautsprechern kam, als ihn endlich der Schlaf übermannte.

Kapitel Siebzehn

Die letzten Ersatzleute

Sein Traum war von beängstigender Realität. Es begann mit dem Nibek, der Griffin durch die Korridore der Forschungs- und Entwicklungsabteilung hetzte und ihn dann im Aufenthaltsraum vor dem Getränkeautomaten stellte. Alex hatte plötzlich einen Speer in der Hand und schleuderte ihn gegen den Kopf des Ungeheuers. Das Monster stieß einen gellenden Schrei aus, fiel zu Boden und verwandelte sich in die gefesselte und geknebelte Leiche von Albert Rice, die sich neben ihm an den Getränkeautomaten lehnte.

»Tut mir leid . . .« hörte sich Griffin automatisch sagen. Um den toten Wächter hatten sich ein paar Gaffer versammelt. Eine kleine grauhaarige Dame drohte Alex mit dem Finger. »Albert war ein feiner, anständiger Kerl. So etwas hatte er nicht verdient!«

Und ein Mann im weißen Arztkittel sprach mit Bobbicks Stimme: »Ich kannte Rice besser als Sie, meine Dame! Er hätte sich niemals in eine Wasserpfütze gesetzt!«

Ehe sich der Morgennebel im Duft frisch gebrühten Kaffees auflöste, flüsterte eine dritte Stimme: »Glaub mir! Er hätte niemals einem Automaten den Rücken zugedreht! Ganz ausgeschlossen . . .«

»He, du Schlafmütze!« Acacia beugte sich grinsend über ihn. Griffin rieb sich den Schlaf aus den Augen und stöhnte. »Was ist los mit dir, großer, starker, schweigsamer Mann?«

»Mein wasserbettverwöhnter Körper kann sich nicht so rasch auf einen Schlafsack umstellen, Cas. Das ist los mit mir.«

»Nun, vielleicht gewöhnst du dich an Rühreier mit Speck?«

»Frische Eier?«

»Frisch gelegte. Kibugonai kam heute morgen mit einer Kiepe voll frischer Eier, Brötchen und Orangensaft zu uns.«

Die letzten nagenden Zweifel, ob sein Traum nicht doch die Wirklichkeit und der Lagerplatz ein Traum sei, verschwanden, als er seinen Magen knurren hörte.

»Wieviel Uhr ist es? Wieviel Zeit bleibt uns noch bis zum Wiederbeginn des Spiels?«

»Ungefähr eine Stunde. Komm jetzt zum Frühstück. Kasan sagt, ein paar Meter vom Lagerplatz entfernt gäbe es eine Badegelegenheit.« Sie schnüffelte an ihren Achselhöhlen und meinte: »Ich hätte ein Bad wirklich nötig.« Dann ging sie zum nächsten Schlafsack und weckte S.J., der zusammengerollt war wie ein Igel.

Griffin gähnte. Er öffnete den Velcro-Verschluß und schälte sich aus dem Gewebe heraus. Er spürte einen leichten Muskelkater in den Beinen und massierte sie, bis die Haut prickelte. Dann machte er ein paar Rumpfbeugen und -drehungen, bis die Blutzirkulation auch in seinem Rücken wieder funktionierte. Er beendete die Morgengymnastik mit ein paar Liegestützen und wartete nun auf das Frühstück.

Auch heute morgen war die Truppe wieder in Hochstimmung. Der Schlaf hatte ihre Phantasie-Akkumulatoren wieder aufgeladen. Alex dachte an das Turteln gestern abend am Lagerfeuer und fragte sich, ob das allgemeine Wohlbefinden vom Schlafen herrührte.

Henderson hielt Hof, einen umgestürzten Baum als Thron benützend, in der Linken ein Rosinenbrötchen, in der Rechten ein Eßgeschirr voller Rühreier mit Schinken. Kagoiano servierte Alex das Frühstück, und der Sicherheitschef schlenderte zu Chester hinüber, um sich die Morgenaudienz anzuhören.

»Was hältst du von der Opposition gestern abend?« fragte Bowan zwischen zwei Löffeln voll Rühreier.

»Die Eingeborenen, meinst du?«

»Typische Orks«, erwiderte Chester. »Es ist wirklich eine Schande, daß bisher noch keine realistischere Methode für den Zweikampf gefunden wurde. Aber der Traum-Park hat eine panische Angst vor Schadenersatzansprüchen verletzter Spieler. Also darf nur mit Samthandschuhen geboxt werden . . .«

»Orks?« fragte Griffin.

Henderson erwiderte schroff: »Ein Gattungsbegriff, der noch aus den alten Theater-Rollenspielen mit verteilten Rollen stammte. In dem Stück ›*Herr der Ringe*‹ wurden kleine tolpatschige Monster auf die Mitspieler losgelassen, die man spielend leicht töten konnte. Seither ist Orks der Spitzname für Kanonenfutter, okay?« Griffin nickte stumm. »Lady Janet wird uns heute so gut sie kann den Weg weisen. Zwar hatte man ihr die Augen verbunden, doch sie glaubt, man habe sie an einen Ort verschleppt, in dessen Nähe sich ein Gewässer befand. Ist das richtig?«

»Absolut.« Lady Janets Kopf war an Leighs Schulter gebettet, doch ihre Stimme klang sehr energisch. Sie lebte wieder ganz in ihrer Rolle. »Ich werde euch alles sagen, was ich weiß. Ich habe einen ausgezeichneten Orientierungssinn.«

»Daran zweifle ich keine Sekunde. Trotzdem haben wir noch einen Anhaltspunkt.« Chester zog den Dolch mit der schwarzen Klinge aus seinem Gürtel. »Da dieses Messer zum Höhepunkt der Opferhandlung gestern abend gehörte, können wir es als einen wichtigen Hinweis betrachten. Kennt jemand von euch dieses Material?«

»Obsidian«, erwiderte S.J. prompt. »Vulkanisches Glas mit einer ähnlichen Zusammensetzung wie Rhyolit.«

»Richtig«, erwiderte Chester zum erstenmal mit einem beifälligen Nicken. »Und was schließt du daraus?«

»Nun vielleicht gehörte das zu den rituellen Vorschriften des Opfers.«

»Dieser Dolch verrät uns, daß das Volk, das wir suchen, vermutlich in der Nähe eines Vulkans lebt. Wir müssen uns also auf ein Gewässer konzentrieren, das sich in der Nähe einer Gesteinsformation befindet. Kasan sollte uns in dieser Hinsicht Auskunft geben können. Unsere beiden Ersatzleute werden auch bald eintreffen, und dann haben wir wieder unsere Sollstärke erreicht. Ich denke, wir haben ein ziemlich perfektes Team beisammen, und wenn der Spaß richtig losgeht, werden wir hoffentlich hervorragend zusammenarbeiten. Ja, Tegner?«

»Wer sind unsere Ersatzleute, und wann werden sie zu uns stoßen?« erkundigte sich Griffin.

Henderson blickte ihn nachdenklich an: »Bist du früher mal ein Polizist gewesen? Oder Reporter?« Alex schüttelte den Kopf und verfluchte sich im stillen. »Die Ersatzleute sind die beiden Braddons, Owen und Margie. Ich kann nicht genau sagen, wann sie zu uns stoßen, aber vermutlich nicht später als eine Stunde nach Spielbeginn. Ja, McWhirter?«

»Weißt du, wie das Konto unserer Punkte aussehen könnte? Ich meine, ob wir im Plus oder Minus sind?«

Chester war offensichtlich nicht ganz glücklich über diese Frage. »Wir haben bisher drei Leute verloren, und dazu kamen noch ein paar Verletzte. Dem gegenüber stehen die Eingeborenen, die wir getötet haben, die beiden erlegten Monster, die erbeuteten Waffen und die Rettung von Lady Janet. Dazu kommen noch ein paar andere Faktoren, die ins Gewicht fallen, doch vermutlich stehen wir vorläufig im Plus. Ich möchte nicht diskutieren, wie hoch das Guthaben auf unserem Konto ist, denn in so einem Spiel wie diesem können sich die Verhältnisse sehr rasch ändern. Jedenfalls besteht kein Anlaß zum Übermut, aber auch kein Grund zur Resignation. Gibt es noch Fragen?«

Niemand meldete sich. Henderson breitete beide Arme aus und sagte: »Bereitet euch auf die neue Runde vor, Kinder. Der Spaß beginnt in . . . fünfunddreißig Minuten.«

Hohe schlanke Palmen überragten den niedrigen Buschwald. Der mondsichelförmige Hinweis auf das stille Örtchen schob sich von der Lichtung in den Wald hinein wie das Füßchen am O, das daraus ein Q macht. Und das Ganze war auch noch vom tropischen Urwald überwuchert, so daß es wahrhaftig nicht gleich in die Augen sprang. Alex mußte sich hilfesuchend an S.J. wenden, der ihm die richtige Stelle zeigte.

Als Alex sich einen Weg durch die Büsche bis unter die Palmen bahnte, verwandelte sich der Wald plötzlich in eine kleine Baracke. Zum Glück warteten keine anderen Spieler vor dem W.C., und für alle Personen, die sich nicht im Bereich der Palmen befanden, war er unsichtbar. Die Toilette enthielt nur das Allernötigste: Becken, Waschbecken, Handtuchspender.

»Marty?«

»Ja, Griff. Ich kann Sie kaum verstehen.«

»Ich befinde mich auf der Toilette, und die hat kein Fenster. Zudem möchte ich nicht belauscht werden und spreche hinter vorgehaltener Hand. Machen wir es kurz.«

»Okay. Was gibt es Neues?«

»Wir bekommen in Kürze zwei neue Spieler. Ein Ehepaar namens Braddon.«

»Ich werde sie überprüfen lassen. Griff, die Auswechselspieler verbringen ihre Zeit fast ausschließlich mit der Beobachtung des Spieles. Sie machen sich dabei Notizen und diskutieren über Taktik. Der Warteraum ist brechend voll. Ich glaube nicht, daß hier jemand eine Chance hätte, unbemerkt den Spielbereich A zu betreten.«

»Gut. Hast du mit Lopez gesprochen?«

»Ja. Absolut unmöglich, diesen Mann unter Druck zu setzen. Immerhin war er so gnädig, einen Blick auf unsere Karte zu werfen. Er zeigte uns zwei Wege, die an dem Berg vorbei zum Ausgang 18 führen. Lopez meint, der Dieb hätte auf beiden Wegen zum Ausgang ein Stück von einem Flugzeug sehen müssen.«

»Ein Stück? Was meint er damit? Eine Tragfläche, eine Kabine, ein Leitwerk? Und wie groß?«

»Ein Stück von einem großen Flugzeug. Als ich ihn um Einzelheiten bat, wünschte er mich zum Teufel.«

»Okay. Ein großes Flugzeug. Sobald wir über so etwas stolpern, werde ich die Gesichter der Mitspieler genau beobachten. Vielen Dank. Noch etwas?«

»Nein.«

»Okay, over.«

Griffin wurde an diesem Morgen mit S.J. zusammengespannt, als die Gruppe auf den Spielbeginn wartete. Alle Schlafsäcke waren eingepackt, die Tornister umgeschnallt und die Ausrüstung am Körper verteilt. Die Sonne zeichnete sich mit schwachen Umrissen über der Kuppel ab, die den Spielbereich A bedeckte, doch die Morgenluft war schon sehr warm, und das kräftige Aroma tropischer Dschungelpflanzen hüllte sie ein.

Punkt acht Uhr erschien eine neue Sonne über dem Bergmassiv im Osten und überzog die Wolken über den Gipfeln mit roten Säumen. Die alte Sonne wurde ausgeblendet. Die Luft füllte sich mit den Geräuschen von Vögeln und Insekten. Selbst die Bäume schienen sich plötzlich in die Höhe zu recken.

»Okay, Leute, es geht los!« rief Chester, und die Kolonne setzte sich paarweise gegen die Sonne hin in Bewegung.

S.J. marschierte im Gleichschritt neben Griffin her, doch das wurde ihm bald zu eintönig. Der Pfad war breit genug, daß er sich schattenboxend und mit dem Messer fuchtelnd auf den Ernstfall vorbereiten konnte. Schließlich brach er einen Zweig von einem Baum und schnitzte sich daraus einen Spazierstock. Damit hieb er auf andere Zweige und fliegende Insekten ein.

Griffin klopfte ihm, laut lachend, auf die Schulter: »Ich habe schon Leute gesehen, die vorsichtiger durch den Dschungel marschiert sind.«

Ein bißchen außer Atem erwiderte S.J., ohne sich umzudrehen: »Vorsicht ist nicht nötig.«

»Warum nicht?«

»Lopez wird uns erst mit seinen Bosheiten beglücken, wenn wir unsere beiden Ersatzleute haben.«

Griffin kratzte sich mit den Fingernägeln zwischen den Bartstoppeln am Kinn. »Wie kommst du auf diese Idee?«

»Sehr einfach«, antwortete S.J. und köpfte eine Liane mit seinem Stock. »Lopez wird sich hüten, noch einmal einen Vorwand für einen Protest beim I.S.S. zu geben. Wenn er uns jetzt angreift und ein paar Leute umbringt, obwohl wir noch nicht vollzählig sind, kann ihm das als unfaires Verhalten ausgelegt werden. Morgen, wenn die Verluste nicht mehr durch Ersatzleute ausgeglichen werden dürfen, wird er sich nach Herzenslust austoben. Dann kann sich Chester nicht mehr beschweren, verstehst du?« Er beendete seine Ausführungen mit einem kräftigen Hieb nach einem Schmetterling, der ihm mühelos auswich.

»Du scheinst dich ja mit der Taktik und den Spielregeln sehr gut auszukennen.«

S.J. nickte heftig. »Zwar weiß es bisher noch niemand, aber du wirst es erleben!«

»Was?«

»Daß ich der Beste bin in unserem Ensemble!«

»Du verbringst wohl viel Zeit mit Spielen, wie?«

»Nicht so wie jetzt. So ein Spiel hat es bisher überhaupt noch nicht gegeben. Doch die gewöhnlichen Spiele finden nur einmal im Quartal statt, die Erstaufführungen, meine ich, und die bringen ja den meisten Spaß. Ich übe sehr viel zu Hause und bin regelmäßig mit fünf Spielen verbunden . . . drei amerikanischen, einem aus Japan und einem aus der Vereinigten Afrikanischen Republik. Das ist vielleicht ein unheimliches Zeug, das sich auf die Haussa-Mythologie stützt. Ich blende mich ein paarmal in der Woche in die verschiedenen Spiele ein, lasse mir die Züge der anderen Spieler durchgeben, setze meine dagegen und warte ab, was passiert. Manchmal verabreden sich alle beteiligten Spieler, sich gleichzeitig dazuzuschalten, und dann kann das Spiel manchmal stundenlang weitergehen. Eines der amerikanischen Spiele ist für einen Solopart eingerichtet: man spielt gegen den Computer und kann es also so lange fortsetzen, wie man will. Aber ich ziehe die Gruppenspiele vor.«

»Warum?«

»Damit bereite ich mich für den Traumpark vor. Eines Tages werde ich Meister der Mythen sein. Ich möchte Erfahrung in der Gruppenarbeit sammeln.«

Gruppenarbeit? Meinte er damit das Spielerensemble? »Du hast dir also sehr viele Gedanken über das Spiel und seine Möglichkeiten gemacht, nicht wahr?«

»Selbstverständlich.« S.J. schoß mit der Gerte eine Fliege aus der Luft herunter. Das verstümmelte Insekt summte, auf dem Rücken liegend, im Kreis herum. S.J. machte ein unglückliches Gesicht und zertrat es mit dem Absatz. »Hätte nie geglaubt, daß ich das Ding treffe.« Und mit einem kleinen Lächeln fügte er hinzu: »Offenbar ist meine Schlagtaktik besser geworden, wie?«

»Vermutlich. Aber verrate mir mal, was du sonst noch treibst. Ich meine, wenn du nicht spielst. Oder ist das deine einzige gesellschaftliche Betätigung?«

»Warum fragst du?«

Griffin zuckte die Achseln. »Ich interessiere mich halt für Dinge, in denen ich selbst nicht bewandert bin. Und du scheinst ja eine Menge Zeit und Ehrgeiz für das Spielen aufzuwenden. Ich wundere mich nur, wie hoch der Preis ist, den du für . . . nun, für deine Meisterschaft bezahlen mußt. Ist es ein vertretbarer Preis?«

Nun war es an S.J., mit den Achseln zu zucken. »Vermutlich ja. Ich weiß natürlich, was man den Leuten so alles nachsagt, die sich damit professionell befassen. Daß sie nur noch in einer Traumwelt leben. Aber wer garantiert uns, daß unsere wirkliche Welt nicht auch nur eine Traumwelt ist? Ich befasse mich nicht mit dieser Frage, aber niemand kann leugnen, daß sich in einem Ensemble von Spielern ein überdurchschnittlicher Prozentsatz von Exzentrikern befindet. Aber ich glaube nicht, daß das Spielen sie erst dazu macht. Was mich betrifft, so gehe ich noch auf die Schule und muß mich auf eine akademische Karriere vorbereiten. Außerdem arbeite ich noch einen halben Tag, und was an Energie übrigbleibt, stecke ich in die Spiele.«

»Und wie steht es mit deinem Sozialleben?«

»Was für ein Sozialleben? Meinst du, ich könnte den großen Max spielen im Auditorium, wenn ich nicht meine Abende am Schaltpult verbrächte oder mich auf eine Karriere im Traum-Park vorbereitete? Was das betrifft, so denken die meisten Mädchen sowieso, ich lebte im Wolkenkuckucksheim. Wo finde ich also jemanden, dessen Interessen sich mit meinen decken? Nur bei den Spielern.«

Griffin erwiderte schmunzelnd: »Hattest du Erfolg bei Gleichgesinnten?«

»Manchmal mehr, manchmal weniger. Hier noch nicht.« Und dann, schon etwas zuversichtlicher: »Das Spiel ist noch lange nicht zu Ende. Ich hoffe, da geht noch was zusammen!«

»Aber bedrückt es dich nicht, wenn du allein bleibst, und die anderen turteln? Ich fühlte mich zum Beispiel gestern nacht ein bißchen vernachlässigt. Ich könnte mir denken, daß man sich in einem solchen Kriegsspiel sehr einsam fühlen kann.«

»Ja, besonders nachts. Wenn ich ein Mädchen finde, das sich wirklich für Spiele interessiert, werde ich sie zur Teilnahme animieren. Bis dahin suche ich mir die Zerstreuung, wo ich sie finde.«

»Und wo wäre das zum Beispiel?«

»Die Nacht hat tausend Augen, Mr. Tegner«, erwiderte S.J. und grinste wie ein Junge, der bei verbotenem Treiben beobachtet hatte.

»Und was bedeutet das?«

»Nichts, wenn Sie nicht erpreßbar sind.«

»Du drückst dich mit Absicht so vage aus?«

»Klar doch. Ich bin allergisch gegen Schmerzen.«

Die Berge waren inzwischen sichtlich näher gerückt. Die Truppe der Abenteurer hatte die grüne Hölle des Dschungels verlassen und zog hügelan durch das Dickicht der Vorberge. Der Untergrund wurde immer fester. Aus dem Morast war hartgebackener Lehm geworden, aus dem der Fels hervorschaute. Alsbald kamen sie an mächtigen moosbewachsenen Felsblöcken vorbei und wanderten am Rand eines Steilhangs entlang. Sich umschauend, bemerkte Griffin die sich verändernde Perspektive. Der Dschungel hinter ihnen war jetzt tiefer als der Pfad entlang der Klippe. Während sie in wechselnden Kehren zu den »Bergen« hinaufstiegen, verlor Griffin ein paarmal den Dschungel aus den Augen. Und jedesmal, wenn er wieder ins Blickfeld kam, war er ein Stück kleiner geworden, als betrachtete man ihn aus einem Flugzeug.

Es ging stetig bergauf. Im Vergleich zu den nackten Felswänden, die sie umgaben, waren der Dschungel und das zähe Gestrüpp der Vorberge ein Augenschmaus gewesen. Eine lange Zeit sahen sie nichts als Granit, der dann, als sie aus den Vorbergen wieder herauskamen, von einem Grüngürtel abgelöst wurde.

Der Pfad führte in eine Senke hinunter, die mit riesigen bizarren Bäumen bewachsen war – Laubbäumen, von grünen Lianen überwuchert, die sich mit roten und violetten Blumen schmückten, von Saft strotzend wie Früchte, die sich zum Pflücken anboten. Die Senke wurde von Geröll umschlossen, doch am entfernten Ende ragte die Barriere einer Felswand auf. Auf halber Höhe klaffte der Fels und sprudelte kristallklares Wasser hervor, das in der Sonne wie blaue Diamanten funkelte. Am Grund des Wasserfalls hatte sich ein kleiner See gebildet.

Zwei Gestalten warteten am Seeufer.

Die Kolonne begann vorsichtig mit dem Abstieg. Griffin sah, wie sich eine weiße Aureole um einen Mann der Vorhut bildete, grüne Blitze in alle Himmelsrichtungen zuckten und wieder verschwanden.

Der Weg hinunter zum See war demnach ungefährlich. Also

beschleunigte Chester wieder das Tempo. Alex atmete die feuchtigkeitsgeschwängerte Luft ein, spürte den kalten Atem des Sees und empfand bereits den Vorgeschmack eines Bades im kristallklaren Wasser. Das mußte die Stelle sein, die man ihnen schon beim Frühstück versprochen hatte. Und sogleich kam ihm auch der strenge Geruch seines ungewaschenen Körpers und das Scheuern seiner staubverkrusteten Unterwäsche wieder peinlich ins Bewußtsein.

Er fing an zu laufen. Auch die anderen Mitspieler waren nicht mehr zu halten, entledigten sich ihrer Oberkleider, warfen die Tornister weg, während die beiden Fremdlinge am Ufer ihnen mit breitem Lächeln zuwinkten, als gäbe es einen Preis für das Wettrennen zum Wasser. Griffin hatte den See schon fast erreicht, als Chester brüllte: »Bleibt stehen, ihr hirnlosen Lemminge! Wir müssen erst das Wasser testen!«

Murrend fügte sich das Ensemble seiner Anordnung und hielt am Seeufer an.

Chester ging zunächst auf die beiden Neuen zu und begrüßte sie herzlich: »Margie, nett, dich bei uns begrüßen zu dürfen.« Die Lady mußte schon über sechzig sein, wenn man ihre Hände und ihren Hals betrachtete, doch ansonsten wirkte sie wie eine Frau, die nichts zu wünschen übrig ließ. Sie erhob sich von ihrem Felsblock mit einer Anmut, die jeden Mann gefesselt hätte, und ihre Figur war straff und wohlgerundet. Ihr volles, silberfarbenes Haar fiel in sanften Wellen bis zu den Schultern herab. »Das gilt auch dir, Owen. Willkommen bei uns! Es tut mir leid, daß wir euch so lange warten ließen.«

»Du bist entschuldigt, Chester«, erwiderte der Mann in gemütlich gedehntem Tonfall. Er schien in Margies Alter zu sein und zeigte sich in ähnlich guter Verfassung. Er erhob sich etwas steif von seinem Sitzplatz und streckte sich wie ein großer grauer Kater. »Margie und ich, wir sitzen gern in der Sonne und hören dem Plätschern des Wassers zu.«

Der Meister der Mythen lächelte. »Dann ist es also ein friedliches Wasser, nicht wahr?« Sie nickten beide. »Ich hoffe, ihr habt nichts dagegen, wenn ich mich persönlich davon überzeuge?«

»Absolut nicht, guter Freund. Ich möchte dir nur raten, mit deiner Energie sparsam umzugehen.«

Chester quittierte den Rat mit einer wohlwollenden Handbewegung, breitete die Arme aus und rief: »Hört mich, ihr Götter . . .« Seine Aureole wurde sichtbar. »Enthüllt mir eine drohende Gefahr!« Der See verfärbte sich zu einem klaren Grün.

»Das Wasser ist harmlos, Kinder. Was zum Teufel – ich erkläre das Spiel für unterbrochen. Pause. Vergnügt euch, Kinder!«

Mary-em juchzte, zog sich aus bis auf die Haut und prüfte gar nicht erst, ob ihr das Wasser zu kalt war, sondern hüpfte mit einem Hechtsprung hinein. Leigh und Lady Janet waren die nächsten, die sich entkleideten und kopfüber in den See sprangen. Eames, noch in der Unterhose, steckte einen Zeh in das Wasser, grinste mit leicht verschämter Heldenmiene und sprang ebenfalls. Alsbald planschte das ganze Ensemble vergnügt im See herum. Nur Griffin stand noch am Ufer und kaute auf der Unterlippe. Acacia schwamm auf ihn zu.

»Hallo, großer starker Mann! Komm herein und spiel mit uns!« Sie traf ihn mit einem gezielten Spritzer an einer unmöglichen Stelle.

Griffin beugte sich vor, um sie besser in den Blick zu bekommen. »Laufen die Kameras noch?« Bobbick und Millie mußten sich köstlich amüsieren . . .

Acacia erteilte ihm einen Verweis: »Sei nicht albern. Pause bedeutet, daß das Spiel eine halbe Stunde unterbrochen ist. Kommst du jetzt herein, oder muß ich herauskommen, weil der Junge wasserscheu ist?«

»Keine üble Idee, aber . . .« Griffin balancierte auf einem Bein, um seine Stiefel ausziehen zu können. Dann setzte er sich und streifte die Hose herunter.

Acacias Pfiff hallte von der Felswand wider: »Hallo, schaut diese Beine an!« Sie schluckte Wasser und spuckte es lachend wieder aus.

»Das habe ich von meiner Mutter geerbt«, erwiderte er grollend. In Zukunft werde ich meinen Dachgarten auch zum Sonnenbaden benutzen, schwor er sich. Er schien fleischfarbene lange Unterhosen zu tragen. »Okay, ich komme!« Er tauchte mit einem Kopfsprung in den See.

Das Wasser war angenehm kühl und süß, und die Wassertiefe betrug zwischen vier und zwei Meter. Griffin vergaß, sich zu schämen, und gab sich dem wohligen Gefühl hin, das seinen Körper durchströmte. Er tauchte bis zu dem künstlich erschaffenen Felsboden des Sees hinunter, tastete mit beiden Händen darüber hin, beobachtete die Luftblasen, die aus seinem Mund zur Oberfläche aufstiegen, und schnellte sich wieder in die Höhe.

Wie lange war es her, daß er zum letztenmal in einem See gebadet hatte? Darauf gab es nur eine mögliche Antwort: viel zu lange. Er verbrachte fünfzehn Stunden wöchentlich mit Leibesübungen, doch die gehörten ausschließlich zu seinem Arbeitsprogramm. In diesem Augenblick schienen der Traum-Park und Alex Griffins Arbeit Lichtjahre von ihm entfernt zu sein.

Er durchbrach die Wasseroberfläche und stieß beinahe mit Owen Braddon zusammen, der, auf dem Rücken liegend, mit Kraulstößen den See durchquerte. Er schwamm nicht so schnell wie (zum Beispiel) Bowan, der Schwarze, sah auch nicht so gut aus – er war mindestens dreißig Jahre älter als Bowan, und sein Bäuchlein ruinierte die Stromlinienform –, doch er bearbeitete das Wasser mit einem tolpatschigen Enthusiasmus, daß es eine Freude war, ihm dabei zuzuschauen.

Griffin mußte wieder untertauchen, weil sich von hinten ein Gewicht auf seine Schultern legte. Nach Luft ringend, kam er wieder hoch.

»Rate mal, wer?« rief Acacia und tauchte ihn von neuem unter Wasser. Diesmal packte er sie an den Beinen und zog sie zu sich hinunter. Kichernd schickte sie einen Strom von Luftblasen nach oben, drückte beide Hände gegen seinen Brustkorb und zwang ihn, ihre Beine loszulassen.

Sie schwamm rasch von ihm weg, und Griffin verfolgte sie. Er beobachtete die Lichtreflexe der Sonne auf ihren Muskeln, während sie mit ihren langen hellbraunen Beinen durchs Wasser wirbelte, um ihm mit energischen Kraulstößen zu enteilen. Sie blickte sich um, erschrak, weil sie nicht einen Zentimeter

Vorsprung herausgeholt hatte, und tauchte wieder unter Wasser. Griffin pumpte sich die Lungen voll Luft und folgte ihr.

Turbulenzen erfaßten ihn. Große Blasen zerplatzten vor seinem Gesicht, und heftige Wellenbewegungen drängten gegen seinen Körper. Und dann beruhigte sich das Wasser wieder, und er sah, daß er den Wasserfall durchschwommen hatte.

Eine acht Meter breite Fläche dehnte sich zwischen der Felswand und den tonnenschweren stürzenden Wassermassen aus. Dort wartete Acacia auf ihn. Er schwamm zu ihr, nahm sie spielerisch in die Arme, und ihr Körper schlüpfte ihm durch die Hände, als sie hochschnellte und ihm einen Tropfen von seiner Nasenspitze leckte. »Haare wie Drahtwolle«, sagte er und blickte sich verstohlen um, was die Spieler vor dem Wasserfall so trieben. Niemand achtete auf die beiden.

»Alles Naturlocken, *hombre*«, erwiderte sie und verschränkte ihre Hände in seinem Nacken. Sie wölbte die Augenbrauen und sah ihn mit Verschwörermiene an: »He, Mister, willst du mit mir spielen?«

»Ich weiß nicht, was genau du darunter verstehst«, sagte Griffin und rieb die Nase an ihrer Wange.

»Das, zum Beispiel.« Sie küßte ihn heftig und wölbte sich ihm entgegen, und Griffin mußte feststellen, daß wenigstens ein Teil von ihm sich diesem Spiel bedingungslos hingab. Sie wälzten sich im See, geblendet von dem Getöse und dem Nebel des Wasserfalles, selbstvergessen, die Lippen und Körper aneinanderpressend – heißes Fleisch in einem kalten Fluidum.

Als sie sich wieder voneinander lösten, sah sie ihn mit großen brennenden Augen an und stieß zwischen flachen Atemzügen hervor: »Das war aber nicht gerade eine schüchterne Umarmung, Mister.«

»Jaaa . . . ich dachte, ich hätte etwas gehört, das dringend nach mir verlangte.«

Sie hob sich wieder verführerisch aus dem Wasser und blickte ihm fest in die Augen: »Ich glaube, daß Sie sich nicht verhört haben, Mister.«

Er hielt sie an den Hüften fest, zielte, und während sie beide tief einatmeten, kam es aus nächster Nähe über das Wasser: »Störe ich bei der Party?«

Griffin und Acacia ließen sich sofort los. Tony McWhirter trieb keine drei Meter von ihnen entfernt wassertretend im See. Auf seinem Gesicht zeigte sich ein kaltes, lebloses Grinsen.

Acacia errötete bis unter die Haarwurzeln: »Tony, ich . . . ich dachte, du wärst . . . ich . . .«

»Es war sehr deutlich zu sehen, daß du nicht an mich gedacht hast, Cas. Spar dir die Worte!«

Das dunkelhaarige Mädchen schüttelte ungläubig den Kopf, während die Tropfen in alle Richtungen davonsprühten. »Tony, spiel jetzt nicht verrückt. Du sagtest, es wäre vollkommen in Ordnung, wenn wir jeder unseren eigenen Spaß hätten . . .« Sie blickte Griffin flehend an, und er wich noch ein Stück zurück. Dann schwamm sie zu Tony hinüber und versuchte, ihm die Arme um den Hals zu legen. Er stieß sie von sich.

»Ja, das ist richtig, und für dich hat sich das wohl ausgezahlt, nicht wahr? Ich meine, wenn alle verfügbaren Frauen vergeben sind und vier oder fünf Männer zuviel, hast du ja reichlich Gelegenheit zum Naschen. Aber wenn du trotzdem mal abblitzen solltest, kann man ja immer noch auf den guten alten Tony zurückgreifen, nicht wahr?«

»Tony, so ist es nicht . . .« Wieder versuchte sie, ihn zu umhalsen, und er schob sie sacht von sich weg.

»Nein, Cas. Es ist schon gut. Ich meine nur, es ist nicht fair, wenn alle anderen mir die Schuld geben, wenn so etwas passiert.« Er wandte sich ab, tauchte und verschwand hinter dem Wasserfall.

Griffin schwamm zu ihr hinüber, und obwohl er nicht versuchte, sie anzufassen, blickte sie nur Tony nach und schien alles andere vergessen zu haben.

»Es tut mir leid«, sagte Griffin. Er wußte nicht, was er sonst sagen sollte.

Sie sah ihn immer noch nicht an. »Es tut mir ebenfalls leid«, erwiderte sie mit gepreßter, tonloser Stimme. »Ich glaube, wir sollten lieber zu den anderen zurückschwimmen.«

Hinter der schimmernden Wand des Wasserfalles schrumpfte Tonys Gestalt mit jedem Kraulzug immer mehr zusammen. Acacia wollte noch etwas sagen, doch die Worte starben ihr auf den Lippen.

Griffin folgte ihr durch die tobenden Turbulenzen. Er hatte sich von seiner Arbeit ablenken lassen. Er war nicht zu seinem Vergnügen hier. Und wenn er gründlich darüber nachdachte, schien das auch für die anderen zu gelten, die in diesem Spiel mitwirkten.

Kapitel Achtzehn

Der Schlangenbiß

Griffin war im Begriff, seine Stiefel wieder anzuziehen, als ihm Mary-em herzhaft auf die Schulter schlug . . . sacht, nicht herzhaft. Was er nicht für ein gutes Zeichen nahm: »He, Gary, hast du diesen Rice gekannt? Den Wächter?«

Griffin beherrschte sich sofort, spielte den Ahnungslosen. »Rice? Ich weiß nicht. Ist er im Traum-Park angestellt?«

»Er ist nicht, sondern war. Er scheint vor ein paar Tagen im Gebäude der F&E-Abteilung getötet worden zu sein. Owen und Margie brachten uns diese Neuigkeit mit. Sie sagen, die ganze Abteilung hätte deswegen kopfgestanden, als sie heute morgen für das Einwechseln vorbereitet wurden.«

Griffin hielt den Blick auf die Stiefel gerichtet. »Hmmm. Vielleicht habe ich gerüchteweise davon gehört. Tut mir leid. Ich war ziemlich beschäftigt in der letzten Woche.« Er zog die Schnürsenkel straff und verknotete sie. »Und außerdem gebe ich nie viel auf das Geschwätz der Leute.«

»Nun, ich dachte mir nur, du hättest ihn vielleicht gekannt. Hat er nicht manchmal in deinem Restaurant gegessen?«

»Durchaus möglich. Umgekommen, sagst du? Wie konnte das passieren?«

Sie stieß ihm die Daumenspitze zwischen die Rippen. »Ich dachte, du könntest dieses Geheimnis aufklären, mein Hübscher. Aber kümmere dich jetzt lieber um dein Gepäck. Die Spielpause ist vorüber.« Sie watschelte von ihm fort und summte leise vor sich hin.

Damit wäre ein Problem gelöst, dachte Griffin. Er hatte sich vorgenommen, während einer Gruppendiskussion ganz beiläufig zu erwähnen, daß Rice ermordet worden war. Er hatte nur wissen wollen, ob jemand bei dieser Bemerkung zusammenzuckte. Für den Diebstahl kamen gleich mehrere Mitglieder des Ensembles in Frage; aber niemand in der Gruppe benahm sich wie ein verfolgter Mörder. Jetzt wußten sie es alle, und er konnte sich zurücklehnen und beobachten, wie sie darauf reagierten.

Vermutlich hatte der Mörder gar nicht gewußt, daß der Wächter tot war. Durchaus möglich, daß die Person, die er verfolgte, sich in dem Irrglauben befand, Rice wäre ein paar Stunden später mit Kopfschmerzen und einem lädierten Hals wiederaufgewacht. Das würde das Ganze zu einem sportlichen Wettkampf verniedlichen, zu einem Vergleich von Wagemut und Einfallsreichtum. Aber ein Mord, das war kein Wettkampf mehr. Und der Spieler, der sich wahrscheinlich insgeheim ins Fäustchen gelacht hatte, weil ihm so ein fantastischer Coup gelungen war, würde nun vermutlich in Panik geraten.

Und wer gehörte nun noch zu dem Kreis der Verdächtigen? Nun, ganz obenan auf der Liste standen Bowan, der Schwarze, und seine Partnerin, Dark Star. Mary-em, S. J. und Tony McWhirter besaßen offenbar kein Alibi für Donnerstagnacht. Das gleiche galt für Oliver oder Gwen. Die übrigen Spieler konnte er streichen, vorausgesetzt allerdings, daß die bereits Ausgeschiedenen sich inzwischen dem Stimmenanalysator-Test unterzogen hatten.

Und . . . Acacia? Galt ihr Alibi für die ganze Nacht? Hatte sie nicht ein ungewöhnliches Interesse für seine Vergangenheit? *Und meinen Körper. Verdammter Fortunato! Hätte er sich nicht taktvoll heraushalten können?*

Wenn er gründlich und nüchtern überlegte, durfte er auch Kasan Maibang nicht ausschließen. Er war zur Tatzeit schon im Spiel und mußte sich genauso verantworten wie die Mitglieder des Ensembles.

Und wie stand es mit den Arbeitern, die im Spielbereich A die Kulissen umgebaut hatten? Konnte etwa einer von ihnen sich unbemerkt von seinen Kollegen entfernt haben?

»Du liebe Güte«, flüsterte Griffin erbittert, das ging ja alles aus den Fugen! Er mußte Bobbick bitten, das baldigst zu überprüfen.

Er stand auf, atmete tief ein und schnallte sich den Tornister auf den Rücken. Die Kolonne formierte sich wieder, doch diesmal bekam er einen neuen Partner: Acacia. Sie stand neben ihm und wartete auf Chesters Befehl zum Abrücken. Sie sagte kein Wort.

»He, Lady, wie steht es mit der Kommunikation?«

Sie lächelte schwach. »Tut mir leid, Gary, ich hoffe, du hast nichts dagegen, wenn ich dich als Nebenmann begleite.«

»Im Gegenteil, es ist mir ein Vergnügen. Steht wohl nicht zum besten mit deinem Freund, wie?«

Ein Seufzer. »Es ist ein Auf und Ab. Im Augenblick herrscht ein Tief. Ich möchte nicht darüber reden, verstehst du? Ich würde nur gerne neben dir hergehen.« Sie blickte zu ihm hoch, und er suchte vergeblich dieses vitale Selbstvertrauen, das sie bisher gezeigt hatte. Er entdeckte nur Niedergeschlagenheit und Trauer auf ihrem schönen Gesicht.

Als Chester mit seinen Abenteurern tiefer in das Gebirge vordrang, teilte Griffin stumm mit ihr die Sehenswürdigkeiten und Schrecken dieses Tages.

Gemeinsam kauerten sie unter den Zweigen eines abgestorbenen Baumes, als die Foré sie mit einem Unwetter überzogen. *Dora,* die dämonische Herrscherin über die Natur, tobte im Himmel und unter der Erde. Dunkle Wolken türmten sich auf und schütteten ihre Blitze wie Pfeile zwischen die Berge. Im Schutz der Himmelsmacht, die Gwen und Owen Braddon für sie beschworen hatten, saßen sie mit klappernden Zähnen im eiskalten Regen. Der Wind zerrte an ihren Kleidern, und abgerissene Dornzweige peitschten im Sturmwind wie Geschosse durch die Luft. Wenn ein Blitz einschlug, bebte die Erde, und Felsbrocken lösten sich aus den Bergwänden.

Es war, als käme der halbe Berg auf sie herunter: Steinlawinen, Sturzbäche und ein Erdrutsch aus Lehm. Sie sahen, wie die Erde sich öffnete und einen der Träger verschlang. Und lange bevor der Sturm vorüber war, suchten Acacia und Griffin sich gegenseitig zu wärmen, lagen sich stumm in den Armen, während sie vor Kälte zitterten.

». . . kostet uns viel Zeit!« murmelte Henderson, während Mary-em ein Lied im Sturmwind schmetterte:

»Ich habe einen Zauberstab, ich habe einen Zauberstab,
so kräftig wie ein Blitzableiter,
den pflanze ich später auf mein Grab
und lebe als Hexe weiter . . .«

Niemand mochte in ihren Refrain einstimmen, und so gab sie das Singen schließlich auf.

Als es endlich zu regnen aufhörte und die Gewitterwolken sich in Dunst auflösten, krochen die Spieler wieder zwischen den Bäumen hervor und blickten besorgt zum Himmel auf, während sie ihre Kleider und Haare auswrangen.

Acacia sah die ganze Zeit zu Boden, und als Chester die Mitglieder seines Ensembles der Reihe nach aufrief, antwortete sie mit einem kaum hörbaren Ja. Alex betrachtete sie besorgt von der Seite.

Nur Kagoiano war von dem Unwetter getötet worden, und somit blieben noch achtzehn Personen im Spiel: die fünfzehn Mitglieder des Ensembles, Lady Janet, Kasan Maibang und der Träger Kibugonai. Sobald sie sich alle einigermaßen erholt hatten, setzten sie den Marsch fort. Nachdem Acacia wieder stumm eine Meile neben Griffin hermarschiert war, fragte er sie: »Macht er das öfter so mit dir?«

»Im Augenblick weiß ich nicht, wer was mit wem macht. Vielleicht glaubt er, er stünde unter dem Pantoffel. Vielleicht flirte ich ihm zuviel mit anderen Männern . . .«

Alex überhörte geflissentlich die Anspielung in ihrer Antwort und erwiderte: »Ich möchte dich daran erinnern, was du gestern zu mir gesagt hast, Acacia. Daß ich mich zu reserviert verhalte, nicht mit Leib und Seele an dem Spiel teilnehme. Okay. Heute kannst du dir diesen Schuh anziehen.«

»Du verlangst, ich soll einfach vergessen, daß ich den Mann . . . daß ich einen Menschen, den ich liebe, mit meinem Verhalten gekränkt habe? Das kann ich nicht.«

»Dann rede mit ihm.«

»Nein«, entgegnete sie mit leiser Stimme, »das kann ich auch nicht. Noch nicht. Vielleicht ergibt sich später eine Gelegenheit dazu. Wir hatten schon einmal unter diesem Problem zu leiden, und es löste sich von selbst. Damals jedenfalls. Vielleicht können wir heute abend miteinander reden.« Sie sah ihn wieder mit diesen großen, um Schonung bittenden Augen wie im See unter dem Wasserfall an. »Hoffentlich hältst du mich jetzt nicht für ein oberflächliches, kokettes Geschöpf. Ich mag dich nämlich wirklich. Ich meine nur, daß wir die Dinge nicht noch weiter auf die Spitze treiben sollten.«

»Das kann ich verstehen, Acacia. Okay. Wir wollen vergessen, was geschehen ist, ja? Du bestärkst mich in dem Glauben, ich sei ein Dieb, der nichts anderes im Sinn hat, als kostbares verlorengegangenes Frachtgut zu stehlen, während ich dir helfe, dich daran zu erinnern, daß du eine schöne Amazone bist, die in die entscheidende Schlacht ihres Lebens zieht. Wie gefällt dir das?«

Sie sagte nichts, aber ein Lächeln huschte über ihr bisher so abweisendes Gesicht.

Der Weg, dem sie folgten, führte sie nun wieder zwischen Grünpflanzen hindurch, doch die Bäume und Büsche schienen seltsam mißgestaltet, als enthielte der Boden unverträgliche Nährstoffe. An den Zweigen hingen keine Blätter, sondern eigenartige goldfarbene Früchte, und Griffin mußte die Versuchung niederkämpfen, eine von diesen Früchten zu kosten.

Er konnte nicht erklären, woher es kam, daß er sich ständig von feindlichen Spionen beobachtet fühlte. Immer wieder fingerte er an seinem Dolch herum, suchte nervös mit den Augen Schluchten oder Felsspalten ab und summte leise vor sich hin, um sich zu beruhigen.

Auch die anderen Spieler wirkten seltsam bedrückt. Alex sah, wie Tony McWhirter sich zu ihnen umdrehte. Als ihre Blicke sich kreuzten, schlug Tony die Augen nieder. Nicht aus Haß, dachte Alex unwillkürlich, sondern aus Angst.

»Was hältst du davon, Cas?«

»Ich spüre es ebenfalls. Ein Unheil liegt in der Luft.« Sie schauderte, zog ihr Schwert aus der Scheide und trug es kampfbereit in der Hand, obwohl sich nirgends ein Gegner zeigte.

Angst. *Das* war es, was sie inzwischen alle empfanden – eine Angst, die sich nicht mit dem Verstand erklären ließ, sondern die viel primitiver war, so etwas wie ein Urinstinkt.

An der Spitze der Kolonne gab Chester das Zeichen zum Anhalten. Das Ensemble formierte sich in einem lockeren Halbkreis um den Meister der Mythen.

Chester hob zum zweitenmal die Hand, Schweigen gebietend: »Wir alle spüren es, und das erspart mir lange Erklärungen. Eine Gefahr ist vor uns. Ich glaube, daß wir uns dem

Frachtgut nähern, um das es in diesem Spiel geht. Wie dieses Gut aussieht oder woraus es besteht, weiß ich sowenig wie ihr. Falls es zu einer Schlacht kommen sollte, möchte ich, daß sich immer zwei zusammentun, die nicht der gleichen Zunft angehören. Wir können es uns nicht leisten, zu viele Leute von einer Kategorie zu verlieren. Deshalb wollen wir den Schaden gleichmäßig verteilen. Okay? Wer seinen Partner tauschen muß, hat jetzt Gelegenheit dazu. S. J., du kommst zu mir!«

Der Junge ließ einen Jauchzer los und rannte an die Spitze der Kolonne, um sich neben den Meister der Mythen zu stellen. Auch unter den anderen Spielern fand nun ein Austausch statt. Nur Alex und Acacia blieben zusammen.

Der Pfad verengte sich und führte sie durch einen Spalt in der Felswand. Owen Braddon, der zu den Priestern gehörte, beschwor ein sanftes weißes Licht, das ihnen den Weg durch einen langen, fast dreieckig geformten Tunnel erleuchtete. Der Tunnel war kalt und trocken, doch sein Boden war mit schlüpfrigen Moosen bewachsen. Als sie wieder ins Freie kamen, seufzten sie alle erleichtert auf.

Sie befanden sich jetzt auf der anderen Seite des Berges und hielten auf einen bewaldeten Bezirk zu, der aus seltsam verdrehten Hölzern bestand. Sie schienen sich auf einem Plateau zu befinden, und Alex sah, wie Lady Janet auf einen Gebirgszug am Horizont deutete, worauf Chester lächelnd mit dem Kopf nickte.

Ein Baum stand getrennt von den anderen. Seine Zweige breiteten sich nach allen Richtungen aus, einen kreisförmigen Schatten beschreibend, der mindestens einen Durchmesser von fünfundzwanzig Metern hatte. Als Griffin die Rinde betrachtete, ein giftiges Braun mit schwärenden Wunden dazwischen, und die Wurzeln, die sich schlangengleich über den Boden wanden, ehe sie im Lehm verschwanden, spürte er wieder dieses primitive, unerklärliche Angstgefühl.

Chester gab mit erhobenem Arm wieder das Zeichen zum Anhalten, und dann ging er vorsichtig ein paar Schritte näher an den Baum heran. Er betrachtete ihn nachdenklich und kam wieder zum Ensemble zurück. »S. J., sagte er energisch, »ich glaube, das ist was für dich. Da ist ein Gut versteckt.«

»Ultraschall«, erwiderte S. J. mit einem Blick. »Ich spüre es. Okay, man hat uns hierhergelockt und gleichzeitig gewarnt. Wie soll ich das Problem anpacken?«

»Ich bin mir nicht sicher . . .« Chester beobachtete den Baum mit Kennerblick. »Das Gut wird nicht unter dem Baum versteckt sein. Das wäre dem ersten Fall zu ähnlich . . .« Er betrachtete die Zweige, die sich im Wind bewegten. »Moment mal – der Luftzug ist nicht so kräftig wie die Bewegungen der Zweige!«

»Achte auf den Schatten, Chester!« rief S. J. und zeigte mit der Hand auf den Boden.

Der Schatten verhielt sich in der Tat noch seltsamer. Er war nicht synchron mit den Bewegungen der Äste, und aus dem Kreis ragten Äste heraus, die wie mit Geisterfingern irgendwohin zeigten . . .

»Ein Hünengrab!« Ungefähr zwanzig Meter vom Baum entfernt sahen sie eine aus unverbundenen Steinen errichtete Pyramide.

»S. J., Margie, Eames und Griffin, kommt mit mir! Der Rest bleibt, wo er ist!«

Die Gruppe, die aus fünf Spielern bestand, ging langsam auf die Pyramide zu. Chester ließ sie im sicheren Abstand wieder anhalten und wanderte in einem weiten Bogen um die Steine herum. An einer Stelle hielt er an, rückte noch ein paar Schritte näher an die Pyramide heran, drehte sich um und kam dann zurück zu dem ausgewählten Team. »Okay, S. J. und Eames, ihr beide geht zur Hinterseite der Pyramide. Margie und Griffin, ihr beide arbeitet an der Vorderseite. Wir wollen ein paar Steine wegräumen, damit wir sehen können, was in der Pyramide versteckt ist.«

Alex glaubte ein kurzes, schuldbewußtes Flackern in Chesters Augen wahrzunehmen, als S. J. mit einem strammen: »Jawohl, Chef!« seinen Befehl bestätigte. Er lief im Laufschritt auf die abgelegene Seite der Pyramide. Da war irgend etwas faul . . . aber was? Alex konzentrierte sich auf seinen Auftrag, die Steine wegzuräumen. Margie, die zu den Ingenieuren gehörte, konnte nur Anweisungen geben, denn in ihrem Alter durfte man nicht erwarten, daß sie selbst Hand mit anlegte.

Er brummelte, einen Stein zur Seite wälzend: »Was halten Sie von . . .« Er warf den nächsten Stein zur Seite. ». . . diesem Spiel? Ich meine, bis jetzt?«

»Du liebe Güte, ich habe doch gerade erst hineingeschnuppert! Ich hoffe nur, ich bekomme bald Gelegenheit, etwas Interessantes aufzubauen, statt Steine wegzurollen.«

»Bekommen Sie denn nicht Punkte für jede Handreichung in diesem Spiel?«

»Sicher bekomme ich die, aber es macht mehr Spaß, wenn es etwas Ausgefeiltes, Anspruchsvolles ist. Zudem stimmen die Spieler am Ende über die Prämien ab, und deshalb schadet es nie, wenn man die Gelegenheit nützt, um sich auszuzeichnen.«

Chester schaltete sich in ihr Gespräch ein: »Keine Angst, Margie, du wirst reichlich Gelegenheit haben, dein Talent zu beweisen!«

»Hoffentlich, mein Guter.« Sie ging zur Flanke der ein Meter fünfzig hohen Pyramide. »S. J., wie sieht es bei euch aus?«

Chester eilte herbei, um ihr den Weg abzuschneiden: »Wir wollen die beiden Teams getrennt halten, bis . . .« Griffin beobachtete ihn mit wachsendem Mißtrauen. Margie ignorierte den Meister der Mythen, ging um ihn herum und gelangte so auf die Rückseite der Pyramide. Chester drehte sich wieder auf dem Absatz und wollte, den einen Fuß nach vorn gerichtet, den anderen nach hinten, auf seiner Spur zurückkreuzen, als ein Stein unter seinen Füßen nachgab. Er stolperte, suchte Halt an einem Stein an der Rückseite der Pyramide und . . .

Von seinem Standort aus sah Griffin nur noch eine kleine weiße Schlange mit roten und gelben Bändern aus dem Steinhaufen kriechen. Chesters Gesicht war ganz blaß, als er sie sah, und wurde noch blasser, als sie ihren Hals fächerförmig aufblähte und zischelnd nach hinten krümmte. »Töte es!« flüsterte Henderson mit geisterhafter Stimme, die Augen auf das Reptil geheftet.

Alex schleuderte einen Stein nach der Schlange, und sie verschwand.

»Verflucht!« Das war nicht nur so hingesprochen, das kam aus tiefster Tiefe seines Herzens. Chesters Gesicht hatte sich inzwischen so verfärbt wie bei einem Gelbsüchtigen. »Oh, Scheiße.«

Margie half ihm auf die Füße. »Was ist denn, mein Guter? Die Schlange hat dich doch nicht berührt, oder etwa doch?«

»Das brauchte sie gar nicht, Oh, nein . . .« Er wirkte benommen, als habe er einen Schlag auf den Kopf bekommen. Gina lief zu ihm und versuchte ihn zu stützen. »Siehst du das?« sagte er zu ihr und hob beide Arme über den Kopf. Eine kränklich blaßgelbe Aura umgab nun seinen Körper. »Das war eine *biditaurabo-haza*. Ich bin tot, Margie! Ich bin ein wandelnder Leichnam!«

Inzwischen hatten alle Spieler seinen Befehl mißachtet, der Pyramide fernzubleiben, und drängten sich um ihren Anführer. Acacia nahm Alex beiseite: »Hast du gesehen, wie es passierte? Er hat vergessen, vorher die himmlischen Mächte zu befragen, ob eine Gefahr in der Pyramide lauert!«

Griffin antwortete mit leiser Stimme: »Er wußte, daß Gefahr drohte. Er hoffte, auf diese Weise S. J. und Eames aus dem Ensemble zu entfernen. Seine Rechnung ging nicht auf. Statt die beiden hat es ihn erwischt. Gewissermaßen ein Gottesurteil.«

»Wow. Also hat es auch mal Chester getroffen.« Sie kicherte hinter vorgehaltener Hand. »Ich bin gespannt, ob er sich aus dieser Klemme wieder herauswinden kann!«

Gwen stand nun neben der Steinpyramide und konzentrierte sich mit geschlossenen Augen. Ihre Aura leuchtete auf und breitete sich dann über dem Steinhaufen aus. Sie zeigte ein reines Weiß und erlosch, als Gwen die Augen öffnete. Sie drehte sich zu Chester um: »Die Luft ist rein.«

»Großartig.« Er winkte den anderen Mitgliedern des Ensembles ungeduldig zu, um ihn einen Kreis zu bilden. »Wollen mal sehen, was wir für Möglichkeiten haben.« Gwen und Owen mußten sich links und rechts von ihm aufbauen. »Vereinigt eure Zauberkräfte! Glaubt ihr, damit könnt ihr mich retten?«

Die beiden Priester ließen ein paar Sekunden lang ihre

Aureolen ineinanderfließen und schüttelten dann die Köpfe. Owen legte Chester die Hand auf die Schulter und sagte: »Tut mir leid, alter Junge, aber der Zauber ist zu stark für uns.«

Der König lag im Sterben. War das nur schach oder schon schachmatt? »Was für Konsequenzen hat das für uns? Ist das Spiel jetzt vorbei?« erkundigte sich Griffin.

Chester winkte ungeduldig mit der Hand und sagte mit gereizter Stimme: »Nein. Ohne Vorwarnung? Dazu noch eine Schlange? Nein, das riskiert er nicht, nachdem ich wegen seiner giftigen Schneeottern einen solchen Wirbel machte. Nein, er wird versuchen, mich auf eine saubere Art zu töten . . .« Henderson rieb sich die Wange mit seinem knochigen Daumen, und seine düstere Miene hellte sich ein wenig auf. »Nein, ich bin sicher, unser lieber Mr. Lopez hat mir noch eine Hintertreppe offfengelassen. Zweifellos handelt es sich dabei um einen seiner beliebten Scherze.«

Hellrotes Haar, mit Staub überpudert, ein schlanker Arm, der vom Ellenbogen bis zum Handgelenk aus einer leichten Schürfwunde blutete: Gina hatte inzwischen eine Menge Steine bewegt. »Wir sind fast fertig mit dem Abbruch, Honey!« Sie nahm ihren Zauberstab vom Boden und wischte ihn sauber. »Was geschieht als nächstes?«

»Wir müssen noch ein bißchen Geduld haben, Gina.« Der Meister der Mythen streckte den Arm aus, und als sie ihm die Hand reichte, drückte er sie fest an seine Wange.

Er sieht wahrhaftig so aus, als müßte er sterben, dachte Griffin. *Er glaubt es jedenfalls. Wie kann man nur so sehr den Kontakt mit der Wirklichkeit verlieren?*

Als die letzten Steine zur Seite rollten, kamen drei Holzkisten zum Vorschein. Die mit Schablonen aufgemalte Schrift war kaum noch zu entziffern. Die Spieler brachen in ein Gelächter aus.

Chester konnte sich auch ein Lächeln nicht ganz verkneifen, als er den Fund aus der Nähe betrachtete. Noch halb bedeckt von Sand und Kies schauten die Kronenkorken von Coca-Cola-Flaschen aus den Kisten heraus.

»Ja, Kinder, das scheint die Hintertreppe zu sein, die er uns offengelassen hat«, sagte Chester. »Ich hoffe es wenigstens.« Er winkte Kasan zu sich, und der Kundschafter folgte bereitwillig seiner Aufforderung.

»Ja, sterbender Bwana?«

»Sind eure Cargo-Götter stark genug, um mich von meinem Siechtum zu befreien?«

»Aber selbstverständlich, Mr. Henderson. Nur fragt es sich, was für einen Preis die Götter für dein Leben verlangen!«

Chester schien kaum überrascht von dieser Auskunft: »Du meinst, es reicht nicht aus, deine Götter nur zu bitten?«

»Oh, nein. Denn dir liegt ja nicht so sehr das Wohl der schlichten Inselbewohner am Herzen, sondern die Interessen der Europäer . . .«

»Schon gut. Dann wollen wir zunächst die Kisten prüfen, damit nicht noch einmal so ein Malheur passiert – Owen und Bowan!«

Grünes und weißes Licht breitete sich über den Kronenkorken aus, nicht ein Schimmer von Rot. Chester sagte: »Dann öffnet sie.«

Margie holte ein kurzes Stemmeisen aus ihrem Gepäck und zerlegte mit einem Minimum an Kraftaufwand eine Kiste. S. J. und Oliver knackten die anderen beiden.

Jede Kiste enthielt zwanzig Wespentaillenflaschen, die mit karamellfarbener Flüssigkeit gefüllt waren. Sie fühlten sich lauwarm an.

»Okay. Wir müssen die Cargo-Götter um Hilfe anflehen. Das bedeutet, wir haben uns in einen hochgradig empfangsbereiten, ekstatischen Zustand zu versetzen. Um dieses Ziel zu erreichen, muß jeder von uns ungefähr drei Flaschen leeren, fürchte ich.«

Kasan hob sofort die Hand: »Ah . . . keine für mich, bwana. Ich verzichte auf das heilige Getränk.«

Kibugonai meinte, daß auch er lieber unerleuchtet bleiben wolle, und Lady Janet behauptete, gegen Koffein allergisch zu sein.

»Dann sind es vier Flaschen für jeden«, seufzte Chester. »Laßt uns mit der Zeremonie beginnen!«

Sie hatten einen Halbkreis gebildet, und Griffin saß im Schneidersitz neben Acacia. Gwen und Owen saßen im Zentrum, neben sich die Coca-Cola-Flaschen.

»Erhöre uns, Jesus-Manup! Erhöre uns, Gott-Kilibob! Blickt auf uns herab und erhöret uns«, rezitierten sie mit feierlicher Stimme, während Gwen eine Flasche öffnete und Owen überreichte. Owen gab sie an Alan Leigh weiter und Leigh an Mary-em. So wanderte sie die Linie entlang, bis sie Chester, den Schlußmann, erreichte. Gwen entfernte unablässig Kronenkorken, bis alle sechzig Flaschen gleichmäßig verteilt waren.

»In eurem Namen und zum Zeichen unserer Verehrung verleiben wir nun diese heilige Flüssigkeit unseren Körpern ein . . .«

Griffin würgte es hinunter: »Ich mag keine Kohlensäure«, flüstert er Acacia zu. »Ich trinke das Zeug nie.«

»Dann schluck es, und mach den Mund zu, damit es dir nicht aus den Ohren herauskommt«, flüsterte sie mit einem unheiligen Grinsen zurück. »Es bleibt dir gar nichts anderes übrig!«

Griffin leerte ein Viertel seines Pflichtpensums und reichte eine Flasche an seinen Nebenmann weiter. »Und wenn ich zuckerkrank bin?«

»Dann kannst du dir nach dem Spiel eine neue Bauchspeicheldrüse einpflanzen lassen. Trink die nächste Flasche!« befahl sie. Ollie sorgte ständig für Nachschub.

Griffin gehorchte und unterdrückte einen kräftigen Rülpser. Doch dann überlegte er, daß es ein Zeichen der Andacht sein könnte, und holte das Rülpsen nach. Seine Andacht wirkte ansteckend. Ein ekstatisches Rülpskonzert hallte über die Andachtstätte. Nach der vierten Flasche ging ein tiefes Stöhnen durch die Reihe. Tony war ganz grün im Gesicht und hatte Schluckauf. Alex ging es auch nicht viel besser.

»Hat jemand noch Platz für ein Mittagessen?« erkundigte sich Mary-em und schien sich zu wundern, was für eine profane Wirkung das heilige Getränk auf das Ensemble hatte.

Owen und Gwen hatten inzwischen auch ihre Pflicht getan und saßen nun inmitten leerer Wespentaillenflaschen. »Wir sind bereit. Erhört uns, ihr Götter . . .« Die Luft über der heiligen Versammlung erglühte in einem weißen Licht. Owen senkte die Stimme: »Gebt euch alle die Hände!«

Owen und Gwen machten nun Front zueinander, gaben sich die Hände und schlossen die Augen. Die Aureole blähte sich knisternd auf, ein aus Blitzen geflochtenes Vogelnest. Die Luft knackte vor Energie. Griffin blinzelte in das gleißende Licht und bekam eine Gänsehaut. Der Boden bebte.

Eine Stimme wie Donnerhall attackierte ihre Ohren, und das Echo rollte zwischen den Bergen hin und her: »Ja, meine Kinder«, jede Silbe war sonor abgerundet und von vibrierender Klarheit, »ich weiß, was ihr von uns begehrt. Ja, euer Anführer kann gerettet werden. Er soll sich fünf von euch heraussuchen, weise Leute, beweglich und schlagfertig, die um sein Leben kämpfen sollen. Wenn sie gewinnen, wird ihm sein Leben zurückgegeben. Wenn nicht . . .«

Die Stimme verhallte, und mit ihr zerstreute sich das Licht.

Chester war inzwischen quittengelb geworden. Er erhob sich unsicher aus seinem Schneidersitz: »Leigh, Acacia, Oliver, Gina und . . . Griffin.« Er musterte Alex nachdenklich. »Irgend etwas sagt mir, daß du nicht nur kluge Fragen, sondern auch gute Antworten geben kannst.«

Alex, der noch unter dem Einfluß des heiligen Getränkes stand, fragte verwirrt: »Fragen?«

Acacia beruhigte ihn: »Keine Sorge, das schaffst du schon.«

Und wieder begann es am Himmel zu rumoren. Dunkle Wolken zogen auf, trieben wie Seifenschaum auf einem Strudel, legten sich wie ein Vorhang vor die Sonne und verdunkelten sie. Dann wurde es Nacht, und die Sterne blinkten über ihren Köpfen. Alsbald gab es ein Schütteln, ein Beben, einen Wirbel und einen Tanz aller Elemente und Urgewalten, als finge die Schöpfung noch einmal vorn vorne an. Die Sterne wurden zur Seite geschwemmt, und der Himmel riß auf. Sanftes graues Licht pulsierte an den Rändern des aufgerissenen Firmaments. Aus einem Bereich jenseits des Himmels kam ein winziger schwarzer Punkt, der sich lärmend näherte und dabei immer größer wurde. Dann schwebte er als olivgestrichener Armee-Hubschrauber mit hämmernden Rotoren über der Versammlung und landete ungefähr zwanzig Meter entfernt auf dem Gras. Ein dunkelhäutiger Mann in einer maßgeschneiderten weißen Uniform hüpfte aus der Ladeluke des Hubschraubers und kam mit einem Notizblock auf sie zu.

Er begrüßte Chester mit schneidiger Ehrenbezeigung: »Mr. Henderson? Sind Ihre Vertreter schon ausgewählt?«

»Ja«, erwiderte Henderson und betrachtete mißtrauisch den Hubschrauber. »Wohin bringen Sie meine Leute?«

»In den Himmel, Sir.«

Chester deutete auf das Fluggerät: »Mit diesem Hubschrauber?«

»Ja, Sir. Ein ausgemustertes Armeemodell. Wir vergeuden bei uns nichts, Sir. Und dürfte ich jetzt Ihre Leute bitten, einzusteigen? Yali wartet bereits.« »Yali? Wer ist Yali?«

Der Mann mit dem Notizblock blickte Henderson mißbilligend an: »Er ist Ihr Verbindungsmann. Oder haben Sie erwartet, die Leute bekämen so kurzfristig einen Termin beim Allmächtigen? Gütiger Himmel! Sie können froh sein, daß Sie mit seinem zuständigen Bezirksverwalter sprechen dürfen. Sind Ihre Leute bereit?«

»Noch einen Augenblick!« Chester drehte sich um und sagte mit leiser gehetzter Stimme zu seinen fünf Auserwählten: »Ich weiß ein wenig Bescheid über den Himmel von Neu-Guinea. Er ist sehr europäisch. Laßt euch davon nicht beirren. Es kommt nur auf die Fragen an. Viel Glück.«

Gina nahm Chesters Hand und drückte sie innig. »Wir lassen dich schon nicht im Stich, Chester«, versprach sie. Chester nickte stumm, ein gelbes, schief sitzendes Lächeln auf seinem Gesicht. Die Auserwählten folgten dem Mann in der weißen Uniform zum Hubschrauber. Die Kabinentür schloß sich, der Motor heulte auf, und in einer Staubwolke erhob sich das Fluggerät in die Lüfte und verschwand durch den klaffenden Spalt am Himmel.

Chester beobachtete, wie die Wunde am Firmament sich wieder schloß und den Hubschrauber im Himmel aufnahm.

»Nun können wir nur noch warten«, murmelte er. »Geduld haben und warten . . .«

Kapitel Neunzehn

Die Rätselschlinge

»Wir werden ungefähr in drei Minuten im Himmel landen«, verkündete der Mann mit dem Notizblock. Er hatte bereits die Namen der Auserwählten mit kalligraphischer Handschrift notiert. Er hatte sich auch selbst vorgestellt. Sein Name war Gengai.

Die Aussicht war etwas eintönig – dichter blauer Nebel mit farbigen Lichtkaskaden. Leigh saß Griffin gegenüber, die Ellenbogen auf die Knie gestemmt und das Kinn auf den Fäusten balancierend. Griffin beugte sich vor: »Was haben wir deiner Meinung nach im Himmel zu erwarten?«

»Irgendeinen Intelligenztest. Rätselfragen vermutlich.«

Acacia stieß ihn mit dem Ellenbogen an: »Halsband-Rätsel. So nannte man in den vergangenen Jahrhunderten den Gnadenerweis für einen verurteilten Verbrecher, der seinen Kopf retten konnte, falls er eine Reihe von Rätselfragen richtig löste. Wenn er den Test bestand, hatte er seinen Hals vor der Schlinge gerettet.«

»Klingt ja vielversprechend. Und was hatte der Herrscher, der den armen Kerl verurteilen ließ, davon?«

»Seinen Spaß zumeist. Stelle dir einen halb verhungerten und halb zu Tode gemarterten Gefangenen in Ketten vor, der vor einem königlichen Gericht Rätsel lösen muß, um seinen Hals zu retten. Manchmal ging es nur um eine Alternative – hängen oder verbrennen.«

»Was hat das eigentlich mit uns zu tun? Es geht doch nicht um unsere Köpfe, sondern allein um Chesters Hals!«

»Wir stecken allesamt in der Schlinge. Ohne einen Meister der Mythen, der uns anführt, haben wir nicht die geringste Chance. Lopez weiß das, und er weiß, daß wir das ebenfalls wissen, und das wird er weidlich ausnützen.«

Der blaue Nebel lichtete sich, und sie sahen weiße Wolken vor und über sich. In der Wolkenlandschaft zeichnete sich die Silhouette eines klassischen kastenförmigen Einfamilienhauses mit zwei Stockwerken ab. Als sie auf die Höhe der Wolkenlandschaft »hinaufstiegen«, spürte Griffin die Last des heiligen Getränkes gegen die Magendecke schwappen und wußte, daß der Helikopter in Wirklichkeit an Höhe verlor.

Sie landeten. Ein Fallreep wurde hinuntergelassen. Die fünf Spieler stapften im kniehohen weißen Nebel. Der Untergrund fühlte sich elastisch an. Das Haus war mit weißen Ziegeln erbaut und hatte weiße Bambus-Jalousien in den Fenstern. Tonfetzen einer markigen Musik drangen aus dem Haus. Griffin erkannte die Ouvertüre zu Bizets Oper »Carmen«. Er summte die Melodie leise mit und überlegte, ob dem Wahnsinn überhaupt keine Grenzen gesetzt wären.

An der Tür wurden sie von einem europäischen Butler im Frack empfangen, der sie mit der protokollarischen Würde der Alten Welt willkommen hieß. Gengai führte sie durch einen schmalen Korridor, der mit weißen Teppichen ausgelegt war. Nicht ein Möbelstück engte ihre Bewegungsfreiheit ein, und deshalb war Griffin auch nicht auf die Überraschung vorbereitet, als Gengai sich nach links wandte und sie mit einer Handbewegung aufforderte, durch die offene Tür den angrenzenden Raum zu betreten.

Das Zimmer war geradezu opulent. Die Decke verlor sich im Unendlichen, und die Wände schienen sich ebenfalls unbegrenzt fortzusetzen. Zwei der vier Wände waren mit Bücherregalen verkleidet, eine dritte Wand zeigte eine Landkarte der Erde in gigantischem Maßstab. An der vierten Wand hingen Kopien irdischer Meisterwerke. Griffin erkannte einen Picasso, zwei Dalis, einen Frazetta. Frazetta? Nun, warum sollte Gott nicht Anleihen aus der Zukunft machen, um seine Zimmer zu dekorieren? Aber die Gemälde wollten nicht so recht zusammenpassen . . .

Im Zimmer standen weiße Korbsessel mit ledergepolsterten Rückenlehnen und Gestellen aus Gußeisen. Der Gesamteindruck war fabelhaft, wenn auch leicht disharmonisch, als habe der verantwortliche Innenarchitekt keine fundierten Kenntnisse von der Kultur besessen, die er abgekupfert hatte.

Sie nahmen auf den Sesseln in der Mitte des Raumes Platz.

»Das gefällt mir nicht«, murmelte Acacia. »Es geht viel zu höflich zu. Man will uns einlullen.«

Griffin trommelte mit den Fingern auf die Sessellehne. Er konnte von seinem Platz aus die Titel auf den Buchrücken lesen und entdeckte dort das gleiche Mischmasch wie bei den Gemälden und Sitzgruppen. Die Bände der *Encyclopedia Britannica* standen neben einer in Leder gebundenen Sammlung des *UFO Quarterly,* die fünf Jahre umfaßte. Ein Regalbrett war mit den Ausgaben der *Internationalen Klassikerreihe* vollgestopft. Darunter entdeckte er Taschenbücher in Plastikeinbänden. Auch hier war der Gesamteindruck eher verwirrend als harmonisch.

Er sollte sich lieber mit Rätseln befassen, dachte er. Aber ihm wollte keins einfallen. Als Kind hatte er sich nie mit solchen Dingen befaßt.

»Guten Tag!« Die Stimme klang kultiviert. Die Schritte kamen näher und tauchten nun als dreidimensionale Erscheinung vor der Landkarte auf. »Ich vermute, wir haben gerade Nachmittag auf der Erde. Ja? Gut. Und hatten Sie eine gute Reise? Ja? Gut.«

Ein Schwarzer in mittleren Jahren, größer und kräftiger als die meisten Eingeborenen in Neu-Guinea, sprach zu ihnen. Er trug einen Tropenanzug mit rasiermesserscharfen Bügelfalten in der weißen Hose. Er verschränkte die Hände auf dem Rücken und lief vor ihnen auf und ab, wobei er Dynamik ausstrahlte wie ein elektrischer Heizkörper auf Rädern.

»Ich bin Yali und heiße Sie herzlich im Himmel willkommen. Ich hoffe, Sie haben einen angenehmen Aufenthalt.« Er lachte herzhaft, als habe er sich einen Witz geleistet. »Ja, das ist mein ehrlich gemeinter Wunsch. Es könnte ja sein, daß einige von Ihnen für immer hierbleiben müssen. Tatsächlich ist es ein angenehmer Ort, eine von diesen infinitesimalen kleinen Möglichkeiten, wo man hundertprozentig für seine Anstrengungen belohnt wird. Und entspricht das nicht der menschlichen Definition des Himmels?« Wieder folgte ein herzhaftes Gelächter.

»Nun, da wir alle Freunde geworden sind, können Sie ja auch mit mir speisen, nicht wahr?« Yali klatschte in die

Hände, und zwei außerordentlich hübsche dunkelhäutige Mädchen mit blassen Heiligenscheinen schoben mit Eßwaren beladene Servierwagen ins Zimmer.

Oliver fuhr sich mit der Zungenspitze andächtig über die Lippen: »Ich hoffe, das sind keine Attrappen. Ich habe plötzlich furchtbaren Hunger.«

»Ich auch«, gestand Gina.

»Es ist eine reelle Mahlzeit«, beruhigte Yali seine Gäste. »Ich bitte euch, zuzugreifen.«

Die beiden Servierwagen wurden zusammengeschoben und verriegelt und hatten zudem noch hochklappbare Seitenbretter. So kam ein kaltes Büffet zustande: Corned Beef, Ananas in Scheiben, Napfkuchen, Reis, Fleischpasteten, Leberwurst, Weißbrot . . .

Acacia bemerkte, sich zu Griffin beugend: »Jetzt weiß ich, woran mich das alles erinnert! Da hat jemand auf dem Dachboden ein paar alte Ausgaben von ›Better Homes‹ gefunden und sich willkürlich ein paar Seiten daraus herausgegriffen.«

»Es könnte auch ›Vogue‹ gewesen sein«, murmelte Griffin und stellte sich eine leichte Mahlzeit zusammen, wobei er die angebotene Coca-Cola dankend ablehnte.

Yali schnellte inzwischen grinsend auf seinen Zehen auf und ab, und Griffin mußte nach dem Verzehr eines Leberwurstschnittchens an ein altes Kinderlied denken . . . *in dem kleine Haifische eine Rolle spielten, die lächelnd ihre kleinen Beißerchen zeigten . . .*

Yali konnte schließlich das Bedürfnis, auch seinen Enthusiasmus mit seinen Gästen zu teilen, nicht länger für sich behalten: »Ich möchte Sie ja nicht bei der Mahlzeit stören, aber nicht nur der Magen, sondern auch der Geist sollte zu seinem Recht kommen.« Er tippte sich mit dem Zeigefinger gegen die Stirn. »Ich hoffe, Sie sind einverstanden?« Da sie alle den Mund voll hatten, erhob sich kein Widerspruch. »Ich bin sicher«, fuhr Yali fort, »daß Sie längst wissen möchten, wer ich bin und wie ich so einen ehrenvollen Posten im Himmel erlangen konnte.«

»In Ordnung, Yali. Wir erklären uns als wißbegierig«, erwiderte Acacia mit vollem Mund.

»Ich wurde im Busch geboren, als Sprößling des Walaliang-

Patriarchats und des Tabinung-Matriarchats, in Ngaing, das im Sor-Bezirk liegt. Während des Zweiten Weltkrieges kamen die Europäer zu uns und versprachen meinem Volk, daß wir all die guten Dinge bekämen, die die Europäer besaßen – elektrisches Licht, Automobile, Metallwerkzeuge, Konserven und so weiter –, falls wir gegen die Japaner kämpften. Selbstverständlich war das für uns ein aufregendes Angebot.

Nun müßt ihr wissen, meine Freunde, daß mein Volk leidlich glücklich und zufrieden lebte, ehe die Europäer uns mit ihren Kanonen und Missionaren heimsuchten. Sie begründeten unseren Mangel an ausgeglichener Technologie damit, daß wir Abkömmlinge von Ham seien. Ham, wie Sie sich möglicherweise erinnern werden, meine Freunde, war Noahs Sohn, und nach der Sintflut erdreistete er sich, seinen betrunkenen und nackten Vater zu verspotten. Ich bin nicht so furchtbar bewandert in der jüdisch-christlichen Mythologie, aber ich glaube, daß Ham – nein, es war Hams Sohn Canaan – dazu verdammt wurde, ein ›Diener der Diener‹ für seine Geschwister zu sein. So konnte es natürlich nicht ausbleiben, daß wir als böse und zum Sklavendasein verdammte Kreaturen nicht geeignet waren, in das Geheimnis der Frachtgüter eingeweiht zu werden, nicht wahr? Deshalb versuchte mein Volk sich beflissen den Diktaten der Kirche zu unterwerfen, und wir halfen den Europäern beim Straßenbau, als Büttel auf den Plantagen und als Kanonenfutter im Krieg gegen Japan.

Ich gehörte zu jenen, die gegen Japan kämpfen durften. Ich starb im Dschungel, und weil ich ein tapferer und tugendhafter Mann gewesen war, kam ich in den Himmel. Hier erfuhr ich, daß Gott – nicht *mein* Gott, nicht *euer* Gott, sondern eben Gott – nie etwas anderes gewollt hatte, als die Güter gerecht zu verteilen, und daß die Europäer die uns zustehenden Güter für ihre eigenen Zwecke abgezweigt hatten.«

»Und warum hatte der Allmächtige nichts dagegen unternommen?« erkundigte sich Leigh.

Yali schenkte ihm ein gütiges Lächeln: »Weil er in seiner unbegrenzten Weisheit erkannte, daß es sich hier nur um ein Scharmützel zwischen Menschen verschiedener Kulturen handelte und die Zeit dafür sorgen würde, daß alle Ungerechtigkeiten ausgeglichen würden. Und dieser Ausgleich findet gegenwärtig tatsächlich statt. Mein Volk hat das Geheimnis der Güter ergründet und benützt es nun zu seiner eigenen Bereicherung. Da ich sowohl mit den Gebräuchen der Europäer als auch mit den Sitten von Neu-Guinea vertraut bin . . .«

»Wo lernten Sie denn die Sitten der Europäer kennen?« unterbrach Acacia seinen Vortrag.

»Ah, eine ausgezeichnete Frage! Die Grundausbildung meiner Abteilung wurde in Australien durchgeführt. Dort ernannte man mich zum Lagerverwalter, brachte mir die dazu notwendigen Kenntnisse bei, wozu auch eine gründliche Ausbildung im Lesen, Schreiben und der Grammatik gehörte. Vielleicht ist es euch bekannt, daß Gott nicht viel übrig hat für solche verschwommenen Dinge wie Slang, Vulgärsprache und Pidgin-Englisch. Selbstverständlich werden die Eingeborenen mich wieder in ihrer Muttersprache anreden können, sobald sich die politische Situation in Melanesien normalisiert haben wird. Nur aus praktischen Erwägungen heraus und aus Gründen der Bequemlichkeit nehme ich derzeit noch Botschaften auf Englisch entgegen. Formulare, verstehen Sie? Wir ertrinken in Papier.«

»Gibt es im Himmel keine Computer?« erkundigte sich Griffin.

»Nein.« Yali trat an die Wand mit der Weltkarte und bediente einen Schalter. »Wollen Sie eigentlich gar nicht wissen, wo wir uns befinden? Schließlich stritten sich die Theologen jahrhundertelang um den genauen Standort des Himmels. Die einen behaupteten, der Himmel befände sich hinter den Sternen. Andere wieder siedelten ihn im Herzen der Menschen an, und wieder andere leugneten sogar seine Existenz und meinten, Gott sei tot oder zumindest arbeitslos.«

Griffin unterdrückte einen Lachreiz: »Aber Sie wissen es natürlich besser, nicht wahr?«

»Absolut.« Mit einem Druck auf den Schalter wurde die Weltkarte durchsichtig. »Es ist mir eine Freude, Ihnen die genaue Lage des Jenseits zu enthüllen.« Hinter der durchsichtigen Wand breitete sich eine riesige weiße Wolkendecke aus. Ungefähr hundert Meter entfernt war ein Loch in das wogende

Weiß gestanzt. Das Loch mochte ungefähr zwanzig Meter Durchmesser haben, und am Rand dieses Loches lehnten Leitern, die sich unterhalb der Wolkendecke fortsetzen mußten. Hell- und dunkelhäutige Engel kletterten, mit Gepäck beladen, emsig auf den Leitern auf und ab.

»Der Himmel befindet sich direkt über Sydney in Australien. Selbstverständlich ist der Zugang zum Himmel für die Einwohner dieser Stadt nicht sichtbar. Wir engagieren zuweilen australische Produzenten als Zulieferer für unsere Güter. Zur Zeit sind unsere Engel damit beschäftigt, Güter mit einer Juwelierfirma auszutauschen, die in unserem Auftrag einen goldenen Thron baut.«

Acacia wölbte eine Augenbraue: »Ist er für den Allmächtigen bestimmt?«

»Oh, nein. Für mich natürlich. Ich fragte Ihn, ob Er nicht so einen Thron haben wolle, aber Er sagte, Er halte einen Thron für den Gipfel der Geschmacklosigkeit.« Yali drückte wieder auf den Schalter, und die Wand wurde erneut zu einer Weltkarte.

»Doch ich bin sicher, daß es noch mehr interessante Dinge zu erörtern gibt. Dinge, die über Leben und Tod entscheiden. Philosophische Themen. Kann zum Beispiel einer von euch mir verraten, was ein Dutzend Gummibäume mit jeweils dreißig Zweigen sein könnte?«

Zunächst begriff Griffin die Frage nicht, und dann spürte er, wie ein Ruck durch seine Partner ging. Die Rätselrunde war eröffnet. Oliver sah rasch die anderen vier Spieler an, als könne er ihnen die Garantie für die Richtigkeit seiner Antwort an den Augen ablesen. Er räusperte sich und sagte: »Das müßten die Monate des Jahres sein.«

»Sehr richtig, junger Mann. Und habt ihr eine Frage für mich, meine Freunde?«

Oliver dachte kurz. »Ja, ich glaube schon. Sie ist in einen Vers gekleidet:

Ich ging über die London-Bridge
traf dort meine Schwester Jenny
brach ihr das Genick und trank ihr Blut
und ließ sie leer zurück.«

Der stämmige Krieger blickte Yali erwartungsvoll an: »Sagt mir, wer war meine Schwester?«

Yali drehte seine Augen zur Decke. »Nach so einer guten Mahlzeit sollte man auch eine gute Flasche Wein trinken.« Er betrachtete Oliver mit einem boshaften Lächeln. »Ich garantiere Ihnen, es ist nicht die gleiche Flasche, die euer Freund auf der berühmten Brücke geleert hat.«

Oliver verriet nur gelinde Enttäuschung, als er erwiderte: »Gut genug, obwohl Jenny Gin bedeutet, nicht Wein.«

»Ah . . . korrekt.« Yali zog sich einen Sessel heran und setzte sich mit aufreizender Gelassenheit und schlug vorsichtig die Beine übereinander, damit die Bügelfalten nicht verrutschten. »Mein Volk glaubt, daß gewisse Dinge sich durch den Tod verbesserten. Sagt mir, was stinkt, wenn es lebt, aber köstlich riecht, wenn es tot ist?«

Griffins Gedanken suchten fieberhaft nach einer richtigen Antwort.

»Na, na – eine Auslese so erlauchter Geister wird doch nicht über eine so leichte Frage stolpern!« sagte Yali mit einem selbstzufriedenen Lächeln.

Leigh hob vorsichtig den Finger. »Ambra. Es wird aus Walfischen gewonnen. Sie stinken zu Lebzeiten, doch wenn sie tot sind, kann man aus ihrem Ambra Parfüm herstellen.«

Yali schien begeistert von dieser Antwort zu sein. »Sehr intelligent. Wirklich sehr intelligent. Unglücklicherweise haben meine Landsleute, die ja nur ein einfaches Inselvolk sind, selten Gelegenheit, mit teuren Parfümen Handel zu treiben. Die eigentliche Antwort ist: das Schwein. Ich kann mich entsinnen, daß ihr erst vor zwei Tagen mit köstlich zubereiteten Fleischstücken von dieser Kreatur bewirtet worden seid. Was für ein herrliches Aroma strömen diese Wesen aus, wenn man sie röstet. Aber vielleicht erscheint euch die Lösung, die ich euch anbiete, nicht fair zu sein. Könntest du dich mit einer Frage an mich revanchieren, guter Freund?«

Der Zauberer dachte eine Minute angestrengt nach und sagte dann: »Also gut. Löse mir folgendes Rätsel: Was geht durch die Tür, ohne anzustoßen? Was sitzt auf dem Ofen, ohne sich zu verbrennen? Was hockt auf dem Tisch, ohne sich zu schämen?« Er brachte das alles in einem Atemzug heraus, und als er auf die Antwort wartete, hechelte er leise wie ein Hund.

»Ausgezeichnet. Laß mich nachdenken . . .« Yali kratzte sich hinter dem Ohr, die Augenlider halb geschlossen. Bekam er etwa Denksporthilfen von Lopez? Griffin wollte das nicht glauben.

Dann öffnete Yali wieder die Augen, und sein Mund formte ein ovales: »Aha! Könnte es vielleicht die Sonne sein? Ja, das würde passen.« Er betrachtete Alan Leigh mit boshaftem Wohlwollen, was den Zauberer sichtlich verwirrte. Er rutschte auf seinem Sessel hin und her. »Vielleicht kommen wir später noch einmal aufeinander zu, mein Freund. Nun . . . wer ist der nächste?«

Acacia blickte ihn herausfordernd an: »Laß hören, Yali!«

»So eifrig. Lassen Sie mich nachdenken . . . was haben wir für eine so impulsive junge Dame? Ah, jawohl. Was ist das für eine Arbeit – je schneller sie erledigt wird, um so länger dauert es, bis sie fertig ist, und je langsamer man sie ausführt, um so rascher ist sie beendet?«

Das Lachen in Yalis Augen fand bei Acacia keine Gegenliebe. Sie runzelte die Augenbrauen und wickelte sich eine schwarze Haarlocke um den Finger . . .

»Miss Garcia, ich fürchte, ich muß jetzt auf eine Antwort bestehen.«

»Ah . . . die Arbeit eines Korbflechters? Je schneller man sie erledigt, um so mehr Fehler schleichen sich ein, und dann muß man alles wieder von vorne . . .?«

»Was für phantasiebegabte Leute wir nur in den Himmel eingeladen haben! Nein, ich fürchte, das ist falsch. Die richtige Antwort ist das Rösten von Fleisch auf einem Spieß. Je schneller man ihn dreht, um so langsamer wird das Fleisch gar. Und umgekehrt wird es um so schneller gar, je langsamer man den Spieß dreht. Damit stünden wir dicht vor der Entscheidung.«

»Die entscheidende Frage.« Acacia schloß die Augen, und auf ihren Wangen zeigten sich zwei ockerbraune Flecken. Alex konnte förmlich die Schwefelsäure riechen, mit der sie ihre Worte hervorsprudelte: »Also gut, Yali. Was ist das:

Während ich saß
sah ich die Toten die Lebenden tragen.«

Sie warf ihr dunkles Haar in den Nacken. »Was habe ich gesehen?«

Yali schloß die Augen und summte vor sich hin. Gleichzeitig schlug er leise mit den Absätzen auf den weißen Boden. Dann kratzte er sich hinter dem Ohr.

»Mr. Yali«, sagte Acacia barsch, »ich fürchte, ich muß auf eine Antwort bestehen!«

»Also schön, Miss Garcia«, gab er mit beleidigter Stimme zurück. »Es könnte eine Tragbahre sein. Eine zwischen zwei Stangen ausgespannte Haut, mit der ein verwundeter Mensch getragen wird.«

»Was für ein phantastiebegabter Mann Sie doch sind, Mr. Yali! Und so rasch mit der Antwort bereit. Leider muß ich Sie enttäuschen. Ich fürchte, die korrekte Antwort ist: ein Schiff. Ein Schiff, das aus totem Holz angefertigt ist und lebendige Menschen trägt.« Sie knickste in ihrem Sessel, und Yali lächelte bläßlich.

»Nun, damit hat Ihre Seite ja ein bißchen aufgeholt, und wir müssen noch mehr Fragen stellen. Wer kommt als nächster?«

Gina, die etwas zerstreut vor sich hin gesehen hatte, zuckte in die Höhe. Zum erstenmal vermochte Griffin nichts Verträumtes mehr in ihrem Gesicht zu erkennen. Selbst das Feuer in ihren Haaren schien heller zu lodern. »Ich übernehme die nächste Frage.«

»Gut. Versuchen Sie sich damit: ›Fünf Buchstaben hat mein Wort. Ich füge noch zwei Buchstaben hinzu, und es schrumpft.‹«

Gina vergrub das Gesicht in den Händen und stöhnte. Zunächst wurde es Alex angst und bange, bis er genauer hinhörte und merkte, daß Gina ihnen nur ein Theater vorspielte.

»Oh, du meine Güte«, sagte sie schließlich und wischte sich nicht existierende Tränen aus den Augen. »Die Antwort ist ›klein‹, nicht wahr?« sagte sie mit gewölbten roten Augenbrauen und einem Gesicht, das bange auf sein Urteil zu warten schien. Yali nickte unglücklich. Gina lächelte mit weißen Zähnen. Sie glich einer Katze auf der Lauer vor einem Mauseloch, und Alex spendete ihr in Gedanken Applaus.

Ihre Stimme war wie warmer Honig: »Ich habe ein gutes altes Rätsel für dich, mein Guter. Es besteht aus drei Teilen: Das erste setzt sich und steht nie mehr auf. Das zweite ißt so lange, wie man es füttert, und ist trotzdem immer hungrig. Das dritte geht fort und kehrt nie wieder.« Sie lächelte wie ein Unschuldsengel. »Wer sind die drei?«

Yali schien gar nicht zufrieden mit diesem Rätsel zu sein. Er erhob sich aus seinem Sessel und ging mit klappernden Absätzen durch das Zimmer, leise vor sich hin murmelnd, den Blick ins Leere gerichtet. Schließlich drehte er sich auf den Absätzen herum und gestand seinen Gästen: »Ja, ich weiß, die Zeit ist abgelaufen. Ich gebe zu, ich weiß es nicht.«

»Oh, das tut mir aber leid. Die richtigen Antworten wären: Ofen, Feuer und Rauch. Damit steht es unentschieden«, sagte Gina liebenswürdig.

»Korrekt. Aber noch haben wir ja einen Spieler nicht gefragt. Mr. Tegner, oder soll ich Sie lieber *Griffin* nennen?« Es irrlichterte in Yalis Augen, und Alex wußte, daß Lopez sich über ihn lustig machen wollte.

»Jetzt wäre mir *Griffin* lieber«, antwortete er.

»Also gut, Griffin. Es gibt einen Spruch, den Sie vielleicht schon aus Ihrem Gewerbe kennen:

Wer es macht, sagt es nicht.
Wer es nimmt, weiß es nicht.
Wer es weiß, will es nicht.

Können Sie mir sagen, wovon hier die Rede ist?«

Alex brütete vor sich hin. *In Ihrem Gewerbe.* Was meinte er damit? Bezog sich das auf Griffin, den Dieb? Oder auf Gary Tegner, den Geschäftsführer eines Restaurants? Die früheren Rätsel hatten sich alle auf Nahrungsmittel bezogen . . . Oder sollte es gar eine Anspielung auf Alex Griffin, Traum-Park-Sicherheitschef, sein? Eine verdammt große Auswahl!

Wer es macht, sagt es nicht. Warum nicht? Irgend etwas Illegales oder Unmoralisches? Das würde zu dem Dieb und dem Sicherheitschef passen. Gut. *Wer es nimmt, weiß es nicht . . . und wer es weiß, will es nicht.* Ein Restaurantbesitzer könnte zum Beispiel Fleisch kaufen, das vom schwarzen Markt stammt, wenn ihm die Herkunft des Fleisches unbekannt ist. Aber »macht« man Schwarzmarkt-Fleisch? Oder schlechtes Fleisch, das die Prüfung durch einen Fleischbeschauer nie bestehen würde? *Prüfung?*

»Es tut mir leid, Griffin, aber ich fürchte, die Antwort ist jetzt fällig.«

Der erste Gedanke ist immer der richtige: »Falschgeld.«

Yali machte ein betrübtes Gesicht, während Acacia Griffin innig die Hand drückte.

»Nun, das war richtig geraten. Und haben Sie auch ein Rätsel für mich?«

Alex war endlich etwas eingefallen, was er als Kind gehört hatte: »Tue, was ich sage, aber nicht so, wie ich es tue. Sage Stiefel ohne Schuhe.«

Yalis Lippen bewegten sich, wiederholten leise Alex' Worte, während Alex gespannt wartete. Schließlich sagte er: »Stiefel.«

»Richtig, zum Teufel!«

Yali bleckte die Zähne. Nein. er war sich seiner Antwort gar nicht sicher gewesen. »Nun, dann steht es wirklich unentschieden. Fünf für euch, fünf für mich. Damit sind wir leider so weit wie am Anfang, und Mr. Hendersons Leben hängt immer noch an einem seidenen Faden.«

Oliver faltete die Hände im Schoß, doch daß er zugleich an seiner Oberlippe nagte, stand im Widerspruch zu seiner vorgeschützten Bierruhe: »Und was passiert jetzt?«

»Ich werde Ihnen noch ein Rätsel vorsetzen, den alles entscheidenden Schlußstein. Wenn das von Ihnen ausgewählte Mitglied Ihrer Denkfabrik die richtige Lösung weiß, wird Mr. Henderson leben. Falls nicht, stirbt er.«

Oliver erwiderte entrüstet: »Aber das ist nicht fair! Sie können doch allein entscheiden, was für ein Rätsel Sie uns vorsetzen wollen – mit höchstem Schwierigkeitsgrad oder so vieldeutig, daß man nicht darauf kommt, weil Sie auch noch entscheiden können, was richtig ist und was nicht!«

»Zugegeben, ich erkenne die Unsicherheitsfaktoren in so einem Verfahren, und deshalb biete ich Ihnen eine Eselsbrücke an. Falls einer von Ihnen sein Leben als Opfer anbietet, nehme ich das an. Mit anderen Worten: wenn Sie gewinnen, bleiben alle am Leben. Wenn Sie verlieren, bleibt Mr. Henderson am Leben, aber einer von Ihnen stirbt.«

Die fünf schwiegen still.

»Nun?«

Griffin dachte nach. *Ich kann mich nicht melden! Ich bin weder feige noch Egoist, aber ein Detektiv. Ich kann es nicht riskieren!*

Leigh stand auf, holte tief Luft, atmete geräuschvoll aus und sagte: »Ich habe diese Situation verschuldet. Hätte ich nicht beide Punkte verschenkt, wären wir jetzt Sieger. Es ist fair, daß ich mich für die entscheidende Frage zur Verfügung stelle.«

»Bravo, Mr. Leigh. Was für ein tugendhafter Mann, was für ein Opfer!«

»Was für ein Blödsinn. Nun machen Sie schon zu!«

»Gut. Es geht um Ihr Leben:

Wer es macht, braucht es nicht.
Wer es kauft, hat keine Verwendung dafür.
Wer es verwendet, kann es nicht sehen oder fühlen.«

»Wiederholen Sie das bitte.«

»Sie sollten genauer zuhören, zumal die Lösung ja eine ganz besondere Bedeutung für Sie hat . . .«, und Yali wiederholte das Rätsel. Griffin hielt den Atem an. Leigh hatte mit seiner Bitte Zeit herausschinden wollen. Er sah, wie Leighs Pausbakken sich blähten vor Anstrengung.

Ein *Sarg,* wußte Griffin plötzlich die Lösung. *Ein Sarg, ein Sarg, du Idiot!*

In seiner Verzweiflung stieß Leigh hervor: »Eine Beinprothese für ein blindes Kind?«

Yali schüttelte sich vor Lachen: »Was für eine Phantasie, Mr. Leigh! Sie sind tatsächlich der richtige Mann für den Himmel. Nein, es ist ein Sarg. Finden Sie das nicht außerordentlich passend für Ihre Situation?« Yali streckte sich mächtig in seinem Sessel, sichtlich erfreut darüber, daß er wenigstens einen

Spieler erlegt und damit wertvolle Punkte gesammelt hatte. »Wenn Sie nun genug haben von der Raterei, können Sie wieder auf die Erde zurückkehren. Bis auf Mr. Leigh natürlich. Wir beide haben noch andere Dinge zu besprechen.«

Gina stand auf und gab Alan die Hand. »Vielen Dank«, sagte sie herzlich. »Das war hochanständig von dir! Du hättest dich ja nicht melden müssen.«

Seine Lippen zuckten, als er mit einem schmerzlichen Lächeln erwiderte: »Sicher, aber ich hätte besser abschneiden können.«

Er hatte feuchte Augen, und Gina küßte ihn sacht auf den Mund: »Ich bin trotzdem stolz auf dich«, sagte sie.

Acacia umarmte ihn ebenfalls: »Dito, Alan. Keine Bange. Wir werden das Spiel schon für dich gewinnen, mein Junge.«

»Ja«, sagte Leigh und blickte mit teigigem Gesicht auf die Wand gegenüber.

Gengai tauchte im Türrahmen auf: »Wir sind bereit zum Abflug!« verkündete er munter.

»Wartet noch einen Moment!« Griffin wunderte sich, wie rauh seine Stimme klang. Er legte Leigh beide Hände auf die Schultern: »Vielen Dank, Alan.«

Der Zauberer nickte mit blassem Gesicht und niedergeschlagenen Augen:

»Ist schon gut. Verschwindet jetzt, und kommt mir ja erst als Sieger wieder nach Hause!«

»Wir hören und gehorchen, mächtiger Magier!« Gina küßte ihn noch einmal auf die Wange. »Du kannst uns ja vom Himmel aus beobachten. Es wird sich lohnen!«

Der Hubschrauber entfernte sich von Yalis Wolkenheim. Durch das Kabinenfenster konnte Griffin auf den Nachbarwolken einen weißen Komplex von Industriegebäuden erkennen, Weiße Rauchringe lösten sich aus den Schornsteinen, während die Engel mit regenbogenfarbigen Flügeln emsig hin und her flatterten, um die Güter zu verladen, die dort am laufenden Band produziert wurden. Sphärenklänge begleiteten sie bei der Arbeit. Ein himmlischer Chor sang Händels *Messias*.

Doch Griffin hatte immer noch Leighs letzte Worte im Ohr:

»Und kommt mir ja als Sieger nach Hause!« Und während ihm das Gesicht des Spielers vor Augen stand, der nur mit Mühe die Tränen zurückhalten konnte, war er plötzlich und seltsamerweise nur noch von einem Gedanken besessen: Wir müssen gewinnen!

Kapitel Zwanzig

Der See der verlorenen Schiffe

Es war 13.50 Uhr auf der Uhr, die Griffin an der Manschette seines khakifarbenen Hemdes trug. Die Gruppe war seit anderthalb Stunden auf dem Vormarsch in die Berge.

Es war kein fröhlicher Zug. Grimmige Entschlossenheit prägte jedes Gesicht, war aus jedem Wort herauszuhören. Mary-em hatte versucht, ein Lied in Gang zu bringen, aber ihre Bemühung war schon im Ansatz erstickt. Sie hatte aufgegeben, und ihr dunkles, wettergegerbtes Gesicht verriet schlechte Laune und Unbehagen.

Der Weg führte immer tiefer in die Berge hinein, und das mochte eine der Ursachen für die allgemeine Verstimmung und Nüchternheit sein. Griffin, der sich immer wieder umsah, wenn sie an Felsspalten und Schluchten vorbeikamen, wurde das Gefühl nicht los, daß sich etwas Unheilvolles über ihnen zusammenbraute. Immer drängten sich ihm ungebeten Todesahnungen und Bilder der Zerstörung und des Zerfalls auf. Und obwohl er stets mit einem gereizten Kopfschütteln versuchte, sich von seinen trüben Gedanken und Vorstellungen zu befreien, gelang ihm das nicht.

Manipulation des Unterbewußtseins durch Unterschall-Schwingungen? Arbeitete Lopez auch mit den taktischen Möglichkeiten der psychologischen Kriegsführung? Durchaus möglich, überlegte Griffin. Man hatte es ihm ja oft genug gesagt, daß es ein blutiges Duell war, kein heiteres Spiel.

Acacia, die neben ihm ging, suchte zuweilen seine Hand und drückte sie. Es war, als brauchte sie eine Stütze für ihr Selbstbewußtsein, und dieser physische Kontakt war immerhin ein Trost für ihn. Diese merkwürdig bedrückte Stimmung beherrschte ihn nicht allein. Auch andere litten darunter.

Obwohl der Pfad ziemlich breit war, drängte es Alex immer wieder an den Rand des Abhangs, um hinunterzusehen in die Tiefen der nebelverhangenen Schluchten. Es war windstill, und das Thermometer war bestimmt nicht gefallen. Aber es *sah* irgendwie kälter aus. So gab er schließlich nach und zog sich seine Windjacke an.

Acacia murmelte etwas Unverständliches.

»Was hast du gesagt, Cas?« fragte er und versuchte, etwas Wärme in seine Stimme zu legen. Doch es klang unecht, gekünstelt.

Unwillkürlich rückte sie näher an ihn heran und nahm seinen Arm: »Nichts, was für fremde Ohren bestimmt war.« Sie erschauerte. »Ich weiß nicht, was mit mir los ist. Unsere Verluste sind doch gar nicht so schlimm, und trotzdem wird mir angst und bang.«

»Weshalb?«

»Heute abend endet die Frist für die Ersatzleute. Und morgen kommen die schweren Geschütze. Ich spüre es.«

»Und wie kann man dieser Gefahr begegnen?« erwiderte Alex nachdenklich.

»Indem man keine Fehler macht. Du hast ja gemerkt, wie leicht das ist. Es gibt so viele Möglichkeiten in diesem Spiel, sein Leben zu verlieren. Rechnen wir doch mal nach, wie unsere Leute umgekommen sind: Durch einen Rätselwettbewerb, durch Monster, durch einen Querschläger, durch ein Unwetter . . .«

»Ich kenne dich ja nicht wieder, Cas! Wo bleibt dein strahlender Optimismus, deine spontane, zupackende Art?«

»Frag mich nicht, wo das plötzlich alles hingekommen ist, Gary. Ich verstehe es auch nicht, weshalb ich auf einmal so zaghaft bin.« Sie trat mit dem Stiefel nach einem Kiesel und blickte ihm nach, wie er über den Rand des Abgrunds hüpfte, aber nicht am Grund der Schlucht aufschlug, sondern einfach verschwand, als er die optische Grenze der vom Hologramm erzeugten Illusion einer vom Nebel erfüllten Tiefe erreichte.

»Wenn ich dir einen Rat gäbe, den Kopf hoch zu halten, weil dich heute abend vielleicht eine Überraschung erwartet?«

»Gary – sagte ich nicht, wir sollten die Dinge nicht auf die Spitze treiben? Es hat schon Kummer genug gegeben.«

»Ich spreche jetzt nicht von Kummer, sondern nur von einem harmlosen Vergnügen.«

»Harmlos? Vergnügen? Könntest du mir das etwas genauer erklären?«

»Alles, bis.«

»Bis was?«

»Alles, was die Dinge nicht auf die Spitze treibt. Warum nicht so weit wie bisher?«

Sie blickte ihn mit gesenkten Lidern an: »Und was wird dann aus Tony? Wenn wir beide irgendwo allein sind und die Dinge nicht auf die Spitze treiben wollen, könnten wir doch ebensogut bumsen.«

Das Wort wirkte wie ein Faustschlag. Alex dachte über ihre Antwort nach. »Also gut. Entweder wir ziehen uns nicht alleine zurück oder lassen die Dinge treiben. Wie gefällt dir das?«

»Ich weiß nicht, Gary. Ich bin so unentschlossen . . .«

Und dann kam es zu einem unerwarteten Stau an der Spitze der Kolonne. Auf einem Felssims, knapp zwei Meter über dem Pfad, stand eine schlanke, dunkelhäutige Gestalt. Zuerst glaubte Alex, Millicent vor sich zu sehen – die gleichen kurzen, leicht gewellten Haare, die Farbtöne der Haut, die ebenmäßige Figur. Doch diese Frau war mindestens einen Kopf größer als die kleine Millie, und Millie hätte sich auch nie so kühn herausfordernd in Positur geworfen.

Sie trug Stiefel aus Wildleder, beigefarbene Lederhosen und einen Gürtel mit einer Kupferschnalle. Über dem beigefarbenen Hemd trug sie eine rote Weste und an der linken Taille einen Dolch in einer Patentscheide, die das rasche Ziehen erleichterte. Der Rucksack auf ihrem Rücken schien für diese Frau keine Belastung zu sein, und sie stand hochaufgerichtet, die Beine leicht gepreizt, die Fäuste auf die Hüften gestemmt. Alex fand sie schön, spitzte die Lippen und bekundete mit einem leisen Pfiff seinen Beifall.

»Wer ist *das?*« fragte er, sich Acacia zuwendend.

»Ich glaube, ich habe sie im Ballsaal gesehen, als das Ensemble zusammengestellt wurde. Doch ich kann mich nicht mehr an ihren Namen oder ihren Rang erinnern.

Die schlanke Lady in der Lederkluft sprang von ihrem Sims herunter. Eine leichte Unsicherheit bei der Landung trübte das perfekte Erscheinungsbild. »Holly Frost, nehme ich an?«

»Richtig, mein Guter. Dieb zweiten Grades, Magier ersten Grades, und auch sonst mit vielen Vorzügen begabt.« Sie klopfte sich den Staub von der Lederhose. »Mir scheint, es war höchste Zeit für meinen Auftritt. Denn was sehe ich hier? Eine Kolonne von Zombies? Nicht ein freundliches Gesicht in diesem Haufen. Teufel, vielleicht bin ich beim falschen Team gelandet!« Sie drehte sich um und entfernte sich ein paar Schritte.

Dann sah sie über die Schulter und lächelte scheu.

»Vielleicht sollte ich doch bleiben, da ich offenbar keinen ernst zu nehmenden Rivalen zu fürchten habe. Um so mehr Pluspunkte springen für mich heraus, und wer weiß, vielleicht auch ein Mann, den ich einer der Ladys wegstiebitze . . .«

Während die meisten Spieler sie nur mit offenem Mund anstarrten, schob sich Mary-em an Brown vorbei und baute sich vor Holly auf wie ein Abbrucharbeiter, der bei einem Wolkenkratzer Maß nimmt, den er abreißen soll.

»Du hältst dich wohl für eine ganz heiße Nummer, wie, Bohnenstange?«

»Ich bin es, Oma.«

Mary-em trommelte ein paar Sekunden lang mit ihren Fingern auf die lederverkleideten Hüften, und dann breitete sich plötzlich ein Grinsen auf ihrem wettergegerbten Gesicht aus. »Höchste Zeit, daß wir Blutauffrischung bekamen. Du hast die Lage ganz richtig erkannt, Schwester. Glaubst du, du könntest die Schlappschwänze wieder munter machen?«

»Ich wüßte schon, wie.«

»Großartig.« Die zwergenhafte Hellebardenträgerin streckte der Neuen eine rußige Hand hin und sagte: »Ich heiße Mary-em, aber du kannst mich Mary-em nennen.«

»Einverstanden.« Die beiden wechselten einen festen Händedruck. Dann sagte Holly zu Chester: »Dann bring mal den Zirkus wieder zum Rollen, Boß!«

Die burschikose Art der Neuen hatte auch auf Henderson eine belebende Wirkung. Er straffte sich und rief: »Ihr habt ja alle gehört, was die Dame eben sagte! Also formiert euch wieder! Wir ziehen weiter!«

»Und du«, sagte Mary, Bowan, den Finsterling, anfunkelnd, »suchst dir eine andere Kollegin, mein Junge! Ich möchte die Schwester an meiner Seite haben!« Sie faßte Holly bei der Hand und stellte sich mit ihr in der Kolonne auf. »Ich hoffe, du kannst auch singen, Honey, oder ich bringe es dir mit meiner Hellebarde bei!«

Holly klopfte Mary-em gönnerhaft auf die Schulter: »Kennst du das Lied von ›Friar Malone‹?«

Die gute Laune der beiden steckte an. Alsbald bewegte sich die ganze Kolonne im energischen Gleichschritt zu der Melodie eines Liedes von der tragischen Figur eines Spielers längst vergangener Zeiten:

»Bei Regen und Sonne
Kämpfte Friar Malone
Gegen Hexen und Dämonen,
Die auf Friedhöfen wohnen,
Zog den Vampiren die Zähne
Hatte ganz große Pläne . . .«

Alex merkte, daß Acacia nicht mehr bedrückt und still neben ihm herging, sondern mit kräftiger Stimme den Refrain mitsang. Das stimmte ihn froh. Mut und Zuversicht waren zurückgekehrt. Sie glaubte wieder an das Gelingen ihres Auftrags.

Auftrag? Hatte er vergessen, daß er den Auftrag hatte, einen Mord aufzuklären? Daß er sich in einer Scheinwelt bewegte? Daß die Berge, der Nebel und der Arm des Mädchens, den er berührte, nur Illusionen waren wie das Glücksgefühl, das ihn eben durchströmte? Aber Rice war echt; Rices gefesselter und geknebelter Leichnam war echt.

Und die Spieler sangen mit frohen Gesichtern:

»Mit Stiefeln oder ohne
Zog Friar Malone gegen die Hexen ins Feld,
Für Gotteslohn, nicht für Geld,
Bis eines Tages ein Succubus kam
Und ihm die Unschuld und das Leben nahm.«

Rice war an seinem Knebel erstickt. Sein Tod war keine Legende, sondern Wirklichkeit. Das würde er von nun an nicht mehr vergessen . . .

Der Pfad wand sich wieder aus den Bergen heraus und zwängte sie zwischen massivem Granit ein. Und als sie eine scharfe Kehre durchwanderten, sahen sie plötzlich Sanddünen und dahinter den Ozean.

Acacia ließ einen leisen Pfiff hören und drückte Griffins Hand. Die Spieler, die an der Spitze der Kolonne gegangen waren, zogen sich zu einem Fächer auseinander. Eine halbkreisförmige Bucht lag zu ihren Füßen. Die Nissenhütten, die den Sandstrand säumten, mußten einstmals militärische Einrichtungen der Marine gewesen sein. Die Docks ragten nun hoch und trocken aus dem Wasser, und die Gebäude waren dem Verfall preisgegeben. Aber in ihrer aktiven Zeit mußte die Bucht mindestens drei Meter tief ausgebaggert worden sein.

Jetzt war sie ein Müllplatz für Treibgut, mit Überresten von Schiffen und Flugzeugen, sowohl militärischer wie kommerzieller Art, bedeckt, und dazu kamen noch die ausgeschlachteten oder vom Zahn der Zeit ruinierten Reste technischer Einrichtungen und Maschinen. Ein spitz zulaufendes, langgestrecktes Etwas, das weit draußen im Wasser lag, mochte die Reeling oder die Aufbauten eines ehemaligen Luxusdampfers sein, der auf dem Boden der Bucht lag. Ein Militärflugzeug trug noch das Markenzeichen seines Geschwaders – ein grinsend geöffnetes Haifischmaul am Bug, während andere eine rote Sonne am Leitwerk trugen. Und da war auch ein Boot – ungefähr zehn Meter lang, das mit seinem Kiel das verfaulende Dock berührte –, das mit einem Hakenkreuz bemalt war.

Der Mörder war an einem Teil von einem großen Flugzeug vorbeigekommen, als er auf dem Weg in das F&E-Gebäude war, um sich die Probe des geheimen Wirkstoffes zu besorgen. Nun, gab es einen von der Spielertruppe, der den auf dem Wasser treibenden oder notgelandeten Flugzeugen ungewöhnlich viel Beachtung zollte? Wie es jedoch zu erwarten war, betrachteten sie alle mit großen runden Augen die schwimmenden Wracks, mit Ausnahme von Griffin natürlich, der seine Mitspieler beobachtete. Mit geringem Erfolg allerdings.

»Was hat ein Nazi-Patrouillenboot im Pazifik zu suchen?« wunderte sich Holly Frost.

Chester konferierte mit Maibang. Acacia rief: »Wir wollen mithören, Ches!«

Chester nickte zustimmend. »Ein berechtigtes Verlangen! Also schließt einen Kreis um mich, Leute!« Die Spieler versammelten sich um den Meister der Mythen, der Kasan auf die Schulter tippte: »Du hast das Wort.«

Kasan Maibang war zunächst noch mit sich selbst beschäftigt, ehe er antwortete: »Ich habe von diesem Ort gehört, ihn jedoch nie gesehen. Sie vielleicht, Lady Janet?«

Die zierliche Blondine nickte, hob dann ihre Zustimmung aber wieder mit einem Kopfschütteln auf: »Gesehen habe ich ihn nicht eigentlich, aber ich glaube, ich kam auf meinem Weg zur Mission an dieser Stelle vorbei. Als man mich zum Opferplatz brachte, meine ich.«

Maibangs Augen glitzerten, und sein Grinsen vermittelte Bedrohliches und Geheimnisvolles zu gleichen Teilen: »Ich vermute, die Dame hat recht. Denn dieser Ort riecht nach bösen Geistern, er trägt das Stigma unserer Feinde. Die Bucht wird ›Der See der verlorenen Güter‹ genannt; denn unsere Feinde pflegten die europäischen Transporte hierherzulocken und anschließend zu berauben.«

»Ich möchte mir die Hütten dort unten genauer anschauen«, sagte Chester. »Und dann . . . Was ist, Fortunato?«

McWhirter betrachtete mit ungläubigem Kopfschütteln den Hafen: »Das sieht mir nicht ganz geheuer aus . . .«

»Die Schiffe und Flugzeuge, meinst du? Die meisten davon sind Hologramme. Weshalb auch nicht? Diese Wracks sind für uns unerreichbar, und deswegen rechne ich auch nur mit ein oder zwei echten Requisiten.« Chester deutete zu den Docks hinunter: »Zum Beispiel dieses Nazi-Schiff, das sticht sofort von den anderen Wracks ab. Soll vermutlich ein Köder für uns sein. Ich denke, das werden wir ebenfalls untersuchen. Aber sehr vorsichtig.«

Gina trat neben den Meister: »Du glaubst, dieser Hafen ist eine Falle?«

»Darauf kannst du dein halbes Punktekonto verwetten. Wir werden uns in zwei Gruppen aufteilen, sobald wir die Bucht erreicht haben. Die eine Gruppe untersucht die Wracks, die andere hält Wache.« Er blickte Holly an: »Du bekommst schon sehr früh Gelegenheit, deine Talente zu entfalten, junge Dame. Fühlst du dich der Lage gewachsen?«

Frost sagte nichts, leckte sich nur erwartungsvoll die Lippen. Mary-em vibrierte förmlich vor Energie.

Alex gab seiner Begleiterin einen Stubs: »Mary-em scheint ihre Meisterin gefunden zu haben, Cas!«

»Abwarten. So leicht übertrifft keiner diese streitbare Lady!«

Die Spieler bewegten sich weiter hügelabwärts. Griffin stellte mit leichtem Erstaunen fest, daß der Hang echt war. Diese Mischung aus Wirklichkeit und Illusion war besonders verwirrend. Er blickte auf die Berge zurück, die sie eben durchwandert hatten, und fragte sich: *Wieviel davon war echt?* Er wußte es nicht.

Sein Unbehagen verflog und wurde von einem kindlichen Vergnügen abgelöst, als sie alle die Sanddüne hinunterliefen, stets in Gefahr, auszugleiten oder Purzelbäume zu schlagen. S. J. schlug hinter ihm ein Rad und rollte jauchzend den Abhang hinunter. Dort sprang er wieder auf die Beine, schüttelte sich den Sand aus den Haaren und rückte seinen Tornister zurecht. »Das macht Spaß!« Er kletterte noch einmal hügelan, warf sich auf halber Höhe in den Sand und kam nach einem Purzelbaum wieder auf dem Strand auf die Füße.

Als sie alle unten angelangt waren, teilte Chester die Gruppen ein: »S. J., Oliver, Penthesilea, Griffin, Dark Star und . . . Holly Frost – ihr kommt mit mir! Maibang ebenfalls. Die anderen mit Kibugonai und Lady Janet Wache. Wir untersuchen die Wracks.«

»Okay«, sagte Holly mit todernstem Gesicht. Ihre Augen leuchteten, als sie gemeinsam die Baracken entlang der Docks durchsuchten. Sie und Griffin waren die Größten in der Gruppe, und so ergab es sich von ganz allein, daß sie schließlich neben ihm ging. »Du bist der Griffin, nicht wahr?« Sie betrachtete ihn abschätzend. »Ich sah deinen Zweikampf mit dem Monster. Der Speerwurf durch den Kopf des Nibek war nicht übel.«

»So großartig war er nun auch wieder nicht. Holly, darf ich dir Penthesilea vorstellen?«

Acacia betrachtete Holly mit einem herausfordernden Lächeln: »Ist das dein erster Auftritt in einem Abenteuer-Spiel?«

»Mein Debüt, jawohl. Wenn auch nicht mein erstes Abenteuer.« Das dunkelhäutige Mädchen sah, wie Acacia sich dichter an Alex heranschob, und schnalzte laut mit der Zunge: »Kein Grund, gleich eifersüchtig zu werden, Honey. Bin mir ja noch gar nicht sicher, ob ich ihn haben möchte.«

Acacia wußte offenbar nicht, wie sie auf diese Bemerkung reagieren sollte: »Sobald du weißt, was du willst, sagst du mir Bescheid, nicht wahr?«

»Du wirst es als zweite erfahren«, erwiderte Holly Frost mit blitzenden Zähnen, drehte sich auf den Hacken um und inspizierte dann auch die anderen Mitglieder des Trupps.

»Ich weiß nicht, warum«, sagte Acacia leise zu Alex, »aber ich glaube, ich mag sie. Oder ich mag sie nicht. Das eine oder das andere.«

»Was ich so sehr an dir liebe, Cas, ist deine furchtlose Selbsterkenntnis.«

Die Spieler bewegten sich nun in zwei Trupps auf die Docks zu. Bowans »Enthüllt uns die Gefahr, ihr Götter!« erzeugte nur ein grünes Licht. Nichts bedrohte sie also . . . nur die passive Gefahr verfaulter Planken, auf denen sie dahinschritten.

Die Zeit war nicht gnädig gewesen mit der halbkreisförmigen Anlage der Docks aus Holz und Beton. Auch die Baracken und Schuppen befanden sich in einem beklagenswerten Zustand. Es gab jedoch auch Ungereimtes, wie Griffin feststellte. Die Trossen und Seile waren sauber aufgerollt, lagen, obwohl die Hanfseile ziemlich verrottet aussahen, einsatzbereit neben Poldern und Pfählen. Und die Handwinden zeigten keine Spur von Rost, sondern waren geölt, und die Trommeln zeigten blankes Eisen. Ein aus genietetem Metallblech gefertigter und auf Stützen stehender Tank zeigte sogar eine in frischer Ölfarbe aufgetragene Inschrift:

»Chester, dieser Hafen wird noch benützt!«

»Ich weiß, Griffin. Wir müssen darauf vorbereitet sein, daß seine Besitzer jederzeit zurückkommen können. Und wir müssen uns fragen, warum er nicht bewacht wird. Was jetzt . . . das Gebäude dort?«

Nicht nötig, darauf zu deuten. Jedem war diese Nissenhütte inzwischen aufgefallen. Sie sah aus, als wäre sie erst gestern gebaut worden. Das Metall schimmerte wie frisch poliert. Auf dem Steg, der zur Tür der Nissenhütte führte, waren frische Planken eingesetzt worden.

Gina beschwor die Götter. Keine Gefahr. Die Hütte schien harmlos zu sein.

Der Suchtrupp betrat das Gebäude, die übrigen blieben draußen und sicherten.

Es mußte sich um das Verwaltungsgebäude handeln. Mit hölzernen Zwischenwänden waren kleine Büroräume mit Schreibtischen abgeteilt. Die meisten Zwischenwände waren wieder entfernt worden, die Schreibtische jedoch noch vorhanden, aber größtenteils an die Seitenwand geschoben. Auch Papiere, Aschenbecher und Trinkbecher aus Pappe standen noch auf den Schreibtischen. In manchen Bechern befanden sich noch Überreste von Kaffee, aber die Schreibtische waren abgestaubt worden. Und der Fußboden aus Beton war so sauber, als wäre er erst am Morgen gekehrt worden.

Allerdings lag da allerhand Zeug herum. Als hätten Kinder in der Hütte gespielt, dachte Griffin, weil der Lehrer nicht zum Unterricht erschienen war.

Zunächst war mit Kreide oder Holzkohle ein Muster auf den Boden gezeichnet. Ein recht gut gelungener Grundriß des Hafens und der Küste. Und dann, mit grüner Farbe, das Wasser und darüber, in brauner Farbe, eine Landebahn für Wasserflugzeuge oder ein Flughafen. Und auf diesem Grundriß ein Dutzend primitiv geformte Statuetten oder Figuren aus Kürbisschalen, Holz oder aus irgendwelchen Knollen gefertigt. Und da gab es ganze Schwärme von Spielzeugschiffen und kleinen Flugzeugen in allen Größen und Variationen. Manche waren grobe Nachbildungen tatsächlich existierender Fabrikate, die aus Bambusrümpfen, Kürbistragflächen und Blätterleitwerken bestanden. Manche Schiffsmodelle schienen maßstabsgetreue Fabrikware zu sein, die aus amerikanischen Spielzeugläden stammte oder aus den Büros von Marine- und Luftwaffenoffizieren, wo sie als Souvenirs oder bei Sandkastenspielen eines Generalstabs Verwendung gefunden haben mochte. Ein großer Schreibtisch, um den vier Stühle gruppiert waren, war mit einem sauberen Tischtuch, Kerzen, frischen Blumen und Corned-Beef-Konserven geschmückt und diente zweifellos irgendwelchen geheimnisvollen Kultzwecken.

»Eine Frachtkult-Zauberwerkstatt«, bemerkte Holly Frost. »Wenn wir diesen Ort entweihen, erlischt auch seine Zauberkraft.«

»Richtig«, erwiderte Chester, »Maibang, wie sollten wir dabei vorgehen . . .? Ach, vergiß es!« Er ging zur Eingangstür und rief: »Margie!«

»Ja, Chester?«

»Schau mal nach, ob in dem Tank, an dem wir vorbeigekommen sind, noch Benzin ist! Falls ja, such dir einen Kanister und fülle ihn mit dem Zeug. Laß dir von Eames helfen. Die anderen machen sich inzwischen über den Steg her und machen Kleinholz daraus. Wir machen es gleich gründlich! Wir brennen die Hütte ab!«

»Chester?«

»Ja, Griffin?«

»So ein Feuer sieht man meilenweit. Das würde doch nur unsere Gegenwart verraten!«

»Ich weiß. Wir bereiten nur das Feuer vor und zünden es an, wenn wir wieder abziehen.«

Oliver und Dark Star suchten zwischen den Schreibtischen nach Brennmaterial. S. J. errichtete aus dem Holz, das ihm durch die Tür zugereicht wurde, einen Scheiterhaufen. Tony meldete sich aus einer Ecke des Gebäudes: »Hier stehen zwei Kisten Coca-Cola, Chester!«

»Eine Flasche für jeden Spieler heil lassen, und den Rest zertöppern!« befahl Chester. Tony schlug mit dem Gewehrkolben auf die Coca-Cola-Flaschen ein.

Dann kamen Eames und Margie mit drei großen vollen Benzinkanistern. Margie schien froh zu sein, daß Griffin ihr die schwere Last abnahm. Er öffnete den Verschluß und schüttete die Flüssigkeit über dem Hafen mit seinen Miniaturschiffen und Modellflugzeugen aus.

Das Zeug roch nicht.

Er goß sich ein wenig davon auf die Hand und hielt es unter die Nase. Nichts. Er steckte die Zunge in die Flüssigkeit.

Wasser?

Er blickte hoch – und ein halbes Dutzend Spieler sahen ihn mißbilligend an. Er kam sich wie ein Idiot vor, während er fortfuhr, das »Benzin« auf den Boden zu schütten. Selbstverständlich würde die Direktion des Traum-Parks niemals ein Großfeuer im Spielbereich A zulassen. Wenn es zu einem Feuer kam, würde es ein Hologramm sein.

Das kleine Nazi-Patrouillenboot ragte mit geneigtem Deck über ihnen auf, als Chester es mit seinem Trupp von der Mole aus inspizierte. Die übrigen Spieler folgten Chesters Trupp in zwanzig Schritt Abstand und blieben nun stehen. Das Ensemble zeigte eine vorbildliche Disziplin.

Nur das Schiff sah nicht vertrauenerweckend aus.

»Wenn mir jemand auf das Vorderdeck hinaufhilft«, sagte S. J., »finde ich bestimmt eine Strickleiter und . . .«

»Nicht nötig«, unterbrach Chester den jungen Spieler, »mittschiffs sind außen am Rumpf Metallsprossen eingelassen. Du kannst mich als Kommandant an Bord begrüßen, sobald ich geprüft habe, ob die Luft rein ist!« Er hob beide Arme und beschwor die Götter.

Griffin beobachtete inzwischen die anderen Mitspieler, nicht das lodernde Feuerwerk. Da war noch jemand, der sich nicht für das Feuer interessierte.

Dark Star tat so, als würde sie Chester beobachten, und dann zertrat sie irgend etwas unter ihrem rechten Fuß. Aber da sie die Stiefelsohle auf dem Boden hin und her bewegte, mochte man meinen, sie wollte eine glühende Zigarettenkippe im Sand verscharren. Und dann verlagerte sie ihr Gleichgewicht auf den anderen Fuß, verschränkte die Hände hinter dem Rücken und bewegte den gestreckten linken Zeigefinger auf und ab.

Alex sah hinter sich. Bowan starrte auf die verschränkten Hände seiner Partnerin. Es handelte sich also um ein Signal. Aber was war das für ein Signal?

Das grüne Licht erlosch, und S. J. hantelte die Metalleiter zum Deck hinauf. »Alles klar hier oben, Admiral!« rief er und verschwand aus dem Blickfeld. Dark Star stieg als vierte die Leiter hinauf. Griffin richtete es ein, daß er den Schluß bildete.

»Einen Moment«, flüsterte er Acacia zu und ging unauffällig zu der Stelle, wo Dark Star etwas ausgetreten hatte. Es war ihr nicht ganz gelungen. Da waren noch Reste eines mächtigen Fußabdrucks. Griffin verschluckte den Alarmruf, den er ausstoßen wollte, und kletterte hinter Acacia die Trittleiter hinauf, ihr prächtiges Hinterteil bewundernd. Sie half ihm an Bord, und er zog sie in eine Ecke des Achterdecks.

»Acacia, würdest du bei dem Spiel mogeln?« Und als Acacia ihn betroffen ansah, formulierte er die Frage etwas präziser: »Ich möchte gerne von dir wissen, ob es für dich einen Grund gäbe, deinen Mitspielern ein Indiz zu verheimlichen, das auf eine allgemeine Gefahr hindeutet.«

Sie dachte über seine Frage nach: »Falls ich so etwas überhaupt fertigbrächte, würde ich damit die Überlebenschancen meiner Mitspieler gefährden. Das würde bei der Endabrechnung bedeuten, daß ich den Gruppenbonus mit weniger Leuten teilen muß. Vorausgesetzt, wir gewinnen das Spiel.«

»Hmm . . . ist das alles?«

»Nein. Wenn nur du eine drohende Gefahr erkennst und die anderen ahnungslos bleiben, kannst du dich ja viel besser auf diese Gefahr vorbereiten. Und möglicherweise wirst du dann viel besser abschneiden, wenn es zu einem Kampf kommt. Ich hoffe, du weißt, daß nach der Vorstellung das Ensemble darüber abstimmen wird, wer sich die Sonderprämie als bester Spieler erworben hat. Dazu kommen noch Sonderpunkte für Tapferkeit und . . .«

»Auch Geldprämien?«

»Nur indirekt. Wenn du so viele Punkte gesammelt hast, daß du dich Meister der Mythen oder Spielmeister nennen darfst, dann machst du auch das große Geld.« Ihre Erklärungen enthielten eine unausgesprochene Frage.

»Den Anlaß meiner Frage erkläre ich dir später. Nur eines vorweg . . . halte Ausschau nach einem Riesenaffen.«

»Wie . . .?«

Oliver kam aus dem Niedergang heraus: »Kommt rasch, ihr beiden! Da unten tut sich etwas Interessantes!«

Acacia streckte die Hand aus und kraulte Oliver unter dem Kinn, wo drei Tage alte Bartstoppeln sprossen: »Du siehst zum Fürchten aus, Amigo. Ich wette, Gwen gefällst du so.«

Oliver nahm grinsend ihre Hand und zog sie hinter sich her zum Niedergang. Griffin folgte den beiden hinunter in die Kajüte. Die meisten Spieler waren dort mit Suchen beschäftigt. Nur Dark Star warf immer wieder einen besorgten Blick durch eines der Bullaugen.

Eine Stahltür am Ende der Kajüte öffnete sich auf eine Metalleiter, die in die Dunkelheit hinunterführte. Maibang kletterte die Leiter wieder hinauf, und Chester folgte dichtauf.

»Ich glaube, wir haben etwas Wichtiges gefunden«, sagte er, einen zusammengerollten Bogen Papier in der rechten Hand hochhaltend. »Das war zwischen Antriebsmaschine und Generator geklemmt!« Er wischte den Staub von dem Papier und glättete es auf dem Kajütentisch. »Eine Landkarte . . .«

S. J. schob seinen Kopf zwischen Chesters Bauch und dem Tischrand in die Höhe. Seine kleinen braunen Augen leuchteten auf: »Ein Luftbild-Meßblatt, Chef!«

Zum erstenmal schien sich Henderson an Waters Enthusiasmus nicht zu stören: »Was bedeutet das?«

Der Mechaniker drehte die Luftbild-Landkarte hin und her: »Ich kann keine Markierungen darauf erkennen . . .«

Chester fuhr mit dem Finger an einer Linie entlang, die ein Fluß zu sein schien. Die Karte zeigte ein gebirgiges Terrain – bezog sich eindeutig auf Neu-Guinea. »Stammt noch aus der Zeit, als man noch nicht dreidimensional fotografierte«, murmelte er. »Erkennt irgend jemand etwas Interessantes darauf?«

Alex beugte sich über den Tisch und betrachtete die Karte. Die Grau- und Schwarz-Töne ließen sich leicht in Dschungel und Hochebenen übersetzen. »Hier ist ein blinder Fleck, so groß wie ein Fünf-Pfennig-Stück! Dort, bei diesem Gebirgszug!«

Chester blickte auf Griffins Zeigefinger, der auf einen weißen Kreis inmitten gestrichelter Linien wies. »Könnte vielleicht jemand die Karte mit einem Wassertropfen verdorben haben?« murmelte Chester nachdenklich.

Alex fuhr mit der Fingerkuppe über die Oberfläche der Luftbildkarte. »Nein. Das Papier ist ganz glatt an dieser Stelle. Ich glaube, wir haben den entscheidenden Clou gefunden!«

Henderson stimmte ihm sofort zu: »Ich denke, du hast recht«, sagte er, Griffin mit einem festen Blick seine Anerkennung aussprechend. »Wenn es also ein Clou ist, dann . . .« Er hielt nachdenklich inne, sich sein Kinn zwischen den drei Tage alten Stoppeln kratzend. »Da sich unser prominenter Gegner daran stört, wenn man ihn beim Namen nennt, dann möchte er vermutlich auch seine Adresse geheimhalten. Ein entsprechender Zauber könnte sich bei einer Luftaufnahme durchaus als Schuß in den Ofen erweisen, oder mit anderen Worten als über-, beziehungsweise nicht belichtete Stelle auf einer Luftaufnahme.«

»Aber warum ist die Aufnahme auf einem deutschen Patrouillenboot versteckt?« wunderte sich Acacia.

»Eine Lockspeise«, winkte Chester ab, »ein Hinweis, wo wir suchen sollen. Und es hat auch einen Sinn. Deutsche Spionageflugzeuge und deutsche Hochleistungskameras gehörten zu den Denkwürdigkeiten des Zweiten Weltkrieges. Verfeindete Parteien, die sich jedoch technologisch ergänzen. Das ist stimmig. Kasan, kennst du das Gebiet, das hier auf der Karte als leerer Fleck dargestellt ist?«

Der mächtige Kundschafter hüstelte und räusperte sich eine Weile und bejahte dann mit einem Kopfnicken die Frage. »Und schau hierher, *effendi*. Da ist eine große Wasserfläche. Das bestätigt Lady Janets Aussage.«

»Sicher. Aber wo liegt dieses Gebiet?«

»Hmm . . . ich glaube, dort gibt es auch einen Vulkan, aber ich kann ihn auf der Karte nicht finden. Vielleicht wird er ebenfalls von dem weißen Fleck abgedeckt.«

»Vielleicht?« erwiderte Chester skeptisch.

»Du darfst nicht zuviel von einem einfachen Eingeborenen erwarten, *kimo sabe*«, erwiderte Kasan bescheiden. »Glaubt mir, er ist dort. Und falls . . . *da* er sich dort befindet, könnten wir ihn, glaube ich, erreichen, wenn wir zuerst an der Küste und dann landeinwärts marschieren. Das wäre eine halbe Tagesreise von hier.«

»Ausgezeichnet. Endlich ein Fortschritt.« Chester faltete die Karte zusammen und schob sie in seinen Tornister.

Holly Frost hob den Kopf und sog witternd die Luft durch die Nase ein. »Mir gefällt das alles nicht. Man macht es uns zu einfach. Wir sollten wieder einmal die Lage peilen, Boß!«

»Hast du nicht gesagt, daß du ein erstklassiger Zauberer bist? Dann kannst du das selbst erledigen.«

»Hört mich, ihr Götter!« Sie versuchte, beschwörend die Arme auszubreiten, doch der Rucksack, der auf die linke Schulter gerutscht war, verpatzte den Auftritt. Sie ließ sich von dieser Panne nicht aus dem Konzept bringen, rückte den Tornister zurecht und beschwor von neuem die himmlischen Mächte. Eine grüne Wolke umgab sie. An der rechten Seite war ein grellroter Saum.

Kapitel Einundzwanzig

Der Haiavaha

Sofort verwandelte sich die Szene. Oliver war der erste, der sein Schwert zog: »Ich glaube, es ist Zeit, eine Schlachtordnung zu bilden!« rief er, durch ein Kabinenfenster blickend.

»Du hast recht, Oliver!« rief Chester. »Frauen und Meister der Mythen zuerst!« Mit drei elastischen Schritten war er an Deck. »Beeilt euch, Leute!« rief er in die Kajüte hinunter und eilte zur eisernen Sprossenleiter. »Ich spüre es im Urin! Ein gewaltiges Monster ist im Anmarsch!«

Sie sprangen hinter ihm her auf das Dock hinunter. Dark Star zupfte mit grimmigem Gesicht an ihren Ohrläppchen. Alex nahm wieder Acacia zur Seite: »Du erinnerst dich, was ich vorhin zu dir sagte? Auf so etwas mußt du jetzt gefaßt sein!«

»Auf den großen Affen? Auf einen King Kong?« Sie zog grinsend ihr Schwert aus der Scheide. »Egal, was kommt, ich hacke es in Stücke!«

Auch Griffin hatte, als er den Fußabdruck entdeckte, sofort an King Kong denken müssen: »Die werden uns doch nicht diesen Riesenaffen auf den Hals schicken?«

»So eine naive Frage kann auch nur ein Anfänger stellen. Natürlich keinen King Kong, Dummkopf. Wir befinden uns in Neu-Guinea, nicht auf Skull Island. Das ist ein ganz anderer Mythos.«

»Okay. Entschuldige, daß ich gefragt habe.« Alex sprang hinter Oliver hinüber auf den Kai. Sobald er mit den Zehen das Dock berührte, spürte er bereits das Beben im Boden. Er hob die Arme, um Holly Frost auf den Kai hinüberzuhelfen, und sie überließ sich gerne seinen Händen.

»Normalerweise schaffe ich das auch allein, mein Hübscher, aber in deinem Fall mache ich gerne eine Ausnahme . . .«

Er spürte, wie sie plötzlich ganz steif wurde. »Mein Gott, Griffin, da kommt es . . .!«

Alex wirbelte herum und sah fassungslos zu, wie sich zweihundert Meter von ihm entfernt ein Flugzeug in die Lüfte erhob

– allerdings in Einzelteilen. Eine Brandungswelle rollte von dieser Stelle heran und zerschellte an der Mole. Ein Geräusch, das die Knochen bis ins Mark erschütterte und das man erst mit einiger Verspätung als tierisches Fauchen zu identifizieren vermochte, wurde immer lauter, bis man um sein Trommelfell fürchten mußte. Sie sahen eine dunkle, vage an einen Menschen erinnernde Gestalt, die sich aus dem Wasser erhob und dann wieder hinter einem gekenterten Ozeandampfer verschwand. Der Ozeandampfer hüpfte wie ein Korken, und man hörte das Kreischen von gemartertem Stahl.

Oliver warf Chester einen raschen Blick zu: »Was hältst du davon, Ches? Wie wollen wir der Bestie beikommen?«

Der Meister der Mythen blickte mit gerunzelter Stirn über die auf den Wellen tanzenden Wracks zu dem gekenterten Ozeanriesen hinaus. »Wir wissen nicht einmal, was das für ein Monster ist! Ich sehe nur, was für Kräfte es besitzt!« Er drückte Ginas Hand so heftig, daß sie vor Schmerz zusammenzuckte. »Und daß es wütend ist. Honey, wieviel Zeit haben wir noch bis zum Feierabend?«

Sie blickte auf ihr Handgelenk: »Ich habe meine Uhr nicht bei mir.«

»Noch ungefähr eine Viertelstunde«, gab Griffin die verlangte Auskunft.

Chester nickte bekümmert. »Ich möchte mich heute abend lieber nicht mehr mit diesem Supermonster anlegen. Wir sind alle erschöpft, und ich wette, Lopez rechnet damit, daß wir diesen Umstand vergessen. Nun, er hat sich verrechnet. Ich ziehe mich zurück.«

Bowan, der Finstere, schob sich an Oliver vorbei, um seinen Protest anzumelden: »Was soll das heißen, Chester?« fragte er zornig.

»Was es bedeutet, Bowan«, erwiderte Chester gereizt.

»Ich dachte, ich hätte mich verhört. Das ist schon das zweitemal, daß du zum Rückzug blasen läßt, Henderson! Ich glaube nicht, daß Feigheit mit Pluspunkten belohnt wird!«

»Glaubst du, wir bekommen Pluspunkte, wenn wir von einem Ungeheuer massakriert werden?«

Dark Star stellte sich neben Bowan. »Mir scheint, du fühlst

dich dieser Gefahr nicht gewachsen, Chester! Ich schon.« Sie blickte die anderen Mitspieler des Ensembles an: »Wer ist noch meiner Meinung? Sollen wir abstimmen?«

»Das muß aber sehr rasch passieren«, erwiderte Chester. Das Monster watete, eine weiße Bugwelle vor sich herschiebend, auf den Kai zu. Ströme von Wasser flossen aus seinem Pelz. Es war nicht so groß wie King Kong, aber erheblich größer als ein Mensch. Es schien sich um eine Kreuzung zwischen einem Menschenaffen und einem Wildschwein zu handeln, denn es besaß die Hauer, die lange Schnauze und die kleinen Augen eines Wildschweins. Das nasse Fell wirkte schwarz, doch auf den Schultern und am Kopf spielten die Haare ins Rötliche, und seine Mähne war mit orangefarbenen und hellgelben Strähnen durchsetzt. Seine Arme waren ungewöhnlich lang, die Hände unter Wasser, als es auf das Ufer zuwatete. Chester sagte: »Für eine Beratung bleibt keine Zeit mehr. Okay, ich stimme dafür, daß wir das Feld räumen!«

Oliver trat nervös von einem Fuß auf den anderen: »Tut mir leid, Chester. Ich muß Bowan in diesem Punkt unterstützen.«

»Okay. Gwen?«

Sie blieb schweigend neben Oliver stehen. Das war deutlich genug.

»Okay, wer noch?«

Griffin hatte seine Wahl getroffen: »Ich folge immer dem Meister der Mythen. Ich bin für einen geordneten Rückzug, damit wir das Untier erst einmal studieren können. Vielleicht entdecken wir dann seine schwachen Stellen.«

»Ich bin der gleichen Meinung«, sagte Margie. Owen stimmte Griffin ebenfalls zu.

S. J. fiel die Entscheidung nicht leicht. Seine braunen Augen wanderten zwischen den beiden Parteien hin und her, bis er sich schließlich für Chester entschied.

Er weiß etwas, dachte Griffin bei sich. Er fing Acacias Blick auf und winkte sie zu sich. Sie kam zähneknirschend an seine Seite.

Holly Frost blickte Griffin an, ein kaum wahrnehmbares Lächeln auf den Lippen. Man konnte förmlich hören, wie sich die Räder in ihrem Kopf drehten. Dann trat sie auf Chesters Seite, der ihr zufrieden zunickte.

»Okay«, sagte er mit heller Stimme, »wir haben keine Zeit mehr für unentschlossene Zaungäste. Entscheidet euch, Leute!« Eames trat zu Bowan, Tony zu Chester. Acacia wollte mit ihm einen Augenkontakt herstellen, doch er wich ihrem Blick aus.

Mary-em grinste von einem Ohr zum anderen: »In der Regel entscheide ich mich für das Kämpfen, doch diesmal ist mir die Freundschaft wichtiger!« Sie hängte sich bei Griffin und Holly Frost ein.

Chester zählte die Köpfe der Opposition: »Du bist überstimmt, Bowan.«

Der schwarzgewandete Magier faßte Chesters Arm und sagte leise: »Nur einen Versuch mit einem Zauberspruch, Chester, bitte! Du kannst mit den übrigen inzwischen schon abrücken!«

Chester spähte hinaus auf die Bucht, wo das Ungeheuer sich einen Weg durch die schwimmenden Wracks bahnte. Dann nickte er kurz: »Meinetwegen, wenn es rasch geht!« Seine Stimme hallte über den Kai: »Wir haben nicht mehr viel Zeit, Leute! Gina, du schleuderst einen Feuerblitz in die Nissenhütte! Alle anderen zurück auf den Hügel!«

Bowan hatte sich mit dem Gesicht der Bucht zugewandt. Er atmete tief ein, während er sich konzentrierte, und hob dann beide Arme.

Gina beschwor die himmlischen Mächte. Eine Flamme zuckte aus ihrem Stab, und sogleich schossen Stichflammen aus den Türen und Fenstern des ehemaligen Marine-Hauptquartiers.

Bowans Stimme rezitierte leidenschaftlich:

»Götter der Finsternis,
Befreit uns von dem Bösen.
Vernichtet dieses Wesen,
Das wie ein Affe aussieht
Und übertragt seine Macht auf mich!«

Bei der letzten Zeile drehte Chester überrascht den Kopf nach hinten: »Was soll das denn . . .?«

Grünes Licht umkleidete Bowan. Grünes Licht sprang wie ein tödlicher Speer auf das Untier über. Das Monster fauchte und drohte mit einer Faust, die mit schwarzen Krallen bewehrt war. Der grüne Blitz berührte sein Gesicht . . .

Und sogleich wand sich eine zweite Feuerflamme an diesem grünen Speer entlang, als würde grünes Licht so gut brennen wie Benzin. Die grüne Aureole, die Bowan vom Scheitel bis zu den Füßen einschloß, glühte grellweiß auf. Sie hörten das Puffen einer Stichflamme und Bowans schrille Flüche aus einer mannsgroßen Fackel.

Bowans Vorrat an Flüchen erschöpfte sich. Er trat aus der Fackel heraus und blickte hangaufwärts, wo die Spieler standen und das Schauspiel betrachteten. »Chester?»«

Ein geisterhaftes Licht umgab nun den Zauberer. Selbst seine Robe schien weiß zu sein, fast so weiß wie sein Gesicht. Hinter ihm kam die lodernde Flamme stotternd zum Erliegen.

»Du mußt mir helfen, Chester!« rief Bowan.

Der Affe mit dem Kopf eines Ebers erreichte nun das Dock. Bowan wich rasch zur Seite, doch das Untier ging an ihm vorbei, als existierte er nicht.

Der Meister der Mythen blickte zwischen Bowan und dem heranrückenden Monster hin und her. Er rief: »Keine Zeit mehr, Bowan! Außerdem bist du schon tot! Schau dich um!«

Wo die Flamme sich an der Aura von Bowan entzündet hatte, stand nun ein kegelförmiger Aschenhaufen, aus dem schwarze Knochen hervorschauten.

Dark Star wollte zu dem erschlagenen Zauberer zurücklaufen; aber Chester hielt sie am Arm fest: »Ich kann mir nicht leisten, dich auch noch zu verlieren. Dort geht es entlang, verdammt noch mal!« Chester deutete den Hügel hinauf.

Das Monster lief noch einen Schritt auf die flüchtenden Spieler zu, drehte dann wieder schwerfällig ab und verschwand hinter der brennenden Nissenhütte.

Chesters Augen waren so groß wie Dollarmünzen, als er sah, wie sich die Stichflammen und der Rauch wieder in das Gebäude zurückzogen. Die Flammen wurden schwarz – schwarz! –, schrumpften zusammen und erloschen schließlich, ohne auch nur ein Fleckchen Ruß auf dem Wellblech zu hinterlassen.

»Mich laust der Affe!« flüsterte Chester. »Das ist ja ein ganz neuer Trick!« Dann schien ihm plötzlich etwas einzufallen.

Er kramte in seiner Hosentasche und holte einen tropfenförmigen Kristall heraus, durchsichtig wie Eis, in dem eine blutrote Spinne eingebettet war. Er deutete mit dem Kristall auf das Monster: »Hört mich, ihr Götter! Ich bitte euch um einen Wegweiser, der mich morgen zu diesem Untier bringt!« Seine grüne Aura flackerte. Seine Energie ging zur Neige. Doch da ging plötzlich im Inneren des Kristalls ein Licht an, und die Spinne erwachte zum Leben. »Hab ich dich«, sagte Chester grinsend und schob den Kristall in die Tasche zurück. »Und morgen . . .« Er drehte sich um und rannte hinter seinen Leuten her, nicht auf Bowans Geschrei achtend, der als milchweißer *tindalo* mit ausgestreckten Armen hinter ihm herrief:

»Verflucht seist du, Henderson! Dafür wirst du mir bezahlen! Warte nur, du Feigling . . .«

Alex rang nach Luft, als wäre er zu lange unter Wasser geschwommen. Der stechende Schmerz in seinen Lungen ließ nur langsam nach. Neben ihm lag Mary-em zusammengekrümmt im Gras und hustete ununterbrochen. Ihr Gesicht war dunkelrot angelaufen. In den letzten fünf Minuten hatte Griffin Mary-em an ihrem Schwertgehänge hinter sich hergezogen.

Das Untier hatte erst die Verfolgung aufgegeben, als sie alle vollkommen erschöpft waren. Henderson lag auf der Seite und wischte sich mit seinem durchgeschwitzen, schmutzverklebten Hemdärmel das Gesicht ab. Gina lag mit geschlossenen Augen neben ihm auf dem Rücken. Der Atem brodelte in ihrer Kehle.

McWhirter war schon wieder auf den Beinen und packte seinen Tornister aus. Wußten die Götter, woher er diese Energie nahm! Er war Alex immer ein paar Meter voraus gewesen, auch anfangs, als Mary-em noch mithalten konnte.

S. J. lag auf den Knien und übergab sich. Dann schüttelte er den Kopf und blickte Dark Star giftig an. Zwischen seinen Hustenanfällen murmelte er immer wieder dieselben Worte, und Griffin mußte näher an ihn heranrücken, damit er sie verstehen konnte: »Ich wußte es. Ich wußte, ich hätte die beiden Schufte verpfeifen sollen. Ich wußte es . . .«

Sein Berufsinstinkt meldete sich. Griffin erhob sich aus dem Gras, obwohl sich alles um ihn herum drehte. Er ging zu der Stelle, wo S. J. Waters auf dem Boden kniete, und beugte sich über ihn. Waters betrachtete furchtsam den breiten Schatten, den Griffin warf.

Griffin kauerte sich neben dem Jungen auf die Fersen nieder. Er sagte mit ruhiger, sachlicher Stimme: »Spuck es endlich aus, oder wir beide gehen zu Henderson.«

»W-as meinst du damit?« S. J.s schuldbewußtes Gesicht sabotierte seinen kläglichen Versuch, sich unwissend zu stellen.

»Wenn ich dir nicht die Würmer aus der Nase ziehe, dann wird es Henderson tun. Du hast hinter Bowan und Dark Star herspioniert und dabei etwas Wichtiges bemerkt – was?«

Waters schien die Alternative abzuwägen. Griffin gab ihm ein paar Sekunden Bedenkzeit und drückte dann die Knie wieder durch.

»Warte, Griffin! Wenn Henderson etwas davon erfährt . . .«

»Von mir erfährt er es nicht. Und nun spuck es aus!«

»Setz dich neben mich, damit es nicht so auffällt.«

Griffin setzte sich.

»Also gut. Es war in der Nacht nach dem ersten Spieltag. Alle verkrümelten sich in den Wald, um die Zweisamkeit zu genießen. Teufel, ich hatte ja nichts Besseres zu tun!«

»Also hast du den Spanner gespielt. Du bist ihnen nachgeschlichen. Warum ausgerechnet den beiden?«

»Oh . . . Bowan ist so ein . . . ich meine, so wie er sich aufführt . . . Man möchte es nicht glauben, daß so ein mächtiger Zauberer auch mal seine Hose herunterläßt. Und Dark Star. Sieht sie aus wie eine Frau, der man nachsteigen möchte? Das waren so meine Überlegungen. Und deshalb folgte ich ihnen heimlich.

Dabei stellte sich heraus, daß die beiden gar nicht an Amore interessiert waren. Sie wanderten quer durch den Spielbereich, bis sie auf die Arbeiter stießen, die Kulissen aufstellten und Hologramme ausprobierten. Sie versteckten sich und beobachteten die Arbeiter, wie ich die beiden beobachtete. Die Arbeiter machten einen Probelauf mit dem Riesenaffen, und ich sah, wie Bowan sich mit Dark Star flüsternd unterhielt. Dann liefen sie beide in das Daribi-Dorf zurück. Seither warteten sie auf den Auftritt des Monsters.« S. J. lachte schnaubend. »Die beiden hatten sich von dem Probelauf täuschen lassen. Sie glaubten, dieser King Kong sei nur eine billige Attrappe.«

S. J.s Gesicht hatte inzwischen etwas von dem kräftigen Farbton verloren, der an eine rote Rübe erinnerte. Er setzte sich auf und wölbte den Rücken: »Das ist alles, was ich getan habe. Ich schwöre es!« Er blickte Griffin mit bettelnden Augen an: »Sag es bitte nicht Chester weiter, Griffin! Ich wollte nicht mogeln! Ich schwöre es! Ich fühlte mich nur einsam und wollte auch ein bißchen Spaß haben. Bitte!«

Was der Junge ihm erzählt hatte, paßte ins Bild. Und es half ihm auch bei seinen Ermittlungen. Griffin klopfte dem Jungen beruhigend auf die Schulter: »Ich verspreche dir, daß ich keinem weitererzähle, was du mir eben gebeichtet hast. Aber halte dich in Zukunft aus dem heraus, was dich nichts angeht, S. J. Okay?«

Der Mechaniker nickte, und wäre er nicht so schwach gewesen, hätte er die Hand zum Schwur erhoben.

Griffin stand auf, ging ein paar Schritte und ließ sich dann wieder ins Gras fallen.

Acacia erhob sich unsicher von ihrem Sitzplatz unter einem Baum und ging schwankend auf ihn zu. Griffin richtete sich auf und nahm ihre Hand. Sie fühlte sich klamm und kalt an, da der verdunstende Schweiß der Haut die Wärme entzog. Auch ihr Gesicht war schweißüberströmt, und zwei Sickerbahnen auf ihren Wangen sahen verdächtig nach Tränen aus. Sie umarmte ihn und sagte mit zorniger Stimme: »Da hat Lopez sich aber gründlich bei uns revanchiert!«

»Revanchiert? Für was?«

»Für die Flucht natürlich. Kannst du dir nicht vorstellen, wie das aussieht, wenn er die Aufzeichnung verkauft? Helden, die davonlaufen wie Hasen. Ich möchte nicht in Chesters Haut stecken.«

Mary-em hatte zugehört und sagte aufgebracht: »Was hätte

er denn sonst tun sollen, Acacia? Hast du vergessen, was dieses haarige Monster mit Bowan anstellte?«

Acacia ließ sich wieder auf den Boden fallen und starrte auf ihre Füße.

Sie sahen aus wie die versprengten Reste einer vernichtend geschlagenen Armee. Alex war noch in leidlich guter Verfassung, aber ein Picknick war es für ihn auch nicht gewesen. Am meisten hatte ihn die Art gestört, wie Lopez mit ihnen Katz und Maus spielte. Das Monster war ihnen immer auf den Fersen geblieben, aber ihnen auch nicht so nahe gekommen, daß sie kehrt machen und ihm eine Schlacht liefern konnten.

Henderson lud die Spieler mit einer unsicheren Handbewegung ein, sich um ihn zu versammeln. »Kasan!« rief er dann mit dröhnender Stimme. Er blickte sich suchend um. Kasan hatte Mühe, sich vom Boden zu erheben.

»Okay, Kasan – was war das?«

Der schmächtige Kundschafter drückte beide Hände gegen den Unterleib. Offenbar litt er an Seitenstechen. Es dauerte, ehe er antworten konnte: »Ich habe keine Ahnung, *bwana*. Es gibt so viele derartig gestaltete Wesen bei uns, daß ich . . .«

»Du hast keine Ahnung? Dann will ich dir mal auf die Sprünge helfen! An den Stellen, wo sein Fell nicht naß geworden war, hatte es die Farben des Feuers.« Henderson unterbrach sich, weil ihm wieder der Atem ausgegangen war. »Als Bowan dem Monster dessen Macht wegnehmen wollte, verbrannte es ihn zu Asche. Und dann beobachteten wir, wie es das Feuer rückwärts brennen ließ, als hätte es nie existiert. Sind das nicht Anhaltspunkte? Seine Gewalt ist das Feuer. Um was für einen Feuerdämon handelt es sich also?«

»Ah. Jetzt fällt mir wieder ein, wer dieses Monster gewesen sein könnte. In den Sagen meines Volkes wird ein Dämon erwähnt, der . . .«

»Hör auf mit diesem Geschwätz, verdammt noch mal!« Alle Augen richteten sich auf Dark Star, die sich mit der Faust die Tränen aus den Augen wischte. »Ich möchte wissen, wer Bowan umgebracht hat!«

Henderson warf ihr einen warnenden Blick zu, und sie verstummte, sich wütend auf die Unterlippe beißend.

Selbst Maibang schien ein wenig verunsichert von dem Wutausbruch der Meisterdiebin: »In der Sagenwelt meines Volkes spielt ein Feuerdämon eine gewisse Rolle. Wir nennen ihn Haiavaha . . .«

»Es interessiert keinen Menschen, wie das Biest heißt! Wir wollen wissen, was für eine Bestie das war!« Dark Star zitterte am ganzen Körper, und ihre Stimme überschlug sich förmlich vor Hysterie. Mit zwei Schritten war Chester bei der Diebin und packte sie bei den Schultern. »Nun hör mal gut zu, Lady! Bowan und du, ihr wart so verdammt scharf darauf, diesem Jumbo an die Gurgel zu springen, daß ich mich schon sehr darüber wundern muß! Das gefiel mir gleich nicht, und es gefiel mir noch weniger, daß Bowan seinen kleinen vorbereiteten Beschwörungsvers herunterbetete. Offen gestanden, halte ich ihn nicht für so gut, daß er auf Anhieb solche Verse zu improvisieren vermag. Verstehst du, was ich meine?«

Sie versuchte, sich von ihm abzuwenden, doch seine schlanken Finger gruben sich wie Krallen in ihre Schulter: »Wir wissen beide, daß ich meine Vermutungen nicht beweisen kann, aber wenn du jetzt nicht deine Klappe hältst und uns daran hinderst, das Spiel so zu spielen, wie es die Regeln von uns verlangen, dann sorge ich dafür, daß du so schnell wie möglich das gleiche Schicksal erleidest wie Bowan, der Schwarze!«

Die anderen Spieler schienen sich für beide zu schämen. Dark Star fügte sich, ohne ein Wort zu sagen. Eine einzige Träne lief ihr über die rechte Pausbacke. Maibang räusperte sich und fuhr fort: »Äh . . . ich erwähnte ja schon, daß in der Sagenwelt meines Volkes so ein Monster vorkommt. Es ist uns überliefert, daß sich vor vielen Jahrhunderten der Mensch damit begnügen mußte, rohes Fleisch zu essen. Und in den Nächten war er hilflos der Kälte ausgeliefert, weil er das Geheimnis des Feuers nicht kannte. Der Besitz des Feuers war ein Vorrecht der Götter, und sie glaubten, man könne es den Menschen nicht überlassen, weil sie seine Macht nicht zu beherrschen vermochten.«

Chester konzentrierte sich nun wieder voll auf das Spiel: »Gab es denn kein Feuer auf der Erde?«

»Da kommt ja unser Monster ins Spiel. Feuer gab es nur an einer Stelle auf der Erde, im Bau des gefürchteten Haiavaha. Ob er nun selbst ein Gott zweiter Garnitur oder nur ein Wachhund für die Götter war, weiß niemand zu sagen. Aber er hatte immer eine warme Höhle, während die Menschen in der Kälte zitterten. Und da die Menschen auf die Rückkehr der Morgendämmerung warteten, die sie von der Blindheit der Nacht erlösen mußte, war es dem Haiavaha irgendwie gelungen, ein Stück der Sonne abzuschneiden und sie nachts als Ofen in seiner Höhle zu verwenden.

Viele Menschen starben bei dem Versuch, ihm das Geheimnis zu stehlen. Dann wurde eines Nachts ein Hund verprügelt und aus dem Lager gejagt, weil er eine Schweinshaxe gestohlen und dadurch die Kochfrau beleidigt hatte, die ihrem Mann nichts vorsetzen konnte. Der Herr des Hundes rief der geprügelten Kreatur nach, er könne nicht eher zurückkehren, bis er seine Verfehlung gebüßt habe. Der Hund entdeckte die Höhle des Haiavaha, sah, daß das Monster schlief, und nützte die Gelegenheit, ihm einen brennenden Zweig zu stehlen. Darauf erwachte das Untier und verfolgte den Hund. Dieser rannte um sein Leben und verbrannte sich dabei schrecklich die Schnauze. Seither können Hunde nicht mehr richtig sprechen. Doch ihr Ahnherr entkam damals dem Haiavaha und brachte das Feuer in das Dorf seines Meisters.«

»Und nachdem die Menschheit mit Feuer gesegnet war, kann ich mir den Rest denken. Aber was will das Monster von *uns*, wenn es sich tatsächlich um den Haiavaha handelt?«

Maibang zuckte mit den Achseln. »Vermutlich ist es immer noch wütend auf Menschen.«

Chester stemmte sich auf den Ellenbogen hoch und dachte nach. »Und was hat es mit seiner Eigenschaft auf sich, Feuer auch rückwärts brennen zu lassen?«

»Davon ist in unserer Sage nicht die Rede.«

»Doch im konkreten Falle . . .« Ein Lächeln verklärte Chesters längliches Gesicht, als bräche bereits die Morgenröte herein. »Es ist immer noch ein Köder für Diebe. Ein Jammer, daß der Hund damals nicht mehr reden konnte, als er in das

Dorf zurückkehrte. Ihr hättet sonst dem Haiavaha längst abgenommen, was er besitzt.«

Maibang grinste. »Ich glaube, das hätten wir getan.«

Der Meister der Mythen schien hocherfreut über das Ergebnis seiner Sagenwelt-Analyse. »Es war eine großartige Idee von mir, den Haiavaha mit einem Fährtenzauber zu besprechen. Morgen werden *wir* das Untier jagen.« Er streckte sich wohlig. »Feierabend, Leute! Onkel Lopez wird uns jeden Moment das Abendessen servieren. Ich glaube, wir haben uns eine kleine Party verdient. Was meint ihr?«

Ein Jubel aus rauhen oder erschöpften Kehlen antwortete ihm, und die Spieler packten ihre Tornister aus. Griffin rollte seinen Schlafsack auseinander, füllte die Matratze mit Preßluft und ließ sich darauffallen.

Doch es dauerte nicht lange, und er stand wieder auf den Beinen. *Erst die Arbeit* . . . Er sah sich um. Niemand achtete auf ihn. Nur Acacia sprach ihn an, als er auf eine Baumgruppe zuging, und dabei spielte ein hinterhältiges Lächeln um ihre Lippen:

»Hallo, großer starker Mann! Wenn du eine Minute Geduld hast, bekommst du Gesellschaft!«

»Das verbietet mein Schicklichkeitsgefühl, Acacia. Meine Nieren sind am Überlaufen, und in Gesellschaft könnte der Wasserhahn einfrieren.» Sie lachte und breitete ihren Schlafsack aus. Dicht neben seinem. Das brachte ihn auf warme Gedanken . . .

Kapitel Zweiundzwanzig

Das Geheimnis der elektrischen Pizza

Kaum war er von den Bäumen abgeschirmt, als er schon seine Brieftasche aus der Tasche zog und den Sender/Empfänger einschaltete. »Zentrale«, meldete sich eine piepsige Stimme.

»Stellen Sie mich zum Sicherheitsbüro durch. Bobbick. Hier spricht Griffin.« Alex lehnte sich gegen einen Baumstamm und versuchte, sich auf seinen Fall zu konzentrieren. Das war nicht so einfach, die Foré zu vergessen und den Haiavaha, zurückzufinden in die wirkliche Welt außerhalb des Spielbereiches A.

Bobbicks Stimme war die Brücke, die er dafür benötigte. »Hallo, Chef? Wir wissen hier, wie beschäftigt Sie sind. Das Spiel bekommt Tempo und Dramatik!«

»Ich möchte bezweifeln, daß es überhaupt ein Spiel ist. Aber was habt ihr inzwischen für mich ausgegraben?«

Bobbick blieb einen Moment die Antwort schuldig, und Griffin klopfte ungeduldig gegen die Schaltplatte: »Sind Sie noch auf Sendung, Marty?«

»Bin ich. Es ist mir nur unangenehm, daß *ich* es Ihnen sagen muß. Griff, es war kein Unfall mit Todesfolge, sondern eindeutig Mord.«

»Oh, verdammt«, murmelte Alex und lehnte sich mit seinem ganzen Gewicht gegen den Baum.

»Novotneys Obduktionsbericht läßt keinen Zweifel daran. Wir wußten, daß Rice erstickt ist, führten bisher aber die Todesursache auf eine verstopfte Nase zurück. Sie wissen ja, daß er an chronischem Schnupfen litt.«

»Ja.«

»Aber die Schleimabsonderung war nicht so groß gewesen, daß die Nasengänge verstopft waren. Er bekam noch genügend Luft.«

»Danke. Die Folgerungen, die sich daraus ergeben, kann ich selbst ableiten. Jemand schlug Rice nieder, fesselte ihn, gab ihm einen Knebel in den Mund und hielt ihm so lange die Nase zu, bis er tot war.« Er schlug sich mit der Handfläche gegen die

Stirn. »Oh, ich wußte doch, da war noch etwas, das ich erwähnen sollte.«

»Was?«

»Ein Traum, den ich in der vergangenen Nacht hatte. ›Ein feiner, aufrechter Junge‹. ›Er würde sich nie so hingesetzt haben‹. Himmel, daraus konnte man ja nur auf einen Mord schließen.«

Bobbick erwiderte verwirrt: »Ich bin nicht sicher, daß ich Ihnen folgen kann, Chef . . .«

»Zunächst die Klebepflaster-Fesseln. Sie zeigten Kratzspuren. Wir wußten also, daß er um sein Leben kämpfte. Wäre er dann so gestorben, wie wir ihn fanden? Sich mit dem Rücken bequem an einen Automaten lehnend?«

»Wie bitte?«

»Er saß! Er saß, verdammt noch mal! Ein Mensch im Todeskampf, der sich gegen sein Schicksal wehrt, versucht, seine Fesseln durchzuscheuern, würde danach auf dem Rücken liegen, auf der Seite oder auf dem Bauch – aber aufrecht sitzend, den Rücken an eine Wand gelehnt? Höchst unwahrscheinlich!«

Bobbick holte geräuschvoll Luft: »Ich verstehe jetzt, was Sie meinen.«

»Ich muß das alles noch einmal gründlich durchdenken«, murmelte Griffin. »Was gibt es noch zu berichten?«

»Gute Nachrichten, schlechte Nachrichten und noch schlimmere Nachrichten. Zunächst haben wir die Alibis der Arbeiter im Spielbereich A in der Mordnacht nachgeprüft, und von diesen Leuten kommt keiner in Frage. Das gleiche gilt für Maibang. Außerdem haben sie sich alle dem Test des Stimmendetektors unterworfen und ihn glänzend bestanden. Aber . . .«

»Alan Leigh?«

»Er ist ebenfalls sauber. Ich dachte, Sie hätten ihn bereits entlastet, Chef?«

»Später kamen mir wieder Bedenken. Doch wenn er den Test mit dem Stimmen-Analysator bestanden hat, ist er okay. Was noch?«

»Orville Bowan – Bowan, der Schwarze, wie er sich nennt –, verweigert den Test mit dem Lügendetektor. Als ich ihm sagte, damit gefährdete er das Spiel, lachte er nur und meinte, das geschähe Henderson recht.«

»Ja. Mich wundert sein Verhalten nicht. Aber Sie können ihn vergessen. Er ist sauber.«

»Großartig!«

»Das gilt auch für Dark Star und S. J. Waters.«

»Mir scheint, Sie machen Fortschritte, Chef. Wer bleibt noch übrig?«

Griffin zählte in Gedanken an seinen Fingern ab: »Ollie Norliss und seine Partnerin Gwen. Nicht unbedingt Hauptverdächtige, aber auch nicht entlastet. Ja, und Tony McWhirter und dessen Partnerin Acacia Garcia.« Es widerstrebte ihm, so etwas zu sagen, aber es entsprach der Wahrheit. Warum drängte sie sich ständig Griffin auf, wenn man das nicht unter dem Aspekt männlicher Eitelkeit betrachtete? »Und Mary-Martha.«

»Mary-Martha Corbett?«

»Richtig. Ich kann sie nicht von jedem Verdacht freisprechen. Sie kennt den Spielbereich A aus früheren Inszenierungen, und es entspricht ihrem Naturell, gefährliche Aufträge zu übernehmen. Ein bißchen Industriespionage nebenbei könnte sie durchaus reizen. Und das wär's aber auch schon.«

»Okay. Noch etwas«, erwiderte Bobbick. »Millicent hat ein wenig in der Vergangenheit des Toten herumgeschnüffelt. Sie interessierte sich besonders für seine Studienzeit auf dem College. Und da fand sie eine Studentenzeitung mit einer Namensliste seiner Kommilitonen. Sehr aufschlußreich.«

»In welcher Beziehung?«

»Das Gesicht der Statue. Wir entdeckten es. Es gehörte einer Kommilitonin, Miss Sonja Prentice, die mit ihm das College besuchte. Zwei Monate vor Rices Abgang vom College beging sie Selbstmord. Was hatte dann ihre Statue in Rices Apartment zu suchen?«

Alex dachte kurz nach. Er sah da keinen sensationellen Zusammenhang . . . »Keine Meinung dazu. Ich wünschte mir, wir könnten Rice dazu befragen.«

Als Griffin zum Lagerplatz zurückkehrte, war das Abendessen inzwischen eingetroffen: Kibugonai hatte eisgekühltes Bier in einem Sack mitgebracht, und Maibang stellte eine große Kiste neben dem Lagerfeuer auf. Als sie den Kistendeckel aufsprengten, spendeten alle Spieler Applaus.

In der Kiste lagen heiße Knoblauchbrötchen und sechs Pizzas, die nach verschiedenen Rezepten belegt waren.

Owen Braddon leckte sich die Lippen: »Eines kann man Lopez bestimmt nicht nachsagen! Mag er einen noch so piesakken – aber verhungern läßt er uns nicht!«

Die Spieler formierten sich zu einer Schlange mit Eßgeschirren, kabbelten sich ein bißchen um die Plätze und formierten sich neu.

»Ich hoffe, es ist auch eine mit Anchovis belegte Pizza dabei!« meinte der Meister der Mythen aufgeräumt, »oder ich werde mich beim Syndikat beschweren!« Er war überraschend guter Laune in Anbetracht der Niederlage, die ihm Lopez heute bereitet hatte. War er so sicher, daß er morgen den Spieß umdrehen würde? Oder war er nur ein guter Politiker?

Griffin stellte sich hinten in der Schlange an. Er war noch erschüttert von Bobbicks Nachrichten. Das Lächeln, das er zeigte, war Dutzendware von der Stange. Es würde nicht lange vorhalten, wenn Acacia ihm mit Fragen zusetzte. Die Dame besaß einen ausgeprägten Spürsinn für das Psychische.

Alex nahm sich ein großes Stück Pizza und zwei Flaschen Bier. Acacia setzte sich zu ihm auf seinen Schlafsack und balancierte ihren Teller auf den Knien. Sie kaute geräuschvoll. Schlechte Manieren bei Tisch schienen sie nicht zu stören. Alex sprach, ein Stück Pizza zwischen den Zähnen: »Ich glaube, was mir am meisten bei diesem verrückten Spiel gefällt, sind die Mahlzeiten.« Das kalte Bier schmeckte unglaublich gut, und selten hatte er mit so einem guten Appetit gegessen. Acacia murmelte etwas, das man als Zustimmung auffassen konnte und was Griffin als Antwort genügte. Er beobachtete Margie und S. J., die für das Lagerfeuer verantwortlich waren und ein paar trockene Scheite nachwarfen. Die Wärme tat ihm gut. Er war glücklich. Er war es gewesen, der den blinden Fleck entdeckt hatte.

Gewiß, man konnte aus den Gesprächen am Lagerfeuer die Erschöpfung und die Gereiztheit strapazierter Nerven heraushören, doch die gute Laune und die Dankbarkeit, sich entspannen zu können, überwogen. Lady Janet machte sich ein Vergnügen daraus, die Knoblauchbrötchen herumzureichen. Alex überlegte, ob die Lady damit nicht eine andere Absicht verbinden wollte, nämlich sich einen Mann auszugucken, nachdem Leigh ins Reich der Toten eingekehrt war. Sie knickste vor ihm, und das Lächeln, das sie zeigte, war für seinen Geschmack ein bißchen zu besitzergreifend. »Heiße Brötchen, Mylord«, sagte sie mit süßer, verführerischer Stimme, »delikater als der Kuß einer Jungfrau.«

»So ein verführerischer Service – so etwas gefällt mir«, konnte Alex sich nicht verkneifen zu erwidern, weil Acacia ein Stück näher an ihn herangerückt war, als Janet ihm Avancen machte. »Ich nehme das Brot dankend an und reserviere mir den Kuß für später . . .« Doch Janet hatte inzwischen Acacia bedient und ging zum nächsten Rastplatz.

Wüstensterne glitzerten hell und scharfkonturiert auf der schwarzen Himmelskuppe des Spielbereichs A. Es herrschte Windstille. Mit vollem Bauch konnte er sich noch weniger der allgemeinen Stimmung der satten, fast berauschenden Behaglichkeit erwehren.

Acacia stieß ihn mit dem Ellenbogen an: »Ich weiß nicht, woher es kommt – aber du bist heute viel lockerer und empfangsbereiter als gestern.«

Alex erwiderte patzig: »Würdest du vielleicht eine Weile lang aufhören, mich ständig zu analysieren? Ich komme mir vor wie ein Käfer im Biologieunterricht. Wo hast du denn deine Seziernadel?«

»Ich habe scharfe Zähne, wenn dir damit gedient ist.«

Ein plötzlich aufflammender Zorn, der genauso rasch verschwand, wie er entstanden war. Alex kaute auf der Innenseite seiner Backen, um ein Lächeln zu verhindern. »Junge Dame, Sie sind das, was man eine Kokotte nennt. Hat Ihnen das bisher noch kein Mann gesagt?«

»Und hat dir schon mal eine Frau erzählt, was für schöne grüne Augen du hast? Ich meine, im übertragenen Sinn des

Wortes als Charakterbezeichnung. Sie sind so giftig grün wie die Paprikaschoten auf meiner Pizza.«

Alex unterdrückte einen Lachreiz und versuchte, von ihr wegzurücken. »Wow! Was dir heute abend alles durch den Kopf geht!«

Sie strich mit dem Zeigefinger an seinem Arm entlang und erwiderte mit todernstem Gesicht: »Du meinst, was ich jetzt denke oder was ich mir für später erhoffe . . .?«

Alex fiel auf seinen Schlafsack zurück und kicherte: »Das sind irgendwelche komischen Hormone, die der Körper im Zustand der Erschöpfung freisetzt. Was es auch ist – es gefällt mir!«

Die Spieler aßen wie ausgehungerte Wölfe. Viele waren mit ihren Mahlzeiten schon fertig. Holly und Gwen sangen auf der anderen Seite des Lagerfeuers ein Lied im Wechselgesang.

Da kein Luftzug sich regte, brannte das Feuer nur langsam nieder. Alex zog die Stiefel aus und schob die Füße näher an das Feuer heran. Er sah sich auf dem Lagerplatz um. Da hatten sich schon einige Paare aus dem Lichtkreis des Feuers zurückgezogen: Henderson, Gina, McWhirter, Eames und Lady Janet. Aha. Die Party wurde offenbar paarweise gefeiert.

Holly zog Gwen mit sich zum Lagerfeuer und kündete mit lautem Husten eine kurze Ansprache an: »He, hört mal her, Leute! Wer von euch wußte, daß wir einen Star in unserer Mitte haben?« Ein paar bierselige Stimmen riefen: »Bravo.« »Die junge Dame besitzt ein paar Nashville-Alben, und ich möchte, daß sie uns daraus vorsingt.« Mary-em klatschte am lautesten Beifall.

Gwen blickte entsetzt um sich: »Oh . . . ich hab doch nur bei ein paar Aufnahmen im Chor mitgesungen. Ollie?« Sie schluckte und warf Ollie einen flehenden Blick zu, damit er sie wegholen sollte vom Feuer.

Doch Ollie tat ihr nicht diesen Gefallen. Er winkte ihr aufmunternd zu: »Sei kein Spielverderber, Gwen! Es lohnt sich, Leute! Sie hat wirklich eine gute Stimme!«

Aber Alex las etwas in Gwens Augen, das ihm gar nicht gefallen wollte – nackte Angst, die ihn zutiefst erschütterte. Am liebsten wäre er aufgestanden und hätte seinen Mitspielern die Meinung gesagt! Sie sollten sie in Ruhe lassen, zum Teufel.

Doch er beherrschte sich. *Keine Wellen schlagen, Griffin! Mehr Zurückhaltung, wenn ich bitten darf!* Er verwünschte seinen Job und hätte jetzt ein anderer sein mögen.

Mary-em sprang von ihrem Schlafsack auf und grinste von einem Ohr zum anderen. »Oh, Honey, Holly und ich werden dir beim Singen helfen. Kennst du das *Klagelied eines Schwertkämpfers?«* Beifall begleitete ihren Vorschlag, und Mary-em hängte sich bei Gwen und Holly ein, ehe sie mit ihrem rauhen Baß das Lied anstimmte, dem sich Gwens klarer Sopran widerwillig anschloß:

»Ich hatte mal ein Schwert, oder es hatte mich.
Ich fand es ganz zufällig, oder es fand mich.
Ein gutes Schwert, aber ganz fürchterlich eigensüchtig,
Nicht mal eifersüchtig, als ich mir ein anderes Schwert zulegte . . .«

Gwens Stimme ging in ein Schluchzen über, doch die Spieler schienen das nicht zu bemerken.

»Ziellos durchstreifte ich die Berge und das Land bis zum Meer,
Doch so ein gutes Schwert, wie ich einst hatte, fand ich nicht mehr . . .«

Da riß sich Gwen plötzlich von den anderen beiden Frauen los und rannte, ihr Gesicht in den Händen vergrabend, aus dem Lichtkreis des Feuers. Ollie starrte sie mit offenem Mund an, sprang auf und folgte ihr in den Wald.

Holly und Mary-em waren sichtlich schockiert. Mary-em schob Holly Frost von sich weg und sagte vorwurfsvoll: »Vielleicht war das doch keine so gute Idee, Holly!«

Doch Frost lachte nur: »Nun fang bloß nicht an zu stänkern, Mary! Konnte ich wissen, daß die Kleine noch so schüchtern ist?«

»Ich stänkere gar nicht!« erwiderte Mary-em. »Ich sag dir nur meine Meinung! Sie wollte vor so vielen Leuten nicht singen, und du hast sie dazu gezwungen!«

Holly wich einen Schritt vor Mary-em zurück und musterte

die stämmige Schwertkämpferin mit einem erstaunten Blick: »Ich hätte nie geglaubt, daß du so ein zartbesaitetes Wesen bist, Mary-em! Oder gibt es noch andere Gründe, weshalb du die Kleine verteidigst?«

Die beiden starrten sich nun einen Moment feindselig an, bis Holly sich umdrehte und den Lichtkreis des Lagerfeuers verließ.

Seltsamerweise hatten die anderen Spieler diesen Vorfall gar nicht bemerkt. Einige von ihnen hatten sich zu einer neuen Gesangsgruppe zusammengeschlossen und ein anderes Lied angestimmt. Einige hatte es zu Owen und Margie hingezogen, die Anekdoten aus ihrem reich bewegten Schauspielerleben erzählten: ». . . Damals ging es viel wilder zu als heute, und die Regeln waren lange nicht so streng. Da konnte es passieren, daß man eine Tür öffnete, und man war in einer ganz anderen Zeit oder an einem ganz anderen Ort. Eines Nachmittags zum Beispiel durchsuchten wir das unterirdische Höhlensystem von Khronal, und als wir eine Tür öffneten, befanden wir uns plötzlich hinter den Kulissen des Theatersaales, in dem unser Stück aufgeführt wurde. Einer meiner Mitspieler erschoß den Spielmeister mit einem Armbrust-Bolzen, und im gleichen Moment brach das ganze Höhlensystem zusammen und verschwand von der Bildfläche!«

Die letzten Bierflaschen wurden geleert, und von den Pizzas war nicht ein Krümel mehr übrig. Die Schauspieler zogen sich paarweise in den Wald zurück, wo sie ungestört waren. Nur Mary-em schien zum erstenmal, seit Griffin sie kannte, vollkommen entnervt zu sein.

Eames kam taumelnd aus dem Wald, eine Bierflasche in der Hand, ein blödes Lächeln auf dem Gesicht. Er betrachtete Mary-em mit einem stieren, lüsternen Blick. Mary-em kreuzte die Arme vor der Brust und schob die Hände unter die Achselhöhlen. »Warum starrst du mich so an, Eames?«

Er lachte, und dann sagte er in einem gönnerhaften, herablassenden Ton, als habe er ein Kind oder einen Idioten vor sich: »Was ist los mit dir? Bist du schlecht aufgelegt heute abend?«

Die Stimmen am Lagerfeuer verstummten. Griffin spürte das Prickeln einer heraufziehenden Gefahr. *Sind wir alle verrückt geworden?* Er wollte die beiden warnen, doch da spürte er Acacias Hand im Genick, die ihn sanft streichelte. Das tat gut, wirkte unglaublich besänftigend, und plötzlich konnte er nur noch zusehen.

Laß es geschehen, dachte er. *Es lohnt sich nicht. Eames ist ein Arschloch . . .* Er schüttelte den Kopf wie ein Betrunkener, der dreimal k. o. gegangen war. *Was, zum Teufel, haben sie unter das Bier gemischt?*

»Weißt du, Mary-em«, sagte Eames, »ich kann dich nicht ausstehen. Du bist die reizloseste und lächerlichste Person, die mir in meinem Leben begegnet ist, und ich wünschte . . .«

Mary-ems Faust schoß nach vorne wie der Kolben einer überhitzten Dampfmaschine und traf Eames unter der Gürtellinie in den Magen. Er klappte nach vorn, nach Luft ringend, und holte zu einem wilden Schwinger aus. Mary-em tauchte unter der Faust weg, streckte sich wieder, packte Eames bei den Haaren und schmetterte ihm, sich vom Boden hochschnellend, beide Knie ins Gesicht.

Eames taumelte, rückwärts gehend, auf das Feuer zu. Das Blut lief ihm über das Gesicht. Er spürte die Hitze an den Beinen und versuchte mit einem unbeholfenen Sprung der Gefahr auszuweichen. Dann schien die Verbindung zwischen Gehirn und Körper bei ihm abzureißen. Mit einer spiralförmigen Drehung fiel er auf die Knie und dann auf sein blutiges Gesicht.

Mary-em starrte ihn an, und die Tränen liefen ihr über die Wangen. Sie wischte sie unbeholfen mit dem Handrücken ab, ging schwankend auf ihren Schlafsack zu und rollte sich dort laut schluchzend wie ein Igel zusammen.

Nun verstummten sie alle, peinlich berührt von diesem Zwischenfall, starrten auf die beiden Gestalten neben dem Feuer, ehe sie sich wieder mit ihren eigenen Angelegenheiten befaßten. Griffin fühlte sich aufgefordert, aufzustehen und irgend etwas zu unternehmen, doch wieder war es Acacia, die ihn davon abhielt.

»Keine Sorge«, sagte sie leise, ihr Mund so nahe an seinem Ohr, daß er ihren heißen Atem spürte. »Morgen früh sind sie wieder die besten Freunde.«

Alex wollte widersprechen, seinen Unwillen äußern, seine Entrüstung – irgend etwas, das der Situation angemessener war als das Verlangen, das sich nun in ihm regte. »Okay. Was steht jetzt auf dem Terminplan? Noch mehr Lieder?«

Sie nahm sein Gesicht in ihre Hände und bewegte sacht den Mund über seine Lippen. *»Se algunos juegos para mayores, hombre«*, flüsterte sie.

Griffin beherrschte nur ein paar Brocken Spanisch, doch die Botschaft in ihren Augen war unmißverständlich. Nur mit Mühe fand er seine Stimme wieder und sagte heiser: »Sollen wir Pfadfinder spielen, wir beiden?«

Ihr Lächeln war heiß wie eine Flamme. Sie stand auf, bückte sich und rollte fast verschämt ihren Schlafsack zusammen. Sie blickte zu ihm hoch und sagte mit halb geschlossenen Lidern: »Ich glaube, das sollten wir mitnehmen.«

Er fühlte sich schwindelig, berauscht, merkwürdig unsicher in seinem ganzen Verhalten und Tun. Er nickte und klemmte sich seinen Schlafsack ebenfalls unter den Arm. Dann gingen sie nebeneinander in die Dunkelheit hinein, bis sie das Lagerfeuer nicht mehr sehen und die Stimmen ihrer Kollegen nicht mehr hören konnten.

Acacia küßte ihn sacht, fast scheu: »Hier?«

Er breitete wortlos seinen Schlafsack auf dem Boden aus. Sie schoben die beiden Matratzen zusammen, setzten sich darauf und sahen sich stumm in die Augen. »Ich hätte nicht gedacht . . . wirklich nicht gedacht, daß es so weit kommen würde, Gary«, sagte Acacia leise, als könne sie sich selbst nicht mehr begreifen.

Er streckte die Hand aus, und sie wich einen Zoll vor ihm zurück. Er wußte nicht, was er darauf antworten sollte, und überwand sich dazu, mit belegter Stimme zu sagen: »Es muß nicht sein, wenn du es nicht willst.« Meinte er auch, was er sagte? Schwerlich . . .

»Wir wissen es beide besser.« Sie wollte noch etwas sagen, doch er beugte sich vor und verschloß ihr den Mund mit seinen Lippen. Der Kuß schien eine Ewigkeit zu dauern, und die Reste seines klaren Verstandes lösten sich nun vollends auf. Sein Blut schien zu kochen. Sie hielt ihn mit ihren Armen umschlungen, und er konnte ihre Erregung spüren.

»Hilf mir, Gary. Ich verstehe es nicht. Wirklich nicht. Ich begehre dich und weiß trotzdem nicht, was in mir vorgeht.« Es war keine Kraft mehr in ihrer Stimme. Sie hörte sich an wie ein kleines Mädchen . . . doch ihre Haut war geschmeidig wie heißes Wachs, und er konnte seine Hände nicht mehr von ihrem Körper lösen. Während er ihr half, sich zu entkleiden, sah sie ihn mit staunenden, brennenden Augen an. Und dann klammerte sie sich an ihn, grub die Finger in die Muskeln seiner Schultern. Als er schließlich die Decke seines Schlafsacks über sie breitete und sie in seine Arme nahm, schloß sie die Augen und stöhnte: »Bitte, bitte, Gary . . .«

Gary. Nicht *Alex.* Er hielt verunsichert inne, starrte in ihre Augen, die nun voller Angst waren. Er spürte, wie ein Feuersturm seinen Körper und seinen Geist erfaßte, und hatte doch noch die Kraft dazu, sich von ihr zu lösen. *Irgend etwas ist hier verkehrt. Sie ist nicht . . . nicht so verrückt wie die anderen . . . Lopez würde doch niemals Drogen unter das Essen mischen . . . trotzdem . . .*

Doch dann wölbte sie sich vor und preßte sich an seinen Körper, und während sie sich im gleichten Takt bewegten, waren alle Fragen hinfällig geworden. Die gleiche Angst und das gleiche Staunen, das ihn erfüllte, fand er in ihren Augen wieder, aber da war noch etwas, das sie auf eine immer höhere Welle hinauftrug, bis es ihm fast schwarz vor Augen wurde. Und dann, einen Augenblick lang, eine zeitlose Sekunde der Ewigkeit, waren sie nicht mehr zwei menschliche suchende, strebende Wesen, sondern nur noch ein Körper mit vier Beinen und Armen, der seinem eigenen Rhythmus folgte.

Als dieser zeitlose Moment vorüber war und sie weinend ihr Gesicht an seiner Brust barg, während er sanft ihr Haar streichelte und, an seinem Verstand zweifelnd, hinausstarrte in die Dunkelheit, die sie umgab, sagte er immer wieder leise zu sich: *So kann es einen nicht packen. Ganz unmöglich!* Doch die neue Welle, die ihn nun erfaßte, strafte ihn Lügen. Als sie nun, von dieser unwiderstehlichen Kraft überwältigt, wieder zueinander strebten wie Urgewalten des Kosmos, ließen sie einander nicht los bis zum frühen Morgen.

Kapitel Dreiundzwanzig

Schwarzes Feuer

Vogelgezwitscher. Originale oder Tonbandaufzeichnungen? Alex hatte Mühe, die Augen zu öffnen. Sie waren wie zugeklebt. Und dann blickte er staunend auf das Gesicht der Frau, die in seinen Armen schlief. Ihr Atem ging langsam und regelmäßig, und ein kleines Lächeln spielte um ihre Lippen. War es Glück oder nur Selbstgefälligkeit? Erinnerungen an die vergangene Nacht überfielen ihn, zogen als bewegte pralle Bilder vor seinem inneren Auge vorbei.

Mein Gott, dachte er ungläubig, *was für ein unglaubliches, umwerfendes Erlebnis!* Er betrachtete liebevoll ihr Gesicht, stillhaltend, damit sie nicht aufwachte. Dann stürmten noch andere Erinnerungen auf ihn ein.

Eames' Bosheit, Gwens Angst, Mary-ems Tränen. Das fügte sich zusammen wie Mosaiksteine.

Der geruchlose Wirkstoff.

Warum ist mir das nicht sofort klargeworden? Weil mein Verstand ebenfalls unter dem Einfluß dieser Droge stand. Und der Wirkstoff setzt Emotionen frei, die schon latent vorhanden sind . . . oh, mein Gott!

Nun rüttelte er Acacia doch an der Schulter, bis sie sich bewegte und sich, kleine Babygeräusche ausstoßend, noch enger an ihn schmiegte und schließlich lächelnd die Augen öffnete. Darauf konnte man nur mit einem Lächeln antworten.

»Guten Morgen, mein Hübscher«, sagte sie gähnend. Und sich fester an ihn pressend, setzte sie hinzu: »Du weißt tatsächlich, wie man eine Lady behandeln muß.«

»Ich wünschte, wir hätten Zeit für ein Encore.«

»Nun?«

»Mein Gedächtnis erlaubt es nicht. Mir sind ein paar Dinge eingefallen, die uns zwingen, sofort ins Lager zurückzukehren. Vielleicht erleben wir dort eine Katastrophe.«

Er wand sich aus dem Schlafsack und streckte sich. Der kühle Morgenwind pustete die letzten Spinnweben aus seinem

Gehirn. Acacia, den Schlafsack bis zum Kinn hinaufgezogen, sah zu, wie er sich die Hose überstreifte. »Bist du sicher, daß wir schon ins Lager zurückmüssen?« fragte sie mit verschlafener Stimme.

Alex nickte und nahm ihr seinen Schlafsack weg. Acacia erschauerte in der Kälte und begann sich ebenfalls anzuziehen. Sie sagte etwas zu ihm, aber er hörte nicht zu. *Warum? Warum würde ein Dieb eine so kostbare Probe für so einen dummen und gemeinen Scherz vergeuden?*

Erst als sie ihm wieder die Arme um den Hals legte, hörte er wieder zu: »Du bist schon ein eigenartiger Mensch; aber ich mag dich trotzdem.« Sie rollte ihren Schlafsack zusammen und klemmte ihn unter den Arm.

Sie mußte rennen, um mit ihm Schritt halten zu können, und in einem Teil seines Bewußtseins regte sich das Bedauern, daß er ihr nicht noch mehr geben konnte. Aber er durfte jetzt nicht auf Gefühle Rücksicht nehmen, sondern mußte sich mit einem wichtigeren Problem befassen: der Dieb wußte, wer er war. Er hatte einen Teil des gestohlenen Wirkstoffes dazu verwendet, Griffin außer Gefecht zu setzen, damit er . . . damit er was? Was hatte der Dieb in dieser Nacht unternommen?

Der Lagerplatz war ein Chaos. Die Spieler lagen wie umgeworfene Kegel kreuz und quer auf dem Boden. S. J. hatte sich übergeben, und die erbrochene Pizza klebte an seinen Kleidern. Mary-em lag unter einem knorrigen alten Baum, weit weg von ihrem Schlafsack, auf ihrem Gesicht noch die Spuren ihres heulenden Elends der gestrigen Nacht. Owen und Margie lagen neben dem niedergebrannten Feuer, ihre Blöße nur zur Hälfte bedeckt, die Kleider wahllos um den Schlafsack verstreut. Mit Adrenalin gesättigtes Blut pochte in Alex' Schläfen. Das waren längst nicht alle. Wo waren die anderen hingekommen?

Eames? Alex entdeckte den Schwertkämpfer engumschlungen mit der geretteten Jungfrau. Die beiden konnte er abhaken.

Chester? Er schlief im Sitzen, das Gesicht zwischen den Knien. Tony lag laut schnarchend zu Füßen des Meisters. Sein Gesicht war mit blutigen Schrammen bedeckt, und der Reißverschluß seines Schlafsacks schnürte ihm fast die Kehle zu.

S. J. Waters: er schlief wie ein Baby. Gina: abwesend. Wieso? Gina und Chester waren doch unzertrennlich? Maibang und Kibugonai: ebenfalls abwesend, vielleicht unterwegs, um das Frühstück zu besorgen. Wie wirkte sich der Wirkstoff auf einen Schauspieler aus? Welche Hemmschwellen wurden dadurch beseitigt?

Gwen? Ollie? »Cas, siehst du Ollie oder Gwen irgendwo? Oder Maibang?«

»Maibang verließ gestern nach Spielende den Lagerplatz. Gwen und Ollie schlagen sich in der Regel in die Büsche . . .« Doch inzwischen hatte Griffins Sorge sie angesteckt: »Ich werde sie suchen.«

»Gut. Sammle jeden auf, den du finden kannst.«

Acacia schob sich in das Unterholz, das aus brasilianischen Dschungelpflanzen bestand, und rief laut nach Ollie und Gwen.

Chester wurde davon wach. Sein Kopf ruckte hoch, und er blickte um sich, sich mit dem Handrücken den Schlaf aus den Augen reibend. Er erkannte sofort, daß hier etwas nicht stimmen konnte, und sah Alex stirnrunzelnd an. »Okay, Tegner«, sagte er, sich schwerfällig vom Boden erhebend, »haben Sie eine Ahnung, was hier passiert ist?«

»Ich weiß nur, daß wir gestern abend alle durchdrehten, und ich glaube nicht, daß das Bier daran schuld war.«

Henderson taumelte immer noch wie ein Betrunkener. Er hüpfte ein paarmal auf und ab, um seine Blutzirkulation in Gang zu setzen, und betrachtete den Lagerplatz: »Was für ein Durcheinander! Ob Lopez uns mit den Pizzas gedopt hat?« Er schüttelte den Kopf. »Nein, so verrückt kann er gar nicht sein!«

Er ging zu Mary-em und rüttelte sie an der Schulter. Griffin weckte Eames und betrachtete sich dessen Gesicht. Er hatte nur eine geplatzte Oberlippe, keine ernsthaften Verletzungen. Aber das Aufstehen fiel ihm schwer, und während er sich aufrichtete, zuckte er ein paarmal zusammen. Dann ging er wie ein alter Mann zu dem Baum, unter dem Mary-em saß. Er kauerte sich neben ihr nieder, und sie redeten leise miteinander.

Inzwischen waren auch die anderen Spieler aufgewacht und suchten ihre Sachen zusammen. Der Wirkstoff hatte keine schädlichen Nachwirkungen . . . jedenfalls nicht, was die körperliche Verfassung betraf. Gina tauchte jetzt aus dem Wald auf, und Griffin spitzte die Ohren, als Chester ihr entgegenging. Er strich ihr über die Haare, und sie lehnte sich an seine Brust. »Ist alles in Ordnung mit dir, Gina?« Sie nickte wortlos.

»Ich weiß nicht – bei mir ist der Film gerissen. Ich weiß nur noch, daß du mit S. J. Denksportaufgaben gelöst hast, und dann bin ich in den Wald gelaufen.« Sie merkte, daß ihn diese Antwort nicht zufriedenstellte. »Ehrlich, Ches. Ich habe mit niemandem gepennt. Ich wollte nur allein sein.«

Chester nickte steif und ging dann zu S. J.s Schlafplatz, um den Jungen zu wecken.

Ollie und Gwen kamen mit Acacia aus den Büschen. Alle drei schienen bedrückter Stimmung zu sein. Acacia trat zu Alex und flüsterte ihm ins Ohr: »Du hast recht. Irgendeine Droge. Konnte sie in der Pizza gewesen sein?«

»Das bezweifle ich.«

»Oder im Brot«, sagte Acacia und blickte mißtrauisch zu der befreiten Jungfrau hinüber. Doch Janet war genauso verwirrt und fassungslos wie die anderen: *Ist es möglich, daß ich das gewesen bin?* Acacia zuckte mit den Achseln. »Schade, daß die Kameras nicht die ganze Nacht eingeschaltet waren. Ausnahmsweise.«

»Ich bin ganz deiner Meinung«, sagte Alex. *Dann hätten wir den Kerl schon, und ich hätte mir diese Reise ersparen können . . .* Wollte er das wirklich? *Es hätte Rice das Leben retten können,* dachte er, der Wahrheit ausweichend.

Auch die Braddons waren inzwischen munter geworden. Owen riß entsetzt die Augen auf und verschwand in seinem Schlafsack wie eine Schnecke in ihrem Gehäuse. Von dort aus gab er offenbar Margie Notsignale, denn sie blinzelte, blickte in den Schlafsack und dann mit rollenden Augen um sich, während sie versuchte, sich ebenfalls in den Schlafsack zurückzuziehen. Gina hatte Mitleid mit den beiden, bedeckte deren Blöße mit dem eigenen Schlafsack und suchte die Kleider des Ehepaars zusammen, die sie dann unter ihren Schlafsack schob.

Chester Hendersons Stimme hallte über den Platz: »Leute!

Ich weiß nicht, was gestern nacht hier wirklich passiert ist, aber ich bin überzeugt, daß sich hier einer einen bösen Scherz mit uns erlaubt hat.« Als niemand auf seine indirekte Frage reagierte, fuhr er fort: »Aber das Spiel darf darunter nicht leiden. Packt eure Sachen zusammen! In zwanzig Minuten sind wir auf Sendung, und bis dahin sind wir alle bereit zum Abmarsch!« Seine Augen blickten von einem zum anderen. »Mit oder ohne Frühstück«, setzte er grimmig hinzu, und dann sah er Maibang und Kibugonai mit dem Roboter-Karren auf die Lichtung kommen. Seine Miene hellte sich sichtlich auf.

Sie marschierten wieder hügelan, Chester folgend, der sich von einer kleinen, in einem Kristall eingeschlossenen Spinne den Weg zeigen ließ. Margie redete ununterbrochen, als wären unausgesprochene Worte eine zu große Last für sie: »Das ist mir noch nie passiert. Nicht einmal in meinen besten Jahren! Wir . . . schienen zu vergessen, daß wir nicht allein waren. Zuerst redeten wir nur miteinander . . . unterhielten uns über die gute alte Zeit . . . unsere Hobbys, und unsere Starrollen in früheren Aufführungen, und was wir eben alles so erlebt hatten . . . es ist erstaunlich, wieviel man sich im Grunde noch zu sagen hat, nicht wahr, mein Lieber?« Sie blickte ihren Mann an, der ihr lächelnd zustimmte. Owen Braddon ging aufrecht wie ein König, obwohl er jedesmal errötete, wenn ihn jemand anblickte.

»Und dann zogen wir uns gegenseitig aus. Wir fanden nichts dabei, im Gegenteil«, fuhr Margie nachdenklich fort. »Und wir dachten, es schaut ja sowieso keiner zu . . .«

»Plötzlich hatte ich schreckliche Angst, unglaublich viel Angst, obwohl ich noch nie an Lampenfieber gelitten habe«, sagte Gwen Ryder. »Ich hörte Ollie hinter mir rufen, aber ich mußte mindestens eine halbe Stunde gerannt sein, ehe ich wieder stehenblieb, und dann . . .« Sie verstummte mitten im Satz.

»Ja, dann brauchte ich auch eine Selbstbestätigung«, fiel Ollie jetzt ein. »Ich habe noch nie so etwas Merkwürdiges erlebt. Was kann uns nur so verändert haben?«

»Ich kannte mich auch nicht wieder«, sagte Tony McWhirter.

Seine Kleider sahen ziemlich mitgenommen aus: das Hemd war von Dornen zerfetzt, die Hose bis zu den Knien hinauf mit Schlamm bespritzt. Offenbar litt er noch unter einem Schock: »Ich hatte plötzlich Angst vor Gespenstern und rannte, bis ich nicht mehr konnte.«

»Das nächstemal landen ein paar von uns in der Klapsmühle!« fauchte Acacia. Doch dann wurde sie nachdenklich, sah Alex mit einem scheuen Lächeln an und sagte kein Wort mehr.

Die Spitze der Kolonne war zum Stehen gekommen. Als die Nachhut aufrückte, sahen sie den Meister der Mythen vor einer Feldswand, zu dem Eingang einer Höhle hinaufstarrend. »Dort ist es«, sagte er. »Vorsicht, nicht so heftig auftreten! Verteilt euch und seid still! Dark Star, Fortunato, Griffin, Margie, Gwen – zu mir!«

Auf dem Bauch liegend, beobachteten die sechs den Eingang der Höhle. Chester hielt seinen Kristall vor das rechte Auge. »Das Insekt hat sich seit zehn Minuten nicht mehr bewegt. Vermutlich schläft das Biest. Wir müssen es riskieren, wollen aber unnötige Gefahren vermeiden. Gwen, siehst du den Felsvorsprung rechts neben der Höhle? Margie? Gut. Er scheint groß genug zu sein, um euch beide aufnehmen zu können. Okay. Star, Fortunato, Griffin – ihr drei dringt in die Höhle ein. Ihr stehlt, was ihr finden könnt; aber wir sind natürlich besonders interessiert an dem Zeug, mit dem das Biest unser Feuer auslöschte. Wird einer von euch verletzt oder braucht ihr einen Mechaniker . . .«

»Nicht nötig«, unterbrach ihn Dark Star.

»Okay; aber dann vergeßt nicht, daß ihr Diebe seid. Laßt euch ja nicht auf einen Kampf mit dem Monster ein.«

»Ziemlich unwahrscheinlich. Wenn Bowan nicht mit der Bestie fertig wurde . . .«

Chester nickte, obwohl er sich über diese Bemerkung zu ärgern schien. »Margie, du läßt dir von S. J. einen Busch ausgraben, der groß genug ist, um dein Versteck dort oben in der Felsrinne zu tarnen. Die Diebe werden Metallbehälter für die gestohlenen Sachen benötigen. Nehmt eure Eßgeschirre dafür.« Er blickte wieder auf den Kristall in seiner Hand und sagte: »Es hat sich immer noch nicht gerührt. Okay. Geht an die Arbeit!«

Margie und Gwen hatten bereits ihren Posten in der Felswand eingenommen, hervorragend getarnt durch ihren Busch, falls das Monster so dumm war, einen Strauch zu übersehen, der in einer Nacht anderthalb Meter hoch gewachsen war. Die Diebe klebten unmittelbar neben dem Höhleneingang am Fels.

Tony McWhirter, der neben Alex stand, wischte sich die Handflächen an seinen zerrissenen Hosenbeinen ab und meinte grinsend: »Nerven.«

In der Höhle schien es so dunkel zu sein wie in einer Kohlengrube. »Hat jemand einen Vorschlag, wie wir es packen können?« fragte Alex flüsternd.

Dark Star betrachtete schweigend den Zugang zur Höhle und klopfte ihm dann leicht auf die Schulter: »Mir, dem ranghöchsten Dieb, gebührt der Vortritt. Ihr wartet so lange.« Ohne die Zustimmung der anderen abzuwarten, kroch sie auf die Höhle zu und verschwand darin. Eine Ewigkeit später tauchte ihre Hand wieder im Freien auf und winkte.

Als nächster drang Griffin in die Höhle vor. Er spürte, daß sich Tony dicht hinter ihm bewegte. Er wartete einen Moment, bis sich seine Augen der Dunkelheit angepaßt hatten, und zugleich ortete er die Richtung, aus der die Geräusche kamen: langsame, tiefe Atemzüge.

Die Umrisse der Höhle zeichneten sich schattenhaft ab. Die Höhle war ein Kunstprodukt, kein Werk der Natur – die Steine schienen mit Werkzeugen oder Klauen bearbeitet worden zu sein. Als Dark Star kurz ihre Taschenlampe aufblitzen ließ, entdeckte Alex Kratzspuren an der Wand und Steine, die offenbar mit Gewalt aus dem Fels herausgebrochen waren.

»Das Biest muß hier seine Krallen gewetzt haben«, flüsterte Alex, und verstummte dann erschrocken, als das Echo von den Wänden widerhallte. McWhirter stieß gegen seinen Rücken und murmelte eine Entschuldigung.

Sie entdeckten nun auch einen Lichtschein in der Höhle, ein indirektes Licht, dessen Quelle hinter einem Vorsprung oder in einem Seitengang versteckt war. Zunächst glaubte Alex, es wäre ein Reflex von Dark Stars Taschenlampe, ein so winziges, unscheinbares Licht war das.

Dark Star hatte die Taschenlampe längst wieder ausgeschaltet und bewegte sich tastend in der Höhle vorwärts. Alex blieb ein paar Schritte hinter ihr und orientierte sich an ihrem Schatten. Der Boden war uneben, aber nicht tückisch, und er stolperte nur ein einziges Mal. Als sie sich der Biegung im Höhlengang näherten, quietschte etwas, und ein Schatten huschte an Griffins Ohr vorbei. Fledermäuse.

Die Atemzüge waren inzwischen viel lauter geworden. Die Lichtquelle mußte sich hinter der nächste Biegung befinden. Dark Star streckte die Hände aus und suchte Kontakt mit ihren beiden Kollegen. »Okay«, flüsterte sie. »Wir sind dicht vor dem Ziel. Wir dürfen keine Fehler machen. Ihr wißt ja, wie diese Bestie mit Bowan umgesprungen ist. Traut dem Monster nicht. Vielleicht stellt es sich nur schlafend.«

»Kann es uns sehen? Ich dachte, Diebe wären so gut wie unsichtbar«, flüstere McWhirter nervös.

»Fast unsichtbar, und das reicht nicht. Maibang hat sich nur vage über die Eigenschaften des Monsters geäußert. Vermutlich ist sein Gehör nicht übermäßig ausgeprägt, aber verlassen können wir uns nicht darauf.«

Griffin folgte Dark Star um die Biegung herum, hielt den Atem an und trat so behutsam wie möglich auf.

Das, was nun vor ihnen lag, mußte die Haupthöhle sein. An einer Seite war die Wand eingestürzt, und die Steinblöcke konnten ihnen im Notfall als Versteck dienen. In der Mitte der Höhle lag der Haiavaha und schlief, zusammengerollt wie ein Wolf, in einem Nest aus abgenagten weißen Knochen.

Ein Trog umgab ihn, eine kreisförmige Grube, die ungefähr einen guten halben Meter breit sein mochte und mindestens sechsundzwanzig Meter Durchmesser besaß. In dem Halbkreis, der dem Ausgang der Höhle zugewandt war, loderte eine Flamme – das einzige Licht in diesem Raum.

Da war noch etwas . . . Alex rieb sich ungläubig die Augen. Im anderen Halbkreis, der lodernden Flamme direkt gegenüber, leckten schwarze Schattenzungen in die Höhe.

Das sah wie ein zweites Feuer aus – ein Feuer, das keine Lichtquellen aussandte, sondern sie im Gegenteil verschluckte.

Alex kroch näher an die kreisförmige Grube heran, bis er sehen konnte, was darin lag. Zweige und Holzscheite füllten eine Hälfte des Ringes aus, und das Feuer fraß sich am Holz entlang und ließ auf seinem Weg durch den Ring glühende Holzkohle und Asche zurück. Die Asche bedeckte einen Halbkreis von hundertachtzig Grad, und dahinter . . . Natürlich. Auch das schwarze Feuer fraß sich durch den ringförmigen Graben und verwandelte die Asche wieder in Holzscheite, die der hellen Flamme als Nahrung dienten.

Tony lachte, und preßte sich dann rasch die Hand auf den Mund. Der Haiavaha bewegte sich unruhig im Schlaf, und Dark Star entblößte ihre Zähne und fauchte lautlos. Sie krochen auf dem Bauch an dem Graben entlang, auf die schwarze Flamme des hinteren Halbkreises zu. Alex legte den Mund an Dark Stars linkes Ohr und flüsterte: »Wieviel sollen wir von diesem Zeug mitnehmen?«

Sie gab keine Antwort, nahm stumm den Deckel von ihrem Eßgeschirr und wickelte den Griff in ihre Schärpe und bewegte es über der glimmenden Asche hin und her. Als sie sich davon überzeugt hatte, daß das keine drastischen Folgen haben würde, schaufelte sie mit dem Deckel des Kochgeschirres Asche aus dem Trog, über die schwarze Flämmchen zuckten, und füllte damit ihr Aluminiumgeschirr.

Alex füllte sein Geschirr nur mit Asche. *Du brauchst das Zeug zum Nachlegen, wenn das schwarze Feuer auszugehen droht,* dachte er bei sich und fuhr dann, mit einem inneren Kopfschütteln, fort: *Vermutlich bist du bereits in einem fortgeschrittenen Zustand des Wahnsinns. Bobbick und Millicent lachen sich halbtot, wenn sie ihren Chef beim Aschenklauen beobachten.* Tony schaufelte schwarzglühende Kohlenstücke in sein Eßgeschirr, während er ängstlich zum Höhlenausgang blickte. Zunächst wunderte sich Griffin, was es dort so Schreckliches geben mochte, bis er es selbst hörte: ein gedämpftes Geräusch wie explodierende geröstete Maiskörner. Hier gab es keine Popcornfabrik. Das mußte Gewehrfeuer sein.

Dark Star stieß Alex ungeduldig den Ellenbogen in die Rippen. Er folgte ihr, auf dem Bauch kriechend, zu den Felsblökken an der linken Seite der Höhle. Er wagte sich erst umzublikken, als er dort in Sicherheit war.

Der Haiavaha rührte sich. Er stieß ein Gebrüll aus, daß die Höhle wackelte und die Fledermäuse geschwaderweise von der Höhlendecke herunterkamen.

McWhirter brachte sich hinter den Blöcken in Sicherheit. Er starrte auf seine rechte Hand. Sie leuchtete hellrot. »Was, zum Teufel, soll das bedeuten?«

»Frostbeulen, du Idiot!« zischelte Dark Star ihm ins Ohr. »Hier.« Sie knotete sein Halstuch auf und wickelte es um sein Eßgeschirr. Das schwarze Feuer knisterte und saugte das Licht auf.

Der Haiavaha war inzwischen wach geworden und stellte sich auf seine Hinterbeine. Seine Schweinsäuglein suchten in der Höhle nach Eindringlingen. Griffins Hand tastete zum Messergriff, denn das Biest schaute direkt an ihm vorbei, als vor der Höhle wieder Schüsse krachten. Dann verließ es knurrend sein Knochennest.

Tony starrte auf den Rücken des Monsters, das sich zum Höhlenausgang entfernte. »Die werden uns dort draußen bitter nötig brauchen!« flüsterte er.

»Wir gehen nicht eher, bis wir unseren Auftrag ausgeführt haben«, erwiderte Dark Star und richtete sich vorsichtig hinter ihrem Felsblock auf. Da ihnen offenbar in der Höhle keine Gefahr mehr drohte, winkte sie den beiden anderen zu und beeilte sich, ihr Kochgeschirr bis zum Rande mit schwarzglühenden Kohlen zu füllen. Alex schöpfte noch einen Deckel voll Asche – er brauchte seine Hände nicht vor dem schwarzen Feuer zu schützen – und eilte dann zum Höhlenausgang. Er war der erste, der ins Freie gelangte.

Margie und Gwen erwarteten ihn am Höhlenausgang. Der Lärm vor der Höhle war ohrenbetäubend. Das Krachen der Schüsse mischte sich mit dem markerschütternden Gebrüll des Haiavaha. Gwen zappelte aufgeregt: »Feinde haben uns angegriffen. Sie sind mit Gewehren bewaffnet. Wie steht es mit euch? Ist einer verletzt?«

»Wir haben ein sogenanntes reziprokes Feuer entdeckt – das Anti-Feuer! Tony hat sich dabei die Hand erfroren.«

Tony und Dark Star tauchten in dem Höhleneingang auf. Gwen beschwor die himmlischen Mächte und ließ ihre weiße Aura über Tonys Hand spielen, bis sie wieder geheilt war. »Noch jemand verletzt?«

»Nein.«

Gwen drehte sich um und lief den Abhang hinunter. Eine Priesterin wurde hier nicht mehr gebraucht, und ihre Mitspieler waren in Bedrängnis. Dark Star legte die Hand auf Alex' Arm: »Gib mir dein Kochgeschirr«, sagte sie. »Du hast nur Asche eingefüllt? Gut überlegt, Griffin. Fortunato, überlasse Margie dein Kochgeschirr mit dem schwarzen Feuer. Ich brauche einen Mechaniker, der dafür sorgt, daß es nicht wieder ausgeht. Ihr beiden könnt den anderen im Kampf beistehen. Wir sehen uns später wieder, wenn ihr die Schlacht überlebt. Ich schlage die Stelle dort oben vor, wo der Wald sich lichtet. Was meinst du?«

»In Ordnung«, erwiderte Margie und kletterte mit Dark Star den Berg hinauf. Sie bewegten sich sehr vorsichtig, damit sie nichts von ihrer kostbaren Last verschütteten.

Griffin und Tony rutschten in der Felsrinne hinunter und konnten den Kampfplatz erst einsehen, als sie unten ankamen. Die Hälfte von Hendersons Truppe lag unter dem Kreuzfeuer der Foré, aber zwei von ihnen – es schien sich um Ollie und Acacia zu handeln – waren der Falle entronnen und bis auf zwei Schwertlängen an ihre Feinde herangekommen.

Auf der Lichtung lagen tote Foré verstreut, und zunächst begriff Alex den Zusammenhang nicht.

Da kam der Haiavaha ins Blickfeld, der einen schreienden Foré in der Hand hielt. Geifer, mit frischem Blut vermischt, tropfte ihm aus der Schnauze. Er sah sich brüllend um, als das Gewehrfeuer sich auf ihn richtete, und griff mit Klauen und Zähnen eine Gruppe des Bergstammes an. Mit entsetzlichen Folgen für die Foré. Sie verstreuten sich und verschwanden im Wald.

Erst als das Untier seinen Hunger gestillt hatte und sich in seine Höhle zurückzog, verließen die beiden Diebe vorsichtig ihr Versteck in der Felsrinne.

Chester rief seine Leute zusammen, und Alex fragte atemlos: »Himmel, was ist denn hier passiert?«

»Ein Hinterhalt. Ihr wart kaum in der Höhle, als zwei feindliche Abteilungen das Feuer auf uns eröffneten. Sie erwischten Eames, ehe wir überhaupt begriffen, was los ist.«

»Ist er tot?«

»Schwer verwundet, glaube ich. Gwen kümmert sich um ihn.« Und dann fragte Chester, weil die beiden Diebe mit leeren Händen zurückgekommen waren: »Und wie war es bei euch? Ein Fehlschlag?«

»Nein. Deine Vermutung war richtig. Wir fanden das Anti-Feuer. Dark Star und Margie haben es in Verwahrung genommen. Sie erwarten uns oben auf dem Berg. Ich bringe euch dorthin.«

»Ich hoffe, die Beute war den Einsatz wert. Unsere Feinde haben Janet und Maibang gekidnappt.« Er deutete mit dem Finger nach Norden. »Wenigstens wissen wir jetzt, wohin unsere Reise geht!«

In ungefähr drei Meilen Entfernung bemerkte Alex einen Vulkan. Er schien erloschen zu sein; aber seine kegelförmige Gestalt war deutlich zu erkennen. »Er ist nicht auf der Karte eingezeichnet, und wir hätten ihn nie entdeckt, wenn ich nicht die himmlischen Mächte beschworen hätte, ihn mir zu enthüllen. Dort verstecken sich also unsere Feinde. Gwen!«

Die blonde Priesterin hob den Kopf. Sie hatte sich über Eames gebeugt, und das strahlend weiße Licht ihrer Aura sprang auf den verwundeten Krieger über. Eames betrachtete bekümmert das rote Licht, das sich auf seinem Hemd ausbreitete und wo sich der »Einschuß« befand – der Fleck einer Gelee-Patrone. Gwen hatte noch nicht die bleiche, durchsichtige Gestalt bemerkt, die geduldig hinter ihr wartete und die Züge von Eames trug.

»Komm, Gwen. Du hast getan, was du konntest. Es tut uns allen leid, Eames.«

Und die Antwort, die Eames darauf gab, war für alle eine Überraschung: »Nein, es muß euch nicht leid tun. Mir hat es

Spaß gemacht, solange ich mitmachen durfte. Und erzählt Lady Janet, daß ich starb, wie es sich für einen Krieger gehört. Und . . . vielleicht sehen wir uns ja wieder.« Der *tindalo* wandte sich zum Gehen, und Eames folgte ihm, nur einmal kurz vom Weg abweichend, weil er Mary-em zum Abschied noch einmal auf die Schulter klopfte.

Kapitel Vierundzwanzig

Der Hinterhalt

Margie und Dark Star behüteten ein gewaltiges Feuer . . . und einen Patienten.

Maibang schien es den Umständen entsprechend gutzugehen. Seine Beine standen waagerecht vom Unterkörper weg; sie waren mit Bambusstöcken geschient. Er verzog schmerzhaft das Gesicht, als er sich in den Hüften drehte: »Sie brachen mir die Beine und ließen mich dann liegen«, erklärte Maibang. »Sie rechneten vermutlich damit, daß ihr mich abschleppen müßt und nur noch im Schneckentempo vorankommt.«

Alex betrachtete Maibangs geschiente Beine. Sie sahen ganz normal aus. Doch man mußte das hinnehmen wie das Flugbenzin – gewisse Dinge wurden zu Tatsachen erklärt und zwangen die Spieler dazu, sich danach zu richten. Jedenfalls war ihr Eingeborenen-Führer damit ausgefallen . . .

Chester war zu dem gleichen Schluß gekommen: »Wir können uns dieses Handikap nicht leisten. Tut mir leid, Maibang. Wir werden es dir so bequem wie möglich machen. Weißt du, was aus Lady Janet geworden ist?«

»Sie wollen sie dem Ei opfern. Chester, können Flugzeuge Eier legen?«

»Nein.«

»Jedenfalls glauben unsere Feinde, daß sie das Ei eines Flugzeuges erbeutet hätten. Sie versuchen, es im Vulkan auszubrüten. Vermutlich wird heute abend die Lady dort geopfert.«

»Damit gewinnen wir etwas an Zeit und können erst das Feuer niederbrennen lassen«, sagte Margie.

Margie und Dark Star hatten Holz zu einem mächtigen Scheiterhaufen zusammengetragen und ihn angezündet. Das Holz hatte sich bereits in weißglühende Holzkohle verwandelt, die bald zu Asche zerfallen mußte. Margie zeigte Chester das schwarze Anti-Feuer, das auf einem flachen Stein loderte, daneben Alexens Kochgeschirr, das mit Asche gefüllt war. »Wir dachten, es würde nicht schaden, einen möglichst großen

Brennstoffvorrat für dieses schwarze Zeug anzulegen. Es muß ja für irgend etwas nützlich sein, nicht wahr?«

»Wie lange dauert es noch, bis das alles zu Asche verbrannt ist, Margie?«

»Ich schätze, noch eine Stunde. Dann können wir die noch glühenden Holzkohlen aussondern und die Asche einpacken und weiterziehen.«

Chester blickte nachdenklich zu dem Vulkan hinüber, der jetzt nur noch anderthalb Meilen entfernt sein mochte. »Also gut. Wir machen eine Pause, Leute, auch wenn wir nicht wissen, wofür das schwarze Feuer gut sein soll!«

Die Spieler schnallten sofort ihre Tornister ab. Zugleich lösten sich auch Flammen und Rauch des lodernden Scheiterhaufens in ein Nichts auf.

Chester hob die Arme und brüllte vorwurfsvoll: »Erhört mich, ihr Götter! Es handelt sich um eine Marschpause, nicht um eine Spielunterbrechung! Bring sofort das Feuer zurück, Lopez!« Das Feuer loderte wieder zum Himmel empor. »Okay. Griffin . . .!« Der Meister der Mythen ging auf Alex zu und legte ihm freundschaftlich die Hand auf die Schulter. Dann drängte er ihn ein paar Schritte vom Rastplatz fort und sagte mit leiser Stimme: »Sie wissen etwas, nicht wahr?«

Alex überlegte kurz und nickte dann wortlos.

»Wer sind Sie, Griffin? Wer, zum Teufel, will mir das Spiel ruinieren?«

»Ich wünschte, ich könnte Ihnen darauf eine Antwort geben. Heute abend werde ich mehr wissen. Diese Garantie kann ich Ihnen geben.«

Henderson betrachtete ihn forschend, während Mißtrauen und Neugierde sich auf seinem Gesicht stritten: »Können Sie mir wenigstens sagen, was heute nacht passiert ist, wenn Sie mir nicht verraten wollen, wer Sie sind?«

»Okay. Ich glaube, diese Auskunft bin ich Ihnen schuldig. Wir wurden alle das Opfer eines chemischen Stoffes, der sich noch im Versuchsstadium befindet. Eine Probe davon wurde gestohlen. Der Stoff ist sehr wirksam, aber nicht gesundheitsschädlich.«

Chester versuchte, genauso kühl und sachlich zu bleiben wie

sein Gesprächspartner: »Aber warum wurden wir als Versuchskarnickel für diesen Stoff verwendet? Konnte Mr. Lopez das veranlaßt haben?« Eine Möglichkeit, an die er selbst nicht glaubte, wie der Tonfall seiner Stimme verriet. »Was für einen Sinn hatte dieses Attentat?«

»Diese Frage kann ich Ihnen noch nicht beantworten. Vielleicht war es nur ein Versehen, keine Absicht. Was Ihren Verdacht betrifft, kann ich Sie beruhigen, Chester. Mr. Lopez hat mit der Sache nichts zu tun. Es war nicht beabsichtigt, das Spiel zu sabotieren oder in irgendeiner Weise zu gefährden.«

Der Meister der Mythen nahm die Hand von Griffins Schulter und ballte sie zur Faust. »Absicht oder nicht – wenn ich diesen Kerl erwische, kann er was erleben!«

»Mit Ihrer Forderung stehen Sie nicht allein, Chester. Der Veranstalter der Orgie gestern nacht wird sich noch für andere Dinge verantworten müssen.«

Chesters Augen waren große runde Fragezeichen. »Tut mir leid, Mr. Henderson, mehr kann ich Ihnen noch nicht verraten.«

Sie brauchten jetzt nur noch dem Trampelpfad zu folgen, den ihre Feinde selbst im Busch angelegt hatten. Er führte direkt auf den Vulkan zu. Griffin und Chester bildeten nun die Vorhut.

Die Last, die sie trugen, war schwerer geworde. Gwen und Kibugonai hatten ihre Tornister mit Asche gefüllt. Ihre Ausrüstung war auf die anderen Spieler verteilt worden, und jeder, der nicht zur Kaste der Krieger gehörte, hatte das rauchlose schwarze Feuer in seinem Eßgeschirr.

Der Trupp bestand noch aus vierzehn Leuten, Kibugonai mit eingerechnet, der einzige Träger, der ihnen noch geblieben war. Der plattnasige Eingeborene marschierte hinter Alex im zweiten Glied und unterhielt sich mit S. J. Waters.

»Was für eine Bedeutung hat dein Name?« fragte S. J. seinen Nebenmann. »Ich meine, wie kann man ihn in unsere Sprache übersetzen? Als ›Mann, der auf dem Schlachtfeld wütet‹? Oder ›Mann, der die größten Yam-Wurzeln erntet‹?«

Kibugonai schüttelte den Kopf: »Mein Name bedeutet ›vom

Schwein gebissen‹. Meine Mutter wurde eine Woche vor meiner Geburt von einem Eber in die Waden gezwickt.«

Alex mischte sich ein: »Bist du schon einmal in dieser Gegend gewesen? Oder kennst du jemanden, der sich hier auskennt?«

»Nein. Keiner von meinem Volk würde es wagen, in das Territorium unserer Feinde einzudringen. Wer das tut . . .« Kibugonai zuckte mit den Achseln. »Es gibt viele Möglichkeiten, den Tod zu finden.«

Viele Möglichkeiten. Wie recht er hatte. Zum Beispiel konnte man ihm einen Knebel in den Mund stecken und dann seine Nase zuhalten . . . Der Dieb, der den Wirkstoff aus dem Labor stahl, muß doch bemerkt haben, was für ein Chaos er anrichtete. Und wenn er die günstige Gelegenheit ausgenützt und ihm die Kehle durchgeschnitten hätte?

Das wäre eine wahnwitzige Tat gewesen, denn selbstverständlich hätte man das Spiel sofort abgebrochen, sobald seine Leiche entdeckt worden wäre. Aber er hätte es tun können, und einige Spieler waren verrückt, was zweifellos auch für einige Diebe galt. Und Alex bekam eine Gänsehaut, wenn er nur daran dachte, wie hilflos er gestern nacht gewesen war.

Sie überquerten eine Anhöhe, und dahinter gähnte eine tiefe, breite Schlucht, die von niedrighängenden Regenwolken erfüllt war. Eine Hängebrücke führte über den Abgrund, doch die Gehfläche aus Rundhölzern oder Latten war verschlissen oder gar durchgescheuert.

An vielen Stellen fehlten die Bretter oder hingen zerbrochen in ihren Halteschlaufen.

Aber es schien keinen anderen Weg über die Schlucht zu geben.

Chester schickte S. J. voraus, damit er alle Bretter markieren sollte, die sein Gewicht nicht mehr trugen. Irgendwie schaffte es der Junge, die Schlucht zu überqueren, ohne abzustürzen. Drüben warf er den Tornister weg, saß, seine Knie umschlingend, bibbernd im Gras und sah zu, wie die anderen über die Brücke krochen.

Sie gingen auf allen vieren, immer nur einer, der versuchte, die Planken zu meiden, die mit einem X markiert waren, während die Brücke im Wind schaukelte. Dunkle Wolken brodelten unheilvoll unter den geborstenen Planken. Griffin trug das Eßgeschirr mit dem schwarzen Feuer auf dem Rücken, ein eisiger Fleck auf seiner Wirbelsäule. Er mochte sich noch so oft einreden, daß der Boden des Spielbereiches A höchstens einen oder anderthalb Meter unter ihm lag – die Illusion war stärker.

Hinter der Brücke ging es wieder ein paar hundert Meter steil bergauf, ehe der Pfad in einen Talkessel mündete. Die zurückweichenden Felsen gaben den Blick auf ein glitzerndes ausgedehntes Gewässer frei, von dem die steil aufragende Flanke des Vulkans nur noch eine halbe Meile entfernt sein mochte. Der Weg verengte sich wieder, so daß sie nur in Zweierreihe marschieren konnten. Griffin nahm das erleichtert zur Kenntnis: das verhinderte, daß sich der Trupp an einer Stelle zusammenballte, denn das Gelände eignete sich vorzüglich als Hinterhalt. Tatsächlich . . .

»Chester, wie wäre es mit einem Zauberspruch, ob die Luft rein ist?«

»Ah, ich verstehe, was du meinst!« Er hob den rechten Arm: »Hört mich, ihr Götter . . .« Die grüne Aureole umgab ihn. »Enthüllt mir eine Gefahr!«

Rotes Licht säumte eine Baumgruppe in etwa dreißig Metern Entfernung. Chester grinste: »Ich bin nicht sicher, wer du wirklich bist, Griffin, aber eine Niete ganz gewiß nicht! Wir packen sie, solange sie die Hosen noch heruntergelassen haben! Mary-em, Oliver, Griffin, Acacia, Holly und . . . Gina! Ihr bildet drei Gruppen und pirscht euch durch die Büsche an die Bäume dort vorne heran! Die anderen marschieren weiter, als wären wir ahnungslos!«

Mary-em gesellte sich jetzt zu Alex. Sie schien ungewöhnlich still, und Griffin rieb seine Achsel an ihrer Schulter: »Wie fühlst du dich heute, Lady?«

Sie gab ihm einen freundschaftlichen Stubs mit dem Ellenbogen, aber es steckte kein Pep dahinter. »Ein bißchen müde, Gary.« Es wirkte wie ein Schock auf ihn, daß sie sogar zugab, wie erschöpft sie war.

»Na, das kann aber heiter werden, Mary-em! Wer soll auf mich aufpassen, wenn du schlapp machst?«

Sie lächelte aus ihrer Scheitelhöhe von ein Meter zwanzig zu ihm hinauf: »Schon gut, mein Hübscher! Deinetwegen werde ich meinen inneren Schweinehund bezwingen!«

Er faßte sie bei der Hand und zog sie mit sich in die Büsche, ehe ihre Moral wieder auf den Nullpunkt sank. Gina schloß sich ihnen ebenfalls an, doch Alex ging an der Spitze, weil er sich einbildete, er könne im Unterholz eine Falle viel rascher erkennen als ein Krieger oder eine Priesterin.

Und da berührte etwas seine Schulter, und er zuckte zusammen. Es war nur Ginas Zauberstab. »Ich habe sie geortet«, flüsterte sie leise.« Griffin nickte zum Zeichen, daß er sie verstanden habe, und schlich gebückt weiter, Augen und Ohren auf die Stelle gerichtet, auf die Gina deutete.

Und da waren sie schon: eine Gruppe von acht Foré hinter einem Gebüsch am Rand des Trampelpfades. Zwei von ihnen hatten Gewehre, fünf von ihnen Säbel oder Schwerter, und einer war mit einem altmodischen Apparat ausgerüstet, der an ein primitives Tauchgerät erinnerte.

»Ich glaube, das ist ein Flammenwerfer, den der Bursche auf dem Rücken trägt! Eine absolut tödliche Waffe mit größter Streuwirkung. Das gefällt mir nicht. Mit Gewehren kämen wir weitaus besser zurecht. Kannst du Chester eine telephathische Botschaft schicken?«

Gina zog die Stirne kraus. »Das wird viel Kraft kosten, aber es geht. Hört mich, ihr Götter! Erlaubt mir ein geistiges Zwiegespräch mit meinem Anführer! Eure demütige Dienerin bittet euch um diesen Gefallen.«

Mary Martha zog ihre Hellebarde aus der Rucksackschlaufe, drehte die Schneide um neunzig Grad, nahm sie vom Stiel und schaltete das Hologramm ein. Ihr nußbraunes Gesicht strahlte plötzlich wieder. »Das ist die Medizin, die ich brauchte!« Griffin folgte ihrem Beispiel und bereitete seine Waffe auf den Kampf vor.

»Chester weiß Bescheid«, flüsterte Gina, während ihre Finger emsig über die Knöpfe ihres Stabes glitten. »Er sagt, wir sollen die Kerle angreifen.«

Mary-em wollte sich schon mit ihrer Hellebarde auf die Feinde stürzen, doch Griffin hielt sie zurück: »Der Flammenwerfer schmeckt mir nicht. Ich möchte ihn lieber mit einem

Wurf aus der Entfernung außer Gefecht setzen. Meine Geschicklichkeitswertung sollte dafür ausreichen.« Er hob den Arm über den Kopf, ging federnd in die Knie, wie er das bei Tony beobachtet hatte, als sie die Jungfrau vor dem Opfertod retteten. Er schleuderte den Arm nach vorne, hielt dann aber den Messergriff fest und beobachtete, wie die Hologrammklinge auf den Mann mit dem Flammenwerfer zuflog. Die leuchtende Klinge bohrte sich in den Hals des Mannes.

Mary-em sprang mit einem wilden Schrei vorwärts und ließ ihre Hellebarde durch die Luft sausen. Sie erreichte die Gruppe der Gegner, ehe die Männer mit den Gewehren zu ihr Front machen konnten, und ihre Hellebarde spaltete mühelos den Kopf des Feindes. Rote Flüssigkeit spritzte durch die Luft.

Kampfgeräusche drangen inzwischen auch von der anderen Seite des Pfades herüber, und ein lodernder Flammenstoß sprühte aus einiger Entfernung über die Büsche. Griffin entriß einem Foré, der ihn angriff, den Speer, und der Mann verlor dabei das Gleichgewicht. Griffin bohrte ihm die Hologramm-Speerspitze in die Eingeweide. Gina stieß einen Warnruf aus, und Alex duckte sich, als zischend etwas über seinen Kopf hinfuhr. Die Zauberin deutete mit ihrem Zauberstab. Blitze zuckten, und zwei Foré griffen sich an den Kopf und brachen zusammen.

Ein Sprung und eine Rolle über den Boden, und Alex hatte ein Gewehr, das Mary-ems erstem Opfer gehört hatte. Der Dieb kam wieder hoch, schoß und hatte eine hellrote Speerwunde in der Schulter, ehe er seinen zweiten Gegner erledigte.

Schockiert von der Rasanz dieses Gefechts, sah Alex um sich und bemerkte, daß alle ihre Gegner tot auf dem Boden lagen. Gina überprüfte ihre Aura, und sie flackerte in einem hellen Grün. Besorgt schüttelte sie den Kopf. »Ich hab nicht mehr viel Energie übrig. Wir müssen sparsam damit umgehen.«

Alex rollte einen der Toten auf den Rücken und erlebte wieder eine Überraschung. Der Mann hatte eine ziemlich dunkle Hautfarbe, und die Sonne hatte sein Gesicht fast schwarz verbrannt. Doch die Züge waren mongolid. »Jesus. Was soll das bedeuten?«

»Wurde Neu-Guinea im Zweiten Weltkrieg nicht von den Japanern besetzt?«

»Ich weiß nicht, Mary-em . . . vermutlich ja. Dreh die anderen Leichen um.«

»Dafür haben wir keine Zeit. Wir müssen zuerst unseren Leuten helfen! Gary, bewaffne du dich mit dem Flammenwerfer!«

Alex gefiel dieser Vorschlag. Er schnallte den Kanister von dem Rücken des Toten und schob seine Arme durch die Traggurte. Dann gab er einen Feuerstoß zur Probe in die Bäume ab. Das Gerät arbeitete einwandfrei, aber ein Teil der Flamme wurde zur Seite abgelenkt, glitt unter seinem Ellenbogen hindurch und prallte gegen das Eßgeschirr an seiner Hüfte, in dem er das schwarze Feuer aufbewahrte. Alex zuckte bei der Berührung der Flamme heftig zusammen.

»Gib mir lieber das Eßgeschirr«, sagte Gina. »Das Zeug scheint Feuer anzuziehen.«

Alex überreichte ihr den Metallbehälter. »Okay, schließen wir zu den anderen auf!«

Die drei liefen aus dem Wald auf den Pfad hinaus und sahen die Foré auf dem Rückzug. Holly Frost schoß, auf dem Weg kniend, ununterbrochen auf die flüchtenden Feinde, geschützt durch einen von Chester errichteten Energieschild. Dark Star war in ein Schwertgefecht verwickelt. Der letzte Foré versuchte verzweifelt, Lady Janet zu erreichen, die eine Geröllhalde hinaufkletterte, die nirgendwohin führte.

S. J. sah, was der Foré vorhatte. Er warf eine von seinen vorbereiteten Anti-Feuer-Bomben: Asche und schwarzes Feuer, die er in ein großes Blatt eingewickelt hatte. Die Bombe zerplatzte mit einem explodierenden Schatten auf dem Hinterkopf des Foré. Der Eingeborene mit halborientalischen, halb negroiden Zügen drehte sich zähnefletschend um, und sein Rückhandschlag hätte Dark Star um ein Haar enthauptet.

»Schade, *das* funktionierte nicht« murmelte S. J. und

sprang auf den Rücken des Foré. Der Eingeborene taumelte, und Dark Star durchbohrte ihn mit einem Speer.

Ein lodernder Flammenstoß kam aus den Büschen auf die Spieler zu. Er drohte die ganze Gruppe zu Asche zu verbrennen, bis S. J. eine zweite Anti-Feuer-Bombe schleuderte. Der Flammenstoß löste sich dicht über ihren Köpfen in eine schwarze Wolke auf. Griffin beantwortete den Anschlag mit einem Flammenstoß aus seinem eigenen Werfer. Mit einem markerschütternden Schrei rannte ein brennender Foré aus den Büschen und brach, sich in einen öligen Rauchpilz auflösend, auf dem Pfad zusammen.

Henderson schien außer sich vor Freude über diese Entdekkung: »Das ist es! Dazu können wir das schwarze Feuer benützen! Okay, wir haben sie in die Flucht geschlagen! Jetzt machen wir sie fertig!« Die Spieler jubelten begeistert und verfolgten die fliehenden Foré.

Alle paar hundert Schritte hielt einer von den Flüchtenden an und versuchte, einen Schuß oder einen Speer auf die Verfolger abzufeuern; doch jeder, der sich zu wehren versuchte, wurde erbarmungslos niedergemacht. Flammenstöße lösten sich wie durch Zauberhand über den Köpfen der Spieler in Nichts auf. Sie hatten nun den Fuß des Vulkans erreicht. Die Foré liefen nach links am Kegel des Vulkans entlang, um im Schutz der Bäume zu bleiben.

Gwen Ryder rief: »Griffin! Bleib stehen, damit ich die Speerwunde in deiner Schulter heilen kann!« Sie rannte auf ihn zu: »Mit nur einem gesunden Arm kommst du nicht weit, wenn wir den Vulkan hinaufklettern müssen!«

Ein riesiger Foré erhob sich hinter einem Busch, unglaublich nahe, grinsend wie ein Teufel. Das riesige Maschinengewehr auf seinen Armen mußte fast so viel wiegen wie sein Körper. Er stemmte sich mit dem Rücken gegen einen Baum, um den Rückstoß aufzufangen, und Alex nützte diese kurze Frist aus, um Gwen zu warnen:

»Duck dich!« rief er und drückte auf den Auslöser seines Flammenwerfers.

Das Maschinengewehr hämmerte und bockte, als wollte es seinem Meister aus den Händen springen. Dann hüllte der

Flammenstoß aus Alex' Werfer den Schützen ein, und die Salve riß ab. Gwen blickte entsetzt an sich hinunter. Eine Linie mit sechs roten Flecken zog sich quer über ihre Brust.

Alex stand fluchend auf, und im gleichen Augenblick fiel noch ein Schuß, und der Benzintank auf seinem Rücken hüpfte in die Höhe.

»Tony!« rief Alex dem nächstbesten Spieler zu, während er sich hastig der Traggurte zu entledigen suchte. »Anti-Feuer! Rasch!«

McWhirter schien ihn nicht zu hören. Mit geweiteten, starren Augen sah er zu, wie der Tank, den Griffin noch in der Hand hielt, zu einer riesigen Flamme explodierte. Alex schrie: »Anti-Feuer, verdammt noch mal!«

Eine weiße, hitzelose Flamme hüllte ihn ein und blendete seine Augen. Er warf den Tank zwischen die Büsche. Aber seine Kleider standen noch in Flammen. Nach dem Gesetz dieses Spieles mußte seine Kleidung mit Benzin getränkt sein. Er warf sich auf den Boden und rollte sich um seine Achse, um die Flammen zu ersticken. Er wartete auf den Stromstoß in der Metallscheibe an seinem Hals, der seinen Tod anzeigte.

S. J. warf seine letzte vorbereitete Anti-Feuer-Bombe, die auf Griffins Rücken einschlug.

Es gab einen schlangenähnlich zischenden Laut, als Feuer und Frost um sein Leben kämpften. Dann erlosch das Feuer, und eine Wolke aus Sägemehl blieb zurück.

Alex erhob sich schwankend vom Boden und blickte zu Gwen hinüber. Er sah zwei Gwens, die eine sehr blaß, die andere von einer schwarzen Aura umgeben. Die schwarzumflorte Gwen schnallte ihren Rucksack ab und stellte ihn auf den Boden. Frankish Oliver starrte sie mit offenem Mund wie gelähmt an. Sie winkte ihm zu, deutete auf den Tornister und folgte ihrem *tindalo.*

Ollie stöhnte laut auf, drehte sich um und begrub, sich gegen einen Felsen lehnend, sein Gesicht in den Armen. Acacia ging zu ihm und legte ihm beruhigend die Hand auf die Schulter. Er schüttelte sie ab, und sie zog sich achselzuckend wieder von ihm zurück.

Alex sah, daß Chester ihn nervös betrachtete. Er blickte an

sich hinunter und sah ein rotes, mit schwarzen Streifen vermischtes Flackern auf seinen Händen und Armen. Ein eigenartiges Gefühl ergriff ihn, als stünde er dicht vor einer Ohnmacht. Tony wich seinem Blick aus.

»Bin ich tot?« Er hatte den Stromstoß nicht gespürt . . .

Owen musterte ihn nachdenklich: »Chester? Es wird eine Menge Energie kosten, aber ich glaube, wir könnten es schaffen.«

Chester sah den letzten flüchtenden Foré im Wald verschwinden. Rechts von ihnen ragte die steile Wand des Vulkankegels auf. »Himmel«, schimpfte der Meister der Mythen, »das Spiel dauert erst vier Stunden, und wir haben schon zwei, vielleicht sogar drei Leute verloren!« Er wischte seine schweißnassen Hände an seiner Drillichhose ab. »Das wird ein mörderischer Tag werden. Okay, versuche, Griffin zu retten. Auf die Energie können wir verzichten. Von meinen Leuten ist jeder unersetzlich.«

Alex atmete auf, als Owen ihn mit einem goldenen Licht überschüttete. Es hatte eine seltsam belebende Wirkung wie ein Schluck Whisky auf einen kalten Magen . . . als heilten tiefe Wunden tatsächlich zu. Die Phantasie ist eine wunderbare Sache. Ein Strom neuerwachter Energie pulsierte durch seine Adern.

»Es tut mir leid«, sagte Tony McWhirter. »Ich war wie gelähmt vor Schreck.«

»Ich hoffe, das passiert dir nicht wieder«, erwiderte Alex barsch. Er würde das Thema später noch einmal zur Sprache bringen. Bis dahin sollte er sich lieber nicht auf Fortunatos guten Willen verlassen.

Chester und Ollie beugten sich gemeinsam über Gwens Rucksack. Sehr vernünftig von Gwen: sie hatte ihnen ihren Rucksack voll Asche zurückgelassen. *Gewinnt das Spiel, Leute!* Alex konnte nicht verstehen, was die beiden miteinander besprachen, doch dann spielte ein böses Lächeln um Ollies Lippen. Nun wußte Alex, worum sich ihr Gespräch drehte: um Lopez' Kopf, den sie am liebsten auf Mary-ems Hellebarde aufgespießt hätten. Alex schloß sich diesem Wunsch nur zu gerne an.

Kapitel Fünfundzwanzig

Das Ei des Flugzeuges

Der Zorn mußte ihn vorantreiben. Chester Henderson stürmte den Hang des Vulkankegels hinauf, als ginge es bergab, nicht bergauf, während sein Kopf hin und her pendelte. Mit der Besessenheit eines Spielers, der nur darauf wartet, daß der nächste Widersacher auftritt. Lady Janet kletterte dicht hinter ihm. Ihre zweite Entführung hatte ihr offenbar nicht viel geschadet, dachte Griffin. Es gelang ihm, mit den beiden Schritt zu halten, doch die Luft wurde ihm knapp. Die übrigen Mitglieder der Truppe hingen weit zurück, waren über den ganzen Hang verstreut.

»Haltet einen Moment an!« befahl Chester. »Wenn der Feind uns jetzt angreift, gäbe es eine Katastrophe!«

Sie blieben stehen und warfen sich erschöpft auf den Tuffsteinboden, knapp fünfzig Meter unterhalb des Kraterrandes. Allmählich versammelte sich die Truppe auf dem Rastplatz. Chester fragte: »Janet, was haben unsere Feinde in Ihrem Beisein besprochen? Könnten sie versucht haben, Sie oder Maibang mit ihrer Rede zu täuschen?«

Lady Janet schüttelte den Kopf: »Von Maibang hatten sie sich bereits getrennt. Sie prahlten, redeten sich Mut zu. Sie brüsteten sich mit der Macht der *tindalos* ihrer Ahnen. Sie schworen, ihr Beutegut zu verteidigen, bis alle europäischen Diebe tot seien – oder alle Foré. Sie . . . malten sich aus, was sie mit euch tun würden. Einer wollte mir eure . . . eure abgeschnittenen Dingsdas verehren«, setzte sie mit offenkundigem Ekel hinzu. »Das war zweifellos als Einschüchterung für mich gedacht. Zum Teil wenigstens.«

»Sie prahlten nicht nur, sie haben auch gekämpft!«

»Sicher. Sonst hätten sie sich nicht so viel Mut angeredet.«

»Und wo stecken sie jetzt?«

Lady Janet antwortete mit einem Achselzucken.

Sie würde eine hervorragende Schauspielerin abgeben, dachte Alex. *Sie ist zu schade für solche abenteuerlichen Laienspiele.*

Inzwischen hatten auch die anderen Spieler den Aufstieg bewältigt und drängten sich um den Meister der Mythen. Acacia ließ sich auf den Boden fallen und lehnte sich mit dem Rücken an Griffins Knie, doch mit wachsamen Augen und gerecktem Kopf, bereit zur Abwehr, falls sie angegriffen wurden. Die letzte Feindberührung hatten sie am Fuß des Vulkankegels gehabt, wo die Foré sich in den Wald zurückzogen. Wo steckte der Feind jetzt?

Chester stand auf: »Habt ihr alle wieder frische Kräfte getankt?«

Sie stürmten die letzten fünfzig Meter bis zum Kraterrand hinauf, jeder seinen eigenen Schlachtruf ausstoßend. Und dann hielten sie auf dem Scheitel des Kraters an, stemmten die Absätze in den Boden, um nicht im lockeren Schutt aus Bimsstein auszurutschen. Ein paar Dampfschwaden trieben über dem Krater hin, die jedoch den Blick in die Tiefe versperrten, die so leblos wirkte wie der Hang hinter ihnen. Jedenfalls schien sich kein menschliches Wesen im Krater aufzuhalten. Chester befahl: »Ollie und Gina – ihr beiden bleibt hier oben bei Lady Janet! Alle anderen folgen mir in den Krater!«

Die Felsspalten ließen mehr Dampf ab, als Alex mit den anderen in den Kessel hinunterstieg. Das Geröll, das ihn auskleidete, war locker geschichtet, so daß man vorsichtig auftreten mußte, doch die Neigung des Trichters war nicht so steil, wie er befürchtet hatte. Er konnte immer wieder einen drohenden Fall mit den Fersen abbremsen.

Dann kamen sie zum Wasser am Grund des Trichters. Es war nicht größer als ein Teich, von leichten Dunstschwaden überzogen. Chester und Griffin wechselten einen Blick.

»Immer noch keine Verteidiger!«

»Mir gefällt das auch nicht.«

»Hier!« rief Owen. Alex drehte sich um und sah den grauhaarigen Priester auf einen dunklen, eiförmigen Gegenstand zuklettern. Alex blickte den Hang hinauf, suchte mit den Augen den Kreis des Kraterrandes ab, ob sich dort vielleicht inzwischen ein Feind zeigte. Aber da war nichts. Also folgte er Braddon zu der Stelle, wo dieses eiförmige Gebilde lag.

Griffin bekam eine Gänsehaut, als Umrisse des Fundstückes deutlicher wurden. Da waren Stabilisierungsflügel am stumpf zulaufenden Ende des Objektes befestigt, daß man es förmlich ticken hören konnte, um was es sich hier handelte. Die anderen hatten die Bedeutung der Steuerflossen ebenfalls sofort erkannt und näherten sich nur noch vorsichtig der Bombe. Schließlich standen sie in vorsichtiger, etwas ratloser Entfernung um das Fundstück herum.

Die Bombe besaß ein zylinderförmiges Gehäuse aus dunklem, stark verrostetem Metall. Sie lag auf einem flachen Stein, der mit einem weißen Tuch zu einem Altar umfunktioniert worden war. Das Tuch bestand aus Fallschirmseide. Ein Marmeladenglas neben der Bombe war mit frischen Blumen bestückt . . .

Selbst S. J., das technische Talent, wirkte unentschlossen. »Was, zum Kuckuck, sollen wir damit anstellen, Chester?« Er stand nur noch vier Schritte davon entfernt, wagte aber nicht, die Bombe zu berühren. »Können wir das Ding aus dem Krater schaffen? Das Baby wiegt doch bestimmt seine zwei- oder dreihundert Kilogramm. Margie?«

»Ich wüßte nicht, wie man es bewegen könnte, Chester. Ja, läge es auf einem flachen oder gar abschüssigen Boden, ginge es vielleicht . . .« Ihre Augen leuchteten auf. »Moment mal! Wie ist dieses schwarze Haifischbaby überhaupt hierhergekommen?«

»Eine kluge Frage. Es mußte Magie gewesen sein.« Chester ging in einer enger werdenden Spirale um die Bombe herum. »Aber ob wir noch genügend magische Potenz dafür haben, weiß ich nicht.«

Tony bewahrte den größten Abstand zu dem Fundstück. »Vielleicht sollten wir das Ding in Ruhe lassen. Könnte doch sein, daß Lopez es nur als Köder benützt, damit er uns alle in die Luft sprengen kann.«

S. J. hatte inzwischen seinen ganzen Mut zusammengenommen und berührte mit geschlossenen Augen das Gehäuse der Bombe, als könnte er mit seinem Tastsinn die mechanischen Eingeweide ergründen. »Chester . . .«, murmelte er. Dann etwas lauter: »Chester! Warum bauen wir nicht einfach den

Plutonium-Zünder aus und nehmen ihn mit? Er ist fast so viel wert wie die ganze Bombe und viel leichter.«

»Jesus, Waters, willst du uns alle verbraten? Oder hast du eine Tonne Blei als Schutzschild in deinem Tornister?«

»Ich hatte an das schwarze Feuer gedacht. Wäre das kein Schutz?«

Chester zögerte kurz und sagte dann: »Nein. Strahlung ist kein Feuer.«

»Aber im Prinzip hat er recht«, meinte Tony. »Wir müssen es nicht stehlen. Wir demolieren es, machen es wertlos für unsere Feinde.«

Chester schüttelte den Kopf: »Das wäre sicherlich eine Lösung, die jedoch unserem Auftrag widerspricht. Wir sollen einen Schatz bergen, ein Beutegut stehlen, es nicht vernichten.«

»Aber *schaut* euch das Ding doch an! Das können wir niemals von der Stelle bewegen!«

»Vielleicht doch, mit Zauberei«, erwiderte der Meister der Mythen. »Ich bin nicht begeistert von meiner Lösung, aber eine andere sehe ich nicht. Wir werden alle magischen Kräfte dafür aufbieten müssen, die uns zur Verfügung stehen, und wenn wir das Ding aus dem Krater rausgeschafft haben, sind wir auch mit unseren magischen Reserven am Ende.«

Gina ging vorsichtig, die Nasenlöcher blähend, um die Bombe herum. »Die Hitze. Der Dampf – das schmeckt mir alles nicht, Chester. Womöglich übersteht das Ding den Transport gar nicht.«

»Vielleicht ist es sogar undicht und strahlt«, setzte Acacia fast widerwillig hinzu. Sofort wichen die Spieler ein paar Schritte vor der Bombe zurück.

»Okay. Wir müssen es also besprechen, damit wir rechtzeitig gewarnt werden, wenn wir es transportieren. Margie, du überlegst dir mit S. J., wie es mit dem Transport weitergehen soll, sobald wir die Bombe bis zum Kraterrand hinaufgezogen haben.«

»Verflucht«, entrüstete sich Margie mit leiser Stimme, »jetzt ist mir schon wieder ein Fingernagel abgebrochen.«

»Sie müssen den Finger wegnehmen, wenn ich den Knoten zusammenziehe«, erwiderte Waters lachend und zog das Seil straff. Sie hatten ein Tau um das Leitwerk der Bombe geworfen und zwei Führungsleinen bis zum Kraterrand gespannt. Wenn sie Glück hatten, wurde aus einem unlösbaren Problem vielleicht nur eine schweißtreibende Schinderei.

Chester hatte Acacia zum Kraterrand hinaufgeschickt, damit sie Gina ablösen sollte, die nun mit Chester, in tiefer Meditation versunken, für das Gelingen ihres Vorhabens den Beistand der Götter beschwor. Als sie aus ihrer Andacht erwachten, wirkten sie feierlich-bedrückt und todernst.

Tony machte sie alle nervös, weil er alle Augenblicke hinaufgaffte zum Kraterrand und meinte, ihre Feinde würden sie mit ihrer Last bis dicht an den Kraterrand herankommen lassen und dann über sie herfallen.

»Wir haben Posten aufgestellt, die uns rechtzeitig warnen«, belehrte ihn Ollie.

»Wir würden doch lieber unsere Posten opfern, als diese kostbare Bombe loszulassen, oder etwa nicht?« meinte Tony maulend. »Lopez macht uns die Sache nicht leicht«, gab Ollie zu. »Aber wenn dir die Arbeit zu viel ist, hättest du ja zu Hause bleiben können.«

»Sind alle Knoten angezogen?« rief Chester und stellte sich, ohne die Antwort abzuwarten, am Kopfende der Bombe auf. »Wer nicht für eine andere Aufgabe eingeteilt ist, begibt sich an die Seile. Sobald ich die Bombe besprochen habe und sich das grüne Licht zeigt, fangt ihr an zu ziehen – langsam, aber gleichmäßig. Gina und ich, wir werden mit vereinter magischer Kraft nachhelfen, so gut wir können. Wir sind schneller ans Ziel gekommen, als es der Spielplan vorsah, Leute. Und wenn die Götter« – Chester entblößte die Zähne, als müßte er sich das folgende Wort förmlich abringen – »und Lopez!« Gina berührte mit der Schulter seinen Arm, und Chesters grimmiges, noch von den Strapazen der Meditation gezeichnetes Gesicht hellte sich wieder auf, »uns gnädig sind, dann können wir heute abend schon unseren Sieg feiern.«

Griffin stand hinter Owen am Zugseil und beugte sich vor: »Würde der Pater vielleicht vorher auch noch ein Gebet sprechen?«

Owen drehte mißmutig das Seil zwischen den Händen und murmelte: »Lieber Gott, hilf uns, daß wir uns nicht vergeblich anstrengen, Amen.«

»Besser als nichts«, setzte Griffin hinzu.

Inzwischen entwickelte sich eine schwache, grüne Aura um das Gehäuse der Bombe, deren Leuchtkraft langsam zunahm. Chester und Gina standen mit erhobenen Händen und schweißnassen Gesichtern – eine Folge der Hitze, die im Trichter herrschte, oder der geistigen Anstrengung? –, und inmitten der grünen Aureole, die sie erzeugten, zeigte sich ein dunkelgrüner Faden. Er pulsierte und funkelte wie eine mit grünem Blut gefüllte Ader in einem helleren Fluidum, und als diese Ader sich wie ein dünnes Seil um das Gehäuse der Bombe legte, schien sie sich ein paar Millimeter weit zu bewegen.

»Jetzt!« rief S. J. mit lauter Stimme und zog mit beiden Händen am Seil. Alex stemmte die Füße in den Boden und war froh darüber, daß er nach all diesem Hokuspokus an der Lösung einer handfesten, begreiflichen physikalischen Aufgabe mitwirken durfte.

Mit einem knisternden Bersten brachen kleine Stücke von der Felsplatte, auf der die Bombe ruhte, und rutschten den Hang hinunter, auf Chester und Gina zu, die mit geschlossenen Augen und ausgebreiteten Armen dastanden. Die grüne pulsierende Ader färbte sich noch dunkler, und weitere Stücke lösten sich von der Felsunterlage. McWhirter zog, vor Anstrengung schnaubend wie ein Pferd; die Muskeln und Sehnen seines durchtrainierten Körpers zeichneten sich unter der Haut ab wie auf einem anatomischen Diagramm. Die Bombe schob sich ein paar Zentimeter hangaufwärts, und die Spieler quittierten ihren Erfolg mi einem vorsichtigen Hurra.

Owen rutschte auf dem Geröll aus und fing sich rasch wieder. Er zog mit doppelter Kraft und rief, sich mit einem Grinsen bei Griffin für sein Mißgeschick entschuldigend: »Zu-gleich! Zu-gleich!« Sein Eifer übertrug sich auf die ganze Gruppe, und schwitzend wie in einer Sauna eingehüllt von Dampfschwaden, zerrten sie, sich mit lauten Kommandos selbst anspornend, ihre gefährliche Last bergauf. Das grüne Licht über dem Gehäuse flackerte und färbte sich rot.

»Anhalten!« rief Chester mit schriller Stimme, und sogleich ließ die Spannung im Seil nach, daß die Bombe um ein Haar wieder bergab gerutscht wäre.

S. J. kroch an der Bombe entlang und schluckte heftig. »Es tickt . . .« Als er sich umdrehte, sah er, daß sie ihn alle mit bleichem Gesicht anstarrten. Auch das rote Licht hielt sich nicht lange, verlor an Leuchtkraft und färbte sich schwarz. Das Schwarz schob sich in konzentrischen Kreisen von der Spitze der Bombe zum Schwanzende vor. »Chester . . . ich glaube, das Ding kann jede Sekunde hochgehen . . .«

Henderson erwiderte ungläubig: »Eine Atombombe? Das kann er sich nicht leisten. Was, zum Teufel, kann ich gegen ihn unternehmen, wenn Lopez eine Atombombe explodieren läßt? Dafür gibt es keine Lösungen . . . Moment mal!« Alex konnte förmlich sehen, wie sich die Räder hinter den Augen ihres Anführers drehten. »Das schwarze Feuer! Schüttet es über die Bombe! Jeder, der das Zeug in seinem Eßgeschirr mit sich herumschleppt, sofort hierher! Margie, du hast doch Asche in deinem Tornister? Kipp ihn aus. Damit können wir Zündladungen löschen. Hat noch jemand schwarzes Feuer bei sich! Oder Asche? Wer hat den Rucksack von Gwen mitgenommen?«

Dark Star und Holly hatten noch Anti-Feuer in ihrem Geschirr, und sie schütteten nun in fliegender Eile das Zeug auf die Bombe. Ollie schüttete Gwens Rucksack über dem rostigen Bombengehäuse aus. Die schwarze Aura kroch über die Asche.

»S. J., Margie, verteilt das Zeug über den Zünder – *was, zum Teufel, willst du denn damit anfangen?*«

Waters hatte ein Stemmeisen aus seinem Tornister geholt und schob es nun in eine Nut des Gehäuses zwischen Bombe und Zünder. »Wir dürfen das Zeug nicht nur auf das Blech schütten, Chef! Das Anti-Feuer muß so dicht wie möglich an den Zünder heran . . .« Seine Stimme ging in ein Keuchen über, während er mit seinen dünnen Armen das Stemmeisen hin und her hebelte. Das Ticken hörte auf.

Griffin zögerte nur den Bruchteil einer Sekunde und lief dann auf den Jungen zu, um ihm bei seiner gefährlichen Arbeit zu helfen. »Verschwinde, Gary!« rief S. J. keuchend. »Das schaffe ich schon alleine!«

»Versuche nicht, uns den Helden vorzuspielen, Kleiner!« erwiderte Griffin, nahm ihm das Brecheisen ab und schob es in den Spalt zwischen Zünder und Bombengehäuse. Dann warf er sich mit seinem ganzen Gewicht gegen die Stange. Wie aus weiter Ferne hörte er Chesters Stimme, der den anderen befahl, sofort den Krater zu räumen. Das Gehäuse brach auseinander. Alex zog mit geblähten Nüstern die Luft ein. Seltsam . . .

»Vielen Dank, mein Freund, und *jetzt verschwindest du*«, zischelte S. J. und entriß ihm wieder die Brechstange.

»Okay, Kleiner . . .« Griffin gab dem Mechaniker einen freundschaftlichen Schlag auf die Schulter und lief wie ein Hase an der Kraterwand empor. Die porösen, höchstens daumengroßen Körner, mit denen die Kraterwand bedeckt war, gaben unter seinen Füßen nach wie der lockere Sand einer Düne. Bei jedem Satz rutschte er wieder einen halben Schritt nach unten. Trotzdem sprintete Alex wie ein Hundert-Meter-Läufer, obwohl er sich wunderte, daß sie alle um die Wette rannten. Aber er hatte gerochen, was inzwischen passiert war. Kordit und heißes Metall. Der Zünder war bereits losgegangen, und die Explosion der Bombe wurde nur durch das schwarze Feuer verzögert. Welcher Mensch wäre jemals im Wettlauf mit einer Atombombe als Sieger hervorgegangen? Eine sinnlose Anstrengung.

Als er den Kraterrand schon fast erreicht hatte, drehte er sich noch einmal um.

S. J. schaufelte immer noch Anti-Feuer und Asche in das aufgebrochene Gehäuse zwischen Zünder und Bombenkörper. Dann schob er Margie zur Seite und schrie sie sogar an, als sie versuchte, beschwörend auf ihn einzureden. Sie rannte nun stolpernd den Hang hinauf. Owen kam ihr auf halbem Weg entgegen und zog sie die letzten Meter am Arm hinter sich her. Keuchend erreichten sie beide den Kraterrand.

Damit waren sie alle aus der unmittelbaren Gefahrenzone heraus, mit Ausnahme von Waters, dem Henderson zubrüllte:

»Lauf schon, du kleiner Idiot!« Alex wunderte sich, wie hysterisch er den Warnruf wiederholte.

Tony McWhirter stürmte in langen Sätzen, Acacia hinter sich herziehend, den äußeren Hang des Vulkankegels hinunter. »Nun kommt schon!« rief er den anderen Mitspielern am Kraterrand zu. Sie folgten seiner Aufforderung. Auch Alex spurtete bergab.

Auf halbem Weg nach unten hörte er eine Stimme in seinem Rücken: »Rennt, was ihr könnt! Lauft um euer Leben!« Er blickte über die Schulter zurück und sah S. J. über dem Rand des Kraters auftauchen, als die Bombe explodierte.

Einen Moment zeichnete sich Waters' Gestalt als schwarze Silhouette vor einer grellen Stichflamme ab. Der Boden bebte, als hätte ein Riese mit der Faust auf die Erde geschlagen, und dann kam der Donner der Explosion.

Alex bekam einen Stoß gegen den Rücken, stürzte, als ihn polternde Steine von den Füßen rissen und zischender Dampf dem Krater entwich. Er prallte gegen Holly Frost, die verzweifelt versuchte, das Gleichgewicht zu wahren, und dann rollte er mit ihr zusammen den Abhang hinunter. Überall schossen nun heiße Wasserfontänen in die Höhe, und es gelang ihm nur mit Mühe, diesen lebensgefährlichen Eruptionen auszuweichen.

Als er endlich den Fuß des Lavakegels erreichte, war er vollkommen entnervt und außer Atem. Dampfverbrühte Haut hing in Fetzen von seinen Ellenbogen. Hustend rappelte er sich auf die Füße und klopfte sich den Staub von der Hose. Er sah sich keuchend nach den anderen um. Es erschien ihm wie ein Wunder, daß kein einziger seiner Mitspieler mit einer schwarzen Aura umgeben war.

Dann erinnerte er sich wieder an den Zuruf des Jungen und suchte den Rand des Kraters mit den Augen ab. Es war ihm unmöglich, zu definieren, was er in diesem Augenblick empfand: Hoffnung, Angst, Ärger . . . und was noch? Absurde Empfindungen, und dabei so echt wie der Schmerz, wenn man sich in den Finger schneidet. Er sah einen schwarzen Rauchpilz über dem Kegel und Steine, die aus dem Krater herausgeschleudert wurden und dann den Abhang hinunterrollten. Rauch und brühheißer Dampf, aber kein S. J.

Acacia erriet, was er dachte: »Er wußte, daß er es nicht schaffen würde, Gary.«

Griffin kämpfte mit seiner Rührung. »Okay, verdammt noch mal, er wußte es. Aber wußte er auch, daß er sein Leben umsonst opfern würde?«

»Was meinst du damit?«

»Er hat recht, Acacia«, murmelte Henderson, auf dessen Gesicht sich ebenfalls die widersprüchlichsten Gefühle stritten. »Es war keine Atombombe. 1945 waren diese Dinger, trotz ihrer geringen Sprengkraft, viel klobiger und größer. Zudem würden wir jetzt alle nicht mehr leben, wenn es eine Atombombe gewesen wäre.«

»Was, zum Teufel, war es dann?«

»Wieder nur ein Köder, eine Sprengfalle«, erwiderte Henderson erbittert und blickte zu dem Rauchpilz empor, der sich über dem Vulkan ausbreitete. »Dieser verdammte, vorwitzige, übereifrige Bastard! Nur eines muß man ihm lassen. Er hat das Zeug dazu, ein guter Meister der Mythen zu werden . . .« Henderson gab sich einen Ruck und kehrte in die Gegenwart zurück.

Die meisten Spieler standen inzwischen wieder auf den Beinen, noch unsicher und verschüchtert wie Kinder, die nun auf ein tröstliches Wort ihrer Eltern warten, weil sie sich keinen Rat mehr wissen.

Holly betastete vorsichtig ihre aufgeschlagene Kniescheibe: »Was passiert jetzt, Ches?« Der Pep, mit dem sie ihre Abenteuerreise begann, schien ihr abhanden gekommen zu sein.

»Wir formieren uns neu und überdenken die Lage. Wir marschieren zu der Stelle zurück, wo wir Maibang seinem Schicksal überließen. Ich glaube, wir brauchen ihn jetzt wieder.« Chester versuchte einen optimistischen Ton anzuschlagen, aber der Blick, mit dem er auf den Vulkankegel zurücksah, widerlegte seine Zuversicht. Griffin ahnte, was Chester dachte: Drei meiner Leute sind tot, und dabei haben wir noch nicht einmal die Mitte des Tages überschritten.

Sie fanden die Stelle leicht wieder, wo sie die Asche als Brennmaterial für das schwarze Feuer vorbereitet hatten: eine kreisrunde, niedergebrannte Fläche am Waldrand.

»Wo haben wir ihn abgesetzt?« fragte Acacia mit banger flüsternder Stimme, auf das Schlimmste gefaßt.

Alex konnte nur noch ungefähr die Stelle angeben: »Da waren ein paar angesengte Büsche und eine Gruppe verkrüppelter Bäume . . .«

Das Ensemble wollte ausschwärmen, um den Wald nach dem Eingeborenen abzusuchen, als Dark Star den Arm hob und ihre Mitspieler zu sich winkte. Dann standen sie schweigend um die rauchenden Überreste dreier Bäume herum: dazwischen ein paar Knochen und ein rußiger Schädel.

Gina setzte sich auf den Boden und schluchzte. Henderson rührte mit der Stiefelkappe in der Asche, als könnte er im Moment einer vernichtenden Niederlage irgend etwas finden, das wenigstens für die Zukunft eine Besserung versprach: irgendeinen Glücksbringer oder ein vierblättriges Kleeblatt. Vergeblich. Dann sank auch er auf den Boden nieder und starrte schweigend und mutlos in die Ferne. Der Haiavaha. Er hatte den kleinen verkrüppelten Kundschafter entdeckt und das Werk, das die Foré begonnen hatten, vollendet.

Chester bewegte leise die Lippen, als führte er Selbstgespräche. Gina trat hinter ihn und versuchte, ihren Meister und Geliebten mit einer Schultermassage wieder aufzurichten. Zunächst zuckte er zusammen, doch dann zeigte die Behandlung eine positive Wirkung. Seine düstere starre Haltung lokkerte sich sichtlich. Die anderen Spieler gingen gewissermaßen auf Tauchstation, um abzuwarten, bis ihr Anführer wieder seinen Kopf beisammen hatte.

Griffin zappelte ein bißchen herum, ehe er sich neben Henderson auf den verbrannten Boden fallen ließ. »Wir sollten darüber diskutieren«, sagte er. »Wir haben ein paar ungelöste Denksportaufgaben, für die ich keine Lösung weiß, aber vielleicht bringen uns ein paar interessante Indizien weiter.«

Chester blickte ihn nicht an. »Okay, schießen Sie los.«

Griffin sammelte sich erst, ehe er die Fragen, die ihm auf der Zunge lagen, an den Fingern abhakte: »Erstens. Die Bombe im Krater war mit ganz gewöhnlichem Sprengstoff gefüllt. Wo ist die große Superwaffe, von der die Erscheinung des toten Marinesoldaten berichtete und die angeblich entscheidend zum Sieg im Zweiten Weltkrieg beitragen sollte? Zweitens. Warum befanden sich keine feindlichen Wachen in der Nähe eines Beutegutes, das sie angeblich so hoch einschätzten? Wo waren unsere Gegner überhaupt? Drittens. Wenn eine Superwaffe in der Nähe des Vulkans versteckt sein soll – warum gab es dann keinen zweiten blinden Fleck auf der Landkarte? Warum überhaupt ein weißer Fleck auf der Luftbildkarte, wenn dort überhaupt nichts Kostbares versteckt ist? Weshalb wurde Maibang beseitigt, ohne uns die Chance zu geben, sein Leben zu retten? Wie konnte das passieren, wenn dieser Mann eine Schlüsselrolle in diesem Spiel einnimmt – die Moderation des logischen Zusammenhangs?« Griffin schwieg einen Moment, überwältigt von seiner Frustration. »Oder sehe ich das alles zu negativ? Gibt es eine logische Erklärung dafür?«

»Es *muß* eine Erklärung dafür geben, Tegner.« Henderson knirschte mit den Zähnen. »Lopez ist nicht so verrückt, gegen die Regeln zu verstoßen. Und die verbieten ihm, mich in eine sinn- und ausweglose Situation hineinzumanövrieren. Deshalb muß es eine logische Antwort auf Ihre Fragen geben.«

Henderson zog mit der Stiefelkappe eine gerade Linie auf den Boden. »Wollen mal sehen, ob wir in diesem Labyrinth einen roten Faden finden. Beginnen wir mit Maibang. Lopez ließ ihn kaltblütig beseitigen. Ich vermute, das sollte keine Überraschung werden, sondern stand so von Anfang an im Textbuch. Akzeptiert?«

»Weshalb?«

»Aus dem Grund, weil *wir bereits alle Antworten wissen.* Für unsere Lösung brauchen wir Maibang nicht mehr.«

»Wir haben die Lösung? Zum Teufel, wir wissen ja nicht einmal, wonach wir suchen.«

»Nein, aber Maibang diente uns als Führer oder Moderator bis zu dem Vulkan. Im Krater entdeckten wir nichts Wertvolles – nichts, was für *uns* wertvoll war, wohlverstanden. Laut Lady Janet war diese Bombe jedoch sehr wertvoll für unsere Feinde. Und warum bewachten sie nicht ihr wertvolles Ei im Vulkan? Weil sie noch etwas Wertvolleres verteidigen müssen, lautet die Antwort darauf. Sie müssen das Frachtgut verteidigen, das auch für *uns* wertvoll ist. Der Schatz, den wir stehlen sollen.«

Henderson fand wieder Gefallen an seinem Gedankengang. Griffin spürte, wie sich die Räder in seinem eigenen Kopf zu drehen begannen, als er erwiderte: »Demnach wurden wir zu dem Vulkan gelockt, weil er sich in der *Nähe* des eigentlichen Schatzes befindet?«

»Kann sein, kann aber auch nicht sein. Aber Ihre Überlegung war richtig: Dann müßte sich in der Nähe des Vulkans noch ein weißer Fleck auf der Karte befinden. Wir haben die Landkarte gründlich studiert. Befand sich ein zweiter weißer Fleck darauf?«

»Nein. Das weiß ich genau.«

»Dann . . . hmm . . . befindet sich der Schatz auf einem noch größeren weißen Fleck. Im Ozean.«

»Im Ozean? Etwa unter Wasser?«

»Im, auf, über oder auch unter Wasser. Maibang führte uns an der Küste entlang. Der Vulkan befindet sich nur einen Katzensprung vom Meer entfernt. Hier muß der Schlüssel des Rätsels liegen, denn sonst hätte uns Lopez für nichts und wieder nichts nicht halb Neu-Guinea durchqueren lassen. Das traue ich ihm nicht zu.«

»Aber was, zum Teufel, soll dort versteckt sein?« erwiderte Griffin ratlos, sich den Kopf kratzend.

Chester lachte ihm ins Gesicht: »Frag mich nicht, denn ich weiß es genausowenig wie du! Vielleicht ist es ein neuartiges Unterseeboot, oder ein Spionageflugzeug . . . möglicherweise sogar die Kiste, der wir die Luftaufnahmen verdanken. Mir ist es, offen gestanden, egal, was wir finden«, fuhr Chester grinsend fort und streckte sich behaglich. »Die Hauptsache ist, wir *wissen,* wo es steckt. Im Meer in der Nähe des Vulkans. Das spüre ich im Urin, Tegner. Und ich wette, wenn dieser Tag zu Ende geht, haben wir beide die Antworten auf unsere Fragen gefunden.«

Kapitel Sechsundzwanzig

Die lachenden Toten

Myers blickte dem Ehepaar Lopez bei der Arbeit über die Schulter.

Mitsuko Lopez sprach ununterbrochen in ihr Mikrofon. Einer der vielen Monitoren zeigte, wie sich eine Truppe am Strand formierte: acht dunkelhäutige Männer und Frauen, die mit Maske und Schminke in gräßlich verstümmelte Wesen verwandelt worden waren. Sie alle trugen einen kleinen Empfänger im Ohr, der ihnen die Instruktionen von Madam Lopez übermittelte.

Die Finger und Füße von Richard Lopez glitten mit atemberaubender Geschwindigkeit über die Manuale und Pedale seines Kommandogerätes, während er den Hologrammen zunickte, die nach seinen elektronischen Befehlen auf einem zweiten Monitor tanzten, sich über die Düne auf die Bäume zubewegten, dort verschwanden, sich vor der Brandung neu formierten und ihren Totentanz wiederholten. Sie sahen noch schlimmer aus, diese Gespenster, als ihre geschminkten Mitstreiter aus Fleisch und Blut: längst verstorbene menschliche Gestalten, schon halb oder gänzlich in Verwesung übergegangen. Manche von ihnen kicherten auf eine hemmungslose, unkontrollierbare Weise und zuckten dabei wie Marionetten. Richard spitzte den Mund, seine Fingerspitzen berührten eine Taste, und Myers beobachtete auf dem Monitor, wie ein halb verwester Zombie von einem unsichtbaren Schwert gevierteilt wurde. Richard nickte selbstzufrieden.

»Erkennen Sie die Einarmige wieder, die auf einem Bein durch den Sand hüpft?« fragte Mrs. Metesky, sich zu Myers' Ohr hinüberbeugend: »Das ist Gloria Washington. Sie überlebte die Katastrophe von Antarctica Ciudad auf dem Südpol und mußte sich nach ihrer Rettung den Arm und das Bein amputieren lassen. Sie hat für diese Nummer selbstverständlich ihre Prothesen abgenommen. Sie war ganz begeistert von der Rolle, obwohl ich an Chi-Chis Stelle nie den Mut aufgebracht hätte, ihr so ein Angebot zu machen.«

Myers nickte und sagte dann mit lauter Stimme: »Ihr Mann bereitet sich offenbar darauf vor, noch vor der Spielunterbrechung das ganze Team auszulöschen, Mrs. Lopez.«

Lopez hatte die Bemerkung gehört und antwortete an ihrer Stelle: »Henderson hätte etwas von dem Anti-Feuer aufheben sollen.«

»Was bedeutet dieses schreckliche Kichern?«

»*Kuru*«. Richards Finger flogen wieder über die Tasten.

Kuru sagte Myers nichts. »Ich hoffe doch, Sie können das nach den Spielregeln verantworten, oder . . .?«

Richard lachte.

Jetzt marschierten die Hologramme und die geschminkten Akteure aus Fleisch und Blut gemeinsam über die Dünen, wobei die Lebenden sich dem hüpfenden oder hinkenden Gang der Hologramme anzupassen suchten. Richard Lopez drehte sich einen Moment um: »Was Sie jetzt auf dem Monitor sehen, Myers, ist meine Legitimation. Der Beweis, daß ich meine Schulaufgaben gemacht habe. *Kuru* bedeutet ›lachende Krankheit‹. Haben Sie noch nie etwas davon gehört?«

»Nein.«

»Dann schlagen Sie mal in den medizinischen Fachbüchern nach. Es handelt sich um eine Infektionskrankheit, die zur Epidemie werden kann, wenn man das von dem Erreger verseuchte Gehirn eines Menschen verzehrt. Die Symptome dieser Krankheit sind Krämpfe und hysterische, bis zur totalen Erschöpfung führende Lachanfälle. Bei den Foré war diese Krankheit epidemisch. Einige unserer Zombies starben offensichtlich an dieser Seuche.«

In Myers' Magen flatterten ein paar Schmetterlinge: »Es handelt sich um eine echte Krankheit?«

»Absolut. Jedenfalls ist sie historisch verbürgt. Soweit wir wissen, hatten die Foré seit hundert Jahren kein Menschenfleisch mehr gegessen. Heute ist diese Gegend eine Touristenfalle. Aber im letzten Jahrhundert starb fast jede zweite Frau an *kuru,* und ein Fünftel der eingeborenen Bevölkerung wurde von dieser Seuche hinweggerafft. Die kriegsfähigen Männer des Stammes hatten natürlich die besten Stücke der geschlachteten Missionare für sich selbst reserviert und das minderwertige Zeug – die Eingeweide und das Gehirn – den Mitgliedern ihres Stammes überlassen, die auf niedrigerer sozialer Stufe standen, also den Frauen, Kindern und Greisen.« Richard wandte sich einem anderen Schirm zu, auf dem Henderson sich mit seinem Ensemble zu einer Marschkolonne formierte, um erneut auf den Vulkan vorzurücken.

Owen Braddon, der die Nachhut bildete, drehte sich plötzlich um und lief zu der niedergebrannten Stelle am Waldrand zurück. Dort hob er den rußigen Schädel des verblichenen Kundschafters auf, steckte ihn in seinen Tornister und suchte dann wieder Anschluß an die marschierende Kolonne. Das Ehepaar Lopez wechselte einen verständnissinnigen Blick an den Steuergeräten.

Myers war versucht, eine diesbezügliche Frage zu stellen, als Richard den *Kuru*-Faden wiederaufnahm: »Können Sie sich vorstellen, wie lange die Leute sich gegenseitig auffressen mußten, bis aus dieser Krankheit eine Epidemie entstand? Sie ist inzwischen ausgestorben. Wir glauben es wenigstens«.

Griffin beobachtete jeden Busch und jeden Baum, als wartete dort der Tod auf ihn. Dieser Tag würde schlimm enden. Man konnte schon das Murmeln der Brandung hören. Sie mußten sich auf Tuchfühlung an ihre Feinde herangearbeitet haben . . .

»Adler«, sagte Acacia hinter ihm, und ihre Stimme fiel wie ein Stein mitten zwischen seine Gedanken. Ehe er wußte, was er tat, hatte er kehrtgemacht, die Hände um das Gewehr gekrampft, die Mündung auf Acacia gerichtet. Einen Moment kam er sich vor wie ein gemeiner, dummer Junge, bis er die Erschöpfung auf ihrem Gesicht bemerkte und wußte, daß sie ihn nur zu gut verstehen konnte.

Die Spieler, die hinter ihm marschierten, schleppten sich müde durch das Gelände. Sie schienen entschlossen, nicht aufzugeben, aber sie erwarteten ihren Untergang, nicht ihren Sieg.

»Adler?« wiederholte Griffin. »Du spekulierst, womit Lopez uns als nächstes überraschen wird? Was ist es? Ein Maschinengewehr oder ein Hurrikan?«

»Auf diese Weise verliert man am schnellsten sein Leben«,

erwiderte Acacia mit nüchterner Stimme. »Dieser krampfhafte Versuch, voraussehen zu wollen, womit ›Er‹ uns heimsuchen wird. Nimm es hin wie das Leben, das du auch nicht ausrechnen kannst.« Sie holte tief Luft und fuhr erbittert fort: »Gary, du machst mich noch verrückt. Eine Hälfte von dir möchte sich am liebsten kopfüber in ein Getümmel stürzen, während die andere abseits steht und brütet. Dieses brütende, abschätzende, mißtrauische Wesen in dir ist unausstehlich . . .«

Er erwiderte mit einem rauhen, aber durchaus aufrichtigen Lachen: »Ausgerechnet du mußt so etwas sagen, Cas! Wer spielt denn die Geheimnisvolle? Wer versieht denn jedes ›Guten Morgen‹ mit zwanzig Fragezeichen?«

»*Touché.* Vielleicht ist es für beide nur ein Spiel gewesen, nichts Ernsthaftes.« Und dann, als sie zu ihm aufsah, war ihre Stimme nur noch ein Hauch: »Und wenn es nun doch etwas Ernsthaftes gewesen ist, Gary?«

»Was meinst du? Die Bombe? Dieses Pirschen durch den Wald?«

»Das zwischen uns.« Plötzlich war sie neben ihm, sah ihn nicht an, berührte ihn nicht einmal, und doch war die Luft wie mit Elektrizität geladen.

»Wir stecken ein bißchen zu tief in der Scheiße, um uns jetzt ein Urteil erlauben zu können, was echt gewesen sein könnte und was nicht. Vielleicht halten wir dieses Thema noch für diskussionswürdig, falls wir diesen Tag überleben sollten«.

Ihre Augen schienen sich in einen Busch am Wegrand zu bohren. »Vielleicht«, erwiderte sie kühl, und die knisternde Spannung zwischen ihnen brach wieder zusammen.

Ein Kichern drang an sein Ohr.

»Findest du das so komisch?« fragte Alex, doch Acacia hatte sich lauschend aufgerichtet und machte ein todernstes Gesicht. Da kam es noch einmal . . . he, das konnte nicht von einem seiner Mitspieler stammen! Es kam aus einer viel größeren Entfernung, und zudem klang es falsch, irgendwie gepreßt, hilflos, fast schmerzlich, als würde jemand so lange gekitzelt, bis aus dem Übermut, dem Humor, dem anfänglichen Wohlgefühl eine Folter und ein Martyrium geworden war. Bis die Nerven nach Erlösung schrien. Alex bekam eine Gänsehaut, als er das Kichern hörte, und es wurde stetig lauter.

Chester erteilte bereits seine Befehle: »Oliver, du übernimmst die Nachhut! Alle nichtkämpfenden Mitglieder des Ensembles in die Mitte der Kolonne! Die Waffen bereithalten! Es kann jeden Moment losgehen!«

Langsam rückten sie weiter auf das Ufer des Meeres zu.

Dann kam dieses seltsam scharrende Geräusch. Die Schritte und das Kichern vereinigten sich zu einem merkwürdigen Rhythmus – erst dieses gräßliche gepreßte Lachen, dann ein schleppender Schritt. Ein Schluckauf krampfhafter Heiterkeit, gefolgt von einer humpelnden Fermate . . .

Und dann kam der erste in Griffins Blickfeld. Eine knapp ein Meter siebzig große Gestalt, mit braunen Lumpen bekleidet, ein schreckliches Grinsen auf dem ölig schwarzen Gesicht, und dann dieses Lachen, das den ganzen Körper erschütterte. In der rechten Hand trug die Gestalt eine Machete.

Mary-em nahm mit den Augen Maß. »Er gehört mir!« rief sie, verließ ihren Posten in der Marschkolonne und rückte vorsichtig mit gefällter Hellebarde auf das kichernde Wesen zu.

Griffin konnte ihren Gegner nun viel deutlicher erkennen. Er hatte große Ähnlichkeit mit dem Eingeborenen, den Alex mit dem Wurfmesser getötet hatte – dunkelbraune Haut und Augenlider mit der typischen Mongolenfalte, zweifellos das Ergebnis einer Kreuzung zwischen japanischen Invasoren und eingeborenen Foré. Diese Mischlinge würden die Vorzüge beider Rassen in sich vereinigen, dachte Griffin. Chester würde das bedenken müssen. Als steckte er nicht schon bis zum Hals in Schwierigkeiten, setzte Griffin erbittert hinzu.

Während Mary-em vorsichtig mit ihrer Hellebarde vorrückte, blieb der Mann plötzlich stehen, als sähe er sie zum erstenmal. Er blinzelte schwerfällig, als wären seine Lider entzündet oder noch vom Schlaf verklebt. Und Alex bemerkte erst jetzt, wie schmutzig er war. Lehm klebte an seinen Händen und an seinem Hals – feuchter Lehm, der sofort Assoziationen weckte und in Griffins Bewußtsein einen Vergleich heraufbeschwor: ». . . als wäre er eben erst aus einem Grab gestiegen . . .«

Und in diesem Augenblick drang es bis zu seinen Nasenlöchern vor und schlug sich sofort auf seinen Magen. *Der Wirkstoff,* dachte Alex erschrocken, sich die Nase zuhaltend. Aber das war alles andere als eine geruchlose chemische Substanz. Der Kerl stank wie die Pest.

Vor vielen Jahren hatte sich Alex eine altmodische Fliegenfalle gekauft, so ein Zeug, das man in eine Schale voll Wasser legen muß, damit die Fliegen davon angelockt und anschließend ertränkt werden. Es war im Hochsommer gewesen, und er hatte die Schale eine Woche lang stehen lassen und vergessen, das Wasser zu erneuern. Hunderte von Fliegen waren in der prallen Julisonne in Verwesung übergegangen. Als er die Schale endlich über der Abortschüssel auskippen und reinigen wollte, traf ihn der Gestank wie ein Ziegel, der in eine Glasscheibe fliegt, und als er sich von seinem Brechreiz wieder erholte, klebte auch noch sein Mageninhalt an den Kachelwänden.

Diesmal war es ähnlich. Etwas Gärendes, Verfaulendes, das viel schlimmer stank als verwesendes Fleisch. Weitaus schlimmer. Als habe dieses Wesen sein ganzes Leben lang nur von Aas gelebt. Ein grüner Madensack, aus dem etwas grünlich Schillerndes träufelt . . .

Mary-em wurde tatsächlich ganz grün im Gesicht, aber da es sich um einen Feind handelte, rückte sie ihm noch dichter auf den Leib.

Das Wesen machte einen Ausfall, und Mary-em konnte dieser plumpen Attacke mühelos ausweichen, während sie ihm die Schneide ihrer Hellebarde quer über den Bauch zog. Das Wesen lachte nur und versuchte, mit seiner Machete Mary-ems Kopf zu spalten. Doch Mary-em schien nur auf diese Attacke gewartet zu haben, unterlief seinen Arm und stieß gegen sein Bein, als wäre er ein Fußball, den sie beim Strafstoß ins Tor knallen mußte. Das Bein flog nach hinten, doch im Fallen hackte das Wesen noch einmal mit der Machete auf Mary-em ein. Sie parierte den Stoß und drehte sich dann wie eine Tänzerin mit einem Sonnenschirm. Dabei traf sie das Wesen mit der Machete links und rechts am Hals.

Alex winkte ihr zu, den Daumen nach oben streckend, und

die streitbare kleine Dame erwiderte sein Siegeszeichen mit einem grimmigen Lächeln.

Das Ding zuckte immer noch auf dem Boden hin und her. Aus den klaffenden Schnittwunden kam kein Blut.

»Zombies«, sagte Chester, »unser Gegner kennt jetzt keine Hemmungen mehr . . .« Er beschattete die Augen mit der Hand und blickte den Pfad hinunter, die Lippen aufeinander pressend. »Die zweite Welle kommt! Penthesilea und Griffin – ihr beide bildet diesmal die Speerspitze!«

Griffin überraschte sich selbst mit seiner Frage: »Sollen wir sie nicht mit Salz bewerfen?«

»Wie bitte? Nein, Griffin, diese Zombies gehören zu einem anderen Kulturkreis. Du denkst an die Voodoo-Religion. Gegen diese Untoten gibt es nur ein Mittel: kämpfen, okay?«

Diesmal waren es drei Untote, die sich wie auf eingerosteten Gelenken bewegten, die Gesichter verzerrt zu einem spöttischen Grinsen. Seinen Würgereiz unterdrückend, hob Alex das Gewehr an die Schulter und schoß. Staub wirbelte auf dem Gesicht des Untoten auf. Er taumelte einen Schritt rückwärts, rückte dann jedoch mit einem gräßlichen Kichern wieder vor.

Dieser Gestank . . .! Griffin lud immer wieder nach und schoß so lange, bis das Wesen auf die Knie fiel. Die Gesichtshaut hatte sich von seinem Schädel gelöst wie verschimmeltes, aufgeweichtes Pergament. Alex hatte dem Untoten ein Auge ausgeschossen, und das Lid klappte über der leeren Augenhöhle auf und nieder wie eine überflüssige Jalousie.

Acacia wartete ein paar Sekunden, um die Wirkung von Griffins Schüssen abzuschätzen, ehe sie mit einem lauten Fluch ihr Schwert aus der Scheide zog. Der zweite und der dritte Zombie machten Front zu ihr, der eine mit einer Machete, der andere mit einem Bajonett eines M-1-Gewehres. Sie attackierten gleichzeitig, und Acacia wich einen Schritt zurück, um Zeit zu gewinnen, pendelte dann zur Seite und führte einen wuchtigen Hieb gegen das rechte Knie des Zombies, der sie mit dem Bajonett bedrohte. Das Wesen fiel um wie ein gefällter Baum, kicherte mit verfaulten Zähnen und kroch auf sie zu.

Der zweite Untote hielt sich aus der Reichweite ihres Schwertes und grinste. Sie fühlte eine feuchtkalte Hand an ihrem

Fußknöchel und schlug mit dem Schwert gegen den Kopf des Untoten, der ihr Bein festhielt. Der Zombie heulte, ohne jedoch ihren Knöchel loszulassen. »Laß endlich los, verdammt noch mal!« rief Acacia, sich vor Ekel schüttelnd. Sie konnte nur mit Mühe der Machete ausweichen, mit der der zweite Zombie sie in zwei Teile spalten wollte. Sie parierte den Schlag, und ihr Schwert schnitt den rechten Arm des Angreifers über dem Ellenbogen ab. Acacias Schwert sauste nach unten, und mit einem Rückhandschlag traf sie den Untoten am Boden ein zweitesmal, so daß er sie endlich loslassen mußte.

Alex stand über Acacias erstem Opfer und hob dessen Machete auf. »Gewehrkugeln scheinen nicht das richtige Mittel gegen diese Wesen zu sein. Ich hoffe, mit so einem Messer habe ich mehr Erfolg«, sagte er und spähte den Weg entlang.

Acacia nahm das Bajonett des anderen Zombies an sich. »Ich möchte nur wissen, wieviel sie vertragen können, ehe sie kampfunfähig sind. Wie soll man einen Menschen auch töten, der bereits tot ist?«

Sie marschierten weiter. Der Wald lichtete sich, und ein paar Minuten später sahen sie die ersten, mannshohen Sanddünen. Sie waren ihrem Ziel nahe, und das spornte die Truppe wieder an. Ein paar Spieler riefen Hurra, und trotzdem vermißte Alex jetzt S. J.s unermüdlichen Enthusiasmus in der Truppe. Also machte er diesmal Lärm für zwei, wirbelte die Machete um den Kopf und schnitt Grimassen, als wäre er als Samurai-Ritter auf die Welt gekommen.

Mary-em entdeckte sie zuerst. »Wir bekommen Gesellschaft!« rief sie und brachte ihre Machete in die Vorlage.

Sie kamen schwankend zwischen den Dünen hervor, zu viert diesesmal – drei Männer und eine Frau. Sie versuchten den heranrückenden Spielern den Weg zum Strand abzuschneiden, und Griffin kamen die vier irgendwie bekannt vor. Die Frau trug einen Speer, die Männer waren mit den obligaten Macheten bewaffnet.

»Oh, Himmel«, murmelte Mary-em, »der dort ist Eames!«

Eames' Gesicht war eine leere Maske. Er marschierte in dem gleichen holprig-schlurfenden Rhythmus wie die anderen Untoten, und auf seiner Brust klaffte eine große blutige Wunde.

Alan Leigh ging zu seiner Rechten, die Machete über dem Kopf haltend, das Gesicht so starr und leblos, als wäre es aus Eis.

Acacia wollte Leigh in einen Schwertkampf verwickeln, doch Henderson pfiff sie zurück: »Vorsicht, Leute! Immer paarweise gegen einen Zombie kämpfen, solange es geht. Keine Paradeleistungen, sondern nüchtern und kräftesparend den Job erledigen.« Mit raschen Armbewegungen teilte er den Rest der Truppe in Paare ein.

Acacia und Alex rückten gemeinsam auf Leigh vor. Der Zombie-Zauberer reagierte mit einem kurzen Lächeln, doch die Klinge, die er führte, nahm keine Rücksicht auf seine früheren Kampfgenossen. Sie zuckte durch die Luft, und Acacia hatte Mühe, den Schlag zu blockieren, während Alex auf den ausgestreckten Schwertarm einhackte. Der Arm färbte sich rot, und Alan wechselte mit einem leisen Stöhnen die Machete aus der rechten in die linke Hand. Alex hatte seine Machete zum Schlag gegen Leighs Kopf erhoben, als Acacia ihn mit einem schrillen Schrei warnte: »Paß auf!« Er wirbelte herum und duckte sich noch rechtzeitig, ehe der Angreifer in seinem Rücken ihm den Kopf abschlagen konnte.

Es war eine kichernde Eingeborenenfrau, offensichtlich schon lange tot, denn die Kopfhaut hing ihr wie ein Lappen über das Gesicht und verdeckte ihre linke Augenhöhle. Sie zielte mit ihrer Machete auf Alex' Kehle, und Griffin duckte unter der Klinge weg und packte mit beiden Händen nach ihrem Handgelenk. Er wollte sie mit einem Hebelgriff über die Schulter werfen, und erst da fiel ihm wieder ein, daß die Technik der waffenlosen Selbstverteidigung nicht zulässig war. Zu spät. Die Untote war ein Hologramm, und ihr Schwertarm glitt wie ein Schatten durch seine Hände, zuckte zurück und traf ihn mit der Machetenspitze an den unteren Rippen seines Brustkorbs. Rotes Licht markierte die Wunde an seiner rechten Seite.

Alex überwand seine Schrecksekunde, packte wieder seine Machete und schlug mit einem Rückhandschlag die linke Hand der Untoten ab. Er hieb so lange auf das Wesen ein, bis es zerstückelt vor ihm lag und aufhörte zu zucken. Alex keuchte wie ein Blasebalg, und der Schweiß lief in Strömen über seinen

Rücken. Dann sah er sich, wild um sich blickend, nach einem neuen Gegner um.

»Griffin!« Die hohe, nasale Stimme von Dark Star rief um Hilfe. Griffin schwang herum. Die Meisterdiebin und Lady Janet wurden von zwei Untoten bedrängt. Der eine Zombie befand sich im fortgeschrittenen Zustand der Verwesung und hatte asiatische Gesichtszüge. Janet versuchte, sich den toten Asiaten mit einem Stock vom Leib zu halten. Der Unterarm von Dark Star war mit einer roten Aura umgeben. Sie hatte ihre Waffe fallen lassen müssen.

Griffin wollte den beiden zu Hilfe kommen, doch inzwischen kamen die Toten zu Dutzenden aus den Büschen und Dünen hervor – Männer, Frauen und Halbwüchsige. Plötzlich sah sich das ganze Ensemble in Bedrängnis. Dark Star fiel zu Boden, die Hologrammklinge einer Machete stak in ihrem Hals. Holly Frost erledigte rasch den Zombie, der die Meisterdiebin von hinten erdolcht hatte. Janet hatte inzwischen dem verwesenden Zombie die Machete aus der Hand geschlagen und verwendete sie nun gegen ihn selbst.

Chester hatte drei Untote mit magischen Donnerkeilen erschlagen. Seine Aura leuchtete nur noch schwach, und er bewaffnete sich ebenfalls mit einer Machete, um seine magische Energie zu schonen. Gina verwendete ihren Zauberstab als Schlagstock. Ihre Technik war primitiv, aber recht wirkungsvoll, denn da sie den Stock im Kreis herumwirbelte, verlängerte sich die Reichweite ihrer Arme um anderthalb Meter, so daß kein Zombie an sie herankam oder ihr den Stock aus den Händen zu schlagen vermochte. Und so fielen sie, wie von einer Sense niedergemäht, auf den Boden und wälzten sich dort in schmerzhaften Kicheranfällen.

Oliver war mit leuchtend roten Streifen bedeckt, aber keine seiner Wunden war lebensbedrohlich. Er kämpfte Rücken an Rücken mit Margie, die ein Lächeln nicht ganz unterdrücken konnte, während sie die Schläge der Macheten abwehrte und dann mit besonnener Attacke die Untoten zu Boden streckte. Als zu viele Zombies von allen Seiten auf sie eindrangen, verlor sich ihr ironisches Lächeln. Sie schien sich zu einer Furie mit gesträubten grauen Haaren zu verwandeln, während sie in kreiselnden Bewegungen und wilden Sprüngen auf die Reihen der Untoten einschlug.

Der Kampf schien kein Ende nehmen zu wollen. Alex suchte oder zählte seine Gegner nicht mehr. Sie rückten wie Brandungswellen heran, tauchten mit grinsenden Gesichtern vor ihnen auf, zuckten wieder zurück ins Wesenlose. Ein Chor aus schrillem Kichern und brüllendem Gelächter mischte sich mit bestialischem Gestank. Und unentwegt zuckte sein Schwertarm auf und nieder, auf und nieder . . .

Inzwischen glühten rote Lichter, die sich über seinen ganzen Körper verteilten, und er wartete auf den elektrischen Schlag an seinem Hals, der ihm seinen Tod anzeigte. Dann konnte er sich auf die Dünen setzen und ausruhen. Doch dieser erlösende Stromstoß kam nicht, wollte nicht kommen, obgleich der bestialische Gestank der Verwesung ihm fast die Kehle zuschnürte. Er kam auch nicht, als er über die Leiche eines Untoten stolperte und in ihr Alan Leigh wiedererkannte, der ihm mit einem Auge unverschämt zublinzelte. Er kam auch nicht, als Acacia ihn gerade noch mit einem hellen Schrei vor einem Zombie warnte, der ihm von hinten mit der Machete den Schädel spalten wollte. Als er den Schlag erwiderte, war er so erschöpft, daß er glaubte, seine Arme wären mit Blei gefüllt. Das Kichern der toten Frauen trieb ihn allmählich zum Wahnsinn. Der Schweiß lief ihm in die Augen, so daß er seine Gegner nur noch wie durch eine schlierig-trübe Glasscheibe sah. Und dann brachen auch die letzten Dämme in seinem Bewußtsein. Er achtete nicht mehr darauf, daß die sich kreuzenden Machetenklingen den Stahl zerschnitten wie Luft, daß die klaffenden Wunden nur aus Farbe bestanden, aus rotem Licht. Und daß das Klirren der Schwerter und der dumpfe Einschlag einer Waffe im Körper lediglich elektronische Effekte waren, die von seinem Halsband erzeugt wurden. Das alles nahm sein Bewußtsein nicht mehr wahr. Er kämpfte in einer fremden Welt um sein Leben, wehrte sich verzweifelt gegen Legionen von Toten und spürte den Schmerz, wenn Menschen, die ihm nahestanden, tot oder verwundet zu Boden sanken.

Er kämpfte Schulter an Schulter mit seinen Freunden, duckte sich unter den Hieben der Schattenklingen, parierte ihre Stöße, fintete, pendelte zur Seite, attackierte, ein grimmiges Lächeln um den Mund, und seine Machete schlug eine blutige Gasse durch die Reihen der Untoten. Und als ein Machetenhieb ihm die Schulter bis zum Knochen aufschnitt – jedenfalls zeigte ihm das ein rotes Licht an –, stöhnte er vor Schmerz und lachte gleich darauf vor Schadenfreude, als er seinem Gegner, der ihm den Hieb versetzt hatte, mit ein paar wütenden Kreuz- und Querschlägen den Garaus machte.

Und plötzlich standen nur noch die Spieler auf der Walstatt. Mindestens zwanzig Tote lagen mit verrenkten oder abgeschlagenen Gliedern auf den Dünen verstreut. Kibugonai, ihr eingeborener Begleiter, dessen Mutter von einem Schwein in die Waden gezwickt worden war, saß, die Hände gegen den Leib gepreßt, an einen Baum gelehnt und starrte auf die Blutlache unter seinen Schenkeln. Dark Star lag mit dem Gesicht nach unten im Sand.

Und Margie Braddon kniete neben der Leiche von Owen, streichelte sein Haar und flüsterte ihm Zärtlichkeiten ins Ohr. Als Chester zu ihr trat, blickte sie mit steinernem Gesicht zu ihm auf: »Und was jetzt, Chester?« fragte sie mit düsterer Stimme.

»Ich zähle die Toten, Margie. Neun haben überlebt, aber kein einziger Priester. Wir können die Verwundeten nicht mehr heilen.«

»Wir sind zehn!« rief Lady Janet und hob eine Machete mit blutiger Hologramm-Klinge hoch.

»Nein, neun«, korrigierte Chester sie kühl. »Dir können wir nicht trauen.« Er legte Margie in freundschaftlicher Anteilnahme die Hand auf den Arm. »Jedenfalls wissen wir, daß der Schatz, den wir bergen wollen, nicht weit von hier entfernt sein kann.« Alex las den Kummer und die Sorge um seine Leute in Chesters Augen, doch seine Stimme verriet nichts davon. »Komm, Margie. Wir müssen jetzt weiterziehen!«

Margie küßte Owen auf den Nacken. Vielleicht sah nur Alex, wie Owen verstohlen den Arm hob und ihr einen beruhigenden Händedruck gab. Chester nahm dem toten Priester den Rucksack ab, öffnete ihn und vergewisserte sich, daß der Schädel von Kasan Maibang noch intakt war. Es war ihm nicht viel passiert. Als Owen tödlich verwundet zu Boden stürzte, hatten sich ein paar Zähne im Oberkiefer des Schädels gelockert.

Drei wachsbleiche *tindalos* traten lautlos unter den Bäumen hervor. Die Überlebenden nahmen sich nicht mehr die Zeit, sich auch noch von den übrigen Toten zu verabschieden.

Neun Spieler und Lady Janet ließen den Wald hinter sich und rückten in die Dünen vor. Sie hörten das Rollen der Brandung vor sich, folgten mit gezogenen Waffen einem sich zwischen den Sandhügeln hindurchwindenden Pfad. Da warf sich plötzlich Mary-em gegen die Wand einer sanft ansteigenden Düne und rief mit rasselndem Atem: »Eine Pause hätten wir wenigstens verdient, Chester!«

Chester schüttelte den Kopf. »Tut mir leid, Mary-em; aber die Pausenzeiten für heute sind aufgebraucht.« Er reichte ihr den Arm, doch sie stieß ihn zornig zurück, sich aus eigener Kraft erhebend.

»Ich bin noch nicht so alt, Chester!«

Griffin rieb sich die Augen und murmelte: »Aber ich.« Seine Glieder waren so schwer, als hätte er seit Tagen nicht mehr geschlafen. Gestern nacht hatte er höchstens zwei Stunden gedöst. War der »Wirkstoff« daran schuld, oder war das nur eine Folgeerscheinung des Spiels gewesen, die aufgewühlten Nerven, die ihn nicht schlafen ließen? Oder war Acacia die Ursache? Er stolperte, und einen Moment sah er die Dünen doppelt. Am liebsten hätte er sich im warmen Sand zusammengerollt wie ein Hund und geschlafen. Seinen Mitspielern ging es wohl nicht anders, dachte er, als er sie verstohlen musterte. Doch sie marschierten weiter. Sie konnten sogar schon ein Stück des Ozeans sehen – ein mit weißen Schaumkronen bedecktes Dreieck zwischen den Dünen.

Alex beobachtete, wie Acacia zum hundertsten Male versuchte, mit Tony ein Gespräch anzufangen. McWhirter hatte schwarze Ringe um die Augen, doch der Blick, mit dem er Griffin immer wieder musterte, war blanker Mord. Acacia gab schließlich ihre Bemühungen auf und trottete mit gesenktem Kopf zu Alex zurück.

»Vergebliche Liebesmühe!« Ihre Blicke kreuzten sich. Sie

faßte nach seinem Arm und sagte lächelnd, ihr Selbstbedauern aufgebend: »Komm, mein Hübscher, laß uns gemeinsam in den Tod marschieren.«

»Okay.«

Griffin betrachtete sie wieder besorgt von der Seite, während das Getöse der Brandung immer lauter wurde. Sie rieb sich in drei Minuten dreimal die Augen.

»Was ist es? Eine Wimper oder ein Sandkörnchen?«

»Keine Ahnung. Vielleicht trage ich die falschen Kontaktlinsen.«

»Ich bezweifle, daß es die Linsen sind. Hör zu, Cas . . .« Sie hatten den Scheitel einer Düne erreicht, und als Griffin nun auf das offene Meer hinausblickte, blieben ihm die Worte in der Kehle stecken . . .

Kapitel Siebenundzwanzig

Das Superding

Chester war neben ihnen die Düne hinaufgeklettert, wollte auf der anderen Seite wieder hinuntersteigen, erstarrte mitten in der Bewegung, rutschte aus und bremste den Fall mit beiden Händen.

Dann stand er mit offenem Mund da und klopfte sich geistesabwesend den Sand von den Hemdsärmeln.

Darauf war er genausowenig vorbereitet wie ich, dachte Alex befriedigt. Staunen, Überraschung, Ehrfurcht, Fassungslosigkeit, der Schatten eines ungläubigen Lächelns – »Lopez will uns wohl auf den Arm nehmen! So etwas hat es doch nie gegeben!«

Knapp hundert Meter vom Strand entfernt dümpelte ein riesiges Wasserflugzeug auf den Wellen. Es besaß so gewaltige Ausmaße, wie man sie sonst nur bei Luftschiffen oder Raumfahrzeugen kannte, und trotzdem war es ein konventionelles Flugzeug mit jeweils vier Propellermotoren an den gewaltigen Tragflächen. Der Rumpf war so glatt und geschlossen wie ein Schiffskiel, mit einer winzigen Kanzel im Bug und zwei kleinen Bullaugen unmittelbar vor den Tragflächen und einer kleinen Tür seitlich im Rumpf mit einer Strickleiter, die im Wasser auf und nieder schwappte.

Margie saß mit gespreizten Beinen im Sand und hielt sich die Seiten vor Lachen: »So was gab es! So was gab es!« prustete sie immer wieder.

Chester starrte sie an: »Soll das ein Witz sein, Margie?«

»Nein. Es war die ›Spruce Goose‹!« Und dann lachte sie wieder, bis ihr die Tränen kamen.

Ein Riesenflugzeug. Alex musterte verstohlen die anderen Spieler. McWhirter, Holly Frost und Gina Perkins – alle starrten auf das Wasser hinaus. McWhirter und Gina waren stumm und nachdenklich, Holly lachte, den Kopf in den Nacken geworfen. Die anderen blickten Margie an, warteten auf eine Erklärung.

»Oh, Jesus, ich bekomme gar keine Luft mehr! Owen hätte das erleben müssen! Ich hoffe, er schaut uns schon zu!« Margie schluckte. »Nun, ich habe es schon einmal gesehen. Vor vielen, vielen Jahren. Das Original natürlich.«

»Okay, Margie.« Chester ließ sich neben ihr in den Sand fallen und fuhr mit ruhiger, gelassener Stimme fort: »Das ist es. Das muß es sein. Aber was ist es wirklich?«

»Es ist die ›Spruce Goose‹. Oh, Himmel, wo soll ich anfangen? Beim Zweiten Weltkrieg? Das war lange vor meiner Zeit, aber ich kenne seine Entstehung aus den Büchern. Da gab es mal einen Großindustriellen namens Howard Hughes; hast du schon mal was von ihm gehört?« Einige nickten. »Howard Hughes entwarf ein Flugzeug, das zum größten Teil aus Holz bestand, weil Metallbleche gegen Ende des Krieges knapp wurden. Es war das größte Flugzeug seinerzeit, und vielleicht ist es auch heute noch das größte Flugzeug, das jemals gebaut wurde. Man hätte damit siebenhundertfünfzig bewaffnete Soldaten transportieren können.«

»Dann sollte es tatsächlich dazu beitragen, den Krieg zu gewinnen?«

»Ja. Nur hielt man das Projekt für zu ehrgeizig, glaube ich, und das Flugzeug erlebte auch erst nach dem Krieg, 1947, in Long Beach seinen Jungfernflug. Eigentlich sollte es gar nicht fliegen, sondern Hughes hatte nur einen Probelauf über das Wasser angeordnet. Hinterher erzählte er den Abgeordneten des Repräsentantenhauses, er habe zuviel Gas gegeben und deshalb sei das Flugzeug nicht mehr zu halten gewesen.«

Henderson nickte: »Doch nach der für unser Spiel gültigen Version war nicht der Gashebel daran schuld, sondern die Cargo-Kult-Zauberer waren es, die sich dieses Riesenvogels bemächtigten.«

»Ich sehe das auch so, Chester. Die Eingeborenen, mit denen wir uns verbündet haben, müssen damals die Kontrolle über das Flugzeug übernommen haben, als es ›aus Versehen‹ startete. Sie verwendeten ihre magischen Kräfte dazu, das Flugzeug von Long Beach nach Neu-Guinea zu fliegen. Und dann, als sie ihre Kraft erschöpft hatten, übernahm der andere Stamm die Kontrolle über das Flugzeug. Und hier liegt es nun.«

»Hier liegt es. Aber es konnte unmöglich so viel Treibstoff an Bord gehabt haben . . .«

Margie zuckte mit den Achseln. »Die Magie ersetzte den Treibstoff.«

»Nun, ja, möglich. Und nun stehen wir offensichtlich vor dem Problem, mit diesem Riesenvogel wieder davonzufliegen . . .«

Gina unterbrach ihn mit einem unterdrückten Schrei: »Chester, dort! Auf dem Felsen dort drüben!«

Von ihrem Standort auf der Düne konnten sie eine von der Natur geschaffene Felsmole sehen, die sich von der Baumgrenze bis in das Wasser hinein erstreckte und ungefähr fünfzehn Meter vor der Stelle endete, wo das Wasserflugzeug ankerte. Auf der Spitze der Mole zeichneten sich über dem Wasser drei schattenhafte Gestalten ab, die beschwörend die Arme hoben.

Selbst auf diese Entfernung gab es keinen Zweifel, was diese Gestalten darstellten. Die übergroßen Köpfe . . . Alex erinnerte sich an den aus Lehm und kleinen Stöcken geformten Kopfschmuck des Opferpriesters. Dazu die langen, wie Krallen geformten Fingernägel, die mit Fett und Ruß beschmierten Körper und die künstlich erzeugten Narben im Gesicht. Drei Foré-Priester, deren Stimme sich kaum von der tobenden Brandung unterschied, beschworen ihre Götter. Gina rief: »Sie rufen bestimmt noch mehr Untote zu Hilfe!«, und erschauerte, als ein Windstoß ihre Ahnung bestätigte.

»Klar zum Gefecht!« brüllte Chester, und die überlebenden Spieler formierten sich zu einem Keil, der mit Macheten-Stacheln bewehrt war.

»Haltet mehr Abstand!« rief der Meister der Mythen, »Damit ihr euch nicht gegenseitig behindert! Und bewegt euch auf die Mole zu, damit sie euch nicht in den Rücken fallen können!«

Doch die Hilferufe der Foré-Priester waren von den Dämonen zu rasch erhört worden.

Untote marschierten zu zweit und zu dritt aus den Büschen. Ihnen eilte der Gestank voraus, der an verwesende Stinktiere erinnerte. Alex hielt die Machete stoßbereit in der Rechten, während er den linken Unterarm gegen die Nasenlöcher drückte. Oliver stand links von ihm, das Schwert schlagbereit über dem Kopf. Leuchtspiralen tanzten rechts von ihm über Ginas Zauberstab. Ein Hauch in seinem Nacken, ein kurzes sich Anschmiegen an seine Schulterblätter, und er wußte, daß Acacia ihm den Rücken freihielt.

Wenn die Spieler die Mole erreichen wollten, mußten sie sich einen Weg durch die Reihen der Untoten bahnen.

»Vorwärts!« befahl Chester und setzte beschwörend hinzu: »Daß mir keiner aus der Reihe tanzt!«

Ein dunkler, reinblütiger Eingeborenen-Zombie war der erste, der sich der Keilformation in den Weg stellte, und auch der erste, der Mary-ems und Olivers Klinge zum Opfer fiel. Sie hatten ungefähr drei oder vier Meter Raum gewonnen, ehe drei Untote sich wieder zum Kampf stellten, zwei von ihnen Frauen, die sich in zuckenden Lachkrämpfen bewegten. Der dritte von ihnen war die Reinkarnation von Rudy Draeger, den ein Querschläger getötet hatte.

Und zum zweitenmal riß der Faden der Logik in Griffins Bewußtsein, die kühle Skepsis, die Schein und Wirklichkeit auseinanderhalten wollte. Und an ihre Stelle schob sich eine rote Wolke der Empörung, der leidenschaftliche Wunsch zu töten und ein pfeifender Hieb mit der Machete. Doch Rudy wich dem Schlag mit einer etwas steifen, doch intelligenten Parade aus. Alex parierte die Klinge des Gegners, drehte die Klinge nach innen und zielte auf die Rippen des Untoten. Auch Draeger parierte, aber Alex' Stoß war nur eine Finte, und der Zombie-Mechaniker stieß ein gurgelndes Heulen aus, als Alex' Klinge in seinem Hals einschlug und ihm durch die Kehle fuhr. Diesmal ging Griffin kein Risiko mehr ein. Noch zweimal durchschnitt seine Klinge den Hals des Gegners, bis Draegers Kopf von einer schwarzen Aura umgeben war: Alex hatte ihn enthauptet.

Auch die anderen Mitspieler waren nun in heftige Zweikämpfe verwickelt, und Alex hätte zu gerne seinen Platz in der Formation verlassen, um ihnen zu helfen. Doch er beherrschte sich eisern. Nur so wahrten sie ihre Chance, zu überleben. Schritt für Schritt vorrückend, hatten sie sich bereits bis auf zwanzig Meter an die Mole herangekämpft. Wenn sie nur erst diese steinerne Mauer in ihrem Rücken hätten . . .

Eine Machetenklinge sauste an Alex' linkem Ohr vorbei: da mußte ein Zombie die Blockade durchbrochen haben. Er wirbelte herum und sah Tony McWhirter mit einer Wunde am Oberarm, der den Schlag seines Gegners mit einem Hieb gegen die Knie beantwortete, daß der Untote auf den Sand niederstürzte.

»Vorrücken, vorrücken!« rief Chester, und seine Stimme ging in dem schrillen Gelächter und dem Stöhnen der Verletzten fast unter. Doch jeder hatte verstanden, was er meinte, und wieder gewannen sie zwei Meter Boden, ehe der Widerstand zu heftig wurde.

Aus den Augenwinkeln sah Alex, wie Oliver mit schreckgeweiteten Augen und gesenkter Machete auf einen Zombie starrte. Alex schickte einen Blick in diese Richtung.

Und da kam mit schlurfenden Schritten und einem blutrünstigen Grinsen, das viel schrecklicher wirkte als die drohend erhobene Waffe, Gwen auf den stämmigen Krieger zu.

Oliver machte einen halbherzigen Versuch, den Schlag ihrer Machete zu parieren. Man hätte glauben können, er hätte noch nie ein Schwert in der Hand gehabt. Gwens Klinge durchbrach mühelos seine Blockade und traf ihn an der linken Schulter.

Acacia, die Alex' Rücken bewachte und im Augenblick keinem Gegner gegenüberstand, hatte den Vorfall beobachtet. »Um Himmels willen, Ollie . . . wehr dich!«

Ollie kämpfte wie ein Mann, der seinem Gegner nicht weh tun wollte. Wieder landete Zombie-Gwen einen Treffer. Ihre blonden Haare klebten in fettigen Strähnen an ihrem Gesicht, während ihre starren Augen in den Höhlen hin und her pendelten wie bei einer Puppe, als ihr Schwert wieder auf und nieder sauste. Ollie parierte – und schien nicht zu sehen, daß er mit einem Ausfall ihren Unterleib durchbohren konnte. So leise, daß Alex sich das auch nur eingebildet haben konnte, sagte Gwen zu ihrem Gegner: »Töte mich, Ollie! Bitte!«

Und Norliss preßte die Zähne zusammen und erschlug seine Frau, indem er ihr das Schwert in die Brust stieß. Sie brach zusammen wie ein Sack Mehl, und Alex mußte den Schwertkämpfer mit beiden Händen an der Schulter festhalten, damit er sich nicht, vom heulenden Elend gepackt, neben die Leiche auf den Boden warf. Er atmete erleichtert auf, als Ollie sich dem nächsten Zombie zuwandte und ihn mit einem wütenden Schlag empfing, der seinem Namen, Oliver, der Franke, alle Ehre machte.

Und wieder hatten die Spieler ein paar Meter Raum gewonnen. Alex wurde ungeduldig. Er tauschte mit einem anderen Spieler die Position, um an der Keilspitze den Widerstand der Untoten zu brechen.

Hinter ihm schleuderte Chester seinen letzten Blitz auf einen Zombie und bewaffnete sich dann mit einer Machete, als seine Aura flackernd erlosch. Dann attackierte er mit unbeholfenen Stößen den Zombie und verfluchte seine Ungeschicklichkeit, als er mit der ihm unvertrauten Waffe das Ziel beim erstenmal verfehlte.

Die meisten Spieler waren verwundet . . . an Griffins Körper flimmerten ein halbes Dutzend roter Lichter. Nur Margie zeigte noch eine unbeschädigte Aura. Sie schien sich in ihre Machete verliebt zu haben wie eine Fledermaus in warmes Blut. Und die Untoten fanden offenbar kein Mittel gegen ihren unorthodoxen Stil. Sie kämpfte wie eine Besessene, und obwohl sie die Technik nicht beherrschte, war sie einfach nicht auszurechnen.

Alex hatte endlich die Mole erreicht. Er drehte sich mit dem Rücken der Steinmauer zu und brüllte: »Bildet einen neuen Keil! Drängt die Zombies von der Mauer weg!« Chester blickte ihn mit hochgezogenen Augenbrauen an und nickte dann zustimmend.

Der Keil löste sich auf, trieb mit wilden Stößen die attackierenden Zombies von der Mole weg und formierte sich dann neu, die Steinmauer im Rücken, die Spitze nach außen gerichtet. Die Zombies hielten sich an die Dünen und mieden das Wasser und die steinerne Mole. So waren sie nur noch an den beiden Flanken verwundbar und konnten sich viel leichter verteidigen. Trotzdem brandeten die Untoten in immer neuen Wellen heran.

Erholungspausen zwischen den Gefechten gab es nicht mehr. Die Toten häuften sich zu Griffins Füßen, und der Schweiß, der ihm in die Augen lief, trübte sein Sichtvermögen, daß alles um ihn herum in einen rötlichen Dunst getaucht schien. Der Gestank der Untoten, ihre gräßlichen Erscheinungen und das krampfhafte Kichern zermürbten seine Nerven.

Und dann der Schock, als das mit Gina passierte. Sie wurde von zwei Untoten bedroht. Der eine war eine gräßlich verstümmelte, kichernde und von Krämpfen geschüttelte Frau, die auf einem Bein hüpfte und mit einem Arm kämpfte. Sie hatte sich eine lange Stange zwischen den Armstumpf und den Brustkorb geklemmt und stieß mit einem Bajonett zu, das auf einem M-1-Gewehr befestigt war, dem der Kolben fehlte. Gina, die mit ihrem Zauberstab einen schmächtigen, halb verwesten Mann abwehrte, schlug mit der Machete, die sie in der anderen Hand hielt, nach dem Unterleib der kichernden Untoten, die dem Hieb taumelnd auswich. Der Griff der Machete traf die Stange, auf die sich die Untote stützte. Holz splitterte. Das war kein elektronischer Effekt. Die Stange war echt.

Gina schien wie gelähmt und starrte erschrocken die Frau an. Sie hatte diese verstümmelte, kichernde und aus fahlgrünem, verwesendem Fleisch bestehende Frau selbstverständlich für ein Hologramm gehalten. Der Mann, dem sie den Rücken zukehrte, holte mit der Machete aus.

»Gina!« schrie Chester, doch da spaltete die Machete schon ihren Kopf, und Alex sah, wie sie mit schwarzer Aura auf den Boden stürzte, und zwei grinsende Zombies hackten immer noch mit ihren Messern auf sie ein. Tony brachte rasch ihren Zauberstab in Sicherheit. Er war zwar nur noch totes Holz, ohne Energie, aber während der nächtlichen Spielpause würde er sich wieder aufladen.

Die Lücke schloß sich, die acht überlebenden Spieler bildeten einen Ring um Lady Janet, hoben ihre Macheten, schlugen auf die Untoten ein, fochten mit keuchendem Atem und bleiernen Armen, Parade, Blockade, Attacke, ein Zombie weniger, der nächste . . .

Ein Gesicht stach aus der grinsenden, kichernden Menge hervor. Die buschigen dunklen Augenbrauen waren weiß gefärbt, und die gletscherblauen Augen schienen trübe vom Schatten des Todes; doch es war immer noch Bowan, der Düstere, der sich einen Weg auf Chester zu bahnte. Die Klinge in seiner Hand schien keine einfache Machete zu sein, sondern er focht mit ihr wie mit einem *Wakizashi,* einem japanischen Kurzschwert. Sein Ziel war Henderson. Alex warnte den Meister der Mythen vor der Gefahr, während er zwei ihn bedrängende Zombies abwehrte.

Zombie-Bowan beantwortete Griffins Warnung mit einem tiefen Knurren und schlug mit der Machete zu. Henderson, der seine Machete so schwerfällig handhabte, als wäre sie eine Streitaxt, wich dem Hieb aus und stieß Bowan gegen die Brust, um Zeit zu gewinnen für eine Verschnaufpause.

Doch Bowan dürstete nach seinem Blut. Er gab ihm nicht den Platz und die Zeit, die er brauchte, um seine Verteidigung vorzubereiten. Bowan drehte sich in den Hüften und schmetterte mit einem Rückhandschlag sein Schwert gegen Chesters linkes Bein. Der Meister der Mythen fluchte und versuchte nicht mehr, den Stil und die Technik erfahrener Schwertkämpfer nachzuahmen. Wie ein Besessener schlug er mit der Machete auf Bowan ein, als hielte er einen Knüppel in der Hand.

Der Zombie-Magier wurde von dieser unorthodoxen Attacke vollkommen überrascht. Seine Aura färbte sich an den Schultern, den Schenkeln und an den Lenden rot. Er konnte sich nicht länger auf den Beinen halten und sank auf die Knie, während der Meister der Mythen so lange auf ihn einschlug, bis Bowans Aureole sich tintenschwarz verfärbte.

Holly Frost hielt erschrocken den Atem an, als sich ein roter Fleck auf ihrem linken Arm ausbreitete. Griffin, der neben ihr focht, parierte einen Hieb, der eigentlich ihr gegolten hatte, während sie ihre Fassung wiederfand. »Danke«, stieß sie zwischen zusammengepreßten Zähnen hervor, »ich hoffe, ich kann mich revanchieren.«

Alex mußte einen Stich in die Wade hinnehmen, und Oliver hatte eine blutende Wunde auf dem Kopf. Die Untoten wurden zu Dutzenden niedergemetzelt; ihre Leichen behinderten Freund und Feind, und hin und wieder hatte einer von ihnen noch so viel Leben in sich, daß er einen der Spieler am Knöchel festhielt. Der Kampf wogte an der Mole entlang auf das Meer zu, kam den Priestern immer näher, die am Ende des Steinwalls noch immer die Dämonen beschworen.

Vielleicht erkannten sie die Gefahr. Jedenfalls hörten die Spieler einen hohen schrillen Schrei, wie ihn Greifvögel auszustoßen pflegen. Der Zombie, der sich gerade mit Griffin anlegen wollte, wich einen Schritt zurück und strebte dann dem Wald zu.

Ungläubig starrte Alex um sich und sah, daß die ganze Armee der Untoten sich jetzt, rückwärts gehend, von den belagerten Spielern zurückzog und im Halbkreis bis zum Wald zurückwich.

»Was jetzt?« fragte Acacia keuchend.

Griffin blickte auf sein Handgelenk. Einen Moment lang erschien ihm die Uhr, die seiner Manschette eingeprägt war, wie ein magisches, unleserliches Pentagramm. Dann sagte er: »Noch sechs Minuten bis zur Spielunterbrechung. Wir können . . . die Zombies . . . nicht verfolgen. Aber . . .«

Frankish Oliver hatte bereits begriffen, was er sagen wollte, und kletterte die Steinmole hinauf. »Wir können uns . . . immer noch . . . die Priester schnappen!«

Ich muß in Bewegung bleiben, dachte Alex, sonst falle ich auf der Stelle tot um. Er zog sich hinter Oliver an den Steinen hoch, erreichte keuchend die Dammkrone, humpelte hinter Oliver her, der auch keinen Sprint mehr hinlegen konnte. Er sah, wie die Priester mit ihrem grotesken Kopfschmuck auf der anderen Seite der Mole untertauchten.

Oliver humpelte bis zur Spitze der Mole und deutete dann mit seinem Schwert auf das Meer hinaus. Als Alex ihn einholte, konnte er nur noch atemlos ein Wort hervorstoßen: »Boote!«

Um Luft ringend und sich gegenseitig stützend, beobachteten sie die drei kleinen Ruderboote, die auf das Wasser hinausfuhren. Es waren keine Kanus, wie sie die Eingeborenen von Neu-Guinea benützten, sondern altmodische, aus Holz gefertigte Ruderboote mit englischen Namen am Bug. Jedes Boot war mit einem Foré-Priester besetzt, der im Heck des Bootes stand, und einem Eingeborenen, der die Riemen bediente.

Dann kamen auch die übrigen Spieler, von Chester ermuntert, ihre letzten Kräfte aufzubieten. Gemeinsam beobachteten sie, wie die drei Boote an der Strickleiter unter der Kabinentür an der Flanke des Riesenflugzeuges festmachten. Die Foré kletterten die Strickleiter hinauf. Ihre untoten Rudermänner blieben in den Booten. Und dann, fast schlagartig, sank die Nacht wie ein Vorhang auf das Meer und das Riesenflugzeug herab, obwohl der Strand im Zwielicht noch deutlich zu erkennen war. Alex blickte auf seine Manschette. Zweiundzwanzig Uhr. Sendepause.

Als sie von der Mole herunterkletterten, sahen sie, wie Gina von ihrem *tindalo* abgeholt wurde. Chester blickte ihr schweigend nach. Als er sich seinen überlebenden Mitspielern zudrehte, sah man ihm die Erschütterung an. Mit einer Stimme, als wäre er selbst im Kampf unterlegen, sagte er: »Er zieht es immer noch hinaus. Aber morgen . . .«

Acacia befestigte mit einem Klick ihren Schwertgriff wieder in der Scheide. Ihr Haar war schweiß- und sandverklebt, und ihr Gesicht sah so hager und müde aus, als hätte sie den ganzen Tag über Gräber ausgeschaufelt. »Ich glaube eher, daß er sich Sorgen macht, Chester.«

Chester schien ihr gar nicht zugehört zu haben. Doch dann drehte er sich um und fragte: »Sorgen – worüber?«

»Was das internationale Spielersyndikat von diesem Angriff hält. Ob so etwas überhaupt zulässig war.«

Chester kratzte sich mit geistesabwesendem Blick das Kinn zwischen den Bartstoppeln. »Ich weiß nicht. Er hat uns oft genug davor gewarnt . . .«

Acacia erwiderte erschrocken: »Chester, was ist mit dir los? Willst du etwa die Partei des Spielmeisters ergreifen?«

Der Meister der Mythen kauerte sich im Sand nieder und starrte hinaus in die Dunkelheit. »Ich weiß nicht. Ihr hättet einen besseren Anführer verdient. Ihr seht ja, wie weit ihr es mit mir gebracht habt.« Er drehte sich auf den Bauch und starrte in den Sand. Mit müder Stimme fuhr er fort: »Vielleicht wäre es richtiger gewesen, umzukehren und sich noch einmal einen Vorrat von diesem schwarzen Feuer zu holen. Wir hätten es auf dem Waldboden verteilen sollen. Fäulnis ist ein langsamer Verbrennungsprozeß. Vor dem schwarzen Feuer wäre er umgekehrt worden, und dann, wenn die Zombies uns angegriffen hätten, wären sie vermutlich davon aufgehalten worden . . .« Die Spieler blickten sich verlegen an. Chesters Selbstvorwürfe bedrückten sie.

Alex kauerte sich neben ihn in den Sand. »Wenigstens wissen wir endlich, welchen Schatz wir bergen sollen. Er liegt dort draußen auf dem Wasser, Chester. Wir wissen sogar, wo die Boote sind, die wir für die Überfahrt benötigen.«

Chester nickte. Er stemmte sich auf die Ellenbogen, drehte sich um und starrte wieder hinaus auf das dunkle Wasser, wo das Riesenflugzeug auf den Wellen dümpeln mußte. »Wir schlagen hier unser Nachtlager auf«, sagte er unvermittelt. »Morgen ist ein neuer Tag. Wenn die Priester an den Strand kommen, um uns den Rest zu geben, werden wir sie gefangennehmen. Vielen Dank, Griffin. Himmel, bin ich müde. Aber morgen . . .«

Griffin schnallte seinen Tornister ab. Er hatte keine Kraft mehr für große Worte. Er sah an sich herab, um seine Wunden zu zählen. Aber die roten Lichter, die seine Verletzungen durch Hologramm-Waffen anzeigen sollten, waren erloschen. Die blutigen Striemen, die von den Waffen der Zombies herrührten, die von lebendigen Menschen dargestellt wurden, sahen jetzt wie rote Farbe aus. Die Ereignisse des Tages verwandelten sich wieder in Illusionen.

Ollie ließ sich neben ihm in den Sand fallen. Er murmelte etwas, das Alex nicht verstehen konnte.

»Was?«

»Ich wünschte mir, es wäre vorbei.« Der Dieb mußte sich fast bis zu seinem Gesicht hinunterbeugen, um seine Worte zu verstehen: »Ich wünschte mir, es wäre vorbei.« Ollie schien um Jahre gealtert. Tiefe Falten hatten sich in sein Gesicht gegraben. Sein Kinn hing schlaff herab. Eine Träne rann ihm über die Wange.

Griffin hatte auch keine tröstlichen Worte für ihn, nur einen aufmunternden Schlag auf die Schulter. Dann trug er seinen Tornister ein Stück weiter bis zu einem Felsen, der ihn gegen das Lager hin abschirmte. Dort wartete er, auf das Meer hinausschauend, bis auch die Brandung abgeschaltet wurde. Acht Spieler hatten überlebt. Das Spiel war fast zu Ende.

Nur wußten es die anderen noch nicht . . .

Kapitel Achtundzwanzig

Diebe in der Nacht

»Verbinden Sie mich mit Marty Bobbick!«

»Jawohl, Sir.«

Alex lehnte sich gegen den Felsblock. Der Sand hatte sich bereits ein wenig abgekühlt, tat seiner Haut gut. Er spürte, wie erschöpft er war – ausgelaugt bis in die Knochen –; doch dieser Zustand focht ihn jetzt nicht mehr an. Er ordnete ihn den Illusionen des Tages unter. Sein Kopf arbeitete fieberhaft. Die Spieler campierten in sicherer Entfernung. Alex horchte, doch heute abend kam keine Stimmung auf, kein Gesang, kein Gelächter. Er hörte, wie sich Margie und Chester miteinander unterhielten, vermochte aber kein Wort zu verstehen.

»Heil dir, Griffin, dem Held, der die Zombies reihenweise niedermähte!«

Ha ha. »Marty, bleib auf dem Teppich. Ich hoffe, du bist nüchtern.«

»Chef, das bin ich auch. Ich hätte mir niemals träumen lassen, daß diese Spiele so hart sein könnten. Wären Sie nicht in bester physischer Verfassung, würden wir Sie jetzt tot vom Schlachtfeld tragen. Wo nimmt eine so reizende alte Dame wie Margie Braddon nur die Kraft her, so etwas durchzustehen?«

»Reine *chutzpe*. Alle anderen würden sich am liebsten hinlegen und sterben. Ollies Zustand gibt mir wirklich zu denken, Marty. Gwen brauchte vermutlich die Punkte, aber ich habe absolut kein Verständnis dafür, daß er deswegen seine eigene Frau umbringen muß. Das war kein Spiel mehr. Wenigstens wissen wir jetzt, um was es geht. Es ist ein Superknüller, Marty. Morgen . . .«

»Sie haben ihn gefunden, Chef? Ist es ein Er oder eine Sie?«

Ein Er oder eine Sie? *Oh.* Alex war zu müde, um sich über sich selbst zu ärgern. »Tut mir leid, Marty. Hatte meine Zunge nicht ganz im Zaum. War ein anstrengender Tag. Es ist ein Er, Marty. Ich bin mit einer ganz falschen Vorstellung in dieses Spiel hineingegangen . . .«

Er hörte ein leises, schlurfendes Geräusch hinter sich. Ein paar Sandkörner fielen in seinen Kragen. Dann wurde es wieder still.

Alex rollte sich auf den Rücken und stand langsam auf, während er mit ruhiger Stimme in das Mikrofon sprach: »Ich dachte, für diesen Coup käme nur ein erfahrener Spieler in Frage. Jemand, der sich hier so gut auskannte, daß er Zeitpunkt und Ort der Tat selbst bestimmen konnte.«

»Ich möchte meinen, unsere Sicherheitseinrichtungen sind so gut, daß selbst ein Eingeweihter mit Überraschungen rechnen muß.«

»Da haben Sie allerdings recht, Marty. Selbst der beste Mann mit der größten Erfahrung hat schwer zu kämpfen, daß er in diesem Spiel nicht untergebuttert wird. Außerdem hilft ihm die Erfahrung oder die Kenntnis der Örtlichkeit nicht viel, Marty. Denn jedes Spiel ist anders, stellt einen Spieler vor ganz neue Probleme, hat seine eigenen Gesetze.« Vielleicht hatte er sich das Geräusch nur eingebildet. Auch ein Windstoß konnte den Sand über den Felsen geblasen haben . . . aber das Spiel war unterbrochen, die Windmaschinen abgeschaltet. Alex schien sich zu einem riesigen Ohr zu entwickeln.

»Wenn ich Sie richtig verstehe, Chef, ist der Täter kein alter Hase, sondern ein Anfänger . . .?«

»Richtig. Er hat sich ein paarmal selbst verraten.« Alex blickte hoch, ohne den Kopf zur Seite zu drehen. Auf dem Rand der Düne neben dem Felsen entdeckte er eine leichte Wölbung. Es konnte sich um den Scheitel eines Menschen handeln. Aber er sollte sich jetzt nicht mehr auf Vermutungen verlassen. Wenn das dort oben kein Scheitel war, konnte jeden Moment ein überführter Killer in seinem Rücken auftauchen.

Doch er würde die Schritte im Sand hören. Tatsächlich? Alex hatte die Machete neben dem Schlafsack zurückgelassen. Das bedauerte er jetzt. Während der Spielpausen galten auch nicht die Spielregeln, die den Einsatz scharfer Waffen verboten.

Er hätte sich aus dem Lager melden müssen, umgeben von den überlebenden Spielern. Geheimhaltung war überflüssig. Der Täter wußte Bescheid. Aber daran ließ sich jetzt nichts mehr ändern. *Okay, locken wir ihn von der Düne herunter . . .*

»Hallo, Chef? Sind Sie noch auf Sendung?« fragte Marty ungeduldig.

»Am zweiten Tag war er so erschöpft, daß er nicht mal auf eine zwei Meter hohe Mauer hinaufklettern konnte, obwohl er in ausgezeichneter körperlicher Verfassung ist. Er war also in der vergangenen Nacht zu lange aufgeblieben. Als wir zum Vulkan kamen, wußte er ganz genau, daß die Bombe eine Blindspur war. Während alle anderen Spieler sich verzweifelt anstrengten, das Ding aus dem Krater zu ziehen, schaute er sich nur neugierig um. Er mußte also den Riesenvogel bereits gesehen haben. Und übersehen kann man diesen Vogel ja gar nicht, weil er so riesig ist. Er muß Lopez ein Vermögen gekostet haben. Zudem ist es die wichtigste Requisite des Spieles, und wir hatten den Platz, wo das Ding verankert ist, noch gar nicht erreicht. Als wir den Hafen besetzten, wo wir die Baracke verbrannten, interessierte er sich nur für die Flugzeuge, die auf dem Wasser schwammen, und dann verlor er jedes Interesse an seiner Umgebung.«

Wo, zum Teufel, steckt er? Er durfte doch nicht zulassen, daß Griffin seinem Stellvertreter den Namen des Täters nannte.

»Griff, wer ist es?«

Wo steckte er nur?

»Griff, ist alles mit Ihnen in Ordnung? Soll ich Ihnen ein paar Leute zu Hilfe schicken? Griff!«

Er hatte sich getäuscht. Niemand lauschte auf der Düne. Er war allein. Verrückt. »Fortunato. Tony McWhirter.«

»Gut. Notiert. Was jetzt? Das Spiel abbrechen?«

Doch in diesem Moment hörte Alex einen Stoßseufzer über sich.

»Ich schalte gleich wieder auf Sendung, Marty!« Griffin klappte seine Brieftasche zu und steckte sie in die Gesäßtasche. »Kommen Sie herunter!« befahl er und verteilte sein Gewicht auf beide Beine. Vielleicht kam es jetzt zum Kampf. McWhirter konnte mit einem Schwert bewaffnet sein.

Tony stand auf und kam die Düne herunter, sich etwas zurücklegend, um nicht im Sand auszurutschen. Er war unbewaffnet. Er blieb drei Schritte vor Griffin stehen und zeigte ihm seine leeren Hände. »Ich habe niemand umgebracht«, sagte er.

»Sie haben das Recht, die Aussage zu verweigern«, erwiderte Griffin. »Wenn Sie einen Anwalt wollen . . .«

»Ich weiß, ich kenne die Regeln. Aber ich habe niemand getötet, Griffin. Im Gegenteil – der Wächter hätte um ein Haar mich umgebracht, aber ich habe ihn nicht einmal verwundet. Ich fesselte ihn, steckte ihm einen Knebel in den Mund und ließ ihn im Aufenthaltsraum zurück. Er wälzte sich zwar auf dem Boden, und ich überlegte, ob ich ihn mit dem Klebeverband nicht an irgendeinem Möbelstück festbinden sollte. Aber so rasch würde er seine Fesseln nicht loswerden, überlegte ich, und bis dahin hatte ich schon erreicht, was ich wollte.«

»Ein netter Plan«, erwiderte Griffin mit kalkulierter Nüchternheit. »Was war Ihr Risiko? Hat er Ihr Gesicht gesehen?«

»Ich habe ihn nicht umgebracht!«

»Ob Sie es wollten oder nicht – er ist tot. Erstickt. Haben Sie ihm mit Absicht oder nur zufällig die Nase zugehalten?«

Tony ließ sich auf den Boden fallen und klemmte den Kopf zwischen die Knie. Griffin hörte, wie der Mann sich schneuzte. Er blieb trotzdem auf Distanz.

»Er atmete noch! Ich . . . oh . . . ich habe ihm den Hals zugedrückt, bis er ohnmächtig wurde, aber er atmete, als ich ihn gefesselt im Aufenthaltsraum zurückließ!«

»Wo ist der Wirkstoff?« Tony blickte rasch zu ihm hoch. Die Frage schien falsche Hoffnungen in ihm zu wecken. »Versprechen Sie sich nichts davon«, fuhr Griffin ihn an. »Ich mache keine faulen Kompromisse. Vermutlich ist er inzwischen aus dem Traumpark hinausgeschmuggelt worden. Sie müssen einen Kontaktmann gehabt haben, der das Zeug irgendwo aufsammeln sollte.«

Tony schüttelte energisch den Kopf. »Er kann es gar nicht gefunden haben, Griffin. Als ich den Wirkstoff gegen Sie verwendete, hatte ich keine Ahnung, welche Wirkung es auf *mich* haben würde. Ich wurde verrückt vor Angst. Ich hätte mir fast den Schädel an den Bäumen im Traumpark eingerannt. Sie haben recht. Ich sollte es an einer Stelle verstecken, die ich aber nie erreichte. Deshalb warf ich es einfach fort. Ich hatte Angst vor dem Zeug. Und ich hatte Angst, Sie würden mich durchsuchen.«

»Wo ist das Reagenzglas mit der Wirkstoffprobe jetzt versteckt?«

»Ich kann Ihnen den Platz zeigen. Kämen wir doch noch zu einem Kompromiß?«

»Was versprechen Sie sich davon? Nicht ich habe darüber zu entscheiden, sondern das Gesetz. Glauben Sie etwa, die Leute, die für den Traumpark verantwortlich sind, würden Sie laufenlassen? Was haben sie denn für eine Alternative?«

»Dann gehen Sie meinetwegen zum Teufel! Ich habe keine Ahnung, wem die Probe in die Hände gespielt werden sollte. Vielleicht findet der Unbekannte die Probe früher als Sie!«

»Wie Sie wollen«, erwiderte Griffin und fuhr mit schneidender Schärfe fort: »Sie scheinen sich falsche Illusionen zu machen, Tony. Selbst wenn Sie Rice nicht töten wollten und er an einer verstopften Nase starb, wird man Sie des Mordes überführen. Nach den in Kalifornien gültigen Gesetzen ist des Mordes schuldig, wer eine strafbare Handlung begeht und dabei den Tod eines anderen Menschen verursacht. Stehen Sie auf!«

Tony folgte stumm seiner Aufforderung. Er schien seinen Widerstand aufzugeben. »Was nun?« fragte er niedergeschlagen.

»Wir werden den anderen sagen, daß wir das Spiel verlassen.«

Tony war leichenblaß. Selbst in dem schwachen, künstlichen Sternenlicht konnte man erkennen, wie elend ihm zumute war. »Oh, Gott! Das kann ich Acacia unmöglich zumuten! Sie werden morgen früh schon nach fünf Minuten aufgeben müssen!«

Griffin blickte ihn verblüfft an. Dann sagte er: »Das hätten Sie sich vorher überlegen müssen.« Er spürte, wie Tony seine Muskeln anspannte. »Kommen Sie, Tony. Das Spiel ist vorbei.«

Da überfiel ihn die Verzweiflung. »Ich habe alles verdorben, alles! Bitte, Griffin! Ich kann ihnen nicht unter die Augen treten. Bitte!« bettelte er fast hysterisch.

»Glauben Sie etwa, mir macht es Spaß, was ich den anderen jetzt sagen muß?« erwiderte Griffin bitter. »Kommen Sie schon!« Die Brutalität in seiner Stimme sollte nicht nur McWhirters Willen brechen. Sie galt auch ihm selbst.

Du lieferst sie alle dem Tod aus!

Blödsinn. Sie sterben nur einen Scheintod auf der Bühne.

Rice ist tot. Ihn kann niemand mehr zum Leben erwecken.

»Griffin, bitte, warten Sie doch wenigstens das Ende der regulären Spielzeit ab! Es sind doch nur ein paar Stunden! Dann sage ich Ihnen, wo der Wirkstoff versteckt ist, und stelle mich freiwillig.«

»Sie wissen, daß ich das unmöglich tun kann!« *Verdammt, wir hatten tatsächlich eine reelle Chance, das Spiel zu gewinnen.*

»Ich zeige Ihnen, wo der Wirkstoff versteckt ist, aber erst morgen!«

»Ich kann mich auf diesen Handel nicht einlassen. Nun kommen Sie schon!«

Und jetzt, viel zu spät, griff Tony ihn doch noch an. Griffin wich seinem wilden Schwinger aus und trat ihm gegen das Schienbein. Als Tony nach vorn knickte, packte Alex ihn bei den Haaren und nahm ihn in den Schwitzkasten. So brachte er Tony zum Lagerplatz zurück.

Das Lagerfeuer war fast bis auf die Asche heruntergebrannt, und niemand schien die Kraft aufzubringen, Holz nachzulegen. Kibugonai und Kagoiano servierten das Abendessen. Ihre Gesichter waren starre, leere Zombie-Masken, und ihre Todeswunden schimmerten rötlich im zuckenden Schein des Feuers. Lady Janet reichte Tüten mit Milch, Fruchtsaft oder Bier herum. Sie schleppte sich von einem Platz zum anderen, und das Lächeln, mit dem sie die Getränke anbot, reichte nicht über ihren Mund hinaus.

Niemand hob den Kopf, als Alex Tony zum Lagerplatz zurückbrachte, bis Chester bemerkte, daß Griffin McWhirter mit auf dem Rücken verdrehten Armen vor sich hertrieb. Er sprang erschrocken auf die Beine, beugte zweimal die Knie, damit sein Blutkreislauf wieder funktionierte, und sagte dann im gereizten Ton: »Okay. Tegner – zum Teufel, was soll das bedeuten?«

Alex ließ Tony los, der zitternd neben dem Feuer stand, den fragenden Blicken seiner Mitspieler ausweichend.

»Soll ich es ihnen sagen, oder wollen Sie das lieber tun?« fragte Griffin barsch.

Tony bewegte die Lippen, brachte aber keinen Ton heraus. Er schüttelte hilflos den Kopf. Griffin ließ das Mitleid, das sich in ihm regen wollte, gar nicht erst hochkommen, sondern sagte frostig: »Also gut – dann tue ich es!«

Alle Augen waren nun auf ihn gerichtet. Sein Tonfall warnte sie. Sie wußten, er hatte nichts Gutes zu berichten: »In der Nacht vor drei Tagen, während der Spielpause, entfernte sich McWhirter vom Lagerplatz des Ensembles. Sein Streifzug endete im Gebäude der Forschungs- und Entwicklungsabteilung, wo er ein Reagenzglas mit einer neuentwickelten ... Erfindung stahl.«

Er brauchte nicht mehr zu sagen, als unbedingt nötig war.

Acacia griff sich an den Hals: »Mein Gott! Deswegen hast du mich also in jener Nacht allein gelassen!« Verwirrt stand sie auf und ging auf ihn zu: »Tony«, sagte sie, »warum hast du mir nichts davon gesagt? Warum mußtest du verrückt spielen? Warum, Tony?«

Tony blieb stumm. Er stand da, als wollte er jeden Moment vor Scham in die Erde versinken.

»Das ist noch nicht alles«, fuhr Alex fort. Er bereute fast, daß er Fortunato nicht vorher aus dem Spiel genommen und dann erst eine Erklärung abgegeben hatte. Acacia blickte ihn an, als habe er selbst ein Verbrechen begangen. »Um sich Zutritt zu diesem Gebäude zu verschaffen, mußte Tony einen Wächter überwältigen. Auf eine bisher noch nicht ganz geklärte Weise starb dieser Wächter, ein gewisser Albert Rice, den Erstikkungstod.«

Acacias Blick wurde bohrend, schien ihm bis auf den Grund seines Herzens auszuleuchten. Dann sah ihn auch Tony mit großen feuchten Augen an. Acacia sagte mit ausdrucksloser Stimme: »Nein, das ist unmöglich.«

»Nun, Tony?« forderte Alex den Dieb Fortunato heraus.

McWhirter nickte stumm, und die Tränen liefen ihm über die Wangen. Sie glitzerten wie Quecksilber im Licht des Lagerfeuers.

»Wer gibt dir das Recht, so etwas Ungeheuerliches zu sagen?« Acacias Frage war eher ein Aufschrei. Die anderen Spieler schienen vor Schreck wie gelähmt zu sein.

»Griffin. Ich bin Alex Griffin, der Chef der Traumpark-Polizei.«

Chester sah aus, als hätte ihn zum zweitenmal die *biditaurabo-haza*-Schlange gebissen. »Okay . . . Griffin. Und was geschieht jetzt?« Der Meister der Mythen erinnerte Griffin an einen Mann, der das Ergebnis seiner Biopsie erwartet: entsetzt und fasziniert zugleich.

»Jetzt . . .« *Jesus, warum starren sie mich so an? Ich tue nur meine lausige Pflicht!* Mary-em saß zusammengerollt auf dem Boden, das Gesicht zwischen den Knien vergraben. Sie konnte es nicht ertragen, ihm noch länger ins Gesicht zu schauen. Holly Frost starrte ins Feuer und dann auf ihre Hände, die sie in ihrem Schoß verknotet hatte. »Ihr wißt, was ich zu tun habe, verdammt noch mal! Jeder von euch weiß es!«

Niemand widersprach ihm. Sie ließen nur stumm die Köpfe hängen. Das war viel schlimmer, als wenn sie leidenschaftlich protestiert hätten.

Nun kommt schon, ihr Traumtänzer! Schreit mich doch an! Spuckt mir ins Gesicht! Sagt mir wenigstens, was ihr von mir haltet! Daß ich ein bezahlter, engstirniger Paragraphenreiter und Bürohengst bin!

Acacia ging taumelnd zu ihrem Schlafsack zurück, setzte sich, wollte einen Schluck Bier aus ihrem Pappbecher trinken, doch sie würgte den gelben Saft wieder heraus, und Ollie mußte sie mit beiden Händen stützen, als sie sich schluchzend übergab.

»Das ist es also«, ergriff Chester endlich das Wort, sich gewaltig zusammennehmend, damit auch nicht ein Funken Gefühl in seiner Stimme mitschwang. »Von nun an sind wir nur noch zu sechst. Morgen früh ist alles zu Ende.« Sein Blick wanderte an Griffin vorbei und blieb an Tony haften. Einen Moment lang brannte ein mörderischer Funke in diesen Augen, der rasch wieder erlosch.

Margie Braddon knetete ihre Hände, als wollte sie irgend etwas unbeschreiblich Schmutziges davon entfernen. »*Ich* mußte ihnen also in Ihrem Auftrag die Neuigkeit überbringen. Sie benützten Owen und mich als Kurier, nicht wahr?«

»Ein glücklicher Zufall, Margie. Ich mußte die Reaktionen der Spieler beobachten, als sie erfuhren, daß ein Wächter umgekommen war.«

In McWhirters Gesicht keimte wieder so etwas wie Hoffnung auf: »Sie glaubten also, daß ich das noch gar nicht wußte!«

»Trotzdem bleibt es ein Mord, Tony. Wenn ein Mensch im Verlauf einer strafbaren Handlung zu Tode kommt, ist es Mord. Daran können Sie leider nichts mehr ändern.«

»Ja. Verdammt, daß es passiert ist. Ich habe es nicht gewollt.«

»Packen Sie Ihre Sachen zusammen!«

Niemand rührte sich, niemand sprach ein Wort, als Tony steifbeinig zu seinem Rucksack am Rand des Lagerplatzes ging und ihn mit einem langen, fast gequälten Seufzer hochhob und vom Sand befreite.

In dem zuckenden Licht des Lagerfeuers sah er aus wie ein Greis. Tiefe Schatten lagen um seinen Mund und seine Augen. Mit schleppenden Schritten ging er zu Griffin zurück, drehte sich zu den anderen Spielern um und flüsterte: »Es tut mir leid. Der Himmel weiß, wie es mir leid tut. Cas . . . in der ersten Nacht – du hast es erraten. Ich provozierte den Streit.« Sie versuchte, ihr Gesicht abzuwenden, und brachte es doch nicht fertig. »Cas, als ich sah, wie hart alles werden würde, wußte ich, daß ich es in der ersten Nacht hinter mich bringen mußte. Ehe ich als Toter aus dem Spiel genommen würde. Und deshalb . . .«

»Hör auf«, flüsterte sie.

»Ich liebe dich, Kleines. Das ist alles.«

Holly Frost brach das bedrückende Schweigen, das seinen Worten folgte, sprach nun aus, was sie alle dachten: »Teufel, Griffin, warum kannst du nicht noch ein paar Stunden warten?«

Ein absurder Gedanke, doch Alex hatte das Gefühl, daß er sich verteidigen mußte: »Ich sehe keine Möglichkeit dazu. Ein Mann ist *tot.*«

»Können wir ihn wieder zum Leben erwecken?« Margie versuchte, Holly Frost mit einer Handbewegung zum Schweigen zu bringen, aber sie war nicht mehr zu halten: »Ich meine, warum müssen wir jetzt alle darunter leiden? Ich bin mehr als tausend Meilen gereist, um an diesem Spiel teilnehmen zu können. Und nun sagst du uns, es wäre dir gleichgültig, was du mir oder den anderen antust, wenn du nur deinen Mann abführen kannst.«

»Das ist mein Job.« Griffin spürte, wie ihm das Blut in die Wangen stieg. *Du kannst nichts dafür. Wenn sie morgen früh sterben müssen, ist es nicht endgültig. Es ist ja nur ein Spiel!*

Nur ein Spiel. Die Freude, die Anstrengung, der viele vergossene Schweiß – alles nur ein Spiel. Gefühle, Liebe, die Gesänge am Lagerfeuer, die Tränen und Schmerzen, die Strapazen und das Einstehen füreinander – alles nur ein Spiel. Und was passiert am Morgen, wenn die Untoten und die Foré und was Lopez nicht noch alles sich ausgedacht hatte – aus dem Meer und den Bergen hervorbrandeten, um fünf Spieler zu erschlagen? Alles nur Illusion, das glänzende Finale einer teuren Produktion.

Acacia schneuzte sich die Nase und blickte ihn an: »Okay, Alex oder Gary oder wie du heißen magst – du und ich wissen, daß alles, was zwischen uns geschehen ist, nur eine Lüge war.« Sie ließ ihn nicht zu Wort kommen, und das war vielleicht besser so. Vielleicht hätte er etwas gesagt, was er hinterher bereuen mußte. »Okay. Dir ist es scheißegal, wie es uns zumute ist. Das trifft mich nicht so hart, wie Sie vielleicht glauben, Mister. Aber ich möchte jetzt, daß du uns sagst, daß es dir egal ist, was hier geschieht. Daß du nur zum Schein so getan hast, als würdest du mitspielen. Daß du dich nicht mit uns Verrückten gemein machen willst. Ich sah dich, Gary – Alex, oh, verdammt noch mal –, ich sah, daß das Spiel dich zu verändern begann.«

Er hörte das Beben in seiner Stimme: »Was genau glaubst du an mir bemerkt zu haben?«

»Du kannst dich nicht entspannen, Alex. Du bist in einer weitaus besseren Verfassung als wir. Und hat es dich mehr geschlaucht als uns? Warum siehst du müder aus als Margie?« Sie beugte sich vor und zuckte wieder zurück, als eine glühende Kohle explodierte: »Ich sage dir, weshalb. Weil du dich so verdammt hart tust mit allem, was du anpackst. Weil du dich quälst und schindest und antreibst, bis du fast aus dem Leim gehst. Und wenn es dir nicht hart genug ist, dann machst du dir eben selbst das Leben zur Hölle, nur damit du deine Genugtuung bekommst, du hättest deine Pflicht getan. Und jetzt sage mir ganz offen, Alex, und schau mir dabei in die Augen, verdammt noch mal!, ob es dir wirklich scheißegal ist, wie das Spiel ausgeht. Und ob du nicht lieber noch zwölf Stunden im Spiel bleiben willst, gerade lang genug, um uns zu helfen, Lopez den Sieg zu entreißen. Nun los schon, großer, starker Mann, sag doch, daß es dir egal ist!«

Er zuckte mit seinen breiten Schultern: »Okay.«

»*Okay?* Was soll das bedeuten?«

Seltsam, wie seine Stimme klang! Als wäre er ein kleiner Junge, der etwas erklären mußte, was er selbst nicht verstand: »Natürlich möchte ich so lange dableiben. Aber es kommt nicht darauf an, was ich mir wünsche . . .«

Sie starrte ihn an: »Mein Gott, Alex . . . ich dachte, nur *ich* würde in einer Scheinwelt leben! *Warum nur,* zum Kukkuck . . .«

Er unterbrach sie gereizt: »Ich bin nicht hier, um Fragen zu beantworten, Acacia. Ich bin nicht zum Spaß hierhergeschickt worden. Ich vertrete die Interessen des Traumparks! Es geht nicht um meine Person, verdammt noch mal.«

Sein Gefangener hatte inzwischen den Rucksack wieder abgesetzt. Tony hatte längst sein Plädoyer gehalten. Nun wartete er nur noch ab.

Chester sagte: »Griffin, aber es kann doch nur im Interesse des Traumparks sein, daß Sie im Spiel bleiben.« Chester sprach sehr beherzt, fast berechnend, den Kopf dem Feuer zugedreht.

»Nun stellen Sie nur nicht die Tatsachen auf den Kopf . . .« Doch Alex spürte, daß er zu rasch pariert hatte, zu automatisch, als fürchtete er sogar, daß es einen Ausweg für ihn geben könne.

»Morgen«, fuhr Chester fort, ihn immer noch nicht ansehend, »werden wir abgeschlachtet. Das Spiel ist vorbei und wird als eines der größten Debakel aller Zeiten in die Annalen der Spiele eingehen. Jedenfalls ist es das größte Fiasko, von dem ich je gehört habe.«

»Es tut mir leid, daß Ihr Ruf darunter leiden muß, aber . . .«

»Dann tut es mir auch leid um das Geld, das der Traumpark investiert hat.«

Da schlug eine Glocke bei Griffin an. *Hatte Harmony nicht etwas Ähnliches gesagt . . .?* »Fahren Sie fort, Chester!«

»Wissen Sie eigentlich nicht, daß der Traumpark investiert hat, weil er sich von dem Verkauf der Bänder und Bücher einen Profit verspricht? Daß er dieses Spiel später in einer Aufzeichnung als Attraktion im Traumpark verwenden möchte? Wissen Sie, wieviel Leute sich wohl für ein Fiasko interessieren werden? Cowles Industries kann damit baden gehen, Griffin.« Erst jetzt blickte er Griffin fest in die Augen. »Wir wissen beide, daß ich andere, übergeordnete Motive habe, weshalb ich mir wünsche, daß Sie beide im Spiel bleiben. Okay, ich möchte Sie nur bitten, alle Gesichtspunkte zu berücksichtigen. Sie wissen, was das Spiel für Sie bedeutet und für den Park. Und wenn Sie das nicht gelten lassen wollen – was es auch für Ihre Mitspieler bedeutet.«

Griffin sah sich auf dem Lagerplatz um. Müde, aber gespannt warteten sie auf seine Antwort, die entweder über Fiasko oder eine reelle Gewinnchance entscheiden mußte. Beides hing davon ab, ob er das, was getan werden mußte, nur um zwölf Stunden verschob . . .

Himmel, was würde Harmony davon halten?

Ist das wichtig? Er war es doch, der mich in diese prekäre Lage hineinmanövrierte. Aber hatte Harmony nicht gesagt, daß . . . »Ist es richtig, daß der Traum-Park ungefähr anderthalb Millionen in dieses Spiel investiert hat?«

»Weitaus mehr, würde ich sagen. Aber lassen Sie sich doch die Ziffern von Ihrem Boß geben. Jedenfalls geht es nicht nur um die Kosten der Inszenierung, sondern auch um Anleihen, Zinsen, Werbeverträge . . .«

»Sparen Sie sich die Mühe, mir das alles aufzuzählen, Chester. Versammelt euch um mich, Leute! Könnte sein, daß ihr mich unterstützen müßt. McWhirter, Sie stellen sich direkt neben mich.« Alex öffnete seine Brieftasche. »Verbinden Sie mich mit Marty Bobbick!«

Marty war sofort in der Leitung: »Griff, ich hätte schon fast die Hoffnung aufgegeben, daß Sie mir vor Ihrem Tod noch ein paar letzte Worte sagen!«

»Marty, ich habe Tony McWhirter unter dem Verdacht des Diebstahls und Mordes festgenommen.«

»Okay, gut. Sagen Sie mir, wo Sie sind, und ich leite Sie zum nächsten Ausgang.«

»Nicht so rasch, Marty. Sehen Sie zu, daß Sie Harmony an den Sender bekommen. Sofort.«

So rasch ging es nicht. Die Spieler saßen stumm um ihn herum und warteten mit bangen, angespannten Gesichtern. Kagoiano, der als Zombie genauso aussah wie nach dem Unwetter am dritten Tag – die Knochensplitter schauten ihm überall aus der Haut heraus –, servierte Griffin ein dickbelegtes Sandwich und wartete mit ausdruckslosem Gesicht, bis Griffin es auch vom Teller nahm. Alex mußte sich dazu zwingen, hineinzubeißen, doch dann aß er wie ein hungriger Wolf.

Ollie sagte: »Könnt ihr euch noch an die Fat-Ripper-Specials erinnern? Sie verwendeten das Original aus der ersten Aufführung, änderten nur die Zeit für die Distanzen, die zurückgelegt werden mußten, gaben den Mitwirkenden eine Marschverpflegung mit konzentriertem Eiweißgehalt und verwendeten Ärzte als Träger oder Moderatoren. In fünf Tagen verloren die Teilnehmer ihr überflüssiges Fett und merkten gar nicht, wie sehr der Hunger sie plagte, weil sie viel zu sehr damit beschäftigt waren, nicht umgebracht zu werden. Auf diese Weise ist auch Gwen zu einem professionellen Spieler geworden.« Er blickte Griffin an, der den Mund voll hatte. »Die wirklich guten Spiele lassen sich auch an Zielgruppen verkaufen, von denen man das nie erwartet hätte. Der Traumpark würde wirklich verdammt viel Geld verlieren . . .«

Eine Stimme kam aus der Brieftasche: »Griffin?«

»Harmony? Wenn Sie bereits geschlafen haben, sollten Sie rasch wieder munter werden. Ich bin hier mit einer heiklen Entscheidung konfrontiert, und dazu möchte ich erst Ihren Rat einholen.«

»Ich habe noch nicht geschlafen. Ich bin ganz Ohr!«

»Ich habe Tony McWhirter verhaftet. Er gibt zu, daß er die – Materialien gestohlen hat, leugnet jedoch jede Schuld an dem Tod von Rice.«

»Sehr gut, Alex! Wir werden die Polizei in Sacramento anrufen und ihnen einen gelösten Fall übergeben. Haben Sie das gestohlene Material sichergestellt?«

»Das ist unser Problem, Sir. McWhirter hat uns ein interessantes Angebot gemacht. Er wünscht, daß wir beide auf dem Spielfeld bleiben, bis die Aufführung programmgemäß beendet ist. Es wäre nur eine Verzögerung von zwölf Stunden, meint er, und dann ist er bereit, uns zu zeigen, wo er das – äh – Material versteckt hat.«

»Das Spiel. Ja. Was würde denn aus dem Spiel, wenn Sie und McWhirter das Ensemble sofort verließen?«

»Es wäre das schlimmste Fiasko in der Geschichte der Spiele, Sir.«

»Oh.«

Harmony legte eine Denkpause ein, und Griffin hielt – seltsamerweise? – den Atem an.

»Und wenn dieser McWhirter Ihnen nun die Kehle durchschneidet und zu flüchten versucht? Er hat schon einmal getötet. Ein zweiter Mord an einem Spieler . . . Prozesse . . . hmm.«

»Wir können entsprechende Vorkehrungen treffen, Sir. McWhirter wird eine Machete mit einer Hologramm-Klinge erhalten. Wir werden ihn die ganze Nacht bewachen. Marty wird den Spielbereich hermetisch abriegeln . . .«

Tony flüsterte verzweifelt: »Um Himmels willen – lassen Sie mich sprechen!« Alex überreichte ihm die Brieftasche. Tony sagte: »Mr. Harmony? Ich habe nicht vor, zu flüchten. Ich schwöre es! Wohin soll ich denn gehen. Und ich habe Rice nicht . . .«

»Einen Moment, McWhirter. Sind Sie auf Ihre Rechte aufmerksam gemacht worden?«

»Ich habe das Recht auf einen Anwalt. Ich habe das Recht, zu schweigen. Wenn ich rede, kann meine Aussage aufgezeichnet werden.«

»Sie *wird* bereits aufgezeichnet.«

»In Ordnung.«

»Sind Sie im Besitz von Gegenständen, die dem Traumpark gehören?«

»Nein, aber ich versteckte sie an einem Ort, wo sie kein

anderer mehr finden wird. Ich kann sie Griffin morgen übergeben. Hören Sie, Lopez wird uns das Fell über die Ohren ziehen, wenn Griffin und ich jetzt das Spielfeld verlassen. Und wie wollen Sie diese Panne erklären? Sie wird durch den Spielverlauf nicht gerechtfertigt. Damit ist die ganze Inszenierung im Eimer.«

»Sind auch Ihre Mitspieler bereit, Ihrem Wort zu vertrauen, daß Sie nicht fliehen werden?«

»Ich *schwöre* es . . .«

»Ich will *ihr* Wort. Auf Band diktiert.«

Inzwischen mußte es ihnen allen klargeworden sein, daß Harmony sich einer Rechtsbeugung oder sogar einer strafbaren Handlung schuldig machte, wenn Tony sein Versprechen brach, einen Spieler verletzte oder tötete und dann flüchtete. So versicherten sie alle der Reihe nach an Eides Statt, daß sie Tony McWhirters Wort vertrauten. Alex übernahm das Schlußwort:

»Ich werde den Spielbereich so hermetisch abriegeln lassen, daß nicht einmal eine Mücke hinausschlüpfen könnte. Auch ich bin überzeugt, daß McWhirter es ehrlich meint. Und es wird sehr lange dauern, bis er wieder eine Chance als Spieler bekommt.«

»Ich habe eine Verbindung zum Aufsichtsrat hergestellt. Sie haben alles mitgehört. Ja, okay, Sie können so verfahren, wie Sie es vorgeschlagen haben. Und viel Glück. Ah, ich habe ganz vergessen, zu erwähnen, daß ich zugesehen habe, wie Sie das – äh – schwarze Feuer stahlen . . .«

Wer hatte eigentlich nicht zugeschaut?, dachte Griffin verdrossen. »Und?«

»Ich hatte den Eindruck, es hat Ihnen bis jetzt Spaß gemacht.«

Die Leitung war tot – und alle brachen in Jubel aus. Griffin brüllte: »Ruhe!«, und sie gehorchten sofort. Griffin aktivierte wieder den Sender und sagte: »Sicherheitsabteilung! Rasch! Marty? Hören Sie zu. Ich möchte, daß alle Ausgänge des Spielbereichs A hermetisch abgeriegelt werden. Auch die Kuppel und die Keller. Falls jemand den Bereich zu verlassen versucht, wird das Spiel sofort beendet. Und lassen Sie auch keinen unkontrolliert passieren, nur weil er die Uniform eines Wächters trägt, okay?«

»Soll das bedeuten, daß Sie das Spielfeld jetzt nicht verlassen, Chef?«

»Nein. Weder ich noch der Gefangene – nicht vor morgen mittag – und dann entweder auf oder mit unseren Schilden.« Griffin klappte seine Brieftasche zu und blickte sich in der Runde um: »Ihr seid verrückt«, murmelte er, »ihr seid alle verrückt – oder wir, weil ich mich nicht ausschließe. Aber ich verlange, daß McWhirter während der Spielunterbrechung die Beine gefesselt werden und er die ganze Nacht über bewacht wird. Gibt es Einwände dagegen?« Nicht einmal ein Flüstern. »McWhirter?«

Tony streckte ihm pathetisch die Arme hin: »Hände und Füße, Griffin! Ich habe nichts dagegen. Im Gegenteil, ich muß Ihnen sogar danken!«

»Okay.« Griffin ließ sich wieder in den Sand der Düne fallen. Er spürte bleierne Müdigkeit – und zugleich eine unendliche Erleichterung. Seine Gedanken kehrten wieder zu einem Problem zurück, das noch nicht gelöst war. »Henderson?«

Der Meister der Mythen blickte ihn besorgt an: »Noch eine unangenehme Überraschung?«

»Wir sind noch zu acht. Und wir haben nicht einmal Boote. Gegen uns steht eine Armee von Untoten. Wie, zum Teufel, wollen wir das Spiel *gewinnen?*«

Kapitel Neunundzwanzig

Das Ende des Spiels

Als der letzte Tag anbrach, waren die Überlebenden des Ensembles hellwach, um ihn zu begrüßen. Ihre Kleider waren schmutzig und zerlumpt. Da war keiner von ihnen, dessen Körper nicht mit Schrammen, Beulen oder Platzwunden bedeckt war und dem die Füße nicht noch von den Strapazen der vergangenen Tage weh taten, auch wenn er ein paar Stunden geschlafen hatte. Sie alle packten entschlossen und zuversichtlich ihr Gepäck und legten ihre Waffen bereit: Schwerter, Macheten und Ginas Zauberstab, den Chester Henderson übernommen hatte.

Chester wartete mit weit geöffneten Augen und angespannten Nerven auf das elektronische Signal der Zwillingssonne, mit deren Erscheinen das Finale begann.

Alex nahm es Acacia nicht übel, daß sie sich neben Tony aufgestellt hatte. Sie hatte auch die Nacht mit dem gefesselten Mann verbracht. Keine Flirts mehr mit anderen Männern, keine Vorwürfe, keine bitteren Tränen, keine Haßausbrüche. Es hatte nichts Intimes zwischen ihnen gegeben; aber sie blieb in seiner Nähe.

Holly Frost, deren lange schwarze Kraushaare mit Sand und Schweiß zusammengebacken waren, stand neben Alex und spielte nervös mit einem japanischen Kurzschwert. Verstohlen betrachtete sie Penthesilea und Fortunato aus der Ferne.

Tony beobachtete den Horizont. Sein Blick wanderte über das noch leere Firmament, und er schien sich des Mädchens an seiner Seite überhaupt nicht bewußt zu sein, bis er sie plötzlich, einen tiefen Seufzer ausstoßend, heftig an sich drückte.

Ich kann dich gut verstehen, Tony, dachte Griffin. *Du willst es uns noch einmal beweisen, was in dir steckt, Tony; denn in den nächsten zwanzig Jahren wird es kein Spiel mehr für dich geben.*

Mary-em, Margie und Ollie standen in einer Gruppe beisammen. Margie sah gut erholt aus, als habe sie aus der endlosen Beratung über die einzuschlagende Strategie neue Kräfte gewonnen. Sie und Mary-em blickten sich grinsend an und legten dann die Spitzen ihrer Waffen aneinander wie zwei Degenfechter, die sich vor dem Kampf begrüßen. Ollie hatte Mühe, seinen mächtigen Zweihänder hochzuheben, und sein Lächeln wirkte etwas zusammengestoppelt. Die Spieler hatten sich »eingeigelt«, bildeten einen groben Kreis um das Lagerfeuer, um sich nach allen Seiten hin verteidigen zu können. In dem Kreis stand Lady Janet, die ebenfalls mit einer Machete bewaffnet war. Chesters Anweisungen waren sehr präzise gewesen: »Wir kämpfen nur, wenn wir dazu gezwungen werden. Es gehört zu unserem Auftrag, nicht nur den Schatz, sondern auch möglichst viele Leute wieder nach Hause zu bringen.«

Griffin stand mit dem Gesicht zum Wald und hielt mit beiden Händen ein Samurai-Schwert umklammert. Plötzlich mußte er lachen: *Marty, Millie und Harmony – habt ihr auch schon euren Monitor eingeschaltet? Ich hoffe, ihr habt euren Spaß daran!*

Die zweite Sonne ging auf, die erste verblaßte. Chester beobachtete kritisch, wie die Wunden des gestrigen Tages sich wieder als rote Lichter auf seinen Spielern und seinem eigenen Körper abzeichneten. Und auch die Geräuschkulisse von Neu-Guinea war wieder zu hören: Vogelgezwitscher, das Rauschen der Brandung und ein metallischer Laut . . .

Im Rumpf der »Spruce Goose« öffnete sich langsam eine Tür. Ein langer schwarzer Arm drückte sie nach außen. Unter einem großen schwarzen ballonförmigen Kopfschmuck zeigte sich ein narbenbedecktes Gesicht, zog grinsend die Lippen auseinander und rezitierte dann Worte, die aus dieser Entfernung nicht zu verstehen waren. Die Gestalt zog sich wieder in das Innere des Flugzeugrumpfes zurück, und eine zweite Gestalt kam heraus, die mit steifen Beinen die Strickleiter hinunterstieg.

Es war ein Untoter mit zerlumptem Lendenschutz auf aschgrauer Haut. Er stieg in ein Ruderboot und nahm die Riemen in die Hand. Zwei Foré-Priester kletterten anschließend ins Boot, lösten die Leine und setzten sich dann ins Heck. Das Boot bewegte sich mit rhythmischen, gleichmäßigen Ruderschlägen auf das Ufer zu.

Chester rief: »Diese Bastarde! Sie benützen nur ein Boot!«

Griffin spürte einen sauren Geschmack auf der Zunge und bewegte nervös die Hand am Schwertgriff. Die Foré schienen nur *ihn* anzusehen, mit gebleckten, spitz zugefeilten Zähnen. Nun konnte er auch die Muskeln auf dem Rücken des Zombies erkennen, der das Boot durch die Brandung ruderte.

Als es nur noch drei Meter vom Ufer entfernt war, erhob sich einer der beiden Priester im Heck und begann laut zu singen. Der zweite Priester begleitete ihn kontrapunktartig, und daraus entstand eine Melodie, daß Griffin kalte Schauer über den Rücken liefen.

Er hatte keine Zeit, die Serenade zu kritisieren. Aus dem Wald kam als Antwort das schrille, krampfhafte Kichern von gestern und dazu ein rhythmisches Schlurfen und Knistern: die Untoten formierten sich zum Kampf.

Es waren mindestens dreißig Zombies, die unter den Bäumen hervorwankten – Frauen, Kinder und Männer, alle bewaffnet. Die Frauen hatten fast alle entblößte Brüste, doch der Effekt war keinesfalls erotisch. Alex wußte, daß es lange dauern würde, bis er eine halbnackte Frau wieder ohne Schaudern betrachten konnte; er würde dabei immer an die kichernden Zombies von Neu-Guinea denken müssen, die mit milchigstarren Augen über den Sand humpelten.

Die Greise konnten mit ihren verkrüppelten oder gichtigen Händen kaum ihre Machete halten; doch die erste Linie wurde von »gesunden« Männern gebildet: ein Dutzend junge, kräftige Gestalten, die bei einer Fehde oder auf der Jagd einen gewaltsamen Tod gefunden hatten.

Die meisten von ihnen waren dunkelhäutige Eingeborene wie die Foré-Priester, nur zwei bildeten eine Ausnahme – S. J. und Felicia Maddox, ›Dark Star‹ genannt. S. J. rollte seine Augen wie ein Zombie-Hologramm, fuchtelte wild mit der Machete und grinste mit einem Gesicht, das von Kratern und Runzeln übersät war – den Narben einer heftigen Explosion. Griffin grinste zurück. S. J. war es wirklich egal, auf *welcher* Seite er seine Talente unter Beweis stellen konnte.

Felicias Gesicht wirkte übernatürlich ruhig, doch sie führte die anderen Zombies an.

Das Boot hatte inzwischen das Ufer erreicht. Die beiden Foré-

Priester sprangen aus dem Boot, ohne ihren Gesang zu unterbrechen.

»Es ist soweit, Leute!« rief Chester mit lauter, aber besonnener Stimme. »Wenn jeder sich an seine Anweisungen hält, schaffen wir es. *Formiert euch!*«

Die Spieler bildeten rasch aus ihrem Kreis einen Keil, dessen Spitze von Mary-em gebildet wurde. Dann bewegten sie sich im Laufschritt auf die Felsenmole zu. Und dann hielten sie plötzlich wieder an und machten kehrt, als die sie verfolgenden Untoten bis auf zehn Schritte herangekommen waren. Chester hob Ginas Zauberstab. Seine Finger glitten über die Tasten, und vielfarbige Lichtspiralen wanderten hinauf zur Stockspitze, von der sie als Blitze übersprangen auf die erste Reihe der angreifenden Untoten.

Felicia fing Feuer. Die Zombie stieß einen Schrei aus, als würde man ihr mit dem Messer das Fleisch von den Rippen schneiden. Dann brach sie zusammen, ein rauchendes, Funken sprühendes Kleiderbündel. Ihre beiden Nebenleute wurden ebenfalls in Asche verwandelt. Doch dann brach das Lichtbündel an der Spitze des Zauberstabes flackernd in sich zusammen.

S. J.s Zombie hatte sich rasch hinter dem Rücken eines anderen Untoten in Sicherheit gebracht, und so war er von den Blitzen verschont geblieben. Dann marschierten die übrigen Zombies über die rauchenden Leichen ihrer Kameraden hinweg und verwickelten die Spieler in ein Degengefecht.

Der tote Ingenieur ging schnurstracks auf Margie los. Um ein Haar hätte sie die Keilformation verlassen, um ihm auf halbem Weg entgegenzukommen. Sie beherrschte sich im letzten Augenblick, parierte seinen Degenstoß und knurrte wie ein bissiger Hund.

Griffin hielt ein paar Schritte Distanz zu Holly, damit er sie mit seinem Schwert nicht behinderte, und begann zu fechten. Die Hiebe der Zombies kamen schneller, waren viel schwerer zu parieren als gestern, und ehe drei Minuten vergangen waren, hatte er zwei neue rotglühende Lichter am Arm und am Bein. Er verdoppelte seine Anstrengung und fand endlich seinen Rhythmus als Schwertfechter. Dann fiel der erste Zombie auf den Sand, einen rotglühenden Keil quer über dem Kopf.

Chesters Stimme erhob sich über das Kampfgetümmel: »Vorwärts – marsch!«

Mary-em, die nun wieder die Spitze des neu formierten Kreises bildete, stürzte sich mit einem wilden Kampfschrei zwischen die Untoten. Mit sausenden Schwertern und Macheten dezimierten die Spieler die Reihen der Zombies. Langsam, doch dann mit zunehmender Geschwindigkeit, kamen die belagerten Spieler immer näher an die Foré-Priester heran. Als sie sahen, daß die Priester langsam auf das Wasser zurückwichen, auf den Bug ihres auf den Sand gesetzten Ruderbootes zu, stießen sie ein rauhes Hurra aus und steigerten sich in einen wahren Kampfrausch hinein. Die Zombies starben reihenweise an der Flanke des Keils, und dann stieß Mary-em einen lauten Fluch aus, durchbohrte mit der Spitze ihrer Machete den letzten Zombie, der ihr den Weg zum Strand verstellen wollte, und lief wie ein Hase über den Sand. Sie schleuderte ihre Machete gegen die Beine eines Foré-Priesters; er stürzte in die Brandung, und die schäumenden Wellen färbten sich rot.

Der zweite Priester starrte eine tödliche Schrecksekunde lang auf seinen gefällten Amtsbruder und watete dann hastig durch das Wasser, um das Boot in das offene Meer hinauszuschieben. Der untote Rudersmann blieb untätig auf seiner Ducht sitzen. Er hatte keine neuen Befehle erhalten.

Tony schleuderte seine Machete.

(Irgendwo jenseits fällte ein Computer nach einer ihm eingegebenen Formel die Entscheidung . . .)

Die Klinge drehte sich einmal in der Luft und schlug dann in die Schulter des Foré-Priesters ein. Mit einem Schrei versuchte dieser das böse Gewächs aus seinem Rücken zu entfernen. Dann lief er weiter, das Boot nur noch mit einer Hand schiebend.

Ollie sprang mit wilden Sätzen durch die Brandung, gefolgt von Lady Janet. Der Foré versuchte Ollies Zweihänder mit bloßer Hand aufzuhalten. Ein vergeblicher Versuch. Während die anderen Spieler die Untoten mit sausenden Klingen vom Strand wegdrängten, zog Janet das Boot zurück auf den Sand.

Ollie half ihr dabei. Als der Kiel schon knirschend den Sand berührte, durchbrach S. J. die Linie der Verteidiger und schlug Ollie mit seiner Machete von hinten nieder.

Ollies Aura färbte sich rot. Er schwang herum, während Zombie-S. J. wieder die Machete über den Kopf hob. Im Augenblick seines Todes parierte Ollie den Hieb mit der kreiselnden Klinge seines Langschwertes. Sie traf S. J. am Hals, und die Aura um seinen Kopf färbte sich schwarz.

Chester hob zuerst Lady Janet in das Boot, und dann half er Margie beim Einsteigen. Der untote Eingeborene, der untätig auf der Ruderbank saß, gab keinen Laut des Protestes von sich, als sie ihn über Bord warfen. Tony kletterte ins Boot und zog Acacia am Arm zu sich herauf, ehe er einem Zombie mit der Machete die Hand abhackte, der ihn bis zum Boot verfolgt hatte.

Dann war auch Holly an Bord, und nur Griffin und Mary-em standen noch kämpfend in der Brandung. Für sie schien kein Platz mehr im Boot zu sein. »Griffin!« schrie Acacia und deutete auf ihren Schoß. Alex schob Mary-em auf den Bug des Ruderbootes zu, doch sie zischte ihm ins Ohr: »Verschwinde! *Du* mußt überleben, Griffin!« Sie boxte ihn mit der Schulter auf die Bordwand zu.

Er packte sie dafür beim Gürtel: »Idiot! Du hältst dich an der Bordwand fest und schwimmst!«

Sie nickte. Rückwärts gehend, steuerten sie auf das Boot zu und fingen an zu schwimmen, als sie den Grund unter den Füßen verloren. Tony und Holly hatten die Riemen übernommen und das Boot mit dem Bug ins Meer gedreht. Sie warteten so lange, bis Griffin und Mary-em sich am Heck festhalten konnten.

Die schrecklichen Söldner der Foré wateten im Wasser, bis es ihnen über den Mund hinaufstieg, und selbst dann marschierten sie weiter, und ihre toten Augen leuchteten wie Phosphor unter den schäumenden Wellen.

Margie drückte die Hand gegen ihre linke Brust, als Tony und Holly mit peitschenden Ruderschlägen auf das offene Meer hinaustrebten. Erst als sie die Zombies in den Wellen versinken sah, sagte sie erleichtert: »Fast hätten sie uns noch eingeholt . . .«

Mary-em gab einen kurzen erschrockenen Laut von sich und versank.

»Alex! Sofort in das Boot!« Acacia wartete nicht, sondern zog ihn, alle ihre Kräfte aufbietend, an den Schultern über die Bordwand. Eine grünlich schillernde Hand hielt seinen linken Fußknöchel umklammert, und er fluchte laut. Tony schlug mit einer Machete danach; die Hand färbte sich rot und versank in den Wellen. Alex lag quer im Boot auf den Knien der anderen Spieler.

Alsbald klammerten sich Dutzende von grünen Händen an beiden Bordwänden fest, und grinsende tote Gesichter tanzten zwischen den Wellen, starre Augen füllten sich mit Blutlust.

Während Tony und Holly ruderten, glitt Griffin wieder von Acacias Schoß herunter und hackte mit dem Samurai-Schwert auf Köpfe und Hände ein. Das Boot schwankte heftig hin und her, während er mühsam in der Hocke das Gleichgewicht bewahrte und das Schwert mit beiden Händen vor der Brust hielt und damit wie mit einer Harpune nach den Köpfen der Untoten zielte.

Ein Jubelschrei hallte über die Wellen, als sie die »Spruce Goose« erreichten. Tony band die Leine am Bug fest und half Holly auf die Strickleiter. Sie nickte und kletterte so behende wie eine Trapezkünstlerin die Sprossen bis zur offenen Tür hinauf.

Sie hörten ihren jubelnden Schrei: »Frachtgut!«

Hinter ihr rief Tony gellend: »Vorsicht!« Sie drehte sich um, als ein zähnefletschender Foré-Priester eine Schlange nach ihr schleuderte.

Das kurze Schwert in ihrer Hand beschrieb ein flirrendes S vor ihrem Körper, ehe sie sich zu Boden fallen ließ. Der in zwei Teile getrennte Körper der Schlange flog gegen die Kabinenwand. »Erhört mich, ihr . . .«, betete sie, doch dann mußte sie sich rasch zur Seite werfen, als der Priester sie mit einer zweiten Schlange bombardierte. Als die Schlange neben ihr auf den Boden fiel, schlug sie ihr den Kopf ab.

Dabei kam sie mit ihrem linken Fuß dem Vorderteil der ersten Schlange zu nahe, die sie in der Luft zerschnitten hatte. Der Kopf dieser Schlange biß noch einmal zu, ehe er gänzlich sein Leben aushauchte.

»Verdammt!« rief Holly, trat mit dem Fuß danach und ging dann wankend auf den Priester zu, der seine spitz zugefeilten Zähne entblößte und böse fauchte. Ihre Aura färbte sich von den Knöcheln aufwärts schwarz. »Hört mich, ihr Götter!«, rief sie, *»gebt mir Feuer!«*

Der Priester hob abwehrend die Hände. Flammen schlugen aus Holly Frosts Fingerspitzen und leckten an der Kabinenwand entlang. Hollys Wakizashi flog durch die Gasse zwischen den Feuerkeilen und traf den Foré mitten in der Kehle.

Der Foré stürzte zu Boden. Holly, die nun gänzlich von einer schwarzen Aura umgeben war, brach in anmutiger Haltung über ihm zusammen.

Chester kam als letzter durch die Tür in der Bordwand. Er warf sie hinter sich zu und schob den Riegel vor. »Okay, wollen wir mal sehen . . .« Er sah die beiden Toten in der Kabine und zuckte zusammen. »Oliver, Mary-em, Holly . . . Himmel, was für ein mörderisches Spiel!« Dann blickte er in den Raum hinter den Leichen. »Aber sie hatte recht. Das ist es, was wir suchen!«

Die schattenverkleideten Wände wölbten sich links und rechts in die Höhe wie das Kirchenschiff einer Kathedrale und trafen sich dort oben irgendwo in einer unbestimmbaren Höhe. Der Frachtraum war buchstäblich vollgestopft mit Gütern, die sich bis zu Decke hinauf stapelten – Kisten, Kartons, Säcke, Verpacktes und Unverpacktes in allen Größen und Formen.

»Margie, reicht deine Qualifikation dafür aus, daß du dieses Ding fliegen kannst?«

Sie spitzte nachdenklich die Lippen und wich einer direkten Antwort aus: »Schauen wir uns das Cockpit an.«

Das Cockpit befand sich ein Stockwerk höher, war über eine Treppe an der Stirnwand der Kabine zu erreichen. Die Tür zur Pilotenkanzel stand einen Spaltbreit offen, und Alex öffnete sie vorsichtig mit seinem Schwert, ehe er das Cockpit betrat.

Durch die verstaubte Glaskanzel sickerte etwas Licht, aber der untere Teil der Kabine lag im Dunkeln. Fingerdicker Staub lag auf den Instrumenten, aber sonst schien noch alles intakt zu sein. Mit Zeigern und Skalen versehene altmodische Meßgeräte bedeckten die Kanzelwand unter den Kuppelfenstern. Ein modriger Geruch hing über dem Ganzen.

Margie war Alex in das Cockpit gefolgt und deutete auf die beiden Stühle des Piloten und Co-Piloten. »Das ist es, was ich brauche«, sagte sie und schob sich sacht an ihm vorbei, den drehbaren Sitz des Piloten herumschwingend.

Mit einem Satz wich sie zurück und hielt sich an Alex fest. Er warf sich mit dem gezückten Schwert herum und atmete dann erleichtert auf.

Ein Skelett saß auf dem lederbezogenen Pilotenstuhl. An den Knochen klebten noch Kleiderreste.

»Wow!« Margie hob vorsichtig das Bein und berührte das Skelett mit der Stiefelkappe. »Okay. Ich glaube, dieser Tote wird aus seinem Schlaf nicht mehr erwachen, nachdem wir die Priester beseitigt haben.« Sie bewegte die Rückenlehne des Nachbarstuhles und seufzte, als sich mit der Drehung ein zweites Skelett präsentierte. »Gary . . . Griffin, würden Sie mir helfen, diesen Gentleman aus dem Pilotensitz zu entfernen?«

Griffin trug den verblichenen Kapitän hinunter in die Kabine und dann zum Frachtraum. Unterwegs verlor er ein paar Knochen. Er ging noch einmal zurück und sammelte sie auf.

»Kommen wir voran?« fragte Chester, der hinter Griffin die Treppe zum Cockpit hinaufkletterte und sich hinter den Pilotensitz stellte. Margies Hände glitten über Schalter und Hebel. Sie drehte an einem Knopf, und die Skalen leuchteten auf.

Margie deutete auf den Zeiger, der auf Null stand. »Ich glaube, das ist der Treibstoffanzeiger. Die Tanks scheinen leer zu sein.«

»*Verdammt*, das war zu erwarten!« erwiderte Chester und lehnte sich gegen die Kanzelwand. Er starrte hinaus auf das Wasser. Dann fand er seine gute, ja, fast übermütige Laune wieder: »Aber ja doch! Das Treibstofflager!« Er packte Margie an der Schulter: »Erinnerst du dich? Die Bucht, die Baracken und der Kai mit der Nissenhütte? Vielleicht ist noch so viel Treibstoff vorhanden, daß wir bis dahin kommen! Versuch mal die Motoren anzulassen!«

Margies Hände spielten über das Schaltpult. »Ich habe so eine Kiste noch nie geflogen«, murmelte sie und zog an einem

Hebel. Ein Husten, ein Knattern, und dann ein lautes Dröhnen. Das Flugzeug begann, sich im Kreis zu drehen.

Margie summte fröhlich vor sich hin, während sie den Anlasser eines zweiten Motors bediente, dann eines dritten, eines vierten . . . Inzwischen hatten sich alle vier überlebenden Spieler und Lady Janet in der Pilotenkanzel versammelt und schauten Margie andächtig bei der Arbeit zu.

Das Flugzeug hatte sich inzwischen um hundertachtzig Grad gedreht, und Margie nahm nun den Steuerknüppel in die Hand. Das Flugzeug hörte auf zu kreiseln. Dann hob es die Nase aus dem Wasser und beschleunigte. Das Wasser teilte sich schäumend vor seinem Bug. Das Flugzeug hatte so viel Fahrt, daß es seinem Seitenruder gehorchte. Margie drehte die Nase des Riesenflugzeuges nach Osten und fuhr an der Küste entlang.

»Motor eins, vier, sechs und sieben laufen mit halber Kraft, Admiral«, sagte sie zu Chester. »Die anderen sind entweder defekt oder bekommen keinen Kraftstoff; aber ich kann ja immer wieder versuchen, sie in Gang zu bringen . . .«

»Nicht jetzt. Wir haben noch nicht genügend Kraftstoff, um mit der Kiste fliegen zu können.«

Tony sagte: »Griffin?«

Griffin drehte sich um und blickte ihn fragend an. Tony nickte ihm ernst zu. Alex schnallte seinen Tornister ab und folgte Tony in den Frachtraum. McWhirter ging auf eine Kiste zu, die mit grüner Farbe als »Ersatzteile, U.S. Army« gekennzeichnet war. McWhirter hebelte mit einem kurzen Stemmeisen den Deckel auf, entfernte eine Schicht Putzwolle und holte dann eine Werkzeugtasche aus blauem Stoff heraus. Mit gesenkten Augen überreichte er sie Griffin.

Die Werkzeugtasche hatte einen Velcroverschluß, der sich leicht öffnen ließ. Alex entnahm der Tasche vier zusammengefaltete Blätter aus Fotokopier-Papier und ein Schaumkissen, in dem ein dünnes, mit farbloser Flüssigkeit gefülltes kleines Fläschchen steckte. Das Fläschchen war nur noch zur Hälfte gefüllt.

»Der Wirkstoff?« Tony nickte. »Okay, Tony. Ich bin bereit, Fairneß mit Fairneß zu beantworten. Ich werde tun, was ich kann, obwohl ich mir an Ihrer Stelle nicht zu viel davon versprechen würde . . .«

»Griffin! Fortunato!«

Sie liefen durch die Kabine, jagten die Leiter hinauf in das Cockpit und sahen, daß der Riesenvogel inzwischen die Bucht der Verlorenen Schiffe erreicht hatte. Es war eine verflixt heikle Angelegenheit, das riesige Flugboot durch die vielen Wracks und das Treibgut hindurchzusteuern, doch Margie entledigte sich bravourös dieser Aufgabe. Es gab nur einen einzigen Zusammenstoß mit einem kleinen, auf Grund liegenden Landungsboot. »Shit!« rief Margie erschrocken, als der Kiel des Flugbootes mit einem berstenden, knirschenden Laut über die Aufbauten des Wracks scheuerte. »Ich kann das Gas nicht wegnehmen, Chester! Dann würde der Kiel noch tiefer ins Wasser eintauchen, und wir stoßen vielleicht mit einem versunkenen Frachter zusammen!«

»Dann halte das Tempo bei.«

Margie warf einen forschenden Blick hinüber zum Kai. »Ich glaube, ich kann noch etwas dichter heranfahren; aber wir werden trotzdem das Boot benützen müssen . . .« Die Worte erstickten ihr im Hals.

Die Untoten erwarteten sie bereits. Mindestens hundert Zombies bildeten einen waffenstarrenden Ring um das Treibstofflager.

Ein paar Krieger hatten sich am Ufer aufgebaut und hoben mit eckigen steifen Bewegungen ihre Macheten über dem Kopf hin und her.

Chester wurde aschfahl im Gesicht: »Die schlachten uns ab, wenn wir versuchen, mit dem Boot den Kai zu erreichen. Und wenn wir sie mit dem Flugzeug attackieren . . .?« Er schüttelte den Kopf. »Nein, die Schwungkraft wird nicht ausreichen, diese Verteidigungslinie zu durchbrechen. Und vielleicht geht die Kiste dabei zu Bruch!«

Einer der Motoren fing an zu husten. Margie schaltete Nummer eins ab – den Außenbordmotor auf der linken Tragfläche. Die »Goose« versuchte nach links auszubrechen, doch Margie korrigierte sofort den Kurs. »Chester, soll ich jetzt alle Motoren abschalten oder die Kiste auf den Strand setzen?«

»Die Motoren abschalten.«

Margie bediente die Hebel. Das Knattern auf den Tragflächen verstummte, und der Riesenvogel sank bis zum Bauch im Wasser ein. Sie sagte: »Ich fürchte, der Sprit reicht nicht mehr, um die Motoren zum zweitenmal anzuwerfen.«

Chester knirschte mit den Zähnen: »So *nahe*. Und nun sitzen wir wieder in der Falle.«

»Wir müssen es versuchen, Chester. Etwas anderes bleibt uns gar nicht übrig!« Acacia betrachtete schaudernd die Armee der Untoten.

»Wieviel Uhr ist es?«

Alex blickte auf seine Manschette. »Meine ist stehengeblieben.«

»Elf Uhr vierzig«, sagte Tony, ohne sich vom Fenster der Kanzel wegzudrehen.

»Ah – hmm. Das Spiel endet um ein Uhr nachmittags. Bis dahin müssen wir die Untoten besiegt und so viel Sprit aus dem Tanklager besorgt haben, daß wir nach Hause fliegen können. Doch vorher müssen wir ihn in die Tanks füllen . . . Teufel, wir wissen ja nicht einmal, wo sich die Tanks in diesem Riesenvogel befinden! Nein, die Zeit reicht nicht. Könnte theoretisch auch niemals reichen, selbst wenn sich diese Armee am Strand kampflos zurückziehen würde!«

»Das Ei im Krater hat uns zuviel Zeit gekostet«, sagte Acacia.

»Ja, zugegeben . . . trotzdem. Es muß noch eine andere Lösung geben. Ich *kenne* doch Lopez und seine Hintertürchen!«

»Ich sehe keine andere Lösung«, sagte das dunkelhaarige Mädchen und stampfte wütend mit dem Fuß auf. »Aber wenn wir schon verlieren sollen, dann möchte ich hier nicht wie in einer Mausefalle herumsitzen! Dann kämpfen wir und hacken noch ein paar Zombies in Stücke!«

Margie schüttelte den Kopf: »Chester, es *gibt* noch eine Lösung!«

»Welche?«

»Die *Spruce Goose* kann niemals von Long Beach nach Neu-Guinea geflogen sein. Jedenfalls nicht aus eigener Kraft. Die Entfernung ist zu groß. Sie hätte mindestens zwei- oder dreimal zum Tanken zwischenlanden müssen, auch wenn sie mit vollen Tanks gestartet wäre, was vermutlich nicht der Fall war. Es sollte ja nur ein Probelauf sein, wie ich mich erinnere.«

»Magie!« Die Räder begannen sich wieder in Chesters Kopf zu drehen. »Aber wir kennen den Ritus nicht . . .«

Lady Janet hob die rechte Hand: »Aber ich kenne ihn.«

»Wie bitte?«

Sie schob sich lächelnd in den Vordergrund, bis sie fast mit den Brustspitzen sein Hemd berührte. »Während meiner Gefangenschaft habe ich sie ein paarmal bei ihren Riten beobachtet. Ich habe mir die Zaubersprüche gemerkt. Sie sind im lupenreinen Englisch verfaßt.«

»Lady Janet, ich traue Ihnen nicht!«

Margie drehte sich hastig mit ihrem Pilotenstuhl: »Chester, trotzdem muß sie uns den Schlüssel liefern können. Warum hätte sie sonst bis jetzt im Spiel überlebt?«

Chester hielt sich mit beiden Händen den Kopf, versuchte, sich zu konzentrieren.

»Sie kommen zu uns, Chester«, sagte Tony mit ausdrucksloser Stimme. Fremdartig aussehende Foré-Priester waren nun vor den Linien der Untoten aufgetaucht. Ihre hellbraunen, mit Öl gesalbten Körper glitzerten in der Sonne. Sie ließen Boote zu Wasser bringen.

Griffin ignorierte die Boote. Die konnten den Vogel nicht aufhalten, wenn sie ihn wieder in Gang setzten. »Denken wir an die Ausrüstung«, sagte er. »Wenn wir den Ritus haben, müssen wir auch die dazu nötigen Kultgegenstände besitzen. Dort drüben in der Nissenhütte ist alles aufgebaut, was wir für die magische Beschwörung brauchen. Was für ein Glück, daß wir das Ding nicht niedergebrannt haben.« Er blickte durch die Kanzelfenster. »Die Zombies versperren uns zwar den Weg zum Treibstofflager, aber nicht zur Nissenhütte. Die Boote können uns nichts anhaben. Wir lassen die Motoren wieder an und drücken sie mit dem Rumpf unter Wasser. Aber dann . . . dann kommt es darauf an, daß wir die Nissenhütte schneller erreichen als die Untoten, die jetzt noch das Treibstofflager bewachen. Bleibt uns also nichts anderes übrig, als den Vogel auf den Strand zu setzen. Könnte passieren, daß wir ihn nicht mehr flottmachen können. Trotzdem – es ist eine Chance!«

»Nein.«

»Es bleibt uns doch gar keine andere Wahl . . .«

»Nein.« Chester lächelte, doch es war ein böses, hinterhältiges Lächeln. »Ich wußte doch die ganze Zeit, da ist ein Haar in der Suppe; doch ich sah es nur nicht, bis Lady Janet sich freiwillig meldete. Es ist die letzte, aber tödlichste Mausefalle. Lady Janet, haben Sie vergessen, daß man in diesem Spiel nie das Copyright verletzen darf?«

»Oh, Himmel, tatsächlich! Das ist mir aber peinlich!« Sie lachte, und Chester stimmte in ihr Gelächter ein.

Alex schlug sich mit beiden Fäusten gegen die Stirn: »Ich Idiot!« sagte er zerknirscht. »So was will ein Detektiv sein! Der Ritus des Feindes ist auch das Eigentum des Feindes. Wir können ihn nicht für uns verwenden, nicht wahr?«

Tony drehte sich rasch am Fenster um: »Moment mal!« Er rüttelte Chester mit beiden Händen an der Schulter. »Es war doch nicht der Feind, der die *Goose* gestohlen hat! *Die* haben es doch erst den *Daribis* gestohlen! Also können wir den Ritus der *Daribi* verwenden, wenn wir . . .«

»Jawohl. Wer hat Maibangs Schädel in seinem Tornister?« Chester blickte verzweifelt von einem Gesicht zum anderen, als sie alle stumm blieben. Dann hob Margie die Hand.

»Owen hatte ihn an mich weitergegeben, glaube ich.« Sie öffnete ihren Rucksack und wühlte hastig darin herum. Dann zog sie Maibangs rußigen Schädel heraus, das erbärmliche Andenken an ihren ehemaligen Kundschafter. Doch Chester griff danach, als wäre er ein unbezahlbares Juwel.

»Tisch-Ritus! Tony, Griffin, bereitet mir einen Tisch vor! Die anderen suchen inzwischen die Reste ihrer eisernen Rationen zusammen! Hat jemand noch Schokolade oder Salztabletten? Irgend etwas, das die Geister als Opfergabe akzeptieren?«

Sie bauten den Opfertisch im Frachtraum auf. Eine Kiste, deren Bretter sich im schwülen Tropenklima verzogen hatten, diente ihnen als Tisch. In einem verschimmelten Karton hatten sie Bettlaken gefunden, von denen eines jetzt als Tischtuch über die Kiste gebreitet war. Ein paar Trockenfrüchte und zwei Kaugummis rahmten den verrußten Schädel ein. Keine Kerzen, keine Blumen . . . doch Chester lächelte mit grimmiger Genugtuung.

»Der *Bilasim-Tewol*-Ritus«, murmelte er und hob dann beide Arme über den Kopf. »Hör mich, o Kasan Maibang, und hört mich, ihr Götter! Wir opfern unsere letzten kostbaren Vorräte, damit wir mit dem Geist unseres ehemaligen Kundschafters sprechen können. Erhöre uns, Jesus-Manup . . .« Die Luft über dem Tisch begann zu wabern, und Chester spreizte die Finger beider Hände. »Feuer!« befahl er, und Funken stoben von seinen Fingerspitzen davon. »Feuer!« befahl er zum zweitenmal, und seine Aura färbte sich rot. Er ignorierte das und schrie: *»Feuer!«* Diesmal ging der Tisch in Flammen auf.

Das vom Feuer verwüstete Antlitz ihres Kundschafters Kasan Maibang erschien in den Flammen. »Ich weiß, warum du mich rufst«, flüsterte der Geist ihres Kundschafters, »aber ich kann dir nicht helfen. Nur einer, der größer ist als ich, kann dich retten.«

»Wer?«

»Pigibidi, der große Häuptling meines Volkes.«

»Dann rufe ihn!«

»Das wird dich *mana* kosten. Verfügst du nicht noch über anderen Zauber?«

Chester raufte sich wieder verzweifelt die Haare. Dann lachte er plötzlich schrill, packte seinen Rucksack und kippte ihn auf dem Boden des Frachtraumes aus. Ganz unten auf dem Boden des Tornisters lag etwas, das wie ein zusammengefalteter Pyjama aus schwarzem Leder aussah – die getrocknete Haut eines Foré-Spiones. Er legte sie auf das magische Feuer.

»Das ist gut . . .«, sagte Kasan, und das Antlitz in der wabernden Lohe veränderte seine Züge und verwandelte sich in das Gesicht des greisen Pigibidi.

»Pigibidi, großer Häuptling«, begann Chester mit getragener Stimme und leckte sich dann nervös über die Lippen. »Wir sind verzweifelt. Wir müssen uns mit diesem gewaltigen Flugzeug in die Lüfte heben und haben keinen Sprit.«

Die Lippen des alten Mannes bewegten sich, und seine Worte hallten im Frachtraum wider: »Die Frau bot euch den Zauber der Foré an. Seid froh, daß ihr ihn nicht benützt habt.

Man muß erst um Erlaubnis fragen, wenn man so einen Zauber verwenden will. Und wer dem rechtmäßigen Besitzer einen Zauberspruch stiehlt, muß einen schrecklichen Preis dafür bezahlen!«

Chester warf Lady Janet, die ein Grinsen nicht unterdrücken konnte, einen finsteren Blick zu. »Pigibidi . . . was sollen wir tun?«

»Ich werde euch den Zauber geben, den ihr benötigt. Falls dein Volk sich eines Tages wieder gegen mein Volk wenden sollte – wehe euch, wenn ihr diesen Zauber gegen uns verwendet!«

»Nein! Ich schwöre . . .«

»Der Schwur eines Europäers ist nicht viel wert. Wenn du die magische Kraft besitzt, so ein mächtiges Flugzeug in die Lüfte zu erheben, werde ich den Zauberspruch für dich sprechen, damit die Foré unterliegen.«

»Zauberkraft. Wir haben alle unsere Energien aufgebraucht, Pigibidi! Wir haben keine Zauberkraft mehr. Du mußt uns auch die magische Kraft verschaffen . . .«

»Tut mir leid um dich. Dann ist alles umsonst.«

Chester stampfte mit dem Fuß auf und fluchte. »Dieser Lopez! Ich werde ihn umbringen! Ich schwöre zu Gott . . .« Er stieg auf eine Kiste, damit er durch eines der winzigen Bullaugen blicken konnte. Die Boote der Foré hatten bereits den Rumpf der *Goose* erreicht. In ein paar Minuten war alles zu Ende.

Das Feuer brannte, ohne das Tischtuch zu versengen, und Pigibidis durchsichtiges Greisengesicht beobachtete sie mit der leidenschaftslosen Ruhe eines Toten.

Alex lehnte sich mit halbgeschlossenen Augen an die Wand des Frachtraumes. Pigibidis Geist hatte sich noch nicht verabschiedet. Was konnten sie ihm noch anbieten? Eine Kiste mit Coca-Cola-Flaschen? Die Leiche eines Foré-Priesters? Oder . . . »Chester?«

»Was ist denn?« fauchte der Meister der Mythen, die Hände gegen die Schläfen gepreßt. Er zitterte am ganzen Körper, während er verzweifelt nach einem Ausweg suchte.

»Hat Margie uns nicht erzählt, daß bei dem Probeflug des Flugzeuges Hughes selber am Steuer saß?«

»Das ist richtig«, antwortete Margie. »Er war der Pilot bei diesem ersten kurzen Flug nach Long Beach.«

»Wenn nun das Flugzeug bei dem Probeflug gestohlen wurde, dann wäre es doch möglich, daß . . .«

Tony sprintete schon die Leiter zur Kabine hinauf.

»– daß eines der beiden Skelette Hughes gewesen ist«, schloß Griffin seinen Gedanken ab.

»Mein Gott!« Chester nahm die Hände vom Kopf, und seine verzweifelte Anspannung löste sich in einem Lächeln auf, als er die Tragweite von Alexens Gedanken erkannte. »Es handelt sich um Cargo-Kult-Mythologie – um einen materiellen Kult also! Und wir haben Zugang zu dem *tindalo* eines der bedeutendsten Industriellen der Flugzeugindustrie des zwanzigsten Jahrhunderts!«

Acacia brachte den Schädel, den Alex vor ein paar Minuten aus dem Cockpit getragen hatte. »Ist das der richtige Mann?«

Hatte er einmal zu Hughes oder dem Co-Piloten gehört? Das knöcherne Gesicht grinste sie spöttisch an. Er wußte seine Anonymität gewahrt. Griffin sagte: »Hughes war ein Milliardär. Seine Kleider müssen von besserer Qualität gewesen sein . . .«

Tony kam, die beiden Arme voller Knochen, die Treppe heruntergestürzt. »Was, zum Teufel, wir verwenden sie beide! Der *tindalo* eines Testpiloten ist ja auch nicht zu verachten!« Er nahm Acacia den anderen Schädel ab und stellte sie beide an den diagonal gegenüberliegenden Ecken des Tisches vor dem in der Flamme schwebenden Geistergesicht des Häuptlings Pigibidi ab. Die Flamme schoß sofort bis zur Decke des Frachtraumes empor.

Ein Foré-Zombie war inzwischen auf die Kanzel des Flugzeuges gestiegen und trommelte nun, sie mit einem hämischen Grinsen betrachtend, mit beiden Händen gegen die Windschutzscheiben.

Pigibidis Geisterantlitz nickte ihnen zu. Dann begann es zu rezitieren: »Gott-Dodo, Jesus-Manup, hört mich . . .«

Und seine Worte gingen in dem Gedröhn der anspringenden Flugzeugmotoren unter. Alle acht Propeller drehten sich an den Tragflächen. Margie atmete heftig aus und rannte dann zur

Treppe, die zum Cockpit hinaufführte, verfolgt von den anderen Spielern. Die *Spruce Goose* erschauerte bis in den Kiel hinunter und machte einen Satz nach vorn.

Margie warf sich in den Pilotensitz und packte den Steuerknüppel. Ein Zombie versuchte sich noch auf der Bugnase festzuhalten, umklammerte schreiend mit beiden Händen das bemalte Holz.

Dann hob sich der mächtige Vogel mit dem Rumpf aus dem Wasser und wurde schneller und schneller, stieß die treibenden Wracks zur Seite und nahm Kurs auf das offene Meer. Margie grinste über beide Wangen, als die *Goose* mit dem Kiel durch das Wasser furchte und sich endlich davon löste. Noch ein einzigesmal setzte sie kurz auf den Wellen auf, daß das Wasser bis über die Bugnase spritzte und der Zombie den Halt verlor. Dann entfaltete der Vogel seine ganze Kraft und erhob sich mit einem donnernden Rauschen in die Lüfte.

Küste und Kai blieben unter ihnen zurück. Der Dschungel, die Berge, die Dämonen und die Untoten und die Priester der Foré, die ihnen mit geballten Fäusten nachwinkten – das alles schrumpfte unter ihnen auf Stecknadelgröße zusammen. Und als die *Spruce Goose* in die Wolken eintauchte, blickten sich die Spieler einen Moment lang gegenseitig an, bis Alex mit einem Jubelruf den Bann brach, Acacia ihm um den Hals fiel, Tony Margie küßte und Chester, Lady Janet und alles in einen Freudentaumel ausbrach.

Das Spiel war zu Ende.

Dritter Teil

Kapitel Dreißig

Das Nachspiel

Man konnte sie schon hören, die heiseren Jubelrufe in der Kabine, ehe die Männer vom Bühnenpersonal des Traumparks herbeieilten, um die Tür aufzusperren und die Spieler herauszulassen. Lady Janet war die erste, die wieder festen Boden betrat. Sie schwankte, als hätte sie eine Raumfahrt hinter sich. Sie schüttelte den Kopf und sagte: »Wow!«

Dann kamen die fünf überlebenden Spieler des Ensembles und als letzte Holly Frost, die einen feierlichen Knicks vor den Zuschauern und dem Produktionsstab machte. Chester hob beide Arme und rief: »Einen kräftigen Applaus für die beste Darstellerin einer aussterbenden Rolle . . . Holly Frost!« Heftiges Klatschen und ein paar vereinzelte Hochrufe folgten seinen Worten. »Und einen Applaus für die überlebenden Mitglieder des Ensembles!« Diesmal war der Beifall viel größer; auch das Bühnenpersonal stimmte in den Chor der Jubelrufe ein.

Griffin ließ Tony nicht von seiner Seite. Tonys Begeisterung war so spontan und echt wie die seiner Mitspieler; sie bekam erst einen Dämpfer, als er Bobbick mit zwei Männern der Sicherheitsabteilung auf sich zukommen sah. Er blieb stehen, ehe sie ganz herangekommen waren, und schnallte seinen Rucksack ab. Dann schob er sich die wirren, verschwitzten Haare aus der Stirn und reichte Alex die Hand. »Vielen Dank. Sie haben Anstand und Fairneß bewiesen. Ich verspreche Ihnen, daß ich mich ebenso verhalten werde.«

Griffin war überrascht über die Heftigkeit von Tonys Händedruck. »Wir wollen sehen, wie es läuft, McWhirter.«

»Okay, Chef, wir kümmern uns schon um Ihren Gefangenen.«

Alex ließ erleichert seinen Tornister auf den Boden fallen. »Marty, er kommt so lange in eine Arrestzelle. Sind die Beamten des Sheriffs bereits verständigt?«

»Sie warten schon im Verwaltungsgebäude. Wir müssen vorher noch eine Menge Formalitäten erledigen.« Marty führte seinen Chef zu einer Seitentür, während die anderen Spieler zum Hauptausgang gingen, allen voran Tony, der links und rechts von den beiden Männern der Sicherheitsabteilung eskortiert wurde.

Griffin wartete noch, um den Auszug der Spieler zu beobachten. Sie blickten alle über die Schulter zurück, als Tony zu einem Aufzug gebracht wurde. Niemand sagte etwas, bis Chester rief: »Griffin, Sie kommen doch hoffentlich zur Abschiedsparty?«

»Das kann ich Ihnen leider noch nicht versprechen, Chester. Ich fürchte, ich habe einiges aufzuarbeiten.«

Chester winkte ihm noch einmal zu, obwohl er sich vor Müdigkeit kaum noch auf den Beinen halten konnte: »Sie sind selbstverständlich eingeladen, Griffin. Sie haben es verdient. Heute abend in meiner Suite im ›Sheraton‹!«

Alex winkte auch noch einmal zum Abschied und wandte sich dann Marty zu: »Ohne Ihre Mitwirkung, Marty, bringe ich heute bestimmt nicht mehr viel zustande. Ich fühle mich wie gerädert.« Bobbick nickte verständnisvoll und nahm ihm sofort das Gepäck ab.

Und dann, als Griffin schon fast den Nebenausgang erreicht hatte, sah er Acacia im Korridor stehen, die Tony nachblickte, als sie ihn zum Aufzug brachten. Sie zögerte, als wollte sie ihn noch einmal ansprechen, doch dann senkte sie den Kopf und ging mit hängenden Schultern davon. Tony hatte offenbar erwartet, daß sie ihm noch ein paar Worte zum Abschied sagte, doch dann, als sie sich stumm von ihm abwandte, erlosch der letzte Funken seiner anfänglichen Begeisterung.

Auch Griffin spürte einen jähen heftigen Schmerz in der Magengrube, als er Acacia ohne einen Abschiedsgruß fortgehen sah.

Marty schob seinen Kaugummi von einer Backe in die andere: »Kommen Sie, Chef. Ein Lufttaxi steht für Sie bereit.«

Alex nickte stumm und ließ sich auf den gewebten Plastikstoff des Polsters fallen, als wollte er testen, daß diese ihm so fremdartig erscheinende Umwelt tatsächlich Wirklichkeit war. Dann lehnte er sich mit geschlossenen Augen zurück, während der Wagen sich in Bewegung setzte.

Sie waren müde, schmutzig, ihre Schultern gebeugt unter der Zentnerlast ihrer Rucksäcke. Sie glichen wandelnden Leichen, als sie in das Gästezimmers des Hot Spot hineinstolperten. Sie sahen sich mit entzündeten Augen um; aber die Tische waren leider alle besetzt.

Doch da winkte ihnen eine große dunkelhäutige Frau in einer Nische vergnügt zu. Sie kommt mir irgendwie bekannt vor, dachte Gina. Sie legte die Hand auf Chesters Tornister und schob ihn auf die Nische zu. Gwen und Ollie folgten ihr wie Angehörige eines Rudels ihrem Leittier.

Sie lehnten ihre Tornister an die Wand, und Ollie ging zum Selbstbedienungs-Buffet, während Chester an anderen Tischen Stühle für alle besorgte.

»Ein gutes Spiel«, sagte die dunkelhäutige Frau. »Ich bin Gloria Washington.«

Chester stellte sein Ensemble vor. Gina überlegte noch, wo sie die dunkelhäutige Frau schon einmal gesehen haben mochte. Plötzlich kam die Erinnerung wieder, und Gina mußte sich am Tisch festhalten, um nicht in Ohnmacht zu fallen.

Die dunkelhäutige Dame bemerkte das noch rechtzeitig und rückte für Gina einen Stuhl zurecht, ein bißchen schwerfällig und steif in ihren Bewegungen, aber durchaus nicht ungeschickt. »Setzen Sie sich, meine Liebe. Ich wollte Sie nicht erschrecken. Ich dachte, Sie hätten mich erkannt.«

Gina ließ sich auf den Stuhl fallen: »Als ich Sie zuletzt sah, hatten Sie nur einen Arm und ein Bein. Und dazu diese gräßliche Maske . . .«

Chester mußte lächeln: »Aha. Die Anführerin der Untoten – das war verdammt raffiniert gemacht! Ich hielt Sie für ein Hologramm!«

»Es freut mich, daß Ihnen mein Auftritt gefiel, Henderson!«

»Aber wie . . . wie . . .?«

»Ich hatte mir die falsche Zeit für eine Besichtigungstour von Antarctica Ciudad ausgesucht. Ich hatte Glück, daß man mich hinterher noch rechtzeitig auftaute. Diese Prothesen sind ... nun, ich kann damit umgehen; aber es fällt mir schwer, mich daran zu gewöhnen. Egal ... Jedenfalls hat mein Arzt gemeint, es wäre eine großartige Therapie für mich, als Mrs. Lopez mir die Rolle einer ... wandelnden Leiche anbot. Er meinte, so käme ich viel besser über meinen Zustand hinweg.« Sie hielt kurz inne und fuhr dann mit verhaltener Stimme fort: »Daß ich immer noch ein vollwertiger Mensch sei, auch mit einem Arm und einem Bein. Ich glaube, mein Arzt hatte gar nicht so unrecht.«

Ollie kam mit einem vollbeladenen Tablett zurück. Jeder nahm seinen Becher mit dem bestellten heißen Getränk, ehe Ollie das Tablett auf den Tisch absetzen konnte. Gina ließ die Schlagsahne ihrer heißen Schokolade auf der Zunge zergehen. Ihr war, als verlöre sie erst jetzt die letzten Zweifel, daß sie wieder in die Welt der Lebenden zurückgekehrt war, daß ihre Existenz *wirklich* war.

»Ob es nun heilsam für Sie war oder nicht – jedenfalls war es verflucht überzeugend! Ich hätte nie *gedacht,* daß Sie ein Mensch aus Fleisch und Blut wären. Sie sahen aus, als kämen Sie direkt aus dem Grab.« Sie lachte ein wenig blöde. »Ich bin froh, daß wir uns auch im wirklichen Leben kennengelernt haben. Ich glaube, sonst wäre ich nie darüber hinweggekommen. Ich meine, es wäre immer ein Zweifel geblieben, ob ich nicht ein echtes Gespenst gesehen habe.« Sie stießen mit ihren Gläsern an: »Skoal«, sagte Gina.

»Verwirrung für unsere Feinde«, erwiderte Gloria lächelnd.

Alex zerknüllte wieder ein Blatt Papier und warf es in den Recycler an der Wand. Er brauchte noch eine Tasse Kaffee, doch dann würde sich vermutlich sein Magen in seiner eigenen Säure auflösen.

»Was liegt noch an?« Seine Stimme klang heiser und dünn, als spräche er durch einen Filter oder Mundschutz. Als Antwort auf seine Frage bildete sich ein Stapel saubergefalteter Computerpapiere auf seinem Schreibtisch.

»Mein Gott«, stöhnte er, drückte noch einmal auf den Knopf und bat den Computer, das Material noch einmal auszudrukken – diesmal nur die mit »Eilt sehr!« markierten Eingaben. Glücklicherweise erfüllten sich seine Erwartungen: der Stapel wurde nur einen halben Zentimeter hoch.

Das erste Papier war eine Kurzfassung von McWhirters Verhör-Protokoll. Diese Kurzfassung des Protokolls wurde an alle Abteilungsleiter zu deren Kenntnisnahme verschickt. Griffin nickte, als er das Protokoll las. Tony hatte sein Versprechen gehalten. Die Beschreibung der Frau, die ihn für den Diebstahl anheuerte, würde ihnen natürlich kaum weiterhelfen; sie hatte inzwischen längst ihren Namen und ihr Aussehen verändert.

Aber vielleicht ging ihnen der Unbekannte ins Netz, der die Wirkstoff-Probe aus dem Versteck holen sollte. Es stand zuviel auf dem Spiel für die Gegenseite, als daß sie nicht versucht hätte, die gestohlene Probe auch wirklich in die Hand zu bekommen.

Er zeichnete das Protokoll ab und legte es beiseite.

Die folgenden beiden Seiten waren eine Zusammenfassung der Traumpark-Aktivitäten der letzten vier Tage. Nachdem er die Papiere flüchtig durchgesehen hatte, legte er sie ebenfalls beiseite. Es war nicht das erstemal, daß er die Auffassung des Computers nicht teilte. Diese Papiere konnten warten.

Der letzte Bogen war ein Untersuchungsbericht über den Nachlaß von Albert Rice. Dafür brauchte er einen klaren Kopf, und davon konnte im Augenblick leider nicht die Rede sein.

Er blickte auf seine Uhr. Zweiundzwanzig Uhr fünfundvierzig, höchste Zeit für einen geistig und körperlich gesunden Menschen, sich ins Bett zu legen und zu schlafen. Teufel – warum sollte er dafür erst in die Satellitenstadt fahren? Warum sich nicht gleich auf die Couch im Büro aufs Ohr legen? Er schaltete das Licht aus und gähnte, bis ihm die Kiefer knackten. Alle seine Muskeln und Sehnen schrien nach Schlaf, doch das Bild, das sich so deutlich in seinem Bewußtsein abzeichnete, konnte er nicht abschalten wie das Licht.

»Verflucht, Acacia, laß mich in Ruhe!« Ihr Gesicht, dieses schöne dunkelhäutige Gesicht mit den großen, fragenden Augen hatte ihn den ganzen Tag über verfolgt. Ihre Realität nach einem viertägigen Leben in einer Scheinwelt war geradezu überwältigend.

Er blickte noch einmal auf die Uhr und murmelte: »Inzwischen sind sie wahrscheinlich alle zu Bett gegangen . . .«, aber dann erinnerte er sich wieder an die Abschiedspartys der anderen Spiele – sie hatten immer bis zum Morgengrauen gedauert.

Warum dagegen ankämpfen? Er wollte zur Party gehen. Obwohl er müde war zum Umfallen und mit Mühe zurückgefunden hatte in seinen Alltagstrott, wollte er doch noch einmal die Gelegenheit wahrnehmen, einer unvergeßlichen Truppe von Wahnsinnigen Lebewohl zu sagen.

Oder jedenfalls einer unvergeßlichen Lady dieser Wahnsinnigen . . .

Er schwang seine Füße wieder vom Schreibtisch und ging zur Tür, ohne das Licht wieder anzuschalten.

Alex nahm mit grimmiger Genugtuung wahr, daß die anderen Spieler auch in keiner besseren Verfassung waren als er. Chester hatte vorsorglich noch ein paar Sofas im Wohnzimmer seiner Suite aufstellen lassen, und die Suite glich eher einem Notlazarett. Mit entzündeten Augen, schlaffen Armen und Beinen hingen sie alle in den Polstern.

Nur die Spieler, die schon am Tag zuvor getötet worden waren, schienen lebendig zu sein, obwohl sie auch nicht mehr fest auf den Beinen stehen konnten nach dem Konsum der Bierdosen, die überall herumstanden. Griffin atmete mit der Luft ein starkes süßes Aroma ein, das bestimmt nicht vom Pfeifentabak herrühren konnte. Sein Pflichtgefühl kämpfte gegen seine Müdigkeit an. Nur keinen Streit, dachte er. Die Müdigkeit siegte.

Er entdeckte Acacia in einer Ecke des Zimmers und ging unbewußt langsam in diese Richtung. Unterwegs fing er die Gesprächsfetzen von den verschiedenen Sofas auf . . .

Eine halbvertraute Stimme in einem so energischen Ton, daß es fast weh tat: »Nein, nein, nein. Der Haiavaha wurde nur zu dem Zweck ins Spiel gebracht, um Sie auf die Existenz des Anti-Feuers hinzuweisen, das Sie für den Kampf gegen die

Untoten brauchten. Das Ei des Flugzeuges – die Bombe also – nahmen Sie viel zu *wichtig*. Sie hätten es gar nicht zu beachten brauchen. Und warum sind Sie nicht in die Höhle des Haiavaha zurückgegangen, um sich noch mehr von dem Anti-Feuer zu besorgen?«

Es war natürlich die Stimme von Richard Lopez, der sich eine Couch mit seiner Frau teilte und – mit Chester Henderson! Der Meister der Mythen schien noch ziemlich wach und geistesgegenwärtig zu sein. Mitsuko Lopez hörte den beiden Männern zu, als beobachtete sie den Ballwechsel zweier Tennis-Champions.

». . . Sie haben gut reden, Lopez! Aber Sie standen ja nicht vor dieser verdammten Bombe!« erwiderte Chester im bestimmten, aber nicht heftigen Ton. Dabei rührte er geistesabwesend in einer Schüssel mit Korn- und Kartoffelchips, nahm eine Handvoll davon und stopfte sie in den Mund. »Sie haben«, sagte er kauend, »die Bombe doch nur zu dem Zweck in das Drehbuch hineingeschrieben, um uns alle auf einmal in die Luft zu sprengen. Wir sind doch unter uns, Lopez, da brauchen wir uns gegenseitig nichts vorzumachen.«

Richard schüttelte den Kopf: »Bleiben Sie mal auf dem Teppich, Chester! Wem könnte ich denn ein Spiel *verkaufen*, in dem der große Meister der Mythen, der berühmte Chester Henderson, mit einer Bombe in die Luft geblasen wird?«

»Entschuldigung, daß ich nicht lache. Dazu bin ich zu müde. Sie, Richard, der Großmütige, wollten uns schonen, damit wir das Spiel gewinnen.«

»Oh . . . es passiert schon manchmal, daß ich in meinem jugendlichen Enthusiasmus so weit gehe. Dann muß Mitsuko mich daran erinnern, wieviel Geld ich verliere, wenn ich es zu rauh angehen lasse. Eine schreckliche Frau. Sie stellt immer das Geschäft über das Vergnügen.« Seine Frau und er warfen sich Handküsse zu.

Chester wurde jetzt auf Alex aufmerksam und streckte ihm beide Hände hin: »Hallo, Griffin! Da sind Sie ja! Ein gutes Spiel, das Sie geliefert haben. Sie sind wirklich nicht halb so übel, wie Sie immer tun!«

Ein Geist sprach hinter Alex' Rücken, daß Alex vor Schreck

zusammenfuhr: »Was passiert jetzt mit McWhirter, Griffin?« *Ginas Stimme! Aber sie ist doch tot . . .*

»Das weiß ich nicht. Wir haben ihn der Polizei überstellt«, sagte er, froh darüber, daß ihm diese Verantwortung abgenommen worden war. Er ging weiter. Er wollte über dieses Thema nicht mehr reden.

Mary-em war für ihn auch so etwas wie eine freudige Überraschung, denn sie sah in ihrer hellgrünen Bluse und Hose wirklich nicht wie eine Wasserleiche aus. Sie tauschte mit Owen und Margie Erinnerungen aus, und ein Junge im Rollstuhl, den Griffin nicht kannte, hörte ihnen andächtig zu. Sobald sie Alex entdeckte, der sich durch die Menge der geladenen Gäste schob, rief sie laut: »Griffy!« Griffin wunderte sich, wo sie die Kraft für den Hechtsprung hernahm, mit dem sie ihn an den Beinen festhielt.

»Da bist du ja, Griffy! Ich dachte schon, nach dem Spiel hätte dich jetzt die Arbeit umgebracht!«

Und Griffin wunderte sich auch über die Wärme, mit der er die kleine stämmige Dame begrüßte. Sie trat einen Schritt zurück, stemmte die Fäuste in die Hüften und musterte ihn von Kopf bis Fuß: »Wenn ich dich so betrachte, Griffy, dann müßtest du einen prächtigen Spieler abgeben!«

Er hob abwehrend beide Hände: »Nein, nicht schon wieder! Das war das erste und letzte Mal.«

Sie grinste nur, als wüßte sie es besser. Doch dann wurde ein warmes Lächeln daraus: »Komm, hier herüber, Griffy. Da ist jemand, der dich gerne kennenlernen möchte.«

Alex ging zum Sofa, wo die beiden Braddons ihn mit einem müden Nicken begrüßten. Margie fragte: »Hast du schon von dem Froschmann gehört, Alex?« Griffin schüttelte verneinend den Kopf. »Das mußt du ihm erzählen, Mary-em!«

Die zwergwüchsige Dame lachte: »Erinnerst du dich noch, als ich im Meer versank, Griffy?«

»Und ob! Du sagtest ›oh‹, und dann machte es ›gluck-gluck‹, und weg warst du. Und dann packte mich eine kalte Hand am Knöchel und . . . warte mal, es fühlte sich wirklich wie eine *Hand* an! Heute früh, im Spiel, habe ich das einfach so hingenommen . . . Bin ich verrückt?«

»*Absolut* nicht. Dieser verrückte Lopez hat doch tatsächlich einen Froschmann mit Atemgerät im Wasser versteckt. Er zog mich an den Beinen auf den Grund des Sees hinunter und steckte mir dann einen Luftschlauch in den Mund. Ich mußte so schrecklich darüber lachen, daß ich das Ding fast verschluckte.« Sie lachten nun zu viert, und dann zog Griffin zu dem Jungen hinüber, der im Rollstuhl neben dem Sofa saß.

Aus der Nähe mußte Griffin seinen ersten Eindruck revidieren. Der Junge sah eher nach dreißig als siebzehn aus. Sein faltenloses Gesicht und sein magerer Körper hatten Griffin getäuscht.

»Griffy«, sagte sie mit einer Wärme und Fürsorglichkeit, die sich auch auf ihrem Gesicht widerspiegelte, »ich möchte dich gerne meinem Bruder Patrick vorstellen. Patrick – Sie betrachtete ihn liebevoll wie einen Sohn –, das ist ein sehr wichtiger Mann, Patrick – Alex Griffin, der für die Sicherheit hier im Traum-Park verantwortlich ist.«

Patrick reagierte sehr langsam, und sein Kopf bewegte sich in kleinen Kreisen, als er sich aufrichtete und sagte: H-hallo, Mismister Griffin!« Er mußte mit jeder Silbe kämpfen und hatte Mühe, seine zarte gebrechliche Hand ruhig zu halten.

Alex nahm sie in seine Hände: »Bin sehr erfreut, dich kennenzulernen, Patrick.«

»S-sie sind ein Gent-gentleman, Mi-mister Griffin. Ich sah, wie S-sie zw-zweimal mei . . . meine Schwester rette-ten.« Die Augen des Jungen leuchteten auf, als er sich daran erinnerte.

Alex ging neben dem Stuhl in die Hocke: »Sie hat es verdient. Das kannst du mir glauben!«

»Patrick hat das ganze Spiel am Monitor beobachtet«, sagte sie mit einem strahlenden Lächeln. »Er schaut sich jedes Spiel an.«

Griffin fragte, einer Eingebung folgend: »Hat dein Bruder auch mal aktiv an einem Spiel mitgewirkt?«

Mary-em nickte, als sie spürte, daß Alex den Zusammenhang begriff: »Bis zu seinem Unfall, ja. Und jetzt . . .« Sie streichelte ihm die Stirn, und er rieb sie an ihrer Hand wie ein liebesbedürftiger junger Hund. »Und jetzt schaut er eben seiner großen Schwester zu. Es entgeht ihm selten etwas.«

Griffin blickte von einem zum anderen, betrachtete das verkrüppelte Mann-Kind und den Mann-Weib-Schwertkämpfer, und seine Ahnung wurde zur Gewißheit: »Wie lange bist du eigentlich schon in diesem Metier, Mary-em?«

Sie nickte ihm zu: »Du hast recht, Griffy. Aktiv seit jenem Tag. Du bist wirklich ein Detektiv.«

»Ich bin erleichtert, daß du mir das bescheinigen kannst. Ich bin sehr froh, daß ich an deiner Seite spielen durfte, Mary-Martha.« Er nickte Patrick zu, der seine Schwester anzubeten schien. Griffin beugte sich über den Rollstuhl: »Ich bin sehr froh, daß ich dich kennenlernen durfte, Patrick.«

Mary-em packte Alex beim Arm und zog ihn zu sich herunter. Dann gab sie ihm einen schallenden nassen Kuß auf die Wange: »Du wirst mich nicht so schnell los, Griffy! Eines Tages werden wir beide wieder gemeinsam ausflippen!«

»Vielleicht.« Dann schob er sich weiter durch die Menge auf Acacia zu, die mit Gwen und Ollie beisammensaß. Der Platz auf der Couch neben ihr war leer, und Griffin spürte wieder einen Stich in der Magengrube, weil er an Tony denken mußte. Er schien allgegenwärtig zu sein.

Gwen und Ollie saßen ausnahmsweise nebeneinander, ohne sich bei den Händen zu halten oder sonstwie zu berühren. Aber das schien überhaupt keine Rolle zu spielen, denn das Gefühl, das sie verband, war wie mit Händen zu greifen.

Als er auf die Gruppe zuging, verwandelte sich die Musik im Raum in ein dumpfes Pochen auf sein Trommelfell. Acacia drehte ihm den Rücken zu. Er stellte sich hinter sie, und als Ollie zu ihm aufsah, legte er eine Hand auf ihre Schulter.

Ohne sich umzudrehen, sagte sie: »Hallo, Alex.« Zwei Worte nur – und beim Klang ihrer Stimme war all seine Müdigkeit verflogen.

Er begriff jetzt, für wen der leere Platz tatsächlich reserviert war, und setzte sich neben sie. Sie drehte sich ihm langsam zu und zog die Mundwinkel in die Höhe, während sie ihn mit ihren sanften braunen Augen musterte.

»Weißt du eigentlich«, sagte er so aufrichtig wie möglich, »daß ich zwei Tage lang vergeblich darauf wartete, daß du mich beim Vornamen nennst?«

Sie antwortete mit Wärme, aber auch einer Spur Zurückhaltung: »Ich wünschte mir, ich hätte das gewußt.« Nur die dunklen Augenringe verrieten ihre Erschöpfung, während sie ihn fragend ansah.

Griffin schüttelte den Kopf. »Ich weiß es nicht, Cas. Und wenn Tony nicht vorbestraft ist . . .«

»Er ist es nicht.«

»*Und* wenn er Reue zeigt, indem er die Ermittlungen unterstützt und auch hinreichend der Zweifel besteht, daß er vorsätzlich oder heimtückisch handelte . . .« Er hörte, wie sie heftig ausatmete, und fühlte sich plötzlich alt. »Vielleicht bekommt er zehn Jahre. Ich weiß es wirklich nicht.«

»Du kannst ihm nicht helfen?« fragte sie empört.

»Acacia . . .« Jesus, wie sollte er es ihr sagen? »Ich mag Tony. Ich habe nicht das geringste gegen ihn. Aber er wollte etwas stehlen, das vermutlich Millionen wert ist. Und dabei schlug er einen Mann nieder, und das mindeste, was man ihm vorwerfen kann, ist Körperverletzung mit Todesfolge. Wenn der Park oder der Staat Tony in ein Gefängnis stecken und seine Zelle zumauern möchten – warum sollte ich sie daran hindern?«

Ihre Augen brannten so heiß, als hätte seine Antwort einen Benzintank in ihrem Kopf angezündet. Er schnitt ihr mit einer Handbewegung das Wort ab.

»Acacia, für dich ist dieser Park eine Vergnügungsstätte, die du vielleicht zweimal im Jahr besuchst und hinter deren Kulissen anonyme Leute arbeiten und Überstunden machen, damit dein Vergnügungshunger gestillt wird. Nun, ich beschwere mich nicht bei dir, daß du unseren Standpunkt nicht verstehen kannst. Vielleicht würde ich genauso denken wie du, wenn ich nicht hinter den Kulissen arbeiten würde. Für uns ist es . . .«

»Es ist nicht fair, Alex! Er wollte niemanden umbringen. Tony ist gar nicht *fähig* zu einem Mord!« Die Verzweiflung gewann wieder die Oberhand. »Ich dachte, ich würde ihn kennen. Verdammt, ich *kenne* ihn wirklich! Ich bin *sicher*, er überzeugte sich erst, ob der Wächter noch atmete, ehe er ihn gefesselt zurückließ. Alex, ich *kenne* ihn!«

»Sage das dem Richter, der die Leichenschau hält. Oder erzähle das Rice; denn der ist ja das Opfer.« Alex kämpfte seine

Gereiztheit nieder. Das Gespräch verlief ganz anders, als er sich das gewünscht oder vorgenommen hatte. Vielleicht sollte er lieber aufstehen und gehen . . .

Da streckte Gwen den Arm aus und berührte Acacia an der Schulter, und sogleich legte sich der Sturm ihrer Entrüstung.

»Okay. Es war ganz allein seine Schuld.«

Doch ihre Worte ließen eine Leere zurück, die Alex irgendwie auszufüllen versuchte. Mit Worten . . . mit Zärtlichkeiten . . .

Aber er saß nur hölzern und stumm neben ihr, bis Ollie Gwens Hand nahm und sagte: »Komm, Liebling, ich glaube, wir sollten jetzt lieber die Schafe zählen. Die beiden haben etwas miteinander zu besprechen. Acacia . . . frühstücken wir morgen gemeinsam?«

»Selbstverständlich. Wie verabredet. Gute Nacht, Gwen.«

»Es war ein gutes Spiel, Griffin.« Gwen gab Acacia zum Abschied einen Gute-Nacht-Kuß.

Acacia schaute den beiden nach. »Du hättest ihr Wiedersehen erleben sollen.«

»Das Wiedersehen von Ollie und Gwen?«

»Ja. Es war fast unheimlich. Ollie schien zuerst Angst zu haben, sie überhaupt anzufassen. Sie mußte ihn packen und ihm einen Kuß geben, bevor er ihr überhaupt die Hand gab.«

Sie lachten beide und wußten dabei, daß sie nur das Unvermeidliche hinausschoben. So saßen sie nur stumm nebeneinander, als dieser kurze, gemeinsame Heiterkeitsausbruch zu Ende war. Und als er ihre Nähe suchte, seine Linke auf ihre Rechte legte, erwiderte sie die Geste nur mit einem schwachen Händedruck.

»Du reist morgen wieder ab, Cas?«

Sie schob mit der linken Hand ihr Haar im Nacken zusammen. »So steht es auf meinem Ticket.«

»Dann ist das wohl zu Ende. Es war nett, dich kennengelernt zu haben. Cas . . . ich meine es wirklich so.«

Sie preßte die Lippen zusammen und starrte auf den Teppich. »Ich wünschte, ich könnte dasselbe von mir sagen.«

Alex spürte, wie ihre Rechte in seiner Hand schlaff und kalt wurde, und ließ sie wieder los, ehe sie den Kontakt von sich aus abbrach. »Muß es wirklich so enden?« sagte er leise.

»Bitte, du darfst mich nicht falsch verstehen. Du bist ein faszinierender Mann, Griffin. Und . . . verdammt gut im Bett. Aber auch ein bißchen zum Fürchten. Bist du wirklich nur mit dem Vorsatz hierhergekommen, mit mir zu flirten, nachdem du meinen Freund für zehn Jahre ins Gefängnis geschickt hast?«

Das war es also. Das Klima zwischen ihnen wurde frostig. Er suchte nach einem erlösenden Wort, nach einem Satz, der das alles richtigstellen konnte. *Du schmeichelst dir viel zu sehr, Baby, denn ohne den Wirkstoff wäre es nicht so weit gekommen . . .*

»Ich wurde eingeladen«, sagte er und stand auf.

»Griffin«, sie blickte mit fast unnatürlich großen Augen zu ihm auf, »er mußte doch einen Komplizen gehabt haben, nicht wahr? Einen Mann von eurer Organisation? Angenommen, *Tony war nur ein Handlanger,* angenommen, sie erreichten, was sie wollten, und gehen auch noch straflos aus? Angenommen, Tony wurde in eine Falle gelockt – und muß als Sündenbock herhalten, während die anderen sich ins Fäustchen lachen?«

Alex antwortete mit einem bedauernden Schulterzucken: »Der Vorhang ist gefallen, Acacia. Wir stehen wieder auf dem Boden der Wirklichkeit. Tony spielte das falsche Spiel am falschen Ort, und dafür wird er bezahlen müssen.« *Du kannst wohl nie über deinen Schatten springen, nicht wahr? Sie will dich reden hören, nicht den Sicherheitschef!* Und endlich, wie sich manchmal in einem Kreuzworträtsel die Buchstaben von selbst zur richtigen Lösung zusammenfinden, kam ihm dieser Satz in den Sinn: »Es tut mir sehr leid, daß wir uns unter diesen Umständen kennenlernen mußten.«

Sie schwieg, doch das Eis zwischen ihnen war wieder gebrochen. Er spürte, daß sie ihn verstanden hatte. Und da es jetzt nichts mehr zu sagen gab, verließ er die Party.

Griffin spürte, wie die Matratze unter ihm nachgab. Zweihundert Pfund Lebendgewicht sind keine leichte Last.

Die Temperatur im Schlafzimmer betrug siebzig Grad Fahrenheit, zu warm, um sich auch noch mit einer Bettdecke zu befrachten.

Vor seinen Augen tanzten pastellfarbene kaleidoskopartige Gebilde im Rhythmus seiner achtzehn Pulsschläge pro Minute.

Sein Lebensrhythmus hatte sich auf den Schlaf eingestellt, doch er fand trotzdem keine Ruhe.

Er hörte das leise Gurgeln der Wasserpumpe seines Aquariums im Wohnzimmer und seine regelmäßigen Atemzüge. Kein Geräusch drang von der Außenwelt zu ihm herein, und er konnte sich ganz auf seinen Körper konzentrieren, auf seinen Muskelkater und die blutunterlaufenen Stellen an seinen Armen und Beinen, aber auch auf die Zentren seines Wohlbehagens, auf den Bereich seines Bewußtseins, in dem sich nach bestem Wissen und Gewissen seine Entscheidungsprozesse abwickelten.

Hier konnte er sich gehenlassen und Ruhe finden.

Und trotzdem konnte er nicht einschlafen.

Er hatte seinen Auftrag erfüllt. Für Acacia konnte er nichts mehr tun, durfte nicht einmal der Versuchung unterliegen, sich für ihre persönlichen Wünsche einzusetzen. Morgen würde er seinen abschließenden Bericht noch einmal mit Harmony abstimmen und dann den Fall endgültig an die zuständigen Behörden abtreten, und damit endete auch sein persönliches Interesse an dieser Geschichte.

Schlaf. Seit vier Tagen hatte er sich nur danach gesehnt, einmal ausschlafen zu können. Und nun, unter optimalen Voraussetzungen, bei der richtigen, von der Klimaanlage geregelten Außentemperatur und ruhig gestelltem Körper und Geist, blieb er hellwach.

Mord im Traumpark. Himmel, was für ein Alptraum! Konnte es doch ein Unfall gewesen sein? Trotz Novotneys Obduktionsbefund? Ärzte waren nicht allwissend . . . Konnte Tony ein perfekter Lügner sein, trotz der gegenteiligen Eindrücke, die Griffin von ihm gewonnen hatte? Auch Griffin war nicht allwissend . . . Oder war er, wie es Acacia andeutete, nur ein Werkzeug gewesen, das von anderen mißbraucht wurde?

Angenommen, Rice war der Komplize gewesen, der sich mit den Sicherheitseinrichtungen auskannte. Nur einmal angenommen, um durchzurechnen, in welchem Licht sich dann der Fall präsentierte. Rice hatte als Dieb natürlich die denkbar günstigsten Voraussetzungen. Angenommen, Rice hatte anschließend das Fläschchen mit der Wirkstoff-Probe und die

Kopien des Herstellungsprozesses Tony überreicht und sich dann von Tony, die Anweisungen eines Dritten befolgend, fesseln lassen. Dann, als er verschnürt war wie ein Weihnachtspaket, kam ein dritter Komplize, von dem sie beide nichts wußten, und drückte Rice die Nase zu, bis er tot war . . .

Griffin schüttelte den Kopf. Diese Theorie, die einen Mitarbeiter belastete, konnte man nur entwickeln, wenn man diesem Mann mißtraute. Er mußte leider zugeben, daß er sich nie für Rice erwärmt hatte. Aber andererseits hatte Rice Griffin auch keine Gelegenheit gegeben, Sympathien für ihn zu entwickeln. Er war immer distanziert gewesen, höflich, aber kühl. Selbst den Mann, dem er seine Position verdankte, hatte er stets mit kühler Indifferenz behandelt.

Alex rieb sich die Augen, als könne er damit seine Gedanken in eine weniger peinliche Richtung lenken. Wenn Rice tatsächlich den Diebstahl begangen hatte, warum sollte er dann getötet werden? Wußte er etwa zuviel? Warum sollte er mehr wissen als Tony, wenn er das Zeug nur klauen sollte? Nein, kein logisch zwingender Schluß.

Oder war Rice etwa zur falschen Zeit am falschen Platz? Was hat er dort gesehen? Was hat er von der Sache gewußt . . .?

Griffy, du bist tatsächlich der geborene Detektiv!

Griffin lauschte seinem Atem, der sich jetzt zu einem Donnern in seiner Brust entwickelte. Das Blut rauschte in seinen Ohren. Er mußte sofort Millicent anrufen. Er stemmte sich auf den Ellenbogen hoch und sagte: »Vermittlung!«

Der Schirm aktivierte sich neben seinem Bett – ein hellviolettes Viereck. Eine Stimme fragte: »Ja, Mr. Griffin?«

Griffin unterdrückte ein Gähnen: »Summers«, befahl er, »Millicent Summers. Es ist dringend!« Zwanzig Sekunden später erschien Millie mit verquollenen Augen und ungekämmten Haaren auf dem Bildschirm: »Chef? Was ist los?«

Diesmal habe ich dich!, dachte er; doch diesmal war dieser Gedanke für ihn keine Genugtuung. »Ich brauche Ihre Hilfe, Millie. Sie haben ja die Ermittlungen im Fall Rice geleitet . . .«

Noch während er sprach, glättete sie sich die Haare, wurden ihre Augen nüchtern und hellwach, ihr Mund ein Strich. *Bei Gott*, dachte er, *vielleicht komme ich nie hinter ihr Geheimnis!*

Kapitel Einunddreißig

Die Trennung

Um zehn Uhr zehn am nächsten Vormittag sah Skip O'Brien nicht viel besser aus als die überlebenden Spieler, die nach dem Finale die Kabine des Riesenvogels verließen. Lächelnd und erfolgreich, aber hundemüde. Er blinzelte Griffin und Harmony zu, und als die beiden Männer nicht darauf eingingen, fragte er ernüchtert: »Komme ich zu spät?«

Alex hatte trotz seiner anfänglichen Schwierigkeiten doch noch zehn Stunden geschlafen. Er wirkte frisch und ausgeruht: »Wir sitzen noch nicht lange beisammen. Einen Kaffee, Skip? Du siehst aus, als könntest du ein Stärkungsmittel gebrauchen.« Alex hatte bereits die Kaffeekanne von der Warmhalteplatte genommen.

»Gerne. Schwarz, bitte. Ich bin erst um zwei Uhr heute morgen ins Bett gekommen. Es hat sich allerdings gelohnt.« Skip schob seine Aktentasche auf den Tisch und nahm den Becher entgegen, den Griffin ihm reichte. Dann füllte Griffin auch Harmonys Tasse nach und seine eigene.

Harmony nahm einen Schluck und verzog das Gesicht, als hätte er sich die Zunge verbrannt. »Gut. Nun, ich bin froh, daß dieser Fall endlich geklärt ist. Skip, was können Sie dazu noch aus Ihrer Abteilung berichten?«

Griffin lehnte sich in seinem Sessel zurück, während Skip drei zusammengeheftete Bogen Papier aus seiner Aktentasche nahm und seine Brille zurechtrückte:

»Das Fläschchen, das uns die Sicherheitsabteilung gestern zurückgab, enthielt knapp die Hälfte der Wirkstoff-Probe, die uns das Zentrallabor übersandt hatte. Wir können mit an Sicherheit grenzender Wahrscheinlichkeit voraussetzen, daß die andere Hälfte der Probe nicht in die Hände Dritter gelangt ist, sondern sich bei einem Test oder Attentat verflüchtigte, der im Spielbereich A stattfand. Die heftigen Reaktionen der Personen, die diesem Wirkstoff ausgesetzt wurden, setzen eine entsprechende Menge des Wirkstoffes voraus. Der Beschuldigte hat sich einem Test mit dem Stimmenanalysator unterzogen, der seine Aussage bestätigt, daß er weder von dem Original mit der chemischen Formel noch von anderen wichtigen Unterlagen eine Kopie angefertigt oder einen Teil des Wirkstoffes an Dritte weitergegeben hat. Obgleich wir noch keinen detaillierten Bericht von dem Chef der Sicherheitsabteilung erhalten haben und auch noch keine Möglichkeit hatten, die Tonbandaufzeichnungen zu studieren, scheint dieser Wirkstoff unsere kühnsten Erwartungen noch zu übertreffen.« Er deutete ein Lächeln an: »Ich glaube, in dieser traurigen Geschichte gibt es doch einen Gewinner, meine Herren.« Er legte seine Notizen auf seinen Schoß und lehnte sich im Sessel zurück.

Harmony faltete die Hände über seinem Notizblock. »Alex?«

»Was meine Abteilung betrifft, findet der Fall kein so glückliches Ende, Mr. Harmony.«

Mr. Harmony erwiderte mit ausdruckslosem Gesicht: »Würden Sie uns das bitte erklären, Alex?«

»Ich bin nicht so sicher, daß wir bereits die ganze Wahrheit kennen. Es gibt noch ein paar ungelöste Probleme, Rice betreffend.«

»War es denn kein Mord?«

»Die Leichenschau kam zu dem Ergebnis, daß es sich um einen Mord handelt. McWhirter behauptet, er habe Rice gesund und lebendig am Tatort zurückgelassen, und der Stimmenanalysator bekräftigt seine Aussage. Aber McWhirter ist kein Arzt . . . Nebenbei bemerkt – wir haben heute morgen um fünf Uhr seinen Komplizen verhaftet, als er versuchte, die chemische Formel und die Wirkstoff-Probe an sich zu nehmen.« Alex grinste. »McWhirter sollte die Probe in einer Felsnische hinter dem künstlichen Wasserfall verstecken. Der Komplize war naß bis auf die Haut. Jedenfalls hat sich McWhirter in dieser Hinsicht sehr kooperativ gezeigt, und wer der Mann in Sacramento ist, wissen wir nicht. Noch nicht. Nun kommt meine Frage: War Rice an diesem Komplott beteiligt? Zwei Tage vor dem Diebstahl wurde in seine Wohnung eingebrochen, und er nahm sich anschließend einen halben Tag frei . . .«

»Was hat das mit diesem Fall zu tun?« fragte Skip mit halbgeschlossenen Augen.

»Ich gebe zu, bisher sind die Indizien ziemlich mager – aber Diebe bestehlen sich zuweilen gegenseitig.«

Harmony trommelte ein paar Sekunden lang mit den Fingern auf die Tischplatte: »Ich bin mir immer noch nicht sicher, ob ich Ihnen folgen kann, Alex.«

Griffin seufzte. Jetzt mußte er Dinge auf den Tisch legen, die ihm außerordentlich unangenehm waren. Noch konnte er sich irren. Er hoffte sogar, daß sich sein Verdacht nicht bestätigte.

Alex sagte: »Rice behauptete, daß bei dem Einbruch nichts aus seiner Wohnung entwendet worden sei. Wir glauben, daß er gelogen hat. Eine Statue fehlte. Wir wissen, daß die Statue innen hohl war. Zwei Tage später ist Rice tot, und der neuartige Wirkstoff wird vermißt. Skip, wann wurde zuletzt bei Ihnen im Labor eine Bestandsaufnahme gemacht?«

»Ich verstehe, was du meinst«, erwiderte Skip gedehnt. »Das muß ich nachprüfen.«

»Nun gut. Versuche einmal, meinen Gedankengang nachzuvollziehen. Nehmen wir an, der Wirkstoff war bereits aus dem Laborsafe entfernt worden. Nehmen wir an, Rice stahl ihn, und dieser Einbruch sollte nur ein Ablenkungsmanöver sein?«

»Dann könnte also«, griff Mr. Harmony den Faden stirnrunzelnd auf, »die Probe in der Statue versteckt gewesen sein, und jemand stahl sie zurück? Lieferte sie dem rechtmäßigen Eigentümer aus? Das ergibt doch keinen Sinn.«

»Das ist nicht das einzige in diesem Fall, das keinen Sinn ergibt, Mr. Harmony. Vielleicht wollte Rice das große Geld alleine machen und verkaufte die Droge nicht an seine Freunde. Vielleicht ist McWhirter viel gerissener, als wir bisher angenommen haben. Ich weiß nur, daß etwas mit Rice nicht stimmte, und habe Bobbick beauftragt, seine Wohnung noch einmal zu durchsuchen. Vielleicht finden wir dort, was wir brauchen.«

O'Brien blickte Griffin von der Seite an: »Hast du denn die Wohnung noch nicht durchsuchen lassen?«

»Nicht gründlich. Wir haben nur Hologrammaufnahmen von seiner Wohnung gemacht.«

»Nun, der Einbrecher scheint sie doch durchsucht zu haben.«

»Richtig. Und vielleicht hat er nicht gefunden, wonach er suchte. Es gibt viele Möglichkeiten, etwas in einem Apartment der Satellitenstadt zu verstecken, Möglichkeiten, von denen ein Außenseiter nichts ahnt.«

»Ein Platz, der groß genug als Versteck für eine Statue ist?«

»Nein, nur groß genug, um das zu verstecken, was der Einbrecher in der Statue vermutete. Rice hat, wie Sie ja wissen, die Skulptur selbst angefertigt. Es wäre ihm nicht schwergefallen, einen hohlen Ziegelstein in seinen gemauerten Kamin einzufügen. Eine Hologrammprojektion eines Buches hätte eine Lücke in seinem Bücherregal ausfüllen können . . . Nun, Möglichkeiten gab es genug.« Alex blickte auf die Manschette seines frisch gebügelten Hemdes. »Bobbick muß inzwischen in Rices Wohnung eingetroffen sein. Wenn dort etwas versteckt ist, findet er es ganz bestimmt.«

Skip ließ die Bügel seiner Aktentasche zuschnappen. »Wow! Das sind ja ganz neue Aspekte! Ich sollte jetzt lieber in meine Abteilung zurückkehren und die Öffnungszeiten meines Safes überprüfen. Wenn Sie mich entschuldigen wollen . . .«

Alex sprach im stillen einen Fluch aus.

Harmony faltete wieder die Hände über seinem Notizblock. »Das kann warten, Skip. Ich hätte noch ein paar Fragen, die chemische Formel des Wirkstoffs betreffend. Sind Sie sicher, daß wir auch das Original der Formel wiederbekommen haben? Oder könnte es nicht eine Fälschung sein?«

»Ich . . . ich kann diese Frage nicht mit hundertprozentiger Sicherheit beantworten. Ich – ich könnte in Sacramento rückfragen; wenn sich dort die undichte Stelle befindet, könnte die Formel bereits einem Dritten zugespielt worden sein. Und wenn nicht, dürfen wir laut Vorschrift eine solche streng geheime Angelegenheit nicht am Telefon besprechen.« Skip nahm etwas zögernd wieder Platz und sprang dann wieder von seinem Sessel auf: »Aber ich habe vermutlich noch ein paar Notizen in meinem Labor. Wenn ich sie mit dem Original vergleiche . . .«

Harmony blickte zwischen Griffin und dem Chef der Forschungsabteilung hin und her. Er hatte nur widerstrebend dem Verfahren zugestimmt, das Griffin ihm vorschlug, als die Angelegenheit noch reine Hypothese war. Und nun haßte er dieses Verfahren sogar, was ihm deutlich anzusehen war: »Warum rufen Sie nicht einen Ihrer Leute im Labor an, der für Sie die Notizen zusammensucht? Anschließend kann ja ein Kurier die Notizen hierherbringen.«

»Ich . . . wir können so etwas nicht . . . es hat schon zu viele Pannen gegeben. Das Material ist zu kostbar.«

»Du bist für unsere Konferenz unentbehrlich, Skip«, sagte Griffin behutsam. Er wandte sich wieder Harmony zu: »Wir fanden im Notizbuch von Rice nur eine einzige Adresse aus Sacramento, Sir. Es handelte sich um eine weibliche Person, die Sonja Prentice heißt.«

Harmony nickte grimmig.

Plötzlich wurde O'Brien aschfahl im Gesicht. Seine Augen irrten zwischen Harmony und Griffin hin und her . . . »Was, zum Teufel, wird hier gespielt?« fragte er heiser.

»Wir treiben kein Spiel mit dir, Skip, sondern wollen nur die Wahrheit ans Licht bringen.«

O'Brien mußte ein paarmal ansetzen, ehe er einen halben Satz über die Lippen brachte: »Du kannst nicht . . .«

»Doch, wir können«, erwiderte Griffin kühl. »Wir wissen alles über Sonja, und wir wissen auch alles über dich und Rice.«

»Jesus . . .«, flüsterte O'Brien, und dann preßte er die Lippen zusammen. »Ich sage kein einziges Wort mehr, bis ich mit meinem Anwalt gesprochen habe.«

Jetzt meldete sich auch wieder Harmony zu Wort, und seine kultivierte und präzise Stimme hatte sehr unangenehme Obertöne: »Ich bin mir nicht sicher, ob Sie Ihre Position richtig einschätzen, O'Brien. Alex und ich haben vorher darüber gesprochen. Wir *können* Sie nicht vor Gericht stellen lassen. Leider nicht, möchte ich hinzufügen.«

Skip erwiderte mit halbgeschlossenen Augen: »Was soll das nun wieder bedeuten?«

»Was, glauben Sie, würde geschehen, wenn in der Öffentlichkeit bekannt wird, daß der Chefpsychiater von Cowles Industries, der Mann, der seit sechs Jahren unsere jugendpsychologische Forschungsabteilung leitet, ein kaltblütiger Mörder ist?«

»Du bist es gewesen, Skip«, sagte Griffin mit hohler Stimme. »Du allein konntest Rices Computerdaten fälschen. Du konntest dann, nachdem Rice bereits tot war, die Fälschung entdekken. Du hast auch damals in der Nacht, als die Tat geschah, noch in der Forschungsabteilung gearbeitet.« Er beugte sich zu Skip hinüber, der mit geschlossenen Augen heftig atmete. »Wir wollen jetzt nur noch die Wahrheit wissen, Skip – die ganze Wahrheit. Entweder legst du hier vor uns ein Geständnis ab, oder die Polizei wird dir mit ihren sehr wirksamen Methoden die Würmer aus der Nase ziehen. Dann wissen es auch alle Zeitungen.«

Wieder diese lautlosen zuckenden Mundbewegungen, ehe O'Brien nach einem langen, trockenen Seufzen sagte: »Es war das Mädchen. Prentice. Mein Gott, wie lange liegt das schon zurück . . .«

Er zündete sich mit bebenden Händen eine Zigarette an. Griffin sah zu, wie der Rauch Skips Kopf mit einer rauhen, zerfasernden Aura umgab, bis Harmony den Rauchverzehrer einschaltete und die Luft wieder reinigte. »Rice war mein Student an der Sulpher-Universität. Ein kluger Kopf, vielversprechend. Wir wurden Freunde. Meine Frau fand großen Gefallen an den gesellschaftlichen Ereignissen in einer Universitätsstadt. Eine Menge Partys und Zerstreuungen . . . Albert war ein guter analytischer Kopf, und was er sagte, hatte Hand und Fuß. Und er . . . er hörte auf mich, blickte sogar zu mir auf.«

O'Brien verteilte mit ein paar fahrigen Handbewegungen den Rauch seiner Zigarette über dem Tisch. »Wir standen uns eine Weile sehr nahe. Eine sehr enge, sogar intensive Beziehung. Nun, als ich mich wieder fing und die Sache abbrechen wollte, drehte er durch. Er schwor, er würde es in der Universität publik machen. Er behauptete, ich würde ihn verlassen, hätte nichts mehr für ihn übrig. Ich versuchte ihm zu beweisen, daß das nicht stimmte.«

Griffin wartete darauf, daß Skip seine Beichte fortsetzte, und wollte ihn vorsichtig dazu ermahnen, als Skip seine Sprache von allein wiederfand: »Sonja war ein Mädchen, das ich ein Semester zuvor unterrichtet hatte. Sie war einsam. Ich wußte das, und ich dachte, vielleicht . . . vielleicht gab es genügend Gemeinsamkeiten, auf denen sich eine Verbindung aufbauen ließ.«

»Hattest du auch etwas mit ihr?« erkundigte sich Alex mit leiser, fast tonloser Stimme. O'Brien nickte unglücklich. Guter, alter Skip. Er opferte seine ganze Kraft für die Jugend Amerikas.

»Eine Zeitlang ging es ganz gut. Vielleicht war es nur eine Trotzreaktion von Albert, um mir zu beweisen, daß er auch ohne meine Hilfe zurechtkam, nicht zum seelischen Krüppel wurde . . . Jedenfalls trafen sich Albert und Sonja nun regelmäßig. In dieser Zeit hat sie ihm auch Modell für seine Statue gestanden. Manchmal . . . manchmal haben wir auch zu dritt . . . gespielt.« Er schloß die Augenlider und schluckte. »Verdammt, Alex«, flüsterte er, »als verantwortlicher Polizist in dieser Gemeinde solltest du eigentlich wissen, daß diese Aussage vor Gericht nicht als Beweis verwendet werden kann.«

»Das weiß ich«, erwiderte Griffin tonlos. »Deshalb kannst du ruhig weiterreden. Was sollte in dem Hohlraum der Statue versteckt werden?«

»Albert war . . . er experimentierte auch mit Drogen. Deswegen der Hohlraum in der Statue. Er hatte dort das Kokain versteckt, das er sich im Labor selbst herstellte. Eines Nachts hatten wir einen unglaublichen Rausch davon. Sonja schnupfte zuviel von dem Zeug. Ich weiß nicht, warum Albert sie immer wieder dazu animierte, aber anscheinend gefiel es ihm, zu beobachten, wie sie buchstäblich den Verstand verlor.«

»Aber sie verlor mehr als nur ihren Verstand.«

O'Brien nickte. »Wir waren alle high, und da merkte ich plötzlich, daß Sonjas Atmung aussetzte. Trotz meines berauschten Zustandes machte ich Wiederbelebungsversuche. Sie hörte einfach auf zu atmen. Das war alles. Ich konnte es kaum glauben. Ich war so entsetzt, daß ich nicht einmal fähig war, einen Unfallwagen zu rufen. Himmel, mein Job, meine Frau . . .«

»Und so starb sie an ihrer Überdosis Kokain.«

Skip konnte sie beide nicht mehr anblicken. »Sie starb. Ich versuchte dann, die Polizei anzurufen. Ehrlich, das kannst du mir glauben, Alex! Doch Albert beschwor mich, es nicht zu tun. Er meinte, wir könnten sie in das Wohnheim der Studentinnen zurückbringen, ohne dabei ertappt zu werden. Ich war immer noch high. Ich wußte nicht, was ich tun sollte.«

Harmony schonte ihn nun nicht mehr: »Sie ließen sich überreden, nicht wahr?«

»Ja. Albert vernichtete zuerst seinen Drogenvorrat und die Röhrchen. Und dann trugen wir um drei Uhr morgens Sonja auf ihr Zimmer in ihrem Studentenwohnheim und legten sie unbekleidet in ihr Bett. Ich kann mich noch an die Schlagzeilen in der Zeitung erinnern. Da war nur von Selbstmord die Rede . . .« Er vergrub sein Gesicht in seinen Händen. »Von diesem Tag an habe ich jeden Kontakt mit Rice vermieden, bis wir uns vor zwei Jahren wiedersahen. Er rief mich zu Hause an, der Bastard! Er sagte, er wüßte, daß ich inzwischen als Forschungsbeauftragter bei Cowles Industries arbeitete. Er brauche einen Job, sagte er. Er setzte mich nicht unter Druck; aber indirekt . . . ja. Man hörte es aus seiner Stimme heraus. Ich hätte irgendeine Ausrede benützen sollen . . . aber nein, ich besorgte ihm den Job.«

»Dann begann er mit seinen Forderungen? Eine bessere Position . . . die Personalakte fälschen . . . So kam allmählich die Spirale der endlosen Erpressungen in Gang, wie?« sagte Griffin.

O'Brien schüttelte den Kopf. »So war es nicht. Wirklich nicht. Ich sollte nur einem Freund einen Gefallen tun. Und dann sollte ich dafür sorgen, daß er auch mein Freund blieb. Richtig, er wollte die Grenze immer weiter hinausschieben, die ich ihm setzte. Und schließlich gestand er mir, er habe immer noch die Kokainröhrchen im Besitz, mit unseren Fingerabdrücken darauf. Mit seinen, meinen und ihren. Und wenn ich mich weigerte, seine Wünsche zu erfüllen, dann würde er das Beweisstück der Polizei übergeben. Er sagte mir, ich hätte mehr zu verlieren als er. Und das stimmte ja auch.

Deshalb brach ich in seine Wohnung ein und suchte dort nach den Röhrchen und den übrigen Beweisstücken. Ich zerbrach die Statue, aber der Hohlraum war leer. Und am nächsten Tag sagte er mir, ich hätte fünfundzwanzig Stunden Zeit, seine Personalakten im Computer zu fälschen, oder er würde mich bei der Polizei anzeigen. Ich erfüllte seinen Wunsch. In jener Nacht, als in dem F&E-Zentrum eingebrochen wurde, wollte ich mich dort mit ihm treffen. Ich wollte ihm sagen, daß er nun genausoviel zu verlieren habe wie ich und daß er deshalb keinen Druck mehr auf mich ausüben könne.«

Skip schien seine beiden Konferenzpartner vergessen zu haben. Seine Augen blickten ins Leere: »Ich fand ihn im Aufenthaltsraum, verschnürt wie ein Postpaket. Ich wußte bereits, daß mein Plan nicht aufgehen würde. Er würde sich niemals an ein Abkommen halten. Er würde mich so lange erpressen, bis ich tatsächlich zur Polizei gehen mußte. Und ich wollte meinen Job behalten, meine Freiheit retten . . . sogar meine Ehe. Er konnte mich ruinieren. Und da saß er nun auf dem Boden, einen Knebel über dem Mund, und wartete darauf, daß ich ihn losbinden würde. Er hatte Mühe, durch die Nase zu atmen. Er hatte einen Schnupfen.«

Skip fuhr mit einer Faszination des Entsetzens fort: »Er zog den Schleim hoch, als wollte er auf seine Nase aufmerksam machen. Alex, es war so, als entdeckte ich am Dienstag nach Ostern noch ein Nest voller gefärbter Eier. Als ich ihm die Nase zuhielt, bäumte er sich auf wie ein Tobsüchtiger. Ich mußte mich auf seine Brust knien, um ihn ruhig zu halten. Es dauerte zwei Minuten, ehe es mir gelang, seinen Kopf still zu halten. Und dann noch einmal drei Minuten, ehe er endlich aufhörte, sich zu wehren . . .«

Skip betrachtete tiefsinnig seine Fingerspitzen, und dann, nach sorgfältiger Überlegung, nahm er den Zeigefinger, um dessen Nagel abzukauen. »Ich habe die Röhrchen nicht in seiner Wohnung gefunden. Vielleicht hat Bobbick mehr Glück als ich.«

»Ich bezweifle das«, erwiderte Alex. »Rice wird sie schon damals in der Nacht, als Sonja Prentice starb, beseitigt haben. Ich glaube, er bluffte nur.«

Eine Weile war es ganz still im Konferenzraum. Rauchwolken ringelten sich zur Decke und wurden von dem Ventilator aufgesogen. Drei Männer beobachteten sich gegenseitig mit abschätzenden Blicken.

Harmony formulierte als erster seine Gedanken: »Nun, was soll ich in diesem Fall unternehmen? Wir wissen, daß Sie der Mörder sind, Skip, können es aber wahrscheinlich nicht beweisen. Selbst wenn wir es könnten, dürften wir es nicht wagen, Sie der Polizei auszuliefern. Cowles Industries und zu viele unschuldige Leute müßten darunter leiden.« Er trommelte wieder mit den Fingern auf der Schreibtischplatte. »Griffin? Sie haben ja bisher das Schiff recht geschickt durch die Klippen gesteuert. Vielleicht wissen Sie auch dafür einen Rat?«

»Ich hätte einen Vorschlag zu machen«, erwiderte Alex mit kalter Stimme und vermied es, Skip dabei anzusehen. »Erstens, Skip wird mit sofortiger Wirkung von seinem Posten entlassen. Zweitens, er gibt uns schriftlich die Zusicherung, daß er in Zukunft nie mehr mit Jugendlichen zusammenarbeiten wird, ganz gleich, in welcher Position. Und falls er die Zusage bricht . . .« Nun sah er Skip voll ins Gesicht, und als sein früherer Freund im Sessel zusammenzuckte, wußte Alex, daß O'Brien nun einen Griffin vor sich sah, wie er ihn noch nie zuvor erlebt hatte. »Wenn du diese Zusage brichst, werden wir mit deinen Arbeitgebern sprechen. *Und* mit deiner Frau. Hast du mich verstanden?«

Skip nickte stumm.

Griffin blickte auf seine Hände: »Da haben wir auch noch ein kleines Problem mit Tony McWhirter. Er mag zwar ein Dieb sein, aber er ist keinesfalls ein Killer, und ich möchte auch nicht, daß er wie ein Killer behandelt wird.«

»Alex, wir können doch dem Staatsanwalt nichts von O'Briens Geständnis sagen«, setzte Harmony zu einer Erwiderung an.

»Nein, das können wir nicht. Aber wir können Tony in seinem Prozeß Unterstützung verschaffen, ihm auf unsere Kosten einen Anwalt stellen, und ich kann zum Beispiel im Zeugenstand aussagen, daß ich erhebliche Zweifel daran habe, daß er Rice umgebracht hat. Er hat einfach nicht das Zeug zu einem Mörder. Und wenn meine Aussage dann durch den Stimmenanalysator unterstützt wird, dann könnten wir damit den Bericht des Coroners aus den Angeln heben.«

»Also gut . . .«

»Und noch etwas. Selbst wenn er wegen Körperverletzung mit Todesfolge ein paar Jahre länger absitzen muß, werde ich ihm nach seiner Freilassung einen Job anbieten. In meiner Abteilung. Er hat mein Sicherheitssystem unterlaufen. Das war eine Meisterleistung. Deshalb könnte ich ihn gut gebrauchen. Nun, was meinen Sie dazu?«

Harmony nickte zustimmend. »Das scheint mir eine faire Lösung zu sein.« Er wandte sich dem Mann mit der Aktentasche zu, der versuchte, sich in den Polstern seines Sessels zu verkriechen: »Okay, O'Brien«, sagte Harmony mit unkultivierter, geradezu mißtönender Stimme, »ich möchte, daß Sie jetzt Ihr Entlassungsgesuch diktieren und dann Ihren Schreibtisch räumen. Spätestens bis vierzehn Uhr haben Sie den Park verlassen, und spätestens am Sonntagabend ist auch Ihre Wohnung in der Satellitenstadt geräumt.«

Griffin erhob sich von seinem Sessel.

»Sie gehen schon, Alex?«

»Ja. Sonst kommt mir die Galle hoch.«

Er war bereits an der Tür, als er Skips weinerliche Stimme hörte: »Aber . . . was soll ich . . . Melissa sagen?«

Ehe Griffin seine Zunge zügeln konnte, hörte er sich sagen: »Folge deinen Instinkten, Skip. Sag ihr alles – nur nicht die Wahrheit.«

Dann schloß sich die automatische Tür hinter ihm.

Alex ließ vor seinen Augen die Kuppeln und Türme des Traumparks Revue passieren, holte sich nach Belieben die Attraktionen in sein Büro und wechselte mit einem Knopfdruck Blickwinkel und Bildausschnitt.

Leute füllten die Straßen von Traumpark. Er konnte ihre Gesichter nicht sehen und ihre Stimmen nicht hören, doch er wußte, daß sie glücklich waren. Die Luftballons, die großen bunten Zuckerwattebäusche und die karierten Baumwollhemden bewiesen das. Die Kinder, die nach einer Melodie, die er, wie schon gesagt, nicht hören konnte, quer über die Wege hüpften, bewiesen das.

Da war Sonnenschein über den Zelten und den Herzen der Menge, und Farben, Magie und Musik. Doch schon morgen, oder auch erst nächste Woche, würden diese Leute wieder abreisen, in ihre Alltagswelt zurückkehren und von dem Stoff zehren, aus dem Träume gemacht werden, damit es in ihrem Leben ein bißchen heller wird. Und wenn sie in der trüben Flut der Wirklichkeit zu ertrinken drohen, können sie vielleicht neue Kraft schöpfen, wenn sie an ihren Urlaub und ihre Abenteuerreise im Traumpark zurückdenken . . .

Er mußte über sich selbst lächeln. Wie oft hatte er den Spielern vorgeworfen, daß sie die Grenze zwischen Phantasie und Wirklichkeit verwischen? Tatsächlich war doch die Scheinwelt der Spieler seine Realität, und ihre Realität war seine Scheinwelt.

Tony würde bis zum Ende seines Lebens mit der Realität leben müssen, daß er einen Mann umgebracht hatte. Auch diese Realität war nur subjektiv. Objektiv war sie falsch. Aber leider konnte man ihm die Wahrheit nicht sagen.

Zudem hatte die Realität seiner Schuld einen hohen Grad an Wahrscheinlichkeit. Tony McWhirter war eine lebensgefährliche Bedrohung für jeden gewesen, der in jener Nacht seinen Weg gekreuzt hätte. Ein Zeuge hätte sich zufällig im Keller aufhalten können, als er den Wartungsschacht 18 verließ. Und was wäre dann passiert? Er hätte, als er mit Rice kämpfte, ihm die Luftröhre zerquetschen können. Rice hätte an seiner verstopften Nase ersticken können . . . Selbst McWhirter hätte in dem Zweikampf unterliegen und sterben können, und dann wäre Rice des Totschlages schuldig gewesen. Doch die Wirklichkeit hatte anders entschieden. McWhirter hatte Rice einem anderen als Geschenk überlassen, der ihm dann die Nase zudrückte.

Tony war keinesfalls unschuldig an dem Tod des Wächters. Und er mußte gewußt haben, welches Risiko er einging, als er beschloß, den Traumpark zu berauben. Ein Einbruch, der Menschenleben forderte, war keine Seltenheit. Und diese Menschen starben nicht den Scheintod.

Doch wenn Tony McWhirter bekam, was er verdiente – war es dann richtig, daß Skip O'Brien straflos ausging?

Alex' Finger glitten über die Tasten seines im Schreibtisch eingebauten Schaltpultes. Die Bilder wechselten, der verlassene Spielbereich A rückte ins Blickfeld, dann die Straßen des Sektors Eins, nun die Hubschrauberlandeplätze der Hotels . . .

Es war nicht gerecht. Es war obszön, Skip O'Brien ungeschoren davonkommen zu lassen.

»Wir sprechen uns später noch, Chef . . .«

Richtig. Und vielleicht hatte er, Griffin, zunächst nur unbewußt registriert, daß Rice nicht ein respektvolles Wort, nicht einmal einen Gruß für O'Brien übrighatte, seinen früheren Lehrer, der ihm dazu noch seinen Job im Traumpark verschafft hatte . . . wenn ihm nicht aufgefallen wäre, daß Rice vielleicht diesen Satz nur an ihn, Griffin, richtete, um eine Botschaft an O'Brien zu vermitteln. Denn was hatte er, Griffin, überhaupt mit Rice zu besprechen?

Nein, da ahnte er, daß sie etwas Wichtiges übersehen haben mußten.

Ein Hologrammfenster öffnete sich im freien Raum über seinem Schreibtisch, und Millies Gesicht materialisierte sich.

»Sie haben einen Besucher, Griff.« Millie war ungewöhnlich bedrückt, fast besorgt. Sie und Bobbick hatten ihn so schonend und rücksichtsvoll behandelt wie einen Mann, der sich von einer schweren Operation erholen muß, seit er sie in seinen Verdacht, O'Brien betreffend, eingeweiht hatte. Schließlich ging es um einen Freund, einen Kollegen und leider auch einen Mörder.

»Kann das nicht warten, Millie?« antwortete er gequält. Wenn sie ihn schon behandelten wie ein rohes Ei, durften sie sich nicht wundern über seine Empfindlichkeit. *Laßt mich in Ruhe – überlaßt mich meinem Schmerz . . .*

»Ich glaube nicht, daß der Besucher warten kann, Alex.«

Er seufzte und schaltete das Hologramm ab. »Schicken Sie ihn herein!«

Als sie im Türrahmen stand, scharf konturiert vor dem dunklen Hintergrund, das braune Haar eine lockere Fülle im Nakken, schluckte er, sich nicht mehr ganz so sicher, ob er in Ruhe gelassen sein wollte. Er schaltete die Deckenbeleuchtung ein.

»Hallo, Alex!«

»Hallo, Cas. Was bringt dich zu mir?«

»Muß ich eine Begründung für meinen Besuch nachreichen?«

»Nein. Nein, aber ich bin sicher, du hast einen Grund.«

Sie nickte lächelnd. »Ich wollte dir nur mitteilen, daß du eine Prämie von fünfzig Punkten bekommen hast. Der Preis für den besten Spieler in seiner ersten Rolle wurde dir zuerkannt.«

Er lehnte sich in seinem Sessel zurück und verschränkte die Hände hinter dem Kopf. Sie kam ein paar Schritte näher: »Darf ich mich setzen?«

»Aber bitte.«

Sie ließ sich auf dem Sessel vor dem Schreibtisch nieder und wischte ihre Hände an ihren Jeanshosen ab. »Ich dachte, es könnte nicht schaden, wenn ich dir den letzten Spielstand übermittle.«

Er beobachtete sie schweigend.

»Als Ensemble gewannen wir fast 2100 Punkte. Ich selbst habe hundertundsechzig Punkte erhalten.« Sie legte eine kurze Pause ein. »Du hast hundertundvierundsiebzig Punkte errungen, wobei deine Prämie bereits eingerechnet ist. Ich gratuliere dir. Damit bist du kein Anfänger mehr.«

Und ihr Lächeln wirkte plötzlich so warm und lebendig, daß es ihn ansteckte, als wäre keine Wand mehr zwischen ihnen. »Ich bedanke mich dafür, Cas. Ich bin sogar ein wenig stolz darauf. Denn in letzter Zeit bin ich mir in mehr als einer Beziehung wie ein Anfänger vorgekommen.«

»Da ist noch etwas, Alex. Mir liegt sehr viel an Tony – vielleicht liebe ich ihn sogar. Ich bin mir nicht sicher. Er mißbrauchte mich dazu, sich für das Spiel zu empfehlen . . .«

»Nein, wahrscheinlich wurde er für diese üble Geschichte angeheuert, als er sich bereits für dieses Spiel beworben hatte. Sie brauchten einen Neuling für ihren Coup.«

»Oh.« Sie zuckte mit den Achseln. Ihre starken, glatten Schultern zeichneten sich deutlich unter ihrer Bluse ab. »Nun, trotzdem, sein Verhalten . . . jedenfalls mußte ich dir trotz allem, was geschehen ist – trotz meiner Loyalität – zum Abschied noch einmal sagen, wie sehr ich dich mag.«

»Nicht jetzt, Cas . . .«

Sie hatte ihn bereits verstanden. »Nein, nicht jetzt. Aber so rasch wirst du mich nicht los, Alex. Ich komme wieder.« Ihre dunklen Augen blinzelten ihm zu: »Vielleicht früher, als es dir recht ist.«

»Das bezweifle ich«, hörte er sich sagen, überrascht und erfreut darüber, daß er so schnell die richtigen Worte finden konnte.

»Mein Zug fährt in zwanzig Minuten«, sagte sie und stand von ihrem Sessel auf. Auch er erhob sich hinter seinem Schreibtisch, und sogleich öffnete sich wieder ein Graben zwischen ihnen, der ihm unüberwindbar erschien. Er streckte ihr die Hand hin.

Sie ergriff sie nach einem kurzen Zögern. Sacht zog er sie zu sich heran, spürte nur einen anfänglichen, sehr schwachen Widerstand, und küßte sie. Es war kein besitzergreifender Kuß und trotzdem alles andere als ein Schlußpunkt, vielmehr ein Versprechen. Und er war glücklich.

Sie wandte sich ab, blieb an der Tür noch einmal stehen. »Ich komme wieder, Alex«, sagte sie schlicht.

Diesmal mußte er doch nach einer passenden Antwort suchen.

»Ein gutes Spiel«, sagte er schließlich, die Doppelsinnigkeit dieses Wortes mit seinem Lächeln unterstreichend.

»Ein gutes Spiel«, bestätigte sie und schloß dann die Tür hinter sich.

Er setzte sich wieder hinter seinen Schreibtisch und grinste wie ein Idiot. Dann drückte er auf die Sprechanlage: »Millie?«

Ihr dunkelhäutiges Elfengesicht materialisierte: »Ja, Griff?«

»Auf meinem Schreibtisch herrscht Kahlschlag. Gibt es denn nichts für mich zu tun, zum Kuckuck?«

»Und ob, Chef.«

»Dann her damit!« Er bewegte den Kopf hin und her und horchte auf das Knacken seiner Halswirbel. *Ein gutes Spiel.* Und ehrlich dazu.

»Es ist alles unterwegs«, sagte Millie. Der Drucker auf seinem Schreibtisch begann zu rattern. »Oh, Chef, und ich hätte noch eine Bitte.«

»Was für eine Bitte?«

»Ich möchte gerne ein Autogramm von Ihnen haben, Chef. Sie sind inzwischen ja eine Berühmtheit geworden als Drachentöter.«

»Wir Helden sind ein vielbeschäftigtes Völkchen«, erwiderte er schlagfertig. »Sprechen Sie mich in ein paar Tagen wieder darauf an.« Er sah zu, wie sich das Computerpapier auf seinem Schreitisch zu einem zwei Zoll hohen Stapel aufhäufte.

»Puh!« meinte Millie, »Sie haben ja eine Menge aufzuarbeiten. Viel Glück, Chef. Ich für meine Person würde lieber mit Monstern kämpfen.«

Möchten wir das nicht alle? dachte Griffin bei sich. Geht mir das nicht genauso?

Er riß die ersten Blätter von der Rolle ab und begann zu arbeiten.

Nachwort

Die Autoren verlebten eine herrliche Zeit, als sie im Traumpark recherchierten. Die Leser werden uns hoffentlich zustimmen, daß die melanesischen Mythen mindestens so bizarr, komplex und phantasiereich sind wie der Sagenschatz aller anderen Kulturkreise.

Die im Buch auftretenden Monster und die meisten magischen Riten verdanken wir folgenden literarischen Quellen, die sich mit Neu-Guinea und dessen Inselarchipel befassen: *Road Belong Cargo* von Peter Lawrence war für uns die fruchtbarste Vorlage; außerdem lieferten *Anutu Conquers in New Guinea* von Albert und Sylvia Frerich; *My Friends The New Guinea Headhunters* von Benjamin T. Butcher; *Habu* von Roy Wagner und *The Island of Menstruating Men* (so lautet der Titel tatsächlich!) von Ian Hogben ebenfalls wertvolle Anregungen.

Der Frachtgut-Kult ist der melanesische Versuch, den Unterschied zwischen ihrem eigenen Lebensstil und der überlegenen Technologie der »Europäer« zu erklären, die ihr Dasein von Grund auf veränderten.

Der melanesische Lösungsversuch war und ist pragmatisch. Sie nahmen die christlichen Gottheiten in ihren eigenen naturalistischen Göttertempel auf und formten daraus solche Gottheiten wie Gott-Manup, Jesus-Kilibob und Gott-Dodo. Sie hofften, durch die richtige Mischung von magischen Kulthandlungen und Imitationen europäischer Verfahrensweisen die »Frachtquellen« anzapfen zu können, die ihnen jenen Reichtum verschaffen sollten, den Gott all seinen Kindern gleichermaßen bescheren wollte. Und sobald einer dieser Versuche des *rot bilong kako*-Kultes mißlang – und bisher sind sie alle mißlungen –, versuchten die Melanesier es immer wieder mit einem neuen Ansatz. Vor zwanzig Jahren hatte es mindestens fünf Systeme des Frachtgut-Kultes in ihrer Religion gegeben. Welchen Entwicklungsstand diese verschiedenen Systeme inzwischen erreicht haben, kann man nur vermuten, denn da diese magischen Kulthandlungen dazu verwendet werden sollten, um die Güter abzuzweigen, die die »Europäer« bisher nur für sich behielten, ist dieser Frachtgut-Kult logischerweise eine illegale und streng geheime Angelegenheit der Eingeweihten.

Die Anbetung europäischer Artefakte führte natürlich zu überaus bizarren Situationen. Ein Stamm der Melanesier versuchte tatsächlich ein »Flugzeugei« in einem Feuer auszubrüten – mit welchen Folgen, mag sich jeder selbst ausmalen. Europäer, die noch nie etwas von dem Frachtgut-Kult gehört hatten, fanden sich plötzlich in den Mittelpunkt seltsamer Intrigen versetzt, die auf magische Weise ihre Post umleiten oder gar Flughäfen aus dem Boden stampfen sollten.

Es scheint keine erfolgversprechende Methode zu geben, um die Eingeborenen von Melanesien davon überzeugen zu können, daß ihr Weltbild falsch ist. Wenn ihre zur Zeit gültigen Zaubersprüche nicht helfen wollen, dann bastelt er eben weiter an seinem System – einem Europäer vergleichbar, der sich aus einem Bastelbogen ein Flugzeugmodell zusammenbaut, was tatsächlich einmal geflogen ist. Betrachten wir einmal den Fall von Yali –

Er wurde (vermutlich) 1912 geboren und war zweifellos der Anführer der Frachtgut-Kult-Geheimgesellschaft in der zweiten Hälfte der vierziger bis in die erste Hälfte der fünfziger Jahre. Er trat im Zweiten Weltkrieg in die amerikanische Armee ein und wurde in Australien ausgebildet. Während seiner Ausbildungszeit besichtigte er eine Reihe von »europäischen« Fabriken. Als er nach Neu-Guinea zurückkehrte, rühmte er sich vor seinen Stammesgenossen, daß er Gott und seine Güter-Werkstätten gesehen habe. Ein hochintelligenter, wenn nicht gar charismatischer Kriegsheld, gelang es ihm, durch sein System von »Boss Boys«, die das politische und religiöse Leben in Dutzenden von Dörfern kontrollierten, zu Macht und Einfluß zu gelangen. Zu Yalis Mythos gehört auch die Geschichte von seinem Tod und seiner Wiedergeburt im Dschungel.

Es ist zweifellos Ansichtssache, ob er entweder ein Heiliger oder einer der größten Betrüger der Geschichte gewesen ist. Das hängt vom Standpunkt des Interpreten ab. Peter Lawrence *(Road Belong Cargo)* vertritt die These, daß Yali selbst das Opfer seines melanesischen Weltbildes geworden sei. Er betrachtete die Fabriken, die er besichtigen durfte, als eine komplizierte Zauberwerkstätte, um die Güter, die von Gott geschaffen und auf die Erde geschickt wurden, für die eigenen Stammes- oder Volksgenossen abzuzweigen.

Der Frachtgut-Kult oder die Anbetung materieller Güter ist nur ein Zweig oder Aspekt der melanesischen Mythologie. Die Winde, die Gezeiten, das Gewitter und der Regen – alles wird von einer unglaublichen Vielzahl von Göttern, Göttinnen, Dämonen und unholden Geistern beeinflußt.

Die Foré existieren tatsächlich und sind die einzige auf der Erde bekannte Personengruppe, die Träger des Kuru-Erregers – der »Lachkrankheit« – ist. Sie sind als Zauberer und eine besonders brutale Sorte von Kannibalen gefürchtet.

Riesenschlangen, Eidechsen, Vögel und andere »natürliche« Wesen erscheinen in überwältigender Fülle natürlich nicht nur in der mythologischen, sondern auch in der wirklichen Welt der Melanesier. Sie mußten nicht erst für unsere Geschichte modifiziert werden.

Die magischen Kreaturen erfüllten nicht ganz diese Voraussetzung.

Der *Nibek* ist ein dörfliches Monster oder »großes Ding«. Das Monster wird in der Regel als ein Wesen mit Schlangenkopf, einem felsblockartigen Leib und Beinen eines Tausendfüßlers beschrieben. Es besitzt einen winzigen Mund, der sich ausdehnen kann wie bei »Pythonschlange, die eine Ratte verschluckt«.

Der gefürchtete *Bidi-taurabo-haza,* ein Wesen, das den »Menschen für den Tod reif macht«, ist genau so beschrieben, wie er in seiner mythologischen Quelle erscheint: als eine Schlange, eine tropische Gorgon, deren Blick oder Biß tödlich ist.

Der *Haiavaha* war ein Halbgott, der das Geheimnis des Feuers hütete. Nach der mythologischen Anschauung der Melanesier stahl ein Hund das Feuer und brachte es zu den Menschen. Wir dichteten das »Anti-Feuer« dazu und auch die Legende, »weshalb Hunde heute nicht mehr reden können«.

Zombies in den verschiedenartigsten Variationen sind in vielen Kulturen heimisch. Da bilden die Melanesier keine Ausnahme.

Die »Spruce Goose« ist natürlich ein historisches Flugzeug. Es flog nur ein einziges Mal, und zwar in Long Beach, Kalifornien, mit Howard Hughes an Bord. Der gigantische Truppentransporter wurde fast ausschließlich aus Holz gebaut. Die »Spruce Goose« blieb ein Prototyp, der nie in die Massenproduktion gegangen ist.

Die Konzeption des »Abenteuerspiels«, wie sie im Traumpark verwirklicht wurde, hat ihr Vorbild in vielen Quellen: in Computerspielen, in *Dungeons & Dragons,* in der Gesellschaft für kreativen Anachronismus und in der teuflischen Phantasiewelt zahlreicher Fans im Bereich von Südkalifornien.

Zum Schluß noch einen herzlichen Dank an die vielen Freunde, die mit Augen, Ohren und Stimme zu der Entstehung dieses Buches beigetragen haben. Ohne ihre Unterstützung und Begeisterung wäre die Creation »Traumpark« bestimmt nicht zu so einem erfrischenden und erheiternden Erlebnis geworden.

SCIENCE
FICTION
ACTION

Die Taschenbuchreihe, in der die Zukunft zur Gegenwart wird. Erregende Abenteuer in der Unendlichkeit des Weltraums.

Band 21 179

Robert A. Heinlein

Die Sternenbestie

Vor 200 Jahren hat John Thomas Stuart VII, der Weltraumforscher, Lummox von einer seiner Reisen zur Erde mitgebracht. Seitdem wird Lummox, die »Sternenbestie«, in der Familie Stuart als Haustier gehalten. Sein gegenwärtiger Besitzer ist der kleine John Thomas XI.
Lummox jedoch, inzwischen zur Größe eines Dinosauriers herangewachsen, ist es leid, sich als persönliches Eigentum behandeln zu lassen. Er rebelliert und ist entschlossen, sein Schicksal in die eigenen Riesenpranken zu nehmen.

BASTEI
LÜBBE

Sie erhalten diesen Band im Buchhandel, bei Ihrem Zeitschriftenhändler sowie im Bahnhofsbuchhandel.